Нашей Галочке в
День Рождения от Анюси,

Сани и Юлечки!

IX / 19 2021 г.

Перевод с арабского М. Салье
Стихи в переводе Д. Самойлова
Иллюстрации Н. Попова

Книга далекая и близкая

Джинны и колдуны, запечатанные тайным словом сокровища, волшебные кольца и светильники, очарованные юноши и лукавые красавицы – таким открылся в начале XVIII века Европе причудливый, пестрый, загадочный мир арабских сказок «Тысячи и одной ночи».

Богатство слова и воображения поразили европейского читателя нового времени не меньше, чем пестрота тканей, блеск хрустальных и стеклянных чаш, мерцание стали мусульманских клинков поражали средневековых рыцарей-крестоносцев. Могущественные великаны-ифриты и вылетающие из кувшина черным дымом мятежные духи затмили прозрачных эльфов и фей; герои рыцарских романов и древних легенд словно бы потускнели перед творениями фантазии народов Востока.

Герои сказок «Тысячи и одной ночи» живут не в мрачных замках, чьи замшелые камни сочатся сыростью, не бродят среди полей и дубрав – они нежатся в невиданной роскоши беломраморных дворцов, полы которых устланы бесценными коврами, а кровля облицована червонным золотом, скитаются по Камфарной земле, восходят на чудесную гору Каф, плывут по южным морям к таинственным островам, где зреют говорящие плоды, летят на волшебном коне из черного дерева…

В этой яркости и красочности «Тысячи и одной ночи» – секрет ее популярности в Западной Европе, где осуществлялся один перевод за другим, появлялись переделки и обработки отдельных ее сказок. Восток снова, как в средние века, возбудил живой интерес. «Восточные мотивы» у Вольтера и Монтескье, «Западно-восточный диван» Гете, захваченного дивным величием Хафнза и Саади, Азра, умирающий от любви у Гейне, сказки на темы «Тысячи и одной ночи» Гауфа, «ориентализм» Байрона, поклоняющийся дьяволу халиф в «Ватеке», «арабской сказке» Бекфорда, утонченные андалусские рыцари Абенсераджи Шатобриана – вот лишь наиболее яркие проявления этого интереса, характерного почти для всех предромантиков и романтиков Западной Европы, прозаиков и поэтов.

Не миновала увлечения «восточными» темами и Россия.

И, может быть, лучшим из всех произведений европейских поэтов на «восточные темы» были «Подражания Корану» и «Пророк»

Пушкина, сумевшего гениально передать и напряженную эмоциональность, и величавым пафос арабской поэтической образности.

Но «Тысяча и одна ночь», хотя она и была известна русским читателям по вольному переложению Сенковского и по французскому переводу Галлана, не пользовалась в России столь большой популярностью. Восток был близко, он вплотную соприкасался с Россией, был ее частью, внес не малую долю в создание русского фольклора, особенно легенды и сказки. Восток был лишен здесь ореола экзотики. Но, что весьма важно, русская культура тогда была обращена в основном к культуре западной, к передовой европейской философии, эстетике, литературе.

* * *

Что же такое «Тысяча и одна ночь»? Этот вопрос задает себе внимательный читатель, пытающийся разобраться в хитросплетении самых разнородных сюжетов, которые рождаются здесь друг из друга, перебивают друг друга, которые кончаются будто линии, для того, чтобы в несколько измененном виде встретиться в следующем повествовании. Что заключено в обширную рамку рассказа о находчивой Шахразаде и жестоком Шахрияре, мстящем за свою поруганную честь?

Бесконечно расширяясь, эта рамка заключает в себе целый мир, живущий по своим законам, отражающий жизнь многих поколений разных народов, творчество которых на протяжении нескольких веков вливалось в общее течение великой арабо-мусульманской культуры, питало народную традицию Ирана, Ирака, Сирин и особенно Египта, где свод «Тысячи и одной ночи» получил окончательное оформление.

Попробуем проникнуть в этот мир изнутри, познать его закономерности, противоречия, неминуемые в столь сложном единстве.

Посмотрим сначала, что говорит сказочник об устройстве земли. Земля – это плоский диск, находящийся на рыбе. Диск окружен великим горным хребтом Каф, за которым простирается Камфарная земля, где находится слияние соленых и пресных вод, разделяемых ангелами. Один из ангелов восседает на самой высокой вершине гор Каф, сжимает в руке жилы земли, и если он встряхнет их, случается землетрясение. Особый ангел ведает великой рекой – «благословенным Нилом». Он следит за тем, чтобы уровень Нила всегда был один и тот же. Чтобы разлив его животворных вод приходился всегда на одно и то же время года. Истоки великой реки Нил находятся под хрустальным куполом у горы Каф, откуда вытекают также реки Евфрат, Джейхун (Аму-Дарья) и Сайхун (Сыр-Дарья).

Под диском земли находится огромная змея, проглотившая, по приказанию Аллаха, геенну огненную, и пасть этой змеи всегда открыта для грешников.

На вершинах горы Каф живут многочисленные племена джиннов – существ, сотворенных из огня. Одни из них – неверные, другие – мусульмане, и «джинны-мусульмане» постоянно ведут священную войну со своими соседями-язычниками.

Напротив горы Каф, на другом конце мира (правда, мир круглый, но это не смущает сказителя), находится страна сокровищ, а еще дальше, за высокой стеной, обитают таинственные племена *Яджудж и Маджудж*[1], которые упоминались еще в Библии, как Гог и Магог.

В таком виде – продолжает сказочник – мир будет существовать до Судного дня, когда архангел вострубит в трубу и мертвые восстанут из могил. А что будет дальше – об этом слушатель знает из священной книги – Корана. Конечно же, грешники – богатые, жадные, скупые – попадут в геенну огненную, а хорошие и добрые люди войдут в райские кущи.

Но тут со сказочником, рассказывающим о похождениях Булукии, вступает в спор ученая невольница Таваддуд, посрамившая знаниями и красноречием всех знаменитых ученых в присутствии самого халифа Харуна ар-Рашида. Нет – говорит она – мир устроен не совсем так. Он круглый, а над ним вращаются семь сфер, несущие семь планет.

Таваддуд не упоминает о горе Каф и о хрустальном источнике, – она ведь училась географии и знает, что реки Сайхун и Джайхун, Евфрат и Нил находятся далеко друг от друга, она может даже начертить карту, где мы, правда, с трудом, узнаем контуры Средиземного моря, Аравийского полуострова, островов Индийского океана.

Таваддуд не скажет ни слова об островах Бак, где плоды, имеющие вид людей и животных, прославляют Аллаха, она будет утверждать, что это россказни «невежественного простонародья». Она не будет подробно описывать строение ада, со средневековой «точностью» перечисляя семьдесят тысяч огненных долин, в каждой из которых семьдесят тысяч огненных городов, в каждом из которых семьдесят тысяч огненных крепостей, огненных лож, видов пыток – и все это только в верхнем слое ада!

Зато она педантично назовет имена каждого из семи кругов геенны огненной, известные богословам так же хорошо, как число букв в каждом стихе Корана. Но и Таваддуд согласится со сказителем, ведущим рассказ о Булукии, что на севере находится Море мрака, где жизнь невозможна. И хотя Таваддуд знает, как некоторые мусульманские ученые, что земля имеет форму шара, но все же изобразит на своей карте «окружающее море» – омывающий обитаемую часть земли мировой Океан, заменивший горный хребет

---

[1] *Яджудж и Маджудж* (Гог и Магог) – упоминаемые в Коране мифические племена, проживающие за стеной, которую якобы построил Александр Македонский. Эти племена, согласно коранической легенде, перед концом света разрушат стену и завоюют мир.

Каф.

Так сливаются в мире «Тысячи и одной ночи» средневековая ученая и народная традиции, так создается космогония, где сплелись народные мифологические представления о мире с научными, или близкими к научным, воззрениями мусульманских ученых, основывающиеся главным образом на системе Птолемея.

Сказки уносят нас то в Багдад, Басру, Дамаск, Каир, Андалусию, то в Медный город или во владения Синего царя джиннов. Но повсюду, идет ли речь о простых людях – ремесленниках, купцах, путешественниках, либо о царях, везирях, волшебниках и чародеях – перед нами люди одной эпохи, одного мировоззрения, одного общества.

Как большой портовый город, подобный Александрии, соединил пришельцев из разных стран, сплавил унаследованные им традиции древнеегипетской и эллинистической культур с арабо-мусульманской, так Шахразада соединила в своих рассказах разноплеменных героев – арабов и индийцев, персов и жителей Китая. О чем думают эти герои, как поступают, каковы их идеалы?

Желая наставить царя Шахрияра и вместе с ним читателя (вернее, слушателя) на путь истинной добродетели, Шахразада рассказывает сказки и притчи, в которых говорится о том, каким должно быть человеческое общество, каким должен быть человек. Этот вопрос не нов. Еще Платон нарисовал «идеальное общество» в виде гармоническою единства, и арабо-мусульманская культура, наследница греческой, восприняла основные положения греческой и эллинистической этики, на которые наслоились элементы собственно мусульманские. В X веке аль-Фараби, называющий, вслед за Платоном, идеальное общество «идеальным городом», определяет основные «добродетели» людей – членов идеального общества, в XI веке Ион Мискавейх пишет этические трактаты и «заветы», призывая своих современников к самосовершенствованию и «смягчению нравов».

«Тысяча и одна ночь» посвящает этому повествование о царе Азадбахте и его десяти везирях, рассказ о Джиллиаде и Шимасе, множество коротких притч о животных.

Каковы же те этические идеалы, которых должен придерживаться слушатель, привыкший к сочетанию занимательного с дидактическим? Лучшая из добродетелей – сдержанность и терпение, говорит сказитель. Только единственно благодаря сдержанности не казнил царь Азадбахт своего сына, не узнанного им, только благодаря терпению спасается человек, попавший в беду. Не менее важно и благоразумие, умение обуздать свои желания, стремление не быть рабом страстей. Так, царь Джиллиад, отличавшийся в детстве необычайным благоразумием, мудро правит государством. Но стоит ему изменить благоразумию, и подданные восстают против него, и лишь разум вновь выводит его «на путь добра». Сказитель призывает сильных мира сего: «Будьте справедливы, не притесняйте подданных, руководствуйтесь в своих поступках справедливостью и милосердием». Обычно справедливость в «Тысяче и одной ночи» торжествует, злые цари лишаются престола, злые жены умирают лютой смертью, лицемеры и клеветники бывают разоблачены.

Но всюду ли? Шахразада беспристрастна. Рассказав о посрамлении лживых старцев и о наказании, ниспосланном жестокому царю, она переходит к повествованию о хитрой Далиле и коварной Зейнаб, о «молодцах» – членах братства разбойников и грабителей Хасане-Шумане и Али Зейбаке, юрком, словно ртуть, отчего и получил он свое имя.

И совсем другие добродетели ценятся в мире героев этих рассказов – не благоразумие, но хитрость, не сдержанность, по сила и напористость, не терпение, но безудержность желаний. В историях о «ловкачах» действие перехлестывает грани сказки, перенося нас в иной, реальный мир. Да разве похож халиф *Харун ар-Рашид*[2] на «идеального» – мудрого и благоразумного правителя, пекущегося о благе своих подданных? Переодевшись, он ходит ночью по городу якобы для того, чтобы посмотреть, как живется народу, а на самом деле для того, чтобы удовлетворить свою необузданную и недостойную «повелителя правоверных» страсть к приключениям. А его могущественная супруга «госпожа Зубейда» нередко идет на преступление из ревности, проявляет, неоправданную жестокость по отношению к своим невольницам, к Абу-Новасу, любимому поэту халифа.

Идеал не совпадает с действительностью, и Шахразада-сказочница, вернее, говорящий от ее имени сказитель не пытается примирить их, одно существует рядом с другим.

* * *

Но одна добродетель процветает везде, это – красноречие.

«В красноречивой речи – волшебство» – это изречение, взятое из Корана, было любимо арабскими средневековыми литераторами, утверждавшими, что «пророк» *Мухаммед*[3], основатель ислама, избран богом главным образом из-за своего красноречия.

Ничем не гордились арабы так, как присущим им с древности даром слова. Опершись на посох, пастух-бедуин произносил вдохновенные стихи, прославляя свое племя, странствующий рапсод

---

2 *Харун ар-Рашид* – халиф из династии Аббасидов (766–809), прославившийся победоносными походами против Византии. Постоянный персонаж арабских сказок.

3 *Мухаммед* – Мухаммед ибн Абдаллах, основатель ислама (ок. 580–632). Восхваление Мухаммеда и его рода является обязательным зачином произведений средневековой «ученой» литературы и фольклорных произведений

хранил в памяти сотни стихов из древних поэм, помнил все подвиги кочевых племен, а рассказчик «народных романов», таких, как «Жизнеописание Антары», «Сказания о подвигах племени Бену Хилаль», «Жизнеописание царя Сейфа ибн Зу Язаиа» или вошедшие в сборник «Тысячи и одной ночи» «Повесть об Омаре ибн ан-Нумане», «Повесть об Аджибе и Гарибе», пользовались дошедшими до них издавна и освященными традицией формулами-описаниями. Сотни таких формул мы видим в повествованиях «Тысячи и одной ночи».

Слово здесь – могущественная стихия, оно подхватывает самые разнородные сюжеты, известные нам и распространенные в фольклоре других народов, – о волшебной одежде из перьев, чудесных предметах и превращениях, о злой жене и неверных братьях, – и облекает их в пестрый наряд, придающий им неповторимое своеобразие и отличающий от сказок других народов.

Где еще найдем мы подобное кружевное «плетение словес», орнамент синонимов и созвучий, мозаику рифмы, невымученной и естественной? Повествование льется легко и плавно, а там, где сказителю нужна рифма, он не задумывается над ней – ему помогает и необыкновенное лексическое богатство арабского языка, и многовековая традиция, донесшая до него ряд рифмующихся слов – двух, трех, четырех и более.

«Тысяча и одна ночь» являет собой яркий пример декоративности, присущей всем видам арабо-мусульманского искусства. Словесное оформление сюжетов так же красочно, как сверкающий золотом и лазурью орнамент восточных рукописей, мечетей, ажурных светильников, а кажущаяся беспорядочность рассказов сплавлена чудесной гармонией «красноречивого слова», объединившей разнородные и часто противоречащие друг другу части этого грандиозного свода в единое целое. И если в древнеарабской поэзии стихотворение начинается с постоянного зачина-воспоминания о покинутом кочевье возлюбленной, то и здесь любовные эпизоды, описания красавицы, цветущего луга, роскошного дворца всегда традиционны. Но это не лаконичные сказочные формулы русских сказок, а сложный узор рифмованных периодов со своеобразным ритмом, нигде не сбивающимся на ритмы прозы.

Сила «Тысячи и одной ночи» – в ее традиционности, ведь вдохновение сказителя сливается с восторгом слушателя, который заранее ждет знакомые слова, знакомые образы, знакомые рифмы, – и тем больше радость узнавания!

Может быть, часто сказителю важен даже не сам сюжет, а именно его словесное оформление, всегда новое, несмотря на традиционность, – ведь традиционные формулы скомпонованы всякий раз по-новому, по-иному, как в калейдоскопе из нескольких кусочков разноцветного стекла создается неисчерпаемое богатство узоров. Красноречие сказителя и, соответственно, его героев – результат не изучения научных трудов по грамматике, логике, поэтическому и ораторскому искусству, это наследственное профессиональное мастерство, перешедшее к рассказчику от отца и деда. Сказитель нуждается в записи лишь для того, чтобы восстановить в памяти порядок сказок, эпизодов, стихов (которые могут варьироваться в разных сводах «Тысячи и одной ночи»), – традиция подсказывает ему оформление этих эпизодов, будь то сцены разлуки и Свидания, битвы и пира, описания красавца, красавицы или цветущего луга.

А в сознании его слушателя слово становится делом. Слушатель как бы переносит себя в сказку, сопереживание становится переживанием. Недаром сложены рассказы о слушателях приключений Литары и Сейф аль-Мулука, которые, расставшись со сказителем, прервавшим повествование на самом интересном месте, не знали покоя и буйствовали всю ночь, пока разбуженный ими сказитель не досказывал эпизод до благополучного конца.

Красноречивый человек, кем бы он ни был – мудрецом-философом, юной рабыней, нищим бедуином или могущественным правителем, – неизменно вызывает уважение и восхищение. Красноречие ценится больше, чем богатство, чем деньги. Деньги можно быстро истратить, а красноречие остается навеки, деньги могут попасть в руки недостойному и невежественному человеку, красноречие – дар, достающийся лишь немногим достойным.

Объединенные ярким искусством арабских народных сказителей, в «Тысяче и одной ночи» живут эмиры и султаны, ремесленники, купцы и «ловкачи». Каково же отношение к различным слоям общества, процветающего в мире этого грандиозного свода, кто его главный герой? Отвечая на этот вопрос, мы тем самым вернее всего определим, кем создана «Тысяча и одна ночь», кем выбраны из необозримого богатства средневековой арабской «ученой» и народной литературы отдельные повести и рассказы, вошедшие сюда, сказки, притчи и повествования о знаменитых людях арабской древности и средневековья?

В средние века в арабской письменной литературе были распространены книги типа «Зерцал», обращенные к царям и царедворцам, которым предписывался строгий этикет, давались рекомендации, как управлять подданными, как внушать уважение к власти. В эти книги включался также минимум сведений по основам всех известных в то время наук.

В «Тысячу и одну ночь» попало немало отрывков из «царских зерцал», в ее сказках и повестях действуют бесчисленные цари и султаны, правящие людьми и джиннами. Но все они сведены к нескольким типам – либо это настоящие «сказочные» цари (Синий царь, Красный царь, правитель Камфарной земли и так далее), либо бледные и невыразительные персонажи дидактических повествований, трактующих о неминуемости смерти, о пользе благоразумия и вреде поспешности, либо своевольные тираны вроде халифа Харуна ар-Рашида. Нет, не цари и везири истинные герои сказок.

Кто же подлинный герой «Тысячи и одной ночи»,

пользующийся всеобщими симпатиями? Ну конечно, это предприимчивый и отважный купец, открыватель новых земель и морей, которого влечет в путь не столько жажда наживы, сколько неуемная любознательность.

Во всех частях «населенного мира», как говорили средневековые арабские географы, – в Китае, Индии, Европе, на островах Индийского океана, – побывали великие арабские путешественники Ибн Баттута и Ибн Фадлан, оставив нам свои мемуары с описанием неведомых народов и земель, открытых ими для арабо-мусульманской науки.

А герой «Тысячи и одной ночи», неугомонный Синдбад, переживает приключение за приключением. Тягот первого его путешествия хватило бы иному на всю жизнь, но Синдбад вновь и вновь пускается в странствия. Он без страха грузит свои товары на корабль, хотя не раз становился жертвой кораблекрушения. Отправляясь в дорогу, Синдбад не думает об опасностях, несмотря на то, что его никак нельзя назвать бесстрашным. Но любознательность пересиливает страх, и Синдбад снова снаряжает корабли к таинственным островам, населенным гулями-людоедами, гигантскими птицами, неведомыми народами со странными обычаями.

Но опасным дорогам пустыни, где путнику угрожают не только голод и жажда, но и свирепые и безжалостные бедуины-разбойники, ведет караван со своими товарами египетский юноша Ала ад-Дин Абу-ш Шамат – «обладатель родинок». Правда, ему помогают святые-покровители, но в основном он надеется на себя – на свою ловкость, смекалку и удачу.

Сказитель не устает рассказывать нам о приключениях купцов. Они то приобретают сказочные богатства, добывая драгоценные камни невиданной величины, дорогие товары, серебро и золото, то оказываются нищими. Но они редко впадают в отчаяние, они борются до последнего. Из пещеры людоеда, мрачного подземного склепа, с затерянного в морях острова спасаются они благодаря своей поразительной жизненной силе и изворотливости. Все идет в ход – и хитрость, и обман, и убийство, – лишь бы выжить, сохранить свою жизнь для новых приключений. И сказитель восхищается этой неистребимой жизненной силой не меньше, чем красноречием, силой, идущей из народных глубин и вечной, как сам народ.

Не меньшей симпатией сказителя и, естественно, его слушателей пользуются ловкие и умелые ремесленники – башмачники, кожевенники, цирюльники. Они не кажутся «маленькими людьми», в них нет никакой приниженности, угодливости, сознания своей незначительности. Мастер – почетное прозвище, и ремесленник гордится этим прозвищем и своим, занятием не меньше, чем эмир своей властью.

«Ремесло угодно богу и полезно людям» – так считали еще в IX веке арабские философы, называвшие себя «чистыми братьями». Не случайно поэтому, что в «Тысяче и одной ночи» постройка хорошей бани, изготовление удобного седла, окраска тканей в яркие цвета, неизвестные людям той страны, щедро вознаграждаются, а мастер становится приближенным царя.

И поэтому так восторженно описывает сказитель все перипетии «борьбы плутов» – Далилы и ее дочери Зейнаб и Хасана-Шумана и его ученика Али-Зейбака каирского.

С древности существовало на Ближнем Востоке своеобразное могущественное братство бродяг и плутов, которых насмешливо называли «сасанидами», по имени древней иранской династии Сасанидов, или «айярами» – бродягами. Это братство было одинаково сильно в Иране, Ираке и Египте, и народ рассматривал его членов как своих заступников, хотя нередко страдал от них. Далила, Зейнаб и Али превозносятся в «Тысяче и одной ночи» как «мастера хитрости и коварства», о их проделках рассказывается с упоением. Это настоящий апофеоз находчивости и хитроумия, жизненной, а не книжной «мудрости», умеющей извлечь для себя пользу в самом, казалось бы, безвыходном положении. Далила, привязанная за волосы к кресту, не только спасается, но и отнимает коня у доверчивого и простоватого бедуина, приехавшего в город, чтобы поесть пирожков в меду! Здесь не до идеальных добродетелей, не приходится думать о сдержанности, терпении, верности. Но меткое и красноречивое слово ценится в любых обстоятельствах, – предводитель багдадских «молодцов» вызывает к себе из Каира Али-Зейбака стихотворным посланием!

Зато к «профессиональным военным» отношение сказителя в высшей степени скептическое. Воинские подвиги воспеваются лишь в «народных романах» или «народных повестях», где они отличаются гиперболизированным, сказочным характером. «И сшиблись всадники, как сшибаются две скалы», – начинает сказочник описание сражения, а затем идут традиционные формулы, звучная рифмованная проза, повторяясь от одного эпизода к другому почти без изменений. Слишком долго страдал народ от притеснений дейлемских, сельджукских и прочих «мутагаллибов» – захватчиков, слишком ненавистными были для горожан военный кафтан, наглые ухватки халифских и эмирских гвардейцев, чтобы «аскари» – военный – стал героем какого-нибудь произведения «ученой» или народной литературы.

И если представители «феодальной интеллигенции» презирали людей, занимавшихся «военным ремеслом», как невежд и врагов всякой культуры, то крестьяне, купцы и ремесленники-горожане ненавидели воинов-чужеземцев, приносивших беду и разорение независимо от того, были ли они «друзьями» или врагами.

Без особого почтения относится сказитель и к представителям мусульманского духовенства – кадиям-судьям, имамам-проповедникам. Они часто оказываются корыстолюбцами и лжецами. Вместе с тем такие повести, как «Омар ибн ан-Нуман», «Мариам-кушачница», «Сейф аль-Мулук», «Хасиб и царица змей», насыщены мусульманской апологетикой. Но ислам здесь – «народная вера», противопоставляемая «чужеземной вере – поклонению кресту», которая в народном сознании отождествляется с опустошительными походами сначала византийцев, а потом – рыцарей-крестоносцев, а понятие «христианин» становится равнозначным представлению о враге-чужеземце, хотя в действительности среди коренных жителей Ирака, египтян, сирийцев, было немало христиан.

Мусульманин – это прежде всего «свой», христианин – «франк», чужак, враг. Ислам олицетворяет силы добра, а его противники, будь то язычники или христиане, – силы зла, и переход из одного лагеря в другой как бы автоматически перекрашивает героя или героиню из черного в белый цвет (христианка или язычница принимает ислам или христианин становится мусульманином). А уж среди мусульман есть люди получше и похуже, и отнюдь не всегда служители мусульманского культа оказываются лучшими. Они ведь богаты, а еще пророк сказал в одном из своих хадисов-изречений: «Я заглянул в рай и увидел, что большинство его обитателей – бедняки».

Вторая часть этого изречения пророка гласит: «Я заглянул в ад и увидел, что большинство его обитателей – женщины». Согласен ли сказитель с таким безоговорочным осуждением женщины? Более половины пестрого мира «Тысячи и одной ночи» – женщины, и женщине – Шахразаде – обязаны мы тем, что познакомились с этим миром.

И здесь также наше впечатление раздваивается. Мы видим страшное и уродливое рабство, делающее умную, образованную и прекрасную женщину товаром, правда, очень дорогим, приобрести который под силу только богатому человеку. Самое страшное то, что не только продавец и покупатель, но и сама девушка не относятся к рабству трагически, а воспринимают его как самый обычный факт, и невольница нередко даже предлагает своему владельцу и возлюбленному, оказавшемуся без гроша, продать ее.

Но, с другой стороны, рабство и гаремная жизнь развили в женщине изворотливость, хитрость и силу, нужные ей для того, чтобы как-то сохранить свое человеческое достоинство. Очень часто женщина оказывается сильнее мужчины не только в обыденной жизни, но и в сражении. Ярче всего это проявляется в повествованиях «Тысячи и одной ночи», связанных не с «ученой», а с фольклорной традицией. Героиням «народных романов», как принято называть повести, подобные «Омару ан-Нуману», «Хасибу», «Мариам-кушачнице», всегда принадлежит инициатива, они ведут за собой мужчин, которые нередко представлены слабовольными трусами, теряющими сознание при виде вражеских воинов.

Женщина, пробивающая себе путь иногда даже обманами и плутнями, как хитрая Зейнаб, оказывается в конце концов верной подругой, достойной женой и плодовитой матерью, что является, по понятиям мусульман, «благословением божиим».

А в роли обманутого простака, который становится жертвой хитрых горожан, чаще всего выступает бедуин, степняк-кочевник. Сказывается давняя вражда между «оседлыми и кочевыми арабами». Для горожан бедуин – чужой, и хотя они соглашаются признать бедуинское красноречие, – недаром в «Тысяче и одной ночи» немало рассказов о красноречивых бедуинах, – но все же относятся к кочевникам свысока, высмеивая и их своеобразную речь (бедуины говорят о себе по множественном числе), и их характер, в котором жестокость и высокомерие уживаются с простотой и доверчивостью. Бедуин в их глазах – и носитель древних традиций гостеприимства, благородства, щедрости, красноречия, и вместе с тем нищий и невежественный разбойник, кичащийся своим «чисто арабским» происхождением.

Таковы социальные воззрения людей, живущих в обширном мире «Тысячи и одной ночи», отражающем реальный мир, ту среду, в которой складывался в окончательной форме этот свод – египетский город в эпоху позднего средневековья.

Из «Тысячи и одной ночи» мы узнаем и о философских взглядах этого общества и, в первую очередь, об отношении к вопросу, который издавна занимал мусульманских философов и богословов, – вопросу о добре и зле, о наличии или отсутствии свободной поли у человека.

Если бог милосерд, – спрашивали философы, – то зачем существует в мире зло, зачем люди совершают дурные поступки, за которые несут суровое наказание в загробной жизни? Если все поступки предопределены судьбой или богом, за что тогда наказывать грешника, – ведь он грешит не по своей воле, а по воле бога. Не было числа спорам и диспутам на эту тему, она рассматривалась в десятках ученых трактатов, в споры были вовлечены широкие круги народа, и «Тысяча и одна ночь» не могла обойти его. Вот что говорится здесь: «Аллах дал человеку волю и сделал пять чувств, присущих ему, причиной его блаженства или адского огня» (рассказ о Джиллиаде и Шимасе).

То есть, утверждает безымянный автор этого повествования, – воля человека свободна, он может избрать добрые поступки и будет вознагражден если не на этом, то на том свете, и может избрать дурные поступки и будет наказан. Человек – хозяин своей судьбы, хочет сказать этим сказитель, превозносящий не пассивного героя, покоряющегося судьбе, а деятельного, жизнеспособного человека, умеющего перехитрить самое судьбу.

Впрочем, герои «Тысячи и одной ночи» никогда не упускают случая признать силу и неотвратимость судьбы, но только на словах. Решив «покориться судьбе», они лихорадочно ищут выхода и обычно находят его. На помощь героям «народных повестей» часто приходят заступники-духи, пророк Хидр, они пользуются волшебными предметами – заколдованным кольцом, шапкой-невидимкой, колдовскими травами, но ведь эти волшебные талисманы добыты ими силой или хитростью. Разум, находчивость заступают место неизбежной судьбы, а от пресловутого «восточного фатализма» ничего не остается. Нельзя назвать фаталистом ни Синдбада морехода, ни ловкого Али-Зейбака, ни какого-либо иного героя сказок «Тысячи и одной ночи».

* * *

Сказок ли? Можно ли безоговорочно назвать части, из которых состоит «Тысяча и одна ночь», сказками? Если одни действительно ближе всего жанру волшебной или бытовой сказки, то другие никак не укладываются в рамки этого жанра. Все своеобразие «Тысячи и одной ночи», все противоречия этого сложного мира вызваны именно тем, что «Тысяча и одна ночь» состоит из повествований разных жанров, созданных в разных странах, и разное время и получивших общую редакции).

Исследователи, специально занимавшиеся вопросами происхождения и состава «Тысячи и одной ночи», пришли к выводу, что основой этого свода Пыли созданные в Индии фантастические сказки и дидактические повествования, относящиеся к так называемому «животному эпосу». Называют даже памятник индийской литературы, давший арабской литературе образец «обрамленной» композиции и послуживший сокровищницей сюжетов. Это «Панчатантра» – сборник дидактических притч о животных, в обилии снабженный стихотворными вставками, играющими важную роль в повествовании.

Кроме этих притч, к дидактическому жанру, богато представленному в «Тысяче и одной ночи», нужно отнести и те повествования, которые можно было бы назвать «приключенчески-дидактической повестью». Прежде всею это «Повесть о десяти везирях», все сложные перипетии которой служат иллюстрациями для доказательства определенных этических норм. «Поспешность вредна», – говорится в начале рассказа о безрассудном царе, – и это положение доказывается не путем логических умозаключений, а с помощью увлекательного «остросюжетного» повествования. В следующей главе трактуется вопрос о пользе сдержанности и терпения – и необыкновенные приключения героев этой главы доказывают правильность этого тезиса.

Дидактические повести имеют ясно поставленную цель – воспитать человека, исправить его, если он ошибся, как это особенно бросается в глаза в рассказе о Джиллнаде и Шимасе, своеобразном сплаве индийского и мусульманского дидактических направлений литературы.

Индийское происхождение этой повести бесспорно, особенно оно становится явственным, когда мы знакомимся с примерами, приводимыми в ней. Здесь мы встречаемся с излюбленными у индийских философов сравнениями бога-творца, создавшего мир, с гончаром, лепящим сосуд из глины. Философ говорит: «Ремесленники могут создать только из уже сотворенного», в противоположность богу, – и эти слова взяты в неизменном виде из индийских философских сочинений.

Чисто мусульманскую дидактику видим мы в повествовании об ученой невольнице Таваддуд. Это повествование относится к жанру «зерцал», то есть средневековых энциклопедий, прочитав которые можно было получить представление об основах всех наук.

Еще более древняя дидактическая традиция, унаследованная от библейских и фараоновских времен, прослеживается в рассказах, говорящих о неизбежности смерти, о наказании за вероломство, о наградах за верность.

Естественно, что при такой разнородности происхождения этих повествований трудно ожидать их полного сходства, как идейного, так и стилевого. И если этические установки здесь в общем не особенно отличны, так как они продиктованы сходством индийского, греческого, древнеиранского и арабо-мусульманского этических учений, которые были взаимно обусловлены и развивались непрерывной цепью, то стиль этих повествований совершенно не схож.

Язык коротких притч предельно прост, они беспристрастно рассказывают о злоключениях людей, преступивших законы чести и верности, о неизбежном торжестве добра и посрамлении зла. Оживляющие рассказ стихотворные вставки придают ему большую живость и красочность, как бы компенсируя недостаток эмоциональности прозы.

Не таков стиль дидактических повестей, особенно «Рассказа о десяти везирях», представляющего собой свободный перевод средневекового персидского дидактического сочинения «Бахтияр-наме». Повесть состоит из длинных периодов, насыщенных синонимами, рассчитанных специально на то, чтобы заставить слушателя глубже усвоить провозглашаемые в повествовании этические идеалы. Мысль не просто высказывается, она обыгрывается, истолковывается, поясняется в разной форме.

Русскому читателю может показаться скучным это словесное изобилие, сложный рисунок фразы. Но арабский слушатель ценит именно эту сторону, наслаждаясь богатыми возможностями Слова, которым, как говорит мудрец из рассказа о Джиллиаде и Шимасе, «Аллах создал весь мир по своей воле».

Мы ценим в подобных повествованиях прежде всего занимательность сюжетов, их разнообразие, но для сказителей, как и для их слушателей, может быть, главенствующими были здесь и не сами приключения, хотя и они играли немаловажную роль, а именно скрытая за их переплетением дидактика, моральные и этические принципы, утверждаемые безымянным автором повествования.

Но есть в «Тысяче и одной ночи» жанры, где на первый план выступает приключение, реальное или фантастическое, воспеваемое как таковое. Это древние и постоянно обновляющиеся жанры «приключенческой» и «приключенческо-фантастической» повести. На дальних островах Индийского океана побывал капитан Бузург ибн Шахрияр, описавший свои впечатления от этих путешествий. Но в «Тысячу и одну ночь» попал Синдбад-мореход, чьи приключения представляют собой смесь путевого дневника с волшебной сказкой, многие сюжеты которой восходят к далеким временам «Одиссеи».

Если в рассказе о путешествии к островам Вак можно усмотреть отражение реального путешествия к какому-нибудь из островов Индийского океана, то в эпизодах с ослеплением людоеда, гигантской птицей рухх видно, как разнообразно могут преломиться сюжеты об обманутом чудовище (Полифем) и сказочной птице, не имеющей обычно имени в русских сказках, а в персидских носящей имя Симург.

Именно фантастическое повествование больше всего увлекало европейского читателя, не всегда способного вникнуть в кажущуюся ему наивной и скучной дидактику, не могущего в должной мере оценить «красноречие» стиля, к тому же достаточно измененного и обедненного при переводе. Поэтому самыми популярными из повествований «Тысячи и одной ночи» в Европе стали не дидактические повести, а волшебные сказки, подобные рассказам о купце и духе, об Ала ад-Дине и волшебном светильнике.

Но и «народные повести», или «народные романы», мы воспринимаем как волшебную сказку, – так насыщены фантастикой «Повесть о Хасибе и царице змей», повести о приключениях Сейф аль-Мулука, Аджиба и Гариба, Мариам-кушачницы.

«Фантастические повести», так же как и сказки, рассказывают нам о чудесном рождении героя (его мать съедает волшебное яблоко или мясо змей), о любви героя к изображению девушки, на поиски которой он пускается. Обычно в арабских и персидских сказках это дочь императора Китая, но иногда «Тысяча и одна ночь» переносит действие в более близкую среду, и девушка оказывается жительницей Багдада.

Мы узнаем, как герой добывает себе волшебные талисманы, обычно шапку-невидимку и волшебную дубину, обманывая владельцев этих сокровищ, спорящих из-за них. В поисках любимой герой претерпевает множество бед – он едва не становится жертвой людоеда, которого ослепляет, напоив вином, сражается с чудовищем, повергая его одним ударом. «Не бей второй раз, не то чудовище воскреснет!» – предупреждают героя сказки «Тысячи и одной ночи», как и героев русских, турецких, персидских сказок. Трудно объяснить, почему нечистую силу нельзя бить второй раз, важно, что эта, казалось бы, мелочь подтверждает тесную связь волшебных сказок ближневосточных народов, с одной стороны, и их близость к русскому фольклору, к русской сказке.

Кончив рассказ о приключениях одного из героев, сказитель возвращается к другим, намеренно оставленным им в критический момент: сражающимся с врагами, в темнице перед казнью, летящим на спине разгневанного джинна. Рассказчик будто вяжет петлю за петлей, и нельзя выбросить ни одну из них, иначе прочная ткань повести распадется. Это сплетение разнообразных приключении напоминает нам эллинистический роман с его кораблекрушениями, разлуками, чудесными узнаваниями и встречами.

Приключенческая повесть «Тысячи и одной ночи» возрождает в несколько ином обличии, на другом языке традиции эллинистического рома на, чьи корни, в свою очередь, уходят в землю Древнего Востока, жанра, в создании и разработке которого немалую роль сыграла Александрия, крупный центр и эллинистической и арабо-мусульманской культур, гавань, откуда начинали обычно свое плавание герои «Тысячи и одной ночи».

Едва ли не самую колоритную часть «Тысячи и одной ночи» представляют собой «бытовые сказки» и «плутовские повести», подобные рассказу о хитроумных обманщицах Далиле и Зейнаб и «предводителях молодцов» – Хасане-Шумане и Али-Зейбаке каирском, и такие повествования, как «Сказка о горбуне» и «Сказка о Маруфе-башмачннке», где традиционные сюжеты – волшебный перстень, сказочные сокровища, джинны, талисманы, колдуны, чудесные превращения – включены в «бытовую» рамку и сочетаются с не менее традиционными мотивами бытовой народной сказки – рассказом о злой жене, брате или друге-предателе, о ловком обманщике.

И «плутовские повести», и бытовые сказки рассказаны просто, без стилевых украшений, с грубоватым юмором, сказитель говорит так, как говорят его герои у себя дома, на улице, на рынке.

На общем «сказочном» фоне «Тысячи и одной ночи» воспринимаются как бытовые сказки и древнейшие повествования, восходящие к доарабской литературной и фольклорной традиции Египта и эллинистического мира, Библии, древнеперсидской литературе и фольклору. Шахразада рассказывает и о лживых старцах, обвинивших праведницу (библейский рассказ о Сусанне и старцах), и об Александре Македонском, который стал излюбленным героем арабского и персидского фольклора. Упоминание о нем встречается не раз в Коране, а иные народные романы заставляют Александра совершить долгое путешествие в сопровождении мусульманского пророка Хидра!

И даже попавшие в «Тысячу и одну ночь» из хроник и антологий рассказы о реальных исторических лицах – халифах, богословах, ученых и поэтах, прославившихся в разных краях халифата в VII-XII веках, в эпоху наибольшего расцвета и славы арабо-мусульманской культуры, кажутся свеянными сказочным ореолом.

Эти рассказы представляют собой как бы завершающий штрих, и без них мир «Тысячи и одной ночи» лишился бы своей неповторимости.

Трудно сказать, какая из частей «Тысячи и одной ночи» интереснее, – каждая имеет свои достоинства. Но, познакомившись с «Тысячью и одной ночью», с ее сказками и новеллами, поучительными притчами и повествованиями о необыкновенных приключениях, чувствуешь, что проник в новый, чудесный мир, который надолго, если не навсегда, останется в памяти.

В. Шидфар

Рассказ о царе Шахрияре и его брате

Слава Аллаху, господу миров!

Привет и благословение господину посланных, господину и владыке нашему Мухаммеду! Аллах да благословит его и да приветствует благословением и приветом вечным, длящимся до Судного дня!

А после того: поистине, сказания о первых поколениях стали назиданием для последующих, чтобы видел человек, какие события произошли с другими, и поучался, и чтобы, вникая в предания о минувших народах и о том, что случилось с ними, воздерживался он от греха. Хвала же тому, кто сделал сказания о древних уроком для народов последующих!

К таким сказаниям относятся и рассказы, называемые «Тысяча и одна ночь», и возвышенные повести и притчи, заключающиеся в них.

Повествуют в преданиях народов о том, что было, прошло и давно минуло (а Аллах более сведущ в неведомом, и премудр, и преславен, и более всех щедр, и благосклонен, и милостив), что в древние времена и минувшие века и столетия был *на островах Индии и Китая*[4] царь *из царей рода Сасана*[5], повелитель войск, стражи, челяди и слуг. И было у него два сына: один взрослый, другой юный, и оба были витязи-храбрецы, но старший превосходил младшего доблестью. И он воцарился в своей стране и справедливо управлял подданными, и жители его земель и царства полюбили его. Имя ему было царь Шахрияр; а младшего его брата звали царь Шахземан, и он царствовал в *Самарканде персидском*[6]. Оба они пребывали в своих землях, и каждый у себя в царстве был справедливым судьей своих подданных в течение двадцати лет и жил в полнейшем довольстве и радости. Так продолжалось до тех пор, пока старший царь по пожелал видеть своего младшего брата и не повелел своему везирю поехать и привезти его. *Везирь*[7] исполнил его приказание, и отправился, и ехал

---

[4] *Острова Индии и Китая .* – Сказки «Тысячи и одной ночи» часто переносят действие в Китай или на «острова Индийского океана», которые в представлении сказочника и слушателей являются экзотическими «сказочными странами».

[5] *..из царей рода Сасана...* – Сасаниды – иранская династия, свергнутая в VII в. мусульманами во время завоевательных войн. Сасаниды – постоянные герои арабского средневекового фольклора, а также поэтических и прозаических жанров «высокой» или «ученой» средневековой арабо-мусульманской литературы.

[6] *Самарканд персидский .* – Самарканд – одно из излюбленных «сказочных географических названий» арабского фольклора, может быть, со времени расцвета культуры в Самарканде в X–XI вв.

до тех пор, пока благополучно не прибыл в Самарканд. Он вошел к Шахземану, передал ему привет и сообщил, что брат его но нем стосковался и желает, чтобы он его посетил; и Шахземан отвечал согласием и снарядился в путь. Он велел вынести свои шатры, снарядить верблюдов, мулов, слуг и телохранителей и поставил своего везиря правителем в стране, а сам направился в земли своего брата. По когда настала полночь, он вспомнил об одной вещи, которую забыл во дворце, и вернулся, и, войдя во дворец, увидел, что жена его лежит в постели, обнявшись с черным рабом из числа его рабов.

И когда Шахземан увидел такое, все почернело перед глазами его, и он сказал себе: «Если это случилось, когда я еще не оставил города, то каково же будет поведение этой проклятой, если я надолго отлучусь к брату!» И он вытащил меч, и ударил обоих, и убил их в постели, а потом, в тот же час и минуту, вернулся и приказал отъезжать – и ехал, пока не достиг города своего брата. А приблизившись к городу, он послал к брату гонцов с вестью о своем прибытии, и Шахрияр вышел к нему навстречу и приветствовал его, до крайности обрадованный. Он украсил в честь брата город и сидел с ним, разговаривая и веселясь, но царь Шахземан вспомнил, что было с его женой, и почувствовал великую грусть, и лицо его стало желтым, а тело ослабло. И когда брат увидел его в таком состоянии, он подумал, что причиной тому разлука со страною и царством, и оставил его так, не расспрашивая ни о чем. Но потом, в какой-то день, он сказал ему: «О брат мой, я вижу, что твое тело ослабло и лицо твое пожелтело». А Шахземан отвечал ему: «Брат мой, внутри меня язва», – и рассказал, что испытал от жены. «Я хочу, – сказал тогда Шахрияр, – чтобы ты поехал со мной на охоту и ловлю: может быть, твое сердце развеселится». По Шахземан отказался от этого, и брат поехал на охоту один.

В царском дворце были окна, выходившие в сад, и Шахземан посмотрел и вдруг видит: двери дворца открываются, и оттуда выходят двадцать невольниц и двадцать рабов, а жена его брата идет среди них, выделяясь редкостной красотой и прелестью. Они подошли к фонтану, и сняли одежды, и сели вместе с рабами, и вдруг жена царя крикнула: «О Масуд!» И черный раб подошел к ней и обнял ее, и она его также. Он лег с нею, и другие рабы сделали то же, и они целовались и обнимались, ласкались и забавлялись, пока день не повернул на закат. И когда брат царя увидел это, он сказал себе: «Клянусь Аллахом, моя беда легче, чем это бедствие!» – и его ревность и грусть рассеялись. «Это больше того, что случилось со мною!» – воскликнул он и перестал отказываться от питья и пищи. А потом брат его возвратился с охоты, и они приветствовали друг друга,

---

[7] *Везирь* (или вазир) – высший чиновник в халифате. В разные эпохи существования халифата был один или несколько везирей. Везирь – постоянный персонаж арабских и персидских сказок, обычно лукавый и завистливый

и царь Шахрияр посмотрел на своего брата, царя Шахземана, и увидел, что прежние краски вернулись к нему и лицо его зарумянилось и что ест он не переводя духа, хотя раньше ел мало. Тогда брат его, старший царь, сказал Шахземану: «О брат мой, я видел тебя с пожелтевшим лицом, а теперь румянец к тебе возвратился. Расскажи же мне, что с тобою». – «Я расскажу тебе о том, почему я изменился, но избавь меня от рассказа о том, почему ко мне вернулся румянец», – отвечал Шахземан. И Шахрияр сказал: «Расскажи сначала, отчего ты исхудал и ослаб, а я послушаю».

«Знай, о брат мой, – заговорил Шахземан, – что, когда ты прислал ко мне везиря с требованием явиться к тебе, я снарядился и уже вышел за город, но потом вспомнил, что во дворце осталась жемчужина, которую я хотел тебе дать. Я возвратился во дворец и нашел мою жену с черным рабом, спавшим в моей постели, и убил их, и приехал к тебе, размышляя об этом. Вот причина перемены моего вида и моей слабости; что же до того, как ко мне вернулся румянец, – позволь мне не говорить тебе об этом».

Но, услышав слова своего брата, Шахрпяр воскликнул: «Заклинаю тебя Аллахом, расскажи мне, почему возвратился к тебе румянец!» И Шахземан рассказал ему обо всем, что видел. Тогда Шахрияр сказал брату своему Шахземану: «Хочу увидеть это своими глазами!» И Шахземан посоветовал: «Сделай вид, что едешь на охоту и ловлю, а сам спрячься у меня, тогда увидишь это и убедишься воочию».

Царь тотчас же велел кликнуть клич о выезде, и войска с палатками выступили за город, и царь тоже вышел; но потом он сел в палатке и сказал своим слугам: «Пусть не входит ко мне никто!» После этого он изменил обличье и украдкой прошел во дворец, где был его брат, и посидел некоторое время у окошка, которое выходило в сад, – и вдруг невольницы и их госпожа вошли туда вместе с рабами и поступали так, как рассказывал Шахземан, до призыва к послеполуденной молитве. Когда царь Шахрпяр увидел это, он лишился разума и сказал своему брату Шахземану: «Вставай, уйдем тотчас же, не нужно нам царской власти, пока не увидим кого-нибудь, с кем случилось то же, что с нами! А иначе – смерть для нас лучше, чем жизнь!»

Они вышли через потайную дверь и странствовали дни и ночи, пока не подошли к дереву, росшему посреди лужайки, где протекал ручей возле соленого моря. Они напились из этого ручья и сели отдыхать. И когда прошел час дневного времени, море вдруг заволновалось, и из него поднялся черный столб, возвысившийся до неба, и направился к их лужайке. Увидев это, оба брата испугались и взобрались на верхушку высокого дерева и стали ждать, что будет дальше. И вдруг видят: перед ними *джинн* [8] огромного роста, с

---

[8] *Джинн* – В эпоху позднего средневековья – время окончательного оформления свода «Тысячи и одной ночи» – была весьма подробно разработана мусульманская демонология, персонажами которой были

большой головой и широкой грудью, а на голове у него сундук. Он вышел на сушу и подошел к дереву, на котором были братья, и, севши под ним, отпер сундук, и вынул из него ларец, и открыл его, и оттуда вышла молодая женщина с стройным станом, сияющая подобно светлому солнцу, как это сказал, и отлично сказал, поэт *Атыйя* [9]:

> Чуть вспыхнула она во тьме, день отворил зеницы,
> И чуть забрезжила она, зажегся луч денницы,
> Ее сиянием полны светила на восходе,
> И луны светлые при ней горят на небосводе.
>
> И преклониться перед ней все сущее готово,
> Когда является она без всякого покрова.
> Когда же красота сверкнет, как вспышка грозовая,
> Влюбленные потоки слез льют не переставая.

Джинн взглянул на эту женщину и сказал: «О владычица благородных, о ты, кого я похитил в ночь свадьбы, я хочу немного поспать!» И он положил голову на колени женщины и заснул; она же подняла голову и увидела обоих царей, сидевших на дереве. Тогда она сняла голову джинна со своих колен и положила ее на землю и, вставши под дерево, сказала братьям знаками: «Слезайте, не бойтесь ифрита». И они ответили ей: «Заклинаем тебя Аллахом, избавь нас от этого». Но женщина сказала: «Если не спуститесь, я разбужу ифрита, и он умертвит вас злой смертью». И они испугались и спустились к женщине, а она легла перед ними и сказала: «Вонзите, да покрепче, или я разбужу ифрита». От страха царь Шахрияр сказал своему брату, царю Шахземану: «О брат мой, сделай то, что она велела тебе!» Но Шахземан ответил: «Не сделаю! Сделай ты раньше меня!» И они принялись знаками подзадоривать друг друга, но женщина воскликнула: «Что это? Я вижу, вы перемигиваетесь! Если вы не подойдете и не сделаете этого, я разбужу ифрита!» И из страха перед джинном оба брата исполнили приказание, а когда они кончили, она

джинны-духи (добрые духи-мусульмане и злые духи-неверные), ифриты – злые духи, демоны, мариды (см. далее в книге) – мятежные духи, восставшие против Аллаха, духи-великаны и так далее.

[9] *Атыйя* – поэт X в.

сказала: «Очнитесь! – и, вынув из-за пазухи кошель, извлекла оттуда ожерелье из пятисот семидесяти перстней. – Знаете ли вы, что это за перстни?» – спросила она; и братья ответили: «Не знаем!» Тогда женщина сказала: «Владельцы всех этих перстней имели со мной дело на рогах этого ифрита. Дайте же мне и вы тоже по перстню». И братья дали женщине два перстня со своих рук, а она сказала: «Этот ифрит меня похитил в ночь моей свадьбы и положил меня в ларец, а ларец – в сундук. Он навесил на сундук семь блестящих замков и опустил меня на дно ревущего моря, где бьются волны, но не знал он, что если женщина что-нибудь захочет, то ее не одолеет никто, как сказал один из поэтов:

> Не верь посулам жен и дев,
> Их легким увереньям,
> Ведь их довольство или гнев
> Подвластны вожделеньям.
> Под их любовью показной
> Скрывается измена,
> Цени их малою ценой
> И берегись их плена.
> Ведь дьявол, женщиной играя,
> Адама выдворил из рая.

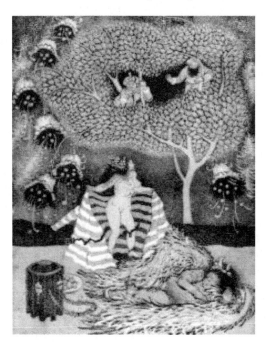

Рассказ о царе Шахрияре и его брате

Услышав от нее такие слова, оба царя до крайности удивились и сказали один другому: «Вот ифрит, и с ним случилось худшее, чем с нами! Подобного не бывало еще ни с кем!»

И они тотчас ушли от нее и вернулись в город царя Шахрияра, и он вошел во дворец и отрубил голову своей жене, и рабам, и невольницам.

И царь Шахрияр еженощно стал брать невинную девушку и овладевал ею, а потом убивал ее, и так продолжалось в течение трех лет.

И люди возопили и бежали со своими дочерьми, и в городе не осталось ни одной девушки, пригодной для брачной жизни.

И однажды царь приказал своему везирю привести ему, как обычно, девушку, и везирь вышел и стал искать, но не нашел девушки и отправился в свое жилище, угнетенный и подавленный, боясь для себя зла от царя. А у царского везиря было две дочери: старшая – по имени Шахразада, и младшая – по имени Дуньязада. Старшая читала книги, летописи и жития древних царей и предания о минувших народах, и она, говорят, собрала тысячу летописных книг, относящихся к древним народам, прежним царям и поэтам. И она сказала отцу: «Отчего это ты, я вижу, грустен и подавлен и обременен заботой и печалями? Ведь сказал же кто-то об этом:

> Скажи тому, кто прячет грусть:
> «О ты, печаль таящий!
> На этом свете и тоска
> И радость преходящи!»

И, услышав от своей дочери такие слова, везирь рассказал ей от начала до конца, что случилось у него с царем. И Шахразада воскликнула: «Заклинаю тебя Аллахом, о батюшка, выдай меня за этого царя, и тогда я либо останусь жить, либо буду выкупом за дочерей мусульман и спасу их от царя». – «Заклинаю тебя Аллахом, – воскликнул везирь, – не подвергай себя такой опасности!» Но Шахразада сказала: «Это неизбежно должно быть!» И везирь молвил: «Я боюсь, что с тобою случится то же, что случилось у быка и осла с земледельцем». – «А что же было с ними?» – спросила Шахразада.

Рассказ о быке с ослом[10]

«Знай, о дочь моя, – сказал везирь, – что купец обладал богатством и стадами скота, и у него была жена и дети, и Аллах великий даровал ему знание языка и наречий животных и птиц. А жил этот купец в деревне, и у него, в его доме, были бык и осел. И однажды бык вошел в стойло осла и увидел, что оно подметено и побрызгано, а в кормушке у осла просеянный ячмень и просеянная солома, и сам он лежит и отдыхает, и только иногда хозяин ездит на нем, если случится какое-нибудь дело, и тотчас же возвращается. И в

---

10 *Рассказ о быке с ослом* – Сюжет этого повествования (об упрямой жене) широко распространен в мировом фольклоре, в частности его можно найти в персидских, турецких, молдавских, русских сказках.

какой-то день купец услышал, как бык говорил ослу: «Хорошо тебе живется! Я устаю, а ты отдыхаешь, и ешь ячмень просеянным, и за тобою ухаживают, и только иногда хозяин ездит на тебе и возвращается, а я должен вечно пахать и вертеть жернов». И осел отвечал: «Когда ты выйдешь в поле и тебе наденут на шею ярмо, ложись и не подымайся, даже если тебя будут бить, или встань и ложись опять. А когда тебя приведут назад и дадут тебе бобов, не ешь их, как будто ты больной, и не касайся пищи и питья день, два или три, – тогда отдохнешь от трудов и тягот». А купец слышал их разговор. И когда погонщик принес быку его вечерний корм, тот съел самую малость, и наутро погонщик, пришедший, чтобы отвести быка на пашню, нашел его больным, и опечалился, и сказал: «Вот почему бык не мог вчера работать!» А потом он пошел к купцу и сказал ему: «О господин мой, бык не годен для работы: он не съел вчера вечером корм и ничего не взял в рот». А купец уже знал, в чем дело, и сказал: «Иди возьми осла и паши на нем, вместо быка, целый день». Когда к концу дня осел вернулся, после того как весь день пахал, бык поблагодарил его за его милость, избавившую его на этот день от труда, но осел ничего ему не отвечал и сильно раскаивался. И на следующий день земледелец пришел и взял осла и пахал на нем до вечера, и осел вернулся с ободранной шее и, мертвый от усталости. И бык, оглядев осла, поблагодарил его и восхвалил, а осел воскликнул: «Я распустил язык, но болтливость мне повредила! Знай, – добавил он, – что я тебе искренний советчик – я услышал, как наш хозяин говорил: «Если бык не встанет с места, отдайте его мяснику, пусть он его зарежет и порежет его кожу на куски». И я боюсь за тебя и тебя предупреждаю. Вот и все!»

Бык, услышав слова осла, поблагодарил его и сказал: «Завтра я пойду с ними работать!» – и потом он съел весь свой корм и даже вылизал языком ясли. А хозяин слышал весь этот разговор. И когда настал день, купец и его жена вышли к коровнику и сели, и погонщик пришел, взял быка и вывел его; и при виде своего господина бык задрал хвост, пустил ветры и поскакал, а купец засмеялся так, что не мог остановиться. «Чему ты смеешься?» – спросила его жена, и он отвечал: «Я видел и слышал тайну, но не могу ее открыть – я тогда умру». – «Ты непременно должен рассказать мне о ней и о причине твоего смеха, даже если умрешь!» – возразила его жена. Но купец ответил: «Я не могу открыть эту тайну, так как боюсь смерти». И она воскликнула: «Ты, наверное, смеешься надо мною!» – и до тех пор приставала и надоедала ему, пока он не покорился ей, не зная, что ему делать. Тогда он созвал своих детей и послал за судьей и свидетелями, желая составить завещание и потом открыть жене тайну и умереть, ибо он любил свою жену великой любовью, так как *она была дочерью его дяди* [11] и матерью его детей, а он уже прожил сто двадцать лет

_____

[11] *...она была дочерью его дяди...* – Согласно мусульманскому обычаю, браки между родственниками (особенно между двоюродными братьями и сестрами) поощрялись; в этом можно видеть пережитки более

жизни. Затем купец велел созвать всех родственников и всех живших на его улице и рассказал им эту повесть, добавив, что, когда он скажет свою тайну, он умрет. И все, кто присутствовал, сказали его жене: «Заклинаем тебя Аллахом, брось это дело, чтобы не умер твой муж и отец твоих детей». Но она воскликнула: «Не отстану от него, пока не скажет! Пусть его умирает!» И все замолчали. И тогда купец поднялся и пошел к стойлу, чтобы совершить омовение и, вернувшись, рассказать им и умереть. А у купца был петух и с ним пятьдесят кур, и еще у него была собака. И вот он услышал, как собака кричит и ругает петуха, говоря ему: «Ты радуешься, а наш хозяин собирается умирать». – «Как это?» – спросил петух; и пес повторил ему всю повесть, и тогда петух воскликнул: «Клянусь Аллахом, мало ума у нашего господина! У меня вот пятьдесят жен то с одной помирюсь, то к другой подлажусь; а у хозяина одна жена, и он не знает, как с ней обращаться. Взять бы ему тутовых прутьев, пойти в чулан и бить жену, пока она не умрет или не закается впредь спрашивать его о чем-либо».

«А торговец слышал слова петуха, обращенные к собаке, – рассказывал везирь своей дочери Шахразаде, – и решил поступить так со своей женой».

«А что он сделал?» – спросила Шахразада.

И везирь продолжал: «Наломав тутовых прутьев, он спрятал их в чулан и привел туда свою жену, говоря: «Подойди сюда, я тебе все скажу в чулане и умру, и никто на меня не будет смотреть». И она вошла с ним в чулан, и тогда купец запер дверь и принялся так бить свою жену, что она едва не лишилась чувств и закричала: «Я раскаиваюсь!» А потом она поцеловала мужу руки и ноги, и покаялась, и вышла вместе с ним, и ее родные и все собравшиеся обрадовались, и они продолжали жить приятнейшей жизнью до самой смерти».

И, услышав слова своего отца, дочь везиря сказала: «То, чего я хочу, неизбежно!»

И тогда везирь снарядил ее и отвел к царю Шахрияру. А Шахразада подучила свою младшую сестру и сказала ей: «Когда я приду к царю, я пошлю за тобой, а ты, когда придешь и увидишь, что царь удовлетворил свою нужду во мне, скажи: «О сестрица, поговори с нами и расскажи нам что-нибудь, чтобы сократить бессонную ночь», – и я расскажу тебе что-то, в чем будет, с соизволения Аллаха, наше освобождение».

И вот везирь, отец Шахразады, привел ее к царю, и царь, увидя его, обрадовался и спросил: «Доставил ли ты то, что мне нужно?»

И везирь сказал: «Да!»

И Шахрияр захотел взять Шахразаду, но она заплакала; и тогда он спросил ее: «Что с тобой?»

Шахразада сказала: «О царь, – у меня есть маленькая сестра, и я хочу с ней проститься».

___

ранних форм брака, связанных с матриархатом.

И царь послал тогда за Дуньязадой, и она пришла к сестре, обняла ее и села на полу возле ложа. И тогда Шахрияр овладел Шахразадой, а потом они стали беседовать; и младшая сестра сказала Шахразаде: «Заклинаю тебя Аллахом, сестрица, расскажи нам что-нибудь, чтобы сократить бессонные часы ночи».

«С любовью и охотой, если разрешит мне достойнейший царь», – ответила Шахразада.

И, услышав эти слова, царь, мучившийся бессонницей, обрадовался, что послушает рассказ, и позволил.

Сказка о купце и духе

Шахразада сказала: «Рассказывают, о счастливый царь, что был один купец среди купцов, и был он очень богат и вел большие дела в разных землях. Однажды он отправился в какую-то страну взыскивать долги, и жара одолела его, и тогда он присел под дерево и, сунув руку в седельный мешок, вынул ломоть хлеба и финики и стал есть финики с хлебом. И, съев финик, он кинул косточку – вдруг видит: перед ним ифрит огромного роста, и в руках у него обнаженный меч. Ифрит приблизился к купцу и сказал ему: «Вставай, я убью тебя, как ты убил моего сына!» – «Как же я убил твоего сына?» – спросил купец. И ифрит ответил: «Когда ты съел финик и бросил косточку, она попала в грудь моему сыну, и он умер в ту же минуту». – «Поистине, мы принадлежим Аллаху и к нему возвращаемся! – воскликнул купец. – Нет мощи и силы ни у кого, кроме Аллаха, высокого, великого! Если я убил твоего сына, то убил нечаянно. Я хочу, чтобы ты простил меня!» – «Я непременно должен тебя убить», – сказал джинн, и потянул купца и, повалив его на землю, поднял меч, чтобы ударить его. И купец заплакал и воскликнул: «Отдаю себя в руки Аллаха!» Тогда джинн сказал ему: «Сократи твои речи! Клянусь Аллахом, я непременно убью тебя!» И купец сказал: «Знай, о ифрит, что на мне лежит долг, и у меня есть много денег, и дети, и жена, и чужие залоги. Позволь мне отправиться домой, я отдам долг каждому, кому следует, и возвращусь к тебе в начале года. Я обещаю тебе и клянусь Аллахом, что вернусь назад, и ты сделаешь со мной, что захочешь. *И Аллах тебе в том, что я говорю, поручитель* [12]».

И джинн заручился его клятвой и отпустил его, и купец вернулся в свои земли и покончил все свои дела, отдав должное, кому следовало. Он осведомил обо всем свою жену и детей, и составил завещание, и прожил с ними до конца года, а потом совершил омовение, взял под мышку свой саван и, попрощавшись с семьей, соседями и всеми родными, вышел против своего желания; и они подняли о нем вопли и крики. А купец шел, пока не дошел до той

---

[12] *И Аллах тебе в том, что я говорю, поручитель* . – Сюжет о верности обещанию также широко распространен в фольклоре народов Ближнего и Среднего Востока и Европы.

рощи (а в тот день было начало нового года), и когда он сидел и плакал о том, что с ним случилось, вдруг подошел к нему престарелый старец и с ним, на цепи, газель. И он приветствовал купца, и пожелал ему долгой жизни, и спросил: «Почему ты сидишь один в этом месте, когда здесь обиталище джиннов?» И купец рассказал ему, что у него случилось с ифритом, и старец, владелец газели, изумился и воскликнул: «Клянусь Аллахом, о брат мой, твоя честность истинно велика, и рассказ твой изумителен, и будь он даже написан иглами в уголках глаза, он послужил бы назиданием для поучающихся!»

Потом старец сел подле купца и сказал: «Клянусь Аллахом, о брат мой, я не уйду от тебя, пока не увижу, что у тебя случится с этим ифритом!» И он сел возле него, и оба вели беседу, и купца охватил страх, и ужас, и сильное горе, и великое раздумье, а владелец газели был рядом с ним. И вдруг подошел к ним другой старец, и с ним две собаки, и поздоровался (а собаки были черные, из охотничьих), и после приветствия он осведомился: «Почему вы сидите в этом месте, когда здесь обиталище джиннов?» И ему рассказали все с начала до конца; и не успел он как следует усесться, как вдруг подошел к ним третий старен, и с ним пегий мул. И старец приветствовал их и спросил, почему они здесь, и ему рассказали все дело с начала до конца, – а в повторении нет пользы, о господа мои [13], - и он сел с ними. И вдруг налетел из пустыни огромный крутящийся столб пыли, и, когда пыль рассеялась, оказалось, что это тот самый джинн, и в руках у него обнаженный меч, а глаза его мечут искры. И, подойдя к ним, джинн потащил купца за руку и воскликнул: «Вставай, я убью тебя, как ты убил мое дитя, что было мне дороже жизни!» И купец зарыдал и заплакал, и три старца тоже подняли плач, рыданья и вопли.

И первый старец, владелец газели, отделился от прочих и, поцеловав ифриту руку, сказал: «О джинн, венец царей джиннов! Если я расскажу тебе, что у меня случилось с этой газелью, и ты сочтешь мою повесть удивительной, подаришь ли ты мне одну *треть крови этого купца?* »[14] – «Да, старец, – ответил ифрит, – если ты мне расскажешь историю и она покажется мне удивительной, я подарю тебе треть его крови».

Рассказ первого старца[15]

---

[13] *О господа мои* (или «о благородные господа») – обычное обращение к слушателям в арабских сказках и народных романах

[14] *...треть крови этого купца?* – Согласно древнеарабскому обычаю, за убийство можно было внести выкуп, заменяющий кровную месть. Внеся выкуп за себя или за своего родича, убийца освобождался от мести. В словах рассказчика – отражение этого древнего обычая.

[15] *Рассказ первого старца .* – Трансформация известного в мировом

«Знай, о ифрит, – сказал тогда старец, – что эта газель – дочь моего дяди и как бы моя плоть и кровь. Я женился на ней, когда она была совсем юной, и прожил с нею около тридцати лет, но не имел от нее ребенка; и тогда я взял наложницу, и она наделила меня сыном, подобным луне в полнолуние, и глаза и брови его были совершенны по красоте! Он вырос, и стал большим, и достиг пятнадцати лет; и тогда мне пришлось поехать в какой-то город, и я отправился с разным товаром. А дочь моего дяди, эта газель, с малых лет научилась колдовству и волхвованию, и она превратила мальчика в теленка, а ту невольницу, мать его, в корову и отдала их пастуху.

Я приехал спустя долгое время и спросил о моем ребенке и его матери, и дочь моего дяди сказала мне: «Твоя жена умерла, а твой сын убежал, и я не знаю, куда он ушел». И я просидел год с печальным сердцем и плачущими глазами, пока не пришел великий *праздник Аллаха*[16] , и тогда я послал за пастухом и велел ему привести жирную корову. И пастух привел жирную корову (а это была моя невольница, которую заколдовала эта газель), и я подобрал полы и взял в руки нож, желая ее зарезать, но корова стала реветь, стонать и плакать; и я удивился этому, и меня взяла жалость. И я оставил ее и сказал пастуху: «Приведи мне другую корову». Но дочь моего дяди крикнула: «Эту зарежь! У меня нет лучше и жирнее ее!» И я подошел к корове, чтобы зарезать ее, но она заревела, и тогда я поднялся и приказал тому пастуху зарезать ее и ободрать. И пастух зарезал и ободрал корову, но не нашел ни мяса, ни жира – ничего, корме кожи и костей. И я раскаялся, что зарезал корову, – но от моего раскаянья не было пользы, – и отдал ее пастуху и сказал ему: «Приведи мне жирного теленка!» И пастух привел мне моего сына; и когда теленок увидел меня, он оборвал веревку и подбежал ко мне и стал об меня тереться, плача и стеная. Тогда меня взяла жалость, и я сказал пастуху: «Приведи мне корову, а его оставь». Но дочь моего дяди, эта газель, закричала на меня и сказала: «Надо непременно зарезать этого теленка сегодня: ведь сегодня – день святой и благословенный, когда режут только самое хорошее животное, а среди наших телят нет жирнее и лучше этого!»

«Посмотри, какова была корова, которую я зарезал но твоему приказанию, – сказал я ей. – Видишь, мы с ней обманулись и не имели от нее никакого проку, и я сильно раскаиваюсь, что зарезал ее, и теперь, на этот раз, я не хочу ничего слышать о том, чтобы зарезать этого теленка». – «Клянусь Аллахом, великим, милосердным,

---

фольклоре сюжета о злой мачехе (имеется в русских, молдавских, персидских, украинских сказках и т. д).

[16] *Праздник Аллаха* (жертвоприношении) – один из двух официальных мусульманских праздников, отмечается во время паломничества в месяц Зу-ль-хиджжа (по мусульманскому лунному календарю).

милостивым, ты непременно зарежешь его в этот священный день, а если нет, то ты мне не муж и я тебе не жена!» – воскликнула дочь моего дяди. И, услышав от нее эти тягостные слова и не зная о ее намерениях, я подошел к теленку и взял в руки нож…»

Но тут застигло Шахразаду утро, и она прекратила дозволенные речи.

И сестра ее воскликнула: «О сестрица, как твой рассказ прекрасен, хорош, и приятен, и сладок!»

Но Шахразада сказала: «Куда этому до того, о чем я расскажу вам в следующую ночь, если буду жить и царь пощадит меня!»

И царь тогда про себя подумал: «Клянусь Аллахом, я не убью ее, пока не услышу окончания ее рассказа!»

Потом они провели эту ночь до утра обнявшись, и царь отправился вершить суд, а везирь пришел к нему с саваном под мышкой. И после этого царь судил, назначал и отставлял до конца дня и ничего не приказал везирю, и везирь до крайности изумился.

А затем присутствие кончилось, и царь Шахрияр удалился в свои покои.

Когда же настала вторая ночь, Дуньязада сказала своей сестре Шахразаде: «О сестрица, докончи свой рассказ о купце и духе».

И Шахразада ответила: «С любовью и удовольствием, если мне позволит царь!»

И царь молвил: «Рассказывай!»

И Шахразада продолжала:

«Дошло до меня, о счастливый царь и справедливый повелитель, что, когда старик хотел зарезать теленка, его сердце взволновалось, и он сказал пастуху: «Оставь этого теленка среди скотины». (А все это старец рассказывал джинну, и джинн слушал и изумлялся его удивительным речам.) «И было так, о владыка царей джиннов, – продолжал владелец газели, – дочь моего дяди, вот эта газель, смотрела, и видела, и говорила мне: «Зарежь теленка, он жирный!» Но мне было нелегко его зарезать, и я велел пастуху взять теленка, и пастух взял его и ушел с ним.

А на следующий день я сижу, и вдруг ко мне приходит пастух и говорит: «Господин мой, я тебе что-то такое скажу, от чего ты обрадуешься, и мне за приятную весть полагается подарок». – «Хорошо», – ответил я; и пастух сказал: «О купец у меня есть дочка, которая с малых лет научилась колдовству у одной старухи, жившей у нас. И вот вчера, когда ты дал мне теленка, я пришел к моей дочери, и она посмотрела на теленка, и закрыла себе лицо, и заплакала, а потом засмеялась и сказала: «О батюшка, мало же я для тебя значу, если ты вводишь ко мне чужих мужчин!» – «Где же чужие мужчины, – спросил я, – и почему ты плачешь и смеешься?» – «*Этот теленок, который с тобою, – сын нашего господина*,[17] – ответила моя дочь. –

---

[17] *Этот теленок, который с тобою, – сын нашего господина*. – Мотив узнавания людей, превращенных силой волшебства в животных,

Он заколдован, и заколдовала его, вместе с его матерью, жена его отца. Вот почему я смеялась; а плакала я по его матери, которую зарезал его отец». И я до крайности удивился, и, едва увидев, что взошло солнце, я пришел тебе сообщить об этом».

Сказка о купце и духе

Услышав от пастуха эти слова, о джинн, я пошел с ним, без вина пьяный от охватившей меня радости и веселья, и пришел в его дом, и дочь пастуха приветствовала меня и поцеловала мне руку, а теленок подошел ко мне и стал об меня тереться. И я сказал дочери пастуха: «Правда ли то, что ты говоришь об этом теленке?» И она отвечала: «Да, господин мой, это твой сын и частица твоего сердца». – «О девушка, – сказал я тогда, – если ты освободишь его, я отдам тебе весь мой скот, и все имущество, и все, что сейчас в руках твоего отца». Но девушка улыбнулась и сказала: «О господин мой, я не жадна до денег и сделаю это только при двух условиях: первое – выдай меня за него замуж, а второе – позволь мне заколдовать ту, что его заколдовала, и заточить ее, иначе мне угрожают ее козни».

Услышав от дочери пастуха эти слова, о джинн, я сказал: «И сверх того, что ты требуешь, тебе достанется весь скот и имущество, находящееся в руках твоего отца. Что же до дочери моего дяди, то ее кровь для тебя невозбранна».

Когда дочь пастуха услышала это, она взяла чашку и наполнила ее водой, а потом произнесла над водой заклинания и брызнула ею на теленка, говоря: «Если ты теленок но творению Аллаха великого, останься в этом образе и не изменяйся, а если ты заколдован, прими часто встречается в сказках «Тысячи и одной ночи».

свой прежний образ с соизволения великого Аллаха!» Вдруг теленок встряхнулся и стал человеком, и я бросился к нему и воскликнул: «Заклинаю тебя Аллахом, расскажи мне, что сделала с тобою и с твоей матерью дочь моего дяди!» И он поведал мне, что с ними случилось, и я сказал: «О дитя мое, Аллах послал тебе того, кто освободил тебя и восстановил твое право».

После этого, о джинн, я выдал дочь пастуха за него замуж, а она заколдовала дочь моего дяди, эту газель, и сказала: «Это прекрасный образ, не дикий, и вид его не внушает отвращения». И дочь пастуха жила с нами дни и ночи и ночи и дни, пока Аллах не взял ее к себе, а после ее кончины мои сын отправился в страны Индии, то есть в земли этого купца, с которым у тебя было то, что было; и тогда я взял эту газель, дочь моего дяди, и пошел с нею из страны в страну, высматривая, что сталось с моим сыном, – и судьба привела меня в это место, и я увидел купца, который сидел и плакал. Вот мой рассказ».

«Это удивительный рассказ, – сказал джинн, – и я дарю тебе треть крови купца».

И тогда выступил второй старец, тот, что был с охотничьими собаками, и сказал джинну: «Если я тебе расскажу, что у меня случилось с моими двумя братьями, этими собаками, и ты сочтешь мой рассказ еще более удивительным и диковинным, подаришь ли ты мне одну треть проступка этого купца?» – «Если твой рассказ будет удивительнее и диковиннее – она твоя», – отвечал джинн».

Рассказ второго старца[18]

«Знай, о владыка царей джиннов, – начал старец, – что эти две собаки – мои братья, а я – третий брат. Мой отец умер и оставил нам три тысячи *динаров*[19], и я открыл лавку, чтобы торговать, и мои братья тоже открыли по лавке. Но прошло недолгое время, и мой старший брат, один из этих псов, продал все, что было у него, за тысячу динаров и, накупив товаров и всякого добра, уехал путешествовать. Он отсутствовал целый: год, и вдруг, когда я однажды был в лавке, подле меня остановился нищий. Я сказал ему: «Аллах поможет!» Но нищий воскликнул, плача: «Ты уже не узнаешь меня!» – и тогда я всмотрелся в него и вдруг вижу – это мой брат! И я поднялся и приветствовал его и, отведя его в лавку, спросил, что с ним. Но он ответил: «Не спрашивай! Деньги ушли, и счастье

---

[18] *Рассказ второго старца* . – Сюжет «злых братьев», известный в мировом фольклоре.

[19] *Динар* (от лат. «денарпус») – золотая монета, имевшая хождение в халифате. Особенной известностью пользовались так называемые «гераклийские» динары, чеканившиеся вначале в Византии, а затем в самом халифате.

изменило». И тогда я свел его в баню, и одел в платье из моей одежды, и привел его к себе, а потом я подсчитал оборот лавки, и оказалось, что я нажил тысячу динаров и что мои капитал – две тысячи. Я разделил эти деньги с братом и сказал ему: «Считай, что ты не путешествовал и не уезжал на чужбину»; и брат мои взял деньги, радостный, и открыл лавку.

И прошли ночи и дни, и мой второй брат, – а это другой пес, – продал свое имущество и все, что у него было, и захотел путешествовать. Мы удерживали его, но не удержали, и, накупив товару, он уехал с путешественниками. Его не было с нами целый год, а потом он пришел ко мне таким же, как его старший брат, и я сказал ему: «О брат мой, не советовал ли я тебе не ездить?» А он заплакал и воскликнул: «О брат мой, так было суждено, и вот я теперь бедняк: у меня нет ни единого *дирхема*[20] , и я голый, без рубахи». И я взял его, о джинн, и сводил в баню, и одел в новое платье из своей одежды, а потом пошел с ним в лавку, и мы поели и попили, и после этого я сказал ему: «О брат мой, я свожу счета своей лавки одни раз каждый новый год, и весь доход, какой будет, пойдет мне и тебе». И я подсчитал, о ифрит, оборот своей лавки, и у меня оказалось две тысячи динаров, и я восхвалил творца, да будет он превознесен и прославлен! А потом я дал брату тысячу динаров, и у меня осталась тысяча, и брат мой открыл лавку, и мы прожили много дней.

А через несколько времени мои братья приступили ко мне, желая, чтобы я поехал с ними, но я не сделал этого и сказал им: «Что вы такого нажили в путешествии, что бы и я мог нажить?» – и не стал их слушать. И мы остались в наших лавках, продавая и покупая, и братья каждый год предлагали мне путешествовать, а я не соглашался, пока не прошло шесть лет. И тогда я позволил им поехать и сказал: «О братья, и я тоже отправлюсь с вами, но давайте посмотрим, сколько у вас денег», – и не нашел у них ничего; напротив, они все спустили, предаваясь обжорству, пьянству и наслаждениям. Но я не стал с ними говорить и, не сказав ни слова, подвел счета своей лавки и превратил в деньги все бывшие у меня товары и имущество, и у меня оказалось шесть тысяч динаров. И я обрадовался, и разделил их пополам, и сказал братьям: «Вот три тысячи динаров, для меня и для вас, и на них мы будем торговать». А другие три тысячи динаров я закопал, предполагая, что со мной может случиться то же, что с ними, и когда я приеду, то у меня останется три тысячи динаров, на которые мы снова откроем свои лавки. Мои братья были согласны, и я дал им по тысяче динаров, и у меня тоже осталась тысяча, и мы закупили необходимые товары, и снарядились в путь, и наняли корабль, и перенесли туда свои пожитки.

Мы ехали первый день, и второй день, и путешествовали целый месяц, пока не прибыли со своими товарами в один город. Мы нажили на каждый динар десять и хотели уезжать, как вдруг увидели на

---

[20] *Дирхем* (от греч. «драхма») – серебряная монета, первоначально составлявшая 1/20 динара.

берегу моря *девушку, одетую в рваные лохмотья*[21] , которая поцеловала мне руку и сказала: «О господин мой, способен ли ты на милость и благодеяние, за которое я тебя отблагодарю?» – «Да, – отвечал я ей, – я люблю благодеяния и милости и помогу тебе, даже если ты не отблагодаришь меня». И тогда девушка сказала: «О господин, женись на мне и возьми меня в свои земли. Я отдаю тебе себя, будь же ко мне милостив, ибо я достойна благодеяния, а я отблагодарю тебя. И да не введет тебя в обман мое положение». И когда я услышал слова девушки, мое сердце устремилось к ней, по воле Аллаха, великого, славного, и я взял девушку, и одел ее, и приготовил ей покои на корабле, и заботился о ней, и почитал ее. А потом мы поехали дальше, и в моем сердце родилась большая любовь к девушке, и я не расставался с нею ни днем, ни ночью. Я пренебрег из-за нее моими братьями, и они приревновали меня и позавидовали моему богатству и изобилию моих товаров, и глаза их не знали сна, жадные до наших денег. И братья заговорили о том, как бы убить меня и взять мои деньги, и сказали: «Убьем брата, и все деньги будут наши». И дьявол украсил это дело в их мыслях. И они подошли ко мне, когда я спал рядом с женою, и подняли меня вместе с нею и бросили в море; и тут моя жена пробудилась, встряхнулась и стала ифриткой и понесла меня – и вынесла на остров. Потом она ненадолго скрылась и, вернувшись ко мне под утро, сказала: «Я твоя жена, и я тебя вынесла и спасла от смерти по изволению Аллаха великого. Знай, что я джинния, и когда я тебя увидела, мое сердце полюбило тебя ради Аллаха, – а я верую в Аллаха и его посланника, да благословит его Аллах и да приветствует! И я пришла к тебе такою, как ты видел меня, и ты взял меня в жены, – и вот я спасла тебя от потопления. Но я разгневалась на твоих братьев, и мне непременно надо их убить». Услышав ее слова, я изумился, и поблагодарил ее за ее поступок, и сказал ей: «Что же касается убийства моих братьев, то нет!» И я поведал ей все, что у меня с ними было, с начала до конца. И, узнав это, она сказала: «Я сегодня ночью слетаю к ним, и потоплю их корабль, и погублю их». – «Заклинаю тебя Аллахом, – сказал я, – не делай этого! Ведь говорит изречение: «О благодетельствующий злому, достаточно со злодея и того, что он сделал». Как бы то ни было, они мои братья». – «Я непременно должна их убить», – возразила джиннпия. И я принялся ее умолять, и тогда она отнесла меня на крышу моего дома. И я отпер двери, и вынул то, что спрятал под землей, и открыл свою лавку, пожелав людям мира и купив товаров. Когда же настал вечер, я вернулся домой и нашел этих двух собак, привязанных во дворе, – и, увидев меня, они встали, и заплакали, и уцепились за меня.

И не успел я оглянуться, как моя жена сказала мне: «Это твои братья». – «А кто с ними сделал такое дело?» – спросил я. И она

---

[21] *...девушку, одетую в рваные лохмотья...* – Мотив волшебницы (или волшебника) в облике нищего известен в ближневосточном и европейском фольклоре.

ответила: «Я послала за моей сестрой, и она сделала это с ними, и они не освободятся раньше чем через десять лет». И вот я пришел сюда, идя к ней, чтобы она освободила моих братьев после того, как они провели десять лет в таком состоянии, и я увидел этого купца, и он рассказал мне, что с ним случилось, и мне захотелось не уходить отсюда и посмотреть, что у тебя с ним будет. Вот мой рассказ».

«Это удивительная история, и я дарю тебе треть крови купца и его проступка», – сказал джинн.

И тут третий старец, владелец мула, сказал: «Я расскажу тебе историю диковиннее этих двух, а ты, о джинн, подари мне остаток его крови и преступления». – «Хорошо», – отвечал джинн.

Рассказ третьего старца

«О султан и глава всех джиннов, – начал старец, – знай, что этот мул был моей женой. Я отправился в путешествие и отсутствовал целый год, а потом я закончил поездку и вернулся ночью к жене. И я увидел черного раба, который лежал с нею в постели, и они разговаривали, играли, смеялись, целовались и возились. И, увидя меня, моя жена поспешно взяла кувшин воды, произнесла что-то над нею, и брызнула на меня, и сказала: «Измени свой образ и прими образ собаки!» И я тотчас же стал собакой, и моя жена выгнала меня из дома; и я вышел из ворот и шел до тех пор, пока не пришел к лавке мясника. И я подошел и стал есть кости, и когда хозяин лавки меня заметил, он взял меня и ввел к себе в дом. И, увидев меня, дочь мясника закрыла от меня лицо и воскликнула: «Ты приводишь мужчину и входишь с ним к нам!» – «Где же мужчина?» – спросил ее отец. И она сказала: «Этот пес – мужчина, которого заколдовала его жена, и я могу его освободить». И, услышав слова девушки, ее отец воскликнул: «Заклинаю тебя Аллахом, дочь моя, освободи его». И она взяла кувшин с водой, и произнесла над ней что-то, и слегка брызнула на меня, и сказала: «Перемени этот образ на твой прежний вид!» И я принял свой первоначальный образ, и поцеловал руку девушки, и сказал ей: «Я хочу, чтобы ты заколдовала мою жену, как она заколдовала меня». И девушка дала мне немного воды и сказала: «Когда увидишь свою жену спящей, брызни на нее этой водой и скажи, что захочешь, и она станет тем, чем ты пожелаешь». И я взял воду, и вошел к своей жене, и, найдя ее спящей, брызнул на нее водой и сказал: «Покинь этот образ и прими образ мула!»

И она тотчас же стала мулом, тем самым, которого ты видишь своими глазами, о султан и глава джиннов».

И джинн спросил мула: «Верно?» И мул затряс головой и заговорил знаками, обозначавшими: «Да, клянусь Аллахом, это моя повесть и то, что со мной случилось!»

И когда третий старец кончил свой рассказ, джинн, охваченный удивлением, подарил ему треть крови купца...»

Но тут застигло Шахразаду утро, и она прекратила дозволенные речи.

И сестра ее сказала: «О сестрица, как сладостен твой рассказ, и хорош, и усладителен, и нежен».

И Шахразада ответила: «Куда этому до того, о чем я расскажу вам в следующую ночь, если я буду жить и царь пощадит меня».

«Клянусь Аллахом, – воскликнул царь, – я не убью ее, пока не услышу всю ее повесть, ибо она удивительна!»

И потом они провели эту ночь до утра обнявшись, и царь отправился вершить суд, и пришли войска и везирь, и *диван*[22] наполнился людьми. И царь судил, назначал, и отставлял, и запрещал, и приказывал до конца дня.

И потом диван разошелся, и царь Шахрияр удалился в свои покои... И с приближением ночи он удовлетворил свою нужду с дочерью везиря.

И когда настала третья ночь, ее сестра Дуньязада сказала ей: «О сестрица, докончи твой рассказ».

И Шахразада ответила: «С любовью и охотой! Дошло до меня, о счастливый царь, что третий старец рассказал джинну историю, диковиннее двух других, и джинн до крайности изумился, и преисполнился удивления, и сказал: «Дарю тебе остаток проступка купца и отпускаю его». И купец обратился к старцам и поблагодарил их, и они поздравили его со спасением, и каждый из них вернулся в свою страну. Но это не удивительней, чем *сказка о рыбаке*[23]».

«А как это было?» – спросил царь.

Сказка о рыбаке

«Дошло до меня, о счастливый царь, – сказала Шахразада, – что был один рыбак, глубокий старец, и были у него жена и трое детей, и жил он в бедности. И был у него обычай забрасывать свою сеть каждый день четыре раза, ни больше, ни меньше; и вот однажды он вышел в полуденную пору, и пришел на берег моря, и поставил свою корзину, и, подобрав полы, вошел в море и закинул сеть. Он выждал, пока сеть установится в воде, и собрал веревки, и, когда почувствовал, что сеть отяжелела, попробовал ее вытянуть, но не смог; и тогда он вышел с концом сети на берег, вбил колышек, привязал сеть и, раздевшись, стал нырять вокруг нее, и до тех пор старался, пока не вытащил се. И он обрадовался, и вышел, и, надев свою одежду, подошел к сети, но нашел в ней мертвого осла, который разорвал сеть. Увидев это, рыбак опечалился и воскликнул: «Нет мощи и силы,

---

[22] *Диван* – придворный прием в присутствии халифа или султана; ведомство; иногда – помещение, где собирался диван.

[23] *Сказка о рыбаке* .– Мотив джинна, заключенного в кувшин, появляется в «Тысяче и одной ночи» впервые в этой сказке. Этот мотив получил широкое распространение в мировой литературе.

кроме как у Аллаха, высокого, великого! Поистине, это удивительное пропитание! – сказал он потом и произнес:

> О вверивший себя ночным
> суровым расстояньям!
> Зря не трудись – насущный хлеб не
> раздобыть стараньем!

Потом он сказал: «Живо! Милость непременно будет, если захочет Аллах великий!»

И он выбросил осла из сети и отжал ее, а окончив отжимать сеть, он расправил ее, и вошел в море, и, сказав: «Во имя Аллаха!» – снова забросил. Он выждал, пока сеть установится; и она отяжелела и зацепилась крепче, чем прежде, и рыбак подумал, что это рыба, и, привязав сеть, разделся, вошел в воду и до тех пор нырял, пока не высвободил ее. Он трудился над нею, пока не поднял ее на сушу, но нашел в ней большой кувшин, полный песку и ила. И, увидев это, рыбак опечалился и произнес:

> Судьба! Довольно ты меня палила!
> Повремени! Не насылай беды!
> Ты доброй доли мне не отделила
> И не вознаградила за труды!
> Пришел, чтоб получить и часть и
> участь;
> Увидел: ничего не унести.
> Как удивительна невежд
> живучесть, –
> А память о премудрых – не в
> чести!

Потом он бросил кувшин, и отжал сеть, и вычистил ее, и, попросив прощенья у Аллаха великого, вернулся к морю в третий раз и опять закинул сеть. И, подождав, пока она установится, он вытянул сеть, но нашел в ней черепки, осколки стекла и кости. И тогда он сильно рассердился, и заплакал, и произнес:

> И вот твоя судьба – не свяжет, не
> развяжет,
> Не вызволит перо и надпись не
> расскажет.

Потом он поднял голову к небу и сказал: «Боже, ты знаешь, что я забрасываю свою сеть только четыре раза в день, а я уже забросил ее трижды, и ничего не пришло ко мне. Пошли же мне, о боже, в этот раз мое пропитание!»

Затем рыбак произнес имя Аллаха, и закинул сеть в море, и, подождав, пока она установится, потянул ее, но не мог вытянуть, и оказалось, она запуталась на дне. «Нет мощи и силы, кроме как у Аллаха!» – воскликнул рыбак.

И он разделся, и нырнул за сетью, и трудился над ней, пока не поднял на сушу, и, растянув сеть, он нашел в ней кувшин из желтой меди, чем-то наполненный, и горлышко его было запечатано свинцом, на котором был оттиск *перстня господина нашего Сулеймана ибн Дауда*[24] , - мир с ними обоими! И, увидев кувшин, рыбак обрадовался и воскликнул: «Я продам его на рынке медников, он стоит десять динаров золотом!» Потом он подвигал кувшин, и нашел его тяжелым, и увидел, что он плотно закрыт, и сказал себе: «Взгляну-ка, что в этом кувшине! Открою его и посмотрю, что в нем есть, а потом продам!» И он вынул нож и старался над свинцом, пока не сорвал его с кувшина, и положил кувшин боком на землю, и потряс его, чтобы то, что было в нем, вылилось, – и оттуда не полилось ничего, и рыбак до крайности удивился. А потом из кувшина пошел дым, который поднялся до облаков небесных и пополз по лицу земли, и когда дым вышел целиком, то собрался, и сжался, и затрепетал, и сделался ифритом с головой в облаках и ногами на земле. И голова его была как купол, руки как вилы, ноги как мачты, рот словно пещера, зубы точно камни, ноздри как трубы, и глаза как два светильника, и был он мрачный, мерзкий.

И когда рыбак увидел этого ифрита, у него задрожали поджилки, и застучали зубы, и высохла слюна, и он не видел перед собой дороги. А ифрит, увидя его, воскликнул: «Нет бога, кроме Аллаха, Сулейман – пророк Аллаха!»

Потом он вскричал: «О пророк Аллаха, не убивай меня! Я не стану больше противиться твоему слову и не ослушаюсь твоего веления!» И рыбак сказал ему: «О марид, ты говоришь: «Сулейман – пророк Аллаха», а Сулейман уже тысяча восемьсот лет как умер, и мы живем в последние времена перед концом мира. Какова твоя история, и что с тобой случилось, и почему ты вошел в этот кувшин?»

И, услышав слова рыбака, марид воскликнул: «Нет бога кроме Аллаха! Радуйся, о рыбак!» – «Чем же ты меня порадуешь?» – спросил рыбак. И ифрит ответил: «Тем, что убью тебя сию же минуту злейшей смертью». – «За такую весть, о начальник ифритов, ты достоин лишиться защиты Аллаха! – вскричал рыбак. – О проклятый, за что ты убиваешь меня и зачем нужна тебе моя жизнь, когда я освободил тебя из кувшина, и спас со дна моря, и поднял на сушу?» – «Пожелай, какой смертью хочешь умереть и какой казнью быть

---

[24] *...перстень... Сулеймана ибн Дауда...* – Сулейман ибн Дауд – иудейский царь Соломон, сын Давида, названный в Коране пророком. В период позднего средневековья, когда создавалась мусульманская мифология, стал излюбленным персонажем арабского фольклора. По мусульманским преданиям, на перстне царя Сулеймана начертано величайшее из девяноста девяти имен Аллаха, дающее власть над людьми и духами, которые повинуются заклятию письменами, начертанными на перстне Сулеймана.

казнен!» – сказал ифрит. И рыбак воскликнул: «В чем мой грех и за что ты меня так награждаешь?» – «Послушай мою историю, о рыбак», – сказал ифрит, и рыбак сказал: «Говори и будь краток, а то у меня душа уже подошла к носу!»

«Знай, о рыбак, – сказал ифрит, – что я один из джиннов-вероотступников, и мы ослушались Суленмана, сына Дауда, – мир с ними обоими! – я и Сахр, джинн. И Сулейман прислал своего везиря, Асафа ибн Барахню, и он привел меня к Сулейману насильно, в унижении, против моей волн. Он поставил меня перед Сулейманом, и Сулейман, увидев меня, призвал против меня на помощь Аллаха и предложил мне принять истинную веру и войти под его власть, но я отказался. И тогда он велел принести этот кувшин, и заточил меня в нем, и запечатал кувшин свинцом, оттиснув на нем величайшее из имен Аллаха, а потом он отдал приказ джиннам, и они понесли меня и бросили посреди моря. И я провел в море сто лет и сказал в своем сердце: всякого, кто освободит меня, я обогащу навеки. Но прошло еще сто лет, и никто меня не освободил. И прошла другая сотня, и я сказал: всякому, кто освободит меня, я открою сокровища земли. Но никто не освободил меня. И прошло еще четыреста лет, и я сказал: всякому, кто освободит меня, я исполню три желания. Но никто не освободил меня, и тогда я разгневался сильным гневом и сказал в душе своей: всякого, кто освободит меня сейчас, я убью и предложу ему выбрать, какою смертью умереть! И вот ты освободил меня, и я тебе предлагаю выбрать, какой смертью ты хочешь умереть».

Услышав слова ифрита, рыбак воскликнул: «О диво Аллаха! А я-то пришел освободить тебя только теперь! Избавь меня от смерти – Аллах избавит тебя, – сказал он ифриту. – Не губи меня – Аллах даст над тобою власть тому, кто тебя погубит». – «Твоя смерть неизбежна, пожелай же, какой смертью тебе умереть», – сказал марид.

И когда рыбак убедился в этом, он снова обратился к ифриту и сказал: «Помилуй меня в награду за то, что я тебя освободил». – «Но я ведь и убиваю тебя только потому, что ты меня освободил!»- воскликнул ифрит. И рыбак сказал: «О *шейх*[25] ифритов, я поступаю с тобою хорошо, а ты воздаешь мне скверным. Не лжет изречение, заключающееся в таких стихах:

> Мы сделали добро, нам отвечают злом,
> Когда в ответ на зло исчадиям геенны
> Мы делаем добро – клянусь, что поделом
> Нам *горькая судьба спасителя гиены!*[26]

_____

25 *Шейх* – старец, старейшина, вождь племени. Обращение к старшему по возрасту или к духовному лицу.

Услышав слова рыбака, ифрит воскликнул: «Не тяни, твоя смерть неизбежна!» И рыбак подумал: «Это джинн, а я человек, и Аллах даровал мне совершенный ум. Вот я придумаю, как погубить его хитростью и умом, пока он измышляет, как погубить меня коварством и мерзостью».

Потом он сказал ифриту: «Моя смерть неизбежна?» И ифрит отвечал: «Да». И тогда рыбак воскликнул: «Заклинаю тебя величайшим именем, вырезанным на перстне Сулеймана ибн Дауда, – мир с ними обоими! – я спрошу тебя об одной вещи, скажи мне правду». – «Хорошо, – сказал ифрит, – спрашивай и будь краток!» И он задрожал и затрясся, услышав упоминание величайшего имени. А рыбак сказал: *Ты был в этом кувшине, а кувшин не вместит даже твоей руки или ноги*.[27] Так как же он вместил тебя всего?» – «Так ты не веришь, что я был в нем?» – вскричал ифрит. «Я никогда тебе не поверю, пока не увижу тебя там своими глазами», – отвечал рыбак...»

И Шахразаду застигло утро, и она прекратила дозволенные речи.

Когда же настала четвертая ночь, ее сестра сказала: «Закончи твой рассказ, если тебе не хочется спать».

И Шахразада продолжала:

«Дошло до меня, о счастливый царь, что рыбак сказал ифриту: «Никогда тебе не поверю, пока не увижу тебя там своими глазами». И тогда ифрит встряхнулся, и стал дымом над морем, и собрался, и мало-помалу стал входить в кувшин, пока весь дым не оказался в кувшине. И тут рыбак поспешно схватил свинцовую пробку с печатью, и закрыл ею кувшин, и закричал на ифрита: «Выбирай, какой смертью умрешь! Клянусь Аллахом, я брошу тебя в море и построю себе здесь дом, и всякому, кто придет сюда, я не дам ловить рыбу и скажу: «Тут ифрит, и всем, кто его вытащит, он предлагает выбрать, как умереть и как быть убитым!»

Услышав слова рыбака и почувствовав себя в заточении, ифрит хотел выйти, но не мог, так как ему не позволяла печать Сулеймана. И он понял, что рыбак перехитрил его, и сказал: «Я пошутил с тобой!» Но рыбак воскликнул: «Лжешь, о презреннейший из ифритов и

---

[26] *...горькая судьба спасителя гиены!* – Намек на древнюю арабскую легенду о том, как бедуин приютил в своем шатре и спас от смерти гиену, преследуемую охотниками. Оправившись и отдохнув, гиена загрызла хозяина шатра и убежала в степь. Один из родичей бедуина пришел к нему утром, увидел, что он убит, догнал гиену и прикончил ее, а потом сложил стихи, ставшие пословицей.

[27] *Ты был в этом кувшине, а кувшин не вместит даже твоей руки или ноги.* – Трансформация широко распространенного сюжета о змее и обезьяне (змее и человеке, змее и медведе).

грязнейший и ничтожнейший из них!» И потом он понес кувшин к берегу моря, и ифрит кричал: «Нет, нет!» – а рыбак говорил: «Да, да!» Ифрит смягчил свои речи, и стал смиренным, и сказал: «Что ты хочешь со мной сделать, о рыбак?» И рыбак ответил: «Я брошу тебя в море; и если ты уже провел в нем тысячу восемьсот лет, то я заставлю тебя пробыть там, пока не настанет Судный час. Не говорил ли я тебе: «Пощади меня – пощадит тебя Аллах, не убивай меня – убьет тебя Аллах!» – но ты не послушал моих слов и хотел только обмануть меня, и Аллах отдал тебя мне в руки, и я обманул тебя».

«Открой меня, и я окажу тебе милость», – сказал ифрит. Но рыбак воскликнул: «Лжешь, проклятый! Я и ты подобны везирю царя Юнана и врачу Дубану». – «А кто это такие, везирь царя Юнана и врач Дубан и какова их история?» – спросил ифрит.

Повесть о везире царя Юнана

«Знай, о ифрит, – начал рыбак, – что в древние времена и минувшие века и столетия был в городе персов и в *земле Румана*[28] царь по имени *Юнан*[29] . И был он богат и велик и повелевал войском и телохранителями всякого рода, но на теле его была проказа, и врачи и лекаря были против нее бессильны. И царь пил лекарства и порошки и мазался мазями, но ничто не помогало ему, и, ни один врач не мог его исцелить. А в город царя Юнана пришел великий врач, почтенный старец, которого звали врач Дубан. Он читал книги греческие, персидские, византийские, арабские и сирийские, знал врачевание и науку о звездах и усвоил их правила и основы, их пользу и вред, и он знал также все растения и травы, свежие и сухие, полезные и вредные, и изучил философию, и постиг все науки и прочее.

И когда этот врач пришел в город и пробыл там немного дней, он услышал о царе и поразившей его тело проказе, которою испытал его Аллах, и о том, что ученые и врачи не могут излечить ее. И когда это дошло до врача, он провел ночь в занятиях, а лишь только

---

28 *Земля Румана* . – Очевидно, искажение формы Рум – так средневековые арабы называли Византию.

29 *Юнан* – арабское название Греции. Здесь – имя сказочного царя. Основой имеющегося в этом повествований сюжета о чудесном излечении, часто встречающегося в других арабских, персидских, турецких сказках, послужила ставшая легендарной биография знаменитого врача и философа Ибн Сины, выступающего в персидских сказках под именем Буали (имя Ибн Сины – Абу Али). Знаменитый труд Ибн Сины «Канон врачебной науки» превратился в сказках в волшебную книгу (этот мотив встречается и в русских сказках, например, «Ученик чародея»). Сходный эпизод о чудесном излечении рассказан в книге средневекового персидского литератора Низами Арузн «Чахар макале» («Четыре беседы»).

наступило утро, и засияло светом, и заблистало, он надел лучшее из своих платьев и вошел к царю Юнану. Облобызав перед ним землю, врач пожелал ему вечной славы и благоденствия и отлично это высказал, а потом представился и сказал: «О царь, я узнал, что тебя постигла болезнь, которая у тебя на теле, и что множество врачей не знает средства излечить ее. Но вот я тебя вылечу, о царь, и не буду ни поить тебя лекарством, ни мазать мазью».

Услышав его слова, царь Юнан удивился и воскликнул: «Как же ты это сделаешь? Клянусь Аллахом, если ты меня исцелишь, я обогащу тебя и детей твоих детей и облагодетельствую тебя, и все, что ты захочешь, будет твое, и ты станешь моим сотрапезником и любимцем!» Потом царь Юнан *наградил врача почетной одеждой*[30], и оказал ему милость, и спросил его: «Ты вылечишь меня от этой болезни без помощи лекарства и мази?» И врач отвечал: «Да, я тебя вылечу». И царь до крайности изумился, а потом спросил: «О врач, в какой же день и в какое время будет то, о чем ты мне сказал? Поторопись, сын мой!» – «Слушаю и повинуюсь, – ответил врач, – это будет завтра». А затем он спустился в город, и нанял дом, и сложил туда свои книги и лекарства и зелья, а потом он вынул зелья и снадобья и вложил их в *клюшку*[31], которую выдолбил, а к клюшке он приделал ручку, и, когда все это было изготовлено и окончено, врач отправился к царю и, войдя к нему, облобызал перед ним землю и велел ему выехать на ристалище и играть с шаром и клюшкой. А с царем были *эмиры*[32], придворные, и везири, и вельможи царства. И не успел он прибыть на ристалище, как пришел врач Дубан, и подал ему клюшку, и сказал: «Возьми эту клюшку, и держи ее за эту вот ручку, и гоняйся по ристалищу, и вытягивайся хорошенько – бей по шару, пока твоя рука и тело не вспотеют и лекарство не перейдет из твоей руки и не распространится по телу. Когда же ты кончишь играть и лекарство распространится у тебя но всему телу, возвращайся во дворец, а потом сходи в баню, вымойся и ложись спать. Ты

---

30 *…наградил врача почетной одеждой…* – Имеется в виду хала (отсюда русское слово «халат») – подарок халифа или султана за верную службу, сопровождавшийся денежными подношениями, иногда пожалованием земель или какого-либо придворного титула.

31 *Клюшка* – Длинная клюшка для игры в конное поло. Конное поло – игра, получившая наибольшее распространение в древнем Иране. Слова, обозначающие в арабском языке термины игры в поло, персидского происхождения (арабское слово «сауладжан» (клюшка) от среднеперсидского «чауган»). Конное поло было очень популярной игрой среди феодальной знати, особенно в Иране и Ираке. Имеется множество персидских миниатюр, изображающих игроков в конное поло, в том числе девушек.

32 *Эмир* – военачальник или наместник халифа или султана.

исцелишься, и конец».

И тогда царь Юнан взял у врача клюшку, и схватил ее рукою, и сел на коня, и кинул перед собою шар, и погнался за ним, и настиг его, и с силой ударил, сжав рукою ручку клюшки. И он до тех пор бил по шару и гонялся за ним, пока его рука и все тело не покрылись испариной и снадобье не растеклось из ручки. И тут врач Дубан узнал, что лекарство распространилось по телу царя, и велел ему возвращаться во дворец и сию же минуту пойти в баню. И царь Юнан немедленно возвратился и приказал освободить для себя баню; и баню освободили, и постельничьи поспешили, и рабы побежали к царю, обгоняя друг друга, и приготовили ему белье. И царь вошел в баню, и хорошо вымылся, и надел свои одежды в бане, а затем он вышел и поехал во дворец и лег спать.

Вот что было с царем Юнаном. Что же касается врача Дубана, то он возвратился к себе домой и проспал ночь, а когда наступило утро, он пришел к царю и попросил разрешения войти. И царь приказал ему войти; и врач вошел, и облобызал перед ним землю, и сказал нараспев, намекая на царя, такие стихи:

> Само витийство чтит в тебе отца,
> Когда другой от страху – ни
словца.
> Твое лицо своим чудесным светом
> От гнева очищает все сердца.
> И да не хмурят брови времена
> Перед лицом, что светит, как луна.
> Ты сотворил со мною милосердьем
> То, что с лугами делает весна.
> Стремясь к добру, добра ты не
жалел
> И скряжливость судьбы преодолел.

И когда он кончил говорить стихи, царь поднялся на ноги, и обнял его, и посадил с собою рядом, и наградил драгоценными одеждами. (А царь, вышедши из бани, посмотрел на свое тело и совершенно не нашел на нем проказы, и оно стало чистым, как белое серебро; и царь обрадовался этому до крайности, и его грудь расправилась и расширилась.) Когда же настало утро, царь пришел в диван и сел на престол власти, и придворные и вельможи его царства встали перед ним, и к нему вошел врач Дубан, и царь, увидев его, поспешно поднялся и посадил его с собою рядом. И вот накрыли роскошные столы с кушаньями, и царь поел вместе с Дубаном и, не переставая, беседовал с ним весь этот день. Когда же настала ночь, царь дал Дубану две тысячи динаров, кроме почетных одежд и прочих даров, и посадил его на своего коня, и Дубан удалился к себе домой. А царь Юнан все удивлялся его искусству и говорил: «Этот врач лечил меня снаружи и не мазал никакой мазью. Клянусь Аллахом, вот это действительная мудрость! И мне следует оказать этому человеку уважение и милость и сделать его своим собеседником и сотрапезником на вечные времена!» И царь Юнан провел ночь довольный, радуясь здоровью своего тела и избавлению от болезни; и когда наступило утро, он вышел и сел на престол, и вельможи его царства встали перед ним, а везири и эмиры сели справа и слева. Потом царь Юнан потребовал врача Дубана, и тот вошел к нему и облобызал перед ним землю, а царь поднялся перед ним и посадил его с собою рядом. Он поел вместе с врачом, и пожелал ему долгой жизни, и пожаловал ему дары и одежды, и беседовал с ним до тех пор, пока не настала ночь, – и тогда царь велел выдать врачу пять почетных одежд и тысячу динаров, и врач удалился к себе домой, воздавая благодарность царю. А когда наступило утро, царь вышел в диван, окруженный придворными, везирями и эмирами.

А у царя был один везирь гнусного вида, скверный и порочный, скупой и завистливый, сотворенный из одной зависти; и когда этот везирь увидел, что царь приблизил к себе врача Дубана и оказывает ему такие милости, он позавидовал ему и затаил на него зло. Ведь говорится же: ничье тело не свободно от зависти, и сказано: несправедливость таится в сердце; сила ее проявляет, а слабость скрывает. И вот этот везирь подошел к царю Юнану и, облобызав перед ним землю, сказал: «О царь нашего века и времени! Ты тот, в чьей милости я вырос, и у меня есть для тебя великий совет. И если я его от тебя скрою, я буду сыном прелюбодеяния; если же ты прикажешь его открыть тебе, я открою его». И царь, которого встревожили слова везиря, спросил его: «Что у тебя за совет?» И везирь отвечал: «О благородный царь, древние сказали: «Кто не думает об исходе дел, тому судьба не друг». И я вижу, что царь поступает неправильно, жалуя своего врача и того, кто ищет прекращения его царства. А царь был к нему милостив и оказал ему величайшее уважение и до крайности приблизил его к себе, и я опасаюсь за царя».

И царь, встревожившись и изменившись в лице, спросил везиря: «Про кого ты говоришь и на кого намекаешь?» И везирь сказал: «Если ты спишь, проснись! Я указываю на врача Дубана». – «Горе тебе, – сказал царь, – это мой друг, и он мне дороже всех людей, так как он вылечил меня чем-то, что я взял в руку, и исцелил меня от болезни, против которой были бессильны врачи. Такого, как он, не найти в наше время нигде в мире, ни на востоке, ни на западе, а ты говоришь о нем такие слова. С сегодняшнего дня я установлю ему жалованье и выдачи и назначу ему на каждый месяц тысячу динаров, но даже если бы я разделил с ним свое царство, и этого было бы поистине мало. И я думаю, что ты это говоришь из одной только зависти, подобно тому, что я узнал о царе ас-Синдбаде…»

И Шахразаду застигло утро, и она прекратила дозволенные речи.

Когда же настала пятая ночь, ее сестра сказала ей: «Докончи твой рассказ, если тебе не хочется спать».

И Шахразада продолжала:

«Дошло до меня, о счастливый царь, что царь Юнан сказал своему везирю: «О везирь, тебя взяла зависть к этому врачу, и ты хочешь его смерти, а я после этого стану раскаиваться, как раскаялся царь ас-Синдбад, убивши сокола». – «Прости меня, о царь времени, а как это было?» – спросил везирь.

Рассказ о царе ас-Синдбаде

«Говорят, – а Аллах лучше знает, – начал царь, – что был один царь из царей персов, который любил веселье, прогулки, охоту и ловлю. И он воспитал сокола и не расставался с ним ни днем, ни ночью, и всю ночь он держал его на руке, а когда отправлялся на охоту, то брал сокола с собою. Царь сделал для сокола золотую чашку, висевшую у него на шее, и поил его из этой чашки. И вот однажды царь сидит, и вдруг приходит к нему главный сокольничий и говорит: «О царь времени, пришла пора выезжать на охоту». И царь приказал выезжать и взял сокола на руку; и охотники ехали до тех пор, пока не достигли одной долины, там растянули сеть для ловли, и вдруг в эту сеть попалась газель, и тогда царь воскликнул: «Всякого, через чью голову газель перескочит, я убью».

И охотники сузили сеть вокруг газели, и вдруг газель подошла к царю, и, оставаясь на задних ногах, передние сложила на груди, как бы целуя перед царем землю. И царь кивнул газели головой, а она прыгнула через его голову и убежала в пустыню. И царь увидел, что вся свита перемигивается, и спросил: «О везирь, что они говорят?» И везирь ответил: «Они говорят, что ты сказал: «Всякий, через чью голову газель перескочит, будет убит». И тогда царь воскликнул: «Клянусь моей головой, я буду преследовать ее, пока не приведу!» И царь поехал по следам газели и неотступно скакал за ней по горам. А она хотела войти в чащу, и тогда царь спустил за ней сокола, и сокол бил ее крыльями по глазам, пока не ослепил и не ошеломил. И царь вынул дубинку, и ударил газель, и повалил ее, потом он сошел и прирезал газель и, сняв с нее шкуру, привесил ее к луке седла. А было время полуденного отдыха, и в зарослях, пустынных и высохших, нельзя было найти воды. И царь почувствовал жажду, и конь захотел пить, – и тогда царь покружил и увидал дерево, с которого текла вода, точно масло. А на руках у царя были надеты рукавицы из кожи, и он взял чашку с шеи сокола и наполнил ее этой водой. Он поставил перед собой чашку, но сокол вдруг ударил ее крылом и опрокинул; и тогда царь поднял чашку и стал набирать второй раз в нее стекавшее масло, пока не наполнил. Он думал, что сокол хочет пить, и поставил перед ним чашку, но сокол опять ударил ее и опрокинул. И царь рассердился на сокола, и в третий раз наполнил чашку, и поставил ее перед конем, но сокол снова опрокинул чашку крылом. И тогда царь воскликнул: «Да накажет тебя Аллах, о злосчастнейшая птица! Ты лишила питья и меня, и коня, и себя самое!» И, ударив сокола мечом, он отрубил ему крылья.

И тогда птица стала подымать голову, говоря знаками: «Посмотри, что на вершине дерева». И царь поднял глаза и увидел на дереве детеныша ехидны, а та жидкость была его ядом. И раскаялся царь, что отрубил соколу крылья, и поднялся, и сел на коня, и поехал, взявши с собою газель, и достиг шатра со своею добычей. Он отдал газель повару и сказал: «Возьми ее и изжарь!» – а потом он сел на престол, и сокол был на его руке. И вдруг птица испустила крик и умерла; и царь закричал от печали и горя, что убил сокола, после того как тот спас его от гибели. Вот и все, что было с царем ас-Синдбадом».

Услышав слова царя Юнана, везирь сказал: «О царь, высокий саном, что же сделал мне врач дурного? Я не видел от него зла и поступаю так только из жалости к тебе, чтобы ты знал, что мои слова верны, а иначе ты погибнешь, как погиб везирь, который: строил козни против сына одного из царей» – «А как это было?» – спросил царь Юнан.

Сказка о коварном везире

«Знай, о царь, – сказал везирь, – что у одного царя был везирь, а у этого царя был сын, который любил охоту и ловлю, и везирь его отца находился с ним. И царь, отец юноши, приказал этому везирю быть с царевичем, куда бы тот ни отправился. Однажды юноша выехал на охоту, и везирь его отца выехал с ним, и они поехали вместе. И везирь увидел большого зверя и сказал царевичу: «Вот тебе зверь, гонись за ним». И царевич помчался за зверем и исчез с глаз, и зверь скрылся от него в пустыне. И царевич растерялся и не знал, куда идти и в какую сторону направиться, и вдруг видит: у обочины дороги сидит девушка и плачет.

«Кто ты?» – спросил ее царевич; и девушка сказала: «Я дочь царя из царей Индии, и я была в пустыне, но на меня напала дремота, и я свалилась с коня, и теперь я отбилась от своих и потерялась». И, услышав слова девушки, царевич сжалился над нею и взял ее на спину своего коня, посадив ее сзади, и поехал. И когда они проезжали мимо каких-то развалин, девушка сказала: «О господин, я хочу сойти за надобностью», – и царевич спустил ее около развалин. И девушка вошла туда и замешкалась, и царевич, заждавшись ее, вошел за ней следом, не зная, кто она. И вдруг видит: это – *гуль*[33], и она говорит своим детям: «Дети, я привела вам сегодня жирного молодца!» А дети отвечают: «О матушка, приведи его, чтобы мы наполнили им наши животы». Услышав их слова, царевич убедился, что погибнет, и испугался за себя, и у него задрожали поджилки. Он вернулся назад: и гуль вышла и увидела, что он как будто испуган, и боится, и дрожит, и сказала: «Чего ты боишься?» – «У меня есть враг, и я боюсь его», – отвечал царевич. «Ты говорил, что ты сын царя?» – спросила его гуль;

---

[33] *Гуль* – злой дух, оборотень, обитающий, по поверьям древних арабов, в пустыне и заманивающий заблудившихся путников.

и царевич ответил: «Да». И тогда гуль сказала: «Почему ты не дашь своему врагу сколько-нибудь денег, чтобы удовлетворить его?» – «Он не удовлетворится деньгами, а только моей жизнью, – отвечал царевич, – и я боюсь за себя. Я человек обиженный». – «Если ты, как ты говоришь, обижен, призови на помощь Аллаха, и он избавит тебя от злобы твоего врага и от того зла, которого ты боишься», – сказала гуль. И царевич поднял взор к небу и воскликнул: «О ты, кто отвечаешь попавшему в беду, когда он зовет тебя, и устраняешь зло, о боже, помоги мне против моего врага и отврати его от меня! Поистине, ты властей в том, чего хочешь!» И когда гуль услыхала его молитву, она удалилась, а царевич отправился к своему отцу и рассказал ему о поступке везиря; и царь призвал его и убил.

И если ты, о царь, доверишься этому врачу, он убьет тебя злейшим убийством. Тот, кого ты облагодетельствовал и приблизил к себе, действует тебе на погибель. Он лечил тебя от болезни снаружи чем-то, что ты взял в руку, и ты не в безопасности от того, чтобы он не убил тебя вещью, которую ты так же возьмешь в руку».

«Ты прав, о везирь, – сказал царь Юнан, – как ты говоришь, так и будет, о благорасположенный везирь! Поистине, этот врач пришел как лазутчик, ища моей смерти, и если он излечил меня чем-то, что я взял в руку, то сможет меня погубить чем-нибудь, что я понюхаю».

После этого царь Юнан сказал везирю: «О везирь, как же с ним поступить?» И везирь ответил: «Пошли за ним сейчас же, потребуй его и, если он придет, отруби ему голову. Ты спасешься от его зла и избавишься от него. Обмани же его раньше, чем он обманет тебя». – «Ты прав, о везирь!» – воскликнул царь и послал за врачом; и тот пришел радостный, не зная, что судил ему милосердный, подобно тому как кто-то сказал:

> Страшащийся судьбы – спокоен будь!
> Ведь всё в руках высокого провидца.
> Пусть в книге судеб слов не зачеркнуть,
> Но что не суждено – тому не сбыться.

И когда врач вошел к царю, то произнес:

> Коль я не выскажу тебе благодаренье,
> Скажи: «Кому ж ты посвятишь стихотворенье!»
> Ты милости свои мне щедро расточал
> Без отговорок и без промедленья.
> Так почему хвалу не вправе я

изречь,

    И что мешает ей шуметь иль тайно
течь?

    Я восхвалю тебя за все
благодеянья,

    Хотя тяжел их груз для этих
слабых плеч.

«Знаешь ли ты, зачем я призвал тебя?» – спросил царь врача Дубана. И врач ответил: «Не знает тайного никто, кроме великого Аллаха!» А царь сказал ему: «Я призвал тебя, чтобы тебя убить и извести твою душу».

И врач Дубан до крайности удивился и спросил: «О царь, за что же ты убиваешь меня и какой я совершил грех?» – «Мне говорили, – отвечал царь, – что ты лазутчик и пришел меня убить, и вот я убью тебя раньше, чем ты убьешь меня».

Потом царь крикнул палача и сказал: «Отруби голову этому обманщику и дай нам отдых от его зла!» – «Пощади меня – пощадит тебя Аллах, не убивай меня – убьет тебя Аллах», – сказал тогда врач и повторил царю эти слова, подобно тому как и я говорил тебе, о ифрит, но ты не щадил меня и хотел только моей смерти.

И царь Юнан сказал врачу Дубану: «Я не в безопасности, если не убью тебя: ты меня вылечил чем-то, что я взял в руку, и я опасаюсь, что ты убьешь меня чем-нибудь, что я понюхаю, или чем другим». – «О царь, – сказал врач Дубан, – вот награда мне от тебя! За хорошее ты воздаешь скверным!» Но царь воскликнул: «Тебя непременно нужно убить, и не откладывая!» И тогда врач убедился, что царь, несомненно, убьет его, он заплакал и пожалел о том добре, которое он сделал недостойным его, подобно тому, как сказано:

    На свете только тот судьбою
одарен,

    Кто осторожным и разумным
сотворен,

    Кто не пойдет сухой, ни скользкою
дорогой,

    Не осветив умом, не ощутив ногой.

После этого выступил вперед палач, и завязал врачу глаза, и обнажил меч, и сказал: «Позволь!» А врач плакал и говорил царю: «Оставь меня – оставит тебя Аллах, не убивай меня – убьет тебя Аллах. – И он произнес:

    От сердца дал совет – и не был я
счастлив,

    Счастливее они, от мира правду
скрыв.

    Унижен я – они стократ

блаженней.

Теперь, коль буду жив, пребуду в немоте,

А если сгину – пусть меня оплачут те,

Кто не жалел для ближних откровений.

Затем врач сказал: «О царь, вот награда мне от тебя! Ты воздаешь мне воздаянием крокодила». – «А каков рассказ о крокодиле?» – спросил царь, но врач сказал: «Я не могу его рассказать, когда я в таком состоянии. Заклинаю тебя Аллахом, пощади меня – пощадит тебя Аллах!» И врач разразился сильным плачем, и тогда поднялся кто-то из приближенных царя и сказал: «О царь, подари мне жизнь этого врача, так как мы не видели, чтобы он сделал против тебя преступления, и видели только, как вылечил тебя от болезни, не поддававшейся врачам и лекарям».

«Разве вы не знаете, почему я убиваю этого врача? – сказал царь. – Это потому, что, если я пощажу его, я, несомненно, погибну. Ведь тот, кто меня вылечил от моей болезни вещью, которую я взял в руку, может убить меня чем-нибудь, что я понюхаю. Я боюсь, что он убьет меня и возьмет за меня подарок, так как он лазутчик и пришел только затем, чтобы меня убить. Его непременно нужно казнить, и после этого я буду за себя спокоен».

«Пощади меня – пощадит тебя Аллах, не убивай меня – убьет тебя Аллах!» – сказал врач, но, убедившись, о ифрит, что царь, несомненно, его убьет, он сказал: «О царь, если уж моя казнь неизбежна, дай мне отсрочку: я схожу домой и накажу своим родным и соседям похоронить меня, и очищу свою душу, и раздарю врачебные книги. У меня есть книга, особая из особых, которую я дам в подарок тебе, а ты храни ее в своей сокровищнице». – «А что в ней, в этой книге?» – спросил царь врача, и тот ответил: «В ней есть столько, что и не счесть, и самая малая из ее тайн – то, что, когда ты отрежешь мне голову, повернешь три листа и прочтешь три строки на той странице, которая слева, моя голова заговорит с тобой и ответит на все, о чем ее спросишь».

И царь изумился до крайности и, преисполненный удивления, спросил: «О мудрец, когда я отрежу тебе голову, она со мной заговорит?» – «Да, о царь», – сказал мудрец. И царь воскликнул: «Это удивительное дело!»

Потом он отпустил врача под стражей, и врач пошел домой и сделал свои дела в тот же день, а на следующий день он пришел в диван, и пришли все эмиры, везири, придворные, наместники и вельможи царства, и диван стал точно цветущий сад. И вот врач пришел в диван и встал перед царем между двумя стражниками, и у него была старая книга и горшочек с порошком. И врач сел и сказал: «Принесите мне блюдо», – и ему принесли блюдо, и он высыпал на него порошок, разровнял его и сказал: «О царь, возьми эту книгу, но не раскрывай ее, пока не отрубишь мне голову, а когда отрубишь, поставь ее на блюдо и вели ее натереть этим порошком, и когда ты это сделаешь, кровь перестанет течь. А потом раскрой книгу». И царь Юнан приказал отрубить врачу голову и взял от него книгу, и палач встал и отсек голову врача, и голова упала на середину блюда. И царь натер голову порошком, и кровь остановилась, и врач Дубай открыл глаза и сказал: «О царь, раскрой книгу!» И царь раскрыл ее и увидел, что листы слиплись, и тогда он положил палец в рот, смочил его слюной и раскрыл первый листок, и второй, и третий, и листки раскрывались с трудом. И царь перевернул шесть листков и посмотрел на них, но не увидел никаких письмен и сказал врачу: «О врач, в ней ничего не написано». – «Раскрой еще, сверх этого», – сказал врач; и царь перевернул еще три листка, и прошло лишь немного времени, и яд в одну минуту распространился по всему телу царя, так как книга была отравлена. И тогда царь затрясся и крикнул: «Яд разлился во мне!» А врач Дубан произнес:

> Владели, правили, старались
> власть упрочить,
>   Прошли их времена – их знать
> никто не хочет.
>   Кто справедливым был – добра
> вкушает мед,
>   Кто был несправедлив, того судьба
> доймет!
>   Не упрекай судьбу! Она не
> виноватит,
>   А только часть за часть, за меру
> меру платит.

И когда голова врача окончила говорить, царь тотчас же упал мертвый.

Знай же, о ифрит, что если бы царь Юнан оставил в живых врача Дубана, Аллах, наверное, пощадил бы его; но он не захотел и искал его смерти, и Аллах убил его. Если бы ты, о ифрит, пощадил меня, Аллах, наверное, пощадил бы тебя…»

И Шахразаду застигло утро, и она прекратила дозволенные речи.

Когда же настала шестая ночь, ее сестра Дуньязада сказала: «Докончи твой рассказ».

И Шахразада ответила: «Если позволит мне царь».

«Говори», – сказал царь.

И она сказала:

«Дошло до меня, о счастливый царь, что рыбак сказал ифриту: «Если бы ты пощадил меня, я бы пощадил тебя, но ты не хотел ничего, кроме моей смерти, и вот я тебя убью, заключив в этот кувшин, и брошу в море». И тут ифрит закричал и воскликнул:

«Заклинаю тебя Аллахом, о рыбак, не делай этого! Пощади меня и не взыщи с меня за мой поступок. Если я был злодеем, то будь ты благодетелем; ведь говорится в ходячих изречениях: «О благодетельствующий злому, достаточно со злодея и деяния его». Не делай так, как сделала Умама с Атикой». – «А что сделала Умама с Атикой?» – спросил рыбак. И ифрит ответил: «Не время теперь рассказывать, когда я в этой тюрьме! Если ты меня отпустишь, я расскажу тебе об этом».

«Оставь эти речи, – сказал рыбак, – ты непременно будешь брошен в море, и нет никакой надежды, что тебя когда-нибудь оттуда извлекут. Я тебя просил и умолял, но ты хотел только моей смерти без вины, заслуживающей этого, хотя я тебе не сделал зла, – я оказал тебе только благодеяние, освободив из тюрьмы; и когда ты со мной все это сделал, я узнал, что ты поступаешь скверно. И знай, что я брошу тебя в море; а чтобы всякий, кто тебя выловит, кинул обратно, я расскажу, что у меня с тобой было, и предостерегу его. И ты останешься в этом море навсегда, пока не погибнешь».

«Отпусти меня, – сказал ифрит. – Теперь время быть великодушным, и я обещаю тебе, что никогда ни в чем тебя не ослушаюсь и дам тебе то, что тебя обогатит».

И тогда рыбак взял с ифрита обещание, что тот, если он его отпустит, но станет ему вредить, а сделает ему добро, и, заручившись его обещанием и заставив его поклясться величайшим именем Аллаха, открыл кувшин. И дым пошел вверх, и вышел целиком, и стал ифритом в его подлинном облике. Ифрит толкнул ногой кувшин и кинул его в море. И когда рыбак увидел, что ифрит бросил кувшин в море, он убедился в своей гибели, и наделал себе в платье, и воскликнул: «Это нехороший признак!» Потом он укрепил свое сердце и сказал: «О ифрит, Аллах великий сказал: «Исполняйте обещание». Поистине, об обещании будет спрошено, а ты обещал мне и поклялся, что не обманешь меня, не то обманет тебя Аллах, ибо он преревнив и дает отсрочку, но не прощает. Я ведь говорил тебе то же, что врач Дубай говорил царю Юнану: «Пощади меня – пощадит тебя Аллах!» И ифрит засмеялся, и пошел впереди рыбака, и сказал ему: «О рыбак, следуй за мной!»

И рыбак пошел позади ифрита, не веря в спасение. И ифрит шел, пока они не вышли за город, и он поднялся на гору и опустился в обширную равнину, и вдруг они оказались у пруда с водой. И ифрит спустился в середину пруда и сказал рыбаку: «Следуй за мною!» И рыбак последовал за ним на середину пруда, а ифрит остановился и приказал рыбаку закинуть сеть и ловить рыбу. И рыбак посмотрел в пруд и увидал там рыб разного цвета: белых, красных, голубых и желтых – и удивился этому. Потом он вынул сеть, и забросил ее, и вытянул, и нашел в ней четырех рыб, и все были разноцветные. И, увидав их, рыбак обрадовался, а ифрит сказал ему: «Пойди с ними к султану и поднеси их ему, и он даст тебе довольно, чтобы тебя обогатить. И, ради Аллаха, прими мое извинение: поистине, я не знаю сейчас ни в чем пути, так как я в этом море уже тысячу восемьсот лет и увидел поверхность земли только сию минуту. И не лови здесь рыбы больше раза в день».

И ифрит простился с рыбаком и сказал: «Не дай мне Аллах тосковать но тебе», – и потом ударил ногой об землю, и земля расступилась и поглотила его; а рыбак пошел в город, изумляясь тому, что случилось у него с ифритом и как все это было.

И он взял рыбу и, придя в свое жилище, принес лоханку, наполнил ее водой и положил туда рыбу, и рыба забилась в воде. А потом рыбак поставил лоханку на голову и направился с нею в царский дворец, как велел ему ифрит. И когда он пришел к царю и предложил ему рыбу, царь до крайности удивился рыбе, которую ему предложил рыбак, так как в жизни не видал рыбы, подобной этой по образу и виду.

«Отдайте эту рыбу девушке-стряпухе», – сказал он (а эту девушку подарил ему три дня назад царь румов, и он еще не испытал ее в стряпне); и везирь приказал ей изжарить рыбу и сказал: «О девушка, царь говорит тебе: «О слезинка, мы испытываем тебя, лишь будучи в затруднении! Покажи нам сегодня твое искусство и умение стряпать: к султану кто-то пришел с подарком».

Потом везирь вернулся к султану, дав наставление девушке, и царь велел ему выдать рыбаку четыреста динаров. И везирь выдал их рыбаку, и тот спрятал деньги в полу халата и бегом побежал домой, падая, вставая и спотыкаясь, и он думал, что это сон. И затем он купил для своего семейства все нужное и пошел к жене, веселый и радостный.

Вот что случилось с рыбаком. А с девушкой произошло следующее. Она взяла рыбу, очистила ее и подвесила сковородку над огнем, а потом бросила на нее рыбу. И лишь только рыба подрумянилась с одной стороны, девушка перевернула ее на другую сторону, – вдруг стена кухни раздвинулась, и из нее вышла молодая женщина с прекрасным станом, овальными щеками, совершенными чертами и насурьмленными глазами, и одета она была в шелковый платок с голубой бахромой, в ушах ее были кольца, а на запястьях – пара перехватов, и на пальцах – перстни с драгоценными камнями, и в руке она держала бамбуковую трость. И женщина ткнула тростью в сковородку и сказала: «О рыбы, соблюдаете ли вы договор?» И, увидев это, стряпуха обмерла, а женщина повторила эти слова во второй и третий раз, – и рыбы подняли головы со сковородки и сказали ясным языком: «Да, да» – и затем произнесли:

> Захочешь вернуться – и я
> возвращусь,
> Прийти пожелаешь – и я захочу.
> А если покинешь – покину и я.
> Что ты совершишь, тем и я
> отплачу».

И тогда женщина перевернула сковородку и вошла в то же

место, откуда вышла, и стена кухни сдвинулась, как раньше.

И после этого стряпуха очнулась от обморока и увидела, что четыре рыбы сгорели и стали как черный уголь, и воскликнула: «*С первого же набега сломалось его копье* »[34], - и снова упала на землю без памяти.

И когда она была в таком состоянии, вдруг вошел везирь, и этот старик увидел, что девушка, точно старуха, выжившая из ума, не отличает четверга от субботы. Он толкнул ее ногой, и она очнулась, и заплакала, и сообщила везирю о происшедшем и о том, что случилось; и везирь удивился и сказал: «Это, поистине, удивительное дело!» После этого он послал за рыбаком, и когда его привели, везирь закричал на него и сказал: «О рыбак, принеси нам четыре рыбы, как те, что ты принес!» И рыбак вышел к пруду, закинул сеть и вытянул ее, и вдруг видит: в ней четыре рыбы, подобные первым. И он взял их и принес везирю, а везирь пошел с ними к девушке и сказал: «Поднимайся и изжарь их при мне, чтобы я сам увидел, как это происходит». И девушка встала, приготовила рыбу и, подвесив сковородку, бросила туда рыбу, но едва рыба оказалась на сковородке, как стена вдруг раздвинулась, и появилась та же женщина в своем прежнем виде, и в руках у нее была трость. И она ткнула тростью в сковородку и сказала: «О рыбы, о рыбы, соблюдаете ли вы древний договор?» И вдруг все рыбы подняли головы и сказали вышеупомянутый стих, то есть:

> Захочешь вернуться – и я
> возвращусь,
> Прийти пожелаешь – и я захочу.
> А если покинешь – покину и я.
> Что ты совершишь, тем и я
> отплачу».

И Шахразаду застигло утро, и она прекратила дозволенные речи.

Когда же настала седьмая ночь, она сказала:

«Дошло до меня, о счастливый царь, что, когда рыбы заговорили, женщина перевернула тростью сковородку и вошла в то же место, откуда вышла, и стена опять сдвинулась. И тогда везирь поднялся на ноги и воскликнул: «Такое дело не следует скрывать от царя!» – и пошел к царю, и рассказал ему о том, что произошло и что он видел перед собою. И царь воскликнул: «Я непременно должен это видеть своими глазами». И он послал за рыбаком и велел принести четыре рыбы, такие же, как первые, и приставил к нему трех стражников; и рыбак спустился к пруду и тотчас же принес ему рыб, и царь велел дать ему четыреста динаров. Затем он обратился к везирю

---

[34] *«С первого же набега сломалось его копье».* – Поговорка, обозначающая: «с первой же попытки он потерпел неудачу».

и сказал ему: «Вставай и изжарь рыб ты сам, здесь передо мной!» И везирь отвечал: «Слушаю и повинуюсь». Он принес сковородку, и приготовил рыб, и, подвесив сковородку над огнем, бросил на нее рыб, – и вдруг стена раздвинулась, и из нее вышел черный раб, подобный горе или человеку из *племени Ад* [35], и в руках у него была ветка зеленого дерева. И раб сказал устрашающим голосом: «О рыбы, о рыбы, соблюдаете ли вы древний договор?» И рыбы подняли головы со сковородки и ответили: «Да, да, мы его соблюдаем.

> Захочешь вернуться – и я возвращусь,
>
> Прийти пожелаешь – и я захочу.
>
> А если покинешь – покину и я.
>
> Что ты совершишь, тем и я отплачу».

И раб приблизился к сковородке и перевернул ее веткою, что была у него в руке, и потом он пошел туда же, откуда вышел. И везирь с царем посмотрели на рыб и увидели, что они стали как уголь; и царь, оторопев, воскликнул: «О таком обстоятельстве невозможно молчать, и за этими рыбами, наверное, скрывается какое-то дело!» И он велел привести рыбака и, когда тот явился, спросил его: «Горе тебе, откуда эти рыбы?» И рыбак ответил: «Из пруда между четырех гор, под той горой, что за твоим городом».

И тогда царь опять обратился к рыбаку и спросил: «В скольких днях пути?» – «Пути на полчаса, о владыка султана», – отвечал рыбак; и царь удивился и велел свите выступать и воинам тотчас же садиться на коней, и рыбак шел впереди всех, проклиная ифрита. И все поднялись на гору и спустились в такую обширную равнину, которой не видели за всю свою жизнь, и султан и войска изумлялись. Они увидали равнину и посреди нее пруд между четырех гор и в пруде рыбу четырех цветов: красную, белую, желтую и голубую. И царь остановился, изумленный, и спросил свою свиту и присутствующих: «Видел ли кто-нибудь из вас этот пруд?» И они ответили: «Никогда, о царь времени, за всю нашу жизнь». И спросил стариков, и те отвечали: «Мы в жизни не видели пруда на этом месте». И тогда царь воскликнул: «Клянусь Аллахом, я не войду в мой город и не сяду на престол моего царства, пока не узнаю об этом пруде и о рыбах!»

И он приказал людям расположиться вокруг этих гор и потом позвал везиря (а это был везирь опытный и умный, проницательный и сведущий в делах) и, когда тот явился, сказал ему: «Мне хочется что-то сделать, и я расскажу тебе об этом. Я задумал уйти сегодня ночью одни и узнать, что это за пруд со странными рыбами, а ты садись у входа в мою палатку и говори эмирам, везирям, придворным, и наместникам, и всем, кто будет обо мне спрашивать: «Султан

---

[35] *Племя Ад* – мифическое племя великанов, упоминающееся в Коране, уничтоженное богом за непокорность.

нездоров и велел мне никому не давать разрешения входить к нему». И не говори никому о моем намерении». И везирь не мог прекословить царю.

Потом царь переменил одежду, опоясался мечом, и взобрался на одну из гор, и шел весь остаток ночи до утра и весь день, и зной одолел его, так как он прошел ночь и день. После этого он шел и вторую ночь до утра, и ему показалось издали что-то черное, и царь обрадовался и воскликнул: «Может быть, я найду кого-нибудь, кто мне расскажет об этом пруде и о рыбах!»

И он приблизился и увидел дворец, выстроенный из черного камня и выложенный железом, и один створ ворот был открыт, а другой заперт. И царь обрадовался и остановился у ворот и постучал легким стуком, но не услышал ответа, и тогда он постучал второй раз и третий, но ответа не услыхал, и после этого он ударил в ворота страшным ударом, но никто не ответил ему. «Дворец, наверное, пуст», – сказал тогда царь и, собравшись с духом, прошел через ворота дворца до портика и крикнул: «О жители дворца, тут чужестранец и путешественник, нет ли у вас чего съестного?» Он повторил эти слова второй раз и третий, но не услышал ответа; и тогда он, укрепив свое сердце мужеством, прошел из портика в середину дворца, но не нашел во дворце никого, хотя дворец был украшен шелком и звездчатыми коврами и занавесками, которые были спущены. А посреди дворца был двор с четырьмя возвышениями, одно напротив другого, и каменной скамьей и фонтаном с водоемом, над которым были четыре льва из червонного золота, извергавшие из пасти воду, подобную жемчугам и яхонтам, а вокруг дворца летали птицы, и над дворцом была золотая сетка, мешавшая им подниматься выше. И царь не увидел никого и изумился и опечалился, так как никого не нашел, у кого бы спросить об этой равнине, о пруде и о рыбах, о горах и о дворце. Затем он сел у дверей, размышляя, и вдруг услышал стон, исходящий из печального сердца, и голос, произносящий нараспев:

> Когда я скрыл, чем дорожил, но
> сердце бушевало,
> Когда бессонница очам покоя не
> давала,
> Я страсть, возросшую во мне,
> призвал и ей сказал:
> «Не оставляй меня в живых, срази,
> как сталь кинжала,
> Не дай, чтоб средь трудов и бед я
> долго пребывал!»

И когда султан услышал этот стон, он поднялся и пошел на голос и оказался перед занавесом, спущенным над дверью покоя. И он поднял занавес и увидел юношу, сидевшего на ложе, которое возвышалось от земли на локоть, и это был юноша прекрасный, с изящным станом и красноречивым языком, сияющим лбом и румяными щеками, и на престоле его щеки была родинка, словно кружок амбры; как сказал поэт:

> Красавец стройный – ночь волос и
> свет чела. При нем
> То словно входишь в мрак ночной,
> то пребываешь днем.
> Прекрасней этой красоты на свете
> нет ничьей,
> Она пленительнее всех увиденных
> вещей.
> Что лучше родинки его на матовой
> щеке,
> Она как роза, что плывет в зрачке,
> как в роднике.

И царь обрадовался, увидя юношу, и приветствовал его: а юноша сидел, одетый в шелковый кафтан с вышивками из египетского золота, и на голове его был венец, окаймленный драгоценностями, но все же вид его был печален. И когда царь приветствовал его, юноша ответил ему наилучшим приветствием и сказал: «О господин мой, ты выше того, чтобы пред тобой вставать, а мне да будет прощение». – «Я уже простил тебя, о юноша, – ответил царь. – Я твой гость и пришел к тебе с важным делом: я хочу, чтобы ты рассказал мне об этом пруде, о рыбах, и о дворце, и о причине твоего одиночества в нем и плача». И когда юноша услышал эти слова, слезы побежали по его щекам, и он горько заплакал, так что залил себе грудь.

И царь удивился и спросил: «Что заставляет тебя плакать, о юноша?» И юноша отвечал: «Как же мне не плакать, когда я в таком состоянии?» И, протянув руку к подолу, он поднял его; и вдруг оказывается: нижняя половина его каменная, а от пупка до волос на голове он – человек. И, увидев юношу в таком состоянии, царь опечалился великой печалью, и огорчился, и завздыхал, и воскликнул: «О юноша, ты прибавил заботы к моей заботе! Я хотел узнать о рыбах и об их происхождении, а теперь приходится спрашивать и о них, и о тебе. Нет мощи и силы, кроме как у Аллаха, высокого, великого! Поспеши, о юноша, рассказать эту историю!»

«Отдай мне твой слух и взор», – отвечал юноша. И царь воскликнул: «Мой слух и взор здесь!» И тогда юноша сказал: «Поистине, с этими рыбами и со мной произошло удивительное дело, и будь оно даже написано иглами в уголках глаз, оно послужило бы назиданием для поучающихся». – «А как это было?» – спросил царь.

Рассказ заколдованного юноши

«О господин мой, – сказал юноша, – знай, что мой отец был

царем этого города, и звали его Махмуд, владыка черных островов. Он жил на этих четырех горах и царствовал семьдесят лет; а потом мой отец скончался, и я стал султаном после него. И я взял в жены дочь моего дяди, и она полюбила меня великой любовью, так что, когда я отлучался от нее, она не ела и не пила, пока не увидит меня подле себя. Она прожила со мною пять лет, и однажды, в какой-то день, она пошла в баню, и тогда я велел повару поскорее приготовить нам что-нибудь поесть на ужин; а потом я вошел в этот покой и лег там, где мы спали, приказав двум девушкам сесть около меня; одной в головах, другой в ногах. Я расстроился из-за отсутствия жены, и сон не брал меня, – хотя глаза у меня были закрыты, душа моя бодрствовала. И я услышал, как девушка, сидевшая в головах, сказала той, что была в йогах: «О Масуда, бедный наш господин, бедная его молодость! Горе ему с нашей госпожой, этой проклятой шлюхой!» – «Да, – отвечала другая, – прокляни, Аллах, обманщиц и развратниц! Такой молодой, как наш господин, не годится для этой шлюхи, что каждую ночь почует вне дома». А та, что была в головах, сказала: «Наш господни глупец, он опоен и не спрашивает о ней!» Но другая девушка воскликнула: «Горе тебе, разве же наш господин знает или она оставляет его с его согласия? Нет, она делает что-то с кубком питья, который он выпивает каждый вечер перед сном, и кладет туда *бандж* [36], и он засыпает и не ведает, что происходит, и не знает, куда она уходит и отправляется. А она, напоив его питьем, надевает свои одежды, умащается и уходит от него и пропадает до зари. А потом приходит и курит что-то под носом у нашего господина, и он пробуждается от сна».

И когда я услышал слова девушек, у меня потемнело в глазах, и я едва верил, что пришла ночь. И моя жена вернулась из бани, и мы разложили скатерть и поели и посидели, как обычно, некоторое время за беседой, а потом она потребовала питье, которое я пил перед сном, и протянула мне кубок, и я прикинулся, будто пью его, как всегда, но вылил питье за пазуху и в ту же минуту лег и стал храпеть, как будто я сплю. И вдруг моя жена говорит: «Спи всю ночь, не вставай совсем! Клянусь Аллахом, ты мне противен, и мне ненавистен твой вид, и душе моей наскучило общение с тобой, и я не знаю, когда Аллах заберет твою душу».

Она поднялась, и надела свои лучшие одежды, и надушилась курениями, и, взяв мой меч, опоясалась им, открыла ворота дворца и вышла. И я поднялся и последовал за нею, а она вышла из дворца, и прошла по рынкам города, и достигла городских ворот, и тогда она произнесла слова, которых я не понял, и замки попадали, и ворота распахнулись. И моя жена вышла, и я последовал за ней (а она этого не замечала); и, дойдя до свалок, она подошла к плетню, за которым была хижина, построенная из кирпича, а в хижине была дверь. И моя жена вошла туда, а я влез на крышу хижины и посмотрел сверху – и

---

[36] *Бандж* – сильный наркотик, изготовляемый из индийской садовой конопли.

вдруг вижу: дочь моего дяди подошла к черному рабу, у которого одна губа была как одеяло, другая – как башмак, и губы его подбирали песок на камнях. И он был болен проказой и лежал на обрезках тростника, одетый в дырявые лохмотья и рваные тряпки. И моя жена поцеловала перед ним землю, и раб поднял голову и сказал: «Горе тебе, чего ты до сих пор сидела? У нас были наши родные – черные – и пили вино, и каждый ушел со своей женщиной, а я не согласился пить из-за тебя».

«О господин мой, о мой возлюбленный, о прохлада моих глаз, – отвечала она, – разве не знаешь ты, что я замужем за сыном моего дяди и мне отвратителен его вид и ненавистно общение с ним! И если бы я не боялась за тебя, я не дала бы взойти солнцу, как его город лежал бы в развалинах, где кричат совы и вороны и ютятся лисицы и волки, и камин его я перенесла бы за гору *Каф*[37]».

«Ты лжешь, проклятая! – воскликнул раб. – Клянусь доблестью черных (а не думай, что наше мужество подобно мужеству белых), если ты еще раз засидишься дома до такого времени, я с того дня перестану дружить с тобой и не накрою твоего тела своим телом. О проклятая, ты играешь с нами шутки себе в удовольствие, о вонючая, о сука, о подлейшая из белых!»

И когда я услышал его слова (а я смотрел, и видел, и слышал, что у них происходит), мир покрылся передо мною мраком, и я сам не знал, где я нахожусь. А дочь моего дяди стояла и плакала над рабом и унижалась перед ним, говоря ему: «О мой любимый, о плод моего сердца, если ты на меня разгневаешься, кто пожалеет меня? Если ты меня прогонишь, кто приютит меня, о мой любимый, о свет моего глаза?» И она плакала и умоляла раба, пока он не простил ее, и тогда она обрадовалась, и встала, и сняла с себя платье и рубаху, и сказала: «О господин мой, нет ли у тебя чего-нибудь, что твоя служанка могла бы поесть?» И раб отвечал: «Открой чашку, в ней вареные мышиные кости, – съешь их; а в том горшке ты найдешь остатки пива, – выпей его». И она поднялась, и попила, и поела, и вымыла руки и рот, а потом подошла и легла с рабом на тростниковые обрезки и, обнажившись, забралась к нему под тряпки и лохмотья. И когда я увидел, что делает дочь моего дяди, я перестал сознавать себя и, спустившись с крыши хижины, вошел и взял меч, который принесла с собой дочь моего дяди, и обнажил его, намереваясь убить их обоих. Я ударил сначала раба по шее и подумал, что порешил с ним…»

И Шахразаду застигло утро, и она прекратила дозволенные речи.

Когда же настала восьмая ночь, она сказала:

«Дошло до меня, о счастливый царь, что заколдованный юноша говорил царю: «Когда я ударил раба, чтобы отрубить ему голову, я не разрубил яремных вен, а рассек горло, кожу и мясо, но я думал, что убил его. Он испустил громкое хрипение, и моя жена зашевелилась, а

---

[37] *Гора Каф* . – См. вступ. статью.

я повернул назад, поставил меч на место, пошел в город и, войдя во дворец, пролежал в постели до утра. И дочь моего дяди пришла и разбудила меня: и вдруг я вижу – она обрезала волосы и надела одежды печали. И она сказала: «О сын моего дяди, не препятствуй мне в том, что я делаю. До меня дошло, что моя матушка скончалась и отец мой убит в священной войне, а из двух моих братьев один умер ужаленным, а другой свалился в пропасть, так что я имею право плакать и печалиться». И, услышав ее слова, я смолчал и потом ответил: «Делай, что тебе вздумается, я не стану тебе прекословить». И она провела, печалясь и причитая, целый год, от начала до конца, а через год сказала мне: «Я хочу построить в твоем дворце гробницу вроде купола и уединиться там с моими печалями. И я назову ее «Дом печалей». – «Делай, как тебе вздумается», – отвечал я. И она устроила себе комнату для печали и выстроила посреди нее гробницу с куполом вроде склепа, а потом она перенесла туда раба и поселила его там, а он не приносил ей никакой пользы и только пил вино. И с того дня, как я его ранил, он не говорил, но был жив, так как срок его жизни еще не кончился. И она стала каждый день ходить к нему утром и вечером, и спускалась под купол, и плакала и причитала над ним, и поила его вином и отварами по утрам и по вечерам, и поступала так до следующего года, а я был терпелив с нею и не обращал на нее внимания. Но в какой-то день я внезапно вошел к ней и увидел, что она плачет, говоря: «Почему ты скрываешься от моего взора, о услада моего сердца? Поговори со мной, душа моя, скажи мне что-нибудь! И она произнесла такие стихи:

> Что значит – я еще жива, когда разлучена с тобой?
> Ведь сердце любит лишь тебя, моя душа полна тобой.
> Ты тело мертвое мое возьми, возлюбленный, с собой
> И там его похорони, куда заброшен ты судьбой.
> И если назовешь меня, хотя бы два раза подряд,
> Сухие косточки мои из-под земли заговорят.

Когда же она кончила говорить и плакать, я сказал ей: «О дочь моего дяди, довольно тебе печалиться! Что толку плакать? Это ведь бесполезно». – «Не препятствуй мне в том, что я делаю! Если ты будешь мне противиться, я убью себя», – сказала она; и я смолчал и оставил ее в таком положении. И она провела в печали, плаче и причитаниях еще год, а на третий год я однажды вошел к ней, разгневанный чем-то, что со мной произошло (а это мучение уже так затянулось!), и нашел дочь моего дяди у могилы под куполом, и она говорила: «О господин мой, почему ты мне не отвечаешь?»

И, услышав ее слова, я стал еще более гневен, чем прежде, и воскликнул: «Ах, доколе продлится эта печаль!»

И когда дочь моего дяди услышала эти слова, она вскочила на ноги и сказала: «Горе тебе, собака! Это ты сделал со мной такое дело и ранил возлюбленного моего сердца и причинил боль мне и его юности. Вот уже три года, как он ни мертв, ни жив!» – «О грязнейшая из шлюх и сквернейшая из развратниц, любовниц подкупленных рабов, да, это сделал я!» – отвечал я, и, взяв меч в руку, я обнажил его и направил на мою жену, чтобы убить ее. Но она, услышав мои слова и увидав, что я решил ее убить, засмеялась и крикнула: «Прочь, собака! Не бывать, чтобы вернулось то, что прошло, или ожили бы мертвые! Аллах отдал мне теперь в руки того, кто со мной это сделал и из-за кого в моем сердце был неугасимый огонь и неукрываемое пламя!»

И она поднялась на ноги и, произнеся слова, которые я не понял, сказала: «Стань по моему колдовству наполовину камнем, наполовину человеком!» И я тотчас же стал таким, как ты меня видишь, и не могу ни встать, ни сесть, и я ни мертвый, ни живой. И когда я сделался таким, она заколдовала город и все его рынки и сады. А жители нашего города были четырех родов: мусульмане, христиане, евреи и *маги*[38] , и она превратила их в рыб: белые рыбы – мусульмане, красные – маги, голубые – христиане, а желтые – евреи. А четыре острова она превратила в горы, окружающие пруд. И, кроме того, она меня бьет, и пытает, и наносит мне по сто ударов бичом, так что течет моя кровь и растерзаны мои плечи. А после того она надевает мне на верхнюю половину тела волосяную одежду, а сверху эти роскошные одеяния». И потом юноша заплакали произнес:

> О боже, я стерплю твой приговор и
> рок,
> Ведь я привык терпеть, пускай
> судьба жестока.
> В беде, которую ты на меня
> навлек,
> Прибежище одно – бессмертный
> род пророка.

И царь обратился к юноше и сказал ему: «О, ты прибавил заботы к моей заботе, после того как облегчил мое горе. Но где она, о юноша, и где могила, в которой лежит раненый раб?» – «Раб лежит под куполом в своей могиле, а она – в той комнате, что напротив двери, – ответил юноша. – Она приходит сюда раз в день, когда встает

---

38 *Маги* (или, как говорили арабы, «маджус») – вначале персы-огнепоклонникн (зороастрийцы). Затем стали называть «магами» всех язычников, например, норманнов, которые совершали в IX – начале X в. набеги на приморские города арабской Испании, несколько позже – на южные берега Каспийского моря.

солнце; и как только придет, подходит ко мне и снимает с меня одежды и бьет меня сотней ударов бича, и я плачу и кричу, но не могу сделать движения, чтобы оттолкнуть ее от себя. А отстегавши меня, она спускается к рабу с вином и отваром и поит его. И завтра, с утра, она придет».

«Клянусь Аллахом, о юноша, – воскликнул царь, – я не премину сделать тебе доброе дело, за которое меня будут поминать, и его запишут, и оно станет известным до конца времен!»

После этого царь сел, и они с юношей беседовали до наступления ночи и легли спать; а на заре царь поднялся и снял с себя одежду и, обнажив меч, направился в помещение, где был раб. Он увидел свечи, светильники, курильницы и сосуды для масла, и, подойдя к рабу, он ударил его один раз и убил и, взвалив его на спину, бросил в колодец, бывший во дворце. А потом он вернулся и, закутавшись в одежды раба, лег в гробницу, и его меч был с ним, вынутый из ножен на всю длину.

И через минуту явилась проклятая колдунья и, как только пришла, сняла одежду с сына своего дяди и, взяв бич, стала бить его. И юноша закричал: «Ах, довольно с меня того, что со мною, о дочь моего дяди! Пожалей меня, о дочь моего дяди!» Но она воскликнула: «А ты пожалел меня и оставил мне моего возлюбленного?» И она била его, пока не устала, и кровь потекла с боков юноши, а потом она надела на него волосяную рубашку, а поверх нее его одежду и после этого спустилась к рабу с кубком вина и чашкой отвара. Она спустилась под купол и стала плакать и стонать и сказала: «О господин мой, скажи мне что-нибудь, о господин мой, поговори со мной! – и произнесла такие строки поэта:

> Доколе будешь ты дичиться,
> сторониться,
> Достаточно того, что страстью я
> спален.
> Из-за тебя одной разлука наша
> длится.
> Зачем? Завистник мой давно уж
> исцелен!»

И она опять заплакала и сказала: «Господин мой, поговори со мной, скажи мне что-нибудь!» И царь понизил голос и заговорил заплетающимся языком на наречии черных и сказал: «Ах, ах, нет мощи и силы, кроме как у Аллаха, высокого, великого!» И когда женщина услыхала его слова, она вскрикнула от радости и потеряла сознание, а потом очнулась и сказала: «О господин мой, это правда?» И царь ослабил голос и отвечал: «О проклятая, разве ты заслуживаешь, чтобы с тобой кто-нибудь говорил и разговаривал?» – «А почему же нет?» – спросила женщина. «А потому, что ты весь день терзаешь своего мужа, а он зовет на помощь и не дает мне спать от вечера до утра, проклиная тебя и меня, – сказал царь. – Он меня обеспокоил и повредил мне, и если бы не это, я бы, наверное, поправился. Вот что мешало мне тебе ответить». – «С твоего разрешения я освобожу его от того, что с ним», – сказала женщина. И царь отвечал ей: «Освободи и дай нам отдых».

И она сказала: «Слушаю и повинуюсь!» – и, выйдя из-под купола во дворец, взяла чашку, наполнила ее водой и проговорила над нею что-то, и вода в чашке запузырилась, и забулькала, и стала кипеть, как кипит в котле на опте. Потом женщина обрызгала водой юношу и сказала: «Заклинаю тебя тем, что я произнесла и проговорила; если ты стал таким по моему колдовству и ухищрению, то измени этот образ на твой прежний». И вдруг юноша встряхнулся и встал на ноги, и он обрадовался своему освобождению и воскликнул: «Свидетельствую, что нет бога, кроме Аллаха, и Мухаммед – посланник Аллаха, да благословит его Аллах и да приветствует!» А она сказала: «Выходи и не возвращайся сюда, иначе я тебя убью!» – и закричала на него; и юноша вышел. А женщина вернулась к куполу, сошла вниз и сказала: «О господин мой, выйди ко мне, чтобы я видела твой прекрасный образ».

И царь сказал ей слабым голосом: «Что ты сделала? Ты избавила меня от ветки, но не избавила от корня!» – «О мой господин, о мой любимый, – сказала она, – а что же есть корень?» И царь воскликнул: «Горе тебе, проклятая! Корень – жители этого города и четырех островов! Каждую ночь, когда наступает полночь, рыбы поднимают головы, и взывают о помощи, и проклинают меня и тебя. Вот причина, мешающая моему выздоровлению. Иди же освободи их скорее и приходи, возьми меня за руку и подними меня. Здоровье уже идет ко мне».

И когда женщина услышала слова царя (а она думала, что это раб), она обрадовалась и воскликнула: «О господин мой, твой приказ *на голове моей и на глазах*[39] . Во имя Аллаха!» И она встала, радостная, и побежала, и вышла к пруду, и взяла оттуда немного воды...»

И Шахразаду застигло утро, и она прекратила дозволенные речи.

Когда же настала девятая ночь, она сказала:
«Дошло до меня, о счастливый царь, что женщина-колдунья взяла из пруда немного воды и проговорила над нею слова непонятные, – и рыбы запрыгали, и подняли головы, и тотчас же вышли, и чары оставили жителей города, и город сделался населенным, и торговцы стали продавать и покупать, и всякий принялся за свое ремесло, и острова вновь сделались такими, какими были.

И после этого женщина-колдунья тотчас же пришла к царю и сказала ему: «О любимый, подай мне твою благородную руку и

---

39   *...на голове... и на глазах* . – Фирман (приказ) султана прикладывался к глазам и ко лбу; отсюда эта формула повиновения.

встань». И царь отвечал неслышным голосом: «Подойди ко мне ближе!» И когда она подошла вплотную, царь обнажил меч и ударил ее в грудь, и меч вышел, блистая, из ее спины. Потом царь опять ударил ее, и разрубил пополам, и кинул ее тело на землю двумя кусками, и вышел, и увидел заколдованного юношу, который стоял в ожидании его, и поздравил его со спасением. И юноша поцеловал царю руку и отблагодарил его, а царь спросил: «Будешь ли жить в твоем городе или пойдешь со мной; в мой город?» – «О царь нашего времени, – отвечал юноша, – а знаешь ли ты, каково расстояние между тобою и твоим городом?» – «Два с половиной дня пути», – отвечал царь. И юноша воскликнул: «О царь, если ты спишь, проснись! Между тобою и твоим городом целый год пути для спешащего путника, и ты пришел в два с половиной дня потому, что город был заколдован. А я, царь, не покину тебя ни на мгновение ока».

Царь обрадовался и воскликнул: «Слава Аллаху, который милостиво послал мне тебя! Ты мой единственный сын, так как я за всю жизнь не имел ребенка».

И они обнялись, обрадованные до крайности, а потом пошли и пришли во дворец; и царь, который был заколдован, приказал вельможам своего царства снарядиться в путешествие и приготовить припасы и все, что требовалось по обстоятельствам. И они принялись собираться и собирались десять дней, и юноша выступил с султаном, сердце которого пылало от тоски по его городу, – как это он его оставил! И они поехали, и вместе с ними пятьдесят невольников и большие подарки, и путешествовали непрерывно, днем и ночью, в течение целого года, и Аллах предначертал им безопасность, так что они достигли города и послали известить везиря о благополучном прибытии султана. И везирь и войска выступили, после того как их оставила надежда на возвращение царя, и войска, приблизившись к царю, облобызали перед ним землю и поздравили его с благополучным прибытием. И царь вошел и сел на престол, а потом он обратился к везирю и рассказал ему все, что случилось с юношей, и везирь, услышав о том, что с ним произошло, поздравил его со спасением; и тогда все успокоились.

И султан наградил многих людей и сказал везирю: «Позвать ко мне рыбака, что принес нам рыб». И послали к рыбаку, который был причиною освобождения жителей города, и его привели, и царь его наградил и расспросил, каково его положение и есть ли у него дети. И рыбак рассказал, что у него есть две дочери и сын, и царь велел привести их и женился на одной, а юноше дал другую дочь, сына же рыбака сделал казначеем. Потом он дал назначение везирю и послал его султаном в город юноши, то есть на черные острова, и отослал с ним тех пятьдесят невольников, что пришли вместе с ним, и дал ему награды для всех эмиров. И везирь поцеловал ему руки и в тот же час и минуту выступил, а царь и юноша остались. Что же до рыбака, то он сделался самым богатым человеком своего времени, а его дочери были женами царей, пока не пришла к ним смерть».

Сказка о горбуне

А когда наступила следующая ночь, Шахразада сказала: «Дошло до меня, о счастливый царь, что был в древние времена и минувшие века и столетия в одном китайском городе портной, щедрый и любивший веселье и развлечения. Он выходил иногда вместе со своей женой на гулянье; и вот однажды они вышли в начале дня и, возвращаясь на исходе его, к вечеру, в свое жилище, увидели на дороге горбуна, вид которого мог рассмешить огорченного и разогнать заботу опечаленного. Портной и его жена подошли посмотреть на него и затем пригласили его пойти с ними в их дом и разделить в этот вечер их трапезу: и горбун согласился и пошел к ним.

И портной вышел на рынок (а подошла уже ночь) и купил жареной рыбы, хлеба, лимон и творогу, чтобы полакомиться, и, придя, положил рыбу перед горбуном. И они стали есть, и жена портного взяла большой кусок рыбы, и положила его в рот горбуну, и закрыла ему рот рукой, и сказала: «Клянусь Аллахом, ты съешь этот кусок зараз, одним духом, и я не дам тебе времени прожевать!» И горбун проглотил кусок, и в куске была крепкая кость, которая застряла у него в горле, – и так как срок его жизни кончился, он умер...»

И Шахразаду застигло утро, и она прекратила дозволенные речи.

Когда же настала двадцать пятая ночь, она сказала: «Дошло до меня, о счастливый царь, что жена портного положила горбуну в рот кусок рыбы, и так как его срок окончился, он тотчас же умер.

И портной воскликнул: «Нет мощи и силы, кроме как у Аллаха! Бедняга! Смерть пришла к нему именно так, через наши руки!» А жена его сказала: «Что значит это промедление? Разве не слышал ты слов сказавшего:

> Для чего я душу тешу, мысля, что
> не уроню
> Горький груз забот и тягот, грусти
> и печали?
> Разве можно прислониться к
> непогасшему огню?
> Много тех, кто, прислонившись,
> душу обжигали!»

«А что же мне делать?» – спросил ее муж; и она сказала: «Встань, возьми его на руки и накрой шелковым платком, и я пойду впереди, а ты сзади, сейчас же, вечером, и ты говори: «Это мой ребенок, а вот это – его мать; мы идем к лекарю, чтобы он посмотрел его». Услышав эти слова, портной встал и понес горбуна на руках, и жена его говорила: «Дитятко, спаси тебя Аллах! Что у тебя болит и в каком месте тебя поразила оспа?» И всякий, кто видел их, говорил: «С ними больной ребенок». И они все шли и спрашивали, где дом лекаря, и им указали дом врача-еврея; и они постучали в ворота, и к ним спустилась черная невольница, и открыла ворота, и посмотрела – и вдруг видит: у ворот человек, который несет ребенка, и с ним женщина. «В чем дело?» – спросила невольница; и жена портного сказала: «С нами маленький, и мы хотим, чтобы врач его посмотрел. Возьми эту четверть динара и отдай ее твоему господину – пусть он сойдет вниз и посмотрит моего ребенка: на него напала болезнь». И невольница пошла наверх, а жена портного вошла за порог и сказала мужу: «Оставь горбуна здесь, и будем спасать наши души».

И портной поставил горбуна, прислонив его к стене, и вышел вместе со своей женой, а невольница вошла к еврею и сказала: «У ворот человек с каким-то больным, и с ними женщина. Они мне дали для тебя четверть динара, чтобы ты спустился, посмотрел его и прописал ему что-нибудь подходящее». И еврей, увидав четверть динара, обрадовался и поспешно встал и сошел вниз в темноте, – и едва ступил ногой на землю, как наткнулся на горбуна, который был мертв. И он воскликнул: «О великий! О Моисей и десять заповедей! О Аарон и Иисус, сын Нуна! Я, кажется, наткнулся на этого больного, и он упал вниз и умер. Как же я вынесу из дома убитого?» И он понес горбуна, и вошел с ним в дом, и сообщил об этом своей жене; она сказала: «Чего же ты сидишь? Если ты просидишь здесь до того, как взойдет день, пропали наши души, и моя и твоя. Поднимемся с ним на крышу и кинем его в дом нашего соседа-мусульманина». А соседом еврея был надсмотрщик, начальник кухни султана, и он часто приносил домой сало, и его съедали кошки и мыши, а если попадался хороший курдюк, собаки спускались с крыш и утаскивали его, и они очень вредили надсмотрщику, портя все, что он приносил.

И вот еврей и его жена поднялись на крышу, неся горбатого, и опустили его на землю. Они оставили его, прислонив вплотную к стене, и, спустив его, ушли; и не успели они опустить горбуна, как надсмотрщик подошел к дому, и отпер его, и вошел с зажженной свечкой. Войдя в дом, он увидел человека, стоящего в углу, под вытяжной трубой, и сказал: «Ох, хорошо, клянусь Аллахом! Тот, кто крадет мои запасы, – оказывается, человек! И, обернувшись к нему, надсмотрщик воскликнул: «Это мясо и сало таскаешь ты, а я думал, что это дело кошек и собак! Я перебил всех кошек и собак на улице и взял на себя из-за них грех, а ты, оказывается, спускаешься с крыши». И, схватив большой молоток, он взмахнул им и подошел к горбуну и ударил его в грудь – и увидал, что горбун умер. И надсмотрщик опечалился и воскликнул: «Нет мощи и силы, кроме как у Аллаха, высокого, великого!» Он испугался за себя и сказал: «Прокляни Аллах сало и курдюки! И как это гибель этого человека совершилась от моей руки». А потом он взглянул на него – и видит: это горбатый. «Мало того что ты горбун, ты стал еще вором и крадешь мясо и сало! – воскликнул надсмотрщик. – О покровитель, накрой меня своим благим покровом!» И он поднял горбуна на плечи и вышел с ним из дому на исходе ночи и нес его до начала рынка, а там он поставил его возле лавки у проулка, и бросил его, и ушел.

И вдруг появился христианин, маклер султана. Он был пьян и вышел, отправляясь в баню, так как хмель подсказывал ему, что утреня близко; и он шел покачиваясь, пока не приблизился к горбуну. Он присел напротив него помочиться и вдруг бросил взгляд – и видит: кто-то стоит. А у христианина в начале этого вечера утащили тюрбан, и, увидя стоящего горбуна, он подумал, что тот хочет стянуть его тюрбан, и сжал кулак и ударил его по шее. И горбун упал на землю, и христианин кликнул сторожа рынка и от сильного опьянения бросился на горбуна и стал бить его кулаком и душить. И сторож пришел и увидал, что христианин стоит коленями на мусульманине и колотит его, и спросил: «Что такое с ним?» – «Он хотел утащить мой тюрбан», – отвечал христианин. «Встань, оставь его», – сказал сторож: и христианин поднялся, а сторож подошел к горбуну, и увидал, что он мертвый, и воскликнул: «Клянусь Аллахом, хорошо! Христианин убивает мусульманина!» Затем сторож схватил христианина и, связав ему руки, привел его в дом *вали*[40] , а христианин говорил про себя: «О мессия, о дева, как это я убил его, и как быстро он умер, от одного удара!» И хмель исчез, и пришло раздумье.

И маклер-христианин и горбун провели ночь в доме вали, а утром вали пришел, и велел повесить убийцу, и приказал палачу кричать об этом. И для христианина сделали виселицу и поставили его под нею, и палач подошел, и накинул на шею христианина веревку, и хотел повесить его, как вдруг надсмотрщик прошел сквозь толпу и увидал христианина, которого собирались вешать, и растолкал народ, и крикнул палачу: «Не надо, это я убил его».

«За что же ты его убил?» – спросил надсмотрщика вали. И тот ответил: «Вчера вечером я пришел домой и увидел, что он спустился по трубе и украл мои припасы, и тогда я ударил его молотком в грудь, и он умер, и я снес его на рынок и поставил его в таком-то месте у такого-то проулка... – И он воскликнул: – Недостаточно мне убить мусульманина, чтобы я еще убил христианина! Не вешай никого, кроме меня!» И вали, услышав эти слова надсмотрщика, отпустил маклера-христианина и сказал палачу: «Повесь этого, согласно его признанию».

И палач снял веревку с шеи христианина и накинул ее на шею надсмотрщика; он поставил его под виселицей и хотел повесить, но вдруг врач-еврей прошел сквозь толпу и закричал людям и палачу: «Не надо! Это я один убил его вчера вечером. Я был дома, и вдруг в ворота постучали мужчина и женщина, и с ними был этот горбун, больной. Они дали моей невольнице четверть динара, и она сообщила мне об этом и отдала мне деньги, а мужчина и женщина внесли горбуна в дом и положили его на лестницу и ушли. И я спустился,

---

40 *Вали* – В период позднего средневековья – начальник городской стражи (преимущественно в Египте), правитель области.

чтобы посмотреть, и наткнулся на него в темноте, и он упал с верху лестницы и тотчас же умер. И мы о женой взяли его и поднялись на крышу (а дом этого надсмотрщика – рядом с моим домом), и спустили его, мертвого, в вытяжную трубу в доме надсмотрщика; и когда надсмотрщик пришел, он увидел горбуна в своем доме и предположил, что это вор, и ударил его молотком, и горбун упал на землю, и надсмотрщик подумал, что убил его. Мало мне разве убить мусульманина неумышленно, чтобы я взял на свою ответственность жизнь другого мусульманина умышленно!»

Услышав слова еврея, вали сказал палачу: «Отпусти надсмотрщика и повесь еврея». И палач взял еврея и положил веревку ему на шею, но вдруг портной прошел сквозь толпу и крикнул: «Не надо! Его убил не кто иной, как я! Я днем гулял, и пришел к вечеру, и увидал этого пьяного горбуна, у которого был бубен, и он пел под него. Я пригласил его, и привел к себе домой, и купил рыбы, и мы сели есть; и моя жена взяла кусок рыбы, положила его горбуну в рот и всунула ему в горло, но кость стала ему поперек горла, и он тотчас же умер. И мы с женой взяли его и принесли к дому еврея, и девушка спустилась и открыла нам ворота, и я сказал ей: «Скажи твоему господину: у ворот мужчина и женщина, и с ними больной, – поди посмотри его». И я дал ей четверть динара, и она пошла к своему господину, а я внес горбуна на верх лестницы, поставил его и ушел вместе с женой; а еврей спустился и наткнулся на горбуна – и решил, что он убил его». И портной спросил еврея: «Правда?» И тот сказал: «Да!» И тогда портной обратился к вали и сказал: «Отпусти еврея и повесь меня». И вали, услышав его слова, изумился происшествию с этим горбатым и воскликнул: «Поистине, такое дело, записывают в книгах! – А потом он сказал палачу: – Отпусти еврея и повесь портного, по его признанию». И палач подвел его и сказал: «Мы устали – одного подводим, другого отводим, а никого не вешают», – и накинул веревку на шею портного.

Вот что было с этими. Что же касается горбуна, то он, говорят, был шутом султана, и тот не мог расстаться с ним; и когда горбун напился и пропадал эту ночь и следующий день до полудня, султан спросил о нем у кого-то из присутствующих, – и ему сказали: «О владыка, его принесли к вали мертвого, и вали приказал повесить его убийцу; и когда он собирался его вешать, явился второй убийца и третий, и все говорили: «Я один убил его», – и каждый рассказывал вали о причине убийства». И султан, услыша эти слова, крикнул привратника и сказал ему: «Сходи к вали и приведи их всех ко мне».

И привратник пошел и увидел, что палач собирается вешать портного, и крикнул ему: «Не надо!» Он сообщил вали, что сказал царь, и взял его с собою, а также и горбуна, которого несли, и портного, и еврея, и христианина, и надсмотрщика, – и всех их привели к царю. И вали, представ перед лицом султана, поцеловал землю и рассказал ему, что случилось со всеми, – а в повторении пользы нет. И когда царь услышал рассказ, он удивился, его взяло удивление, и он велел записать это золотыми чернилами, и он спросил присутствующих: «Слышали ли вы что-нибудь более удивительное, чем история этого горбуна?» И тогда выступил вперед христианин и сказал: «О царь, наметь время, – если позволишь, я тебе расскажу о чем-то, что случилось со мною, и это удивительнее и диковиннее, чем история горбуна». – «Расскажи нам то, что ты хочешь!» – сказал царь.

Рассказ христианина

«О царь времени, – начал христианин, – когда я вступил в эти земли, я пришел с товарами, и предопределение привело меня к вам, но место моего рождения – Каир. Я из тамошних *коптов* [41] и воспитывался там, и мой отец был маклером; и когда я достиг возраста мужей, мой отец скончался, и я сделался маклером вместо него. И вот в один из дней я сижу и вдруг вижу – едет на осле юноша, которого нет прекрасней, одетый в роскошнейшие одежды. И, увидав меня, он пожелал мне мира, а я встал из уважения к нему; и он вынул платок, в котором было немного кунжута, и спросил: «Сколько стоит *ардебб*[42] вот этого?» – «Сто дирхемов», – отвечал я; и юноша сказал: «Возьми грузчиков и мерильщиков и отправляйся к *Воротам Победы*[43], в хан аль-Джавали – ты найдешь меня там». И он оставил меня, и уехал, и отдал мне кунжут с платком, где был образчик; и я обошел покупателей, и каждый ардебб принес мне сто двадцать дирхемов. И я взял с собою четырех грузчиков и отправился к юноше, которого нашел ожидающим; и, увидев меня, он поднялся и открыл кладовую, и из нее взяли зерно; и когда мы его перемерили, то его оказалось пятьдесят ардеббов, на пять тысяч дирхемов. И юноша сказал: «Тебе за посредничество десять дирхемов за ардебб; получи деньги и оставь у себя четыре тысячи и пятьсот дирхемов для меня: когда я кончу продавать свои запасы, я приеду и возьму у тебя деньги». И я сказал: «Хорошо!» – и поцеловал ему руки, и ушел от него, и мне досталась в этот день тысяча дирхемов.

А юноша отсутствовал месяц, и потом он пришел и спросил меня: «Где деньги?» А я встал, и приветствовал его, и спросил: «Не хочешь ли ты чего-нибудь поесть у нас?» Но он отказался и сказал: «Приготовь деньги, я приду и возьму их у тебя», – и ушел. А я приготовил ему деньги и сидел, ожидая его; и его не было месяц, и я

---

[41] *Копт* – Так называют арабы потомков коренного (неарабского) населения Египта, исповедующих христианство.

[42] *Ардебб* – мера объема, примерно 2 гектолитра.

[43] *Ворота Победы* – ворота одного из кварталов средневекового Каира Хан аль-Джавали – рынок в средневековом Каире; хан – также постоялый двор, обычно – с харчевней и лавкой, принадлежащей хозяину хана.

подумал: «Этот юноша совершенство доброты». А через месяц он приехал верхом на муле, одетый в роскошное платье и подобный луне в ночь полнолуния; и он словно вышел из бани, и лицо его было как месяц – с румяными щеками, блестящим лбом и родинкой, словно кружок амбры.

И, увидев его, я поцеловал ему руки, и поднялся перед ним, и призвал на него благословение, и спросил: «О господин, не возьмешь ли ты свои деньги?» И юноша ответил: «А зачем торопиться? Я кончу свои дела и возьму их у тебя», – и ушел. А я воскликнул: «Клянусь Аллахом, когда он в следующий раз придет, я непременно приглашу его, так как я торговал на его дирхемы и добыл через них большие деньги!»

А когда наступил конец года, он приехал, одетый в еще более роскошное платье, чем прежде; и я стал заклинать его зайти ко мне и отведать моего угощенья. И юноша сказал: «С условием, чтобы то, что ты на меня потратишь, было из моих денег, которые у тебя». И я сказал: «Хорошо!» – и посадил его, и сходил и приготовил какие следует кушанья и напитки и прочее, и принес это ему, и сказал: «Во имя Аллаха!» И юноша подошел к столику он, *протянув свою левую руку, стал со мною есть*[44] , - и я удивился этому. А когда мы кончили, я вымыл его руку и дал ему чем ее вытереть, и мы сели за беседу, после того как я поставил перед ним сладости. И тогда я сказал: «О господин мой, облегчи мою заботу: почему ты ел левой рукой? Может быть, у тебя на руке что-нибудь болит?» И, услышав мои слова, юноша произнес:

> О том, что на сердце лежит, не
> спрашивай, мой друг,
> Не то отверзнется печаль,
> откроется недуг,
> Не по желанью своему расстался я
> с любимой,
> Нет! Нас веленье развело судьбы
> неумолимой.

И он вынул руку из рукава, и вдруг я вижу – она обрубленная: *запястье без кисти*[45] . И я удивился этому, а юноша сказал мне: «Не дивись и не говори в душе, что я ел с тобой левой рукой из чванства, отсечению моей правой руки есть диковинная причина». – «А что же

---

44 *...протянув свою левую руку, стал со мною есть* . – Согласно мусульманскому обычаю, подать для рукопожатия левую руку или есть левой рукой значит проявить невоспитанность и нанести оскорбление присутствующим.

45 *Запястье без кисти* . – В арабских странах отрубали кисть руки за воровство, поэтому подобное увечье считалось позорным.

причиною этому?» – спросил я; и юноша сказал: «Знай, что я из уроженцев Багдада, и мой отец там был знатен; и когда я достиг возраста мужей, я услышал рассказы странников, путешественников и купцов о египетских землях, и это осталось у меня в сердце. И когда мой отец умер, я взял много товаров и багдадских и мосульских и, собрав все это, выехал из Багдада: и Аллах предначертал мне благополучие, и я вступил в этот ваш город», – и потом он заплакал и произнес:

> Порой незрячий избежит и обойдет
> канавы,
> В какие зрячий попадет, ловушки
> не заметив.
> Бывает – избежит глупец словес,
> что так лукавы,
> И в них запутается тот, кто не был
> опрометчив.
> Благочестивому с трудом дается
> хлеб насущный,
> А греховодник схватит кус рукою
> загребущей.
> Как человеку поступать, что делать
> человеку?
> Вершить, что суждено ему
> судьбою всемогущей.

А окончив эти стихи, он сказал: «И я прибыл в Каир, и сложил ткани в *хане Масрура*[46] , и, отвязав свои тюки, вынес их, и дал слуге денег, чтобы купить нам чего-нибудь поесть, и немного поспал; а поднявшись, я прошелся по улице Бейн-аль-Касрейн, и вернулся, и проспал ночь. А наутро я встал и вскрыл тюк с тканями и сказал себе: «Пойду пройдусь по рынкам и посмотрю, как обстоят там дела!» И я взял кое-какие ткани, и дал их отнести одному из моих слуг, и пошел на *рынок Джирджиса*[47] , и маклеры встретили меня (а они узнали о моем прибытии), и взяли у меня ткани, и стали кричать, предлагая их; но они не принесли даже своей цены, и я огорчился этим. И староста маклеров сказал мне: «О господин, я знаю что-то, от чего тебе будет прибыль. Сделай так, как делают купцы, и отдай твои ткани в долг на несколько месяцев при писце, свидетеле и меняле. Ты будешь получать деньги каждый четверг и понедельник и наживешь дирхемы: на каждый дирхем два, и, кроме того, посмотришь Каир и Нил».

И я сказал: «Это правильная мысль!» – и, взяв с собою

---

46 *Хан Масрура* – рынок в средневековом Каире с постоялыми дворами того же названия.

47 *Рынок Джирджиса* – рынок в средневековом Каире.

маклеров, отправился в хан, а они забрали ткани на рынок, и я продал их, и записал за ними цену, и отдал бумажку меняле, взяв у него расписку, и вернулся в хан. И я провел много дней, ежедневно, в течение месяца, завтракая с кубком вина и посылая за мясом барашка и сладостями; и наступил тот месяц, когда мне следовало получать, и каждый четверг и понедельник я отправлялся на рынок и садился возле лавок купцов, а *меняла* [48] и писец уходили и приносили деньги после полудня, а я пересчитывал их, запечатывал кошельки, брал деньги и уходил в хан. И вот в один из дней (а это был понедельник) я вошел в баню, и, вернувшись в хан, отправился в свое помещение, и позавтракал с кубком вина, и поспал, а проснувшись, я съел курицу, и надушился, и пошел в лавку одного купца, которого звали Бедр ад-Дин аль-Бустани. И, увидев меня, он сказал мне: «Добро пожаловать!» – и разговаривал со мною некоторое время, пока не открылся рынок.

И вдруг подошла женщина с гибким станом и гордой походкой, в великолепном головном платке, распространявшая благоухание; и она подняла покрывало, и я увидел ее черные глаза, а женщина приветствовала Бедр ад-Дина, и тот ответил ей на приветствие и стоял, беседуя с нею; и когда я услышал ее речь, любовь к ней овладела моим сердцем. А она сказала Бедр ад-Дину: «Есть у тебя отрез разрисованной ткани с золотыми прошивками?» И он вынул ей отрез из тех кусков, которые купил у меня, и они сошлись в цене на тысяче двухстах дирхемах. «Я возьму кусок, и уйду, и пришлю тебе деньги», – сказала тогда женщина купцу; но он возразил: «Нельзя, госпожа, вот владелец ткани, и я связан перед ним сроком». – «Горе тебе! – воскликнула женщина. – Я привыкла брать у тебя всякий кусок ткани за много денег и даю тебе нажить больше того, что ты хочешь, и присылаю тебе деньги». А купец отвечал: «Да, но я принужден расплатиться сегодня же». И тогда она взяла кусок, и бросила его в лицо Бедр ад-Дину, и воскликнула: «Ваше племя никому не знает цены!» – и встала. С ее уходом я почувствовал, что моя душа ушла с нею. И я поднялся, и остановил ее, и сказал: «О госпожа, сделай милость, обрати ко мне свои благородные шаги!» И она воротилась, и улыбнулась, и сказала: «О, ради тебя возвращаюсь», – и села напротив, возле лавки.

И я спросил Бедр ад-Дина: «За сколько ты купил этот кусок?» – «За тысячу сто дирхемов», – отвечал он; и я сказал: «Тебе будет еще сто дирхемов прибыли; дай бумагу, я напишу тебе расписку на эту цену». И я взял кусок ткани и написал Бедр ад-Дину расписку своей рукой, и отдал женщине, и сказал ей: «Возьми и иди; и если хочешь, принеси деньги в следующий рыночный день, а если пожелаешь – это

---

[48] *Меняла.* – В городах Арабского халифата на рынках были лавки, где можно было произвести обмен любой монеты, имеющей хождение в халифате или в сопредельных странах, на местную. Обменивались также чеки наиболее влиятельных купцов (слово «чек» арабского происхождения).

тебе подарок, как моей гостье», – «Да воздаст тебе Аллах благом и да пошлет тебе мои деньги и сделает тебя моим мужем!» – сказала женщина (и Аллах внял ее молитве). А я воскликнул: «О госпожа, считай этот отрез твоим, и тебе будет еще такой же, но дай мне посмотреть на твое лицо». И когда я взглянул ей в лицо взглядом, вызвавшим во мне тысячу вздохов, любовь к ней привязалась к моему сердцу, и я перестал владеть своим умом. А потом она опустила покрывало, и взяла отрез, и сказала: «О господин, не заставляй меня тосковать!» – и ушла; а я просидел на рынке до послеполуденного времени, и разум мой исчез, и любовь овладела мною. И от силы охватившей меня любви я поднялся и спросил купца об этой женщине, и он сказал: «У нее есть деньги. Она дочь одного эмира, и отец ее умер и оставил ей большое богатство».

И я простился с ним, и ушел, и пришел в хан, и мне подали ужин, но я вспомнил о той женщине, и не стал ничего есть, и лег спать. Но сон не шел ко мне; и я не спал до утра, и встал, и надел не ту одежду, что была на мне раньше, и выпил кубок вина, и поел немного на завтрак, и пошел в лавку того купца. Я приветствовал его и сел у него, и молодая женщина, как обычно, пришла, одетая еще более роскошно, чем раньше, и с ней была невольница. И она поздоровалась со мной, а не с Бедр ад-Дином и сказала красноречивым языком, нежнее и слаще которого я не слышал: «Пошли со мной кого-нибудь, чтобы взять тысячу и двести дирхемов – плату за кусок ткани». – «А что же торопиться?» – сказал я ей, и она воскликнула: «Да не лишимся мы тебя!» – и отдала мне деньги; и я сидел и разговаривал с нею. И я сделал ей знак, и она поняла, что я хочу обладать ею, и встала поспешно, испуганная, а мое сердце было привязано к ней. И я вышел с рынка следом за ней, и вдруг ко мне подошла девушка и сказала: «О господин, поговори с моей госпожой!» И я изумился и сказал: «Меня никто здесь не знает». Но девушка воскликнула: «О господин, как ты скоро ее забыл! Моя госпожа – та, что была сегодня в лавке такого-то купца». И я пошел с девушкой на рынок менял; и, увидев меня, ее госпожа привлекла меня к себе и сказала: «О мой любимый, ты проник мне в душу, и любовь к тебе овладела моим сердцем, и с той минуты, как я тебя увидела, мне не был приятен ни сон, ни питье, ни пища». – «У меня в душе во много раз больше этого, и положенье избавляет от нужды сетовать», – ответил я. И она спросила: «О любимый, у меня или же у тебя?» – «Я здесь человек чужой, – отвечал я, – и нет мне где приютиться, кроме хана. Если сделаешь милость – пусть будет у тебя». И она сказала: «Хорошо; но сегодня канун пятницы и ничего не может получиться, – разве только завтра, после молитвы. Помолись, сядь на осла и спрашивай квартал аль-Хаббания[49], а когда приедешь, спроси, где дом Бараката-начальника, по прозвищу Абу-Шама, – я там живу. И не медли, я жду тебя».

И я обрадовался великою радостью, и потом мы расстались; и я

---

[49] *Аль-Хаббания* – квартал в средневековом Каире.

пришел в хан, где я жил, я провел ночь без сна и не верил, что заря заблистала. И я встал, и переменил одежду, и умастился, и надушился, и, взяв с собой пятьдесят динаров в платке, прошел от хана Масрура до ворот Зувейле, а там сел на осла и сказал его владельцу: «Отвези меня в Аль-Хаббанию». И он доехал в мгновение ока и очень скоро остановился у ворот в квартал, называемый квартал Аль-Мункари; и я сказал ему: «Зайди в квартал и спроси дом начальника». И ослятник ушел, и недолго отсутствовал, и, вернувшись, сказал: «Заходи!» И я сказал ему: «Иди впереди меня к дому! Рано утром придешь сюда и отвезешь меня», – сказал я потом ослятнику; и он отвечал: «Во имя Аллаха!», – и я дал ему четверть динара золотом.

И ко мне вышли две молоденькие девушки, высокогрудые девы, подобные лунам, и сказали мне: «Входи, наша госпожа тебя ожидает! Она не спала ночь, радуясь тебе». И я вошел в верхнее помещение с семью дверями, вокруг которого шли окна, выходившие в сад, где были всевозможные плоды, и полноводные каналы, и поющие птицы; и комната была выбелена султанской известкой, в которой человек видел свое лицо, а потолок был покрыт золотыми и лазурными надписями, которые заключали прекрасные славословия и сияли смотрящим. А пол в комнате был выстлан пестрым мрамором, и посреди был водоем, по краям которого находились птицы, литые из золота и извергавшие воду, похожую на жемчуг и яхонты; и помещение было устлано разноцветными шелковыми коврами и уставлено скамейками. И, войдя, я сел…»

И Шахразаду застигло утро, и она прекратила дозволенные речи.

Когда же настала двадцать шестая ночь, она сказала: «Дошло до меня, о счастливый царь, что юноша-купец говорил христианину: «И, войдя, я сел, и не успел я очнуться, как та женщина уже подошла – в венце, окаймленном жемчугом и драгоценностями, разрисованная и расписанная. И, увидев меня, она улыбнулась мне в лицо, и обняла меня, и прижала к своей груди, и, приложив рот к моему рту, стала сосать мой язык; и я делал так же. И она сказала: «Это правда? Ты пришел ко мне?» И я отвечал ей: «Я твой раб!» А она воскликнула: «Привет, добро пожаловать! Клянусь Аллахом, с того дня, как я тебя увидала, мне не был сладок сон и неприятно кушанье». – «И мне также», – отвечал я; и мы сели и стали разговаривать, и я держал голову опущенной к земле от стыда. И вскоре мне подали на скатерти роскошнейшие кушанья: мясо в уксусе, поджаренную тыкву в пчелином меду и курицу с начинкой, и я поел с ней, и мы насытились, и мне подали таз и кувшин, и я вымыл руки; а потом мы надушились розовой водой с мускусом и сидели, разговаривая, и она произнесла такие стихи:

Когда б мы знали, что придете к
нам,
Мы б под ноги зрачки стелили вам,

Мы щеки по земле бы расстелили,
И вы б прошли по векам и
сердцам!

И она жаловалась на то, что испытала, и я жаловался ей на то, что испытал, и любовь к ней овладела мною, и все деньги сделались для меня ничтожны. И мы играли, возились и целовались, пока не подошла ночь, и тогда девушки подали нам кушанье и вино, и вдруг вижу – это целый пир! И мы пили до полуночи, а затем легли и заснули, и я проспал с ней до утра и в жизни не видел ночи, подобной этой. Когда же настало утро, я поднялся, и бросил ей под постель платок, в котором были динары, и простился с ней, и вышел, а она заплакала и сказала: «О господин мой, когда я опять увижу это прекрасное лицо?» И я сказал ей: «Я буду у тебя вечером». А выйдя, я нашел ослятника, привезшего меня вчера, который ждал меня у ворот, и сел с ним, и приехал в хан Масрура, и сошел, и дал ослятнику полдинара, и сказал ему: «Приходи опять ко времени заката!» И он отвечал: «Хорошо!» И я позавтракал и пошел взыскивать деньги за ткани, а потом возвратился и приготовил ей жареного ягненка и сладостей, а затем позвал носильщика, положил все это ему в корзину, заплатил ему и вернулся к своим делам и был занят до захода солнца.

А на закате ослятник пришел ко мне, и я взял пятьдесят динаров, положил их в платок и пошел к ней; и я увидел, что там вытерли мрамор, и начистили медь, и заправили светильники, зажгли свечи, разложили кушанья и процедили вино. И при виде меня моя возлюбленная закинула руки мне на шею и воскликнула: «Ты заставил меня тосковать!» А затем подали столы, и мы ели, пока не насытились, и девушки убрали столы и поставили вино. И мы пили не переставая до полуночи, а потом перешли в спальню и проспали до утра; и я поднялся и дал ей, как обычно, пятьдесят динаров и вышел от нее. И я увидал ослятника, и поехал в хан, и поспал немного, а затем я встал, и собрал ужин, и приготовил орехи и миндаль к рисовому пилаву, и жареный аронник, и взял свежих и сушеных плодов на закуску и цветов – и отослал ей это; и, зайдя домой, взял пятьдесят динаров в платке и вышел и, как обычно, поехал с ослятником к ее дому. И я вошел, и мы поели и попили и спали до утра, а потом я поднялся и бросил ей платок и, как всегда, поехал в хан. И так продолжалось некоторое время; и вот однажды я провел ночь и проснулся, не имея ни дирхема, ни динара. И я сказал себе: «Все это дело сатаны!» И произнес такие стихи:

В его очах свет застит нищета,
Он сам желтее солнца при закате.
Уйдет – и все подумают, что
кстати.
Придет – уж все разобраны места.
Блуждает он среди людского
рынка,

В степи исходит горькою слезой.
Клянусь Аллахом, человек –
соринка,
Он нищетой томим и всем
чужой! –

И я вышел из хана и прошел по улице *Бейн-аль-Касрейн*[50] и дошел до самых ворот Зувейле, и я увидел, что люди стоят толпой и ворота забиты множеством народа. И по предопределенному велению я увидал солдата и невольно прижал его, и моя рука оказалась у его кармана, и я потрогал его и нащупал кошелек в том кармане, на котором лежала моя рука. И я почувствовал, что моя рука касается кошелька, и взял его из кармана солдата. И солдат заметил, что его карман стал легким, и положил туда руку, но ничего не нашел там; и он обернулся ко мне и, подняв руку с дубинкой, ударил меня по голове, и я упал на землю. И люди окружили нас, и схватили за уздечку лошадь солдата, и сказали: «Из-за тесноты ты ударил этого юношу таким ударом!» Но солдат закричал на них и сказал: «Это проклятый вор!» И тут я очнулся и услышал, что люди говорят: «Это красивый юноша, он ничего не взял!» – некоторые верили, а другие не верили, и толки и пересуды умножились.

И люди потащили меня и хотели меня освободить из рук солдата; и по предопределенному велению вдруг въехали в ворота вали, и начальник, и стражники, и они увидели, что народ собрался около меня и солдата. И вали спросил: «В чем дело?» И солдат сказал: «Клянусь Аллахом, господин, это вор! У меня в кармане был голубой кошель с двадцатью динарами, и он взял его, когда я был в толпе». – «А был с тобой кто-нибудь?» – спросил вали у солдата; и солдат ответил: «Нет!» И тогда вали крикнул начальника, и тот схватил меня, и Аллах лишил меня покровительства. И вали сказал начальнику: «Раздеть его!» И когда меня раздели, кошель нашли в моем платье. А когда кошель нашли, вали взял его, и открыл, и пересчитал деньги, и увидел, что в нем двадцать динаров, как и сказал солдат.

И вали рассердился и кликнул стражников, и меня подвели к нему, и он спросил: «О юноша, скажи правду, ты украл этот кошелек?» И я опустил голову к земле и сказал про себя: «Если скажу «не украл», – но ведь он вытащил его из моего платья; а если скажу «украл» – испытаю мучение». И я поднял голову и сказал: «Да, я взял его». И, услышав от меня эти слова, вали удивился и позвал свидетелей, и они явились и засвидетельствовали мои слова, – и все это происходило у ворот Зувейле. И вали отдал приказ палачу, и тот отрубил мне правую руку; и сердце солдата смягчилось, и он заступился за меня, и вали оставил меня и уехал. А люди остались около меня и дали мне выпить кубок вина, а солдат отдал мне кошель и сказал: «Ты красивый юноша, не должно тебе быть вором». И после

[50] *Бейн-аль-Касрейн* – улица в средневековом Каире, сохранившая то же название до нашего времени.

этого я произнес:

> Клянусь Аллахом, брат, что не был
> я злодей
> И злоумышленник, о лучший из
> людей.
> Внезапная судьба меня ошеломила,
> И горе возросло, и бедность
> надломила.
> Нет, сам я не стрелок – Аллахова
> стрела
> Венец величия с главы моей сняла.

И солдат оставил меня и ушел, отдав мне кошель, и я тоже ушел, и завернул свою руку в тряпку, и положил ее на пазуху; и мое состояние расстроилось, и цвет лица пожелтел из-за того, что со мной случилось. И я дошел до дома той женщины, будучи нездоров, и бросился на постель; и женщина увидела, что у меня изменился цвет лица, и спросила: «Что у тебя болит и почему ты, я вижу, расстроен?» – «У меня болит голова, и мне нехорошо», – отвечал я. И тогда она разгневалась, и обеспокоилась за меня, и воскликнула: «Не сжигай моего сердца, господин мой! Сядь, подними голову и расскажи мне, что произошло с тобой сегодня? Мне видны на твоем лице многие слова». – «Избавь меня от разговоров», – сказал я. И она заплакала и воскликнула: «Ты как будто бы больше не хочешь меня! Я вижу, что ты не такой, как обычно». И я промолчал, а она стала разговаривать со мной, но я не отвечал ей.

А когда подошла ночь, она подала мне кушанье, но я отказался от него, боясь, что она увидит, что я ем левой рукой, и сказал: «Я не хочу сейчас есть!» – «Расскажи мне, что произошло с тобою сегодня и почему ты озабочен и разбиты твое сердце и душа», – сказала она. И я ответил: «Сейчас я расскажу тебе не торопясь». И она подала мне вина и сказала: «Вот тебе, это разгонит твою заботу! Непременно выпей и расскажи мне, что случилось». – «Я обязательно должен рассказать тебе?» – спросил я; и она ответила: «Да!» И тогда я сказал: «Если это непременно должно быть, напои меня твоей рукой». И она наполнила кубок, и я выпил его, и она наполнила его снова и протянула мне, и я принял его от нее левой рукой, и слезы побежали из моих глаз. И я произнес:

> Коли Аллах захочет унизить
> человека,
> В котором есть и разум, и зрение, и
> слух,
> Отнимет очи, уши, и вот уж ты –
> калека:
> Твой разум перевернут, с затылка
> содран пух.

Но, приговор исполнив, он лечит
от страданья
И возвращает разум, как будто в
назиданье.

И, окончив стихи, я взял кубок левой рукой и заплакал, а она издала громкий крик и спросила: «Отчего ты плачешь? Ты сжег мне сердце! Почему ты взял кубок левой рукой?» – «У меня на руке чирей», – отвечал я ей; и она сказала: «Вынь ее, я тебе его проткну». Но я сказал: «Теперь не время его вскрывать! Не надоедай мне! Я не выну сейчас руки!»

Затем я выпил кубок, и она до тех пор поила меня, пока меня не одолел хмель и я не заснул на месте, и тогда она увидала мою руку без кисти и, обыскав меня, нашла у меня кошель с золотом; и ее охватила такая печаль, какая еще не охватывала никого, и она страдала из-за меня до утра. А пробудившись от сна, я увидел, что она приготовила мне отвар и подала его, – и вдруг я вижу, он из четырех куриц! – и дала мне выпить кубок вина; и я поел и выпил, и положил кошель, как обычно, и хотел выйти, но она спросила: «Куда идешь?» – «В одно место, куда мне надо пойти», – отвечал я. Но она сказала: «Не уходи, садись!»

И когда я сел, она воскликнула: «Так твоя любовь дошла до того, что ты истратил все деньги и лишился кисти? Свидетельствую перед тобой, – и свидетель тому Аллах! – что я с тобой не расстанусь! Ты скоро убедишься в истинности моих слов!» И она послала за свидетелями и, когда они явились, сказала им: «Напишите мою брачную запись с этим юношей и засвидетельствуйте, что я получила приданое». И они засвидетельствовали мой брачный договор с нею, и после того она сказала: «Засвидетельствуйте, что все мои деньги, которые в этом сундуке, и все, какие у меня есть, рабы и невольницы принадлежат этому юноше».

И они засвидетельствовали это, и я принял дарственную, и они ушли, получив сначала свою плату; а после этого она взяла меня за руку и, поставив меня около кладовой, открыла большой сундук и сказала мне: «Посмотри, что в сундуке». И я посмотрел – и вижу: он полон платков; а она сказала: «Это твои деньги, которые я брала у тебя. Всякий раз, как ты давал мне платок с пятьюдесятью динарами, я складывала его и бросала в этот сундук. Возьми свои деньги, они вернулись к тебе, и ты сегодня богат. Судьба поразила тебя из-за меня: ты потерял свою правую руку, – и я не могу возместить тебе этого. Даже если бы я пожертвовала своей душой, этого было бы мало; и у тебя надо мной преимущество. – И она сказала мне: – Получи свои деньги». И я перенес ее сундук к своему и положил ее деньги к своим деньгам, которые я давал ей, и мое сердце возрадовалось, и моя забота рассеялась. И я поцеловал мою жену и поблагодарил ее, а она сказала: «Ты пожертвовал своей рукой из любви ко мне! Как я могу возместить тебе это? Клянусь Аллахом, если бы я отдала из любви к тебе свою душу, этого, наверное, было бы мало, и я не в состоянии должным образом воздать тебе».

После этого она отписала мне особою крепостью все, какие имела, носильные платья и драгоценности и вещи и провела эту ночь озабоченная моей заботой; и я рассказал ей все, что со мной случилось, и провел с нею ночь. И когда прошло меньше месяца, ее слабость увеличилась и болезнь ее усилилась, и, проживши только пятьдесят дней, она оказалась среди обитателей того света. И я обрядил ее, и похоронил в земле, и устроил над нею чтения Корана, и роздал за нее в виде милостыни много денег. А выйдя из ее склепа, я увидал, что ей принадлежат большие богатства, владения и поместья; и в числе ее складов был склад кунжута, часть которого я продал тебе, и я давал в торг остальные запасы и все, что было в кладовых, и я до сих пор еще не получил всех денег. Не возражай же против того, что я тебе скажу, так как я поел твоей пищи: я дарю тебе деньги за кунжут, который находится у тебя. Вот причина отсечения моей правой руки и того, что я ел левой рукой».

«Ты был милостив и благодетелен», – сказал я ему. И он спросил: «Не хочешь ли ты отправиться со мной в мои земли? Я накупил товаров каирских и александрийских, и, может быть, ты согласишься сопровождать меня?» – «Хорошо», – сказал я и назначил ему сроком начало месяца, а затем я продал все, что имел, и купил других товаров, и отправился вместе с юношей в эти земли, то есть в вашу страну. И юноша продал товары, и купил вместо них другие в вашей стране, и отправился в земли египетские, а мне на долю выпало побывать этой ночью здесь, – и со мной случилось на чужбине то, что случилось. Не удивительней ли это, о царь нашего времени, чем то, что произошло с горбуном?»

«Вас всех необходимо повесить», – сказал царь…»

И Шахразаду застигло утро, и она прекратила дозволенные речи.

Когда же настала двадцать седьмая ночь, она сказала: «Дошло до меня, о счастливый царь, что царь Китая сказал: «Вас необходимо повесить!» Тогда надсмотрщик подошел к царю Китая и молвил: «Если ты мне поверишь, я расскажу тебе историю, приключившуюся со мной за это время, раньше чем я нашел этого горбуна, и если она будет удивительнее его истории, подаришь ли ты нам наши души?» – «Хорошо», – отвечал царь. И надсмотрщик сказал:

Рассказ надсмотрщика

«Знай, что в прошлый вечер я был в одном собрании, где устроили чтение Корана и собрали законоведов; и когда чтецы прочитали и кончили, накрыли стол, и среди того, что подали, был засахаренный миндаль в уксусе. И мы подошли и начали есть миндаль, но один из нас отошел и не стал есть его, и хотя мы заклинали его, он поклялся, что не будет есть миндаль. Мы все же заставили его, и он воскликнул: «Не принуждайте меня, довольно того, что со мной случилось из-за того, что я поел миндаля!» И потом он произнес:

Коль в речи друга что-то ранит
слух,
Наверное, тебе не нужен этот друг.

А когда он кончил, мы спросили его: «Заклинаем тебя Аллахом, почему ты отказываешься есть миндаль?» И он ответил: «Если я уж непременно должен поесть его, то я его поем только после того, как вымою руки сорок раз мылом, сорок раз содой и сорок раз щелоком, – а всего сто двадцать раз». И тогда хозяин пира приказал своим слугам принести воды и того, что требовал юноша, и тот вымыл руки так, как сказал я, а после того он подошел и сел и протянул руку, как бы испуганный, и с отвращением коснулся миндаля и стал есть, заставляя себя. И мы пришли от этого в крайнее удивление. И рука юноши дрожала, и он выставил большой палец своей руки, – и вдруг мы видим: он обрублен, и юноша ест четырьмя пальцами.

И мы спросили его: «Заклинаем тебя Аллахом, что с твоим большим пальцем? Он так и создан Аллахом, или его постигло несчастье? И юноша отвечал: «О братья, таков не один этот большой палец, но и другой, и на обеих ногах тоже. Да вот, посмотрите». И он обнажил большой палец на своей другой: руке, и мы увидели, что он такой же, как на правой, и ноги его тоже без больших пальцев. И, увидев, что это так, мы еще больше удивились и сказали ему: «Нам не терпится узнать твою историю, и почему отсечены твои пальцы, и зачем ты вымыл руки сто двадцать раз!»

«Знайте, – сказал тогда юноша, – что мой родитель был купец из богатых купцов Багдада во дни халифа Харуна ар-Рашида. Он страстно любил пить вино и слушать лютню и другие музыкальные инструменты и после смерти не оставил ничего. И я обрядил его, и устроил чтения, и тосковал по нем дни и ночи, а затем я открыл его лавку и увидел, что после него осталось лишь немного, и обнаружил за ним долги. Я уговорил заимодавцев подождать, и смягчил их сердца, и стал торговать от пятницы до пятницы, и отдавал заимодавцам; и таким образом продолжалось некоторое время, пока я не уплатил долги сполна, и я увеличивал свой капитал в течение дней и ночей. И вот однажды, в один из дней, я сижу и вдруг неожиданно вижу молодую женщину, прекрасней которой не видали мои глаза, и на ней украшения и драгоценности, и она едет на муле, и впереди нее раб и сзади раб. И она остановила мула у входа на рынок и вошла, и евнух последовал за ней и сказал: «О госпожа, входи и не дай никому узнать, что ты здесь, – ты разожжешь против нас огонь гнева». И евнух заслонял ее, пока она смотрела лавки купцов, и она не нашла никого, кто бы уже открыл свою лавку, кроме меня, и подошла, и евнух следом за ней, и села возле моей лавки, и приветствовала меня, – и я не слыхивал ничего прекраснее ее слов и нежнее ее речи. А потом она открыла свое лицо, и я увидел, что оно подобно месяцу, и я посмотрел на нее взглядом, вызвавшим у меня тысячу вздохов, и любовь к ней привязалась к моему сердцу. И я стал еще и еще взглядывать ей в лицо и произнес:

Скажи красавице в узорном покрывале:
«Воистину лишь смерть дарует мне покой.
Свиданье подари, уйми мои печали —
Стою перед тобой с протянутой рукой».

И, услышав эти стихи, она ответила словами поэта:

Предав любовь к тебе, я сердце загублю,
Оно живет тобой, любовь к тебе лелеет.
Коль отвлечется глаз от той, кого люблю, —
Пусть больше никогда тебя он не узреет.
Я клятву дал навек любви не изменить,
И сердце от такой любви не уцелеет.
Из чаши чистоты мне довелось испить.
О, если б мы с тобой оттуда вместе пили!
О, если бы мой вздох с твоим соединить,
Молил бы я, чтоб там меня похоронили!
И если имя там мое произнести,
То отзовется прах, закопанный в могиле.
Вы спросите его: «Что хочешь? Возвести!»
«Чтобы она и бог меня благословили!»

А окончив стихи, она спросила: «О юноша, есть ли у тебя красивые ткани?» И я отвечал: «Госпожа, твой раб беден, но подожди, пока купцы откроют лавки, и я принесу тебе то, что ты хочешь». И затем я стал с нею разговаривать, и погрузился в море влюбленности, и блуждал на путях любви к ней, пока купцы не открыли лавки, и тогда я поднялся и взял для нее все, что она потребовала, а цена за это была пять тысяч дирхемов. И женщина отдала ткани евнуху, и евнух взял их, и они вышли из рынка, и ей подвели мула; и она уехала, не сказав мне, откуда она, а я постыдился заговорить с нею об этом. И купцы обязали меня уплатить, и я принял на себя долг в пять тысяч дирхемов.

И я пришел домой, опьяненный любовью к той женщине; и мне подали ужин, и я съел кусочек – и вспомнил об ее красоте и прелести, и хотел уснуть – но сон не пришел ко мне. И я провел в таком состоянии неделю, и купцы потребовали с меня деньги, но я уговорил их подождать еще неделю; а через неделю она вдруг приехала верхом на муле, и с нею были евнух и два раба. И она приветствовала меня и сказала: «О господин мой, мы задержали плату за ткани! Приведи менялу и получи деньги». И меняла пришел, и евнух выложил деньги, и я не взял их, и разговаривал с ней, пока не открылся рынок. И тогда она сказала: «Купи мне то-то и то-то». И я взял для нее у купцов, что она пожелала, и она забрала это и ушла, не заговорив со мною о деньгах; и когда она ушла, я раскаялся в этом, так как я забрал то, что она потребовала, на тысячу динаров.

И после того как она скрылась из моих глаз, я сказал про себя: «Что это за любовь? Она дала мне пять тысяч дирхемов и взяла вещей на тысячу динаров!» И я почувствовал, что мне не хватит денег для купцов, и сказал: «Купцы-то знают лишь меня одного! Эта женщина просто плутовка: она ввела меня в обман своей прелестью и красотой и, увидав, что я еще молод, посмеялась надо мной, а я не спросил, где она живет». И я все время беспокоился, и ее отсутствие длилось больше месяца, и купцы требовали с меня и прижимали меня, и я пустил свои земли на продажу и в сердце решил погубить себя.

И однажды я сидел, размышляя, и не успел очнуться, как вижу – она сходит с мула у ворот рынка и входит ко мне. И при виде ее мои заботы рассеялись, и я забыл, что со мной было, а она начала беседовать со мной, ведя прекрасные речи, и сказала: «Приведи менялу и отвесь деньги», – и отдала мне с излишком плату за то, что взяла. А затем она пустилась со мной в разговоры, и я чуть не умер от счастья и радости.

И она спросила у меня: «Есть у тебя жена?» И я ответил: «Нет, я не знаю ни одной женщины», – и заплакал. «Что ты плачешь?» – спросила она; и я отвечал: «Не беда!» А потом я взял несколько динаров и отдал их евнуху и попросил его быть посредником в этом деле. А он засмеялся и сказал: «Она влюблена в тебя больше, чем ты в нее. Ткани, которые у тебя она купила, ей не нужны, и она сделала это только из любви к тебе. Говори с нем, о чем хочешь, – она не будет тебе прекословить в том, что ты скажешь». А женщина видела, как я давал евнуху деньги.

И я вернулся, и сел, и сказал ей: «Будь милостива к твоему рабу и уступи ему в том, о чем он тебя попросит!» И я высказал ей то, что было у меня на душе. И она ответила на мои слова согласием и сказала евнуху: «Ты принесешь ему мое послание»; а мне она сказала:

«Сделай так, как скажет тебе евнух». Затем она поднялась и ушла, а я вручил купцам их деньги, и им досталась прибыль, а мне на долю пришлось сожаление о том, что вести о ней прервались; и я не спал всю ночь. Но прошло лишь немного дней, и ко мне пришел евнух, и я оказал ему уважение и спросил его о ней; и он отвечал: «Она больна». – «Расскажи мне о ней», – попросил я евнуха; и он сказал: «Эту девушку воспитала Ситт-Зубейда, жена халифа Харуна ар-Рашида, – она из ее невольниц. Она попросила у своей госпожи разрешения выходить и входить и достигла того, что стала управительницей; а затем она рассказала Ситт про себя и попросила выдать ее за тебя замуж, но Ситт сказала: «Я не сделаю этого, пока не увижу этого юношу; если он на тебя похож, я выдам тебя за него замуж». А сейчас мы хотим отвезти тебя во дворец, и если ты попадешь во дворец, то добьешься брака с нею; если же твое дело раскроется – тебе снесут голову. Что ты на это скажешь?» – «Пойду с тобой, – ответил я, – и вытерплю то, что ты мне рассказал».

И тогда евнух сказал мне: «Когда наступит вечер, пойди в мечеть, помолись и переночуй там, это та мечеть, которую выстроила Ситт-Зубейда на реке Тигр», – «С любовью и охотой», – ответил я. И когда наступил вечер, я пошел в мечеть, помолился там и провел ночь, а ко времени утренней зари вдруг явились два евнуха в челноке, и с ними были пустые сундуки. Они внесли их в мечеть, и один из них удалился, а один остался; и я всмотрелся в него и вдруг вижу: это тот, что был посредником между мною и ею. И через некоторое время к нам пришла та девушка – моя подруга; и когда она явилась, я встал и обнял ее, а она поцеловала меня и заплакала, и мы немного поговорили. А потом она взяла меня, и положила в сундук, и заперла его, и затем подошла к евнуху, с которым было много вещей, и стала брать их и складывать в другие сундуки, и запирала их один за одним, пока не сложила всего. И сундуки положили в челнок и поехали, направляясь к дворцу Ситт-Зубейды. И меня взяло раздумье, и я сказал про себя: «Я погиб из-за своей страсти! Достигну я желаемого или нет?»

И я стал плакать, находясь в сундуке, и взывать к Аллаху, чтобы он выручил меня из беды, а они все ехали, пока не оказались с сундуками у дверей покоев халифа, и сундук, в котором я был, понесли в числе других. И моя подруга прошла мимо нескольких евнухов, приставленных наблюдать над гаремом, и слуг и дошла до одного старого евнуха; и тот пробудился от сна, и закричал на девушку, и спросил ее: «Что это такое в этих сундуках?» – «Они полны вещей для Ситт-Зубейды», – ответила она. И евнух сказал: «Открой их один за одним, чтобы мне взглянуть, что лежит в них!» Но девушка возразила: «Зачем открывать их?» И тогда евнух закричал: «Не тяни, эти сундуки необходимо открыть!» – и поднялся, и сразу же начал открывать сундук, в котором был я. И меня понесли к евнуху, и тогда мой разум исчез, и я облился от страха, и моя вода полилась из сундука; и девушка сказала евнуху: «О начальник, ты погубил и меня и себя и испортил вещи, стоящие десять тысяч динаров! В этом сундуке разноцветные платья и четыре *манна* [51] воды *Земзема*[52], и сейчас вода потекла на одежды, которые в сундуке, и теперь в них полиняет краска». – «Бери твои сундуки и уходи», – сказал евнух, и слуги подняли мой сундук и поспешили уйти, а другие сундуки понесли вслед за моим. И когда они шли до моих ушей вдруг донесся голос, восклицавший: «Горе, горе! Халиф, халиф!» И, услышав это, я умер живьем и произнес слова, что никогда не повредят тому, кто произнесет их: «Нет мощи и силы, кроме как у Аллаха, высокого, великого! Вот беда, которую я сам себе устроил!» И я услыхал, как халиф спросил невольницу, мою подругу: «Горе тебе, что у тебя в этих сундуках?» И она отвечала: «У меня в сундуках платья Ситт-Зубейды». А халиф сказал: «Открой их мне!» И, услышав это, я умер окончательно и подумал: «Клянусь Аллахом, этот день – последний в моей земной жизни! Если я останусь цел, то женюсь на ней и никаких разговоров, а если мое дело раскроется, мне отрубят голову! О!» И я стал говорить: «Свидетельствую, нет бога, кроме Аллаха, и Мухаммед – посланник Аллаха…»

И Шахразаду застигло утро, и она прекратила дозволенные речи.

Когда же настала двадцать восьмая ночь, она сказала: «Дошло до меня, о счастливый царь, что юноша начал говорить: «Свидетельствую, что нет бога, кроме Аллаха!»

«И я услышал, – продолжал юноша, – как девушка сказала: «В этих сундуках доверенные мне вещи и одежды для Ситт-Зубейды, и она хочет, чтобы никто их не видел». Но халиф воскликнул: «Я непременно их открою и посмотрю, что в них!» И потом он кликнул евнухов и сказал им: «Подайте мне сундук». И я убедился, что погиб, без всякого сомнения, и лишился чувств. И евнухи стали подносить один сундук за другим, и халиф видел в них благовония, и ткани, и роскошные платья; и сундуки все открывали, а халиф смотрел на бывшие там платья и прочее, пока не остался лишь тот сундук, где был я. И они уже протянули руки, чтобы открыть его, но девушка поспешно подошла к халифу и сказала: «Этот сундук, который перед тобой, мы откроем только при Ситт-Зубейде. Это тот, где находится ее тайна!» И, услышав эти слова, халиф приказал вносить сундуки, и евнухи подошли и унесли меня в сундуке, где я был, и поставили меня посреди комнаты между сундуками (а у меня высохла слюна). И моя подруга выпустила меня и сказала: «Нет для тебя беды и страха; расправь свою грудь, и успокой свое сердце, и посиди, пока не придет Ситт-Зубейда, – быть может, я достанусь тебе на долю».

И я посидел немного и вдруг вижу, приближаются десять

---

[51] *Манн* – мера объема, примерно равная одному литру.

[52] *Земзем* – колодец в Мекке, священном городе мусульман, вода которого считалась целебной.

невольниц – девы, подобные месяцу, и становятся в два ряда, за ними идут еще двадцать невольниц – высокогрудые девы, и между ними Ситт-Зубейда, и она не может идти – столько на ней платьев и украшений. И когда она пришла, невольницы вокруг нее расступились, а я подошел к ней и поцеловал перед нею землю. И она сделала мне знак сесть. И я сел перед нею, а она принялась меня расспрашивать и осведомилась о моем происхождении, и я ответил ей на ее вопросы: и тогда она обрадовалась и воскликнула: «Наше воспитание не обмануло нас, девушка!»

«Знай, – сказала она мне потом, – что эта девушка у нас вместо дочери, и она – залог Аллаха, вверенный тебе». И я поцеловал перед нею землю, и Ситт-Зубейда согласилась на мой брак с девушкой. И она приказала мне пробыть у них десять дней, и я провел у них это время, не видя девушки, и только одна из прислужниц приносила мне обед и ужин. А после этого срока Ситт-Зубейда посоветовалась с халифом относительно моей женитьбы на ее невольнице, и халиф разрешил и приказал выдать ей десять тысяч динаров. И Ситт-Зубейда послала за свидетелями и судьей, и скрепили мою брачную запись с девушкой, а после этого приготовили сладости и роскошные кушанья и разнесли их по всем помещениям. Так прошло еще десять дней, а через двадцать дней девушка сходила в баню, и потом подали столик с кушаньями, в числе которых было блюдо засахаренного миндаля в уксусе, политого розовой водой с мускусом, и подрумяненные куриные грудки, и прочее, ошеломляющее ум. И, клянусь Аллахом, я, не откладывая, налег на миндаль и наелся им досыта и вытер руки, но забыл их вымыть, и я сидел до тех пор, пока не наступил мрак; и зажгли свечи, и пришли певицы с бубнами, и невесту все время открывали и одаривали золотом, пока она не обошла весь дворец, а после этого ее привели и облегчили от бывших на ней одежд, и я остался с нею наедине в постели, и обнял ее, и не верил, что обладаю ею. Но она почувствовала от моих рук запах миндального кушанья и, почуяв его, издала громкий крик, и невольницы со всех сторон прибежали к ней, а я испугался и не знал, что случилось. И невольницы спросили ее: «Что с тобой, сестрица?» И она отвечала: «Уведите от меня этого сумасшедшего! А я-то думала, что он разумен!» – «В чем же проявилось мое безумие?» – спросил я. И она воскликнула: «Сумасшедший, зачем ты поел миндаля и не вымыл руки? Клянусь Аллахом, я отплачу тебе за твой поступок! Разве может такой, как ты, обладать подобною мне!» И она взяла лежавший рядом с нею витой бич и стала бить меня им по спине и по сиденью, пока я не потерял сознания от множества ударов; а она сказала невольницам: «Возьмите его и отведите к правителю города: пусть отрежут ему руку, которую он не вымыл, поев миндаля!» И, услышав эти слова, я воскликнул: «Нет мощи и силы, кроме как у Аллаха. Мою руку отрежут за то, что я ел миндаль и не вымыл ее!» И невольницы подошли к ней и сказали: «О сестрица, не взыщи с него на этот раз за его поступок!» Но она воскликнула: «Клянусь Аллахом, я непременно отрежу что-нибудь у него на теле!» И она ушла и исчезла на десять дней, так что я ее не видел, а через десять дней она пришла и сказала мне: «О чернодикий, я научу тебя, как есть миндаль и не мыть рук!»

И она кликнула невольниц, и они связали мне руки, а девушка взяла острую бритву и отрезала мне большие пальцы, – как вы видите, господа, – и я потерял сознание. А затем она посыпала раны порошком, и кровь остановилась, и я стал говорить: «Если я поем миндаля, то вымою руки сорок раз мылом, сорок раз содой и сорок раз щелоком!» И она взяла с меня обещание, что если я стану есть миндаль, то вымою руки так, как я сказал. И когда вы принесли этот миндаль, цвет моего лица изменился, и я про себя подумал: «Из-за этого миндаля мне отрезали большие пальцы». А раз вы меня заставили, то я сказал: «Мне непременно надо исполнить то, в чем я поклялся».

«А что было с тобою после этого?» – спросили присутствующие. И юноша ответил: «Когда я поклялся ей, ее сердце успокоилось, и я проспал с нею. И мы прожили некоторое время, а потом она сказала мне: «Нехорошо, что мы живем во дворце халифа, куда никто не вступал, кроме тебя, да и ты вошел сюда только стараниями Ситт-Зубейды». И она дала мне пятьдесят тысяч динаров и сказала: «Возьми эти деньги, пойди и купи нам просторный дом». И я вышел и купил просторный дом, красивый и вместительный, и она перенесла туда все бывшие у нее в доме ценности и скопленные ею богатства, ткани и редкости. Вот причина того, что мне отрезали большие пальцы».

И мы поели и ушли, а после этого с горбуном случилось то, что случилось, и вот мой рассказ, и больше ничего».

- «Это не удивительнее, чем история горбуна; напротив, история горбуна удивительней этого, и всех вас необходимо повесить», – сказал царь. И тогда выступил вперед еврей, поцеловал перед царем землю и молвил: «О царь времени, я расскажу тебе рассказ, более удивительный, чем рассказ о горбуне». – «Подавай, что у тебя есть», – сказал царь Китая. И еврей начал.

Рассказ врача-еврея

«Вот самое удивительное, что случилось со мною в юности. Я был в Дамаске сирийском и учился там; и вот однажды я сижу, и вдруг приходит ко мне невольник из дворца правителя Дамаска и говорит: «Поговори с моим господином!» И я вышел и пошел с ним в жилище правителя, и, войдя, я увидел на возвышенности под портиком можжевеловое ложе, украшенное золотыми полосками, и на нем лежал больной человек – юноша, невиданно прекрасный в его юности. И я сел у него в головах и помолился о его выздоровлении; и юноша сделал мне знак глазами, а я сказал ему: «О господин, дай мне твою руку, да сохранит тебя Аллах!» И он вынул свою левую руку, а я удивился этому и подумал: «О, диво Аллаха! Это красивый юноша из большого дома, и ему не хватает воспитанности! Вот это удивительно!» И я пощупал ему пульс, и написал для него бумажку, и заходил к нему в течение десяти дней; и он выздоровел, сходил в баню, и помылся, и вышел; и правитель наградил меня прекрасной наградой и назначил меня надзирателем у себя в больнице, что находится в Дамаске. И я пошел в баню вместе с юношей и велел освободить всю баню, и слуги вошли с ним и сняли с него одежды; и когда юноша обнажился, я увидел, что его правая рука недавно отрублена, – и в этом причина его болезни. И, увидав это, я стал удивляться и опечалился за него; а посмотрев на его тело, я увидел на нем следы ударов плетьми, – и юноша из-за этого употреблял мази. И это взволновало меня, и волнение проявилось у меня на лице; и юноша взглянул на меня, и понял, в чем дело, и сказал мне: «О лучший врач нашего времени, не удивляйся этому. Я расскажу тебе мою историю, когда мы выйдем из бани».

И когда мы вышли из бани, и пришли домой, и съели кушанья, и отдохнули, юноша сказал: «Не хочешь ли ты развлечься на балконе?» – и я отвечал: «Хорошо!» И тогда он велел рабам снести постели наверх и приказал им изжарить ягненка и принести нам плодов; и мы поели, и юноша ел левой рукой. «Расскажи мне твою историю», – сказал я ему.

«О врач нашего времени, – заговорил юноша, – послушай, что случилось со мной. Знай, что я из уроженцев *Мосула*[53] , и отец моего отца умер и оставил десять сыновей, – и мой отец, о врач, был один из них, и был он старшим. И все они выросли и поженились, и моему отцу достался я, а девять его братьев не имели детей; и я рос и жил среди своих дядей, и они радовались мне великою радостью. И когда я вырос и достиг возраста мужей, я был однажды в соборной мечети Мосула (а был день пятницы, и мой отец находился с нами), и мы совершили пятничную молитву; и весь народ вышел, а мой отец и дяди остались сидеть и беседовали о диковинах разных стран и чудесах городов. И упомянули Каир, и мои дяди сказали: «Путешественники говорят, что нет на земле города прекраснее, чем Каир с его Нилом». И когда я услышал эти слова, мне захотелось в Каир. «Кто не видал Каира – не видал мира, – сказал мой отец. – Его земля – золото, и его Нил – диво; женщины его – гурии, и дома в нем – дворцы, а воздух там ровный, и благоухание его превосходит и смущает алоэ. Да и как не быть таким Каиру, когда Каир – это весь мир. А если бы вы видели его сады по вечерам, когда склоняется над ними тень, – продолжал мой отец, – вы поистине увидали бы чудо и склонились бы к нему в восторге».

И они принялись описывать Каир и его Нил, – говорил юноша, – и когда они кончили и я услышал о таких достоинствах Каира, мое сердце осталось там. И, окончив беседу, все поднялись и отправились в свои жилища, и я лег спать в этот вечер, но сон не шел ко мне из-за моего увлечения Каиром, и мне перестали быть приятны пища и питье. И когда прошло немного дней, мои дяди собрались в Египет, а я плакал перед моим отцом, пока он не собрал мне товаров,

[53] *Мосул* – город на севере Ирака.

и я поехал с дядями, и отец сказал им: «Не давайте ему вступить в Каир; пусть он продает свои товары в Дамаске!»

Потом я простился с отцом, и мы отправились и выехали из Мосула и ехали до тех пор, пока не прибыли в Халеб, и, пробыв там несколько дней, мы выехали и достигли Дамаска и увидали, что это город с каналами, деревьями, плодами и птицами, подобный райскому саду, где есть всякие плоды. И мы остановились и одном из ханов, и мои дяди стали продавать и покупать и продали также и мои товары, и каждый дирхем принес мне пять дирхемов и я обрадовался прибыли. И мои дяди оставили меня и отправились в Египет, а я остался после них в Дамаске и жил в красиво построенном доме, описать который бессилен язык, и плата за него была два динара в месяц. И я проводил время за едой и питьем, пока не истратил бывшие со мной деньги. И вот в какой-то из дней я сижу у ворот дома, и вдруг подходит молодая женщина, одетая в роскошнейшее платье, прекраснее которой не видел мои глаз. И я подмигнул ей, и она немедленно оказалась за воротами; и когда она вошла, я вошел с нею и закрыл за ней и за собой дверь, и она откинула с лица покрывало и сняла *изар*[54] , и я нашел редкостной ее красоту, и любовь к ней овладела моим сердцем. И я встал и принес столик с лучшими кушаньями и плодами и всем, что было нужно для трапезы; и когда я принес это, мы поели и поиграли, а после игр выпили и опьянели, и потом я проспал с нею приятнейшую ночь до утра. И дал я ей десять динаров, но ее лицо омрачилось, и она сдвинула брови, и рассердилась, и воскликнула: «Тьфу вам, мосульцы! Ты как будто думаешь, что я хочу твоих денег!» И она вынула из-за рубахи пятнадцать динаров, и поклялась мне, и воскликнула: «Клянусь Аллахом, если ты не возьмешь их, я к тебе не вернусь!» И я принял от нее деньги, а она сказала: «О любимый, ожидай меня через три дня: между заходом солнца и вечерней молитвой я буду у тебя; приготовь же на эти динары такое же угощение». И она простилась со мною, и мой разум исчез вместе с нею, а когда три дня прошли, она явилась, одетая в парчу, драгоценности и одежды, более великолепные, чем в первый раз. А я приготовил для нас трапезу раньше, чем она пришла, и мы поели и выпили и проспали, как обычно, до утра, и она дала мне пятнадцать динаров и сговорилась со мною, что через три дня придет ко мне.

И я приготовил ей трапезу, и спустя несколько дней она явилась в платье, еще более великолепном, чем первое и второе, и спросила: «О господин мой, не красива ли я?» – «Да, клянусь Аллахом!» – ответил я. И она сказала: «Не позволишь ли ты мне привести с собою девушку лучше меня и моложе, чем я, годами, чтобы она поиграла с нами и посмеялась и развеселилось бы ее сердце. Она давно уже скучает и просилась выйти со мною и провести со мной ночь». И, услышав ее слова, я сказал: «Да, клянусь Аллахом!» И потом мы напились и проспали до утра, и она вынула пятнадцать динаров и сказала: «Прибавь к нашей трапезе что-нибудь для девушки, которая

---

54 *Изар* – накидка и покрывало типа индийского сари.

придет со мной», – и затем она ушла. А когда наступил четвертый день, я собрал для нее, как обычно, трапезу, и после заката она вдруг явилась, и с нею какая-то женщина, завернутая в изар. Они вошли и сели.

И я обрадовался, и зажег свечи, и встретил их, радостный и счастливый; а они скинули бывшие на них одежды, и новая девушка открыла свое лицо, и я увидел, что она подобна полной луне, и прекраснее ее я не видывал. И, поднявшись, я подал им еду и питье, и мы поели и выпили, и я принялся кормить новую девушку и наполнять ее кубок и пить с нею; и первая девушка втайне приревновала и воскликнула: «Клянусь Аллахом, не прекрасней; ли эта девушка, чем я?» – «Да, клянусь Аллахом!» – отвечал я, И она сказала: «Мне хочется, чтобы ты проспал с нею». – «Слушаю и повинуюсь твоему приказу!» – отвечал я; и она встала и постлала нам, и я пошел к девушке и проспал до утра. И я пошевелился и почувствовал, что я весь мокрый, и подумал, что вспотел, и стал будить девушку и потряс ее за плечи, – и голова ее вкатилась с подушки. И разум покинул меня, и я воскликнул: «О благой покровитель, защити!» И, увидев, что она зарезана, я сел (а мир сделался черен в моих глазах) и стал искать свою прежнюю подругу, но не нашел ее и понял, что это она зарезала девушку в ревности ко мне.

«Нет мощи и силы, кроме как у Аллаха, высокого, великого! Как мне поступить?» – воскликнул я; и, подумав немного, я встал, снял с себя одежду и, выкопав посреди комнаты яму, взял девушку вместе с ее драгоценностями и положил в яму и снова прикрыл ее землей и мраморными плитами. Потом я вымылся, надел чистую одежду и, взяв остаток своих денег, вышел из дома, и запер его, и пошел к владельцу дома, и, укрепив свою душу, отдал ему плату за год, и сказал: «Я уезжаю к моим дядям в Каир».

И я поехал в Каир и встретился с моими дядями, и они обрадовались мне, и оказалось, что они уже продали все свои товары. «Почему ты приехал?» – спросили они. И я ответил: «Я соскучился по вас», – и не сказал им, что со мной есть немного денег. И я пробыл с ними год, любуясь на Каир и его Нил, и, наложив руку на оставшиеся у меня деньги, стал тратить их и пить и есть, пока не приблизилось время отъезда моих дядей. И тогда я убежал и спрятался от них, и они искали меня, но не услышали обо мне вестей и сказали: «Он, должно быть, вернулся в Дамаск», – и уехали. А я вышел и жил в Каире три года, пока у меня ничего не осталось из моих денег. А я каждый год посылал хозяину дома плату за него, и через три года моя грудь стеснилась (а у меня оставалась только годовая плата за дом), и тогда я поехал, и прибыл в Дамаск и остановился в этом доме.

И хозяин его обрадовался мне; и я нашел все комнаты запертыми, как и было, и открыл их, и вынес вещи, находившиеся там, и нашел под постелью, на которой я спал в ту ночь с зарезанной девушкой, золотое ожерелье, украшенное драгоценными камнями. Я взял его, и вытер с него кровь убитой девушки, и посмотрел на него, и немного поплакал, а после этого я прожил два дня и на третий день пошел в баню и переменил одежду. И у меня совсем не было денег. И однажды я пошел на рынок, и дьявол нашептал мне, – в осуществление предопределенного, – и, взяв ожерелье, я отправился на рынок и отдал его посреднику. И он поднялся, и посадил меня рядом с хозяином моего дома, и, обождав, пока рынок оживился, взял ожерелье и стал предлагать его украдкой, без моего ведома. И вдруг оказалось, что ожерелье ценное и принесло две тысячи динаров. И тогда посредник пришел и сказал: «Это ожерелье – медная подделка, изделье франков, и цена за него дошла до тысячи дирхемов». А я отвечал ему: «Да, мы выковали его для одной женщины, чтобы посмеяться над нею. Моя жена получила его в наследство, и мы хотим его продать. Поди получи тысячу дирхемов…»

И Шахразаду застигло утро, и она прекратила дозволенные речи.

Когда же настала двадцать девятая ночь, она сказала: «Дошло до меня, о счастливый царь, что юноша сказал посреднику: «Получи тысячу дирхемов».

И посредник, услышав это, понял, что дело с ожерельем сомнительное, и пошел к старосте рынка и отдал его ему, а староста отправился к вали и сказал: «Это ожерелье у меня украли, и мы нашли вора, который одет в одежду детей купцов».

И не успел я опомниться, как меня окружили стражники, и забрали, и отвели к вали; и вали спросил меня об этом ожерелье, и я сказал ему то же, что сказал посреднику, и вали засмеялся и воскликнул: «Во всем этом ни слова правды!»

И не успел я опомниться, как меня уже обнажили и стали бить плетьми по бокам, и удары жгли меня, и я сказал: «Я украл его!» – думая про себя: «Лучше тебе сказать, что украл его. Я не скажу, что обладательницу ожерелья у меня убили, – меня убьют за нее».

И записали, что я украл ожерелье, и мне отрубили руку и прижгли обрубок в масле, и я лишился чувств; но мне дали выпить вина, и я очнулся и, взяв свою руку, пошел домой. И хозяин сказал мне: «Раз с тобой случилось подобное дело, уйди из моего дома и присмотри для себя другое место, так как ты обвинен в воровстве». А я отвечал ему: «О господин мой, потерпи дня два или три, пока я присмотрю себе помещение». – «Хорошо», – сказал он, и ушел, и оставил меня, а я остался сидеть, и плакал, и говорил: «Как я вернусь к родным с отрубленной рукой? Они не знают, что я невиновен! Может быть. Аллах совершит что-нибудь благое», – и я горько заплакал.

И когда хозяин дома ушел от меня, мною овладело великое горе, и я прохворал два дня, а на третий день, не успел я очнуться, как явился хозяин дома и с ним несколько стражников и староста рынка, и он утверждал, что я украл ожерелье. И я вышел к ним и спросил их: «Что случилось?» А они, не дав мне сроку, связали меня, и накинули мне на шею цепь, и сказали: «Ожерелье, которое было у тебя, отнесли правителю Дамаска, везирю и судье, и они сказали, что это ожерелье пропало у правителя три года назад вместе с его дочерью».

И когда я услышал от них эти слова, у меня упало сердце, и я воскликнул: «Погибла твоя душа, нет сомнения! Клянусь Аллахом, я непременно расскажу правителю мою историю, и, если захочет, он меня убьет, а если захочет – простит меня».

И когда мы пришли к правителю, он велел мне встать перед собою и, увидев меня, посмотрел на меня краем глаза и сказал присутствующим: «Почему вы отрубили ему руку? Это несчастный человек, и нет за ним вины: вы поступили с ним несправедливо, отрубив ему руку». И когда я услышал эти слова, мое сердце окрепло и душа моя успокоилась, и я воскликнул: «Клянусь Аллахом, о господин мой, я совсем не вор! Меня обвинили этим великим обвинением, и побили плетьми посреди рынка, и принуждали меня сознаться, – и я солгал на себя и признался в краже, хотя и не виновен в ней». И правитель сказал: «Нет за тобой вины!» – а затем он заключил под стражу старосту рынка и сказал ему: «Отдай этому цену его руки, иначе я тебя повешу и возьму все твои деньги!» И он кликнул стражников, и они взяли старосту и уволокли его, а я остался с правителем. Потом сняли с моей шеи цепь с разрешения правителя и развязали мне руки, и правитель посмотрел на меня и сказал: «О дитя мое, будь правдив со мной и расскажи мне, как к тебе попало это ожерелье?»

«О господин мой, я скажу тебе правду», – ответил я и рассказал ему, что случилось у меня с первой девушкой и как она привела ко мне вторую и зарезала ее из ревности, и изложил эту историю целиком. И. услышав это, правитель покачал головой, и ударил правой рукой о левую, и, положив на лицо платок, поплакал немного.

И после этого он подошел ко мне и сказал: «Знай, о дитя мое, что старшая девушка – моя дочь, и я охранял ее с великой заботой, – а когда она стала взрослой, я послал ее в Каир, и она вышла замуж за сына своего дяди; но он умер, и она приехала ко мне. И она научилась мерзостям у жителей Каира и приходила к тебе четыре раза, и потом она привела к тебе свою меньшую сестру, – а обе они родились от одной матери и любили друг друга. И когда со старшей случилось то, что случилось, она открыла свою тайну сестре, и та попросилась пойти с нею. А затем старшая вернулась одна, и я спросил про меньшую и увидел, что старшая плачет о ней; и она тайно сказала своей матери (а я был тут же), что случилось и как она зарезала свою сестру. И она все плакала и говорила: «Клянусь Аллахом, я не перестану плакать о ней, пока не умру!» И так и было. Посмотри же, дитя мое, что произошло! Я хочу, чтобы ты не перечил мне в том, что я тебе скажу: «Я женю тебя на моей меньшой дочке, она не родная сестра тем двум, и она невинна; и я не потребую от тебя приданого и назначу вам от себя содержание, и ты будешь у меня на положении сына».

«Хорошо, – сказал я, – могли ли мы думать!» И правитель тотчас же послал за судьей и свидетелями и написал мою брачную запись, и я вошел к его дочери, а он взял для меня у старосты рынка много денег, и я оказался у него на высочайшем месте. В этом году умер мой отец, и правитель послал от себя гонца, и тот привез мне деньги, которые отец оставил, – и теперь я живу приятнейшей жизнью. Вот причина отсечения правой руки».

И я удивился этому и провел у юноши три дня, и он дал мне много денег, и я уехал от него и прибыл в этот ваш город, и жизнь моя здесь была хороша, и у меня с горбуном случилось то, что случилось».

«Это не более удивительно, чем история горбуна, – сказал царь Китая, – и мне непременно следует вас всех повесить, но остался еще портной, начало всех грехов. Эй, портной, – сказал он, – если ты мне расскажешь что-нибудь более удивительное, чем история горбуна, я подарю вам ваши проступки».

И тогда портной выступил вперед и сказал:

Рассказ портного

«Знай, о царь нашего времени, – вот самое удивительное, что со мной вчера случилось и произошло. Прежде чем встретить горбатого, я был в начале дня на пиру у одного из моих друзей, у которого собралось около двадцати человек из жителей этого города, и среди нас были ремесленники: портные, плотники, ткачи и другие. И когда взошло солнце, нам подали кушанья, чтоб мы поели: и вдруг хозяин дома вошел к нам, и с ним юноша-чужеземец, красавец из жителей Багдада, одетый в какие ни на есть хорошие одежды и прекрасный, но только он был хромой. И он вошел к нам и приветствовал нас, а мы поднялись перед ним, и он подошел, чтобы сесть, но увидел среди нас одного человека, цирюльника, и отказался сесть, и хотел уйти от нас. Но мы схватили этого юношу, и хозяин дома вцепился в него, и стал заклинать его, и спросил: «Почему ты вошел и уходишь?» И юноша отвечал: «Ради Аллаха, господин мой, не противься мне ни в чем! Причина моего ухода в этом злосчастном цирюльнике, что сидит здесь». И, услышав эти слова, хозяин дома пришел в крайнее удивление и сказал: «Как! Этот юноша из Багдада, и его сердце расстроилось из-за этого цирюльника!» А мы посмотрели на юношу и сказали ему: «Расскажи нам, в чем причина твоего гнева на этого цирюльника?»

«О люди, – сказал тогда юноша, – у меня с этим цирюльником в моем городе Багдаде произошло такое дело: это из-за него я сломал себе ногу и охромел, и я дал клятву, что больше никогда не буду находиться с ним в одном и том же месте или жить в городе, где он обитает, – и уехал из Багдада, и покинул его, и поселился в этом городе; и сегодняшнюю ночь я проведу не иначе как в путешествии».

«Заклинаем тебя Аллахом, – сказали мы ему, – расскажи нам твою историю!»

И юноша начал (а лицо цирюльника пожелтело): «О люди, знайте, что отец мой был одним из больших купцов Багдада, и Аллах великий не послал ему детей, кроме меня. И когда я вырос и достиг возраста мужей, мой отец преставился к милости великого Аллаха и оставил мне деньги, и слуг, и челядь, и я стал хорошо одеваться и хорошо есть. Но Аллах внушил мне ненависть к женщинам. И в какой-то из дней я шел по переулкам Багдада, и мне встретилась на дороге толпа женщин, и я убежал, и спрятался в тупике, и присел в конце его на скамейку. И не просидел я минуты, как вдруг окно дома, стоявшего там, где я был, открылось, и в нем показалась девушка, подобная луне в полнолуние, равной которой по красоте я не видел, и она поливала цветы, бывшие на окне. И девушка повернулась направо и налево и закрыла окно и ушла, и ненависть превратилась в любовь, и я просидел все время до заката солнца, исчезнув из мира. И вдруг едет *кади*[55] нашего города, и впереди него рабы, а сзади слуги: и он сошел и вошел в дом, откуда показалась девушка, – и я понял, что это ее отец. Потом я отправился в свое жилище огорченный и упал, озабоченный, на постель; и ко мне вошли мои невольницы и сели вокруг меня, не зная, что со мной, а я не обратил к ним речи, и они заплакали и опечалились обо мне.

И ко мне вошла одна старуха и увидела меня, и от нее не укрылось мое состояние. Она села у моего изголовья, и ласково заговорила со мной, и сказала: «О дитя мое, скажи мне, что с тобой случилось, и я сделаю все для того, чтобы свести тебя с возлюбленной». И тогда я рассказал ей свою историю, и она сказала: «О дитя мое, это дочь кади Багдада, и она сидит взаперти; то место, где ты ее видел, – ее комната, а у ее отца большое помещение внизу; и она сидит одна. Я часто к ним захожу, и ты познаешь единение с нею только через меня, – подтянись же!»

И, услышав ее речь, я укрепил свою душу, и мои родные обрадовались в этот день, и наутро я был уже здоров. И старуха отправилась, и вернулась с изменившимся лицом, и сказала: «О дитя мое, не спрашивай, что мне было от нее! Когда я сказала ей об этом, она ответила мне: «Если ты, злосчастная старуха, не бросишь таких речей, я, поистине, сделаю с тобою то, что ты заслуживаешь!» Но я непременно вернусь к ней в другой раз». И когда я услышал это, моя болезнь еще усилилась.

А через несколько дней старуха пришла и сказала: «О дитя мое, я хочу от тебя подарка!» И когда я услышал от нее это, душа вернулась ко мне, и я воскликнул: «Тебе будет всякое благо!» А она сказала: «Вчера я пришла к девушке, и, увидев, что у меня разбито сердце и глаза мои плачут, она сказала мне: «Тетушка, что это у тебя, я вижу, стеснена грудь?» И когда она сказала мне это, я заплакала и ответила: «О госпожа, я пришла к тебе от юноши, который тебя любит, и он из-за тебя близок к смерти». И она спросила (а сердце ее смягчилось): «Откуда этот юноша, о котором ты упомянула?» И я ответила: «Это мой сын, дитя моего сердца: он увидел тебя в окне

---

[55] *Кади* – мусульманский судья, руководствующийся в своих решениях установлениями шариата – мусульманского обычного права.

несколько дней назад, когда ты поливала цветы, и, взглянув в твое лицо, обезумел от любви к тебе; и когда я сказала ему в первый раз, что случилось у меня с тобою, его болезнь усилилась, и он не покидает ложа. Он не иначе как умрет, несомненно». И она воскликнула (а лицо ее пожелтело): «И все это из-за меня?» И я отвечала: «Да, клянусь Аллахом! Чего же ты хочешь?» – «Пойди передай ему от меня привет и скажи, что со мной происходит во много раз больше того, что с ним, – сказала она. – Как будет пятница, пусть он придет к дому перед молитвой, и, когда он придет, я спущусь, открою ему ворота и проведу его к себе, и мы немного побудем вместе с ним; и он вернется раньше, чем мой отец придет с молитвы».

И когда я услышал слова старухи, мучения, которые я испытывал, прекратились и мое сердце успокоилось. Я дал ей одежды, которые были на мне, и она ушла, сказавши: «Успокой свое сердце», – а я молвил: «Во мне не осталось никакого страдания». И мои родные и друзья обрадовались моему выздоровлению.

И так продолжалось до пятницы. И вот старуха вошла ко мне и спросила о моем состоянии, и я сообщил ей, что нахожусь в добром здоровье, а затем я надел свои одежды, и умастился, и стал ожидать, когда люди пойдут на молитву, чтобы отправиться к девушке. И старуха сказала мне: «Время у тебя еще есть, и если бы ты пошел в баню и снял свои волосы, в особенности после сильной болезни, это было бы хорошо». И я ответил ей: «Это правильно, но я обрею голову, а после схожу в баню».

И потом я послал за цирюльником, чтобы обрить себе голову, и сказал слуге: «Пойди на рынок и приведи мне цирюльника, который был бы разумен и не болтлив, чтобы у меня не треснула голова от его разговоров»; и слуга пошел и привел этого зловредного старца. И, войдя, он приветствовал меня, и я ответил на его приветствие, и он сказал мне: «Я вижу, ты отощал телом»; – а я отвечал: «Я был болен». И тогда он воскликнул: «Да удалит от тебя Аллах заботу, горе, беду и печали!»

«Да примет Аллах твою молитву!» – сказал я; и цирюльник воскликнул: «Радуйся, господин мой, здоровье пришло к тебе! Ты хочешь укоротить волосы или пустить кровь? Дошло со слов *ибн Аббаса*[56] , - да будет доволен им Аллах! – что пророк говорил: «Кто подрежет волосок в пятницу, от того будет отвращено семьдесят болезней»; и с его же слов передают, что он говорил: «Кто в пятницу поставит себе пиявки, тот в безопасности от потери зрения и множества болезней».

«Оставь эти разговоры, встань сейчас же, обрей мне голову, я человек слабый!» – сказал я; и цирюльник встал и, протянув руку, вынул платок и развернул его, – и вдруг в нем оказалась астролябия с семью дисками, выложенными серебром. И цирюльник взял ее и,

---

[56] *Ибн Аббас* – потомок Аббаса, халиф из династии Аббасидов. Аббас – дядя пророка Мухаммеда.

выйдя на середину дома, поднял голову к лучам солнца и некоторое время смотрел, а потом сказал: «Знай, что от начала сегодняшнего дня, то есть дня пятницы – пятницы десятого *сафар* а[57], года шестьсот шестьдесят третьего от переселения пророка (наилучшие молитвы и привет над ним) и семь тысяч триста двадцатого от времени Александра, – прошло восемь градусов и шесть минут, а в восхождении в сегодняшний день, согласно правилам науки исчисления, Марс, и случилось так, что ему противостоит Меркурий, а это указывает на то, что брить сейчас волосы хорошо, и служит мне указанием, что ты желаешь встретиться с одним человеком, и это будет благоприятно, но после случатся разговоры и вещи, о которых я тебе не скажу».

«Клянусь Аллахом, – воскликнул я, – ты надоел мне и сделал мне хорошее предсказание, а я призвал тебя лишь затем, чтобы побрить мне голову! Пошевеливайся же, выбрей мне голову и не затягивай со мной разговоров!» – «Клянусь Аллахом, – отвечал цирюльник, – если бы ты знал, что с тобой случится, ты бы ничего сегодня не делал. Советую тебе поступать так, как я тебе скажу, ибо я говорю на основании расчета по звездам».

И я сказал: «Клянусь Аллахом, я не видел цирюльника, умелого в науке о звездах, кроме тебя, но я знаю и ведаю, что ты говоришь много пустяков. Я позвал тебя лишь для того, чтобы привести в порядок мою голову, а ты пришел ко мне с этими скверными речами». – «Хочешь ли ты, чтобы я прибавил тебе еще? – спросил цирюльник. – Аллах послал тебе цирюльника-звездочета, сведущего в белой магии, в грамматике, синтаксисе, риторике, красноречии, логике, астрономии, геометрии, правоведении, преданиях и толкованиях Корана, и я читал книги и вытвердил их, принимался за дела и постигал их и занимался всеми вещами и брался за них. Твой отец любил меня за мою малую болтливость, и поэтому служить тебе моя обязанность; но я не болтлив и не такой, как ты говоришь, и зовусь поэтому Молчальником. Тебе бы следовало восхвалить Аллаха и не прекословить мне, – я тебе искренний советчик, благосклонный к тебе, и я хотел бы быть у тебя в услужении целый год и чтобы ты воздал мне должное, и я не желаю от тебя платы за это».

И, услышав это от него, я воскликнул: «Ты убьешь меня сегодня, несомненно…»

И Шахразаду застигло утро, и она прекратила дозволенные речи.

---

[57] *Сафар* – второй месяц лунного мусульманского календаря.

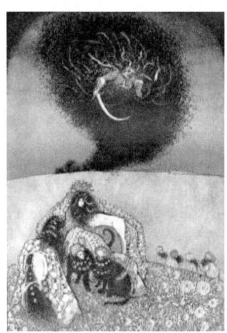

Рассказ портного

Когда же настала ночь, дополняющая до тридцати, она сказала: «Дошло до меня, о счастливый царь, что юноша сказал цирюльнику: «Ты убьешь меня в сегодняшний день!» И цирюльник ответил: «О господин мой, я тот, кого люди называют Молчальником за неразговорчивость в отличие от моих шести братьев, ибо моего старшего брата зовут *аль-Бакбук*[58], второго – аль-Халдар, третьего – Факик, имя четвертого – аль-Куз аль-Асвани, пятого – аль-Фашшар и шестого – Шакашик, а седьмого зовут ас-Самит, – и это я».

«И когда цирюльник продлил свои речи, – говорил юноша, – я почувствовал, что у меня лопается желчный пузырь, и сказал слуге: «Дай ему четверть динара, и пусть он уйдет от меня, ради лика Аллаха! Не нужно мне брить голову!» Но цирюльник, услышав, что я сказал слуге, воскликнул: «Что это за слова, о господин! Клянусь Аллахом, я не возьму от тебя платы, пока не услужу тебе, и служить тебе я непременно должен! Я обязан тебе прислуживать и исполнять то, что тебе нужно, но я не подумаю взять с тебя деньги. Если ты не знаешь мне цены, то я знаю тебе цену, и твой отец, да помилует его Аллах великий, оказал нам милости, ибо он был великодушен. Клянусь Аллахом, твой отец послал за мной однажды, в день, подобный этому благословенному дню, и я вошел к нему (а у него было собрание друзей), и он сказал мне: «Отвори мне кровь!» И я взял

---

[58] *Аль-Бакбук* – болтун, аль-Халдар – крикун, Факик – говорун, аль-Куз аль-Асвани – ассуанский кувшин (то есть кувшин с широким горлышком; болтун), аль-Фашшар – брехун, аш-Шакашик – пустомеля. Имя цирюльника ас-Самит означает «молчаливый».

астролябию, и определил ему высоту, и нашел, что положение звезд для него неблагоприятно и что пустить кровь при этом тяжело, и осведомил его об этом; и он последовал моим словам и подождал.

И твой отец пришел в восторг, и кликнул слугу, и сказал ему: «Дай ему сто три динара и одежду!» – и отдал мне все это; а когда пришел благоприятный час, я отворил ему кровь. И он не прекословил мне и поблагодарил меня, и собравшиеся, которые присутствовали, поблагодарили меня. И после кровопускания я не мог молчать и спросил его: «Ради Аллаха, господин мой, чем вызваны твои слова: «Дай ему сто три динара»?» И он ответил: «Динар за звездочетство, динар за беседу и динар за кровопускание, а сто динаров и одежду – за твою похвалу мне».

«Да помилует Аллах моего отца, который знал подобного тебе!» – воскликнул я; и этот цирюльник рассмеялся и сказал: «Нет бога, кроме Аллаха, Мухаммед – посланец Аллаха! Слава тому, кто изменяет, но сам не изменяется! Я считал тебя разумным, но ты заговариваешься от болезни. Сказал Аллах в своей великой книге: «Подавляющие гнев и прощающие людям», – и ты, во всяком случае, прощен. Я не ведаю причины твоей поспешности, и ты знаешь, что твой отец и дед ничего не делали без моего совета. Ведь сказано: советчик достоин доверия, и не обманывается тот, кто советуется; а одна поговорка говорит: у кого нет старшего, тот сам не старший. Ты не найдешь никого, более сведущего в делах, чем я, и я стою на ногах, прислуживая тебе, и ты мне не наскучил, – так как же это я наскучил тебе? Но я буду терпелив с тобою ради тех милостей, которые оказал мне твой отец».

«Клянусь Аллахом, о ослиный хвост, ты затянул свои разговоры, и нет конца твоим речам! Я хочу, чтобы ты обрил мне голову и ушел от меня!» – воскликнул я. И тогда цирюльник смочил мне голову и сказал: «Я понимаю, что тебя охватила из-за меня скука, но я не виню тебя, так как твой ум слаб, и ты ребенок, и еще вчера я сажал тебя на плечо и носил в школу». – «О брат мой, заклинаю тебя Аллахом, потерпи и помолчи, пока мое дело будет сделано, и иди своей дорогой!» – воскликнул я и разорвал на себе одежды. И, увидев, что я это сделал, цирюльник взял бритву, и начал ее точить, и точил ее, пока мой разум едва не покинул меня, а потом он подошел и обрил часть моей головы, после чего поднял руку и сказал: «О господин, поспешность – от дьявола, а медлительность – от милосердного!»

«О господин мой, – сказал он еще, – я не думаю, чтобы ты знал мое высокое положение: моя рука падет на головы царей, эмиров, везирей, мудрецов и достойных, ибо мне сказал поэт:

> Венец достойных этот брадобрей,
> Его дела подобны ожерелью,
> Он мудрости стал прочной
> цитаделью,
> В его деснице головы царей».

И я воскликнул: «Оставь то, что тебя не касается, ты стеснил мою грудь и обеспокоил мое сердце!» А цирюльник спросил: «Мне кажется, ты торопишься?» – «Да, да, да!» – крикнул я; и тогда он сказал: «Дай себе время; поспешность – от сатаны, и она порождает раскаяние и разочарование. Сказал кто-то, – приветствие и молитва над ним! – лучшее из дел то, в котором проявлена медлительность! А мне, клянусь Аллахом, твое дело внушает сомнение.

Я желал бы, чтобы ты мне сообщил, на что ты вознамерился: я боюсь, что случится нечто другое. Ведь до времени молитвы осталось три часа. Я не хочу быть в сомнении насчет этого, – добавил он, – но желаю знать время наверное, ибо, когда мечут слова в неведомое, – это позор, в особенности для подобного мне, так как среди людей объявилась и распространилась слава о моих достоинствах, и мне не должно говорить наугад, как говорят обычно звездочеты».

И он бросил бритву и, взяв астролябию, пошел под солнце и долгое время стоял, а потом возвратился и сказал мне: «До времени молитвы осталось три часа – ни больше, ни меньше».

«Ради Аллаха, замолчи, – воскликнул я, – ты пронзил мою печень!» И цирюльник взял бритву и стал точить ее, как и в первый раз, и обрил мне часть головы, и сказал: «Я озабочен твоей поспешностью, и если бы ты сообщил мне о ее причине, это было бы лучше для тебя: ты ведь знаешь, что твой отец и дед ничего не делали, не посоветовавшись со мною». И я понял, что мне от него нет спасения, и сказал себе: «Пришло время молитвы, и я хочу пойти к девушке раньше, чем народ выйдет с молитвы. Если задержусь на минуту – не знаю, каким путем войти к ней!»

«Будь краток и оставь эти разговоры и болтовню, – сказал я, – я хочу пойти на пир к одному из моих друзей». И цирюльник, услышав упоминание о пире, воскликнул: «Этот день – день благословенный для меня! Вчера я пригласил нескольких моих приятелей и забыл позаботиться и приготовить им что-нибудь поесть, а сейчас я подумал об этом. О, позор мне перед ними!» – «Не заботься об этом деле, раз ты узнал, что я сегодня на пиру, – сказал я. – Все, что есть в моем доме из кушаний и напитков, будет тебе, если ты закончишь мое дело и поспешишь обрить мне голову».

«Да воздаст тебе Аллах благом! Опиши мне, что у тебя есть для моих гостей, чтобы я знал это», – сказал цирюльник. И я ответил: «У меня пять родов кушанья, десять подрумяненных кур и жареный ягненок». – «Принеси это, чтобы мне посмотреть!» – воскликнул цирюльник; и я велел принести все это. И, увидев кушанья, он сказал мне: «Остаются напитки!» – «У меня есть», – отвечал я. И цирюльник воскликнул: «Принеси их!» И я принес их, и он сказал: «Благо тебе! Как благородна твоя душа! Но остаются еще курения и благовония». И я дал ему сверток, где был недд, алоэ и мускус, стоящие пятьдесят динаров.

А времени стало мало, и моя грудь стеснилась, и я сказал ему: «Возьми это и обрей мне всю голову, и заклинаю тебя жизнью Мухаммеда, – да благословит его Аллах и да приветствует!» Но цирюльник воскликнул: «Клянусь Аллахом, я не возьму этого, пока не увижу всего, что там есть!» И я приказал слуге развернуть сверток, и цирюльник выронил из рук астролябию и, сев на землю, стал рассматривать благовония, куренья и алоэ, бывшие в свертке, пока у меня не стеснилась грудь. А потом он подошел, взял бритву и, обрив небольшую часть моей головы, произнес: «Клянусь Аллахом, о дитя мое, не знаю, благодарить ли тебя или благодарить твоего отца, так как весь мой сегодняшний пир – это часть твоей милости и благодеяния. Но у меня нет никого, кто бы этого заслуживал, – у меня почтенные господа вроде Зенгута – баневладельца, Салия – зерноторговца, Салита – торговца бобами, Суайда – верблюжатника, Сувейда – носильщика, Абу-Мукариша – банщика, Касима – сторожа и Карима – конюха, Икриши – зеленщика, Хумейда – мусорщика; и среди них нет человека надоедливого, буйного, болтливого или тягостного, и у каждого из них есть пляска, которую он пляшет, и стихи, которые он говорит. Но лучшее в них то, что они, как твой слуга и невольник, не знают многоречивости и болтливости. Владелец бани – тот поет под бубен нечто волшебное, и пляшет, и распевает: «Я пойду, о матушка, наполню мой кувшин!» Зерноторговец показывает уменье еще лучшее: и пляшет и поет: «О плакальщица, владычица моя, ты ничего не упустила!» – и у всех отнимает душу, – так над ним смеются. А мусорщик так поет, что останавливает птиц: «Новость у моей жены – точно в большом сундуке», – и он красавец и весельчак. И каждый из них в совершенстве развлекает ум веселым и смешным. Но рассказ – не то что лицезрение, – добавил он, – и если ты предпочтешь явиться к нам, это будет любезнее и нам и тебе. Откажись от того, чтобы идти к твоим друзьям, к которым ты собрался; на тебе еще следы болезни, и, может быть, ты пойдешь к людям болтливым, которые говорят о том, что их не касается, или среди них окажется болтун, и у тебя заболит голова».

«Это будет когда-нибудь в другой день, – ответил я и засмеялся от гневного сердца. – Сделай мое дело, и я пойду, хранимый Аллахом всевышним, а ты отправляйся к своим друзьям: они ожидают твоего прихода».

«О господин, – сказал цирюльник, – я хочу только свести тебя с этими прекрасными людьми, сынами родовитых, в числе которых нет болтунов и многоречивых. С тех пор как я вырос, я совершенно не могу дружить с тем, кто спрашивает о том, что его не касается, и веду дружбу лишь с теми, кто, как я, немногословен. Если бы ты сдружился с ними и хоть один раз увидал их, ты бы оставил всех своих друзей». – «Да завершит Аллах благодаря им твою радость! Я непременно приду к ним в какой-нибудь день», – сказал я. И цирюльник воскликнул: «Я хотел бы, чтобы это было в сегодняшний день! Если ты решил отправиться со мною к моим друзьям, дай мне снести к ним то, что ты мне пожаловал, а если ты непременно должен идти сегодня к твоим приятелям, я отнесу эти щедроты, которыми ты меня почтил, и оставлю их у моих друзей – пусть едят и пьют и не ждут меня, – а затем я вернусь к тебе и пойду с тобою к твоим друзьям. Между мной и моими приятелями нет стеснения, которое помешало бы мне их оставить; я быстро вернусь к тебе и пойду с тобою, куда бы ты ни отправился». – «Нет мощи и силы, кроме как у Аллаха, высокого, великого! – воскликнул я. – Иди к твоим друзьям и веселись с ними и дай мне пойти к моим приятелям и побыть у них сегодня: они меня ждут». – «Я не дам тебе пойти одному», – отвечал цирюльник. И я сказал: «Туда, куда я иду, никто не может пойти, кроме меня». Но цирюльник воскликнул: «Я думаю, ты условился с какой-нибудь женщиной, иначе ты бы взял меня с собою. Я имею на это больше права, чем все люди, и я помогу тебе в том, что ты хочешь; я боюсь, что ты пойдешь к чужой женщине и твоя душа пропадет. В этом городе, Багдаде, никто ничего такого не может делать, в особенности в такой день, как сегодня, и наш вали в Багдаде – человек строгий, почтенный».

«Горе тебе, скверный старик, убирайся! С какими словами ты ко мне обращаешься!»– воскликнул я. И цирюльник сказал: «О глупец; ты думаешь: как ему не стыдно! – и таишься от меня, но я это понял и удостоверился в этом, и я хочу только помочь тебе сегодня сам».

И я испугался, что мои родные и соседи услышат слова цирюльника, и долго молчал. А нас настиг час молитвы, и пришло время проповеди; и цирюльник кончил брить мне голову, и я сказал ему: «Пойди к твоим друзьям с этими кушаньями и напитками; я подожду, пока ты вернешься, и ты пойдешь со мною».

И я не переставал подмазывать этого проклятого и обманывать его, надеясь, что он, может быть, уйдет от меня, но он сказал: «Ты меня обманываешь и пойдешь один и ввергнешься в беду, от которой тебе нет спасения. Аллахом заклинаю тебя, не уходи же, пока я не вернусь, и я пойду с тобой и узнаю, как исполнится твое дело». – «Хорошо, не заставляй меня ждать», – сказал я; и этот проклятый взял кушанья, напитки и прочее, что я дал ему, и ушел от меня, и отдал припасы носильщику, чтобы тот отнес их в его дом, а сам спрятался в каком-то переулке. А я тотчас же встал (а муэдзины уже пропели приветствие пророку), и надел свои одежды, и вышел один, и пришел в тот переулок, и встал возле дома, в котором я увидал девушку, и оказалось, что та старуха стоит и ждет меня. И я поднялся с нею в покой, где была девушка, и вошел туда, и вдруг вижу: владелец дома возвратился в свое жилище с молитвы, и вошел в дом, и запер ворота. И я взглянул из окна вниз и увидел, что этот цирюльник – проклятье Аллаха над ним! – сидит у ворот. «Откуда этот черт узнал про меня?» – подумал я; и в эту минуту, из-за того что Аллах хотел лишить меня своей защиты, случилось, что одна из невольниц хозяина дома совершила какое-то упущение, и он стал ее бить, и она закричала, и его раб вошел, чтобы выручить ее, но хозяин побил его, и он тоже закричал. И проклятый цирюльник решил, что хозяин дома бьет меня, и закричал, и разорвал на себе одежду, и посыпал себе голову землею, и стал вопить и взывать о помощи. А люди стояли вокруг него, и он говорил: «Убили моего господина в доме кади!»

Потом он пошел, крича, к моему дому, а люди шли за ним следом и оповестили моих родных и слуг; и не успел я опомниться, как они уже подошли в разорванной одежде, распустив волосы и крича: «Увы, наш господин!» А этот цирюльник идет впереди них, в разорванной одежде, и кричит, а народ следует за ним. И мои родные все кричали, а он кричал среди шедших первыми, и они вопили: «Увы, убитый! Увы, убитый!» – и направлялись к тому дому, в котором был я.

И хозяин дома услышал шум и крик у ворот и сказал кому-то из слуг: «Посмотри, что случилось». И слуга вышел, и вернулся к своему господину, и сказал: «Господин, у ворот больше десяти тысяч человек, и мужчин и женщин, и они кричат: «Увы, убитый!» – и показывают на наш дом». И когда кади услышал это, дело показалось ему значительным, и он разгневался, и, поднявшись, вышел и открыл ворота. И он увидел большую толпу, и оторопел, и спросил: «О люди, в чем дело?» И мои слуги закричали ему: «О проклятый, о собака, о свинья, ты убил нашего господина!» И кади спросил: «О люди, а что сделал ваш господин, чтобы мне убить его?..»

И Шахразаду застигло утро, и она прекратила дозволенные речи.

Когда же настала тридцать первая ночь, она сказала: «Дошло до меня, о счастливый царь, что кади спросил: «Что сделал ваш господин, чтобы мне убить его? Вот мой дом перед вами». И цирюльник сказал ему: «Ты сейчас бил его плетьми, и я слышал его вопли». – «Но что же он сделал, чтобы мне убить его, и кто его ввел в мой дом, и куда, и откуда?» – спросил кади. И цирюльник воскликнул: «Не будь скверным старцем! Я знаю эту историю и все обстоятельства. Твоя дочь любит его, и он любит ее, и когда ты узнал, что он вошел в твой дом, ты приказал твоим слугам, и они его побили. Клянусь Аллахом, или нас с тобою рассудит только халиф, или выведи к нам нашего господина, чтобы его родные взяли его раньше, чем я войду и выведу его от вас и ты будешь пристыжен».

И кади ответил (а он говорил словно взнузданный, и его окутал стыд перед людьми): «Если ты говоришь правду, входи сам и выведи его».

И цирюльник одним прыжком вошел в дом; и, увидев, что он вошел, я стал искать пути к выходу и бегству, но не нашел его раньше, чем увидел в той комнате, где я находился, большой сундук. И я влез туда, и закрыл над собой крышку, и задержал дыхание. А цирюльник вошел в комнату и, едва войдя туда, снова стал меня искать и принялся соображать, в каком я месте, и, повернувшись направо и налево, подошел к сундуку, где я был, и понес его на голове, – и все мое мужество исчезло. Цирюльник торопливо пошел; и, поняв, что он не оставит меня, я открыл сундук и выбросился на землю и сломал себе ногу. И ворота распахнулись, и я увидел у ворот толпу.

А у меня в рукаве было много золота, которое я приготовил для дня, подобного этому, и для такого дела, как это, – и я стал сыпать это золото людям, чтобы они отвлеклись им. И люди стали хватать золото, и занялись им, а я побежал по переулкам Багдада направо и налево, и этот проклятый цирюльник бежал за мной, и куда бы я ни входил, цирюльник входил за мною следом и говорил: «Они хотели огорчить меня, сделав зло моему господину! Слава Аллаху, который помог мне и освободил моего господина из их рук! Твоя неосмотрительность все время огорчала меня; если бы Аллах не послал меня тебе, ты бы не спасся от беды, в какую попал, и тебя бы ввергли в бедствие, от которого ты никогда бы не спасся. Сколько же ты хочешь, чтобы я для тебя жил и выручал тебя? Клянусь Аллахом, ты погубил меня своею неосмотрительностью, а ты еще хотел идти один! Но мы не взыщем с тебя за твою глупость, ибо ты малоумен и тороплив».

«Мало тебе того, что случилось, – ты еще бегаешь за мною и говоришь мне такие слова на рынках!» – воскликнул я, и душа едва не покинула меня из-за сильного гнева на цирюльника. И я вошел в хан, находившийся посреди рынка, и попросил защиты у хозяина, и он не пустил ко мне цирюльника. Я сел в одной из комнат и говорил себе: «Я уже не могу расстаться с этим проклятым цирюльником, и он будет со мною и днем и ночью, а у меня нет духу видеть его лицо!»

И я тотчас же послал за свидетелями, и написал завещание своим родным, и разделил свои деньги, и назначил за этим наблюдающего, и приказал ему продать дом и земли, и дал ему указания о больших и о малых родичах, и выехал, и с того времени я странствую, чтобы освободиться от этого сводника. Я приехал и поселился в вашем городе и прожил здесь некоторое время, и вы пригласили меня, и вот я пришел к вам и увидел у вас этого проклятого сводника на почетном месте. Как же может быть хорошо моему сердцу пребывать с вами, когда он сделал со мною такие дела и моя нога из-за него сломана?»

И после этого юноша отказался есть; и, услышав его историю, мы спросили цирюльника: «Правда ли то, что говорит про тебя этот юноша?» И он отвечал: «Клянусь Аллахом, я сделал это с ним вследствие моего знания, разума и мужества, и если бы не я, он бы, наверное, погиб. Причина его спасения – только во мне, и хорошо еще, что пострадала его нога, но не пострадала его жизнь. Будь я многоречив, я бы не сделал ему добра, но вот я расскажу вам историю, случившуюся со мною, и вы поверите, что я мало говорю и нет во мне болтливости, в отличие от моих шести братьев».

Рассказ цирюльника о самом себе

«Я был в Багдаде во времена *аль-Мустансира биллаха*[59], сына аль-Мустади биллаха, и он, халиф, был в то время в Багдаде. А он

---

[59] *Аль-Мустансир биллах* – аббаепдекий халиф аль-Мустансир биллах (1226–1242), был правнуком халифа аль-Мустади (1170–1180).

любил бедняков и нуждающихся и сиживал с учеными праведниками. А однажды ему случилось разгневаться на десятерых преступников, и он велел правителю Багдада привести их к себе в день праздника (а это были воры, грабящие на дорогах). И правитель города выехал, и схватил их, и сел с ними в лодку; и я подумал: «Люди собрались не иначе как для пира, и они, я думаю, проводят день в этой лодке за едой и питьем. Никто не разделит их трапезы, если не я!» И я поднялся, о люди, по великому мужеству и степенности моего ума, и, сойдя в лодку, присоединился к ним, и они переехали и высадились на другой стороне. И явились стражники и солдаты правителя с цепями и накинули их на шеи воров, и мне на шею тоже набросили цепь, – и не от мужества ли моего это случилось, о люди, и моей неразговорчивости, из-за которой я промолчал и не пожелал говорить? И нас взяли за цепи и поставили перед аль-Мустансиром биллахом, повелителем правоверных, и он велел снести головы десяти человекам. И палач подошел к нам, посадив нас сначала перед собою на ковре крови, и обнажил меч, и начал сбивать голову одному за другим, пока не скинул голову десятерым, а я остался. И халиф посмотрел и спросил палача: «Почему ты снес голову девяти?» И палач воскликнул: «Аллах спаси! Чтобы ты велел сбить голову десяти, а я обезглавил бы девять!» Но халиф сказал: «Я думаю, ты снес голову только девяти, а вот этот, что перед тобой, – это десятый». – «Клянусь твоей милостью, – ответил палач, – их десять!»

И их пересчитали, – говорил цирюльник, – и вдруг их оказалось десять. И халиф посмотрел на меня и спросил: «Что побудило тебя молчать в подобное время? Как ты оказался с приговоренными и какова причина этого? Ты уже старик, но ума у тебя мало». И, услышав речи повелителя правоверных, я сказал ему: «Знай, о повелитель правоверных, что я – старец-молчальник, и у меня мудрости много, а что до степенности моего ума, моего хорошего разумения и молчаливости, то им нет предела; а по ремеслу я цирюльник. И вчерашний день, ранним утром, я увидел этих десятерых, которые направлялись к лодке, и смешался с ними, и сошел с ними в лодку, думая, что они устроили пир; и не прошло минуты, как появились стражники и наложили им на шею цепи, и мне на шею тоже наложили цепь, и от большого мужества я промолчал и не заговорил, – и это не что иное, как мужество. И нас повели и поставили перед тобой, и ты приказал сбить голову десяти; и я остался перед палачом, но не осведомил вас о себе, – и это не что иное, как великое мужество, из-за которого я хотел разделить с ними смерть. Но со мной всю жизнь так бывает: я делаю людям хорошее, а они платят мне самой ужасной отплатой».

И когда халиф услыхал мои слова и понял, что я очень мужествен и неразговорчив, а не болтлив, как утверждает этот юноша, которого я спас от ужасов, – он так рассмеялся, что упал навзничь, и потом сказал мне: «О Молчальник, а твои шесть братьев так же, как и ты, мудры, учены и не болтливы?» – «Пусть бы они не жили и не существовали, если они подобны мне! – отвечал я. – Ты обидел меня, о повелитель правоверных, и не должно тебе сравнивать моих братьев со мною, так как из-за своей болтливости и малого мужества каждый из них стал калекой: один кривой, другой слепой, третий расслабленный, у четвертого отрезаны уши и ноздри, у пятого отрезаны губы, а шестой – горбун. Не думай, повелитель правоверных, что я болтлив; мне необходимо все изложить тебе, и у меня больше, чем у них всех, мужества. И с каждым из них случилась история, из-за которой он сделался калекой, и я расскажу их все тебе».

Рассказ о первом брате цирюльника

«Знай, о повелитель правоверных, что первый из них (а это горбун) был по ремеслу портным в Багдаде, и он шил в лавке, которую нанял у одного богатого человека. А этот человек жил над лавкой, и внизу его дома была мельница. И однажды мой горбатый брат сидел в лавке и шил, и он поднял голову, и увидал в окне дома женщину, подобную восходящей луне, которая смотрела на людей. И когда мой брат увидел ее, любовь к ней привязалась к его сердцу, и весь этот день он все смотрел на нее и прекратил шитье до вечерней поры. Когда же настал следующий день, он открыл свою лавку в утреннюю пору и сел шить, и, вдевая иголку, он всякий раз смотрел в окно. И он опять увидел ту женщину, и его любовь к ней и увлечение ею увеличились. Когда же наступил третий день, он сел на свое место и смотрел на нее, и женщина увидела его и поняла, что он стал пленником любви к ней. Она улыбнулась, и он улыбнулся ей, а затем она скрылась от него и послала к нему свою невольницу и с нею узелок с красной шелковой материей. И невольница пришла к нему и сказала: «Моя госпожа велит передать тебе привет и говорит: «Скрои нам, сделай милость, рубашку из этой материи и сшей ее хорошо!» И он отвечал: «Слушаю и повинуюсь!» Потом он скроил ей одежду и кончил шить ее в тот же день, а когда настал следующий день, невольница спозаранку пришла к нему и сказала: «Моя госпожа приветствует тебя и спрашивает, как ты провел вчерашнюю ночь? Она не вкусила сна, так ее сердце было занято тобою». И затем она положила перед ним кусок желтого атласа и сказала: «Моя госпожа говорит тебе, чтобы ты скроил ей из этого куска две пары шальвар и сшил их в сегодняшний день». И мой брат отвечал: «Слушаюсь и повинуюсь! Передай ей много приветов и скажи ей: «Твой раб послушен твоему повелению, приказывай же ему, что хочешь».

И он принялся кроить и старательно шил шальвары, а через некоторое время она показалась ему из окна и приветствовала его знаками, то закрывая глаза, то улыбаясь ему в лицо; и он подумал, что добьется ее. А потом она от него скрылась, и невольница пришла к нему, и он отдал ей обе пары шальвар, и она взяла их и ушла; и когда настала ночь, он бросился на постель и провел ночь до утра, ворочаясь. А утром он встал и сел на свое место, и невольница пришла к нему и сказала: «Мой господин зовет тебя». И, услышав это, он почувствовал великий страх, а невольница, заметив, что он испуган, сказала: «С тобой не будет беды, а только одно добро! Моя госпожа сделала так, что ты познакомишься с моим господином». И этот человек очень обрадовался и пошел с невольницей, и, войдя к ее господину, мужу госпожи, поцеловал перед ним землю, и тот ответил на его приветствие, и дал ему много тканей, и сказал: «Скрои мне и сшей из этого рубашки». И мой брат отвечал: «Слушаю и повинуюсь»! – и кроил до тех пор, пока не скроил до вечера двадцать рубашек; и он весь день не попробовал кушанья. И хозяин спросил его: «Какая будет за это плата?» А он отвечал: «Двадцать дирхемов». И тогда муж женщины крикнул невольнице: «Подай двадцать дирхемов!» И мой брат ничего не сказал. А женщина сделала ему знак, означавший: не бери от него ничего! И мой брат воскликнул: «Клянусь Аллахом, я ничего не возьму от тебя!» – и, взяв шитье, вышел вон. А мой брат нуждался в каждом *фельсе*[60], и он провел три дня, съедая и выпивая лишь немного, – так он старался шить эти рубашки. И невольница пришла и спросила: «Все сделал?» И он отвечал: «Готово!» – и взял одежду, и принес ее к ним, и отдал мужу женщины, и тотчас же ушел. А женщина осведомила своего мужа о состоянии моего брата (а мой брат не знал этого), и они с мужем сговорились воспользоваться моим братом для шитья даром и посмеяться над ним. И едва настало утро, он пришел в лавку, и невольница явилась к нему и сказала: «Поговори с моим господином!» И он отправился с нею, а когда он пришел к мужу женщины, тот сказал: «Я хочу, чтобы ты скроил мне пять *фарджий*![61]» И мой брат скроил их и, взяв работу с собою, ушел. Потом он сшил эти фарджии и принес их мужу женщины, и тот одобрил его шитье и приказал подать кошель с дирхемами; и мой брат протянул уже руку, но женщина сделала из-за спины своего мужа знак: не бери ничего! Мой брат сказал этому человеку: «Не торопись, господин, времени довольно!» – и вышел от него и был униженнее осла, так как против него соединилось пять вещей: любовь, нищета, голод, нагота и усталость, а он только терпел. И когда мой брат сделал для них все дела, они потом схитрили и женили его на своей невольнице; а в ту ночь, когда он хотел войти к ней, ему сказали: «Переночуй до завтра на мельнице, будет хорошо!»

Мой брат подумал, что это правда так, и провел ночь на мельнице один, а муж женщины пошел и подговорил против него мельника, чтобы он заставил его вертеть на мельнице жернов.

И мельник вошел к моему брату в полночь и стал говорить: «Этот бык бездельничает и больше не вертит жернов ночью, а пшеницы у нас много». И он спустился в мельницу и, наполнив насып пшеницей, подошел к моему брату с веревкой в руке, и привязал его

---

60 *Фельс* – мелкая медная монета, стоимость которой колебалась в разные эпохи.

61 *Фарджия* – верхняя одежда.

за шею, и крикнул: «Живо, верти жернов, ты умеешь только есть, гадить и отливать!» – взял бич и стал бить моего брата, а тот плакал и кричал, но не нашел для себя помощника и перемалывал пшеницу почти до утра.

И тогда пришел хозяин дома и, увидев моего брата привязанным к палке, ушел, а невольница пришла к нему рано утром и сказала: «Мне тяжело то, что с тобой случилось. Мы с моей госпожой несем на себе твою заботу». Но у моего брата не было языка, чтобы ответить, из-за сильных побоев и усталости.

После этого мой брат отправился в свое жилище, и вдруг приходит к нему тот писец, что написал его брачную запись, и приветствует его, и говорит: «Да продлит Аллах твою жизнь! Таково бывает лицо наслаждений, нежности и объятий от вечера до утра!» – «Да не приветствует Аллах лжеца! – воскликнул мой брат. – О тысячу раз рогатый, клянусь Аллахом, я пришел лишь для того, чтобы молоть до утра вместо быка!»

«Расскажи мне твою историю», – сказал писец; и мой брат рассказал, что с ним было, и писец сказал: «Твоя звезда не согласуется с ее звездой, но если хочешь, я переменю тебе эту запись». – «Посмотри, не осталось ли у тебя другой хитрости!» – ответил мой брат, и оставил писца, и ушел на свое место, ожидая, не принесет ли кто-нибудь работы ему на пропитание. Но вдруг приходит к нему невольница и говорит: «Поговори с моей госпожой!» – «Ступай, о дочь дозволенного, нет у меня дел с твоей госпожой!» – сказал мой брат; и невольница пошла и сообщила об этом своей госпоже. И не успел мой брат опомниться, как та уже выглянула из окна и, плача, воскликнула: «Почему, мой любимый, у нас нет с тобой больше дел?»

Но он не ответил ей, и она стала ему клясться, что все, что случилось с ним на мельнице, произошло не по ее воле и что она в этом деле не виновата; и когда мой брат взглянул на ее красоту и прелесть и услышал ее сладкие речи, то, что с ним было, покинуло его, и он принял ее извинения и обрадовался, что видит ее. И он поздоровался, и поговорил с нею, и просидел некоторое время за шитьем, а после этого невольница пришла к нему и сказала: «Моя госпожа тебя приветствует и говорит тебе, что ее муж сказал, что он сегодня ночует у своих друзей, и когда он туда уйдет, ты будешь у нас и проспишь с моей госпожой сладостную ночь до утра».

А муж женщины сказал ей: «Что сделать, чтобы отвратить его от тебя?» И она ответила: «Дай я придумаю для него другую хитрость и ославлю его в этом городе». (А мой брат ничего не знал о кознях женщин.)

И когда наступил вечер, невольница пришла к нему и, взяв моего брата, воротилась с ним, и та женщина, увидав моего брата, воскликнула: «Клянусь Аллахом, господин мой, я очень стосковалась по тебе!» – «Ради Аллаха, скорее поцелуй, прежде всего!» – сказал мой брат. И едва он закончил эти слова, как явился муж женщины из соседней комнаты и крикнул моему брату: «Клянусь Аллахом, я расстанусь с тобой только у начальника охраны!» И мой брат стал умолять его, а он его не слушал, но повел его к вали, и вали приказал побить его бичами и, посадив на верблюда, возить его по городу. И люди кричали о нем: «Вот воздаяние тому, кто врывается в чужой гарем!» И его выгнали из города, и он вышел и не знал, куда направиться; и я испугался, и догнал его, и обязался содержать его, и привел его назад, и позволил ему жить у меня до сей поры».

И халиф рассмеялся от моих речей и сказал: «Отлично, о Молчальник, о немногоречивый!» – и велел выдать мне награду, чтобы я ушел. Но я воскликнул: «Я ничего не приму от тебя, раньше чем не расскажу, что случилось с остальными моими братьями, но не думай, что я много разговариваю».

Рассказ о втором брате цирюльника

«Знай, о повелитель правоверных, что моего второго брата аль-Халдара звали Бакбак, и это расслабленный. В один из дней случилось ему идти по своим делам, и вдруг встречает его старуха и говорит ему: «О человек, постой немного! Я предложу тебе одно дело, и если оно тебе понравится, сделай его для меня и спроси совета у Аллаха». И мой брат остановился, и она сказала: «Я скажу тебе о чем-то и укажу тебе путь к этому, но пусть не будут многословны твои речи». – «Подавай свой рассказ», – ответил мой брат. И старуха спросила: «Что ты скажешь о красивом доме и благоухающем саде, где бежит вода, и о плодах, вине и лице прекрасной, которую ты будешь обнимать от вечера до утра? Если ты сделаешь так, как я тебе указываю, то увидишь добро».

И мой брат, услышав ее слова, спросил: «О госпожа, а почему ты направилась с этим делом именно ко мне из всех людей? Что тебе понравилось во мне?» И она отвечала моему брату: «Я сказала тебе – не будь многоречив! Молчи, и пойдем со мною». И затем старуха повернулась, а мой брат последовал за нею, желая того, что она ему описала. И они вошли в просторный дом со множеством слуг, и старуха поднялась с ним наверх, и мой брат увидел прекрасный дворец.

И когда обитатели дома увидели его, они спросили: «Кто это привел тебя сюда?» А старуха сказала: «Оставьте его, молчите и не смущайте его сердца, – это рабочий, и он нам нужен». Потом она пошла с ним в украшенную горницу, лучше которой не видали глаза; и когда они вошли в эту горницу, женщины поднялись, и приветствовали моего брата, и посадили его рядом с собою, а спустя немного он услыхал большой шум, и вдруг подошли невольницы, и среди них девушка, подобная луне в ночь полнолуния. И мои брат устремил на нее взор, и поднялся на ноги, и поклонился девушке, а она приветствовала его и велела ему сесть; и он сел, она же обратилась к нему и спросила: «Да возвеличит тебя Аллах, есть в тебе добро?» – «О госпожа моя, все добро – во мне!» – отвечал мой брат. И она приказала, – и им подали прекрасные кушанья, и она стала есть. И при этом девушка не могла успокоиться от смеха, а когда мой брат смотрел на нее, она оборачивалась к своим невольницам, как будто смеясь над ним. И она выказывала любовь к моему брату и шутила с ним, а мой брат, осел, ничего не понимал, и от сильной страсти, одолевшей его, он думал, что девушка его любит и даст ему достигнуть желаемого.

И когда кончили с едою, подали вино, а потом явились десять невольниц, подобных месяцу, с многострунными лютнями в руках и стали петь на разные приятные голоса. И восторг одолел моего брата, и, взяв кубок из ее рук, он выпил его и поднялся перед нею на ноги; а потом девушка выпила кубок, и мой брат сказал ей: «На здоровье!» – и поклонился ей; и после этого она дала ему выпить кубок и, когда он выпил, ударила его по шее. И, увидя от нее это, мой брат вышел стремительно, а старуха принялась подмигивать ему: вернись! И он вернулся. И тогда девушка велела ему сесть, и он сел и сидел, ничего не говоря, и она снова стала бить его по затылку, но ей было этого недостаточно, и она приказала своим невольницам бить его, а сама говорила старухе: «Я ничего не видала лучше этого!» И старуха восклицала: «Да, заклинаю тебя, о госпожа моя!»

И невольницы били его, пока он не лишился сознания, а потом мой брат поднялся за нуждою, и старуха догнала его и сказала: «Потерпи немножко: ты достигнешь того, чего ты хочешь», – «До каких пор мне терпеть? Я уже обеспамятел от подзатыльников», – сказал мой брат; и старуха ответила: «Когда она захмелеет, ты достигнешь желаемого». И мой брат вернулся к своему месту и сел. И все невольницы, до последней, поднялись, и девушка приказала им окурить моего брата и опрыскать его лицо розовой водой, и они это сделали: а потом она сказала: «Да возвеличит тебя Аллах! Ты вошел в мой дом и исполнил мое условие, а всех, кто мне перечил, я прогоняла. Но тот, кто был терпелив, достигал желаемого». – «О госпожа, – отвечал ей мой брат, – я твой раб и в твоих руках»; и она сказала: «Знай, что Аллах внушил мне любовь к веселью, и тот, кто мне повинуется, получает, что хочет». И она велела невольницам петь громким голосом, так что все бывшие в помещении исполнились восторга, а после этого она сказала одной девушке: «Возьми твоего господина, сделай, что нужно, и приведи его сейчас же ко мне».

И невольница взяла моего брата (а он не знал, что она с ним сделает), и старуха догнала его и сказала: «Потерпи, потерпи, осталось недолго!» И лицо моего брата просветлело, и он подошел к девушке (а старуха все говорила: «Потерпи, ты уже достиг желаемого) и спросил старуху: «Скажи мне, что хочет сделать эта невольница?» И старуха сказала: «Тут нет ничего, кроме добра! Я – выкуп за тебя! Она хочет выкрасить тебе брови и срезать усы!» – «Краска на бровях сойдет от мытья, – сказал мой брат, – а вот сбрить усы – это уже больно!» – «Берегись ей перечить, – отвечала старуха, – ее сердце привязалось к тебе». И мой брат стерпел, чтобы ему выкрасили брови и сбривали усы, и тогда невольница пошла к своей госпоже и сообщила ей об этом, и та сказала: «Остается еще одна вещь – сбрей ему бороду, чтобы он стал безволосым».

И невольница пришла к моему брату и сказала ему о том, что велела ее госпожа, и мой дурак брат спросил: «А что мне делать с позором перед людьми?» И старуха ответила: «Она хочет это с тобой сделать только для того, чтобы ты стал безволосым, без бороды, и у тебя на лице не осталось бы ничего колючего. В ее сердце возникла большая любовь к тебе, терпи же: ты достигнешь желаемого».

И мой брат вытерпел, и подчинился невольнице, и обрил себе бороду, и девушка вывела его, и вдруг оказывается – он с накрашенными бровями, обрезанными усами, бритой бородой и красным лицом! И девушка испугалась его и потом так засмеялась, что упала навзничь и воскликнула: «О господин мой, ты покорил меня этими прекрасными чертами!» И она стала заклинать его жизнью, чтобы он поднялся и поплясал: и мой брат встал и начал плясать, и она не оставила в комнате подушки, которою бы не ударила его, и все невольницы тоже били его плодами вроде померанцев и лимонов, кислых и сладких, пока он не упал без чувств от побоев и затрещин.

И старуха сказала ему: «Теперь ты достиг желаемого. Знай, что тебе не будет больше побоев и осталось еще только одно, а именно: у нее в обычае, когда она опьянеет, никому не давать над собою власти раньше, чем она снимет платье и шальвары и останется обнаженной. А потом она велит тебе сиять одежду и бегать и сама побежит впереди тебя, как будто она от тебя убегает, а ты следуй за ней с места на место, пока у тебя не поднимется зебб, и тогда она даст тебе власть над собою».

«Сними с себя одежду», – сказала она потом; и мой брат снял с себя все платье, не видя ничего кругом, и остался нагим…»

И Шахразаду застигло утро, и она прекратила дозволенные речи.

Когда же настала тридцать вторая ночь, она сказала: «Дошло до меня, о счастливый царь, что брат цирюльника, когда старуха сказала ему: «Сними с себя одежду», – поднялся, не видя ничего кругом, и снял с себя одежду, и остался нагим, и тогда девушка сказала ему: «Вставай теперь и беги, и я тоже побегу, – и тоже разделась и воскликнула: – Если ты чего-нибудь хочешь, следуй за мной!» И она побежала впереди него, и он последовал за нею, и она вбегала в одно помещение за другим, и мой брат за ней, и страсть одолела его, и его зебб вел себя точно бесноватый. И она вбежала впереди него в темное помещение, и мой брат тоже за ней, и он наступил на тонкое место, и пол провалился под ним, и не успел мой брат опомниться, как оказался посреди улицы, на рынке Кожевников, которые продавали и покупали кожи. И, увидев моего брата в таком виде – нагого, с поднявшимся зеббом, с бритой бородой и бровями и с красным лицом, торговцы закричали на него, и захлопали в ладоши, и стали бить его кожами, так что он лишился чувств. И его взвалили на осла и привезли к вали, и вали спросил их: «Кто это?» И они сказали: «Он упал к нам из дома везиря в таком виде». И тогда вали приказал дать ему сто ударов бичом по спине и выгнал из Багдада; и я вышел, и догнал его, и провел его тайно в город, а затем я назначил ему то, что нужно для пропитания. И если бы не мое великодушие, я бы не стал терпеть подобного ему».

Рассказ о третьем брате цирюльника

«А что касается моего третьего брата, то его имя Факик, и он: слепой. Судьба и предопределение привели его однажды к большому дому, и он постучал в ворота, надеясь, что владелец дома заговорит с ним и он попросит у него что-нибудь. И владелец дома спросил: «Кто у ворот?» – но никто ему не ответил, и мой браг услыхал, как он опять спросил громким голосом: «Кто это?» Но мой брат не ответил ему и услыхал, что он пошел, и дошел до ворот, и открыл их, и спросил моего брата: «Что ты хочешь?» – «Что-нибудь, ради Аллаха великого!» – сказал мой брат; и хозяин дома спросил: «Ты слепой?» – «Да, – отвечал мой брат; и тогда хозяин дома сказал ему: «Подай мне руку», – и брат подал ему руку, думая, что хозяин дома что-нибудь даст ему, а тот взял его руку и повел его по лестнице, пока не довел до самой верхней крыши, а мой брат предполагал, что он чем-нибудь его накормит и даст ему что-нибудь.

И, дойдя до конца, хозяин дома спросил моего брата: «Что ты хочешь, слепец?» И мой брат отвечал: «Хочу чего-нибудь ради Аллаха великого». – «Пошли тебе Аллах!» – сказал хозяин дома; и тогда мой брат воскликнул: «Эй ты, почему ты не сказал мне этого внизу?» А хозяин дома отвечал: «О подлец, а ты почему не заговорил со мной сразу?» – «А сейчас что ты хочешь со мною; сделать?» – спросил его мой брат. «У меня ничего нет, чтобы дать тебе», – отвечал он; и мой брат сказал: «Спустись со мною по лестницам». – «Дорога перед тобою», – сказал хозяин дома. И мой брат пошел и до тех пор спускался, пока между ним и воротами; не осталось двадцати ступенек, но он оступился, упал к воротам и раскроил себе голову. И он вышел, не зная, куда направиться, и его догнали несколько его товарищей, слепых, и спросили: «Что досталось тебе в сегодняшний день?» И он рассказал им, что с ним произошло, а потом сказал: «О братья, я хочу взять немного из тех денег, что у меня остались, и истратить их на себя».

А владелец дома следовал за ним и слышал его слова, но мой брат и его товарищи не знали об этом человеке. И мой брат пришел к своему дому и вошел туда, и человек вошел вслед за ним (а брат не знал этого), и мой брат сел, ожидая своих товарищей. И когда они вошли, он сказал им: «Заприте дверь и обыщите дом, чтобы не последовал за нами кто-нибудь чужой». И, услышав слова моего брата, тот человек встал и подтянулся на веревке, свисавшей с потолка, а они обошли весь дом и никого не нашли. А потом они вернулись и сели рядом с моим братом и, вынув бывшие у них деньги, сосчитали их, и вдруг их оказалось двенадцать тысяч дирхемов!

И они оставили деньги в углу комнаты, и каждый из них взял себе, сколько ему было нужно, а остаток денег они бросили на землю, а йотом они поставили перед собой кое-какую еду и сели есть.

И брат услыхал подле себя незнакомое жевание и сказал своим товарищам: «С нами чужой!» – и протянул руку, и его рука уцепилась за руку того человека – владельца дома. И они напали на него с побоями, а когда им надоело его бить, они принялись кричать: «О мусульмане, к нам вошел вор и хочет взять наши деньги!»

И около них собралось много пароду, и тот человек подошел, и привязался к ним, и стал обвинять их в том же, в чем они обвиняли его, и зажмурил глаза, так что стал как будто слепым, как они, и никто не усомнился в этом. И он принялся кричать: «О мусульмане, я взываю к Аллаху и султану и прибегаю к Аллаху и к вали за советом!» И не успел он опомнится, как их всех окружили, и с ними моего брата, и погнали к дому вали.

И вали велел привести их к себе и спросил: «В чем ваше дело?» И этот человек сказал: «Смотри, но для тебя ничего не станет ясно без пытки! Начни с меня первого и попытай меня, а потом вот этого, моего поводыря», – и он указал рукой на моего брата. И того человека протянули и побили четырьмя сотнями палок по заду, и побои причинили ему боль, и он открыл одни глаз, а когда ему прибавили ударов, он открыл и второй глаз.

И вали спросил его: «Что это за дела, о проклятый?» И он отвечал: «Дай мне перстень пощады! Мы четверо притворяемся слепыми, и обманываем людей, и входим в дома, и смотрим на женщин, и стараемся их погубить. У нас скопилась большая нажива – двенадцать тысяч дирхемов, и я сказал своим товарищам: «Дайте мне то, что мне следует, – три тысячи дирхемов», – а они побили меня и взяли мои деньги. И я прошу защиты у Аллаха и у тебя. Я имею больше всех права на мою долю, и мне хочется, чтобы ты узнал истинность моих слов. Побей каждого из них сильнее, чем ты бил меня, и они откроют глаза».

И тогда вали велел их пытать и начал прежде всего с моего брата, и его привязали к лестнице, и вали сказал ему: «О негодяи, вы отрицаете милость Аллаха и утверждаете, что вы слепы!» – «Аллах, Аллах! – воскликнул мой брат, – клянусь Аллахом, нет среди нас зрячего!» И его били, пока он не обеспамятел; и вали сказал: «Оставьте его, пусть он очнется, и побейте его снова, второй раз». А потом он велел дать каждому из его товарищей больше чем по триста палок, и зрячий говорил им: «Откройте глаза, а не то вас еще будут бить!» А затем этот человек сказал вали: «Пошли со мною кого-нибудь, кто принесет тебе деньги; эти люди не откроют глаз: они боятся позора перед людьми». И вали послал, и взял деньги, и дал из них этому человеку три тысячи дирхемов – его долю, как он утверждал, и взял остальное, и он выгнал троих слепцов из города.

И я вышел, о повелитель правоверных, и догнал моего брата, и спросил о его положении, и он рассказал мне то, о чем я тебе говорил, и я тайно ввел его в город и украдкою стал выдавать ему что есть и пить».

И халиф засмеялся, услышав мой рассказ, и сказал: «Дайте ему награду, и пусть он уйдет!» Но я воскликнул: «Клянусь Аллахом, я не возьму ничего, пока не изложу повелителю правоверных, что случилось с моими братьями! Я ведь мало говорю».

Рассказ о четвертом брате цирюльника

«А что до моего четвертого брата, о повелитель правоверных, – продолжал я, – (а это кривой) то он был мясником в Багдаде, и продавал мясо, и выращивал баранов, и к нему шли покупать мясо вельможи и люди состоятельные. И он нажил на этом большие деньги, и приобрел вьючных животных и дома, и провел таким образом долгое время. И однажды, в один из дней, он был у своей лавки, и вдруг подле нее остановился старик с большой бородой, и подал ему несколько дирхемов, и сказал: «Дай мне на это мясо», – и, отдав деньги, ушел (а мой брат дал ему мяса). И. он посмотрел на серебро старика и увидел, что его дирхемы белые и блестят, и отложил их отдельно в сторону.

И старик продолжал ходить к нему пять месяцев, и мой брат бросал его дирхемы отдельно в сундук, но потом он пожелал их вынуть и купить на них баранов и открыл сундук, но увидел, что все, что есть в нем, – белая нарезанная бумага.

И мой брат принялся бить себя по лицу и кричать: и народ собрался вокруг него, и он рассказал свою историю, и все удивились ей. А потом мой брат, как обычно, зарезал барана и повесил его перед лавкой и стал говорить: «Аллах! Если бы пришел этот скверный старец!» И не прошло минуты, как старик подошел со своим серебром, и тогда мой брат встал, и вцепился в него, и принялся вопить: «О мусульмане, ко мне! Послушайте мою историю с этим нечестивым!»

И, услышав его слова, старец спросил: «Что тебе приятнее: отстать от меня или чтобы я тебя опозорил перед людьми?» – «А чем ты меня опозоришь?» – спросил брат. «Тем, что ты продаешь человеческое мясо за баранину», – отвечал старик. «Ты лжешь, проклятый! А если дело обстоит так, как ты сказал, мои деньги и моя кровь тебе дозволены», – отвечал мой брат. И тогда старик сказал: «О люди, если хотите подтверждения моим словам и моей правдивости – войдите в лавку». И люди ринулись в лавку моего брата и увидели, что тот баран превратился в повешенного человека; и, увидав это, они вцепились в моего брата и закричали: «О неверный, о нечестивый!» И самый близкий ему человек колотил его, и бил по лицу, и говорил: «Ты кормишь нас мясом сынов Адама!» – а старец ударил его по глазу и выбил его.

И люди понесли этого зарезанного к начальнику охраны, и старец сказал ему: «О эмир, этот человек режет людей, продает их мясо как мясо баранов, и мы привели его к тебе. Соверши же правосудие Аллаха, великого, славного!» И мой брат защищался, но начальник не стал его слушать и велел дать ему пятьсот ударов палками, и у него взяли все деньги, – а если бы не деньги, его бы, наверное, убили.

И мой брат поднялся, и пошел наобум, и вошел в большой город; он подумал: «Хорошо бы сделаться башмачником», – и он открыл лавку и сидел, работая, чтобы прокормиться. И в один из дней он вышел по делу, и услышал топот коней, и спросил об этом, и ему сказали: «Это царь выезжает на охоту и ловлю». И мой брат стал смотреть на красоту царя, а взор царя встретился со взором моего брата, – и царь опустил голову и сказал: «К Аллаху прибегаю от зла этого дня!» – и повернул поводья своей лошади и воротился; и все слуги тоже воротились. А потом царь приказал слугам, и они догнали моего брата и больно побили его, так что он едва не умер. И мой брат не знал, в чем причина этого, и вернулся в свое жилище не в себе. И после этого он пошел к одному человеку из слуг царя и рассказал ему, что с ним случилось, и тот так засмеялся, что едва не упал, и сказал ему: «О брат мой, знай, что царь не в состоянии смотреть на кривого, в особенности если он крив на правый глаз; он его не отпустит живым».

Услышав такие слова, мой брат решил бежать из этого города, и поднялся, и вышел из него, и переправился в другую местность, где никого не было, кто бы знал его, и провел там долгое время. А после этого мой брат стал размышлять о своем деле. И однажды он вышел прогуляться, и услышал за собою топот коней, и сказал: «Пришло веление Аллаха!» И он стал искать места, где бы скрыться, но не нашел, и посмотрел – и вдруг видит: закрытая дверь. И он толкнул эту дверь, и она упала, и мой брат вошел, и увидел длинный проход, и вошел туда. И не успел он опомниться, как двое людей вцепились в него, и они сказали моему брату: «Слава Аллаху, который отдал тебя нам во власть! О враг Аллаха, вот уже три ночи, как ты не даешь нам спать и нам нет покоя, и ты заставил нас вкусить смерть!» – «О люди, в чем ваше дело?» – спросил мой брат; и они сказали: «Ты обманываешь нас и хочешь нас опозорить! Ты придумываешь хитрости и хочешь зарезать хозяина дома! Мало было тебе и твоим пособникам разорить его! Но вынь нож, которым ты каждую ночь грозишь нам!» И они обыскали его и нашли у него за поясом нож; и мой брат сказал им: «О люди, побойтесь Аллаха! Знайте, что моя история удивительна». – «А какова твоя история?» – спросили они. И он рассказал свою историю, желая, чтобы его отпустили. И они не стали слушать моего брата, и не обратили внимания на его слова, и разорвали его одежду, и нашли на нем следы ударов плетьми, и сказали: «О проклятый, вот следы ударов!» И потом моего брата привели к вали, и мой брат сказал про себя: «Я попался за мои грехи, и никто не освободит меня, если не Аллах великий». И вали спросил моего брата: «О несчастный, что побудило тебя на это дело? Ты вошел в дом для убийства!» И мой брат воскликнул: «Ради Аллаха прошу тебя, о вали, выслушай мои слова и не торопись со мною!» Но вали сказал: «Станем мы слушать слова вора, у которого на спине следы побоев! С тобой сделали такое дело не иначе как за большой грех», – прибавил вали и велел дать моему брату сто ударов; и моего брата побили сотнею ударов, и посадили на верблюда, и кричали о нем: «Вот воздаяние, и наименьшее воздаяние, тому, кто врывается в чужие дома!»

И вали приказал выгнать его из города, и мой брат пошел наобум, и, услышав об этом, я пошел к нему и расспросил его, и он рассказал мне свою историю и то, что с ним случилось, и я все время ходил с ним кругом города, пока о нем кричали, а когда его выпустили, я пришел к нему, и взял его тайно, и привел в город, и стал выдавать ему что есть и что пить».

Рассказ о пятом брате цирюльника[62]

«А что касается моего пятого брата, то у него были отрезаны уши, о повелитель правоверных, и был он человек бедный и просил у людей по вечерам, а днем тратил выпрошенное. А отец наш был дряхлый старик, и он умер и оставил нам семьсот дирхемов; и каждый из нас взял по сто дирхемов. И мой пятый брат, взяв свою долю, растерялся и не знал, что с нею делать; и когда он так раздумывал, вдруг пришло ему на ум купить на эти деньги всякого рода стеклянной посуды и извлечь из нее пользу. И он купил на сто дирхемов стекла, поставил его на большой поднос и сел в одном месте продавать его. А рядом с ним была стена, и он прислонился к ней спиной и сидел, размышляя о самом себе.

И он думал: «Моих денег в этом стекле – сто дирхемов, а я продам его за двести дирхемов, и затем куплю на двести дирхемов стекла, и продам его за четыреста дирхемов, и буду торговать, пока у меня не окажется много денег. И я куплю на них всяких товаров, драгоценностей и благовоний и получу большую прибыль, а после этого я куплю красивый дом, и куплю невольников, и коней, и золотые седла; и стану есть и пить, и не оставлю в городе ни одного певца или певицы, которых бы я не привел к себе. И если захочет Аллах великий, я накоплю капитал в сто тысяч дирхемов...» И все это он прикидывал в уме, а поднос со стеклом стоял перед ним; и он думал дальше: «А когда денег станет сто тысяч дирхемов, я пошлю посредниц, чтобы посвататься к дочерям царей и везирей, и посватаюсь к дочери везиря, – до меня дошло, что она совершенна по красоте и редкой прелести, – и дам за нее в приданое тысячу динаров; и если ее отец согласится – так и будет, а если не согласится – я возьму ее силой, наперекор ему. И когда она окажется в моем доме, я куплю десять маленьких евнухов, и куплю себе одежду из одежд царей и султанов, и сделаю себе золотое седло, которое выложу дорогими самоцветами, а потом я войду к везирю, отцу девушки (а рабы будут сзади меня, и впереди меня, и справа от меня, и слева от меня), и когда везирь меня увидит, он поднимется мне навстречу и

---

62 *Рассказ о пятом брате цирюльника* – представляет собой широко распространенный в мировом фольклоре сюжет (в русских, персидских, украинских, немецких сказках – сюжет «Умной Эльзы»).

посадит меня на свое место, а сам сядет ниже меня, так как он мой тесть. А со мной будут два евнуха с двумя кошельками, в каждом кошельке по тысяче динаров, и я дам ему тысячу динаров в приданое за его дочь и подарю ему другую тысячу динаров, чтобы он знал мое благородство, и щедрость, и величие моей души, и ничтожность всего мирского в моих глазах. И если он обратится ко мне с десятью словами, я отвечу ему парой слов и уеду к себе домой. А когда придет кто-нибудь из родных моей жены, я подарю ему денег и награжу его одеждой; а если он явится ко мне с подарком, я его верну ему и не приму, – чтобы знали, что я горд душой и ставлю свою душу лишь на ее место. А потом я велю им привести меня в порядок, и когда они это сделают, я прикажу привести невесту и как следует все уберу в моем доме, а когда придет время открыванья, я надену самую роскошную одежду и буду сидеть в платье из парчи, облокотясь и не поворачиваясь ни вправо, ни влево, – из-за моего большого ума и степенности моего разума. И моя жена будет стоять передо мною, как луна, в своих одеждах и драгоценностях, и я не буду смотреть на нее из чванства и высокомерия, пока все, кто будут тут, не скажут: «О господин мой, твоя жена и служанка стоит перед тобой, соизволь посмотреть на нее, ей тягостно так стоять». И они много раз поцелуют передо мною землю, и тогда я подниму голову и взгляну на нее одним взглядом, а потом опущу голову к земле. И ее уведут в комнату сна, а я переменю свою одежду и надену что-нибудь лучшее, чем то, что на мне было; и когда невесту приведут ко мне, я не взгляну на нее, пока меня не попросят много раз, а потом я посмотрю на нее и опущу голову к земле, – и я все время буду так делать, пока *ее открывание*[63] не окончится...»

И Шахразаду застигло утро, и она прекратила дозволенные речи.

Когда же настала тридцать третья ночь, она сказала: «Дошло до меня, о счастливый царь, что брат цирюльника думал: «А потом я опущу голову к земле и все время буду так делать, пока ее открывание не окончится. А после я прикажу кому-нибудь из слуг подать кошель с пятью сотнями динаров, и когда невеста будет тут, я отдам его прислужницам и велю им ввести меня к невесте. И когда меня введут, я не стану смотреть на нее и не заговорю с ней из презрения, чтобы говорили, что я горд душой. И ее мать придет и поцелует мне голову и руку и скажет: «О господин, взгляни на твою служанку, она хочет твоей близости, залечи же ее сердце». А я не дам ей ответа; когда она это увидит, она встанет, и поцелует мне ноги несколько раз, и скажет: «О господин мой, моя дочь красивая девушка, которая еще не видала

---

63 *Ее открывание* – Открывание – один из мусульманских свадебных обрядов. После того как жених, сопровождаемый пышной свадебной процессией, приходит в дом невесты, ее в первый раз показывают жениху в разных нарядах, в зависимости от достатка семьи, а затем с нее снимают покрывало, и жених видит лицо невесты.

мужчины, и когда она увидит в тебе такую сдержанность, ее сердце разобьется. Склонись же к ней и поговори с нею». И она поднимется и принесет мне кубок с вином, и ее дочь возьмет кубок, и когда она подойдет ко мне, я оставлю ее стоять перед собой, а сам облокочусь на вышитую подушку, не глядя на нее, – из-за величия своей души, – пока она мне не скажет, что я султан, высокий саном, и не попросит меня: «О господин мой, заклинаю тебя Аллахом, не отвергай кубка из рук твоей служанки, ибо я твоя невольница». Но я ничего ей не отвечу; и она будет ко мне приставать и скажет: «Его обязательно надо выпить», – и поднесет его к моему рту; и я махну рукой ей в лицо, и отпихну ногой, и сделаю вот так!» И он взмахнул ногой, и поднос со стеклом упал (а он был на высоком месте) и свалился на землю, и все, что было на нем, разбилось.

И мой брат закричал и сказал: «Все это от величия моей души!» И тогда, о повелитель правоверных, он стал бить себя по лицу, и разорвал свою одежду, и начал плакать и бить себя; и люди смотрели на него, идя на пятничную молитву, и некоторые смотрели и жалели его, а другие о нем не думали. И мой брат был в таком состоянии: ушли от него и деньги и прибыль. И он просидел некоторое время, плача; и вдруг видит – красивая женщина едет на муле с золотым седлом, и с нею несколько слуг, и от нее веет мускусом, а едет она на пятничную молитву. И когда она увидела стекло, и состояние моего брата, и его плач, ее взяла печаль, и сердце ее сжалилось над ним, и она спросила о его положении; и ей сказали: «С ним был поднос стеклянной посуды, благодаря которой он кое-как жил, и посуда разбилась, и его постигло то, что ты видишь». И тогда она позвала одного из слуг и сказала ему: «Дай то, что есть с тобой, этому бедняге»; и слуга дал моему брату кошелек, где он нашел пятьсот динаров, и когда они попали в его руки, он едва не умер от сильной радости.

И мой брат принялся благословлять ту женщину, и вернулся в свое жилище богатым, и сидел, размышляя; и вдруг – стучат в дверь. И он встал и открыл и видит – незнакомая старуха. И она сказала ему: «О дитя мое, знай, что время молитвы уже близко, а я не совершила омовения, и мне бы хотелось, чтобы ты меня пустил к себе в дом омыться». – «Слушаю и повинуюсь!» – сказал мой брат, и вошел, и велел ей входить, и, когда она вошла, он дал ей кувшин для омовения.

И мой брат сел, и сердце его трепетало от радости из-за динаров, и потом он завязал их в кошель; и когда он покончил с этим, старуха завершила омовение и, подойдя туда, где сидел мой брат, сотворила *молитву в два раката*[64], а затем помолилась за моего брата хорошей молитвой. И он поблагодарил ее за это и, протянув руку к динарам, дал ей два динара и сказал про себя: «Это от меня

---

[64] *Молитва в два раката* – Ракат – земной поклон и ритуальный молитвенный цикл: молящийся встает на колени, совершает земной поклон, затем встает на ноги. Совершить молитву в два раката значит два раза повторить все элементы этого цикла.

милостыня». И когда старуха увидела динары, она воскликнула: «Да будет Аллах превознесен! Почему ты смотришь на того, кто тебя любит, как на нищего? Возьми твои деньги, они мне не нужны, и положи их опять к себе на сердце; а если ты хочешь встретиться с той, кто тебе их дала, я сведу ее с тобою – она моя подруга». – «О матушка, – спросил мой брат, – как ухитриться попасть к ней?» И она сказала: «О дитя мое, она имеет склонность к человеку богатому; возьми же с собой все свои деньги и следуй за мной, и я приведу тебя к тому, что ты хочешь. А когда ты встретишься с ней, употреби все, какие есть ласки и приятные слова, и ты получишь из ее прелестей и ее денег все, что хочешь».

И мой брат взял с собой все свое золото, и поднялся, и пошел с ней (и он сам не верил этому); а старуха все шла, и мой брат следовал за нею до одних больших ворот. И она постучала, и вышла невольница-гречанка и открыла ворота, и тогда старуха вошла и велела моему брату пойти с нею, и он вошел в большой дом и большую комнату, пол которой был устлан удивительными коврами, и там были повешены занавеси. И мой брат сел и положил золото перед собой, а свой тюрбан он положил на колени; и не успел он опомниться, как появилась девушка, лучше которой не видали смотрящие, и она была одета в роскошные одежды. И мой брат поднялся на ноги; и когда девушка увидела его, она улыбнулась ему и сделала ему знак сесть. А потом она велела запереть дверь и, подойдя к моему брату, взяла его за руку, и они оба отправились, и пришли к уединенной комнате, и вошли в нее, и оказалось, что она устлана разной парчой.

И мой брат сел, и она села с ним рядом и немножко поиграла с ним, а затем она поднялась и сказала: «Не двигайся с места, пока я не приду!» – и скрылась от моего брата на некоторое время. И когда он так сидел, вдруг вошел к нему черный раб огромного роста, и у него был обнаженный: меч. «Горе тебе, – воскликнул он, – кто привел тебя в это место и что ты здесь делаешь?» И когда мой брат увидел его, он не был в состоянии дать ему никакого ответа, и у него оцепенел язык, так что он не мог вымолвить слова. И раб взял его, и снял с него одежду, и до тех пор бил его мечом плашмя, пока он не упал без чувств на землю от побоев, и скверный раб подумал, что он прикончил его. И мой брат услыхал, как он говорит: «Где солильщица?» И к нему подошла девушка, несшая в руке большое блюдо, где было много соли, и раб все время присыпал ею раны моего брата, но тот не двигался, опасаясь, что раб узнает, что он жив, и убьет его и его душа пропадет».

«Потом невольница ушла, – говорил рассказчик, – и раб крикнул: «Где погребщица?» И старуха подошла к моему брату, и потащила его за ногу в погреб, и бросила его туда на множество убитых. И он провел в этом месте два полных дня, и Аллах сделал соль причиною его жизни, так как она остановила кровь; и мой брат нашел в себе силу, чтобы двигаться, и поднялся в погребе, и открыл над собою плиту, полный страха, и вышел вон.

И Аллах даровал ему защиту, и брат вошел в темноту и скрылся в этом проходе до утра, а когда наступило утреннее время, эта проклятая старуха вышла на поиски другой дичи, и брат вышел за нею следом, а она не знала этого. И он пришел в свое жилище и не переставал лечиться, пока не выздоровел, и следил за старухой, все время смотря, как она хватала людей одного за другим и приводила их в тот дом, но ничего не говорил.

А потом, когда вернулись к нему его дух и сила, он взял тряпку, сделал из нее кошель, наполнил его стеклом и привязал к поясу. И он переоделся, чтобы его никто не узнал, и надел платье, и, взяв меч, спрятал его под платье и, когда увидел старуху, сказал ей на языке персов: «О старуха, я чужеземец и прибыл сегодня в этот город и никого не знаю. Нет ли у тебя весов, вмещающих пятьсот динаров? Я тебе подарю немного из них». И старуха ответила: «У меня сын меняла, и у него есть всякие весы. Пойдем со мною, раньше чем он уйдет со своего места, и он свешает твое золото». – «Иди впереди меня!» – сказал мой брат; и она пошла, а брат сзади, и, подойдя к воротам, она постучала, и вышла та самая девушка и открыла ворота. И старуха улыбнулась ей и сказала: «Я сегодня принесла вам жирный кусок мяса». И девушка взяла моего брата за руку и ввела его в то помещение, куда он входил прежде. И она немного посидела подле него, и поднялась, и сказала: «Не уходи, пока я не вернусь к тебе», – и ушла. И не успел мой брат опомниться, как пришел проклятый раб, и с ним был тот обнаженный меч. И он сказал моему брату: «Поднимайся, проклятый!» И мой брат поднялся, и раб пошел впереди него, а брат мой шел сзади; и он протянул руку к мечу, что был у него под платьем, и ударил им раба, и скинул ему голову с плеч, потащил его за ногу к погребу и крикнул: «Где солильщица?» И тогда пришла девушка с блюдом, в котором была соль, и, увидав моего брата и в его руке меч, она бросилась бежать, но брат последовал за нею и ударил ее и отрубил ей голову. А потом он закричал: «Где старуха?» И она пришла, и брат спросил ее: «Узнаешь ты меня, скверная старуха?» А она отвечала: «Нет, господин». И мой брат сказал: «Я владелец денег, к которому ты пришла, и ты у меня омылась, и помолилась, и призвала меня сюда». – «Побойся Аллаха и подумай еще о моем деле», – сказала старуха; но мой брат и не посмотрел на нее и так ударил ее, что разрубил на четыре куска, а потом он вышел искать девушку; и когда она увидела его, разум покинул ее, и она воскликнула: «Пощады!» И мой брат пощадил ее.

«Что привело тебя к этому черному?» – спросил он тогда ее; она сказала: «Я была невольницей одного купца, а эта старуха заходила ко мне, и я с нею подружилась. И в один из дней она сказала мне: «У нас свадьба, равной которой никто не видел, и я хочу, чтобы ты посмотрела на нее». И я отвечала ей: «Слушаю и повинуюсь!» – потом я надела свою лучшую одежду и драгоценности и взяла с собою кошелек с сотнею динаров и пошла с нею, и она привела меня в этот дом. И, войдя, я не успела опомниться, как этот черный взял меня, и я в таком положении уже три года из-за хитрости проклятой старухи». –

«А есть у него что-нибудь в этом доме?» – спросил мой брат, и она сказала: «У него есть много, и если ты можешь это перенести, перенеси, попросив совета у Аллаха».

И мой брат поднялся и пошел с нею, и она открыла сундуки, в которых были мешки; мой брат поразился и не знал, что делать, а девушка сказала ему: «Иди теперь, и оставь меня здесь, и приводи кого-нибудь, чтобы снести деньги». И мой брат вышел, и нанял десять человек, и пришел к воротам, но нашел их открытыми и не увидел ни девушки, ни мешков, кроме немногих, – одни только ткани. Он понял, что девушка обманула его, и взял оставшиеся деньги, и, открыв кладовые, забрал то, что в них было, и ничего не оставил в доме, и провел ночь радостный.

А когда настало утро, он нашел у ворот двадцать солдат, которые вцепились в него и сказали: «Вали тебя требует». И они взяли его, и мой брат стал проситься у них пройти в свой дом, но они не дали ему времени вернуться домой, и мой брат обещал им много денег, но они отказались. И они крепко связали его веревкой и повели, и им встретился по дороге один его приятель, и мой брат уцепился за его полу и стал просить его постоять за него, чтобы помочь ему освободиться из их рук. И этот человек остановился и спросил их, в чем с ним дело; и они сказали: «Вали приказал нам привести его к себе, и вот мы идем с ним». И друг моего брата попросил их освободить его, с тем что он даст им пятьсот динаров, и сказал им: «Когда вернетесь к вали, скажите ему: «Мы его не нашли». Но они отвергли его слова и взяли моего брата, потащили его и привели его к вали; и когда вали увидел моего брата, он спросил его: «Откуда у тебя эти ткани и деньги?» – «Я хочу пощады», – сказал мой брат; и вали дал ему *платок пощады*[65] , и тогда брат рассказал ему о том, что случилось и что произошло у него со старухой, с начала до конца, и о бегстве девушки и сказал вали: «А то, что я взял, возьми из этого, сколько хочешь, и оставь мне, на что кормиться». И вали взял все деньги и ткани, и побоялся, что весть об этом дойдет до султана, и сказал моему брату: «Уходи из этого города, а не то я тебя повешу!» И мой брат отвечал: «Слушаю и повинуюсь!» – и ушел в какой-то город, и на него напали воры, и раздели его, и побили, и обрезали ему уши. И я услыхал весть о нем, и вышел к нему, и взял для него одежду, и привел его тайно в город, и стал ему выдавать что пить и что есть».

И, услышав рассказ цирюльника, эмир рассмеялся и сказал: «Поистине, рассказ твой удивителен!» – и приказал освободить всех.

Но это не удивительнее, чем рассказ о лисице и волке». – «А что случилось с ними?» – спросил царь.

---

[65] *Платок пощады* – Согласно средневековым арабским обычаям, глава государства или правитель области отправлял выразившему покорность врагу так называемую «охранную грамоту», иногда вместо грамоты отправлялся перстень или платок.

Из «Рассказов о животных и птицах»

Рассказ о лисице и волке

И Шахразада сказала: «Знай, о царь, что волк и лисица поселились в одной норе и ютились там вместе и проводили там ночи, и волк притеснял лисицу. И они провели так некоторое время.

И случилось, что лисица посоветовала волку исправиться и бросить дурное и сказала ему: «Знай, если ты будешь продолжать твои преступления, Аллах, может быть, отдаст тебя во власть сыну Адама, а он хитер, злокознен и коварен, и ловит птиц в воздухе, и рыб в воде, и повергает горы, и переносит их с места на место, и все это по своей хитрости и коварству. Будь же мягок и справедлив и оставь зло и преступление, – это будет приятнее для твоей жизни».

Но волк не принял ее слов, и ответил ей грубо, и сказал: «Что это ты рассуждаешь о больших и значительных делах!» И потом он ударил лисицу таким ударом, что она упала без памяти. А очнувшись, она улыбнулась волку и принялась перед ним извиняться за дурные речи и сказала ему такие стихи:

> Коль раньше был меж нами грех,
> То был любовный грех невинный.
> Прощают грех былых утех,
> Когда являешься с повинной.

И волк принял извинения лисицы, и перестал на нее злиться, и сказал: «Не говори о том, что тебя не касается: услышишь то, что тебе не понравится…»

И Шахразаду застигло утро, и она прекратила дозволенные речи.

Когда же настала сто сорок девятая ночь, Шахразада сказала: «Дошло до меня, о счастливый царь, что волк сказал лисице: «Не говори о том, что тебя не касается: услышишь то, что тебе не понравится». И лисица ответила: «Слушаю и повинуюсь! Я далека от мысли, чтобы говорить то, что тебе не нравится. Ведь сказал мудрец: «Не говори о том, о чем тебя не спрашивают, и не отвечай на то, к чему тебя не зовут. Оставь то, что тебя не касается, для того, что тебя касается, и не расточай дурным людям дружеских советов – они воздадут тебе за это злом».

Однако, когда лисица слушала слова волка, она улыбнулась ему, но затаила против него коварство и подумала: «Я непременно постараюсь быть виновницей гибели этого волка!»

И она терпела от волка обиды и говорила в душе: «Поистине, наглость и клевета будут причиной гибели и ввергнут в сети затруднений. Ведь сказано: «Кто нагл, тот теряет, кто невежда, тот раскаивается, а кто страшится – спасается». Справедливость – черта благородных, и мужество – почетнейшее стяжание. Мне следует быть обходительной с этим злодеем: он неизбежно будет повергнут».

И потом лисица сказала волку: «Господь прощает рабу согрешившему и принимает раскаяние раба своего, если он совершил грехи. Я – слабый раб и, советуя, причинила тебе обиду, но если бы ты знал, какая мне досталась боль от твоего удара, ты бы, наверное, понял, что и слои ее не вынес бы и не мог бы стерпеть. Но я не жалуюсь на боль от этого удара из-за той радости, которую он мне доставил, ибо, хотя он и привел меня к великому страданию, последствия его были похвальны. Сказал мудрец: «Удар учителя сначала очень тяжел, но потом он слаще очищенного меда».

«Я простил твой грех и извинил твою оплошность, – сказал волк. – Остерегайся моей силы и проявляй ко мне рабскую преданность. Ты узнала, как я подчиняю себе тех, кто со мной враждует». И лисица пала ниц перед волком и воскликнула: «Да продлит Аллах твою жизнь, и да подчинишь ты себе тех, кто с тобою враждует!» И она продолжала бояться волка и была с ним обходительна и услужлива.

И однажды лисица пришла к винограднику и увидала в стене брешь. Эта брешь показалась лисе подозрительной, и она сказала: «Поистине, тому, что здесь брешь, наверное, есть причина! Говорится в поговорке: «Кто увидит в земле щель и не отойдет в сторону, опасаясь приблизиться к ней, тот обольщен самим собою и подвергает себя гибели». Известно, что некоторые люди делают в винограднике изображение лисицы и даже ставят перед ним виноград на блюде, чтобы увидала это лисица, и подошла бы к изображению, и попала бы в беду. Я вижу в этой бреши ухищрение, а пословица говорит: «Осторожность – половина ловкости». А осторожность в том, чтобы мне понаблюдать за этой брешью и посмотреть: может быть, я найду возле псе уловку, приводящую к гибели. И пусть не побудит меня жадность ввергнуть себя в погибель».

И лисица подошла к отверстию и осторожно обошла вокруг него, со вниманием его рассматривая. И оказалось, что это большая яма, которую вырыл хозяин виноградника, чтобы ловить туда зверей, которые портят виноградники. И лисица сказала: «Ты получила то, на что рассчитывала!» Она увидала, что яма покрыта чем-то тонким и мягким, и отошла от нее, говоря: «Слава Аллаху, что я ее остереглась, и я надеюсь, что в нее упадет мой враг, волк, который сделал горестной мою жизнь. И тогда виноградник освободится, и я буду в нем одна и независима и заживу там безопасно». И лисица кивнула головой, и громко засмеялась, и произнесла:

> О, если б увидала я вот в этой яме
> волка!
> Он издавна смущал меня, он был
> мне горше яда.
> О, если б этот волк издох, а я жила
> бы долго,

Тогда бы оказалась я хозяйкой
винограда!»

А окончив эти стихи, она пустилась поскорее бежать и, придя к волку, сказала ему: «Аллах облегчил для тебя доступ в виноградник без труда, и это из-за твоего счастья. На здоровье тебе то, что Аллах послал тебе и помог без труда овладеть этой дозволенной добычей и обильным уделом». – «А что указывает на то, о чем ты говоришь?» – спросил волк лисицу. И она ответила: «Я пришла к винограднику, и оказалось, что его владелец умер и его растерзали волки, и я вошла в сад и увидела, что плоды созрели на деревьях».

И волк не усомнился в словах лисицы, и его охватила алчность, и он поднялся и пришел к расщелине, и жадность обманула его. А лисица лежала распластавшись, как мертвая, и она произнесла такой стих:

О да! Увидеть Лейлу – души твоей
стремленье!
Желанья и достойных ввергают в
униженье!

И когда волк пришел к расщелине, лисица сказала ему: «Войди в виноградник, ты избавлен от нужды взбираться и рушить стену сада. Аллаху принадлежит завершение милости!» И волк пошел, желая войти в виноградник, и, дойдя до середины прикрытия над ямой, провалился в нее. И лисица затрепетала от радости и веселья, и прошли ее горести и печали, и она затянула напев и произнесла такие стихи:

Смягчилось время и добрей
событья,
Покинул страх, успех принес
плоды.
И склонна волка серого простить я,
Ему и так не избежать беды.
Я в винограднике одна хозяйка!
И мне теперь попробуй
помешай-ка!

И она поглядела в яму и увидала, что волк плачет, раскаиваясь и печалясь о себе, и заплакала вместе с ним, и тогда волк поднял голову к лисице и спросил ее: «Из жалости ли ко мне ты плачешь, о *Абу аль-Хосейн?*»[66] – «Нет, клянусь тем, кто бросил тебя в эту яму, – ответила лисица. – Я плачу о том, что ты прожил долгую жизнь раньше этого, и печалюсь, что ты не упал в эту яму раньше сегодняшнего дня. И если бы ты упал в нее раньше, чем я с тобой

---

[66] *Абу-Хосейн* – прозвище лисы.

встретилась, я была бы спокойна и не печалилась, но ты был пощажен до определенного срока и известного времени».

И волк сказал как бы шутя: «О поступающий дурно, пойди к моей матушке и расскажи ей, что со мною случилось. Может быть, она придумает, как меня освободить». Но лисица ответила: «Тебя погубила твоя сильная жадность и великая алчность. Ты упал в яму, из которой никогда не спасешься. Разве не знаешь ты, о невежественный волк, что говорит сказавший ходячую поговорку: «Кто не думает о последствиях, тому судьба не друг и не в безопасности он от гибели».

«О Абу аль-Хосейн, – сказал волк, – ты проявила любовь ко мне, и хотела моей дружбы, и боялась моей мощи и силы. Не держи на меня злобы за то, что я с тобой сделал: ведь кто властен и прощает, награда тому у Аллаха. И поэт сказал:

> Твори добро, иного нету долга.
> Расти и пестуй, не жалея сил.
> Добро растет медлительно и долго,
> Но тот в прибытке, кто его
> растил».

Но лиса сказала: «О глупейшее из животных, о дурак среди зверей пустыни, забыл ты, как ты притеснял меня, и был горд, и превозносился? Ты не соблюдал обязанностей дружбы и не внял словам поэта:

> Не обижай! Разумный не
> подъемлет
> Руки для нанесения обид!
> Ты будешь спать, обиженный не
> дремлет,
> И бог тебе сторицей отомстит».

«О Абу аль-Хосейн, – сказал волк, – не взыщи с меня за прежние грехи: прощенья ищут у благородных, и содеяние добра – лучшее из сокровищ. Как прекрасны слова поэта:

> Скорей твори добро – не надо
> ждать,
> Поторопись, ведь можно
> опоздать».

И волк продолжал унижаться перед лисицей и говорил ей: «Может быть, ты можешь чем-нибудь спасти меня от гибели?» Но лисица отвечала ему: «О глупый волк, обольщенный, коварный обманщик, не желай спасения – это воздаяние и месть за твои скверные поступки». И она смеялась, оскалив зубы, и произнесла такие стихи:

Брось обманы, хитрость, ложь,
Ими всюду не возьмешь,
Не исполнишь то, что хочешь:
Что посеешь, то пожнешь.

И волк сказал: «О разумная среди животных, я надеюсь на тебя, ты не оставишь меня в этой яме». И он стал плакать, и жаловаться, и пролил из глаз слезы, и произнес такие два стиха:

О ты, кто столько раз в беде мне
помогал,
Среди превратностей мне руку
подавал!

«О глупый враг, – сказала лисица, – как ты дошел до мольбы, смирения, унижения и покорности после гордости, заносчивости, несправедливости и притеснения? Я дружила с тобой, страшась твоей вражды, и льстила тебе, только желая от тебя милости, а теперь тебя поразило наказание и постигла тебя месть». И она произнесла такое двустишие:

О, стремившийся к обману, стал ты
жертвой тех же ков,
Так вкуси же испытанья и живи
среди волков.

«О разумная, – взмолился волк, – не говори языком враждебных и не взирай их глазами. Будь верна обету дружбы со мною, пока не минует время встречи. Пойди и раздобудь мне веревку и один край ее привяжи к дереву, а другой край спусти ко мне, и я уцеплюсь за веревку и, может быть, спасусь от того, что меня постигло. Я отдам тебе все сокровища, какими обладают мои руки». Но лисица сказала: «Ты уж много раз говорил о том, что не даст тебе спасения. Ты не получишь от меня ничего. Вспомни, какое зло ты совершал прежде и какие затаил обманы и козни. А теперь ты близок к тому, чтобы быть побитым камнями. Знай, что душа твоя покидает этот мир, и оставляет его, и уходит из него, а потом ты отправишься туда, где гибель и обитель зла, и плохое то будет жилище!»

«О Абу аль-Хосеин, – сказал волк, – пусть возвратится наша дружба, и не упорствуй в ненависти и злобе. Знай: кто спас душу от гибели, тот оживил ее, а кто оживил душу, тот как бы оживил всех людей. Не стремись к притеснению – мудрые запрещают это. И нет притеснения более явного, чем то, что я нахожусь в этой яме, глотаю горечь смерти и вижу гибель. Ты можешь освободить меня из сетей затруднения: будь же щедра, освободи меня и сделай мне добро».

«О жестокий и грубый, – сказала ему лисица, – я сравниваю твои хорошие слова и заявления с твоими дурными намерениями и поступками и уподобляю тебя соколу с куропаткой». – «А как это было?» – спросил волк. И лисица сказала: «Однажды я вошла в виноградник, чтобы поесть винограду, и, будучи там, увидела сокола, который ринулся на куропатку, и когда он вцепился в куропатку и поймал ее, куропатка вырвалась от него и, уйдя в свое гнездо, спряталась там. И сокол последовал за ней и крикнул ей: «О глупая, я увидал тебя, голодную, и пожалел тебя, и подобрал тебе зерен в пустыне, и я для того схватил тебя, чтобы ты поела. А ты убежала от меня, и я вижу, что твое бегство принесет тебе только лишения. Покажись же, возьми зерна, которые я тебе принес, и поешь их на здоровье и на пользу».

И, услышав речи сокола, куропатка поверила ему и вылетела, сокол вонзил в нее когти и крепко захватил ее ими.

И куропатка спросила: «Это и есть то, что ты, как говорил, принес мне из пустыни? И ты еще сказал: «Ешь на здоровье и на пользу!» Ты солгал мне. Да сделает Аллах мое мясо, которое ты съешь, убийственным ядом в твоем животе». И когда сокол съел куропатку, у него попадали перья, и силы его ослабели, и он тотчас же умер.

Знай же, – продолжала лисица, – кто роет своему брату яму, скоро сам упадет в нее. Ты обманул меня первый».

И волк отвечал лисе: «Брось говорить такие слова и приводить поговорки и не напоминай мне о скверных делах, которые я делал прежде. Довольно с меня и того дурного, что со мною случилось: я попал в такое место, что меня пожалеет и враг, а не только друг. Придумай же для меня хитрость, чтобы я выбрался отсюда, и окажи мне в этом помощь, а если это тебе трудно, то ведь друг выносит ради друга самый тяжелый труд и подвергает опасности свою душу, чтобы спасти его от гибели. Говорится же: заботливый друг лучше единоутробного брата. И если ты найдешь средство спасти меня и я спасусь, право, я соберу для тебя припасы, которые будут тебе защитою, а потом я научу тебя диковинным хитростям, которыми ты откроешь себе изобильные виноградники и сорвешь плоды плодоносных деревьев. Успокой же душу и прохлади глаза!»

Но лисица сказала ему, смеясь: «Как хорошо, что мудрецы предупредили о таких глупых, подобных тебе!» И волк спросил: «А что же сказали мудрецы?»

И лисица ответила: «Мудрецы говорят, что у кого грубое тело и грубая натура, тот далек от разума и близок к невежеству. А что до твоих слов, о самообольщенный, коварный и грубый, что друг переносит затруднения, чтобы выручить друга, то они правильны, как ты и сказал. Но они показали мне, что ты невежествен и малоумен: как я могу быть тебе другом, когда ты меня обманывал? Как ты считал меня другом, когда я была твоим злорадным врагом? Эти слова страшнее удара стрелой, если ты поразмыслишь. А что касается твоих слов о том, что ты дашь мне припасы, которые будут мне защитой, и научишь меня хитростям, которые приведут меня в плодородные виноградники и помогут мне оборвать плодоносные деревья, то почему, о вероломный обманщик, ты не придумаешь для себя хитрость, чтобы избавиться от гибели?

Как ты далек от того, чтобы быть самому себе полезным, и так я далека от того, чтобы принять твои дружественные слова. Если ты знаешь хитрость, то ухитрись избавить себя от этого дела, от которого я прошу Аллаха тебя подольше не спасать.

Ну подумай же, о глупец: ведь если у тебя есть хитрость, то избавь себя от смерти, а не поучай других. Но ты подобен человеку, которого поразила болезнь и к которому пришел человек, больной такой же болезнью, чтобы лечить его. И пришедший спросил: «Не хочешь ли, я тебя вылечу от твоей болезни?» – а первый сказал ему: «А не начать ли тебе лечение с себя самого», – и пришедший оставил его и ушел. И ты, о глупый волк, такой же. Будь на своем месте и терпи то, что тебя постигло».

Услышав слова лисицы, волк понял, что ему не будет от нее добра, и заплакал о себе, и сказал: «Я не думал о том, что делал, но если Аллах избавит меня от этой горести, я раскаюсь, что притеснял тех, кто слабее меня, и оденусь в *шерстяное рубище*[67] , и поднимусь на гору, поминая Аллаха великого и боясь его наказания, и отстранюсь от всех зверей, и стану кормить бойцов за веру и бедняков».

И он принялся рыдать и плакать, и сердце лисицы смягчилось, и когда она услышала его мольбы и слова, указывающие, что он раскаялся в своих преступлениях и гордости, ее взяла жалость. И лисица быстро поднялась и встала на краю ямы, а потом она села на задние лапы и опустила хвост в яму, и тогда волк поднялся и, протянув лапу к хвосту лисицы, потянул ее к себе, и она оказалась вместе с ним в яме.

«О безжалостная лисица, – сказал тут волк, – как ты могла злорадствовать, раз ты была со мной в дружбе и под моей властью? А теперь ты попала со мной в яму, и наказание спешит к тебе. Сказали мудрецы: «Если кто из вас поносит своего брата за то, что тот вскормлен собачьим молоком, наверное сам отведает его». А как прекрасны слова поэта:

> Когда судьба, не ведая пощады,
> Шлет на людей летучие отряды,
> Скажи злорадствующим: «И на вас
> Придет беда, и вы напрасно рады!»

А смерть на людях – лучшее дело, и я ускорю твою смерть раньше, чем ты увидишь мою смерть».

И лисица сказала себе: «Ах, ах, я попалась вместе с этим

---

67 *Шерстяное рубище* – Одежда из грубой шерсти (суф) – отличительный признак мусульманских аскетов-мистиков. «Надеть шерстяную одежду» – значит стать аскетом. Отсюда «суфизм» – мистическое течение в исламе.

притеснителем, и в таком положении необходимо коварство и обман! Говорят ведь: «Женщина готовит свой убор для дня праздника», – и пословица гласит: «Я приберег тебя, о слезинка, на случай беды!» Если я не изловчусь с этим жестоким зверем, я погибну, несомненно. А как хороши слова поэта:

> Живи обманом – люди ныне
> Подобны страшным львам
> пустыни.
> Всегда пускай коварство в ход,
> И жизнь без горя потечет,
> Достичь успеха попытайся
> Или сухой травой питайся».

И лисица сказала волку: «Не торопись убивать меня – не таково воздаяние мне, и ты раскаешься, о могучий зверь, обладатель мощи и сильной ярости. А если ты подождешь и внимательно рассмотришь то, что я тебе расскажу, ты узнаешь, к какой я стремилась цели. Если же ты поторопишься меня убить, тебе ничего но достанется, и мы оба умрем здесь». – «О коварная обманщица, а чем ты надеешься спасти меня и себя, что просишь отсрочить твою смерть? Осведоми меня и расскажи мне, к какой цели ты стремишься», – воскликнул волк.

И лисица сказала: «Что касается цели, к которой я стремлюсь, то разве тебе не должно воздать мне за нее хорошим: когда я услышала, что ты обещаешь и признаешь свою былую вину и – печалишься о том, что прежде не раскаялся и не делал добра, и узнала, что ты дал обет, если спасешься, не обижать больше друзей и прочих, перестать есть виноград и другие плоды, постоянно быть смиренным, обрезать себе когти и обломать клыки, одеться в шерсть и приносить жертву Аллаху великому, – тогда меня взяла жалость к тебе, так как лучшее слово – самое правдивое.

Я желала твоей гибели, но когда услышала, что ты раскаялся и дал такие обеты, если Аллах спасет тебя, я сочла долгом избавить тебя от твоей беды и спустила к тебе хвост, чтобы ты за него уцепился и спасся бы. Но ты не оставил своей обычной грубости и жестокости и не искал спасенья и мягкости. Ты так потянул меня, что я подумала, что дух из меня вышел, и мы с тобою оказались в обители гибели и смерти. Нас спасет только одна вещь, и если ты согласишься на это, мы с тобою избавимся – и я и ты. А после этого тебе следует выполнить то, что ты обещал, и я буду тебе товарищем».

«А на что я должен согласиться?» – спросил волк, и лисица ответила: «Встань прямо, а я взберусь тебе на голову, так что буду почти вровень с поверхностью земли, и я прыгну и окажусь наверху. И я пойду и принесу тебе что-нибудь, за что ты зацепишься, и тогда ты спасешься». – «Я не доверяю твоим советам, – сказал волк, – так как мудрецы говорили: «Кто ставит доверие на место злобы, делает ошибку, а кто доверяет существу неверному – тот обманут». Кто испытывает уже испытанного, того постигнет раскаяние и пропадут его дни напрасно, а кто не различает разных положений, поступая в каждом из них, как должно, но действует во всех делах одним способом, у того будет мало удачи и многими будут его бедствия. А как хороши слова поэта:

> Подозревай всегда и всех с утра и
> до утра
> И никому не верь: добро не
> принесет добра.

А вот слова другого:

> Подозревай, кого возможно,
> Ходи по свету осторожно,
> Всегда готовь удар врагу,
> Но улыбайся непреложно.

А вот слова третьего:

> Твой близкий друг, – быть может,
> злейший враг!
> Не доверяйся – попадешь впросак!
> Не жди добра, ведь эта жизнь
> жестока,
> И жди из-за угла ударов рока».

И лисица сказала волку: «Подозревать не похвально ни в каком случае, а доверие – черта совершенных, и следствием этого будет спасенье от ужасов. Тебе надлежит, о волк, сделать хитрость, чтобы спастись от того, что тебя постигло, и нам вместе спастись лучше, чем умереть. Оставь дурные мысли и злобу, ибо если ты станешь доверчив, то может быть два исхода: либо я принесу тебе что-нибудь, за что ты зацепишься и спасешься, либо я обману тебя и спасусь, а тебя оставлю. А это невозможно, так как я боюсь подвергнуться тому, чему ты подвергся, и это будет наказание за обман. Говорится ведь в поговорках: «Верность прекрасна, измена дурна». Тебе следует мне довериться, так как мне известно о превратностях судьбы. Не откладывай же и действуй, чтобы освободить нас, – дело слишком затянулось, чтобы вести о нем долгие разговоры».

И волк сказал: «Хоть я и мало доверяю твоей верности, но я понял, что ты задумала и пожелала меня спасти, когда услышала, как я раскаиваюсь. И тогда я сказал себе: «Если она правдива в своих утверждениях, то она исправила то, что сделала скверного, а если она лжет – то воздаяние ей у ее господа». Я соглашусь на то, что ты советуешь, и если ты меня обманешь, то обман будет причиною твоей гибели».

Потом волк встал в яме прямо и, взяв лисицу на плечи, поднял ее вровень с поверхностью земли, и лисица спрыгнула с плеч волка и выскочила на землю, а оказавшись вне ямы, она упала без чувств.

«О мой друг, – сказал волк, – не будь небрежна в моем деле и не откладывай моего избавления».

Но лисица стала смеяться и хохотать и воскликнула: «О ты, обольщенный, я попала тебе в руки только в наказание за шутки и насмешки над тобою: когда я услышала, как ты раскаиваешься, восторг и радость сделали меня мягкосердой, и я стала прыгать и плясать, и мой хвост опустился в яму, и ты потянул меня к себе, и я к тебе упала. А потом Аллах великий спас меня от тебя, и почему мне не помочь твоей гибели, – ты ведь из племени сатаны. Я вчера видела во сне, что пляшу на твоей свадьбе, и рассказала это толкователю снов, а он сказал мне: «Ты попадешь в западню и спасешься из нее». И я поняла, что, когда я попала в твои руки и спаслась, – это было в соответствии с моим сном. И ты знаешь, обольщенный глупец, что я твой враг, так как же ты хочешь, по твоему малоумию и глупости, чтобы я тебя спасла, хотя ты слышал мои грубые речи? И как я буду стараться спасти тебя, когда мудрые сказали: «Смерть нечестивого – отдых людям и очищение земли». Но если бы я не боялась перенести от верности большие страдания, чем страдания от обмана, я бы, наверное, придумала, как спасти тебя».

Услышав слова лисицы, волк укусил себе лапу от раскаяния...»

И Шахразаду застигло утро, и она прекратила дозволенные речи.

Когда же настала ночь, дополняющая до ста пятидесяти, Шахразада сказала: «Дошло до меня, о счастливый царь, что, когда волк услышал слова лисицы, он укусил себе лапу от раскаяния, а затем смягчил свои речи, видя, что это неизбежно, но никакой пользы от этого не было.

И тогда волк сказал лисице тихим голосом: «Вы, племя лисиц, говорите слаще всех и приятнее всех шутите, и это все твои шутки, но не во всякое время хорошо шутить»; а лисица ответила: «О глупец, для шуток есть предел, которого не переходит тот, кто шутит. Не думай, что Аллах отдаст меня тебе, после того как он уже спас меня из твоих рук».

«Тебе следует желать моего спасения из-за нашей прежней братской дружбы, и если ты меня спасешь, я обязательно воздам тебе добром», – сказал волк, и лисица ответила: «Мудрецы говорили: «Не братайся с нечестивым глупцом – он тебя обезобразит, а не украсит, и не братайся с лжецом: если ты проявишь хорошее, он это скроет, а если проявишь злое – разгласит». И сказали мудрецы: «Для всего есть хитрость, кроме смерти, – все можно исправить, кроме испорченной сущности, и все можно отразить, кроме судьбы».

А относительно воздаяния, которое я, ты говоришь, заслужила от тебя, то я сравню тебя по воздаянию со змеей, убежавшей от змеелова. Один человек увидал ее испуганною и спросил: «Что с тобою, о змея?» – и она ответила: «Я убежала от змеелова, и он ищет меня; если ты спасешь меня от него и скроешь меня у себя, я воздам тебе хорошим и сделаю с тобою все доброе».

И человек взял ее, желая награды, жадный до воздаяния, и положил ее за пазуху. А когда змеелов прошел и удалился своей дорогой и то, чего змея боялась, миновало, этот человек сказал ей: «Где награда? Я спас тебя от того, чего ты боялась и остерегалась». И змея отвечала: «Скажи мне, в какой член и в какое место мне тебя ужалить, – ты знаешь, что наше воздаяние не идет дальше этого». И потом она ужалила его один раз, и он умер. И тебя, о глупец, я сравнила с той змеей и человеком. Разве не слышал ты слов поэта:

> Не верь тому, кем ты прощен
> И кто тобою был разгневан.
> Змея мягка, но яд силен:
> Сидит внутри, а не вовне он».

И волк сказал ей: «О красноречивая, о прекрасная лицом, не забывай, кто я и как люди меня боятся. Ты знаешь, что я налетаю на крепости и обрываю виноградники, – сделай же то, что я тебе велел, и стой передо мной, как раб перед господином». Но лисица воскликнула: «О глупый и невежественный, стремящийся к тщетному, я дивлюсь, как ты глуп и тупоголов, раз ты велишь мне тебе служить и стоять перед тобой, точно я твой раб и ты купил меня за деньги. Ты скоро увидишь, что тебя постигнет, – тебе проломят голову камнями и сломают твои предательские зубы».

А потом лисица взошла на холм, возвышавшийся над виноградником, и стала кричать людям в винограднике, и кричала до тех пор, пока не разбудила их. И они заметили лисицу и поспешно, толпой, пришли к ней, и лисица стояла на месте, пока они не приблизились к ней и к яме, где был волк. А потом лисица бросилась бежать, и хозяева виноградника посмотрели в яму и, увидав там волка, принялись бросать в него тяжелые камни и до тех пор били его камнями и палками и кололи зубцами копий, пока не убили.

И когда они ушли, лисица вернулась к яме и остановилась у места убиения волка, и, увидав, что волк мертв, она стала качать головой от сильной радости и произнесла такие стихи:

> Погублен волк по воле рока,
> Его душа уже далеко.
> Абу-Сирхан, меня убить
> Хотел ты, но тому не быть,
> Ты в этой яме, а не я,
> Где веет вихрь небытия.

И лисица осталась в винограднике одна, спокойная, не боясь бедствий, пока не пришла к ней смерть, и вот какова была повесть о волке с лисицей».

«А что касается рассказов о великодушных, то они очень многочисленны, и к ним принадлежит то, что рассказывают о великодушии Хатима ат-Таи[68].

Когда он умер, его похоронили на вершине горы, и у его могилы вырыли два каменных водоема и поставили каменные изображения девушек с распущенными волосами. А под этой горой была текучая река, и когда путники останавливались там, они всю ночь слышали крики, но наутро не находили никого, кроме каменных девушек. И когда остановился в этой долине, уйдя от своего племени, *Зу-ль-Кура*[69], царь химьяритов, он провел там ночь...»

И Шахразаду застигло утро, и она прекратила дозволенные речи.

Когда же настала двести семьдесят первая ночь, она сказала: «Дошло до меня, о счастливый царь, что когда Зу-ль-Кура остановился в этой долине, он провел там ночь. И, приблизившись к тому месту, он услышал крики и спросил: «Что за вопли на вершине этой горы?» И ему сказали: «Тут могила Хатима ат-Таи, и над ней два каменных водоема и изображения девушек из камня, распустивших волосы. Каждую ночь те, кто останавливается в этом месте, слышат эти вопли и крики».

И сказал Зу-ль-Кура, царь химьяритов, насмехаясь над Хатимом ат-Таи: «О Хатим, мы сегодня вечером твои гости, и животы у нас опали».

И сон одолел его, а затем он проснулся, испуганный, и крикнул: «О арабы, ко мне! Подойдите к моей верблюдице!» И, подойдя к нему, люди увидели, что его верблюдица бьется, и зарезали ее, зажарили и поели. А потом спросили царя, почему она пала, и он сказал: «Мои глаза смежились, и я увидел во сне Хатима ат-Таи, который подошел ко мне с мечом и сказал: «Ты пришел к нам, а у нас ничего не было!» И он ударил мою верблюдицу мечом, и если бы вы не подоспели и не зарезали ее, она бы, наверное, околела».

---

68 *Хатим ат-Таи* — герой арабского эпоса, полулегендарный поэт (умер в начале VI в.), прославившийся щедростью. По преданию, велел своей матери продать его в рабство и на полученные деньги купить двух верблюдов, чтобы зарезать их и накормить гостей.

69 *Зу-ль-Кура* — один из полулегендарных царей хпмьяритов – большого южноаравийского племени. Племя химьяритов, образовавшее самостоятельное государство на юге Аравийского полуострова и на восточном побережье Африки, играло важную роль в политической жизни этого района в первые века нашей эры благодаря тому, что территория государства химьяритов пролегала по побережью Красного моря, важнейшему прямому пути в Индию из Средиземного моря.

А когда настало утро, Зу-ль-Кура сел на верблюдицу одного из своих людей, а его посадил позади себя. В полдень они увидели всадника, ехавшего на верблюдице и ведшего на руке другую. «Кто ты?» – спросили его. И он ответил: «Я Ади, сын Хатима ат-Таи. Где Зу-ль-Кура, эмир химьяритов?» – спросил он потом. И ему ответили: «Вот он».

И Ади сказал ему: «Садись на эту верблюдицу, твою верблюдицу зарезал для тебя мой отец». – «А откуда тебе известно это?» – спросил Зу-ль-Кура. «Мой отец явился ко мне сегодня ночью, когда я спал, – ответил Ади, – и сказал мне: «О Ади, Зу-ль-Кура, царь химьяритов, попросил у меня угощения, и я зарезал для него его верблюдицу; догони же его с верблюдицей, на которую он сядет, – у меня ничего не было».

И Зу-ль-Кура взял ее и удивился, сколь великодушен был *Хатим ат-Таи*, живой и мертвый».

Рассказ о халифе Хишаме и юноше

«Рассказывают также, что *Хишам, сын Абд аль-Мелика*[70] ибн Мервана, как-то был на охоте и вдруг увидел газеленка. И он погнался за ним с собаками и, преследуя газеленка, увидал юношу из арабов-кочевников, который нас овец. «О юноша, перед тобой этот газеленок, он убежал от меня», – сказал Хишам, и юноша повернул к нему голову и молвил: «О значения лучших не знающий, ты посмотрел на меня глазом умаляющим и заговорил со мною речью унижающей! Речью притесняющего твоя речь была, а поступки твои – поступки осла». – «Горе тебе, разве ты меня не знаешь?» – воскликнул Хишам. И юноша ответил: «Тебя я узнал, ибо невежей ты себя показал, сказав мне все это прежде привета!» – «Горе тебе – я Хипшам ибн Абд аль-Мелик!» – воскликнул Хишам. И кочевник ответил: «Аллах не приблизь твой родной край и твоей могиле жизни не дай! Как много ты сказал и как мало уважения показал!»

И не закончил халиф своих слов, как воины окружили его со всех сторон и все вместе сказали: «Мир тебе, о повелитель правоверных!» – «Сократите свои речи и стерегите этого юношу!» – сказал Хишам. И юношу схватили. Увидев так много царедворцев, везирей и вельмож царства, он не обратил на них внимания и не спросил про них, но опустил подбородок на грудь и смотрел туда, куда ступала его нога, пока не подошел к Хишаму. И он остановился перед ним, и опустил голову к земле, и молчал, не приветствуя и воздерживаясь от слов. И один из слуг сказал ему: «О собака среди арабов, что мешает тебе пожелать мира повелителю правоверных?»

И юноша обернулся к слуге, гневный, и воскликнул: «О седло для осла, этому препятствует длина пути, и я вспотел, когда пришлось по ступенькам вверх идти!» И Хишам вскричал (а гнев его

---

[70] *Хишам, сын Абд аль-Мелика* – халиф из династии Омейядов (724–743).

увеличился): «О юноша, ты явился в день, когда пришла твоя пора, и одежда от тебя ушла, и жизнь твоя истекла!» – «Клянусь Аллахом, о Хишам, – воскликнул юноша, – если время мое суждено сократить, то срок уже нельзя продлить, и ни малым, ни многим не могут твои речи мне повредить!» – «Или ты достиг такой степени, о сквернейший из арабов, что ты отвечаешь повелителю правоверных на каждое слово словом?» – воскликнул царедворец, и юноша поспешно ответил: «Да поразит тебя наважденье и да не оставит мученье и заблужденье! Или не слышал ты, что сказал Аллах великий: «В тот день, когда придет всякая душа, оспаривая, чтобы защитить себя!» И тут Хишам поднялся, сильно разгневанный, и воскликнул: «Эй, палач, ко мне, с головой этого юноши! Он много говорит о том, чего никто не вообразит!»

И палач взял юношу, и привел его на *ковер крови*[71] , и обнажил меч над его головой, и сказал: «О повелитель правоверных, это твой раб, сам собою кичащийся и к могиле своей стремящийся. Отрублю ли я ему голову, не ответственный за его кровь?» – «Да», – сказал Хишам. И палач спросил у него позволения второй раз, и Хишам ему позволил. И палач спросил позволения в третий раз, и юноша понял, что, если Хишам на этот раз позволит ему, палач его убьет. И он засмеялся, так что стали видны его клыки, и Хишам разгневался еще больше и воскликнул: «О юноша, я думаю, ты помешанный! Не видишь ты разве, что расстаешься с земной жизнью? Как же ты смеешься, издеваясь над собою?»

«О повелитель правоверных, – ответил юноша, – если жизни моей суждено продлиться, то ни малое, ни многое не может мне повредить! Но мне пришли на память стихи, – выслушай их, – убить меня ты успеешь». – «Подавай и будь краток!» – воскликнул Хишам.

И юноша произнес такие стихи:

> Рассказывают: сокол над долиной
> Схватил пичугу хваткой
> соколиной.
> И птичка, зная, что идет к концу,
> Так обратилась к грозному ловцу:
> «Пусти меня, ловец, я так
> ничтожна,
> Что мной тебя насытить
> невозможно!»
> И сокол, возгордись, захохотал
> И птицу бедную терзать не стал.

И Хишам улыбнулся и воскликнул: «Клянусь моим родством с посланником Аллаха, – да благословит его Аллах и да приветствует! – если бы он произнес эти слова в первую же минуту и потребовал чего-нибудь, что меньше халифата, я бы, право, дал это ему! Эй,

---

[71] *Ковер крови* – кожаный коврик, служивший эшафотом.

слуга, набей ему рот драгоценностями и дай ему хорошую награду!»

И слуга дал кочевнику великолепный подарок, и кочевник ушел своей дорогой».

Рассказ о Харуне ар-Рашиде и Ситт-Зубейде

«Рассказывают также, что халиф Харун ар-Рашид любил Ситт-Зубейду великой любовью. Он устроил ей место для прогулок, и сделал там прудик с водой, и поставил изгородь из деревьев, и пустил в пруд воду со всех сторон, и деревья сплелись над ним так, что, если кто-нибудь подходил к этому пруду, чтобы помыться, его никто не видел из-за обилия листьев на деревьях. И случилось, что Ситт-Зубейда пришла однажды к пруду…»

И Шахразаду застигло утро, и она прекратила дозволенные речи.

Когда же настала триста восемьдесят шестая ночь, она сказала: «Дошло до меня, о счастливый царь, что Ситт-Зубейда однажды пришла к пруду и стала смотреть на его красоту, и ей понравилось его сверканье и то, как сплелись над ним деревья. А было это в очень жаркий день, и Ситт-Зубейда сняла одежду, и вошла в пруд, и встала там (а вода не покрывала того, кто стоял в ней) и стала наполнять серебряный кувшин и поливать на себя. И Халиф узнал об этом, и вышел из своего дворца, чтобы подсмотреть за ней из-за листвы деревьев, и увидел ее голую, и было видно у нее то, что бывает закрыто. И когда Ситт-Зубейда услышала повелителя правоверных, который был за листьями деревьев, и поняла, что он видел ее голой, она повернулась и увидала его и, застыдившись, закрылась рукою, но не совсем, и ее тело виднелось из-под руки. И халиф тотчас же повернулся, удивленный этим, и произнес такой стих:

> Погибель очи увидали,
> В разлуке гибну от печали.

И он не знал, что после этого сказать, и послал за *Абу-Новасом*[72], призывая его. И когда поэт к нему явился, халиф сказал: «Скажи стихотворение, которое бы начиналось словами:

> Погибель очи увидали,
> В разлуке гибну от печали».

---

[72] *Абу-Новас* (или Абу-Нувас, 762–813) – знаменитый поэт эпохи Аббасидов. Вокруг имени Абу-Новаса сложился цикл легенд, некоторые из них перешли в сказки других народов, главным образом в африканский фольклор. Легенды об Абу-Новасе очень сходны с народными индийскими рассказами, героем которых является Бирбал (1528–1583) – придворный поэт правителя из так называемой индийской династии «великих моголов» – императора Акбара.

И Абу-Новас сказал: «Слушаю и повинуюсь!» И в следующее мгновенье сымпровизировал и произнес такие стихи:

Погибель очи увидали,
В разлуке гибну от печали.
Тоскую по глазам газели,
Что под деревьями горели.
Вода из светлого сосуда
Лилась, и совершалось чудо.
Увидев нас, она смутилась,
Смутясь, ладонями прикрылась,
Сосуда светлого нежнее.
Как я желал остаться с нею!

И повелитель правоверных улыбнулся словам Абу-Новаса и оказал ему милость, и Абу-Новас ушел от него довольный».

Рассказ о халифе, невольнице и Абу-Новасе[73]

«Рассказывают также, что повелитель правоверных Харун ар-Рашид однажды ночью почувствовал сильное беспокойство. И он пошел пройтись во все стороны по своему дворцу и увидел невольницу, которая покачивалась от опьянения (а халиф был влюблен в эту невольницу и любил ее великою любовью). И он стал с ней играть и привлек ее к себе, и с нее упал плащ, и изар ее развязался. И халиф стал просить ее о сближении, и невольница сказала: «Дай мне отсрочку до завтрашнего вечера, о повелитель правоверных, – я не приготовилась для тебя, так как не знала, что ты придешь». И халиф оставил ее и ушел.

А когда пришел день и засияли огни солнца, он послал к ней слугу, чтобы тот уведомил ее, что халиф идет к ней в комнату, но невольница послала сказать ему: «Слова ночные день уничтожает».

И ар-Рашид сказал своим сотрапезникам: «Скажите мне стих, где бы стояло:

Ночное слово прогоняет день».

И они отвечали: «Слушаем и повинуемся!» И затем выступил вперед *ар-Раккаши*[74] и произнес такие стихи:

---

[73] *Рассказ о халифе, невольнице и Абу-Новасе* . – Совершенно аналогичный рассказ, отличающийся лить поэтической частью, передается о Вирбале.

[74] *Ар-Раккиши* – поэт аббасидской эпохи.

Клянусь Аллахом, если бы ты
знала
Про страсть мою – покой бы
потеряла.
Прийти не хочет, я брожу как тень,
Безумье на меня она наслала,
Сулит и молвит, не смутясь
нимало:
«Ночное слово прогоняет день».

А после этого вышел *Абу-Мусаб* [75] и произнес такие стихи:

Проснулся утром – сердце улетело,
Я беспокоен, я утратил сон.
Я весь в тоске – ты этого хотела?
Я весь в огне, я памятью спален.
И, уыбнувшись, повторил он
снова:
«День прогоняет прочь ночное
слово».

А потом выступил Абу-Новас и произнес такие стихи:

Конец свиданьям, хоть любовь
бессрочна,
Без всякой пользы я открылся ей.
Я увидал ее, хмельную, ночью,
Но и в хмелю она других милей.
Легчайшее скользнуло покрывало,
И от прикосновенья плащ упал,
Уже ее одежда не скрывала –
Ветвь стана и бедра полуовал.
И я промолвил: «Дай мне
обещанье!»
«Приду», – она сказала на
прощанье.
И среди света молвила дневного:
«День прогоняет прочь ночное
слово».

И халиф приказал дать каждому из поэтов по кошельку денег, кроме Абу-Нонаса. Ему он велел отрубить голову и сказал: «Ты был с нами во дворце ночью!» – «Клянусь Аллахом, – ответил Абу-Новас, – я не спал нигде, кроме своего дома, но твои слова указали мне на содержание стихов, и сказал Аллах великий, – а он самый правдивый из говорящих: «А стихотворцы – за ними следуют обманщики; разве

---

[75] *Абу-Мусаб* – поэт и литератор аббасидского времени.

не видишь ты, что они *во всякой долине блуждают*[76] и что говорят они то, чего не делают?»

И халиф простил его и велел ему выдать два кошелька денег, и потом поэты ушли от него».

Рассказ о Хасибе и царице змей[77]

«Рассказывают также, что был в древние времена и минувшие века и годы мудрец из мудрецов греческих, и было этому мудрецу имя Данияль. И были у него ученики и последователи, и греческие мудрецы подчинялись его велению и полагались на его знания. Но при всем том не досталось Даниялю ребенка мужеского пола.

И когда он, в одну ночь из ночей, размышлял про себя и плакал из-за отсутствия сына, который бы наследовал после него его науку, вдруг пришло ему на ум, что Аллах (слава ему и величие!) внимает зову тех, кто к нему обращается, и что нет у врат его милости привратника. Он наделяет, кого хочет, без счета и не отталкивает просящего, когда он его просит, а, напротив, дает ему в изобилии и благо и милость. И попросил Данияль Аллаха великодушного (велик он!), чтобы дал он ему ребенка, которого мог бы он оставить после себя, и оказал бы ему обильные милости, а затем он вернулся к себе домой и познал свою жену, и понесла она от него в ту же ночь...»

И Шахразаду застигло утро, и она прекратила дозволенные речи.

Когда же настала четыреста восемьдесят третья ночь, она сказала: «Дошло до меня, о счастливый царь, что греческий: мудрец вернулся к себе домой и познал свою жену, и понесла она от него в ту же ночь. А потом, через несколько дней, он поехал на корабле в какое-то место, и корабль разбился, и пропали его книги в море, а сам он выплыл на доске от этого корабля. И было с ним пять листков, оставшихся от тех книг, что упали в море; и, вернувшись домой, он положил эти листки в сундук и запер их.

А беременность его жены стала видна, и сказал ей Данияль: «Знай, что подошла ко мне кончина и близко переселение из мира

---

[76] ... *во всякой долине блуждают*... — Слова, взятые из Корана. Пророк Мухаммед протестовал против того, чтобы его называли поэтом, и не раз выступал с осуждением поэтов, всячески подчеркивая свою «непричастность к поэзии».

[77] *Рассказ о Хасибе и царице змей* . — В этой повести, представляющей собой так называемый «народный роман», имеется ряд обычных сказочных сюжетов — чудесное рождение, чудесное обогащение, предательство друзей, оставляющих герои в подземелье. Имеются также характерные для фольклорных произведений анахронизмы: библейский пророк Даниил назван «Греческим мудрецом» и так далее.

преходящего в мир вечный. Ты носишь и, может быть, родишь после моей смерти дитя мужеского пола. Когда ты его родишь, назови его Хасиб Карим ад-Дин и воспитай его наилучшим образом. А когда он вырастет и спросит тебя: «Какое оставил мне мой отец наследство?» – отдай ему эти пять листков. Когда он прочтет их и поймет их смысл, он станет ученейшим человеком своего времени».

Затем Даниял простился со своей женой, и издал вопль, и расстался со здешним миром и тем, что есть в нем (да будет над ним милость Аллаха великого!). И заплакали о нем его родные и друзья, и омыли его, и сделали ему великолепный вынос, и закопали его, и вернулись. А затем, через немного дней, его жена родила красивого ребенка и назвала его Хасиб Карим ад-Дин, как завещал ей ее муж. И когда она его родила, к ней привели звездочетов, и звездочеты высчитали его *гороскоп*[78] и определили, какие звезды в восхождении, и сказали: «Знай, о женщина, этот новорожденный проживет много дней, но будет это после беды, которая с ним случится в начале жизни. Если он от нее спасется, ему будет дано после этого знание мудрости».

Рассказ о Хасибе и царице змей

И затем звездочеты ушли своей дорогой, а мать кормила сына молоком два года и отлучила его, и когда он достиг пяти лет, она

---

[78] *Гороскоп* . – Для арабо-мусульманской науки было характерно увлечение астрономией. Параллельно развивалась и астрология. Каждый феодальный правитель имел придворного астролога и без составления гороскопа не предпринимал никакого важного дела.

поместила его в школу, чтобы он чему-нибудь научился. Но мальчик не научился ничему, и она взяла его из школы и поместила учиться ремеслу; но он не научился никакому ремеслу, и ему не давалась никакая работа. И его мать плакала из-за этого, и люди сказали ей: «Жени его: быть может, он, заботясь о жене, примется за ремесло».

И мать Хасиба просватала ему одну девушку и женила его на ней, и он провел так некоторое время, но не брался ни за какое ремесло. А у них были соседи – дровосеки; и они пришли к его матери и сказали: «Купи твоему сыну осла, веревку и топор, и он пойдет с нами на гору, и мы с ним будем рубить дрова; плата за дрова будет ему и нам, и он потратит на вас часть того, что достанется ему на долю».

И, услышав это от дровосеков, мать Хасиба сильно обрадовалась. Она купила своему сыну осла, веревку и топор и, взяв Хасиба, отправилась с ним к дровосекам и отдала его им, поручив им о нем заботиться. «Не обременяй себя заботой об этом юноше, – сказали ей дровосеки, – господь наш наделит его: это сын нашего шейха».

И затем они взяли его с собой, и отправились на гору, и стали рубить дрова, и нагрузили своих ослов, и вернулись в город. Они продали дрова и израсходовали деньги на свои семейства, и потом они возвращались рубить дрова на второй день и на третий день и делали это в течение некоторого времени.

И случилось так, что они отправились в какой-то день рубить дрова, и пошел сильный дождь, и они убежали в большую пещеру, чтобы укрыться там от дождя. И Хасиб Карим ад-Дин ушел от них и сидел один в той пещере, и стал он ударять по земле топором. И он услышал из-под топора, по звуку, что земля пустая, и, поняв, что под землей пусто, принялся копать и через некоторое время увидел круглую плиту, в которой было кольцо. И, увидав это, Хасиб обрадовался и позвал своих товарищей дровосеков...»

И Шахразаду застигло утро, и она прекратила дозволенные речи.

Когда же настала четыреста восемьдесят четвертая ночь, она сказала: «Дошло до меня, о счастливый царь, что Хасиб Карим ад-Дин, увидев плиту, в которой было кольцо, обрадовался и позвал своих товарищей дровосеков. И они пришли и увидели эту плиту и, поспешив к ней, вырвали ее и нашли под ней дверь. И они открыли дверь, бывшую под плитой, и вдруг оказалось, что это колодец, наполненный медом пчел. И дровосеки сказали один другому: «Вот колодец, наполненный медом, и нам остается только пойти в город, принести бурдюки и наполнить их этим медом. Мы продадим его и разделим его стоимость, а один из нас посидит около меда, чтобы стеречь его от других людей». – «Я посижу и постерегу его, пока вы сходите и принесете бурдюки», – сказал Хасиб.

И они оставили Хасиба Карим ад-Дина стеречь колодец и ушли в город. И они принесли бурдюки, и наполнили их медом, и, нагрузив ослов, вернулись в город, и продали мед, а потом они снова пришли к колодцу, во второй раз, и делали так в течение некоторого времени. Они ночевали в городе, возвращались к колодцу и наполняли бурдюки медом, а Хасиб Карим ад-Дин сидел и стерег колодец. И дровосеки в один из дней сказали друг другу: «Нашел-то колодец с медом Хасиб, и завтра он пойдет в город, пожалуется на нас и возьмет плату за мед и скажет: «Это я нашел мед». Мы избавимся от этого, только если спустим его в колодец, чтобы он наложил в бурдюки мед, который там еще есть, и оставим его там; он умрет в тоске, и никто о нем не узнает».

И все они сговорились об этом деле, и пошли, и шли до тех пор, пока не пришли к колодцу, и тогда они сказали Хасибу: «О Хасиб, спустись в колодец и собери нам мед, который там остался». И Хасиб спустился в колодец, и собрал оставшийся там мед, и крикнул: «Тащите меня, здесь ничего не осталось!» Но никто из дровосеков не дал ему ответа; они нагрузили ослов и поехали в город, оставив Хасиба одного в колодце. И он стал звать на помощь и плакать, восклицая: «Нет мощи и силы, кроме как у Аллаха, высокого, великого! Я умру в тоске!»

Вот что было с Хасибом Каримом. Что же касается дровосеков, то, достигнув города, они продали мед и пошли, плача, к матери Хасиба и сказали ей: «Твой сын Хасиб приказал долго жить!» – «Отчего же он умер?» – спросила она. И дровосеки сказали: «Мы сидели на горе, и вдруг пошел сильный дождь, и мы приютились в пещере, чтобы укрыться там от дождя. И не успели мы опомниться, как осел твоего сына убежал в долину, и Хасиб пошел за ним, чтобы вернуть его из долины, а там был большой волк, и он растерзал твоего сына и съел осла».

И, услышав слова дровосеков, мать Хасиба стала бить себя по лицу и сыпать землю себе на голову и принялась оплакивать своего сына, а дровосеки приносили ей каждый день еду и питье.

Вот что было с матерью Хасиба, а что касается дровосеков, то они пооткрывали лавки и стали купцами и не переставая ели, пили, смеялись и играли. Что же касается Хасиба Карим ад-Дина, то он начал плакать и рыдать, и когда он сидел в колодце, будучи в таком состоянии, вдруг упал на него большой скорпион. И Хасиб поднялся и убил скорпиона, и потом он подумал про себя и сказал: «Этот колодец был наполнен медом; откуда же пришел этот скорпион?» И он встал, чтобы осмотреть то место, откуда упал скорпион, и стал поворачиваться в колодце направо и налево и увидал, что из того места, откуда упал скорпион, блистает свет. И Хасиб вынул бывший у него нож и расширил это отверстие, так что оно стало размером с окно. И тогда он вышел через него и шел некоторое время внутри колодца.

И он увидал большой проход, и прошел по нему, и увидал большую дверь из черного железа, на которой был серебряный замок, а в замке – ключ из золота. И Хасиб подошел к двери, и посмотрел в щели, и увидал великий свет, блиставший из-за двери. И он взял ключ, и отпер дверь, и вошел внутрь помещения, и, пройдя немного, дошел до большого бассейна, и увидел, что в этом бассейне что-то блещет, точно вода. И он шел до тех пор, пока не достиг того, что блестело. И увидел он большой холм из зеленого топаза, а на холме было поставлено золотое ложе, украшенное различными драгоценными камнями...»

И Шахразаду застигло утро, и она прекратила дозволенные речи.

Когда же настала четыреста восемьдесят пятая ночь, она сказала: «Дошло до меня, о счастливый царь, что когда Хасиб Карим ад-Дин подошел к холму, он увидел, что холм состоит из зеленого топаза и на нем поставлено золотое ложе, украшенное различными драгоценными камнями, а вокруг этого ложа стоят скамеечки: некоторые из серебра, а некоторые из зеленого изумруда. И, подойдя к этим скамеечкам, Хасиб вздохнул, и стал их считать, и увидел, что скамеек двенадцать тысяч. И он поднялся на ложе, поставленное посреди этих скамеечек, и сел на него, и принялся дивиться на этот бассейн и поставленные скамеечки, и дивился до тех пор, пока его не одолел сон.

И он проспал немного и вдруг услышал шипение, и свист, и великий шум; тогда он открыл глаза и сел и увидал на скамеечках больших змей, каждая из которых была длиной в сто локтей. И его охватил из-за этого великий испуг, и у него высохла слюна от сильного страха, и отчаялся он в том, что будет жив, и сильно испугался. И увидел он, что глаза каждой змеи горят, как уголья, и змеи сидят на скамеечках; а обернувшись к бассейну, он увидел в нем маленьких змей, число которых знает лишь Аллах великий. И через некоторое время подошла к Хасибу большая змея, точно мул, и на спине у нее было золотое блюдо, а посреди блюда лежала змея, сиявшая, как хрусталь, и лицо у нее было человеческое, и говорила она человеческим языком.

И, приблизившись к Хасибу Карим ад-Дину, змея приветствовала его, и он ответил на ее приветствие; и тогда подошла к блюду змея из тех змей, что были на скамеечках, и, подняв змею, бывшую на блюде, посадила ее на одну из скамеечек. А затем та змея крикнула на змей на их языке, и все змеи упали со своих скамеечек и поклонились ей, и тогда она сделала им знак сесть, и они сели. А та змея сказала Хасибу Карим ад-Дину: «Не бойся нас, о юноша! Я – царица змей и их султанша».

И когда Хасиб услышал от змеи эти слова, его сердце успокоилось. Потом та змея приказала змеям принести какой-нибудь еды, и они принесли яблок, винограду, гранатов, фисташек, лесных и грецких орехов, миндалю и бананов и поставили это перед Хасибом Карим ад-Дином. «Добро пожаловать, о юноша! – сказала ему тогда царица змей. – Как твое имя?» – «Мое имя – Хасиб Карим ад-Дин», – ответил юноша. И царица змей сказала:

«О Хасиб, поешь этих плодов, у нас нет других кушаний, и не

бойся нас совершенно!»

И, услышав от змеи такие слова, Хасиб поел досыта и восславил Аллаха великого. А когда он насытился едою, трапезу убрали, и царица змей сказала ему: «Расскажи мне, о Хасиб, откуда ты сам, откуда ты пришел в это место и что с тобой случилось?»

И Хасиб рассказал ей обо всем, что случилось с его отцом, и как мать родила его и поместила в школу, когда ему было пять лет, и он ничему не научился из наук, и как она отдала его учиться ремеслу, и купила ему осла, и сделала его дровосеком, и как он нашел медовый колодец и его товарищи-дровосеки оставили его в колодце и ушли, а на него упал скорпион, и он убил его и расширил то отверстие, из которого скорпион упал, и вышел из колодца, и пришел к железной двери, и открыл ее, и шел, пока не дошел до царицы змей, с которой он разговаривает. «Вот мой рассказ с начала до конца, – сказал он потом, – и Аллах великий лучше знает, что случится со мной после всего этого».

И, услышав рассказ Хасиба Карим ад-Дина с начала до конца, царица змей сказала: «С тобой не случится ничего, кроме всяческого блага…»

И Шахразаду застигло утро, и она прекратила дозволенные речи.

Когда же настала четыреста восемьдесят шестая ночь, она сказала: «Дошло до меня, о счастливый царь, что царица змей, услышав рассказ Хасиба Карим ад-Дина с начала до конца, сказала ему: «С тобой не случится ничего, кроме всяческого блага, но я хочу от тебя, о Хасиб, чтобы ты посидел со мной некоторое время, пока я расскажу тебе мою историю и поведаю, какие случались со мною чудеса». – «Слушаю и повинуюсь тому, что ты мне приказываешь!» – сказал Хасиб.

И тогда царица змей молвила: «Знай, о Хасиб, что был в городе *Мисре*[79] царь из сынов Исраиля, и был у него сын, по имени *Булукия*[80]. И был этот царь знающий, благочестивый, согнувшийся над богословскими книгами, которые он читал; и когда он ослаб и приблизился к смерти, пришли к нему вельможи его царства, чтобы приветствовать его, и сели подле него и приветствовали его, и он сказал: «О люди, знайте, что приблизилось мое отбытие из здешнего

---

[79] *Миср* (Маср) – арабское название Египта. Маср также на египетском диалекте – столица страны город Каир. В данном случае наблюдается обычное сказочное несоответствие – в Египте правит царь из сынов Израиля (то есть иудей).

[80] *Булукия* – мифический герой, упоминание о котором встречается в других памятниках арабского фольклора. Булукии странствует в поисках Мухаммеда и «истинной веры», – очень распространенный в позднесредневековом арабском фольклоре мотив «предтечи».

мира в жизнь последнюю, и мне нечего вам поручить, кроме моего сына Булукии. Заботьтесь же о нем. – А затем воскликнул:- Свидетельствую, что нет бога, кроме Аллаха!» – и издал вопль и расстался со здешней жизнью (милость Аллаха над ним!). И его обрядили, и обмыли, и похоронили, устроив ему великолепный вынос, и сделали его сына Булукию султаном, и был сын царя справедлив к подданным, и отдохнули люди в его время.

И случилось в один из дней, что он отпер казнохранилища своего отца, чтобы пройтись по ним, и, открыв одно из этих казнохранилищ, он увидел там подобие двери. И он отпер эту дверь и вошел, и вдруг оказалось, что за дверью маленькая комнатка и в комнатке столб из белого мрамора, а на столбе – эбеновый сундук. И Булукия взял его и открыл, и нашел в нем другой сундук, из золота, и, открыв его, он увидел в нем книгу. И он раскрыл книгу, и прочитал ее, и нашел в ней описание Мухаммеда (да благословит его Аллах и да приветствует!), и узнал, что Мухаммед будет послан в конце времен, и будет он господином древних и нынешних народов.

И когда прочитал Булукия эту книгу и узнал качества господина нашего Мухаммеда (да благословит его Аллах и да приветствует!), к сердцу его привязалась любовь к Мухаммеду. А после этого Булукия собрал вельмож сынов Исраиля, кудесников, раввинов и монахов, и осведомил их об этой книге, и прочитал ее им, и сказал: «О люди, мне должно вынуть моего отца из могилы и сжечь его!» И сказали ему его люди: «Почему ты сожжешь его?» И ответил Булукия: «Потому что он скрыл от меня эту книгу и не показал ее мне, а он извлек содержание ее из торы и свитков Ибрахима. Он положил эту книгу в казнохранилище и не осведомил о ней ни одного человека». И сказали ему: «О царь наш, отец твой умер, и он теперь во прахе, и дело его вручено его господу. Не вынимай же его из могилы».

И, услышав такие слова от вельмож сынов Исраиля, понял Булукия, что они не дадут ему власти над его отцом, и оставил он их, и вошел к своей матери, и сказал ей: «О матушка, я увидал в казне моего отца книгу с описанием Мухаммеда (да благословит его Аллах и да приветствует!), а это – пророк, который будет послан в конце времен, и привязалась к моему сердцу любовь к нему. Я хочу странствовать по землям, чтобы встретиться с ним, и если я с ним не встречусь, то умру от тоски и любви к нему». Потом он сиял свои одеяния, и надел плащ и обувь невольников, и сказал: «Не забывай меня, о матушка, в молитвах!» И его мать заплакала и сказала: «Каково будет нам после тебя?» А Булукия ответил: «У меня не осталось совсем терпения, и я вручил твое и мое дело Аллаху великому».

И пошел он странствовать, направляясь в Сирию (а никто из его людей не знал о нем), и шел, пока не достиг берега моря. И он увидел корабль и сел на него вместе с другими путниками, и корабль шел, пока они не подошли к одному острову. И едущие сошли с корабля на этот остров, и Булукия сошел с ними, а затем он отдалился от них на острове и сел под дерево, и его одолел сон. И он заснул, и пробудился от сна, и пошел к кораблю, чтобы сесть на него, и увидел, что корабль уже снялся с якоря. *И увидал он на этом острове змей, подобных верблюдам или пальмам, и они поминали Аллаха*[81] (велик он и славен!) и молились о Мухаммеде (да благословит его Аллах и да приветствует!), крича: «Нет бога, кроме Аллаха! Хвала Аллаху!» И когда увидел это Булукия, он удивился до крайности…»

И Шахразаду застигло утро, и она прекратила дозволенные речи.

Когда же настала четыреста восемьдесят седьмая ночь, она сказала: «Дошло до меня, о счастливый царь, что, когда Булукия увидел змей, кричавших: «Хвала Аллаху! Нет бога, кроме Аллаха!» – он удивился этому до крайности. А змеи, увидев Булукию, собрались вокруг него, и одна из них спросила: «Кто ты будешь, откуда ты пришел, как твое имя и куда ты идешь?» И Булукия отвечал ей: «Мое имя Булукия, я из сынов Исраиля, и пошел я странствовать из-за любви к Мухаммеду (да благословит его Аллах и да приветствует!) и разыскиваю его. А кто такие будете вы, о благородные твари?» И змеи ответили ему: «Мы из жителей геенны, и создал нас Аллах великий в наказание нечестивым». – «А что привело вас в это место?» – спросил Булукия. И змеи сказали ему: «Знай, о Булукия, геенна так сильно кипит, что вздыхает в год два раза: раз зимою и раз летом, и знай, что великий жар происходит от сильных испарений ее. И когда она выгоняет воздух, то выбрасывает нас из своей утробы, а когда она втягивает воздух, то возвращает нас туда». – «А есть в геенне змеи больше вас?» – спросил Булукия. И ему сказали: «Мы выходим с дыханием геенны только из-за нашей малости; в геенне все змеи такие, что, если бы самая большая из нас подошла к их носу, они бы нас не почуяли». – «Вы поминаете Аллаха и молитесь о Мухаммеде, – сказал им Булукия, – откуда вы знаете Мухаммеда (да благословит его Аллах и да приветствует!)? «О Булукия, – сказали змеи, – *имя Мухаммеда написано на воротах рая*[82], и если бы не он, не сотворил бы Аллах ни тварей, ни рая, ни огня, ни неба, ни земли, ибо Аллах сотворил все сущее только из-за Мухаммеда (да благословит его

---

[81] *И увидал… змей… и они поминали Аллаха…* – Обычный мотив средневекового арабского фольклора, на возникновение которого повлияли экзотические сведения, взятые из различных космогонии, главным образом из средневековых авторов аль-Масуди (X в.) и аль-Казвини (XIII в.).

[82] *…имя Мухаммеда… на воротах рая.* – Мусульманская мифология создавалась главным образом в период позднего средневековья, когда широкое распространение получили не только в литературных памятниках, но и в фольклоре жанры видений, схождений в ад, сказания о «хрустальной земле» праведников и так далее.

Аллах и да приветствует!) и сочетал его имя со своим во всяком месте. Из-за этого мы и любим Мухаммеда (да благословит его Аллах и да приветствует!)».

И когда Булукия услышал от змей эти слова, увеличилась его страсть и любовь к Мухаммеду (да благословит его Аллах и да приветствует!) и усилилась его тоска по нем, а затем Булукия простился со змеями и шел до тех пор, пока не достиг берега моря.

И он увидел корабль, ставший на якорь рядом с островом, и сел на него вместе с едущими, и корабль ушел с ними, и они ехали до тех пор, пока не достигли другого острова. И Булукия вышел, на этот остров, и прошел немного, и увидел на нем змей, больших и маленьких, число которых знает лишь Аллах великий, и среди них была белая змея, белее хрусталя, которая сидела на золотом блюде, и блюдо это находилось на спине змеи, подобной слону. А белая змея была царицей змей, и это – я, о Хасиб».

И Хасиб спросил царицу змей и сказал ей: «Какой разговор был у тебя с Булукией?» И змея сказала: «О Хасиб, знай, что, увидав Булукию, я приветствовала его, и он ответил на мое приветствие, и тогда я спросила его: «Кто ты, каково твое дело, откуда ты пришел, куда ты идешь и как твое имя?» – «Я из сынов Исраиля, – ответил он, – мое имя – Булукия, и я странствую из-за любви к Мухаммеду (да благословит его Аллах и да приветствует!) и разыскиваю его. Я видел описание его достоинств в ниспосланных книгах». Потом Булукия спросил меня и сказал: «Что ты такое, каково твое дело и что это за змеи, которые вокруг тебя?» И я ответила: «О Булукия, я – царица змей, и когда ты встретишься с Мухаммедом (да благословит его Аллах и да приветствует!), передай ему от меня привет!»

И потом Булукия простился со мной, и сел на корабль, и ехал до тех пор, пока не достиг Иерусалима. А в Иерусалиме был один человек, который овладел всеми науками и основательно изучил геометрию, астрономию, счисление, магию и науку о духах. Он читал *тору, Евангелие, псалмы и свитки Ибрахима*[83] , и звали его *Аффан*[84] , и он нашел в одной из своих книг, что всякому, кто наденет перстень господина нашего Сулеймана, подчинятся люди, джинны, птицы, звери и все твари, а в какой-то книге он видел, что, когда скончался господин наш Сулейман, его положили в гроб и проехали с ним по семи морям, а перстень был у него на пальце, и никто из людей и джиннов не мог взять этот перстень, и ни один из едущих на кораблях не мог проехать к этому месту...»

И Шахразаду застигло утро, и она прекратила дозволенные

---

83 *Тора и свитки Ибрагима* (Авраама). – Так мусульмане называли священные книги иудеев.

84 *Аффан* — мифический персонаж, вошедший в арабскую средневековую литературу и фольклор как «предтеча», возвещающий о появлении новой веры ислама и ее пророка Мухаммеда.

речи.

Когда же настала четыреста восемьдесят восьмая ночь, она сказала: «Дошло до меня, о счастливый царь, что Аффан нашел в какой-то книге, что никто из людей и джиннов не мог снять перстень с пальца господина нашего Сулеймана и никто из едущих на кораблях не мог проехать на корабле по семи морям, по которым провезли гроб Сулеймана. И он нашел еще в какой-то книге, что среди трав есть такая трава, что всякий, кто возьмет ее немного, и выжмет, и возьмет ее сок, и намажет им ноги, – пройдет по любому морю, которое создал Аллах великий, и его ноги не промокнут. Но никто не сможет достать эту траву, если с ним не будет царицы змей.

И когда Булукия пришел в Иерусалим, он сел в одном месте, поклоняясь Аллаху великому, и, когда он так сидел и поклонялся Аллаху, вдруг подошел к нему Аффан и приветствовал его. И юноша ответил на его приветствие, и Аффан посмотрел на Булукию и увидел, что тот читает тору, сидя и поклоняясь Аллаху великому. И Аффан подошел к нему и спросил: «О человек, как твое имя, откуда ты пришел и куда идешь?» И юноша ответил ему: «Мое имя – Булукия, я из города Мисра, и я вышел странствовать, ища Мухаммеда (да благословит его Аллах и да приветствует!)». – «Идем со мною в мое жилище, я приму тебя как гостя», – сказал Аффан Булукии. И юноша ответил: «Слушаю и повинуюсь!»

И тогда Аффан взял Булукию за руку, и привел его в свое жилище, и оказал ему крайний почет, а затем он сказал ему: «Расскажи мне, о брат мой, твою историю, и откуда ты узнал о Мухаммеде (да благословит его Аллах и да приветствует), и как охватила любовь к нему твое сердце и ты отправился его искать. Кто указал тебе эту дорогу?» И Булукпя рассказал ему свою историю с начала до конца.

И когда Аффан услышал его слова, разум едва его не покинул, и он удивился до крайней степени. А потом Аффан сказал Булукии: «Сведи меня с царицей змей, и я сведу тебя с Мухаммедом (да благословит его Аллах и да приветствует!). Время посольства Мухаммеда (да благословит его Аллах и да приветствует!) отдаленно, а когда мы овладеем царицей змей, мы посадим ее в клетку и пойдем с ней за травами, которые в горах. Всякая трава, мимо которой мы пройдем, когда царица змей будет с нами, заговорит и расскажет нам о своих полезных свойствах, по могуществу Аллаха великого. Я нашел у себя в книгах, что среди трав есть такая трава, что всякий, кто возьмет ее, и растолчет, и возьмет ее сок, и помажет им ноги, пройдет по любому морю, которое создал Аллах великий, и ноги у него не промокнут. Когда мы захватим царицу змей, она укажет нам эту траву, и, найдя ее, мы ее возьмем, и растолчем, и возьмем ее сок, а затем мы отпустим змею идти своей дорогой. Мы помажем этим соком ноги, и пройдем по семи морям, и достигнем места погребения господина нашего Сулеймана, и снимем у него с пальца перстень, и будем управлять, как управлял наш господин Сулеймаи, и достигнем своей цели. А после этого мы войдем в *Море мрака*[85] и напьемся *воды жизни*[86], и Аллах отсрочит нашу смерть до конца времени, и мы встретимся с господином нашим Мухаммедом (да благословит его Аллах и да приветствует!)».

И, услышав от Аффана такие слова, Булукия сказал: «О Аффан я сведу тебя с царицей змей и покажу тебе, где ее место». И Аффан поднялся, и сделал железную клетку, и захватил с собою два кубка, один из которых он наполнил вином, а другой наполнил молоком. И Аффан с Булукией шли в течение дней и ночей, пока не достигли острова, на котором находилась царица змей. А потом Аффан и Булукия вышли на этот остров и прошли немного, и Аффран поставил клетку, и установил в ней силки, и поставил туда кубки, наполненные вином и молоком. А потом они удалились от клетки и сидели спрятавшись некоторое время, и царица змей подошла к клетке и приблизилась к кубкам. И она всматривалась в них некоторое время и, почуяв запах молока, слезла со спины той змеи, на которой сидела, сползла с блюда и, войдя в клетку, подошла к кубку, в котором было вино, и отпила из него. И когда она отпила из этого кубка, у нее закружилась голова, и она заснула.

И, увидав это, Аффан подошел к клетке и запер в ней царицу змей, и они с Булукией взяли ее и пошли. Когда же царица змей очнулась, она увидала себя в железной клетке, стоявшей на голове человека, а рядом с человеком был Булукия. И, увидав Булукию, царица змей воскликнула: «Таково-то воздаяние тем, кто не обижает сынов Адама». И Булукия дал ей ответ и сказал: «Не бойся нас, о царица змей, мы ничем тебя не обидим, но мы хотим, чтобы ты провела нас к одной траве среди трав: всякий, кто возьмет ее, и растолчет, и извлечет из нее сок, и помажет им ноги, пройдет по любому морю, которое создал Аллах великий, и ноги у него не промокнут. Когда же мы найдем эту траву, мы возьмем ее, и вернемся с тобой на твое место, и отпустим тебя идти твоей дорогой».

Потом Аффан и Булукия пошли с царицей змей к горам, на которых росли травы, и обошли там все травы, и всякая трава начинала говорить и рассказывать о том, что в ней полезно, по изволению Аллаха великого. И когда они были заняты этим делом и травы говорили и справа и слева и рассказывали им о том, что у них полезно, вдруг одна трава заговорила и сказала: «Я такая трава, что всякий, кто возьмет меня, и растолчет, и возьмет мой сок, и помажет им йоги, пройдет по любому морю, которое сотворил Аллах великий, и ноги у него не промокнут».

И, услышав слова травы, Аффан снял с головы клетку, и они

---

[85] *Море мрака* . – Так мусульманские географы называли северную часть Атлантического океана.

[86] *Вода жизни* . – Обычный сказочный мотив, распространенный в мировом фольклоре.

набрали этой травы достаточно, и истолкли ее, и выжали, и, собрав ее сок, налили его в две стеклянные бутылки, которые спрятали, а тем, что осталось, они помазали себе ноги. Потом Булукия и Аффан взяли царицу змей и шли с ней в течение ночей и дней, пока не достигли того острова, на котором она была раньше. И Аффан открыл двери клетки, и царица вышла из нее, а выйдя, она спросила: «Что вы будете делать с этим соком?»

«Мы хотим, – сказали они ей, – помазать им ноги, чтобы перейти через семь морей и достигнуть места погребения господина нашего Сулеймана и снять у него с пальца перстень». – «Не бывать тому, чтобы вы могли взять перстень!» – воскликнула царица змей.

«А почему?» – спросили они. И она сказала: «Потому что Аллах великий сделал Сулейману милость, даровав ему этот перстень, и он выделил его этим потому, что Сулейман сказал: «Господи, подари мне власть, которая не подобает никому после меня: поистине, ты ведь даритель!» Зачем вам этот перстень? Если бы вы взяли такой травы, что всякий, кто ее поест, не умрет до *первого дуновения*[87] (а эта трава есть среди тех трав), она, право, была бы для вас полезней, чем та трава, которую вы взяли, так как вы не достигнете через нее вашей цели», – сказала она потом. И, услышав ее слова, Аффан и Булукия раскаялись великим раскаянием и ушли своей дорогой…»

И Шахразаду застигло утро, и она прекратила дозволенные речи.

Когда же настала четыреста восемьдесят девятая ночь, она сказала: «Дошло до меня, о счастливый царь, что, когда Булукия и Аффан услышали слова царицы змей, они раскаялись великим раскаянием и ушли своей дорогой.

Вот что было с ними. Что же касается царицы змей, то она пришла к своим войскам и увидела, что блага у них пропали и сильные у них ослабли, а слабые умерли. И когда змеи увидели свою царицу среди них, они обрадовались, и столпились вокруг нее, и спросили: «Что с тобой случилось и где ты была?» И она рассказала им обо всем, что случилось у нее с Аффаном и Булукией. А после этого она собрала свои войска и отправилась с ними на гору Каф, так как зиму она проводила там, а лето в том месте, где ее увидел Хасиб Карим ад-Дин.

После этого змея сказала: «О Хасиб, вот моя повесть и то, что со мной случилось». И Хасиб изумился словам змеи, а потом он сказал: «Я хочу от твоей милости, чтобы ты приказала одному из твоих помощников вывести меня на лицо земли, я пойду к моим родным». – «О Хасиб, – сказала змея, – нет для тебя ухода от нас, пока не наступит зима; тогда ты отправишься с нами на гору Каф и посмотришь там на холмы, пески, деревья и птиц, которые

---

[87] *Первое дуновение* (трубы). – Согласно мусульманской мифологии, разработанной под влиянием Апокалипсиса, наступление дня Страшною суда возвещается звуком трубы архангела.

прославляют единого, покоряющего, и посмотришь на маридов, ифритов и джиннов, число которых знает лишь Аллах великий».

Услышав слова царицы змей, Хасиб Карим ад-Дин стал огорчен и озабочен, а потом он сказал ей: «Осведоми меня об Аффане и Булукии: когда они расстались с тобой и ушли, переправились ли они через семь морей и достигли ли они места погребения господина нашего Сулеймана или нет, а если они достигли места погребения господина нашего Сулеймана, то смогли ли они взять перстень или нет?»

«Знай, – ответила ему царица змей, – что Аффан и Булукия, расставшись со мной, намазали себе ноги тем соком, и пошли по морю, и стали смотреть на морские чудеса. И они переходили с моря на море, пока не прошли семи морей, а когда они прошли эти моря, то увидели большую гору, возвышающуюся в воздухе; эта гора была из зеленого изумруда, и на ней бежал ручей, и вся земля ее была из мускуса. И, достигнув этого места, они обрадовались и воскликнули: «Мы достигли нашей цели!»

А затем они пошли дальше и, дойдя до высокой горы, пошли по ней и увидели вдали на горе пещеру, над которой был большой купол, и из пещеры блистал свет. И, достигнув этой пещеры, они вошли в нее и увидели, что в ней стоит золотое ложе, украшенное различными драгоценными камнями, и вокруг ложа стоят скамеечки, число которых знает только Аллах великий. И они увидали господина нашего Сулеймана, который лежал на этом ложе, и на нем была зеленая шелковая одежда, вышитая золотом и украшенная драгоценными металлами и камнями. Его правая рука лежала на груди, а перстень был у него на пальце, и сияние этого перстня было сильней сияния драгоценностей, которые находились в этом помещении. Потом Аффан научил Булукию клятвам и заклинаниям и сказал ему: «Читай эти заклинания и не переставай их читать, пока я не возьму перстня».

И Аффан подходил к ложу, пока не приблизился к нему, и вдруг большая змея вышла из-под ложа и закричала великим криком, от которого задрожало все вокруг, и искры полетели у змеи изо рта. Потом змея сказала Аффану: «Если ты не повернешь назад, ты погиб!» Но Аффан отвлекся заклинаниями и не испугался этой змеи. И змея дунула на него великим дуновением, которое чуть не сожгло пещеры, и воскликнула: «Горе тебе! Если ты не повернешь назад, я тебя сожгу!» И когда Булукия услышал от змеи такие слова, он вышел из пещеры.

Что же касается Аффана, то он не испугался этого, а напротив, подошел к господину нашему Сулейману и, протянув руку, дотронулся до перстня и хотел снять его с пальца господина нашего Сулеймана, но вдруг змея дунула на Аффана и сожгла его, и он превратился в кучу пепла.

Вот что было с ним. Что же касается Булукии, то он упал, покрытый беспамятством из-за этого дела…»

И Шахразаду застигло утро, и она прекратила дозволенные

речи.

Когда же настала ночь, дополняющая до четырехсот девяноста, она сказала: «Дошло до меня, о счастливый царь, что Булукия, увидав, что Аффан сгорел и превратился в кучу пепла, упал, покрытый беспамятством, и господь (да возвысится слава его!) приказал *Джибрилю*[88] спуститься на землю, прежде чем змея подует на Булукию. И Джибриль поспешно спустился на землю и увидал, что Булукия без памяти, а Аффан сгорел от дуновения змеи. И Джибриль подошел к Булукии и пробудил его от беспамятства, и когда он очнулся, Джибриль приветствовал его и спросил: «Откуда вы пришли в это место?»

И Булукия рассказал ему свою повесть от начала до конца, и затем он сказал: «Знай, что я пришел в это место только из-за Мухаммеда (да благословит его Аллах и да приветствует!), потому что Аффан рассказал мне, что он будет ниспослан в конце времен и что с ним встретится только тот, кто проживет до той поры, а проживет до той поры лишь тот, кто напьется воды жизни, а это возможно, только если раздобудешь перстень Сулеймана (мир с ним!). И я сопровождал его до этого места, и случилось то, что случилось, и вот он сгорел, а я не сгорел. Я хочу, чтобы ты рассказал мне про Мухаммеда: где он находится?» – «О Булукия, – сказал Джибриль, – иди своей дорогой, время Мухаммеда далеко».

И затем Джибриль тотчас же поднялся на небо, а что до Булукии то он заплакал сильным плачем и раскаялся в том, что сделал. Он стал размышлять о словах царицы змей: «Не бывать тому, чтобы кто-нибудь мог взять перстень!» – и пришел в смущение, и заплакал, а затем он спустился с горы, и пошел, и шел не переставая, пока не приблизился к берегу моря. И он просидел там некоторое время, дивясь на эти горы и острова, и провел ночь в этом месте, а когда наступило утро, он намазал себе ноги тем соком, который они извлекли из травы, и сошел в море и шел по нему в течение дней и ночей, дивясь ужасам моря, его чудесам и диковинам.

И Булукия не переставая шел по поверхности воды, пока не дошел до одного острова, подобного раю, и тогда он вышел на этот остров и стал удивляться ему и его красоте. Он побродил по острову и увидел, что это – большой остров, на котором земля из шафрана и камушки из яхонта и драгоценных металлов и ограды из жасмина, а растительность из прекраснейших деревьев и красивейших и наилучших цветов. Там протекали ручьи, и вместо дров там лежало *камарское и какуллийское алоэ*[89], а вместо камышей там рос

---

88 *Джибриль* – архангел Гавриил, играющий большую роль в мусульманской мифологии. По преданию, архангел Гавриил возвестил Мухаммеду его пророческую миссию (очевидно, преображение христианской легенды о Гаврииле-«вестнике»).

89 *Камарское и кикуллийское алоэ* – благовонное дерево,

сахарный тростник, вокруг которого цвели розы, нарциссы, жасмины, гвоздики, ромашки, лилии и фиалки, и всего этого были на острове разные сорта всех цветов. И птицы щебетали на деревьях, и был этот остров прекрасен, обширен, обилен благами, и объял он все свойства и разновидности красоты. Щебетание его птиц было мягче жалобного звона второй струны лютни, деревья его вздымались, птицы его говорили, каналы разливались, и ручьи бежали, и воды на нем были сладки. Там резвились газели, и водились антилопы, и птицы щебетали на ветвях, утешая влюбленного, потерявшего разум.

И подивился Булукия на этот остров и понял, что он сбился с дороги, по которой шел в первый раз, когда с ним был Аффан. И он бродил по этому острову и гулял по нему до вечера, а когда наступила ночь, он влез на высокое дерево, чтобы поспать на нем, и стал думать о красоте этого острова.

И когда он был на верхушке дерева, вдруг море забилось, и из него появился огромный зверь, который закричал громким криком, так что животные, бывшие на острове, испугались этого крика. И Булукия посмотрел на этого зверя, сидя на дереве, и увидел, что это – зверь огромный, и стал дивиться на него. И не успел он очнуться, как через некоторое время вслед за зверем появились из моря животные разных видов, и в лапах у каждого из них был драгоценный камень, который сиял, точно светильник, так что на острове стало как днем от сияния этих камней. А спустя немного времени пришли из глубины острова звери, число которых знает только Аллах великий. И Булукия посмотрел на них и увидел, что это звери пустыни – львы, пантеры, гепарды и другие сухопутные животные. И эти звери земли не переставая приходили, пока не столпились вместе с морскими зверями на краю острова, и они разговаривали до утра, а когда наступило утро, они расстались, и каждый из них ушел своей дорогой.

И когда Булукия увидал их, он испугался и, слезши с дерева, пошел к берегу моря, намазал себе ноги соком, который был у него, и вошел во второе море. Он шел по поверхности воды ночи и дни и дошел до большой горы, а под горой находилась долина, которой не было конца, и камни в этой долине были магнитные, а из зверей были в ней львы, зайцы и пантеры. И Булукия влез на эту гору и бродил по ней с места на место, пока не спустился над ним вечер, и тогда он присел под одним из холмиков на этой горе, близ моря, и стал есть сухую рыбу, которую море выбрасывало.

И когда он сидел и ел эту рыбу, вдруг подошла к нему большая пантера и хотела его растерзать, и Булукия обернулся к этой пантере и увидел, что она бросается на него, чтобы его растерзать, и тогда он намазал себе ноги соком, который был у него, и вошел в третье море, убегая от этой пантеры. И он пошел в темноте по поверхности воды (а ночь была черпая, с великим ветром) и шел до тех пор, пока не подошел к острову. Он поднялся на этот остров и увидал там деревья, зеленые и высохшие, и тогда Булукпя взял плодов с этих деревьев и

доставлявшееся из Индии.

поел, хваля Аллаха великого. И он ходил по острову, прогуливаясь, до вечерней поры…»

И Шахразаду застигло утро, и она прекратила дозволенные речи.

Когда же настала четыреста девяносто первая ночь, она сказала: «Дошло до меня, о счастливый царь, что Булукия ходил, прогуливаясь по этому острову, до вечерней поры, а потом он заснул на острове. Когда же настало утро, он принялся осматривать остров со всех сторон и гулял по нему в течение десяти дней, а потом он пошел на берег моря, намазал себе ноги и вошел в четвертое море. Он шел по поверхности воды ночью и днем, пока не дошел до одного острова, и он увидел, что земля на нем состоит из мягкого белого песка и там нет никаких деревьев или растений. И он прошел немного по острову и увидел, что из хищников там есть только ястреба, которые гнездятся в этом песке.

И, увидев это, Булукия намазал себе ноги и вошел в пятое море. И он пошел по поверхности воды и шел не переставая ночью и днем, пока не пришел к маленькому острову, где земля и горы были как хрусталь, и там залегали жилы, из которых добывают золото. На острове были диковинные деревья, подобных которым Булукия не видел во время своих странствий, и цветы там были такого цвета, как золото. И Булукия вышел на этот остров и гулял по нему до вечерней поры, а когда спустился на него мрак, цветы начали светиться на острове, точно звезды. И подивился Булукия на этот остров и воскликнул: «Поистине, цветы, которые на этом острове, – те *цветы, что высыхают на солнце и падают на землю; их сбивает ветром, и они собираются под камнями и превращаются в эликсир, и их берут и делают из них золото!»*[90]

И Булукия проспал на этом острове до утренней поры, а на восходе солнца он намазал ноги соком, который был с ним, и вошел в шестое море. Он шел ночи и дни, пока не приблизился к одному острову. И тогда он вышел на этот остров и, пройдя но нему некоторое время, увидел две горы, на которых было много деревьев, и *плоды на этих деревьях были подобны человеческим головам*[91], подвешенным за волосы. И увидел он там другие деревья, плоды которых были точно зеленые птицы, подвешенные за ноги, а были на острове и деревья, которые горели, как огонь, и плоды их были подобны алоэ, и всякий, на кого падала с них одна капля, обжигался.

---

[90] *…цветы, что… превращаются в эликсир, и их берут и делают из них золото!* – Мистифицированное, отражение учения средневековых арабских алхимиков об универсальном веществе-эликсире (греч. «ксерион»), способном превратить любой металл в золото.

[91] *…плоды… подобны человеческим головам…* – Мотив, постоянно встречающийся в арабском средневековом фольклоре.

И увидел Булукия на острове плоды, которые плакали, и плоды, которые смеялись, и увидел он на этом острове много диковинок. И он прошел к берегу моря и увидел большое дерево и просидел под ним до вечерней поры, а когда наступила тьма, он влез на это дерево и стал размышлять о творениях Аллаха....

И в это время море вдруг забилось, и вышли оттуда *морские девы*[92], и у каждой в руке был драгоценный камень, который сиял, как утренняя заря. И они шли, пока не пришли под это дерево, и сели, и стали играть, плясать и веселиться, и Булукия смотрел на них, когда они проводили так время. И они продолжали играть до утра, а когда настало утро, вошли в море.

И Булукия подивился на них и, сойдя с дерева, помазал ноги соком, который был у него, и вошел в седьмое море. И он пошел и шел не переставая в течение двух месяцев, и не видел ни горы, ни острова, ни суши, ни долины, ни берега, пока не перешел это море. И он терпел великий голод, так что даже стал хватать в море рыбу и есть ее сырой из-за сильного голода. И он шел таким образом, пока не достиг острова, где деревья были многочисленны и потоки полноводны; и вышел на этот остров и стал ходить по нему, осматриваясь направо и налево (а было это на заре). И он шел до тех пор, пока не подошел к яблоне, и тогда он протянул руку, чтобы поесть плодов с дерева, и вдруг какой-то человек закричал на него с этого дерева и сказал: «Если ты приблизишься к этому дереву и съешь с него что-нибудь, я разорву тебя пополам!»

И Булукия посмотрел на этого человека и увидел, что он — высокий, длиною в сорок локтей на локти людей того времени. И, увидев его, Булукия сильно испугался и не стал есть. «Почему ты не даешь мне есть с этого дерева?» – спросил Булукия человека. И тот сказал: «Потому что ты – сын Адама, и Адам, твой отец, забыл совет Аллаха, и ослушался его, и поел плодов с дерева». – «Кто ты такой, чей это остров и деревья и как твое имя?» – спросил Булукия. И человек ответил: «Мое имя – Шарахия, а эти деревья и остров принадлежат царю Сахру. Я – один из его помощников, и он поручил мне охранять остров». Потом Шарахия спросил Булукию и сказал ему: «Кто ты и откуда ты пришел в эти страны?» И Булукия рассказал ему свою историю с начала до конца. «Не бойся», – сказал Шарахия, и потом он принес ему кое-чего поесть, и Булукия ел, пока не насытился, а затем простился с Шарахией и ушел.

И он шел в течение десяти дней, и когда он шел среди гор и лесов, он вдруг увидел в воздухе густую пыль. И Булукия направился к этой пыли и услышал крики, и удары, и великий шум и продолжал идти на эту пыль, пока не пришел к большой долине, длиною в два месяца пути. И тогда Булукия внимательно посмотрел в сторону этого

---

92 *Морские девы* – русалки. В арабском фольклоре море рассматривается как отражение «сухопутного мира». В связи с этим появляются повествования о «морских девах», «морских конях», «морских людях».

крика и увидел людей верхом на конях, которые сражались друг с другом, и кровь так лилась между ними, что стала как река. Их голоса были точно гром, и в руках у них были копья, мечи, железные дубины, луки и стрелы, и они сражались великим боем. И Булукию охватил сильный страх…»

И Шахразаду застигло утро, и она прекратила дозволенные речи.

Когда же настала четыреста девяносто вторая ночь, она сказала: «Дошло до меня, о счастливый царь, что, когда Булукия увидал этих людей с оружием в руках, которые сражались великим боем, его охватил сильный страх, и он растерялся, не зная, что делать. И когда он стоял так, бойцы вдруг увидели его, и, увидав его, они оставили один другого и прекратили сражение, а затем к Булукии подошла толпа их, и, приблизившись к нему, они стали дивиться его виду. И подошел к Булукии один всадник и спросил его: «Кто ты такой, откуда ты пришел, куда ты идешь и кто указал тебе эту дорогу, так что ты достиг наших стран?» – «Я из сынов Адама, – отвечал им Булукия, – и пришел, блуждая из-за любви к Мухаммеду (да благословит его Аллах и да приветствует!), но я сбился с дороги». – «Мы никогда не видели сына Адама, и он не приходил в эту землю», – ответил всадник, и все начали дивиться на Булукию и на его слова.

А потом Булукия спросил их и сказал: «Что вы такое, о твари?» И всадник ответил ему: «Мы из джиннов». «О всадник, – спросил Булукия, – какова причина сражения между вами, где ваше жилище, как называется эта долина и эти земли?» – «Наше жилище – белая земля, – ответил ему всадник, – и каждый год Аллах великий приказывает нам приходить в эту землю и *вести войну с неверными джиннами*[93] ». – «А где белая земля?» – спросил Булукия. И всадник ответил: «За горой Каф, на расстоянии семидесяти пяти лет пути, а эта земля называется землею *Шаддада, сына Ада*[94] , и мы пришли сюда, чтобы вести здесь войну, и нет у нас другого дела, как возглашать славу Аллаху и святить его имя. У нас есть царь, которого зовут царь Сахр, и ты должен пойти с нами к нему, чтобы он тебя увидел и на

---

[93] *…вести войну с неверными джиннами…* – Характерный для средневекового сознания дуализм: мир джиннов предстает в сказках и «народных романах» как точное отражение мира людей с их социальными, религиозными и личными противоречиями. Джинны соблюдают те же обычаи, что и люди, тот же этикет, вплоть до того, что в диване царя джиннов придворные становятся каждый согласно «своему рангу».

[94] *Шаддад, сын Ада.* – Отражение в средневековом арабском фольклоре коранических легенд о погибшем племени Ад и его царе Шаддаде, построившем город Ирем Многоколонный. В «Тысяче и одной ночи» Шаддад превратился в царя джиннов.

тебя посмотрел».

И затем они пошли, и Булукия с ними, и пришли в свои жилища, и Булукпя увидел большие шатры из зеленого шелка, число которых знает только Аллах великий, и увидел он, что среди них поставлен шатер из красного шелка объемом в тысячу локтей, веревки которого были из синего шелка, а колья – золотые и серебряные. И Булукия удивился этому шатру, и его вели до тех пор, пока не подвели к нему, и оказалось, что это шатер царя Сахра. И Булукию ввели в шатер и привели к царю Сахру, и Булукия посмотрел на царя и увидел, что он сидит на большом ложе из червонного золота, украшенном жемчугом и драгоценными камнями, и справа от него – цари джиннов, а слева – мудрецы, эмиры, вельможи династии и другие. И, увидев Булукию, царь Сахр приказал ввести его к себе, и Булукию ввели к царю, и он подошел, и приветствовал его, и поцеловал перед ним землю, и царь ответил на его приветствие и сказал ему: «Приблизься ко мне, о человек».

И Булукия приблизился к нему, так что оказался перед ним, и тогда царь Сахр приказал поставить ему сиденье рядом со своим, и ему поставили сиденье подле царя, и царь Сахр велел ему сесть на него; и когда Булукия сел, царь спросил его: «Кто ты такой?» – И Булукия ответил: «Я сын Адама из сынов Исраиля». – «Расскажи мне твою историю и поведай мне, что с тобой случилось и как ты пришел в эту землю», – сказал царь. И Булукия рассказал ему обо всем, что с ним случилось во время его странствий, с начала до конца, и царь Сахр удивился его словам...»

И Шахразаду застигло утро, и она прекратила дозволенные речи.

Когда же настала четыреста девяносто третья ночь, она сказала: «Дошло до меня, о счастливый царь, что, когда Булукия рассказал царю Сахру обо всем, что случилось с ним во время его странствий, с начала до конца, царь удивился этому. А затем он приказал постельничим принести трапезу, и они принесли трапезу и разложили ее, и после этого они принесли блюда из червонного золота, блюда серебряные и блюда медные, и на некоторых блюдах было пятьдесят отварных верблюдов, на некоторых – двадцать верблюдов, а на других пятьдесят голов скота, а число этих блюд было тысяча пятьсот. И, увидев это, Булукия до крайности удивился, а потом джинны стали есть, и Булукия ел с ними, пока не насытился, и восхвалил Аллаха великого. А потом убрали кушанье и принесли плоды, и джинны поели, а затем после этого прославили Аллаха великого и помолились о пророке его Мухаммеде (да благословит его Аллах и да приветствует!).

И когда Булукия услышал упоминание о Мухаммеде, он изумился и сказал царю Сахру: «Я хочу задать тебе несколько вопросов». – «Спрашивай о чем хочешь», – ответил царь Сахр. И тогда Булукия сказал ему: «О царь, кто вы такие, откуда вы происходите и откуда знаете вы Мухаммеда (да благословит его

Аллах и да приветствует!), что молитесь о нем и любите его?»

«О Булукия, – ответил ему царь Сахр, – Аллах великий создал адского огня семь слоев, одни над другим, и между каждым слоем тысяча лет пути. И первому слою он дал название Джаханнам и уготовал его для ослушников из правоверных, которые умерли без покаяния; а название второго слоя – Лаза, и уготовал он его для неверных. Название третьего слоя – аль-Джахим, и Аллах уготовал его для Яджуджа и Маджуджа; название четвертого слоя – ас-Сайр, и Аллах великий уготовал его для племени *Иблиса*[95] ; название пятого слоя – Сакар, и уготовал его Аллах для переставших молиться; название шестого слоя – аль-Хутама, и уготовал он его для евреев и христиан; название седьмого слоя – аль-Хавия, и уготовал его Аллах для лицемеров. Вот каковы эти семь слоев.

Может быть, Джаханнам – самый легкий из всех по наказанию, но вместе с тем в нем тысяча огненных гор и под каждой горой семьдесят тысяч огненных долин, а в каждой долине семьдесят тысяч огненных городов, а в каждом городе семьдесят тысяч огненных крепостей, а в каждой крепости семьдесят тысяч огнен-ных помещений, а в каждом помещении семьдесят тысяч огненных ложей, а на каждом ложе семьдесят тысяч способов пытки. И нет среди всех *слоев*[96] адского огня, о Булукия, более легкой пытки, чем пытка Джаханиама, так как это – первый слой; что же до остальных, то число разных пыток, которые в них заключаются, знает только Аллах великий».

И когда Булукия услышал от царя Сахра такие слова, он упал, покрытый беспамятством, а очнувшись от обморока, ои заплакал и сказал: «О царь, что же будет с нами?» – «О Булукия, – ответил ему царь Сахр, – не бойся и знай, что всякого, кто любит Мухаммеда, не сжигает огонь, и ои освобожден ради Мухаммеда (да благословит его Аллах и да приветствует!), и от всякого, кто принадлежит к его религии, огонь убегает. Что же до нас, то Аллах сотворил нас из огня. Когда Аллах впервые создал тварей в геенне, он сотворил двух существ из своего войска, одного из которых звали *Халит, а другого – Малит*[97] , и он создал Халита в образе льва, а Малита – в образе

---

[95] *Иблис* (дьявол). – Согласно керамической легенде – мятежный дух, отказавшийся поклониться Адаму, сотворенному из глины, в то время как он сотворен из огня – то есть из высшей субстанции.

[96] *Семь слоев* (ада). – В позднесредневековой мусульманской мифологии были чрезвычайно подробно разработаны представления о строении ада и рая (ср. круги ада у Данте).

[97] *Сказочные существа Халит и Малит* и их потомство являют собой ярчайший пример средневекового мифотворчества мусульман (ср. образы Люцифера и Косокрыла в «Аде» Данте)…и этот червь и есть Иблис… – Здесь представления об Иблисе противоречат коранической легенде.

волка. И хвост Малита имел образ женский и был белого с черным цвета, а хвост Халита имел образ мужеский и облик черепахи, и был хвост Халита длиною в двадцать лет пути. И потом Аллах великий приказал их хвостам соединиться друг с другом и совокупиться, и родились от них змеи и скорпионы, и жилище их в огне, чтобы пытал Аллах ими тех, кто туда попадет. И эти змеи и скорпионы расплодились и размножились, и потом после этого Аллах великий приказал им соединиться и совокупиться второй раз, и они соединились и совокупились, и хвост Малита понес от хвоста Халита, а когда он разрешился, у него родилось семь существ мужеского пола и семь существ женского пола. И их воспитывали, пока они не выросли, а когда они выросли, женские существа вышли замуж за мужские, и они слушались своего отца, кроме одного: он ослушался своего отца и превратился в червя, и этот червь и есть Иблнс (да проклянет его Аллах великий!). А был он из существ приближенных и поклонялся Аллаху великому, пока не поднялся на небо, и приблизился ои ко всемилостивому, и стал главою приближенных…»

И Шахразаду застигло утро, и она прекратила дозволенные речи.

Когда же настала четыреста девяносто четвертая ночь, она сказала: «Дошло до меня, о счастливый царь, что Иблис поклонялся Аллаху великому и стал главою приближенных. А когда Аллах великий создал Адама (мир с ним!), он приказал Иблису пасть перед ним ниц, но Иблис отказался, и Аллах великий прогнал его и проклял. И когда Иблис расплодился, пошли от него шайтаны. Что же до шести мужеских существ, которые были до него, то это правоверные джинны, и мы из их потомства, и вот каково наше происхождение, о Булукия».

И удивился Булукия словам царя Сахра, а потом он сказал ему: «О царь, я хочу, чтобы ты приказал одному из твоих помощников доставить меня в мою страну». – «Мы можем сделать что-нибудь такое, только если прикажет нам Аллах великий, – ответил ему царь Сахр, – но если ты хочешь уйти от нас, о Булукия, я велю привести тебе коня из моих лошадей, и посажу тебя ему на спину, и велю ему везти тебя до конца земель, мне подвластных; а когда ты достигнешь конца земель, мне подвластных, тебя встретят люди царя, которого зовут Барахия, и, увидя коня, они узнают его, сведут тебя с его спины и пошлют его обратно. Вот что мы можем, и ничего больше».

Услышав эти слова, Булукия заплакал и сказал царю: «Делай что хочешь!» И царь велел привести ему коня, и Булукии привели копя, и посадили юношу ему на спину, и сказали: «Остерегайся сойти с его спины, ударить его или закричать ему в морду; если ты это сделаешь, он тебя погубит. Оставайся спокойно на нем верхом, пока он не остановится, а тогда сойди с его спины и уходи своей дорогой». – «Слушаю и повинуюсь!» – сказал Булукия.

А потом он сел на коня и ехал среди палаток в течение долгого срока, но проехал лишь мимо кухни царя Сахра. И Булукия увидел подвешенные котлы, в каждом из которых было пятьдесят верблюдов, а под котлами пылал огонь. И когда увидел Булукия эти котлы и их величину, он стал в них вглядываться и дивился на них великим удивлением, все время разглядывая их. И царь посмотрел на него и увидел, что он дивится на эту кухню. И подумал царь про себя, что Булукия голоден, и велел принести двух жареных верблюдов, и жареных верблюдов принесли и привязали их на спину коня, сзади Булукин. А потом Булукия простился со всеми и ехал, пока не достиг конца земель, подвластных царю Сахру. И тогда конь остановился, и Булукия спешился, стряхивая дорожную пыль со своей одежды. И вдруг какие-то люди подошли к нему и, увидев коня, узнали его, и взяли его с собой, и пошли (а Булукия был с ними), и пришли к царю Барахии. И, войдя к царю Барахии, Булукия приветствовал его, и царь, ответил на его приветствие.

А потом Булукия посмотрел на царя и увидел, что он сидит в большом шатре, окруженный воинами и витязями, и цари джиннов стоят от него справа и слева. И царь велел Булукии приблизиться к нему, и Булукия подошел, и царь посадил его с собою рядом и велел принести трапезу. И Булукия посмотрел, каков царь Барахия, и увидел, что он подобен царю Сахру, а когда подали кушанья, все стали есть, и Булукия ел, пока не насытился, и прославил великого Аллаха. А потом трапезу убрали, и принесли плоды, и поели.

И после этого царь Барахия спросил Булукию и сказал ему: «Когда ты расстался с царем Сахром?» – «Два дня тому назад», – отвечал Булукия. «А знаешь ли ты, – спросил царь Барахия Булукию, – расстояние в сколько дней ты проехал за эти два дня?» – «Нет», – отвечал Булукия. И царь Барахия сказал: «Расстояние в семьдесят месяцев…»

И Шахразаду застигло утро, и она прекратила дозволенные речи.

Когда же настала четыреста девяносто пятая ночь, она сказала: «Дошло до меня, о счастливый царь, что царь Барахня сказал Булукни: «Ты проехал за эти два дня расстояние в семьдесят месяцев, но только, когда ты сел на копя, он испугался, поняв, что ты – сын Адама, и хотел сбросить тебя со спины, но его отягчили теми двумя верблюдами». И, услышав от царя Барахии такие слова, Булукия удивился и прославил великого Аллаха за спасение.

А потом царь Барахия сказал: «Расскажи мне, что случилось с тобой и как ты прибыл в эти страны». И Булукия рассказал ему о том, что с ним случилось и как он пошел странствовать и пришел в эти земли, и когда царь услышал его слова, он удивился. И Булукия провел у него два месяца».

Услышав слова царицы змей, Хасиб удивился до крайней степени, а затем он сказал ей: «Я хочу от тебя милости и благодеяния: прикажи одному из твоих помощников вывести меня на лицо земли, и я уйду к своим родным». – «О Хасиб Карим ад-Дин, – сказала ему царица змей, – знай, что, когда ты выйдешь на лицо земли, ты пойдешь к своим родным и затем сходишь в баню и помоешься, и едва только ты кончишь мыться, я умру, так как это будет причиной моей смерти». – «Клянусь тебе, – воскликнул Хасиб, – я всю жизнь не пойду в баню, а когда мне станет необходимо помыться, я помоюсь дома!» – «Если бы ты дал мне сто клятв, – сказала царица змей, – я бы тебе не поверила. Этого дела не будет, и знай, что ты – сын Адама и нет для тебя обета, так как твой отец Адам дал обет Аллаху и нарушил свой обет, Аллах месил его глнью сорок утр и приказал ангелам пасть перед ним ниц, а он после этого не исполнил ооета и забыл его и ослушался приказания своего господа».

Услышав эти слова, Хасиб промолчал, и стал плакать, и провел, плача, десять дней, а затем он сказал царице змей: «Расскажи мне, что случилось с Булукией после того, как он прожил два месяца у царя Барахии».

«Знай, о Хасиб, – сказала царица змей, – что после того, как Булукия пожил у царя Барахии, он простился с ним и шел по пустыням ночью и днем, пока не достиг высокой горы, и он поднялся на эту гору, и увидел на вершине ее большого ангела, который сидел на горе и поминал Аллаха великого и молился за Мухаммеда. А перед ангелом была доска, на которой было написано что-то белое и что-то черное, и он смотрел на доску, и было у него два крыла: одно – протянутое на восток, а другое – протянутое на запад.

И Булукия подошел к ангелу и приветствовал его, и тот ответил на его привет, а после этого ангел спросил Булукию и сказал: «Кто ты, откуда ты пришел, куда идешь и как твое имя?» – «Я из сынов Адама, из племени сынов Исраиля, – ответил ему Булукия, – и странствую из любви к Мухаммеду (да благословит его Аллах и да приветствует!), а имя мое – Булукия». – «А что с тобой случилось, пока ты шел в эту землю?» – спросил его ангел. И Булукия рассказал ему обо всем, что с ним случилось и что он видел во время своих странствований, и, услышав от Булукии такие слова, ангел удивился. А потом Булукия спросил ангела и сказал ему: «Расскажи мне ты тоже, что это за доска, и что на ней написано, и что это за дело ты делаешь, и как твое имя?» И ангел отвечал: «Мое имя Микаиль, и мне поручено управлять днем и ночью, и это мое дело до дня воскресения». И, услышав эти слова, Булукия удивился им, и внешности этого ангела, и его величию, и достоинству, а потом Булукия попрощался с ангелом и шел днем и ночью, пока не достиг большого луга.

И он прошел по этому лугу и увидел там семь рек и много деревьев, и удивился Булукия этому большому лугу и стал ходить по нему во все стороны. И он увидел на нем большое дерево, а под деревом четырех ангелов, и, подойдя к ним, он рассмотрел их облик и увидел, что у одного из них внешность – как у сынов Адама, а у другого – как у дикого зверя, у третьего же внешность – как у птицы, а у четвертого внешность – как у быка. И они заняты поминанием Аллаха великого, и каждый из них говорит: «Бог мой, господин и владыка, ради твоей истинности и ради сана твоего пророка Мухаммеда (да благословит его Аллах и да приветствует!) прости всякой твари, которую ты сотворил по моему подобию, и извини ей. Ты ведь властен во всем!»

И когда услышал Булукия от них эти слова, оы удивился, и ушел от них, и шел ночью и днем, пока не дошел до горы Каф. И он взобрался на эту гору и увидел там большого ангела, который сидел и прославлял Аллаха великого, святя его имя и молясь за Мухаммеда (да благословит его Аллах и да приветствует!), и увидел он, что этот ангел что-то сжимает и выпускает и свивает и развивает. И когда он был занят этим делом, вдруг подошел к нему Булукия и приветствовал его, и ангел ответил на его приветствие и спросил: «Что ты такое, откуда ты пришел, и куда ты идешь, и как твое имя?» – «Я из сынов Исраия, сынов Адама, – ответил ему Булукия. – Мое имя – Булукия, и я странствую из-за любви к Мухаммеду (да благословит его Аллах и да приветствует!), но я сбился с дороги». И он рассказал ему все, что с ним случилось.

И когда Булукия кончил свой рассказ, он спросил ангела и сказал ему: «Кто ты такой, какая это гора и что это за дело, которым ты занят?» – «Знай, о Булукия, – ответил ему ангел, – что это *гора* Каф, которая окружает мир, и всякую землю, которую сотворил Аллах, я держу зажатой в руке. И когда Аллах великий хочет учинить на этой земле какое-нибудь вемлетрясение, или недород, или урожай, или сражение, или примирение, он приказывает мне это сделать, и я делаю это, находясь на месте. Знай, что моя рука сжимает жилы земли…»

И Шахразаду застигло утро, и она прекратила дозволенные речи.

Когда же настала четыреста девяносто шестая ночь, она сказала: «Дошло до меня, о счастливый царь, что ангел сказал Булукии: «И знай, что моя рука сжимает жилы земли». – «А сотворил ли Аллах на горе Каф другую землю, кроме той, на которой ты находишься?» – спросил Булукия ангела. И ангел ответил: «Да, он сотворил землю, белую, как серебро, и никто не знает меры ее протяжения, кроме Аллаха великого. Он населил ее ангелами, чья еда и питье – хвала Аллаху, и освящение его имени, и многие молитвы о Мухаммеде (да благословит его Аллах и да приветствует!). В вечер всякой пятницы они приходят на эту гору, и собираются здесь, и молятся Аллаху великому всю ночь, до времени утра, и они дарят награду за это прославление, и освящение, и поклонение согрешившим из народа Мухаммеда (да благословит его Аллах и да приветствует!) и всякому, кто совершил пятничное омовение, и так будет до дня воскресения».

Потом Булукия спросил ангела и сказал ему: «Сотворил ли Аллах какие-нибудь горы позади горы Каф?» – «Да, – ответил ангел, – за горой Каф – гора величиной в пятьсот лет пути, и состоит она из снега и града. Это она отводит от мира жар геенны, и если бы не эта гора, мир наверное бы сгорел от жара огня геенны. Позади горы Каф – сорок земель, каждая земля – сорок раз такая, как мир, и одна земля – из золота, одна – из серебра и одна – из яхонтов, и всякая земля из этих земель имеет свой цвет. И Аллах населил эти земли ангелами, у которых свой цвет. И Аллах населил эти земли ангелами, у которых нет иного дела, как восхвалять Аллаха, святить его имя и восклицать: «Нет бога, кроме Аллаха! Аллах велик!» Они призывают Аллаха великого к пароду Мухаммеда (да благословит его Аллах и да приветствует!) и не знают ни Евы, ни Адама, ни ночи, ни дня.

И знай, о Булукия, что земли расположены семью рядами, одна над другой, и Аллах сотворил ангела из ангелов своих (не знает его свойств и размеров никто, кроме Аллаха великого, славного!), который песет семь земель на своих плечах. А под этим ангелом сотворил Аллах великий скалу, а под скалой Аллах великий сотворил быка, а под быком *сотворил Аллах великий рыбу*[98] , а под рыбой сотворил Аллах великий большое море. И осведомил Аллах великий Ису (мир с ним!) об этой рыбе. И сказал ему Иса: «О господи, покажи мне эту рыбу, чтобы я посмотрел на нее». И приказал Аллах великий одному из ангелов взять Ису и свести его к этой рыбе, чтобы он посмотрел на нее; и пришел этот ангел к Исе (мир с ним!), и привел его к морю, в котором была эта рыба, и сказал: «Посмотри, о Иса, на эту рыбу!» И Иса посмотрел на рыбу и не увидел ее, и прошла рыба мимо Исы, как молния. И, увидев это, Иса упал без памяти.

А когда он очнулся, Аллах ниспослал ему такие слова; «О Иса, видел ли ты рыбу и знаешь ли ты, какой она длины и ширины?» И ответил Иса: «Клянусь твоим величием и славою, о господи; но прошел мимо меня большой бык, размером в три пути, и не знал я, что это за бык». И сказал Аллах: «О Иса, то, что прошло мимо тебя и было размером в три дня пути, это только голова быка! И знай, о Иса, что я каждый день творю сорок рыб, таких, как эта рыба». И, услышав эти слова, подивился Иса могуществу Аллаха великого.

Потом Булукия спросил ангела и сказал ему: «Что сотворил Аллах великий под морем, в котором эта рыба?» И ангел ответил ему: «Сотворил Аллах под этим морем большую пропасть, а под пропастью сотворил Аллах огонь, а под огнем сотворил Аллах большую змею по имени Фалак, и если бы не страх этой змеи перед Аллахом великим, она наверное проглотила бы все то, что над нею: и пропасть, и огонь, и ангела, и то, что он несет на себе, и не почувствовала бы этого…»

И Шахразаду застигло утро, и она прекратила дозволенные речи.

Когда же настала четыреста девяносто седьмая ночь, она сказала: «Дошло до меня, о счастливый царь, что ангел говорил

98   *…сотворил… рыбу…* – Отражение библейской легенды о Левиафане. Иса (Иисус) рассматривается в Коране как пророк. Признание христианами божественности Иисуса считалось мусульманами ересью.

Булукии, описывая змею: «И если бы не ее страх перед Аллахом, она наверное бы проглотила все, что над нею, и не почувствовала бы этого. И когда создал Аллах великий эту змею, он ниспослал ей такие слова: «Я хочу оставить у тебя залог, береги же его!» И змея сказала ему: «Делай что хочешь!» И сказал Аллах той змее: «Открой рот!» И змея открыла рот, и Аллах вложил ей в брюхо геенну и сказал: «Береги геенну до дня воскресения!» А когда придет день воскресения, Аллах прикажет своим ангелам, и они придут с цепями и приведут на них геенну к месту сбора, и прикажет Аллах геенне открыть свои ворота, и откроет она их, и полетят оттуда большие искры, больше горы».

И, услышав от ангела эти слова, Булукия заплакал сильным плачем; а затем он простился с ангелом и пошел в сторону запада, и шел до тех пор, пока не дошел до двух существ. И увидел он, что они сидят и рядом с ними большие запертые ворота. И, приблизившись к ним, он увидел, что у одного из этих существ облик льва, а у другого – облик быка. И Булукия приветствовал их, и они ответили на его приветствие, а затем они спросили его и сказали: «Кто ты такой, откуда ты пришел и куда идешь?» – «Я из сынов Адама, – ответил им Булукия, – и я странствую из-за любви к Мухаммеду, но только я сбился с дороги». Потом Булукия спросил этих существ и сказал им: «Что вы такое и что это подле вас за ворота?» И они ответили: «Мы сторожа у этих ворот, которые ты видишь, и нет у нас дела, кроме как славить Аллаха, и святить его имя, и молиться за Мухаммеда (да благословит его Аллах и да приветствует!). И, услышав эти слова, Булукия удивился и спросил: «Что находится за этими воротами?» И сторожа ответили: «Мы не знаем!» – «Заклинаю вас великим вашим господом, откройте мне эти ворота, и я посмотрю, что находится за ними», – сказал Булукия. И сторожа ответили: «Мы не можем их открыть, и не может их открыть никто из сотворенных, кроме Джибриля-верного (мир с ним!)».

И, услышав эти слова, Булукия взмолился к Аллаху великому и воскликнул: «О господи, приведи ко мне верного Джибриля, чтобы открыл он мне эти ворота и я посмотрел бы, что есть за ними!» И Аллах внял его молитве и повелел верному Джибрилю спуститься на землю и открыть Борота Слияния Двух Морей, чтобы посмотрел на все Булукия. И спустился Джибриль к Булукии, и приветствовал его, и, подойдя к воротам, отпер их, а потом Джибриль сказал Булукии: «Войди в эти ворота, Аллах велел мне открыть их для тебя». И Булукия вошел в ворота и пошел дальше, а Джибриль запер ворота и поднялся на небо. И Булукия увидел за воротами большое море – наполовину соленое, наполовину пресное, и море окружали две горы, и были эти горы из красного яхонта. И Булукия шел, пока не дошел до этих гор, и увидел он на них ангелов, занятых прославлением Аллаха и освящением его имени. И, увидав этих ангелов, Булукия приветствовал их, и они ответили на его приветствие, и тогда Булукия спросил их про море и про горы, и ангелы сказали ему: «Это место находится под престолом Аллаха, а это море заливает все моря на земле. Мы делим эту воду и гоним ее в земли: соленую – в земли соленые, а пресную – в земли пресные. А эти горы создал Аллах для того, чтобы охранять эту воду, и таково будет наше дело до дня воскресения».

Потом ангелы спросили Булукию и сказали ему: «Откуда ты пришел и куда идешь?» И Булукия рассказал им свою историю с начала до конца. А потом Булукия спросил у ангелов дорогу, и они сказали: «Иди здесь по поверхности моря». И Булукия взял соку, который был у него, и помазал им ноги, и простился с ангелами, и пошел по поверхности моря. И он шел ночью и днем. И когда он шел, он вдруг увидел прекрасного юношу, который шел по поверхности моря. И Булукия подошел к юноше и приветствовал его, и юноша ответил на его приветствие, и Булукия расстался с юношей и увидел четырех ангелов, которые шли по лицу моря, и ход их был подобен поражающей молнии. И Булукия пошел вперед и остановился на их дороге.

И когда ангелы дошли до него, Булукия приветствовал их и сказал: «Я хочу спросить вас, во имя великого, славного: как ваше имя, откуда вы пришли и куда вы идете?» И один из ангелов сказал: «Мое имя – Джибриль, а имя второго – Исрафиль и третьего – Микаиль, а четвертого – Исраиль. На востоке появился большой дракон, и этот дракон разрушил тысячу городов и сожрал их жителей, и Аллах великий приказал нам пойти к нему, и схватить его, и бросить в геенну». И Булукия удивился этим ангелам и их величию и пошел своей дорогой».

И все эти слова говорила царица змей Хасибу Карим ад-Дину. И сказал ей Хасиб Карим ад-Дин: «Как ты узнала все эти рассказы?» И она отвечала: «Знай, о Хасиб, что я послала в страны египетские большую змею двадцать пять лет тому назад и послала с ней письмо с приветствием Булукии, чтобы она доставила его ему. И эта змея отправилась и доставила его Бинт-Шамух (а это была ее дочь в земле египетской). И она взяла письмо и шла, пока не достигла Каира, и тогда она стала спрашивать людей о Булукпи, и ее привели к нему, и, придя к нему и увидев его, она его приветствовала и дала ему это письмо. И Булукия прочитал письмо и понял его смысл, а затем он спросил змею: «Ты пришла от царицы змей?» – «Да», – отвечала она, и Булукия сказал: «Я хочу отправиться с тобой к царице змей, так как у меня есть до нее дело». – «Слушаю и повинуюсь», – сказала змея.

И затем она пошла с ним к своей дочери и приветствовала ее, и после этого она простилась с ней, и вышла от нее, и сказала Булукии: «Зажмурь глаза!» И Булукия зажмурил глаза, и открыл их, и вдруг увидел, что он на той горе, где нахожусь я. И змея пошла с ним к той змее, которая дала ей письмо, и приветствовала ее, а змея спросила: «Доставила ты Булукии письмо?» – «Да, – отвечала змея, – я доставила его ему, и он пришел со мной. Вот он». И Булукия подошел, и приветствовал эту змею, и спросил ее про царицу змей, и змея сказала ему: «Она отправилась на гору Каф со своими солдатами и воинами, а когда придет лето, она вернется в эту землю. И всякий раз как она отправляется на гору Каф, она назначает меня на свое место, пока не вернется. Если у тебя есть просьба, то я ее для тебя исполню». – «Я хочу от тебя, – сказал Булукия, – чтобы ты принесла мне такие растения, что всякий, кто истолчет их и выпьет их сок, не ослабнет, не поседеет и не умрет». – «Я не принесу их тебе, – отвечала змея, – пока ты мне не расскажешь, что с тобой случилось после того, как ты расстался с царицей змей и отправился с Аффамом к месту погребения господина нашего Сулеймана».

И Булукия рассказал ей свою историю от начала до конца, а потом он сказал: «Исполни мою просьбу, и я уйду в мои страны». – «Клянусь господином нашим Сулейманом, – сказала змея, – я не знаю дороги к этой траве!» И она приказала змее, которая привела Булукию, и сказала ей: «Доставь его в его страны!» И змея отвечала: «Слушаю и повинуюсь!» И затем она сказала Булукии: «Зажмурь глаза!» И Булукия зажмурил глаза, и открыл их, и увидел себя на горе аль-Мукаттам[99], и пошел, и пришел в свое жилище. А когда царица змей вернулась с горы Каф, то змея, которую она поставила на свое место, пришла к ней, и приветствовала ее, и сказала ей все то, что передал ей Булукия о том, что он видел в своих странствиях.

И царица змей сказала Хасибу Карим ад-Дину: «Вот что рассказывали мне об этом деле, о Хасиб». И Хасиб воскликнул: «О царица змей, расскажи мне о том, что случилось с Булукией, когда он вернулся в Египет!» – «Знай, Хасиб, – сказала ему царица змей, – что Булукия шел ночи и дни и пришел к большому морю, и тогда он намазал ноги соком, который был у него, и пошел по поверхности воды, и пришел к острову с деревьями, реками и плодами, который был подобен раю. И он стал ходить по этому острову и увидел большое дерево, листья которого были точно паруса на кораблях. И он подошел к этому дереву и увидел, что под ним разложена скатерть и на ней всевозможные блюда и роскошные кушанья, и увидел он на этом дереве птицу из жемчуга и зеленого изумруда, ноги которой были серебряные, клюв из красного яхонта, а перья из дорогих металлов, и эта птица прославляла Аллаха великого и молилась о Мухаммеде (да благословит его Аллах и да приветствует!)…

И Шахразаду застигло утро, и она прекратила дозволенные речи.

Когда же настала пятьсот тридцать вторая ночь, она сказала: «Дошло до меня, о счастливый царь, что, когда Булукия вышел на остров и увидел, что этот остров подобен раю, он стал ходить по нему во все стороны и увидал бывшие там диковинки и, между прочим, птицу из жемчуга и зеленого изумруда, с перьями из дорогих металлов, такую, как описана, и птица прославляла Аллаха великого и молилась о Мухаммеде (да благословит его Аллах и да приветствует!).

«И, увидев эту огромную птицу, – рассказывала царица змей, –

---

[99] *Аль-Мукаттам* – гора близ Каира

Булукия спросил ее: «Кто ты и каково твое дело?» И птица ответила: «Я из птиц райских. Знай, о брат мой, что Аллах великий вывел Адама из рая, и он вынес оттуда четыре листа, чтобы прикрыться ими. И упали они на землю, и один из них съели черви – и сделался из него шелк, а другой съели газели – и сделался из него мускус, а третий съели пчелы – и сделался из него мед, четвертый же упал в Индию, и возникли из него пряности. Что же до меня, то я блуждала по всей земле, пока Аллах великий не послал мне этого места, и я осталась здесь. И каждую пятницу вечером и днем приходят сюда *святые*[100] и кутбы, которые живут в этом мире, и они посещают это место и вкушают эту пищу (а она – угощение им от Аллаха великого, которое он им выставляет каждую пятницу вечером и днем, а затем этот стол возносится в рай, и он никогда не уменьшается и не изменяется) ".

И Булукия стал есть, а окончив еду, он восхвалил Аллаха великого, и вдруг приблизился к нему аль-Хндр (мир с ним!). И Булукия поднялся к нему навстречу, и приветствовал его, и хотел уходить, но птица сказала ему: «О Булукия, сиди в присутствии *аль-Хидра*[101] (мир с ним!)». И Булукия сел, а аль-Хидр сказал ему: «Расскажи мне о своем деле и поведай мне свою повесть».

И Булукия рассказал ему все, от начала до конца, до тех пор, пока он не пришел к нему и не достиг того места, в котором он сидит теперь перед аль-Хидром, и затем он спросил: «О господин, какова длина пути отсюда до Египта?» – «Расстояние в девяносто пять лет», – ответил аль-Хидр. И, услышав эти слова, Булукия заплакал, а потом он припал к рукам аль-Хидра, и стал их целовать, и

---

[100] *Святые* – В период позднего средневековья, примерно начиная с XII–XIII вв., в исламе широко распространился культ святых, несмотря на то, что это в корне противоречит первоначальным установлениям ислама, рассматривающего поклонение кому-либо, кроме «единого бога», как «многобожие», то есть ересь. Культ святых представляет собой реставрацию внутри ислама местных культов, главным образом языческих. Поклонение святым в наиболее «классической» форме известно в странах арабского Магриба (Северная Африка), где распространен культ гробниц святых, а также в Иране, Египте и Средней Азии. Кутбы – мусульманские святые «высшего разряда», отражение в мистифицированной форме титула-туры высшего слоя мистических сект и орденов в исламе, прежде всего исмаилитской секты, весьма далекой от раннего ислама и сыгравшей большую роль в утверждении культа святых.

[101] *Аль-Хидр* – мусульманский пророк, наиболее популярный персонаж арабского и персидского средневекового фольклора. Обычно играет роль «deus ex machina» в сказках и «народных романах», выручая героев в самые трудные моменты. Хидр обладает чудесными свойствами мгновенно доставлять героя в самые отдаленные страны. Этот мотив использован Лермонтовым в «Ашик-Керибе».

воскликнул: «Спаси меня из этого изгнания, да наградит тебя Аллах! Я близок к гибели и не знаю, что мне делать!» – «Помолись Аллаху великому, чтобы он разрешил мне доставить тебя в Египет, прежде чем ты погибнешь», – сказал аль-Хидр. И Булукия стал плакать и умолять Аллаха великого, и Аллах принял его молитву и ниспослал аль-Хидру (мир с ним!) свою волю – доставить Булукию к его родным.

И сказал тогда аль-Хидр (мир с ним!): «Подними голову, Аллах принял твою молитву и велел мне доставить тебя в Египет. Уцепись за меня, и схватись за меня руками, и зажмурь глаза». И Булукия уцепился за аль-Хидра (мир с ним!), и схватился на него руками, и зажмурил глаза, и аль-Хидр (мир с ним!) сделал один шаг и потом сказал Булукии: «Открой глаза!» И Булукия открыл глаза и увидел, что он стоит у ворот своего дома. И затем он обернулся, чтобы проститься с аль-Хидром (мир с ним!), но не нашел и следа его…»

И Шахразаду застигло утро, и она прекратила дозволенные речи.

Когда же настала пятьсот тридцать третья ночь, она сказала: «Дошло до меня, о счастливый царь, что Булукия, когда аль-Хидр (мир с ним!) доставил его к воротам его дома, открыл глаза и хотел проститься с ним, но не нашел его. И он вошел в свой дом, и, когда его мать увидела его, она испустила громкий крик и упала от радости, и ей брызгали на лицо воду, пока она не очнулась, а очнувшись, она обняла своего сына и заплакала сильным плачем, а Булукия то плакал, то смеялся. И к нему пришли его родные, и домочадцы, и все его товарищи и стали его поздравлять с благополучием. И разнеслась по стране весть об этом, и стали приходить к нему подарки со всех концов, и забили барабаны, и засвистели флейты, и все радовались великой радостью. А после этого Булукия рассказал родным свою историю и поведал им обо всем, что с ним случилось, и о том, как аль-Хидр привел его и доставил к воротам его дома, и все удивились этому и плакали до тех пор, пока им не надоело плакать».

И все это рассказала царица змей Хасибу Карим ад-Дину. И Хасиб Карим ад-Дин удивился этому и заплакал сильным плачем, а затем он сказал царице змей: «Я хочу отправиться в свою страну!» И царица змей ответила ему: «Я боюсь, о Хасиб, что, достигнув своей страны, ты нарушишь обет и не исполнишь клятву, которую ты мне дал, и пойдешь в баню». И Хасиб поклялся ей многими верными клятвами, что всю жизнь не будет ходить в баню, и тогда царица змей приказала одной змее и сказала ей: «Выведи Хасиба Карим ад-Дина на лицо земли!» И змея взяла Хасиба и переходила с ним с места на место, пока не вывела его на лицо земли из-под крышки заброшенного колодца, а затем он пошел, и шел, пока не дошел до своего города.

И он отправился в свой дом (а было это в конце дня, когда пожелтело солнце) и постучал в ворота, и вышла его мать, и открыла ворота, и увидела своего сына, который стоял перед нею. И, увидев его, она заплакала, и, когда услышала ее плач жена Хасиба, она вошла к ней, и увидела своего мужа, и приветствовала его, и поцеловала ему руки. И они сильно обрадовались друг другу и вошли в дом, и, когда они уселись и Хасиб посидел среди своих родных, он спросил о дровосеках, которые рубили с ним дрова, и ушли, и оставили его в колодце, и мать сказала ему: «Они пришли ко мне и сказали: «Твоего сына съел волк в долине». Они сделались большими купцами владеют именьями и лавками, дела у них идут хорошо, и они каждый день приносят нам еду и питье, и до сего времени». – «Завтра пойди к ним, – сказал Хасиб, – и скажи им: «Хасиб Карим ад-Дин вернулся из путешествия; приходите его встречать и приветствовать его».

И когда наступило утро, его мать пошла по домам дровосеков и сказала им то, что поручил ей сказать ее сын. И, услышав ее слова, дровосеки изменились в лице и сказали ей: «Слушаем и повинуемся!» И каждый из них дал ей шелковую одежду, вышитую золотом, и они сказали ей: «Отдай ее твоему сыну, пусть он ее наденет, и скажи ему: «Они завтра к тебе придут». И мать Хасиба сказала им: «Слушаю и повинуюсь!» – и вернулась от них к сыну, и осведомила его об этом, и отдала ему то, что дали ей дровосеки.

Вот что было с Хасибом Карим ад-Дином и его матерью. Что же касается дровосеков, то они собрали множество купцов и осведомили их о том, что произошло из-за них с Хасибом Карим ад-Дипом, и спросили их: «Что нам теперь с ним делать?» И купцы ответили им: «Каждый из вас должен отдать ему половину своих денег и невольников», – и все согласились с этим мнением. И каждый из них взял половину своих денег, и они все пошли к Хасибу, и приветствовали его, и поцеловали ему руки, и отдали ему принесенное, и сказали: «Это часть твоей милости, и мы стоим перед тобою!» И Хасиб принял от них деньги и сказал им: «Что было, то прошло! Это было суждено Аллахом, а то, что суждено, сильней того, чего желаешь сам!»

«Пойди с нами, погуляем по городу и сходим в баню», – сказали ему купцы. И Хасиб ответил: «Я дал клятву, что не пойду в баню всю жизнь». – «Пойдем с нами к нам домой, мы тебя угостим», – сказали купцы. И Хасиб ответил: «Слушаю и повинуюсь!» А затем он поднялся и пошел с ними к ним домой, и каждый из купцов угощал его один вечер, и они делали это в течение семи вечеров.

И стал Хасиб обладателем денег, имений и лавок, и вокруг него собирались купцы города, и он рассказывал им обо всем, что с ним случилось, и сделался он одним из знатных купцов. И он провел так некоторое время, и в один из дней случилось ему выйти, чтобы пройтись по городу. И вдруг один его товарищ (а он был банщик) увидал его, когда он проходил мимо ворот бани, и глаза встретились с глазами, и банщик приветствовал Хасиба, и обнял его, и воскликнул: «Сделай мне милость, войди в баню и разотрись, пока я приготовлю тебе угощение». – «Я дал клятву, что не буду ходить в баню всю жизнь», – ответил Хасиб. И банщик стал клясться и воскликнул: «*Мои три жены разведены со мной*[102] трижды, если ты не войдешь со мной в баню и не помоешься там!»

И Хасиб Карим ад-Дин смутился душою и сказал банщику: «Разве ты хочешь, брат мой, сделать моих детей сиротами, разрушить мой дом и возложить грех на мою шею?» И тогда банщик бросился к ногам Хасиба Карим ад-Дина, и стал их целовать, и воскликнул: «Я прибегаю к твоему покровительству! Войди ко мне в баню, и грех будет на моей шее». И рабочие в бане и все, кто был там, собрались вокруг Хасиба Карим ад-Дина, и стали его упрашивать, и сняли с него одежду, и ввели его в баню.

И едва только он вошел туда, и сел у стены, и начал поливать себе голову водой, как пришли к нему двадцать человек и сказали: «Пойдем с нами, о человек, явись к султану!» И они послали одного из них к везирю султана, и этот человек отправился к нему и осведомил везиря, и везирь сел на коня вместе с шестьюдесятью мамлюками, и они поехали, и приехали в баню, и встретились с Хасибом Карим ад-Дином. И везирь приветствовал его и сказал: «Привет тебе!» – и дал банщику сто динаров и приказал подвести Хасибу коня, чтобы он на нем ехал. А затем везирь сел на коня вместе с Хасибом, и люди везиря тоже сели, и они взяли Хасиба и ехали с ним, пока не приехали ко дворцу султана. И везирь и его люди спешились, и Хасиб тоже сошел на землю, и он сел во дворце, и ему принесли трапезу, и все поели, выпили и вымыли руки. И везирь наградил Хасиба двумя почетными одеждами, каждая из которых стоила пять тысяч динаров, и сказал ему: «Знай, что Аллах послал тебя к нам и проявил к нам милость твоим приходом: султан стал близок к смерти от проказы, которая постигла его, и наши книги указывают, что жизнь его в твоих руках».

И Хасиб удивился этому делу, и везирь с Хасибом и вельможами царства прошел через семь дворцовых ворот, и они вошли к царю. А царя звали царь Караздан, царь персов, и он царил над *семью климатами*[103] , и было у него в услужении сто султанов, которые сидели на престолах из червонного золота, и десять тысяч богатырей, каждому из которых подчинялось сто наместников и сто палачей, державших в руках мечи и топоры. И они нашли этого царя лежащим, и лицо его было закутано в платок, и он стонал от сильной болезни. И когда Хасиб увидал такое, его ум был ошеломлен видом царя Караздана, и он поцеловал перед ним землю и пожелал ему счастья, а потом подошел к нему великий везирь, которого звали везирь Шамхур, и сказал ему: «Добро пожаловать!» – и посадил его на

---

[102] *Мои три жены разведены со мной...* – Клятва разводом была широко распространена среди мусульман в средние века. Для того чтобы развестись с женой, достаточно было три раза повторить: «Ты разведена».

[103] *Семь климатов* – Обычный сказочный образ, говорящий об обширности и отдаленности владений сказочного царя («Семидесятое государство»).

великолепный престол справа от царя Караздана...»

И Шахразаду застигло утро, и она прекратила дозволенные речи.

Когда же настала пятьсот тридцать четвертая ночь, она сказала: «Дошло до меня, о счастливый царь, что везирь Шамхур подошел к Хасибу и посадил его на престол справа от царя Караздана, и принесли трапезу, и все поели и попили и вымыли руки, а затем везирь Шамхур поднялся, и поднялись из-за него все, кто был в зале, проявляя почтение к нему. И везирь подошел к Хасибу Карим ад-Дину и сказал ему: «Мы будем тебе прислуживать, и все, что ты потребуешь, мы тебе дадим; даже если бы ты потребовал половину царства, мы бы ее тебе дали, так как исцеление царя в твоих руках». И он взял его за руку и пошел с ним к царю. И Хасиб открыл царю лицо, и посмотрел на него, и увидел, что царь в крайней болезни. И Хасиб ужаснулся этому, а везирь склонился над рукой Хасиба, поцеловал ее и сказал: «Мы хотим от тебя, чтобы ты вылечил этого царя, и все, что ты пожелаешь, мы тебе дадим. Это и есть то, что нам от тебя нужно». «Хорошо, – сказал Хасиб. – Я сын Данияля, пророка Аллаха, но я не знаю никакой науки. Меня поместили учиться ремеслу врачевания на тридцать дней, но я ничего из этого ремесла не выучил. Я хотел бы знать хоть немного эту науку и вылечить этого царя». – «Не затягивай с нами разговора! – воскликнул везирь. – Если бы мы собрали всех мудрецов востока и запада, никто бы не вылечил царя, кроме тебя!» – «Как же я его вылечу, когда я не знаю ни болезни его, ни лекарства?» – спросил Хасиб. И везирь сказал: «Лекарство для царя находится у тебя». – «Если бы я знал для него лекарство, – сказал Хасиб, – я бы, право, его вылечил». – «Ты знаешь его лекарство, и знаешь отлично, – сказал везирь. – *Его лекарство – царица змей*[104] , и ты знаешь, где она, и видел ее, и был у нее».

И, услышав это, Хасиб понял, что причина всего этого – посещение бани, и стал раскаиваться, когда раскаяние было бесполезно, и сказал: «Как царица змей? Я ее не знаю и никогда в жизни не слышал такого названия». – «Не отрицай, что ты ее знаешь, – сказал везирь, – у меня есть указание, что ты знаешь ее и пробыл у нее два года». – «Я не знаю ее, и ее не видел, и не слышал об этом деле, раньше чем услышал о нем от вас сию минуту», – отвечал Хасиб.

И везирь принес книгу, и открыл ее, и стал гадать, а затем он сказал: «Царица змей встретится с человеком, и он пробудет у нее два года, и вернется от нее, и поднимется на лицо земли, и, когда он войдет в баню, у него почернеет живот. Посмотри себе на живот», – сказал он Хасибу. И тот взглянул себе на живот и увидел, что он

---

[104] *Его лекарство – царица змей...* – Змея считалась воплощением мудрости. Мотив приобретения чудесных знаний человеком, попробовавшим мясо змеи или чудесной птицы, широко распространен в мировом фольклоре.

черный. «У меня живот черный с тех пор, как меня родила моя мать», – сказал он везирю. И везирь воскликнул: «Я поставил у каждой бани трех *мамлюков*[105] , чтобы они наблюдали за всяким, кто войдет в баню, и смотрели ему на живот, и осведомляли меня о нем. И когда ты вошел в баню, они посмотрели тебе на живот и увидели, что он черный. И они послали ко мне, извещая об этом, и нам не верилось, что мы с тобой сегодня встретимся. У нас, нет другой нужды, кроме того, чтобы ты нам показал то место, из которого ты вышел, а потом ты уйдешь своей дорогой. Мы можем схватить царицу змей, и у нас есть кому ее принести». Услышав эти слова, Хасиб раскаялся, что входил в баню, великим раскаянием, когда раскаяние было ему бесполезно, и эмиры и везири умоляли его рассказать им, где царица змей, пока не ослабели, а Хасиб говорил: «Я не видел такого дела и не слыхал о нем». И тогда везирь потребовал палача, и его привели, и везирь велел ему снять с Хасиба одежду и побить его сильным боем. И палач делал это до тех пор, пока Хасиб не увидел воочию смерть из-за сильной пытки. А после этого везирь сказал ему: «У нас есть указание, что ты знаешь, где место царицы змей, зачем же ты это отрицаешь? Покажи нам то место, откуда ты вышел, и удались от нас. У нас есть кому схватить царицу змей, и тебе не будет, вреда». И затем он стал его упрашивать, и поднял его на ноги, и велел дать ему одежду, вышитую червонным золотом и дорогим и металлами. И Хасиб послушался приказания везиря и сказал: «Я покажу вам то место, из которого я вышел». И, услышав его слова, везирь обрадовался великой радостью. И он сел на коня со всеми эмирами, и Хасиб тоже сел на коня и поехал перед воинами, и они ехали до тех пор, пока не приехали к горе, а затем Хасиб вошел с ними в пещеру и стал плакать и горевать. И эмиры, и везири сошли с коней и шли вслед за Хасибом, пока не пришли к колодцу, из которого Хасиб вышел.

И тогда везирь выступил вперед, и сел, и зажег курения, и стал произносить заклинания и клятвы, и дуть, и бормотать (это был злокозненный волшебник и кудесник, который знал науку о духах и другие науки). А окончив первое заклинание, он стал читать второе заклинание и третье заклинание, и всякий раз, когда курения кончались, он бросал на огонь другие. Потом он сказал:

«Выходи, о царица змей!» И вдруг вода в колодце ушла под землю, и открылась большая дверь, и раздался великий крик, подобный грому, так что подумали, что колодец обвалился, и все присутствующие упали на землю без памяти, а некоторые из них умерли. И вышла из этого колодца огромная змея, точно слон, из глаз и изо рта которой летели искры, как угли, и на спине у нее было блюдо из червонного золота, украшенное жемчугом и драгоценными камнями, а посреди этого блюда сидела змея, озарявшая все вокруг, и

---

[105] *Мамлюк* – раб, купленный в детстве и воспитанный во дворце правителя для несения военной службы при султане или эмире. Из мамлюков вышло немало полководцев и правителей.

лицо у нее было, как у человека, и говорила она человеческим языком, и была это царица змей. И она стала оборачиваться направо и налево, и взор ее упал на Хасиба, и она спросила его: «Где же обет, который ты мне дал, и клятва, которою ты мне поклялся, говоря, что ты не пойдешь в баню? Но ничто не поможет против того, что предопределено, и что написано на лбу, от того не убежишь. Аллах вложил окончание моей жизни в твои руки, и так судил Аллах, и хотел он, чтобы я была убита, а царь Караздан исцелился от болезни».

И затем царица змей заплакала сильным плачем, и Хасиб заплакал вместе с ней. И когда везирь Шамхур проклятый увидал царицу змей, он протянул к ней руку, чтобы схватить ее, но она сказала: «Удержи свою руку, о проклятый, иначе, я подую на тебя и превращу тебя в кучу черного пепла!» И она окликнула Хасиба и сказала ему: «Подойди ко мне, и возьми меня в руки, и положи меня на это блюдо, которое с вами, и поставь его себе на голову. Умереть от твоей руки мне суждено от века, и нет у тебя силы, чтобы отразить мою смерть».

И Хасиб взял змею и понес ее на голове, и колодец опять стал таким, как был. И все вышли, и Хасиб нес блюдо, в котором была змея, на голове. И когда они шли по дороге, царица змей сказала Хасибу потихоньку: «О Хасиб, послушай, какой я дам тебе добрый совет, хотя ты и нарушил обещание, и не сдержал клятвы, и совершил такие поступки, так как они были суждены от века». – «Слушаю и повинуюсь! – сказал Хасиб. – Что ты мне прикажешь, о царица змей?» – «Когда ты придешь в дом везиря, – сказала змея, – он скажет тебе: «Зарежь царицу змей и разруби ее на три куска!» – и ты откажись, и не делай этого, и скажи ему: «Я не знаю, как резать». Пусть он зарежет меня своей рукой и сделает со мной, что хочет. А когда он меня зарежет и разрубит на куски, к нему придет посланец от царя Караздана и потребует, чтобы он явился к нему. И тогда везирь положит мое мясо в медный котелок, и поставит котелок на жаровню, и перед уходом к царю скажет тебе: «Зажги огонь под этим котелком, чтобы поднялась с мяса пена, и, когда пена поднимется, возьми ее, налей в бутылку и подожди, пока она простынет, и выпей ее. Когда ты ее выпьешь, не останется у тебя в теле никакой боли. А когда поднимется вторая пена, сохрани ее у себя в другой бутылке, и я приду от царя и выпью ее из-за болезни, которая у меня в хребте». И он даст тебе две бутылки и уйдет к царю, а когда он уйдет к нему, зажги огонь под котелком, чтобы поднялась первая пена, и возьми ее, и налей в бутылку, и спрячь ее у себя но берегись ее выпить; если ты ее выпьешь, не будет для тебя блага. А когда поднимется вторая пена, налей ее в другую бутылку, и подожди, пока она остынет, и сохрани ее у себя, чтобы ее выпить. А когда везирь придет от царя и потребует от тебя вторую бутылку, дай ему первую и посмотри, что с ним произойдет…»

И Шахразаду застигло утро, и она прекратила дозволенные речи.

Когда же настала пятьсот тридцать пятая ночь, она сказала: «Дошло до меня, о счастливый царь, что царица змей дала Хасибу наставление не пить первой пены и сохранить вторую пену, и сказала ему: «Когда вернется везирь от царя и потребует от тебя вторую бутылку, отдай ему первую и посмотри, что с ним произойдет. А потом выпей сам вторую пену, и когда ты ее выпьешь, станет твое сердце обителью мудрости. А после этого вынь мясо, и положи его на медное блюдо, и дай его царю, чтобы он его съел, а когда он съест мясо и оно утвердится у него в животе, закрой ему лицо платком и подожди до полудня, пока его живот не простынет, и потом напои его вином; он снова станет здоров, как был, и вылечится от своей болезни по могуществу Аллаха великого. Слушайся наставления, которое я тебе дала, и всячески его придерживайся».

И они шли до тех пор, пока не подошли к дому везиря, и везирь сказал Хасибу: «Войди со мной в дом!» И когда везирь с Хасибом вошли, и воины разошлись, и каждый из них ушел своей дорогой, Хасиб снял с головы блюдо, в котором была царица змей. И везирь сказал ему: «Зарежь царицу змей». – «Я не знаю, как резать, – сказал Хасиб, – и в жизни никого не резал. Если у тебя есть желание ее зарезать, зарежь ее сам своей рукой». И везирь Шамхур поднялся и взял царицу змей из блюда, в котором она лежала, и зарезал ее. И когда Хасиб увидел это, он заплакал горьким плачем, и Шамхур стал над ним смеяться и воскликнул: «О лишившийся ума, как можешь ты плакать из-за того, что зарезана змея?»

А после того, как везирь ее зарезал, он разрубил ее на три куска и положил их в медный котелок, и вдруг пришел к нему от царя мамлюк и сказал: «Царь тебя требует сию же минуту!» – «Слушаю и повинуюсь!» – ответил везирь, и после этого он поднялся, и принес Хасибу две бутылки, и сказал: «Зажги огонь под этим котелком, чтобы поднялась с мяса первая пена, а когда она поднимется, сними ее с мяса и налей в одну из этих бутылок. Подожди, пока она остынет, и выпей ее. Если ты ее выпьешь, твое тело станет здоровым и не останется у тебя в теле боли или недуга. Когда же поднимется вторая пена, налей ее в другую бутылку и храни ее у себя, пока я не вернусь от царя, и тогда я ее выпью, потому что у меня в хребте боль, которая, может быть, пройдет, когда я выпью пену».

Затем он отправился к царю, подтвердив Хасибу это наставление. И Хасиб зажег огонь под котелком, и, когда поднялась первая пена, он снял ее и налил в одну из двух бутылок, которую положил около себя. И он до тех пор разжигал огонь под котелком, пока не поднялась вторая пена, и тогда он снял ее, и налил во вторую бутылку, и спрятал ее у себя. А когда мясо поспело, он снял котелок с огня, и сел, и стал ждать везиря, и везирь пришел от царя и спросил Хасиба: «Что ты сделал?» – «Работа кончена», – отвечал Хасиб. И везирь спросил его: «Что ты сделал с первой бутылкой?» – «Я сейчас выпил то, что в ней было», – ответил Хасиб. И везирь сказал: «Я вижу, что на твоем теле от темени до ног как будто загорелось огнем». И коварный везирь Шамхур скрыл от него, в чем дело, чтобы обмануть его, и сказал: «Подай сюда оставшуюся бутылку: я выпью то, что в ней есть, и, может быть, я исцелюсь и вылечусь от болезни, которая у меня в хребте».

И затем везирь выпил то, что было в первой бутылке, думая, что это вторая, и не успел он ее выпить до конца, как бутылка выпала у него из рук, и он распух сию же минуту. И оправдались на нем слова сказавшего поговорку: «Кто вырыл колодец для своего брата, упадет в него».

И, увидев это дело, Хасиб удивился и побоялся выпить из второй бутылки, но затем он вспомнил наставление змеи и сказал про себя: «Если бы во второй бутылке было что-нибудь вредное, везирь не выбрал бы ее для себя. Полагаюсь на Аллаха!» – воскликнул он и выпил то, что было в бутылке. И когда он выпил ее, Аллах великий открыл у него в сердце источники мудрости и обнаружил перед ним сущность знания, и овладело им веселье и радость. И он взял мясо, которое было в котле, и положил его на медное блюдо, и вышел из дома везиря.

И, подняв голову к небу, он увидел семь небес и все, что есть там, вплоть до самого крайнего предела. И увидел он, как вращаются небосводы, и Аллах открыл ему все это. Он увидал звезды, движущиеся и неподвижные, и понял, как движутся созвездия, и уразумел, каков облик суши и моря, и вывел отсюда науку измерения, и науку чтения по звездам, и астрономию, и науку о небесных светилах, и исчисление, и все то, что с этим связано. Он узнал обо всем, что проистекает от затмения солнца и луны, и в прочем, а затем он посмотрел на землю и узнал, какие там есть металлы, растения и деревья, и узнал, какие у них всех особенности и полезные свойства, и вывел отсюда науку врачевания, белой магии и алхимии, и узнал, как делать золото и серебро.

И он шел с этим мясом, пока не дошел до царя Караздана, а войдя к нему, он поцеловал землю меж его рук и сказал ему: «Твой везирь Шамхур приказал долго жить!» И царь разгневался великим гневом из-за смерти своего везиря и заплакал горьким плачем, и заплакали о нем везири, эмиры и вельможи царства, а затем царь Караздан сказал: «Везирь Шамхур сейчас был у меня в полном здоровье, а затем он ушел, чтобы принести мне мясо, если оно хорошо сварилось. Какова же причина его смерти в этот час и что с ним случилось?» И Хасиб рассказал царю обо всем, что случилось с везирем, когда он выпил содержимое бутылки, и распух, и живот у него раздулся, и он умер. И царь опечалился великой печалью и спросил Хасиба: «Каково же будет мне после Шамхура?» – «Не обременяй себя заботой, о царь времени, – ответил царю Хасиб. – Я тебя вылечу в три дня и не оставлю у тебя в теле никакой болезни». И грудь царя Караздана расправилась, и он сказал Хасибу: «Я хочу исцелиться от этой беды хотя бы через несколько лет».

И Хасиб поднялся, и, принеся котелок, поставил его перед царем, и взял кусок мяса царицы змей, и дал его съесть царю Караздану, а потом он покрыл его, и расстелил у него на лице платок, и, сев рядом с ним, велел ему заснуть. И царь проспал от полудня до заката солнца, пока кусок мяса не совершил круг у него в животе. А затем Хасиб разбудил царя, и дал ему выпить немного вина, и велел ему спать. И царь проспал всю ночь до утра, а когда поднялся день, Хасиб сделал с ним то же самое, что сделал накануне, и он скормил ему эти три куска мяса в течение трех дней. И у царя стала сохнуть кожа и вся слезла, и тогда царь начал потеть так, что пот лил по нему с ног до головы, и исцелился, и у него на теле не осталось никакой болезни. «Необходимо пойти в баню», – сказал Хасиб, и свел царя в баню, и вымыл ему тело, и вывел его оттуда. И стало тело царя подобно серебряной трости, и вернулся он к прежнему здоровью и стал еще здоровее, чем раньше.

И надел царь лучшие свои одежды, и сел на престол, и позволил Хасибу Карим ад-Дину сесть с ним, и Хасиб сел с ним рядом. И тогда царь велел расставить столы, и их расставили, и они поели и вымыли руки, а потом царь велел принести напитки, и принесли то, что он потребовал, и они с Хасибом выпили. И пришли все эмиры, везири, и воины, и вельможи царства, и знатные люди из его подданных и стали его поздравлять с выздоровлением и благополучием. И забили в барабаны и украсили город из-за спасения царя, и, когда все собрались у него для поздравлений, царь сказал: «О собрание везирей, эмиров и вельмож царства! Вот Хасиб Карим ад-Дин, который вылечил меня от моей болезни. Знайте, что я назначил его великим везирем на место везиря Шамхура…»

И Шахразаду застигло утро, и она прекратила дозволенные речи.

Когда же настала пятьсот тридцать шестая ночь, она сказала: «Дошло до меня, о счастливый царь, что царь сказал своим везирям и вельможам царства: «Тот, кто меня вылечил от моей болезни – Хасиб Карим ад-Дин, и я назначил его великим везирем вместо везиря Шамхура. Кто любит его, тот любит и меня, кто почитает его, тот почитает и меня, и кто ему повинуется, тот и мне повинуется». – «Слушаем и повинуемся!» – сказали все. И затем они все поднялись, и стали целовать руки Хасиба Карим ад-Дина, и приветствовать его, и поздравлять с должностью везиря.

А после этого царь наградил Хасиба роскошной одеждой почета, затканной червонным золотом и украшенной жемчугом и драгоценными камнями, самый маленький из которых стоил пять тысяч динаров, и подарил ему триста мамлюков и триста наложниц, которые сняли, как луны, и триста абиссинских рабынь и пятьсот мулов, нагруженных деньгами, и дал он ему скота – и буйволов и коров столько, что бессильно всякое описание. А после всего этого он велел своим везирям, эмирам, вельможам царства, знатным людям страны, и невольникам, и простым своим подданным делать Хасибу подарки. И Хасиб Карим ад-Дин поехал, и поехали позади него везири, эмиры, вельможи царства и все воины и отправились к дому, который велел освободить для него царь. И затем он сел на место везиря, и начали приходить к нему эмиры и везири, и целовать ему руки, и поздравлять его с должностью везиря, и все они стали ему прислуживать.

И мать Хасиба обрадовалась великой радостью и стала поздравлять его с должностью везиря; и пришли к нему его жены и поздравили его с благополучием и должностью везиря, и они радовались великой радостью, а потом пришли к нему его товарищи-дровосеки и поздравили его с должностью везиря. И Хасиб сел на коня, и поехал, и, прибыв ко дворцу везиря Шамхура, опечатал его дом и наложил руку на то, что в нем находилось, и описал его содержимое, и перенес все это в свой дом. И после того, как он не знал никакой науки и не умел читать написанное, он сделался знающим все науки по могуществу Аллаха великого, и распространилась весть о его знаниях. И стала ему мудрость известна во всех странах, и сделался он знаменит глубокими познаниями во врачевании, астрономии, геометрии, чтении по звездам, алхимии, белой магии, науке о духах и прочих науках.

И однажды он сказал своей матери: «О матушка, мой отец Данияль был человеком мудрым и достойным; расскажи мне, что он оставил из книг и прочего». И, услышав слова Хасиба, его мать принесла сундук, в который его отец положил пять листков, оставшиеся от книг, утонувших в море, и сказала ему: «Твой отец не оставил никаких книг — только пять листков, которые в этом сундуке».

И Хасиб открыл сундук, взял эти пять листков, и прочитал их, и воскликнул: «О матушка, это пять листков из целой книги, где же остаток ее?» И его мать ответила: «Твой отец поехал со всеми своими книгами по морю, и корабль разбился, и книги его потонули, а его самого Аллах великий спас от потопления, и не осталось от его книг ничего, кроме этих пяти листков. А когда твой отец вернулся из путешествия, я носила тебя, и он сказал мне: «Может быть, ты родишь мальчика, возьми же эти листки, спрячь их у себя и, когда мальчик вырастет и спросит тебя про мое наследство, отдай ему их и скажи: «Твой отец не оставил ничего, кроме этого. Вот эти листки».

И Хасиб Карим ад-Дин изучил все науки, и после этого он сидел, ел и пил, живя приятнейшей жизнью и наилучшим образом, пока не пришла к нему Разрушительница наслаждений и Разлучительница собраний. Вот и конец того, что дошло до нас из повести о Хасибе, сыне Данияля (да помилует его Аллах великий!), а Аллах лучше знает истину».

Сказка о Синдбаде-мореходе

«Но это не удивительнее, чем сказка о Синдбаде. А был во времена халифа, повелителя правоверных, Харуна ар-Рашида в городе Багдаде человек, которого звали Синдбад-носильщик. И был это человек, живший бедно, и носил он за плату тяжести на голове. И случилось, что в какой-то день он нес тяжелую ношу, – а была в этот день сильная жара, – и утомился Синдбад от своей ноши и вспотел, и одолел его зной. И проходил он мимо ворот одного купца, перед которыми было подметено и полито, и воздух там был ровный, и рядом с воротами стояла широкая скамейка. И носильщик положил свою ношу на эту скамейку, чтобы отдохнуть и подышать воздухом...»

И Шахразаду застигло утро, и она прекратила дозволенные речи.

Когда же настала пятьсот тридцать седьмая ночь, она сказала: «Дошло до меня, о счастливый царь, что, когда носильщик положил свою ношу на эту скамейку, чтобы отдохнуть и подышать воздухом, и на него повеяло из ворот нежным ветерком и благоуханным запахом, и носильщик наслаждался этим, присев на край скамейки, и слышал он из этого помещения звуки струн лютни, и голоса, приводившие в волнение, и декламацию разных стихов с ясным смыслом, и внимал пению птиц, которые перекликались и прославляли Аллаха великого разными голосами, на всевозможных языках, и были то горлинки, персидские соловьи, дрозды, обыкновенные соловьи, лесные голуби и певчие куропатки.

И носильщик удивился в душе и пришел в великий восторг, и, подойдя к воротам, он увидел внутри дома большой сад и заметил там слуг, рабов, прислужников и челядь и всякие вещи, которые найдешь только у царей и султанов; и повеяло на него благоуханным запахом прекрасных кушаний всевозможных и разнообразных родов и прекрасных напитков. И он поднял взор к небу и воскликнул: «Слава тебе, о господи, о творец, о промыслитель, ты наделяешь, кого хочешь, без счета! О боже, я прошу у тебя прощения во всех грехах и раскаиваюсь перед тобой в моих недостатках. О господи, нет сопротивления тебе при твоем приговоре и могуществе, тебя не спрашивают о том, что ты делаешь, и ты властен во всякой вещи. Слава тебе! Ты обогащаешь, кого хочешь, и делаешь бедными, кого хочешь, ты возвышаешь, кого хочешь, и унижаешь, кого хочешь. Нет господа, кроме тебя! Как велик твой сан, и как сильна твоя власть, и как прекрасно твое управление! Ты оказал милость, кому хотел из рабов твоих, и владелец этого дома живет в крайнем благополучии, и наслаждается он тонкими запахами, сладкими кушаньями и роскошными напитками всевозможных видов. Ты судил твоим тварям, что хотел и что предопределил им: одни счастливы, а другие, как я, в крайней усталости и унижении». И он произнес:

> Не ведающие, где отдохнуть
>   прилягут,
>   И те находят отдых и приют.
>   А у меня все больше бед и тягот
>   И дивные заботы всё растут.
>   Иной счастлив, волнения не зная,
>   Судьба и та не терпит то, что я.

Иному всё подносит жизнь земная
Богатство, сладость пищи и питья.
А между тем одно и то же семя –
Меня и их взрастило. Но оно
Таит различье между мной и
всеми.
Мне горький уксус, а другим вино.
Не клевещу, не сетую на бога
По справедливости он судит
строго.

А окончив произносить свои нанизанные стихи, Синдбад-носильщик хотел поднять свою ношу и идти, и вдруг вышел к нему из ворот слуга, юный годами, с красивым лицом и прекрасным станом, в роскошных одеждах. И он схватил носильщика за руку и сказал ему: «Войди, поговори с моим господином, он зовет тебя». И носильщик хотел отказаться войти со слугой, но не мог этого сделать. Он сложил свою ношу у привратника при входе в дом и вошел со слугой, и увидел он прекрасный дом, на котором лежал отпечаток приветливости и достоинства, а посмотрев в большую приемную залу, он увидел там благородных господ и знатных вольноотпущенников; и были в зале всевозможные цветы, и всякие благовонные растения, и закуски, и плоды, и множество разнообразных роскошных кушаний, и вина из отборных виноградных лоз. И были там инструменты для музыки и веселья и прекрасные рабыни, и все они стояли на своих местах, по порядку; а посреди залы сидел человек знатный и почтенный, щек которого коснулась седина; был он красив лицом и прекрасен обликом и имел вид величественный, достойный, возвышенный и почтенный.

И оторопел Синдбад-носильщик и воскликнул про себя: «Клянусь Аллахом, это помещение – одно из райских нолей, это дворец султана или царя!» И затем он проявил вежливость и пожелал присутствующим мира, и призвал на них благословение, и, поцеловав перед ними землю, остановился, опустив голову...»

И Шахразаду застигло утро, и она прекратила дозволенные речи.

Когда же настала пятьсот тридцать восьмая ночь, она сказала: «Дошло до меня, о счастливый царь, что Синдбад-носильщик, поцеловав перед ними землю, остановился, скромно опустив голову. И хозяин дома позволил ему сесть, и он сел, а хозяин приблизил его к себе и стал ободрять его словами, говоря: «Добро пожаловать!»

Потом он велел подать ему роскошные кушанья, прекрасные и великолепные, и Синдбад-носильщик подошел и, произнеся имя Аллаха, стал есть, и ел, пока не поел вдоволь и не насытился, а потом он сказал: «Хвала Аллаху за все, что он пошлет!» – и вымыл руки и поблагодарил присутствующих. «Добро пожаловать, – сказал ему хозяин дома, – день твоего прихода благословен. Как твое имя и каким ты занимаешься ремеслом?» – «О господин, – отвечал Синдбад, – мое имя – Синдбад-носильщик, и я ношу на голове чужие вещи за плату».

И хозяин дома улыбнулся и сказал ему: «Знай, о носильщик, что твое имя такое же, как мое, я – Синдбад-мореход. Но я хочу, о носильщик, чтобы ты дал мне услышать те стихи, которые ты говорил, стоя у ворот». И носильщик смутился и воскликнул: «Ради Аллаха, не взыщи с меня! Усталость, и труд, и малый достаток учат человека невежливости и неразумию». – «Не смущайся, – ответил ему хозяин дома, – ты стал моим братом. Скажи же мне эти стихи, они мне понравились, когда я услышал, как ты говорил их, стоя у ворот».

И носильщик сказал хозяину дома эти стихи, и они понравились ему, и он восторгался, слушая их.

«О носильщик, – сказал он, – знай, что моя история удивительна. Я расскажу тебе обо всем, что со мной было и случилось, прежде чем я пришел к такому счастью и стал сидеть в том месте, где ты меня видишь. Я достиг такого счастья и подобного места только после сильного утомления, великих трудов и многих ужасов. Сколько я испытал в давнее время усталости и труда! Я совершил семь путешествий, и про каждое путешествие есть удивительный рассказ, который приводит в смущение умы. Все это случилось по предопределенной судьбе, – а от того, что написано, некуда убежать и негде найти убежище».

Рассказ о первом путешествии

«Знайте, о господа, о благородные люди, что мой отец был купцом, и был он из людей и купцов знатных, и имел большие деньги и обильные богатства, и умер, когда я был маленьким мальчиком, оставив мне деньги, и земли, и деревни.

А выросши, я наложил на все это руку и стал есть прекрасную пищу и пить прекрасные напитки. Я водил дружбу с юношами и наряжался, надевая прекрасные одежды, и расхаживал с друзьями и товарищами, и думал я, что все это продлится постоянно и всегда будет мне полезно. И я провел в таком положении некоторое время, а затем я очнулся от своей беспечности, и вернулся к разуму, и увидел, что деньги мои ушли, и положение изменилось, и исчезло все, что у меня было. И, придя в себя, я испугался, и растерялся, и стал думать об одном рассказе, который я раньше слышал от отца, – и был это рассказ о господине нашем Сулеймане, сыне Дауда (мир с ними обоими!), который говорил: «Есть три вещи лучше трех других: день смерти лучше дня рождения, живой пес лучше мертвого льва, и могила лучше бедности».

И я поднялся и собрал все бывшие у меня вещи и одежды и продал их, а потом я продал мои земли и все, чем владели мои руки, и собрал три тысячи дирхемов. И пришло мне на мысль отправиться в чужие страны, и вспомнил я слова кого-то из поэтов, который сказал:

Величье достигается трудом –
Бессонница в ночи, работа днем.
За жемчугом ныряй на дно
морское,
И ты довольство обретешь
мирское.
А без труда величье не добыть,
Бесплодно жизнь погубишь, может
быть.

И тогда я решился и накупил себе товаров, и вещей, и всяких принадлежностей, и кое-что из того, что было нужно для путешествия, и душа моя согласилась на путешествие по морю. И я сел на корабль и спустился в город *Басру*[106] вместе с толпой купцов, и мы ехали морем дни и ночи и проходили мимо островов, переходя из моря в море и от суши к суше; и везде, где мы ни проходили, мы продавали, и покупали, и выменивали товары. И мы пустились ехать по морю и достигли одного острова, подобного саду из райских садов, и хозяин корабля пристал к этому острову, и бросил якоря, и спустил сходни, и все, кто был на корабле, сошли на этот остров. И они сделали себе жаровни, и разожгли на них огонь, и занялись разными делами, и некоторые из них стряпали, другие стирали, а третьи гуляли; и я был среди тех, кто гулял по острову.

И путники собрались и стали есть, пить, веселиться и играть; и мы проводили так время, как вдруг хозяин корабля стал на край палубы и закричал во весь голос: «О мирные путники, поспешите подняться на корабль и поторопитесь взойти на него! Оставьте ваши вещи и бегите, спасая душу. Убегайте, пока вы целы и не погибли. Остров, на котором вы находитесь, не остров, – это большая рыба, которая погрузилась в море, и нанесло на нее песку, и стала она как остров, и деревья растут на ней с древних времен. А когда вы зажгли на ней огонь, она почувствовала жар и зашевелилась, и она опустится сейчас с вами в море, и вы все потонете. Спасайтесь же, не то погибнете…»

И Шахразаду застигло утро, и она прекратила дозволенные речи.

Когда же настала пятьсот тридцать девятая ночь, она сказала: «Дошло до меня, о счастливый царь, что капитан корабля закричал путникам и сказал им: «Спасайтесь же, не то погибнете, бросайте все!»

И путники услышали слова капитана, и заторопились, и поспешили подняться на корабль, и оставили свои вещи, и пожитки, и котлы, и жаровни. И некоторые из них достигли корабля, а некоторые

---

[106] *Басра* – портовый город в Ираке, у слияния рек Тигра и Евфрата (Шатт аль-Араб). Был крупным культурным и торговым центром, особенно в VIII–X вв.

не достигли, и остров зашевелился и опустился на дно моря со всем, что на нем было, и сомкнулось над ним ревущее море, где бились волны. А я был среди тех, которые задержались на острове, и погрузился в море вместе с теми, кто погрузился, но Аллах великий спас меня, и сохранил от потопления, и послал мне большое деревянное корыто, из тех, в которых люди стирали. И я схватился за корыто и сел на него верхом, ради сохранения жизни, которая дорога всем, и отталкивался ногами, как веслами, и волны играли со мной, бросая меня направо и налево. А капитан распустил паруса и поплыл с теми, кто поднялся на корабль, не обращая внимания на утопающих; и я смотрел на этот корабль, пока он не скрылся из глаз, и тогда я убедился, что погибну.

Сказка о Синдбаде-мореходе

И пришла ночь, и я был в таком положении и провел таким образом один день и одну ночь, и ветер и волны помогли мне, и корыто пристало к высокому острову, на котором были деревья, свешивающиеся над морем. И я схватился за ветку высокого дерева и уцепился за нее, едва не погибнув, и, держась за эту ветку, вылез на остров. И я увидел, что ноги у меня затекли и укусы рыб оставили на голенях следы, но я не чувствовал этого, так сильны были моя горесть и утомление. И я лежал на острове, как мертвый, и лишился чувств, и погрузился в оцепенение, и пробыл в таком состоянии до следующего дня. И поднялось надо мной солнце, и я проснулся на острове и увидел, что ноги у меня распухли, но пошел, несмотря на то что со мной было, то ползая, то волочась на коленях; а на острове было много плодов и ручьев с пресной водой, и я ел эти плоды.

И я провел в таком положении несколько дней и ночей, и душа

моя ожила, и вернулся ко мне дух мой, и мои движения окрепли. И я принялся думать и расхаживать по берегу острова, смотря среди деревьев на то, что создал Аллах великий, и сделал себе посох из сучьев этих деревьев, на который я опирался, и я долго жил таким образом.

И однажды я шел по берегу острова, и показалось мне издали какое-то существо. Я подумал, что это дикий зверь или животное из морских животных, и я пошел по направлению к нему, не переставая на него смотреть; и вдруг оказалось, что это конь, огромный на вид и привязанный на краю острова у берега моря.

И я приблизился к нему, и конь закричал великим криком, и я испугался и хотел повернуть назад; но вдруг вышел из-под земли человек и закричал на меня, и пошел за мной следом, и спросил: «Кто ты, откуда ты пришел и почему ты попал в это место?» – «О господин, – отвечал я ему, – знай, что я чужестранец, и я ехал на корабле и стал тонуть вместе с некоторыми из тех, кто был на нем, но Аллах послал мне деревянное корыто, и я сел в него, и оно плыло со мной, пока волны не выбросили меня на этот остров».

И, услышав мои слова, этот человек схватил меня за руку и сказал: «Пойдем со мной»; и я пошел с ним, и он опустился со мной в погреб под землю и ввел меня в большую подземную комнату, и потом он посадил меня посреди этой комнаты и принес мне кушаний. А я был голоден и стал есть, и ел, пока не насытился и не поел вдоволь, и душа моя отдохнула.

И затем этот человек начал расспрашивать меня о моих обстоятельствах и о том, что со мной случилось; и я рассказал ему обо всех бывших со мной делах от начала до конца, и он удивился моей повести.

А окончив свой рассказ, я воскликнул: «Ради Аллаха, о господин, не взыщи с меня! Я рассказал тебе об истинном моем положении и о том, что со мной случилось, и хочу от тебя, чтоб ты рассказал мне, кто ты и почему ты сидишь в этой комнате, которая находится под землей. По какой причине ты привязал того коня на краю острова?» – «Знай, – ответил мне человек, – что нас много, и мы разошлись по этому острову во все стороны. Мы – конюхи царя аль-*Михраджана*[107], и у нас под началом все его кони. Каждый месяц с новой луной мы приводим чистокровных коней и привязываем на этом острове кобыл, еще не крытых, а сами прячемся в этой комнате под землей, чтобы никто нас не увидел. И приходят жеребцы из морских коней на запах этих кобыл, и выходят на сушу, и осматриваются, но никого не видят, и тогда они вскакивают на кобыл и удовлетворяют свою нужду, и слезают с них, и хотят увести их с собой, но кобылы не могут уйти с жеребцами, так как они привязаны. И жеребцы кричат на них, и бьют их головой и ногами, и ревут, и мы слышим их рев и узнаем, что они слезли с кобыл; и тогда мы

---

107 *Михраджан* – искаженное «махараджа». Островами Махараджи иногда называли остров Яву и Малайский архипелаг.

выходим и кричим на них, и они нас пугаются и уходят в море, а кобылицы носят от них и приносят жеребца или кобылку, которые стоят целого мешка денег, и не найти подобных им на лице земли. Теперь время жеребцам выходить, и если захочет Аллах великий, я возьму тебя с собой к царю аль-Михраджану…»

И Шахразаду застигло утро, и она прекратила дозволенные речи.

Когда же настала ночь, дополняющая до пятисот сорока, она сказала: «Дошло до меня, о счастливый царь, что конюх говорил Синдбаду-мореходу: «Я возьму тебя с собой к царю аль-Михраджану и покажу тебе нашу страну. Знай, что, если бы ты не встретился с нами, ты не увидел бы на этом острове никого другого и умер бы в тоске, и никто о тебе не знал бы. Но я буду причиной твоей жизни и возвращения в твою страну».

И я пожелал конюху блага и поблагодарил его за его милости и благодеяния; и когда мы так разговаривали, вдруг жеребец вышел из моря и закричал великим криком, и затем он вскочил на кобылу, а окончив свое дело с нею, он слез с нее и хотел взять ее с собой, но не мог, и кобыла стала лягаться и реветь. И конюх взял в руки меч и кожаный щит и вышел из-за дверей этой комнаты, скликая своих товарищей и говоря им: «Выходите к жеребцу!» – и бил мечом по щиту.

И пришла толпа людей, с копьями, крича, и жеребец испугался их, и ушел своей дорогой, и спустился в море, точно буйвол, и скрылся под водой. И тогда конюх посидел немного, и вдруг пришли его товарищи, каждый из которых вел кобылку; и они увидели меня около конюха и стали меня расспрашивать о моем деле, и я рассказал им то же самое, что рассказывал конюху, и эти люди подсели ко мне ближе, и разложили трапезу, и стали есть, и пригласили меня, и я поел с ними, а потом они поднялись, и сели на коней, и взяли меня с собой, посадив меня на спину коня.

И мы поехали, и ехали до тех пор, пока не прибыли в город царя аль-Михраджана, и конюхи вошли к нему и осведомили его о моей истории, и царь потребовал меня к себе. И меня ввели к царю и поставили перед ним, и я пожелал ему мира; и он ответил мне на привет и сказал: «Добро пожаловать!» – и приветствовал меня с уважением. Он спросил меня, что со мной было, и я рассказал ему обо всем, что мне выпало и что я видел, с начала до конца; и царь удивился тому, что мне выпало и что со мной случилось, и сказал: «О дитя мое, клянусь Аллахом, тебе досталось больше чем спасение, и если тебе не была бы суждена долгая жизнь, ты бы не спасся от этих бедствий. Но слава Аллаху за твое спасение!»

И затем он оказал мне милость и уважение, и приблизил меня к себе, и стал ободрять меня словами и ласковым обращением. Он сделал меня начальником морской гавани и велел переписывать все корабли, которые подходили к берегу; и я пребывал около царя и исполнял его дела, а он оказывал мне милости и всячески благодетельствовал мне. Он одел меня в прекрасную и роскошную одежду, и я сделался его приближенным в отношении ходатайств и исполнения дел подданных.

И я пробыл у него долгое время. Но всякий раз, когда я проходил по берегу моря, я спрашивал странствующих купцов и моряков, в какой стороне город Багдад, надеясь, что, может, кто-нибудь мне о нем скажет, и я отправлюсь с ним в Багдад, и вернусь в свою страну. Но никто не знал Багдада и не знал, кто туда отправляется, и я впал в смущение и тяготился долгим пребыванием на чужбине.

И я провел так некоторое время; и однажды я вошел к царю аль-Михраджану и нашел у него толпу индийцев. Я пожелал им мира, и они ответили мне на приветствие и сказали: «Добро пожаловать!» – и стали расспрашивать меня про мою страну…»

И Шахразаду застигло утро, и она прекратила дозволенные речи.

Когда же настала пятьсот сорок первая ночь, она сказала: «Дошло до меня, о счастливый царь, что Синдбад-мореход говорил: «Я расспрашивал про их страну, и они сказали, что среди них есть *шакириты*[108] (а это самые почтенные люди), и они никого не обижают и никого не принуждают, и есть среди них люди, которых называют *брахманами*[109], и они никогда не пьют вина, но наслаждаются и живут безмятежно, развлекаясь и слушая музыку, и у них есть верблюды, кони и скот. И они рассказали мне, что народ индийцев разделяется на семьдесят два разряда, и я удивился этому крайним удивлением.

И я видел в царстве царя аль-Михраджана остров среди других островов, который называется Касиль, и там всю ночь слышны удары в бубны и барабаны; и знатоки островов и путешественники рассказывали мне, что жители этого острова – люди степенные, с правильным мнением. И видел я в этом море рыбу длиной в двести локтей, и видал я в этом путешествии много чудес и диковин, но если бы я стал вам о них рассказывать, рассказ бы затянулся.

И я осматривал эти острова и то, что на них было, и однажды я остановился у моря, держа, как всегда, в руке посох, и вдруг приблизился большой корабль, где было много купцов. И когда корабль пришел в гавань города и подплыл к пристани, капитан свернул паруса, и пристал к берегу, и спустил сходни, и матросы стали переносить на сушу все, что было на корабле, и замешкались, вынося товары, а я стоял и записывал их.

«Осталось ли у тебя еще что-нибудь на корабле?» – спросил я

---

108 *Шакириты* – искаженное индийское слово «кшатрии». - члены касты воинов.

109 *Брахманы* – высшая каста (священнослужители) в Индии.

капитана корабля, и тот ответил: «Да, о господин мой, у меня есть товары в трюме корабля, но их владелец утонул в море около одного из островов, когда мы ехали по морю, и его товары остались у нас на хранение. Мы хотим их продать и получить сведения об их цене, чтобы доставить плату за них его родным в городе Багдаде, обители мира». – «Как зовут этого человека, владельца товаров?» – спросил я капитана; и он сказал: «Его зовут Синдбад-мореход, и он утонул в море». И, услышав слова капитана, я как следует вгляделся в него, и узнал его, и вскрикнул великим криком, и сказал: «О капитан, знай, что это я – владелец товаров, о которых ты упомянул. Я – Синдбад-мореход, который сошел с корабля на остров со всеми теми купцами, что сошли, и, когда зашевелилась рыба, на которой мы были, ты закричал нам, и взошли на корабль те, кто взошел, а остальные потонули. Я был из числа утопавших, но Аллах великий сохранил меня и спас от потопления, послав мне большое корыто из числа тех, в которых путники стирали. Я сел в него и стал отталкиваться ногами, и ветер и волны помогали мне, пока я не достиг этого острова; и я вышел на него, и Аллах великий помог мне, и я встретил конюхов царя аль-Михраджана, и они взяли меня с собой и привезли в этот город. Они ввели меня к царю аль-Михраджану, и я рассказал ему свою историю, и царь оказал мне милость и сделал меня писцом в гавани этого города, и стал я извлекать пользу из службы его, и был он со мною приветлив. А эти товары, которые с тобой, – мои товары и мой достаток…»

И Шахразаду застигло утро, и она прекратила дозволенные речи.

Когда же настала пятьсот сорок вторая ночь, она сказала: «Дошло до меня, о счастливый царь, что, когда Синдбад-мореход сказал капитану: «Эти товары, которые у тебя, – мои товары и мой достаток», – капитан воскликнул: «Нет мощи и силы, кроме как у Аллаха, высокого, великого! Не осталось ни у кого ни честности, ни совести!» – «О капитан, – спросил я его, – почему ты так говоришь? Ты ведь слышал, как я рассказал тебе мою историю». – «А потому, – отвечал капитан, – что ты слышал, как я говорил, что у меня есть товары, владелец которых утонул, а ты хочешь их взять, не имея права, а это для тебя запретно. Мы видели его, когда он тонул, и с ним было много путников, ни один из которых не спасся. Как же ты утверждаешь, что ты – владелец этих товаров?» – «О капитан, выслушай мою историю и пойми мои слова, моя правдивость станет тебе ясна, ибо, поистине, ложь – черта лицемеров», – сказал я и затем рассказал капитану все, что со мной случилось с тех пор, как я выехал с ним из города Багдада, и пока мы не достигли того острова, около которого потонули, и рассказал о некоторых обстоятельствах, случившихся у меня с ним; и тогда капитан и купцы уверились в моей правдивости, и узнали меня, и поздравили меня со спасением, и все сказали: «Клянемся Аллахом, мы не верили, что ты спасся от потопления, но Аллах наделил тебя новой жизнью!»

И затем они отдали мне мои товары, и я увидел, что мое имя написано на них и из них ничего не отсутствует. И я завернул товары и вынул кое-что прекрасное и дорогое ценой, и матросы корабля снесли это за мной и принесли к царю как подарок. Я осведомил царя о том, что это тот корабль, на котором я был, и рассказал, что мои товары пришли ко мне в целости и полностью и что этот подарок взят из них; и царь удивился этому до крайней степени, и ему стала ясна моя правдивость во всем, что я говорил.

И царь полюбил меня сильной любовью и оказал мне большое уважение, и он подарил мне много вещей взамен моего подарка. И затем я продал мои тюки и те товары, которые были со мной, и получил большую прибыль. Я купил в этом городе товары, вещи и припасы, и когда купцы с корабля захотели отправиться в путь, я погрузил все, что у меня было, на корабль и, войдя к царю, поблагодарил его за его милости и благодеяния и попросил у него позволения отправиться в мою страну, к родным. И царь простился со мной и подарил мне, когда я уезжал, много добра из товаров этого города, и я простился с ним и сошел на корабль, и мы отправились с соизволения Аллаха великого.

И служило нам счастье, и помогала нам судьба, и мы ехали ночью и днем, пока благополучно не прибыли в город Басру. И мы высадились в этом городе и пробыли там недолгое время, и я радовался моему спасению и возвращению в мою страну.

После этого я отправился в город Багдад, обитель мира (а со мной было много тюков, вещей и товаров, имевших большую ценность), и пришел в свой квартал, и пришел к себе домой, и явились все мои родные, и товарищи, и друзья. И потом я купил себе слуг, прислужников, невольников, рабынь и рабов, и оказалось их у меня множество, и накупил домов, земель и поместий больше, чем было у меня прежде, и стал водиться с друзьями и дружить с товарищами усерднее, чем прежде, и забыл все, что вытерпел, – и усталость, и пребывание на чужбине, и труды, и ужасы пути.

И я развлекался наслаждениями, и радостями, и прекрасной едой, и дорогими напитками и продолжал жить таким образом. И вот что было со мной в мое первое путешествие. А завтра, если захочет Аллах великий, я расскажу вам повесть о втором из семи путешествий».

Потом Синдбад-мореход дал Синдбаду сухопутному у себя поужинать и приказал выдать ему сто *мискалей*[110] золотом и сказал ему: «Ты развеселил нас сегодня»; и носильщик поблагодарил его, и взял то, что он ему подарил, и ушел своей дорогой, раздумывая о том, что бывает и случается с людьми, и удивляясь до крайней степени.

Он проспал эту ночь в своем доме, а когда наступило утро, отправился в дом Синдбада-морехода и вошел к нему, и тот сказал: «Добро пожаловать!» – и оказал ему уважение, и усадил его подле себя. А когда пришли остальные его друзья, он предложил им

---

[110] *Мискаль* (золотом) – мера веса, примерно 4,5 грамма.

кушаний и напитков, и время было для них безоблачно, и овладела ими радость.

И Синдбад-мореход начал говорить и сказал:

Рассказ о втором путешествии

«Знайте, о братья, что жил я сладостнейшей жизнью и испытывал безоблачную радость, как я уже рассказывал вам вчера…»

И Шахразаду застигло утро, и она прекратила дозволенные речи.

Когда же настала пятьсот сорок третья ночь, она сказала: «Дошло до меня, о счастливый царь, что Синдбад-мореход, когда его друзья собрались у него, сказал им: «Я жил сладостнейшей жизнью, пока не пришло мне однажды на ум поехать в чужие страны и захотелось мне поторговать, и поглядеть на земли и острова, и заработать, на что жить.

И я решился на это дело, и выложил много денег, и купил на них товаров и вещей, подходящих для путешествий, и связал их, и увидел прекрасный новый корабль с парусами из красивой ткани, где было много людей и отличное снаряжение. И вместе с множеством купцов я сложил на него свои тюки, и мы отправились в тот же день, и путешествие наше шло хорошо, и мы переезжали из моря в море и от острова к острову. И во всяком месте, к которому мы приставали, мы встречались с купцами, вельможами царства, продавцами и покупателями и продавали, и покупали, и выменивали товары.

И мы поступали таким образом, пока судьба не забросила нас к прекрасному острову, где было много деревьев, спелых плодов, благоухающих цветов, поющих птиц и чистых потоков, но не было там ни жилищ, ни людей, раздувающих огонь. И капитан пристал к этому острову, и купцы и путники вышли на остров и стали смотреть на бывшие там деревья и птиц, прославляя Аллаха, единого, покоряющего, и дивясь могуществу всесильного владыки. И я вышел на остров со всеми теми, кто вышел, и присел у ручья с чистой водой среди деревьев.

А со мной была кое-какая еда, и я сел в этом месте и стал есть то, что уделил мне Аллах великий: и ветерок в этом месте был приятен, и время казалось мне безоблачным. И меня взяла дремота, и я отдохнул в этом месте и погрузился в сон, наслаждаясь приятным ветром и благоуханными запахами, а затем я поднялся, но не увидел на острове ни человека, ни джинна: корабль ушел с путниками, и не вспомнил обо мне из них никто – ни купец, ни матрос, и они оставили меня на острове.

И я стал осматриваться направо и налево, но не увидел на острове никого, кроме себя, и овладела мною сильная грусть, больше которой не бывает, и у меня чуть не лопнул желчный пузырь от великой заботы, печалей и тягот.

А у меня не было с собой ничего из благ сего мира – ни

кушаний, ни напитков, и остался я один, и не знал, как поступить. И я отчаялся в жизни и сказал про себя: «Не всякий раз остается цел кувшин, и если я уцелел в первый раз и встретил людей, которые взяли меня с собой с острова в населенное место, то на этот раз не бывать, чтобы я нашел кого-нибудь, кто бы доставил меня в населенные страны».

И затем я стал плакать и рыдать, жалея о самом себе, и овладела мной грусть, и стал я упрекать себя за то, что я сделал, и за то, что начал это тягостное путешествие после того, как сидел и отдыхал в своем доме и своей стране, довольный и счастливый, имея прекрасные кушания, прекрасные напитки и прекрасную одежду и не нуждаясь ни в деньгах, ни в товарах.

И стал я раскаиваться, что выехал из города Багдада и отправился путешествовать по морю после того, как претерпел тяготы в первое путешествие и едва не погиб, и воскликнул: «Поистине, мы принадлежим Аллаху и к нему возвращаемся!» – и стал я как бы одним из бесноватых.

И я поднялся, и стал ходить по острову направо и налево, и не мог уже больше сидеть на одном месте, и затем я влез на высокое дерево и стал смотреть с него направо и налево, – но не видел ничего, кроме неба, воды, деревьев, птиц, островов и песков.

И я посмотрел внимательно, и вдруг передо мной блеснуло на острове что-то белое и большое; и тогда я слез с дерева, и отправился к этому предмету, и шел в его сторону до тех пор, пока не дошел до него, и вдруг оказалось, что это – большой белый купол, уходящий ввысь и огромный в окружности. И я подошел к этому куполу и обошел вокруг него, но не нашел в нем дверей и не ощутил в себе силы и проворства, чтобы подняться на него, так как он был очень гладкий и скользкий.

И я отметил то место, где я стоял, и обошел вокруг купола, вымеряя его окружность, и вдруг он оказался в пятьдесят полных шагов. И я стал придумывать, как бы мне проникнуть туда (а приблизилось время конца дня и заката солнца), и вдруг солнце скрылось, и воздух потемнел, и все померкло. И я подумал, что на солнце нашло облако (а это было в летнее время), и удивился, и поднял голову, и, посмотрев в чем дело, увидел большую птицу с огромным телом и широкими крыльями, которая летела по воздуху, – и это она покрыла око солнца и загородила его над островом. И я удивился еще больше, а затем я вспомнил одну историю…».

И Шахразаду застигло утро, и она прекратила дозволенные речи.

Когда же настала пятьсот сорок четвертая ночь, она сказала: «Дошло до меня, о счастливый царь, что Синдбад-мореход еще больше удивился птице, увидав ее над островом, и вспомнил одну историю, которую ему давно рассказывали люди странствующие и путешествующие, а именно: что на неких островах есть огромная птица, называемая *рухх*[111], которая кормит своих детей слонами.

«И я убедился, – говорил Синдбад, – что купол, который я увидел, – яйцо рухха, и принялся удивляться тому, что сотворил Аллах великий. – И в это время птица вдруг опустилась на этот купол, и обняла его крыльями, и вытянула ноги на земле сзади него, и заснула на нем (слава тому, кто не спит); и тогда я поднялся и, развязав свой тюрбан, снял его с головы, и складывал его, и свивал, пока он не сделался подобен веревке, а потом я повязался им и, обвязав его вокруг пояса, привязал себя к ногам этой птицы и крепко затянул узел, говоря себе: «Может быть эта птица принесет меня в страны с городами и населением. Это будет лучше, чем сидеть здесь, на этом острове».

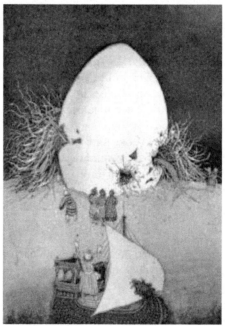

Сказка о Синдбаде-мореходе

И я провел эту ночь без сна, боясь, что я засну и птица неожиданно улетит со мной, а когда поднялась заря и взошел день, птица снялась с яйца, и испустила великий крик, и взвилась со мной на воздух, летя вверх и поднимаясь, пока я не подумал, что она достигла облаков небесных. А потом птица стала спускаться, и опустилась на какую-то землю, и села на одном высоком, возвышенном месте; и, достигнув земли, я быстро отвязался от ее ног, боясь птицы, – но птица не знала обо мне и меня не почувствовала.

И я развязал тюрбан, и отвязался от птицы, дрожа, и пошел по

---

111 *Рухх* – сказочная птица, встречается в арабском фольклоре наряду с птицей, называемой «анка Магриб». Полет на волшебной птице – мотив, широко распространенный в арабском фольклоре, как и вообще в мировом фольклоре.

этой местности, а птица захватила что-то с земли в когти и полетела к облакам небесным. И я посмотрел на то, что она взяла, и увидел, что это огромная змея с большим телом, которую птица схватила и поднялась в воздух, и удивился этому.

И я стал ходить по этой местности и увидел, что я нахожусь на возвышении, под которым лежит большая, широкая и глубокая долина, а на краю ее стоит огромная гора, уходящая ввысь, и никто не может видеть ее верхушки, так она высока, и ни у кого нет силы подняться на ее вершину.

И я стал упрекать себя за то, что сделал, и воскликнул: «О, если бы я остался на острове! Он лучше, чем эта пустынная местность, так как на острове нашлось бы для меня что-нибудь поесть из разных плодов, и я пил бы из рек, а в этом месте нет ни деревьев, ни плодов, ни рек. Нет мощи и силы, кроме как у Аллаха, высокого, великого! Всякий раз, как я освобожусь от одной беды, я попадаю в другую, более значительную и тяжкую!»

И я поднялся, бодрясь, и стал ходить по этой долине, и увидел, что земля в ней из камня алмаза, которым сверлят металлы и драгоценные камни и просверливают фарфор и оникс. Это камень крепкий и сухой, который не берет ни железо, ни кремень, и никто не может отсечь от него кусок или разбить его чем-нибудь, кроме свинцового камня. И вся эта долина была полна змей и гадюк, каждая из которых была как пальма, и они были так велики, что, если бы пришел к ним слон, они бы, наверное, проглотили его. И эти змеи появляются ночью и скрываются днем, так как они боятся, что птица рухх или орел их похитит и потом разорвет, и я не знал, в чем причина этого.

И я оставался в этой долине, раскаиваясь в том, что сделал, и говорил про себя: «Клянусь Аллахом, я ускорил свою гибель!» И день повернул к закату, и стал я ходить по долине и высматривать себе место, где бы переночевать, и я боялся тех змей и забыл о еде и питье, отвлекаясь мыслями о самом себе. И я заметил невдалеке пещеру и, подойдя к ней, увидел, что вход в пещеру узок, и я вошел туда и нашел у входа большой камень. Я толкнул его и загородил им вход в пещеру, будучи сам внутри ее, и сказал про себя: «Я в безопасности, так как вошел сюда, а когда взойдет день, я выйду и посмотрю, что сделает всемогущество Аллаха».

И я осмотрелся в пещере и увидел огромную змею, которая лежала посреди нее на яйцах, и тут волосы встали дыбом у меня на теле, и я поднял голову и вручил свое дело судьбе и предопределению.

Я провел всю ночь без сна, пока не взошла заря и не заблистала, и тогда я отодвинул камень, которым загородил вход в пещеру, и вышел из нее; и я был как пьяный, и у меня кружилась голова от долгой бессонницы, голода и страха. И я стал ходить по долине, будучи в таком состоянии, и вдруг упал передо мной большой кусок мяса. Но я не видел никого, и удивился этому до крайности, и вспомнил одну историю, которую я слышал в давние времена от купцов, путешественников и странников. Они говорили, что в горах алмазного камня есть великие ужасы и никто не может пройти к этому камню; но купцы, которые им торгуют, применяют хитрость, чтоб добраться до него: они берут овцу, режут ее, и обдирают, и рубят на куски ее мясо, и бросают его с горы в долину, – и мясо падает туда еще влажное, и прилипают к нему эти камни. И купцы оставляют мясо до полудня, и спускаются к нему птицы – орлы и ястребы, и хватают его в когти, и поднимаются на вершину горы; и тогда приходят к ним купцы и кричат на них, и птицы улетают от мяса, а купцы приходят и отдирают от мяса камни, прилипшие к нему, – они оставляют мясо птицам и зверям, а камни уносят в свою страну. И никто не может ухитриться подойти к алмазным горам иначе как такой хитростью...»

И Шахразаду застигло утро, и она прекратила дозволенные речи.

Когда же настала пятьсот сорок пятая ночь, она сказала: «Дошло до меня, о счастливый царь, что Синдбад-мореход рассказывал своим друзьям обо всем, что случилось с ним на алмазной горе, и говорил им, что купцы не могут добыть ни одного такого камня иначе как хитростью, о которой он упоминал.

«И, посмотрев на тот кусок мяса, – продолжал Синдбад, – я вспомнил эту историю, и подошел к мясу, и собрал много камней, которые засунул себе за пазуху и между платьем, и я выбирал камни и засовывал их себе за пазуху, за пояс, в тюрбан и одежду.

И вдруг я увидел еще один большой кусок мяса, и тогда я привязал себя к нему тюрбаном и лег на спину, положив мясо себе на грудь и крепко схватив его, так что мясо возвышалось над землей. И вдруг орел спустился к этому куску мяса, и схватил его когтями, и поднялся с ним на воздух, и я уцепился за это мясо; и орел летел до тех пор, пока не поднялся на вершину горы и не сел там. И он хотел оторвать от мяса кусок, и вдруг раздался сзади его страшный, громкий крик, и на горе застучали чем-то об дерево. И орел встрепенулся, и испугался, и взлетел в воздух, и я отвязался от мяса (а одежда моя была вымазана кровью) и стал подле него; и вдруг тот купец, который кричал на орла, подошел к мясу и увидел, что я стою, но не заговорил со мной, и испугался меня, и устрашился.

И, подойдя к мясу, он стал его ворочать, но не нашел на нем ничего, и тогда он испустил великий крик и воскликнул: «Нет мощи и силы, кроме как у Аллаха! У Аллаха ищем защиты от дьявола, битого камнями!»

И он горевал и ударял рукой об руку, говоря: «О, горе, что это означает?» И я подошел к нему, и он спросил: «Кто ты и почему ты пришел на это место? – «Не бойся и не страшись, – ответил я, – я человек из хороших людей и был купцом, и со мной случилась ужасная история, и рассказ о том, как я попал в эту долину и на эту гору, удивителен. Не бойся же, я порадую тебя. Со мной много алмазов, и я дам их тебе столько, что тебе хватит, и каждый кусок лучше всего, что могло тебе достаться. Не печалься же и не бойся». И тогда этот человек поблагодарил меня, и призвал на меня благословение, и стал со мной разговаривать; и вдруг остальные купцы услышали, что я разговариваю с их товарищем, и пришли ко мне (а каждый купец бросил в долину свой кусок мяса). И, подойдя к нам, они приветствовали меня, и поздравили со спасением, и взяли с собой, и я сообщил им всю мою историю, и рассказал о том, что претерпел в путешествии, и поведал им, почему я попал в эту долину. И затем я дал владельцу того мяса, к которому я привязался, многое из того, что было со мной, и он обрадовался, и призвал на меня благословение, и поблагодарил меня за это. «Клянемся Аллахом, – сказали купцы, – он предначертал тебе вторую жизнь! Никто из достигших этого места до тебя не спасся, но слава Аллаху за твое спасение!» И они провели ночь в прекрасном и безопасном месте, и я провел эту ночь вместе с ними, радуясь до крайней степени, что остался цел, и спасся из долины змей, и достиг населенных стран. А когда взошел день, мы встали и пошли по этой большой горе, и видели в долине множество змей. И мы шли до тех пор, пока не пришли в сад на большом и прекрасном острове, и в саду росли *камфарные деревья* , под каждым из которых могли найти тень сто человек. А когда кто-нибудь хочет добыть камфары, он сверлит на верхушке дерева дырку чем-нибудь длинным и собирает то, что из нее течет, и льется из нее камфарная вода и густеет, как клей, – это и есть *сок камфарного дерева*[112] . И после этого дерево засыхает и идет на дрова. А на этом острове есть одна порода животных, которых называют *аль-каркаданн*[113] ; они пасутся на нем, как пасутся коровы и буйволы в нашей стране, но тело этих зверей крупнее, чем тело верблюда, и они едят траву. Это большие звери, и у них один толстый рог посредине головы длиной в десять локтей, и на нем изображение человека. И еще есть на этом острове животные из породы коров. А моряки, путешественники и странники, бродящие по горам и землям, рассказывали нам, что зверь, называемый аль-каркаданн, носит на своем роге большого слона и пасется с ним на острове, и жир его течет от солнечного зноя на голову аль-каркаданна и попадает ему в глаза, и аль-каркаданн слепнет. И он ложится на берегу, и прилетает к нему птица рухх и уносит его в когтях, и улетает с ним к своим детям, и кормит их этим зверем и тем, что у него на роге. Я видел на этом

---

[112] *Сведения о камфарном дереве, о носороге (аль-каркаданн), слоне и алмазных камнях* взяты из космографии, где наряду с точными географическими и прочими данными встречаются и фантастические рассказы о сказочных деревьях, цветах и животных.

[113] *Сведения о камфарном дереве, о носороге (аль-каркаданн), слоне и алмазных камнях* взяты из космографии, где наряду с точными географическими и прочими данными встречаются и фантастические рассказы о сказочных деревьях, цветах и животных.

острове много животных из породы буйволов, подобных которым у нас нет; и в этой долине много *алмазных камней*[114] , которые я принес с собой и спрятал за пазуху.

И купцы дали мне взамен их товары и вещи, и несли их для меня с собою, и дали мне дирхемы и динары, и я шел с ними, смотря на чужие страны и на то, что создал Аллах великий, и переходил из долины в долину и из города в город, и мы продавали и покупали, пока не достигли города Басры. И мы пробыли там немного дней, а потом я пришел в город…»

И Шахразаду застигло утро, и она прекратила дозволенные речи.

Когда же настала пятьсот сорок шестая ночь, она сказала: «Дошло до меня, о счастливый царь, что, когда Синдбад-мореход вернулся из отлучки и вступил в город Багдад, обитель мира, он пришел в свой квартал и вошел к себе домой, неся с собой много алмазных камней, и были с ним деньги, и вещи, и ценные товары. Он встретился со своими родными и близкими и стал раздавать милостыню, и дарить, и оделять, и сделал подарки всем своим родным и друзьям, и начал хорошо есть, и хорошо пить, и одеваться в красивые одежды, и дружить и водиться с людьми, и позабыл обо всем, что претерпел. И жил он приятной жизнью, не заботясь и не печалясь, и проводил время в играх и увеселениях; и стал всякий, кто слышал о его прибытии, приходить к нему и расспрашивать об обстоятельствах путешествия и состоянии чужих стран. И Синдбад рассказывал им, сообщал, что он испытал и претерпел, и дивился слушающий тому, как много он вынес, и поздравлял его со спасением.

Вот и конец того, что было с Синдбадом и случилось с ним во второе путешествие. «А завтра, – сказал он собравшимся, – если захочет Аллах великий, я расскажу вам об обстоятельствах третьего путешествия».

И когда Синдбад-мореход окончил свой рассказ Синдбаду сухопутному, все удивились ему и поужинали у него, и он приказал выдать Синдбаду сто мискалей золотом. И Синдбад взял их и ушел своей дорогой, изумляясь тому, что пришлось вынести Синдбаду-мореходу.

И он восхвалил его и помолился за него у себя дома, а когда наступило утро и засияло светом, и заблистало, Синдбад-носильщик поднялся и, совершив утреннюю молитву, отправился в дом Синдбада-морехода, как тот приказал ему.

Он вошел к нему и пожелал ему доброго утра: и Синдбад-мореход сказал ему: «Добро пожаловать!» – и сидел с ним, пока не пришли к нему остальные его друзья и толпа его товарищей.

---

[114] *Сведения о камфарном дереве, о носороге (аль-каркаданн), слоне и алмазных камнях* взяты из космографии, где наряду с точными географическими и прочими данными встречаются и фантастические рассказы о сказочных деревьях, цветах и животных.

И когда они поели, попили, насладились, поиграли и повеселились, Синдбад-мореход начал говорить и сказал:

Рассказ о третьем путешествии

«Узнайте, о братья, и выслушайте от меня рассказ о третьем путешествии: он более удивителен, чем рассказы, услышанные в предыдущие дни, а Аллах лучше всех знает сокровенное и всех мудрее.

Уже давно я вернулся из второго путешествия и жил в крайнем довольстве и веселье, радуясь моему благополучию. Я нажил большие деньги, как я рассказал вам вчерашний день, и Аллах возместил мне все то, что у меня пропало: и я пробыл в Багдаде некоторое время, живя в крайнем счастье, радости, довольстве и веселье, и захотелось мне попутешествовать и прогуляться, и стосковалась моя душа по торговле, наживе и прибыли, – душа ведь часто побуждает ко злу.

И я решился и купил много товаров, подходящих для поездки но морю, и связал их для путешествия, и выехал с ними из города Багдада в город Басру. Я пришел на берег реки и увидел большой корабль, где было много купцов и путников – все добрые люди и прекрасный народ, верующие, милостивые и праведные; и сел с ними на этот корабль, и мы поехали с благословения Аллаха великого, с его помощью и поддержкой, радуясь, в надежде на благо и безопасность. И ехали мы из моря в море, и от острова к острову, и из города в город, и в каждом месте, где мы проезжали, мы гуляли, и продавали, и покупали, и испытывали мы крайнюю радость и веселье. И в один из дней мы ехали посреди ревущего моря, где бились волны, и вдруг капитан, стоявший на палубе и смотревший на море, стал бить себя по лицу, свернул паруса корабля, бросил якоря, стал рвать на себе бороду, и разодрал на себе одежду, и закричал великим криком. «О капитан, в чем дело?» – спросили мы его; и он сказал: «Знайте, о мирные путники, что ветер осилил нас и согнал с пути посреди моря, и судьба бросила нас, из-за нашей злой доли, к горе мохнатых. А это люди, подобные обезьянам, и никто из достигших этого места не спасся. И мое сердце чует, что мы все погибли».

И не закончил еще капитан своих слов, как пришли к нам обезьяны и окружили корабль со всех сторон, и были они многочисленны, словно саранча, и распространились на корабле и на суше. И мы боялись, что, если мы убьем одну из них, или ударим, или прогоним, они нас убьют из-за своей крайней многочисленности (ведь многочисленность сильнее доблести); и страшились мы, что они разграбят паше имущество и товары. А это самые гадкие звери, и на них волосы точно черный войлок, и вид их устрашает, и никто не понимает их речи и ничего о них не знает. Они дичатся людей, и у них желтые глаза и черные лица: они малы ростом, и высота каждого из них – четыре пяди.

Сказка о Синдбаде-мореходе

И обезьяны забрались на канаты, и порвали их зубами, и также порвали все канаты на корабле со всех сторон, и корабль накренился и пристал к их горе; и когда корабль оказался у берега, обезьяны схватили всех купцов и путников, и вышли на остров, и взяли корабль со всем, что на нем было, и ушли с ним своей дорогой, оставив нас на острове; и корабль скрылся от нас, и мы не знали, куда его увели.

И мы остались на этом острове, и питались его плодами, овощами и ягодами, и пили из рек, протекавших на нем, и вдруг показался перед нами высокий дом, стоявший посреди острова. И мы направились к нему и пошли в его сторону, – и вдруг оказалось, что это дворец с крепкими столбами и высокими стенами; его ворота с двумя створами были открыты, и сделаны они были из черного дерева. И мы вошли в ворота этого дворца и увидели обширное пространство, подобное широкому и большому двору, и вокруг этого двора было много высоких дверей, а посредине его стояла высокая большая скамья, подле которой находились сосуды для стряпни, висевшие над жаровнями, а вокруг них лежало много костей. Но мы не увидели здесь никого и удивились этому до крайней степени. И мы посидели немного во дворе этого дворца, а затем заснули и спали от зари до захода солнца; и вдруг земля под нами задрожала, и мы услышали в воздухе гул, и вышло к нам из дворца огромное существо, имевшее вид человека, который был черного цвета и высокого роста и походил на громадную пальму. Его глаза были подобны двум горящим головням, и у него были клыки, точно клыки кабана, и огромный рот, точно отверстие колодца, и губы, как губы верблюда, которые свешивались ему на грудь, и два уха, точно громадные камни, спускавшиеся ему на плечи, а когти на его руках были точно когти льва.

И, увидев существо такого вида, мы лишились чувств, и усилился наш страх, и увеличился наш испуг, и стали мы точно мертвые от сильного страха, горя и ужаса...»

И Шахразаду застигло утро, и она прекратила дозволенные речи.

Когда же настала пятьсот сорок седьмая ночь, она сказала: «Дошло до меня, о счастливый царь, что, когда Синдбад-мореход и его товарищи увидели это существо с ужасным обликом, их охватил величайший страх и испуг. «И когда этот человек ступил на землю, – говорил Синдбад, – он посидел немного на скамье, а затем поднялся и подошел к нам. Он схватил меня за руку, выбрав меня среди моих товарищей купцов, и поднял одной рукой с земли, и начал щупать и переворачивать, и я был у него в руке, точно маленький кусочек.

И человек ощупал меня, как мясник щупает убойную овцу, и увидел, что я ослаб от великой грусти, и похудел из-за утомления в пути, и на мне совсем нет мяса, и выпустил меня из рук, и взял другого из моих товарищей, и стал его ворочать, как меня, и щупать, как меня щупал, – и тоже выпустил его; и он не переставал нас щупать и переворачивать одного за другим, пока не дошел до капитана, на корабле которого мы плавали.

А это был человек жирный, толстый, широкоплечий, обладавший силой и мощью, и он понравился людоеду, и тот схватил его, как мясник хватает жертву, и бросил его на землю, и поставил на его шею ногу и сломал ее. И потом он принес длинный вертел и вставил его капитану в зад, так что вертел вышел у него из маковки, и зажег сильный огонь и повесил над ним этот вертел, на который был воткнут капитан, и до тех пор ворочал его на угольях, пока его мясо не поспело. И он снял его с огня, и положил перед собой, и рознял его, как человек разнимает цыпленка, и стал рвать его мясо ногтями и есть, и продолжал это до тех пор, пока не съел мяса и не обглодал костей, ничего не оставив. И человек этот бросил остатки костей в уголь и затем, посидев немного, свалился и заснул на этой скамье и стал храпеть, как храпит баран или прирезанная скотина, и спал до утра, а затем поднялся и ушел своей дорогой.

И когда мы убедились, что он далеко, мы начали разговаривать друг с другом и оплакивать себя и сказали: «О, если бы мы утонули в море или съели бы нас обезьяны! Это было бы лучше, чем жариться на угольях! Клянемся Аллахом, такая смерть – смерть скверная, но что хочет Аллах – то бывает! Нет мощи и силы, кроме как у Аллаха, высокого, великого! Мы умрем в тоске, и никто о нас не узнает, и нет для нас больше спасения из этого места!».

И потом мы поднялись, и вышли на остров, чтобы присмотреть себе место, куда бы могли спрятаться или убежать, и нам показалось легко умереть, если наше мясо не изжарят на огне.

Но мы не нашли себе места, чтобы укрыться в нем, а нас уже настиг вечер, и мы вернулись во дворец из-за сильного страха.

И мы посидели немного, и вдруг земля под нами задрожала, и пришел тот черный человек и, подойдя к нам, стал нас ворочать одного за другим, как и в первый раз. И он щупал нас, пока один из нас ему не поправился, и тогда он схватил его и сделал с ним то же самое, что сделал с капитаном в первый раз; он изжарил его, и съел, и заснул на скамье, и проспал всю ночь, храпя, как прирезанная скотина.

А когда взошел день, он встал и ушел своей дорогой, оставив нас, как обычно; и мы сошлись все вместе, и стали разговаривать, и говорили друг другу: «Клянемся Аллахом, если мы бросимся в море и умрем от потопления, это будет лучше, чем умереть от сожжения, ибо такая смерть отвратительна!» – «Выслушайте мои слова, – сказал один из нас – Мы должны ухитриться и убить этого человека и избавиться от забот и избавить мусульман от его вражды и притеснения». – «Послушайте, о братья, – сказал я, – если его непременно нужно убить, то нам следует перенести эти бревна к берегу и перетащить туда часть этих дров и сделать для себя судно, наподобие корабля, а после этого мы постараемся его убить, сядем на судно и поедем по морю в любое место, куда захочет Аллах, или же мы будем сидеть в этом месте, пока не пройдет мимо нас корабль, и тогда мы сядем на него. Если же мы не сможем убить этого человека, мы уйдем и поплывем по морю, – хотя бы мы утонули, мы избавимся от поджаривания на огне и убиения. Если мы спасемся, то спасемся, а если утонем, то умрем мучениками». – «Клянемся Аллахом, это правильное мнение!» – сказали все; и мы сговорились об этом деле и начали действовать.

Мы вынесли бревна из дворца, и сделали судно, и привязали его у берега моря, а потом мы сложили туда кое-какую пищу и вернулись во дворец; и когда наступил вечер, земля вдруг задрожала, и вошел к нам тот черный людоед, подобный кусливой собаке. И он стал нас переворачивать и щупать одного за другим, и, взяв одного из нас, сделал с ним то же самое, что с предыдущим, и съел его, и заснул на скамье, и храп его был подобен грому. И мы поднялись, и взяли два железных вертела, из тех вертелов, что стояли тут же, и положили их на сильный огонь, так что они покраснели и стали как уголья, и мы крепко сжали их в руках, и подошли к этому человеку, который спал и храпел, и, приложив вертелы к его глазам, налегли на них все вместе с силой и решимостью и воткнули их ему в глаза, когда он спал. И глаза его ушли внутрь, и он закричал великим криком, так что наши сердца устрашились, а затем он вскочил со скамьи и начал искать нас, а мы убегали от него направо и налево; но он не видел этого, так как его глаза ослепли. И мы испугались его великим страхом и убедились в этот час, что погибнем, и потеряли надежду на спасение; а этот человек пошел ощупью к воротам и вышел, крича, и мы были в величайшем страхе, и земля дрожала под нами от его громкого крика.

И этот человек вышел из дворца (а мы следовали за ним) и ушел своей дорогой, ища нас, а потом он вернулся, и с ним была женщина, огромнее его и еще более дикого вида; и когда мы увидели его и ту, что была с ним, еще более ужасную, чем он, мы испугались до крайней степени.

И, увидев нас, они поспешили к нам, а мы поднялись, отвязали судно, которое сделали, и, сев в него, толкнули его в море. А у каждого из этих двоих был громадный кусок скалы, и они бросали в нас камнями, пока большинство из нас не умерло от ударов; и осталось только три человека: я и еще двое…»

И Шахразаду застигло утро, и она прекратила дозволенные речи.

Когда же настала пятьсот сорок восьмая ночь, она сказала: «Дошло до меня, о счастливый царь, что когда Синдбад-мореход сел на судно вместе со своими товарищами, черный и его подруга стали бросать в них камнями, и большинство людей умерло, и осталось из них только три человека.

«И судно пристало с нами к берегу, и мы шли до конца дня, – говорил Синдбад, – и пришла ночь, и мы были в таком же положении. И немного поспали и пробудились от сна, и вдруг дракон огромных размеров с большим телом преградил нам дорогу и, направившись к одному из нас, проглотил до плеч, а затем он проглотил остатки его, и мы услышали, как его ребра ломаются у дракона в животе, и дракой ушел своей дорогой. Мы ужаснулись этому до крайней степени и стали горевать о нашем товарище, испытывая великий страх за самих себя, и сказали: «Клянемся Аллахом, вот удивительное дело: каждая смерть отвратительнее предыдущей. Мы радовались, что спаслись от чернокожего, но радость оказалась, преждевременной. Нет мощи и силы, кроме как у Аллаха! Клянемся Аллахом, мы спаслись от чернокожего людоеда и от потопления, но как нам спастись от этой зловещей беды?» И затем мы поднялись и стали ходить по острову, питаясь плодами, пили воду из каналов, и пробыли там до вечера. И мы увидели большое и высокое дерево и, взобравшись на него, заснули на верхушке, и я поднялся на верхнюю ветку. Когда же настала ночь и стемнело, пришел дракон и, осмотревшись направо и налево, направился к тому дереву, на котором мы сидели, и шел до тех пор, пока не дошел до моего товарища; он проглотил его до плеч и обвился вокруг дерева, и я слышал, как кости съеденного ломались в животе у дракона, а потом дракон проглотил его до конца, и я видел это своими глазами.»

После этого дракон слез с дерева и ушел своей дорогой, а я провел на дереве остаток ночи; когда же поднялся день и появился свет, я сошел с дерева, подобный мертвому от сильного страха и испуга, и хотел броситься в море и избавиться от земной жизни, но жизнь моя не показалась мне ничтожной, так как жизнь для нас дорога. И я привязал к ногам, поперек, широкий кусок дерева, и привязал еще один такой же – на левый бок и другой такой же – на правый бок, и такой же я привязал на живот, и другой, длинный и широкий, я привязал себе на голову – поперек, как тот, который был под ногами, и оказался я между этими кусками, дерева, которые окружали меня со всех сторон. И я крепко обвязался, и бросился на землю со всеми этими кусками дерева, и лежал между ними, а они окружали меня, точно комната. И когда настала ночь, пришел этот дракон, как обычно, и посмотрел на меня, и направился ко мне, по не мог меня проглотить, так как я был в таком положении, окруженный со всех сторон кусками дерева.

И дракон обошел вокруг меня, но не мог до меня добраться, а я это видел и был как мертвый от сильного страха и испуга, и дракон, то удалялся от меня, то возвращался и делал это не переставая, но всякий раз, как он хотел до меня добраться и проглотить меня, ему мешали куски дерева, привязанные ко мне со всех сторон. И он делал так от заката солнца, пока не взошла заря, и не появился свет, и не засияло солнце, и тогда он ушел своей дорогой в крайнем гневе и раздражении, а я протянул руку и отвязал от себя эти куски дерева, – и я как бы побывал среди мертвых из-за того, что испытал от этого дракона.

И я поднялся, и стал ходить по острову, и, дойдя до конца его, бросил взгляд в сторону моря, и увидел вдали корабль посреди волн. И я схватил большую ветку дерева и стал махать ею в сторону ехавших, крича им; и они увидели меня и сказали: «Нам обязательно следует посмотреть, что это такое, может быть, это человек». И они приблизились ко мне и, услышав, что я кричу им, подъехали и взяли меня к себе на корабль. Они стали расспрашивать меня, что со мной случилось, и я рассказал им обо всем, что со мной произошло, с начала до конца, и какие я вытерпел бедствия; и купцы крайне удивились этому, а потом они одели меня в свои одежды, и прикрыли мою срамоту, и подали мне кое-какую еду, и я ел, пока не насытился. И меня напоили холодной пресной водой, и мое сердце оживилось, и душа моя отдохнула, и охватил меня великий покой, и оживил меня Аллах великий после смерти. И я прославил Аллаха великого за его обильные милости и возблагодарил его, и моя решимость окрепла после того, как я был убежден, что погибну, и мне показалось даже, что все, что со мной происходит, – сон.

И мы продолжали ехать, и ветер был попутный, по воле Аллаха великого, пока мы не приблизились к острову, называемому ас-Салахита, и капитан остановил корабль около этого острова…»

И Шахразаду застигло утро, и она прекратила дозволенные речи.

Когда же настала пятьсот сорок девятая ночь, она сказала: «Дошло до меня, о счастливый царь, что корабль, на который сел Синдбад-мореход, пристал к одному острову, и все купцы и путники сошли и вынесли свои товары, чтобы продавать и покупать.

«И хозяин корабля обратился ко мне, – говорил Синдбад-мореход, – и сказал мне: «Выслушай мои слова! Ты чужестранец и бедняк, и ты рассказывал нам, что испытал многие ужасы. Я хочу быть тебе полезным и помочь тебе добраться до твоей страны, а ты будешь за меня молиться». – «Хорошо, – ответил я ему, –

мои молитвы принадлежат тебе». – «Знай, – сказал капитан, – что с нами был один путешественник, которого мы потеряли, и мы не знаем, жив он или умер, и не слышали о нем вестей. Я хочу отдать тебе его тюки, чтобы ты их продавал на этом острове и хранил бы их, а мы дадим тебе что-нибудь за твои труды и службу. А то, что останется из них, мы возьмем и, вернувшись в город Багдад, спросим, где родные этого человека, и отдадим им остаток товаров и плату за то, что продано. Не желаешь ли ты принять их и отправиться с ними на этот остров, чтобы их продавать, как продают купцы?» – «Слушаю и повинуюсь, о господин, тебе присущи милости и благодеяния», – ответил я, и пожелал капитану блага, и поблагодарил его; и тогда он велел носильщикам и матросам вынести товары на остров и вручить их мне. И корабельный писец спросил его: «О капитан, что это за тюки выносят матросы и носильщики, и на имя кого из купцов мне их записывать?» – «Напиши на них имя Синдбада-морехода, который был с нами и потонул у острова, и к нам не пришло о нем вестей, – сказал капитан. – Мы хотим, чтобы этот чужестранец их продал и принес за них плату; мы отдадим ему часть ее за его труды при продаже, а остальное мы повезем с собой в город Багдад; если мы найдем их владельца, мы отдадим их ему, а если не найдем, то отдадим его родным в городе Багдаде». – «Твои слова прекрасны, и мнение твое превосходно», – отвечал писец.

- И когда я услышал слова капитана, который говорил, что эти тюки на мое имя, я воскликнул про себя: «Клянусь Аллахом, это я – Синдбад-мореход! Я тонул у острова вместе с теми, кто утонул».

Затем я набрался стойкости и терпения, и, когда купцы сошли с корабля и собрались, беседуя и разговаривая о делах купли и продажи, я подошел к хозяину корабля и сказал ему: «О господин мой, знаешь ли ты, кто был владелец тюков, которые ты мне вручил чтобы я их за него продал?» – «Я не знаю, что это был за человек, но это был купец из города Багдада, которого звали Синдбад-мореход, – отвечал капитан. – Мы пристали к одному острову, и подле него утонуло много народа с корабля, и он тоже пропал в числе других, у нас нет о нем вестей до сего времени».

И тогда я испустил великий крик и сказал: «О честный капитан, знай, что это я – Синдбад-мореход! Я не утонул, но когда ты пристал к острову и купцы и путники вышли на сушу, я вышел с прочими людьми, и со мной было кое-что, что я съел на берегу острова. И затем я отдыхал, сидя в том месте, и взяла меня дремота, и я заснул и погрузился в сон, а поднявшись, я не увидел корабля и не нашел подле себя никого. Это имущество и эти товары – мои товары, и все купцы, которые торгуют камнем алмазом, видели меня, когда я был на алмазной горе, и засвидетельствуют, что я Синдбад-мореход, так как я рассказывал им свою историю и говорил им о том, что случилось у меня с вами на корабле, и я говорил им, что вы забыли меня на острове, спящего, а поднявшись, я не нашел никого, и случилось со мной то, что случилось».

Услышав мои слова, купцы и путники собрались вокруг меня, и

некоторые из них мне верили, а другие считали меня лжецом; и вдруг один из купцов, услышав, что я говорю о долине алмазов, поднялся и, подойдя ко мне, сказал купцам: «Выслушайте, о люди, мои слова! Я рассказывал вам о самом удивительном, что я видел в моих путешествиях, и говорил, что, когда мы бросили куски мяса в долину алмазов, я бросил свой кусок, следуя обычаю; и с моим куском прилетел человек, который уцепился за него. И вы мне не поверили, а, напротив, – объявили меня лжецом». – «Да, – отвечали ему, – ты рассказывал нам об этом деле, и мы тебе не поверили». – «Вот человек, который прицепился к моему куску мяса, – сказал купец. – Он подарил мне алмазные камни, которые дорого стоят, и подобных им не найти, и дал мне больше камней, чем раньше поднималось на моем куске мяса. Я взял его с собой, и мы достигли города Басры, и после этого он отправился в свою страну и простился с нами, а мы вернулись в наши страны. Это тот самый человек, и он сообщил нам, что его имя Синдбад-мореход, и рассказывал нам, как корабль ушел, когда он сидел на острове. Знайте, что этот человек пришел к нам сюда только для того, чтобы подтвердить слова, которые я говорил вам. Все эти товары – его достояние: он рассказывал нам о них, когда встретился с нами, и правдивость его слов очевидна».

И, услышав слова этого купца, капитан поднялся и, подойдя ко мне, вглядывался в меня некоторое время, а потом спросил: «Каковы признаки твоих товаров?» – «Знай, – ответил я, – что признаки моих товаров такие-то и такие-то». И я рассказал капитану об одном деле, которое было у меня с ним, когда я сел на его корабль в Басре, и он убедился, что я Синдбад-мореход, и обнял меня, и пожелал мне мира, и поздравил меня со спасением. «Клянусь Аллахом, о господин мой, – воскликнул он, – твоя история удивительна и дело твое диковинно, но слава Аллаху, который соединил нас с тобой и вернул тебе твои товары и имущество…»

И Шахразаду застигло утро, и она прекратила дозволенные речи.

Когда же настала ночь, дополняющая до пятисот пятидесяти, она сказала: «Дошло до меня, о счастливый царь, что, когда капитану и купцам стало ясно, что он и есть именно Синдбад-мореход, капитан сказал ему: «Слава Аллаху, который вернул тебе твои товары и имущество!»

«И тогда, – продолжал Синдбад-мореход, – я умело распорядился своими товарами: товар мой принес в это путешествие большую прибыль, и я обрадовался великой радостью и поздравил себя со спасением и с возвращением ко мне моего богатства.

И мы продавали и покупали на островах, пока не достигли стран Синда. И там мы тоже продали и купили, и видел я в тамошнем море многие чудеса, которых не счесть и не перечислить; и среди того, что я видел в этом море, была рыба в виде коровы и нечто в виде осла, и видел я птиц, которые выходят из морских раковин, и кладут яйца, и выводят птенцов на поверхности воды, никогда не выходя из моря на землю.

А после этого мы продолжали ехать, по соизволению Аллаха великого, и ветер и путешествие были хороши, пока мы не прибыли в Басру. Я провел там немного дней, и после этого прибыл в город Багдад, и отправился в свой квартал, и, придя к себе домой, приветствовал родных, друзей и приятелей; и я радовался моему спасению и возвращению к родным, в мою страну, землю и город, и раздавал милостыню, и дарил и одевал вдов и сирот, и собирал моих друзей и любимых, и проводил так время за едой, питьем, и развлечениями, и забавами. Я хорошо ел и пил, и дружил, и водился с людьми, и забыл обо всем, что со мной случилось, и о бедствиях и ужасах, которые я вытерпел, и я нажил в этом путешествии столько денег, что их не счесть и не исчислить. И вот самое удивительное, что я видел в это странствие. А завтра, если захочет Аллах великий, ты придешь ко мне, и я расскажу тебе о четвертом путешествии: оно удивительнее, чем те поездки».

Потом Синдбад-мореход велел, по обычаю, дать Синбаду сухопутному сто мискалей золота и приказал расставлять столы; и их расставили, и все собравшиеся поужинали, дивясь рассказу Синдбада и тому, что с ним произошло. А после ужина все ушли своей дорогой, и Синдбад-носильщик взял то золото, которое приказал ему дать Синдбад-мореход, и ушел своей дорогой, дивясь тому, что он слышал от Синдбада-морехода. Он провел ночь у себя дома, а когда наступило утро, и засияло светом, и заблистало, Синдбад-носильщик поднялся и, совершив утреннюю молитву, пошел к Синдбаду-мореходу. Он вошел к нему, и Синдбад-мореход приветствовал его, и встретил радостно и весело, и посадил с собой рядом; а когда пришли остальные товарищи Синдбада, подали еду, и все поели и попили и развеселились, и тогда Синдбад начал свою речь.

Рассказ о четвертом путешествии

«Знайте, о братья мои, что, вернувшись в город Багдад, я встретился с друзьями, родными и любимыми и жил в величайшем, какое бывает, наслаждении, веселье и отдохновении. Я забыл обо всем, что со мной было из-за великой прибыли, и погрузился в игры, забавы и беседы с любимыми друзьями, и жил я сладостнейшей жизнью. Но мой неугомонный нрав побуждал меня отправиться путешествовать в чужие страны, и захотелось мне свести дружбу с разными людьми, и продавать, и наживать деньги. И я решился на это дело, и купил прекрасных товаров, подходящих для моря, и, связав много тюков, больше, чем обычно, выехал из города Багдада в город Басру.

Я сложил мои тюки на корабль и присоединился к нескольким знатным людям Басры, и мы отправились в путь. И корабль понес нас, с благословения Аллаха великого, по ревущему морю, где бились волны, и путешествие было для нас благоприятно, и ехали мы таким образом дни и ночи, переезжая от острова к острову и из моря в море.

Но в один из дней напали на нас ветры, дувшие с разных сторон, и капитан бросил корабельные якоря и остановил корабль посреди моря, боясь, что он потонет в пучине.

И когда мы были в таком положении и взывали к Аллаху великому и умоляли его, вдруг напал на нас порывистый и сильный ветер, который порвал паруса и разодрал их на куски, и потонули люди со всеми тюками и теми товарами и имуществом, которое у них было; и я тоже стал тонуть вместе с утопавшими, и проплыл по морю полдня, и потерял надежду, но Аллах великий послал мне кусок деревянной доски из корабельных досок, и я сел на нее вместе с несколькими купцами…»

И Шахразаду застигло утро, и она прекратила дозволенные речи.

Когда же настала пятьсот пятьдесят первая ночь, она сказала: «Дошло до меня, о счастливый царь, что, когда корабль утонул, Синбад-мореход выплыл на деревянной доске вместе с несколькими купцами. «И мы прижались друг к другу, – говорил он, – и плыли, сидя на этой доске и отталкиваясь в море ногами, и волны и ветер помогали нам.

И мы провели таким образом день и ночь, а когда настал следующий день, поднялся на заре ветер, и море забушевало, и волнение и ветер усилились, и вода выбросила нас на какой-то остров; и мы были точно мертвые от долгой бессонницы, утомления, холода, голода, страха и жажды.

Мы стали ходить по этому острову, и увидели на нем множество растений, и поели их немного, чтобы не умереть с голоду. И мы провели ночь на берегу, а когда настало утро и засияло светом, и заблистало, мы поднялись и стали ходить по острову направо и налево, и показалась вдали какая-то постройка.

И мы пошли к постройке, которую увидели издали, и шли до тех пор, пока не остановились у ворот; и когда мы там стояли, вдруг вышла к нам из ворот толпа голых людей, и они не стали с нами разговаривать, а схватили нас и отвели к своему царю. И тот приказал нам сесть, и мы сели, и нам принесли кушанье, которого мы не знали и в жизни не видели ему подобного. И душа моя не приняла этого кушанья, и я съел его немного, в отличие от моих товарищей, – и то, что я съел мало этого кушанья, было милостью от Аллаха великого, из-за которой я дожил до сих пор.

И когда мои товарищи начали есть это кушанье, их разум пошатнулся, и они стали есть, точно одержимые, и их внешний вид изменился; а после этого им принесли кокосового масла и напоили их им и намазали, и когда мои товарищи выпили этого масла, у них закатились глаза, и они стали есть это кушанье не так, как ели обычно. И я не знал, что думать об их деле, и начал горевать о них, и овладела мною великая забота, так как я очень боялся для себя зла от этих голых.

И я всмотрелся в них, и оказалось, что это маги, а царь их

города – гуль, и всех, кто приходит к ним в город, кого они видят и встречают в долине или на дороге, они приводят к своему царю, кормят этим кушаньем и мажут этим маслом, и брюхо у них расширяется, чтобы они могли есть много. И они лишаются ума, и разум их слепнет, и становятся они подобны слабоумным, а маги заставляют их есть еще больше этого кушанья и масла, чтобы они разжирели и потолстели, и потом их режут и кормят ими царя; что же касается приближенных царя, то они едят человеческое мясо, не жаря его и не варя.

И, увидев подобное дело, я почувствовал великую скорбь о самом себе и о моих товарищах, а разум у них был так ошеломлен, что они не понимали, что с ними делают.

И их отдали одному человеку, и тот брал их каждый день и выводил пастись на острове, как скотину; что же до меня, то от сильного страха и голода я стал слаб и болезнен телом, и мясо высохло у меня на костях; и маги, увидев, что я в таком положении, оставили меня и забыли, и никто из них не вспомнил обо мне, и я не приходил им на ум.

И однажды я ухитрился и вышел из этого места и пошел по острову, удалившись оттуда, где я был раньше. И я увидел пастуха, который сидел на чем-то высоком посреди моря, и всмотрелся в него – и вдруг вижу; это тот человек, которому отдали моих товарищей, чтобы он их пас, и с ним было много таких, как они.

И, увидев меня, этот человек понял, что я владею своим умом и меня не постигло ничто из того, что постигло моих товарищей, и сделал мне издали знак и сказал: «Возвращайся назад и иди по дороге, которая будет от тебя справа. Ты выйдешь на султанскую дорогу». И я повернул назад, как этот человек показал мне, и, увидев справа от себя дорогу, пошел по ней и шел не переставая, и я то бежал от страха, то шел не торопясь. И я отдохнул и шел таким образом, пока не скрылся с глаз того человека, который указал мне дорогу, и я перестал его видеть, и он не видел меня, и солнце скрылось, и наступила тьма.

И я сел отдохнуть и хотел заснуть, но сон не пришел ко мне в эту ночь от сильного страха, голода и утомления, а когда наступила полночь, я поднялся и пошел по острову, и шел до тех пор, пока не взошел день.

И наступило утро, и засияло светом, и заблистало, и взошло солнце над холмами и долинами; а я устал и чувствовал голод и жажду. И стал я есть траву и растения, и ел, пока не насытился и не задержал дух в теле, а после этого я поднялся и пошел по острову, и шел таким образом весь день и ночь; и всякий раз, когда я начинал чувствовать голод, я ел растения.

И я бродил семь дней и ночей, а на заре восьмого дня я посмотрел и увидел что-то издали, и я пошел к тому, что увидел, и шел до тех пор, пока не дошел до этого после заката солнца; и тогда я всмотрелся в то, что увидел, стоя вдали (а сердце мое было испугано тем, что я испытал в первый и во второй раз), и вдруг оказалось, что это толпа людей, которые собирают зернышки перца; и я приблизился, и, увидев меня, они поспешили ко мне, и обступили меня со всех сторон, и спросили: «Кто ты и откуда ты пришел?» – «Знайте, о люди, что я человек бедный», – ответил я. И я рассказал им обо всех ужасах и бедствиях, которые случились со мной, и о том, что я испытал…»

И Шахразаду застигло утро, и она прекратила дозволенные речи.

Когда же настала пятьсот пятьдесят вторая ночь, она сказала: «Дошло до меня, о счастливый царь, что Синдбад-мореход увидал толпу людей, которые собирали на острове перец, и они спросили его, что с ним, и он рассказал им обо всем, что с ним случилось и какие он испытал бедствия. И они сказали: «Клянемся Аллахом, это дело диковинное! Но как ты спасся от черных и как ты прошел мимо них на этом острове? Их много, и они едят людей, и никто от них не спасается, и ни один человек не может мимо них пройти». И я рассказал им о том, что у меня случилось с черными и как они взяли моих товарищей и накормили их тем кушаньем, а я не ел его, и меня поздравили со спасением и подивились тому, что со мной случилось.

И эти люди посадили меня подле себя, а окончив свое дело, принесли мне немного хорошего кушанья, и я поел его (а я был голоден) и отдохнул у них некоторое время; а после этого меня взяли и посадили в лодку и перевезли на их острова, к их жилищам.

И меня представили их царю, и я пожелал ему мира, и он сказал мне: «Добро пожаловать!» – и проявил ко мне уважение, и спросил, что со мной было. И я рассказал ему о бывших со мной делах и обо всем, что со мной случилось и произошло с того дня, как я вышел из города Багдада, до того времени, как я прибыл к царю. И царь этих людей до крайности удивился моему рассказу и тому, что со мной произошло, так же как и те, кто присутствовал в его зале; а потом он велел мне сесть подле себя, и я сел, и он приказал принести еду, и ее принесли, и я съел столько, сколько было достаточно, и вымыл руки, и поблагодарил Аллаха великого за милость, и прославил его, и воздал ему хвалу. А затем я вышел от царя и стал гулять по городу, и я увидел, что он благоустроен и в нем много жителей и богатства, и там немало кушаний, рынков, и товаров, и продающих, и покупающих; и обрадовался, что достиг этого города, и душа моя отдохнула. И я привык к этим людям и стал пользоваться у них и у царя уважением и почетом большим, чем жители его царства и вельможи его города.

И увидел я, что все люди, и малые и великие, ездят на чистокровных конях без седел, и удивился этому, и спросил царя: «Почему, о владыка мой, ты не ездишь на седле? Седло дает отдых всаднику и укрепляет его силу». – «А что такое седло? – спросил царь. – Это вещь, которую мы в жизни не видали и никогда на ней не ездили». – «Не разрешишь ли ты мне сделать для тебя седло? Ты будешь на нем ездить и увидишь, как это приятно», – сказал я. И царь ответил мне: «Сделай!» И тогда я сказал: «Вели принести мне немного дерева». И царь приказал принести все, что я потребую, и я позвал ловкого плотника и стал сидеть с ним и учить его, как изготовляются седла и как их делают.

И я взял шерсти, и расчесал ее, и сделал из нее войлок, а потом я принес кожу, обтянул ею седло, и придал ей блеск, и после этого приладил к седлу ремни, и привязал к нему подпруги.

А затем я призвал кузнеца и описал ему, как выглядит стремя, и кузнец выковал большие стремена, и я отполировал их, и вылудил оловом, и подвязал к ним шелковую бахрому. И после этого я поднялся, привел коня из лучших царских коней, и, привязав к нему это седло, подвесил стремена, и взнуздал коня уздой, и привел его к царю. И седло понравилось царю и пришлось ему по сердцу, и он поблагодарил меня и сел на седло, и его охватила из-за этого великая радость, и он дал мне много денег за мою работу. И когда везирь царя увидел, что я сделал это седло, он потребовал от меня еще одно такое же; и я сделал ему такое же седло, и все вельможи правления и обладатели должностей стали требовать от меня седел, и я делал их им.

Я научил плотника делать седла и стремена и продавал их вельможам и господам, и скопил я таким образом большие деньги, и мое место у этих людей стало великим; и они полюбили меня сильной любовью; и занял я высокое положение у царя, и его приближенных, и вельмож города, и знатных людей царства.

И в какой-то день я сидел у царя, пребывая в крайней радости и величии; и когда я сидел, царь вдруг сказал мне: «Знай, о такой-то, что ты стал у нас почитаемым и уважаемым и сделался одним из нас, и мы не можем с тобой расстаться и не в состоянии перенести твоего ухода из нашего города. Я хочу от тебя одной вещи, в которой ты меня послушаешь и не отвергнешь моих слов». – «А чего ты хочешь от меня, о царь? – спросил я. – Я не отвергну твоих слов, так как ты оказал мне благодеяние, и милость, и добро, и, слава Аллаху, я стал одним из твоих слуг». – «Я хочу, – сказал царь, – дать тебе прекрасную, красивую и прелестную жену, обладательницу богатства и красоты. Ты поселишься у нас навсегда, и я дам тебе жилище у себя, в моем дворце. Не прекословь же мне и не отвергай моего слова».

Услышав слова царя, я застыдился, и промолчал, и не дал ему ответа от великого смущения; и царь спросил меня: «Почему ты мне не отвечаешь, о дитя мое?» – «О господин, – отвечал я, – приказание принадлежит тебе, о царь времени!»

И царь в тот же час и минуту послал привести судью и свидетелей и тотчас женил меня на женщине, благородной саном и высокой родом, с большими деньгами и богатствами, великой по происхождению, редкостно красивой и прекрасной, владелице поместий, имуществ и имений…»

И Шахразаду застигло утро, и она прекратила дозволенные речи.

Когда же настала пятьсот пятьдесят третья ночь, она сказала: «Дошло до меня, о счастливый царь, что царь женил Синдбада-морехода и заключил его брачный договор с одной знатной женщиной.

«А потом, – говорил Синдбад, – он дал мне большой прекрасный отдельный дом, и подарил мне слуг и челядь, и установил мне жалованье и выдачи; и стал я жить в великом покое, веселье и радости и забыл о всех тяготах, затруднениях и бедах, которые мне достались. «Когда я поеду в свою страну, то возьму жену с собой, – подумал я. – Все, что суждено человеку, непременно случится, и никто не знает, что с ним произойдет».

И я полюбил жену, и она полюбила меня великой любовью, и между нами наступило согласие, и мы пребывали в сладостней шей жизни и в приятнейшем существовании. И мы прожили так некоторое время, и Аллах великий лишил жены моего соседа, который был мне другом, и я вошел к нему, чтобы утешить его в его потере и увидел, что он в наихудшем состоянии, озабочен и утомлен сердцем и умом. И я стал ему соболезновать и утешать его и сказал ему: «Не печалься о твоей жене! Аллах великий даст тебе взамен благо и жену лучшую, чем она, и будет жизнь твоя долгой, если захочет Аллах великий». А сосед мой заплакал сильным плачем и сказал мне: «О друг мой, как я женюсь на другой женщине и как Аллах даст мне лучшую, чем она, когда моей жизни остался один день?» – «О брат мой, – ответил я ему, – вернись к разуму и не возвещай самому себе о смерти: ты ведь в добром здравии и полном благополучии». – «О друг мой, – воскликнул сосед, – клянусь твоей жизнью, сегодня ты потеряешь меня и больше не увидишь!» – «А как это?» – спросил я. И сосед ответил: «Сегодня будут хоронить мою жену, и меня похоронят вместе с ней в могиле. В нашей стране есть такой обычай: если умирает женщина, ее *мужа хоронят с ней заживо*[115], а если умирает мужчина, с ним хоронят заживо его жену, чтобы ни одни из них не наслаждался жизнью после своего супруга». – «Клянусь Аллахом, – воскликнул я, – это очень скверный обычай, и никто не может его вынести!»

И когда мы вели этот разговор, вдруг пришло множество жителей города, и они стали утешать моего друга в потере жены и его собственной жизни и начали обряжать мертвую, следуя своему обычаю. Они принесли ящик и понесли в нем женщину (а ее муж был с ними), и вышли за город, и пришли в некую местность возле горы, у моря; и тогда они подошли к одному месту и подняли большой камень, и из-под камня показалась каменная крышка вроде закраины колодца, и они бросили женщину в отверстие, – и оказалось, что это большой колодец под горой. А потом они привели ее мужа, и, привязав ему под грудь веревку из пальмового лыка, спустили его в этот колодец и спустили к нему большой кувшин с пресной водой и

---

115 *...мужа хоронят с ней заживо. ..* – Может быть, отражение индийского обычая сожжения вдовы.

семь хлебных лепешек. И когда его спустили, он отвязал от себя веревку, и веревку вытащили и закрыли отверстие колодца тем же большим камнем, как прежде, и все ушли своей дорогой, оставив моего друга подле его жены в колодце.

И я сказал про себя: «Клянусь Аллахом, эта смерть тяжелей, чем первая смерть!» А потом я пошел к их царю и сказал: «О господин, как это вы хороните живого вместе с мертвым в вашей стране?» И царь ответил: «Знай, что мы хороним вместе с ним жену, а когда умирает женщина, мы хороним с ней ее мужа заживо, чтобы не разлучать их при жизни и после смерти; и этот обычай идет от наших дедов». – «О царь времени, – спросил я, – а если у чужеземца, как я, умирает жена, вы тоже поступаете с ним так, как поступили с тем человеком?» – «Да, – отвечал царь, – мы хороним его вместе с ней и поступаем с ним так, как ты видел».

И когда я услышал от него эти слова, у меня лопнул желчный пузырь от сильной печали и огорчения, и мой ум смутился, и я стал бояться, что моя жена умрет раньше меня и меня похоронят с нею при жизни. Но затем я стал утешать себя и сказал: «Может быть, я умру раньше нее, никто ведь не отличит опережающего от настигающего».

И я стал развлекаться какими-то делами. Но после этого прошел лишь малый срок, и моя жена заболела и, прожив немного дней, умерла, и большинство жителей пришло утешать меня и утешать родных моей жены в потере ее, и царь пришел утешать меня, следуя обычаю. А затем они привели обмывальщицу, и обмыли жену, и одели ее в наилучшие, какие у нее были, одежды, украшения, ожерелья, драгоценные камни и металлы, а одев мою жену, ее положили в ящик, и понесли, и пошли с ней к той горе, и подняли камень с отверстия колодца, и бросили в него мертвую. А потом ко мне подошли все мои друзья и родственники жены и стали со мной прощаться, а я кричал, стоя между ними: «Я чужеземец, и нет у меня силы выносить ваши обычаи!» Но они не слушали моих слов и не обращали внимания на мои речи.

И они схватили меня, и насильно связали, и привязали со мной семь хлебных лепешек и кувшин пресной воды, как полагалось по обычаю, и спустили меня в этот колодец, и вдруг оказалось, что это огромная пещера под горой. «Отвяжи от себя веревки!» – сказали мне они; но я не согласился отвязаться, и они бросили ко мне веревки, а затем прикрыли отверстие колодца тем большим камнем, который был на нем, и ушли своей дорогой...»

И Шахразаду застигло утро, и она прекратила дозволенные речи.

Когда же настала пятьсот пятьдесят четвертая ночь, она сказала: «Дошло до меня, о счастливый царь, что, когда Синдбада-морехода опустили в пещеру вместе с его женой, которая умерла, вход в пещеру закрыли и все ушли своей дорогой.

«А что до меня, – говорил Синдбад, – то я увидел в этой пещере много мертвых, издававших зловонный и противный запах, и стал упрекать себя за то, что я сделал, и воскликнул: «Клянусь Аллахом, я заслуживаю всего того, что со мной случается и что мне выпадает!» И я перестал отличать ночь ото дня, и стал питаться немногим, начиная есть только тогда, когда голод едва не разрывал меня, и не пил, раньше чем жажда становилась очень сильной, боясь, что у меня кончатся пища и вода. «Нет мощи и силы, кроме как у Аллаха, высокого, великого! – воскликнул я. – Что заставило меня, на беду мне, жениться в этом городе! Едва я скажу: вот я вышел из беды, – как сейчас же попадаю в беду еще большую. Клянусь Аллахом, такая смерть – смерть плохая! О, если бы я потонул в море или умер в горах – это было бы лучше такой скверной смерти!»

И я пребывал в таком состоянии, упрекая себя, и спал на костях мертвецов, взывая о помощи к Аллаху великому и желая себе смерти, но я не находил ее, так мне было тяжело.

И я жил таким образом, пока голод не сжег моего сердца и меня не спалила жажда, и тогда я присел и, найдя ощупью хлеб, поел его немного и запил небольшим количеством воды. А после этого я поднялся на ноги и стал ходить по этой пещере и увидел, что она обширна, с пустыми пространствами, и на земле ее много мертвецов и костей, тлеющих с древних времен. И я устроил себе местечко на краю пещеры, далеко от свежих мертвецов, и стал там спать, и моя пища уменьшилась, и у меня осталось ее очень немного, а я ел раз в день или реже и один раз пил, боясь, что у меня кончатся вода и пища, прежде чем я умру.

И я продолжал жить таким образом. И вот в один из дней я сидел, и когда я сидел и раздумывал, что я буду делать, когда у меня кончится пища и вода, вдруг камень сдвинули с места, и из отверстия ко мне проник свет. «Посмотреть бы, в чем дело!» – воскликнул я и вдруг увидел, что у верхушки колодца стоят люди, и они опускают мертвого мужчину и живую женщину, которая плачет и оплакивает себя, и с нею опускают много пищи и воды. И я стал смотреть на эту женщину, а она меня не видела, и люди закрыли отверстие колодца камнем и ушли своей дорогой.

И я встал и, взяв в руку берцовую кость мертвого мужчины, подошел к женщине и ударил ее костью в темя, и она упала на землю без памяти, и тогда я ударил ее второй раз и третий, и она умерла. И я взял ее хлеб и то, что с ней было, и увидел, что на ней много украшений, одежд и ожерелий из драгоценных камней и металлов. А взяв воду и пищу, бывшую у женщины, я сел в том месте, которое себе устроил в углу пещеры, чтобы там спать, и стал есть эту пищу понемногу, чтобы прокормить себя, и не извести пищу быстро, и не умереть с голоду и жажды.

И я оставался в этой пещере некоторое время, и всякий раз, как кого-нибудь хоронили, я убивал того, кого хоронили с ним заживо, и брал его пищу и питье и питался этим.

И вот однажды, я спал, и пробудился от сна, и услышал, что кто-то возится в углу пещеры. «Что это такое может быть?» – спросил я себя, и я встал и пошел по направлению шума, захватив берцовую кость мертвого мужчины: и оказалось, что это дикий зверь. И я шел за ним до середины пещеры, и передо мной появился свет, светивший из маленькой щели, точно звезда, и он то появлялся, то скрывался.

И, увидев свет, я направился к тому месту и, подходя к нему, видел сквозь него свет, который все расширялся. И я убедился тогда, что это пролом в пещере, выходивший наружу, и сказал про себя: «Этому должна быть причина. Либо это другое отверстие, такое же, как то, через которое меня опустили, либо в этом месте пролом». И я подумал про себя некоторое время и пошел по направлению к свету; и вдруг оказалось, что это брешь в горе, которую проломили дикие звери. И они входили через нее в это место и ели мертвых, пока не насытятся, а потом выходили через эту брешь. И когда я увидел это, дух мой успокоился, тревога моей души улеглась, и сердце отдохнуло, и я уверился, что буду жив после смерти, и чувствовал себя, как во сне. И я протиснулся в пролом, и с большим трудом вышел из пещеры: и я увидел себя на берегу соленого моря, на вершине большой горы, которая отделяла море от острова и города и никто не мог до нее добраться.

И я прославил Аллаха великого и возблагодарил его, и обрадовался великой радостию, и сердце мое возвеселилось, а потом я вернулся через брешь в пещеру и перенес всю бывшую там пищу и воду, которую я накопил. Я взял одежды мертвых и надел на себя кое-какие из них на те, которые были на мне, и взял из того, что было на мертвых, – много разных ожерелий, драгоценных камней, жемчужных цепочек и украшений из серебра и золота, отделанных разными металлами и редкостями. Я завязал в свою одежду платья мертвецов, и вынес через брешь на гору, и стоял у моря: и каждый день я спускался в пещеру и осматривал ее, и у всякого, кого хоронили, я отбирал пищу и воду и убивал его, все равно был ли это мужчина или женщина; а потом я выходил через брешь и садился на берегу моря, ожидая, что Аллах великий поможет мне и пошлет корабль, который пройдет мимо меня. И я выносил из этой пещеры все украшения, которые видел, и завязывал их в одежду мертвецов, и провел так некоторое время…»

И Шахразаду застигло утро, и она прекратила дозволенные речи.

Когда же настала пятьсот пятьдесят пятая ночь, она сказала: «Дошло до меня, о счастливый царь, что Синдбад-мореход выносил из пещеры все то, что он находил там из украшений и прочего, и он просидел на берегу моря некоторое время.

«И вот однажды я сидел на берегу моря, – говорил Синдбад, – и раздумывал о своем деле, и вдруг вижу – плывет корабль посреди ревущего моря, где бьются волны. И я взял в руку белую одежду из одежд мертвых и, привязав ее к палке, побежал на берег моря и стал делать этой одеждой знаки путникам, пока они не бросили взгляда и не увидали меня, когда я стоял на вершине горы. И они подплыли ко мне, и услышали мой голос, и послали ко мне лодку, в которой была толпа людей, ехавших на корабле; и, приблизившись ко мне, они спросили: «Кто ты и почему сидишь на этом месте? Как ты достиг этой горы, когда мы в жизни не видали, чтобы кто-нибудь подходил к ней?» – «Я купец, – отвечал я им. – Корабль, на котором я ехал, потонул, но я выплыл на доске, и со мной были мои вещи, и Аллах помог мне выбраться на берег в этом месте с вещами благодаря моим стараниям и ловкости, после великого утомления». И они взяли меня с собой в лодку, и погрузили все то, что я взял из пещеры и завязал в одежды и саваны, и отправились со мной, и подняли меня на корабль к капитану вместе со всеми моими вещами. «О человек, – спросил меня капитан, – как ты пробрался к этому месту, когда это большая гора, за которой стоит большой город, а я всю жизнь плаваю по этому морю и проплываю мимо этой горы, но не вижу на ней никого, кроме зверей и птиц». – «Я купец, – отвечал я, – и был на большом корабле, который разбился, и все мои вещи – эти материи и одежды – стали тонуть, но я положил их на большую доску из корабельных досок, и моя судьба и счастье помогли мне подняться на эту гору, и я стал ожидать, пока кто-нибудь проедет и возьмет меня с собой».

И я не рассказал этим людям, что со мной случилось в городе и пещере, боясь, что с ними на корабле окажется кто-нибудь из этого города. Затем я предложил хозяину корабля многое из моего имущества и сказал ему: «О господин, ты причина моего спасения с этой горы, возьми же это от меня за ту милость, которую ты оказал мне». Но капитан не принял от меня этого и сказал: «Мы ни от кого ничего не берем. Когда мы видим потерпевшего кораблекрушение на берегу моря или на острове, мы берем его к себе и кормим и поим, и, если он нагой, одеваем его, а когда мы приходим в безопасную гавань, мы даем ему что-нибудь от себя в подарок и оказываем ему милость и благодеяние ради лика Аллаха великого».

И тогда я пожелал ему долгой жизни, и мы ехали от острова к острову и из моря в море, и я надеялся спастись и радовался моему благополучию, но всякий раз, как я думал о пребывании моем в пещере вместе с женой, разум покидал меня. И мы благополучно достигли, по могуществу Аллаха, города Басры, и я вышел в город и оставался там немного дней, а после этого я прибыл в город Багдад, и пришел в свой квартал, и вошел к себе в дом, и встретил родных и друзей, и спросил их, что было с ними; и они обрадовались моему спасению и поздравили меня. И я сложил все вещи, которые у меня были, в кладовые, и стал раздавать милостыню, и дарить, и одевать сирот и вдов, и жил в крайнем веселье и радости, и вернулся к прежней дружбе и товариществу и общению с друзьями, к забавам и ликованию.

Вот самое удивительное, что было со мной в четвертое путешествие. Но поужинай у меня, о брат мой, и возьми себе обычное, а завтра ты придешь ко мне, и я расскажу тебе, что со мной было и произошло в пятое путешествие, оно более удивительно и диковинно, чем предыдущие».

И затем Синдбад приказал выдать носильщику сто мискалей

золотом и велел расставлять столы; и все поужинали и ушли своей дорогой, удивляясь до крайней степени: ведь каждый рассказ был страшней, чем предыдущий. А Синдбад-носильщик отправился в свое жилище и провел ночь до крайности весело и радостно, а когда настало утро, и засияло светом, и заблистало, Синдбад сухопутный поднялся и, совершив утреннюю молитву, пошел и пришел в дом Синдбада-морехода. Он пожелал ему доброго утра, и Синдбад-мореход отвечал: «Добро пожаловать!» – и велел ему сесть возле себя. И когда пришли остальные его товарищи, они поели, и попили, и насладились, и повеселились, и пошла между ними беседа. И Синдбад-мореход сказал…»

И Шахразаду застигло утро, и она прекратила дозволенные речи.

Когда же настала пятьсот пятьдесят шестая ночь, она сказала: «Дошло до меня, о счастливый царь, что Синдбад-мореход начал речь о том, что с ним случилось и что ему выпало в пятое путешествие.

Рассказ о пятом путешествии

«Знайте, о братья мои, что, вернувшись из четвертого путешествия, я погрузился в веселье, радости и развлечения и забыл обо всем, что испытал, что со мной случилось и что я вытерпел: так сильно я радовался наживе, прибыли и доходу. И душа моя подговорила меня попутешествовать и посмотреть на чужие страны и острова, и я решился на это и, купив роскошные товары, подходящие для моря, и связав тюки, вышел из города Багдада и отправился в город Басру. И я стал ходить по берегу и увидел большой, высокий и прекрасный корабль, и он мне понравился, и я купил его (а снаряжение его было новое), и нанял капитана и матросов, и оставил моих рабов и слуг надзирать за ними. Я сложил на корабль мои тюки, и ко мне пришло несколько купцов, и они сложили свои тюки на мой корабль и дали мне плату, и мы поехали до крайности веселые и довольные, радуясь надежде на благополучие и наживу.

И мы ехали с одного острова на другой и из одного моря в другое, смотря на острова и страны, пока однажды не достигли большого острова, лишенного обитателей, где никого не было, и был этот остров разорен и пустынен. И на острове стоял большой белый купол огромного объема, и мы вышли посмотреть на него и вдруг видим: это большое яйцо рухха! И когда купцы подошли к нему и посмотрели на него (а они не знали, что это яйцо рухха), они стали бить его камнями, и яйцо разбилось, и оттуда вытекло много воды. И из яйца показался птенец рухха, и его вытащили из яйца, и извлекли оттуда, и зарезали, и получили от него много мяса; а я был на корабле, и они меня не осведомили о том, что сделали.

И один из едущих сказал мне: «О господин, встань и посмотри на это яйцо, которое ты принял за купол». И я поднялся, чтобы посмотреть на него, и увидел, что купцы бьют по яйцу. «Не делайте этого, – крикнул я им, – появится птица рухх, и разобьет наш корабль, и погубит нас!» Но они не послушались моих слов. И в это время солнце вдруг скрылось, и день потемнел, и над нами появилось облако, затмившее воздух. И мы подняли головы, смотря на то, что встало между нами и солнцем, – и увидали, что это крыло рухха загородило от нас солнечный свет, и воздух потемнел. А когда прилетел рухх, он увидел, что яйцо разбито, и закричал на нас, и прилетела его подруга, и обе птицы стали кружить над кораблем и кричать на нас голосом громче грома. И я закричал капитану и матросам и сказал им: «Отвяжите корабль и ищите спасения, пока мы не погибли!» И капитан поспешил и, когда купцы взошли на корабль, отвязал его, и мы поехали вдоль острова.

И, увидев, что мы поплыли по морю, рухх скрылся на некоторое время; и мы поплыли дальше и ускоряли ход корабля, желая спастись от птиц и выйти из их земли; но вдруг птицы последовали за нами и приблизились к нам, и в лапах у каждой было по большому камню с горы. И рухх сбросил на нас камень, который был у него, но капитан отвел корабль в сторону, и камень немного не попал в него и упал в море. И корабль начал подниматься и опускаться (с такой силой упал камень в море), и мы увидели морское дно из-за силы его удара.

А потом подруга рухха бросила в нас камень, который был с нею (а он был меньше первого), и камень упал, по предопределенному велению, на корму корабля и разбил его, и руль разлетелся на двадцать кусков. И все, что было на корабле, утонуло в море, а я стал искать спасения ради сохранения жизни, и Аллах великий послал мне доску из корабельных досок, и я уцепился за нее, и сел, и принялся грести ногами, и ветер и волны помогали мне двигаться. А корабль потонул близ одного острова, посреди моря, и бросила меня судьба, по изволению Аллаха великого, к этому острову; и я выбрался на него, будучи при последнем вздохе и к положении мертвого, – такую сильную перенес я усталость, утомление, голод и жажду.

И я пролежал на берегу моря некоторое время, пока душа моя не отдохнула и сердце не успокоилось, а затем я пошел по острову и увидел, что он подобен саду из райских садов: деревья на нем зеленели, ручьи разливались и птицы щебетали и прославляли того, кому принадлежат величие и вечность.

И было на этом острове много деревьев, и плодов, и разных цветов; и я ел эти плоды, пока не насытился, и пил из этих ручьев, пока не напился, и тогда я воздал хвалу Аллаху великому и прославил его за это…»

И Шахразаду застигло утро, и она прекратила дозволенные речи.

Когда же настала пятьсот пятьдесят седьмая ночь, она сказала: «Дошло до меня, о счастливый царь, что Синдбад-мореход, выйдя после кораблекрушения на остров, поел там плодов, и напился из ручьев, и восхвалил Аллаха великого и прославил его.

«И я просидел таким образом на острове, – говорил Синдбад, – пока не наступил вечер и не пришла ночь, и тогда я поднялся, словно убитый, от охватившей меня усталости и страха, и не слышал я на этом острове голоса и никого на нем не видел. И я пролежал на острове до утра, а затем встал на ноги и начал ходить между деревьями.

И я увидел оросительный колодец у ручья с текучей водой, а около него сидел красивый старик, и был этот старик покрыт плащом из древесных листьев. И я сказал про себя: «Может быть, этот старик вышел на остров, и он из числа утопавших, корабль которых разбился?» – и приблизился к старику и приветствовал его; а он ответил на мое приветствие знаками и ничего не сказал. «О старец, – спросил я его, – почему ты сидишь в этом месте?» И старец горестно покачал головой и сделал мне знак рукой, желая сказать: «Подними меня на шею и перенеси отсюда на другую сторону колодца». И я сказал про себя: «Сделаю этому человеку милость и перенесу его туда, куда он хочет: может быть, мне достанется за это награда».

И я подошел к старику, и поднял его на плечи, и пришел к тому месту, которое он мне указал, а потом я сказал ему: «Сходи не торопясь»; но он не сошел с моих плеч и обвил мою шею ногами. И посмотрел я на его ноги и увидел, что они черные и жесткие, как буйволова кожа.

И я испугался и хотел сбросить старика с плеч, но он уцепился за мою шею ногами и стал меня душить, так что мир почернел перед моим лицом, и я потерял сознание и упал на землю, покрытый беспамятством, точно мертвый. И старик поднял ноги и стал бить меня по спине и по плечам, и я почувствовал сильную боль и поднялся на ноги, а старик все сидел у меня на плечах, и я устал от него.

И он сделал мне знак рукой: «Пойди к деревьям с самыми лучшими плодами!» И если я его не слушался, он наносил мне ногами удары, сильнее, чем удары бичом, и все время делал мне знаки рукой, указывал место, куда он хотел идти, а я ходил с ним. И если я медлил или задерживался, он бил меня, и я был у него точно в плену.

И мы вошли в рощу посреди острова, и старик мочился и испражнялся у меня на плечах и не сходил с них ни днем, ни ночью, а когда он хотел спать, то обвивал мне шею ногами и немного спал, а потом поднимался и бил меня. И я поспешно вставал и не мог его ослушаться, так много я от него вытерпел, и только упрекал себя за то, что его понес и пожалел.

Сказка о Синдбаде-мореходе

И я жил таким образом, испытывая сильнейшую усталость, и говорил себе: «Я сделал ему добро, и обернулось оно на меня злом. Клянусь Аллахом, я во всю жизнь больше не сделаю никому добра!» – и просил смерти у Аллаха великого каждый час и каждую минуту, так велико было мое утомление и усталость. И я провел таким образом некоторое время: но вот однажды я пришел со стариком в одно место на острове и увидел там множество тыкв, среди которых было много высохших. И я взял одну большую сухую тыкву, вскрыл ее сверху и вычистил, а потом я пошел с ней к виноградной лозе, и наполнил ее виноградом, и заткнул отверстие, и, положив тыкву на солнце, оставил ее на несколько дней, пока виноград не превратился в чистое вино. И я стал каждый день пить его, чтобы помочь себе этим против утомления из-за этого зловредного шайтана, и всякий раз, как я пьянел от вина, моя решимость крепла. И старик увидел меня однажды, когда я пил, и сделал мне знак рукой, спрашивая: «Что это?» И я ответил: «Это прекрасная вещь, она укрепляет сердце и развлекает ум». И я стал бегать и плясать со стариком между деревьями, и овладела мной веселость из-за опьянения, и принялся я хлопать в ладоши, и петь, и веселиться. И, увидав меня в таком состоянии, старик сделал мне знак подать ему тыкву, чтобы он тоже мог из нее выпить, и я побоялся его и отдал ему тыкву, и он выпил то, что там оставалось, и бросил ее на землю.

И овладело им веселье, и он стал ерзать у меня на плечах, а затем он охмелел и погрузился в опьянение, и все его члены и суставы расслабли, так что он стал качаться у меня на плечах. И когда я понял, что он опьянел и потерял сознание, я протянул руку к его ногам и отцепил их от моей шеи, а затем я нагнулся к земле, и сел, и сбросил его на землю…»

И Шахразаду застигло утро, и она прекратила дозволенные речи.

Когда же настала пятьсот пятьдесят восьмая ночь, она сказала: «Дошло до меня, о счастливый царь, что Синдбад-мореход сбросил шайтана со своих плеч на землю. «И мне не верилось, – говорил Синдбад, – что я освободился и избавился от того положения, в котором я был.

И я испугался, что старик очнется от хмеля и будет меня обижать, и я взял большой камень, лежавший между деревьями, и, подойдя к старику, ударил его по голове, когда он спал, и кровь его смешалась с мясом, и он был убит (да не будет на нем милость Аллаха!). А потом я стал ходить по острову, и мой ум отдохнул, и я пришел к тому месту на берегу моря, где был раньше. И я прожил на этом острове некоторое время, питаясь его плодами, и утоляя жажду из ручьев, и высматривая корабль, который прошел бы мимо. И вот однажды я сидел и думал о том, что со мной случилось и какие произошли со мной дела, и говорил про себя: «Посмотрим, сохранит ли меня Аллах целым, и вернусь ли я в мои страны, и встречусь ли с родными и друзьями». И вдруг показался корабль посреди ревущего моря, где бились волны, и шел до тех пор, пока не пристал к этому острову.

И путники сошли с корабля на остров, и я подошел к ним; и, увидев меня, они все поспешно приблизились ко мне, и собрались вокруг меня, и стали расспрашивать меня, что со мной и почему я прибыл на этот остров; и я рассказал им о моем деле и о том, что со мной случилось, и они удивились этому до крайней степени и сказали: «Тот человек, который сидел у тебя на плечах, называется шейхом моря, и никто из тех, кто попадал под его ноги, не спасся, кроме тебя. Да будет же слава Аллаху за твое спасение!»

И затем они принесли мне кое-какой еды, и я ел, пока не насытился, и мне дали одежду, которую я надел и прикрыл ею срамоту; а потом они взяли меня с собой на корабль, и мы ехали дни и ночи. И судьба бросила нас к городу с высокими постройками, где все дома выходили на море, – а этот город назывался городом обезьян, и когда наступала ночь, люди, которые жили в этом городе, выходили из ворот, ведших к морю, садились в лодки и на корабли и ночевали в море, боясь, что обезьяны спустятся к ним ночью с гор.

И я вышел посмотреть на этот город, и корабль ушел, а я не знал этого; и я стал раскаиваться, что вышел в этот город, и вспомнил моих товарищей и все то, что случилось со мной из-за обезьян в первый и во второй раз.

И я сидел печальный и плакал; и подошел ко мне человек из жителей этой страны и сказал мне: «О господин, ты как будто чужой в этих землях?» – «Да, – ответил я ему, – я чужестранец и бедняк. Я был на корабле, который пристал к этому берегу, и сошел с него, чтобы посмотреть на город, и, вернувшись, не увидел корабля». –

«Поднимайся, – сказал этот человек, – идем с нами и садись в лодку. Если ты будешь сидеть в городе ночью, обезьяны погубят тебя». – «Слушаю и повинуюсь!» – сказал я и в тот же час и минуту поднялся и сел в лодку с людьми, и они оттолкнулись от суши и удалились от берега на милю. И они провели так ночь, и я вместе с ними, а когда наступило утро, они вернулись на лодке в город и вышли, и каждый из них пошел по своему делу, – таков был их неизменный обычай. Ко всякому, кто задерживался ночью в городе, приходили обезьяны и губили его, а днем обезьяны уходили за город. И они питались плодами в садах, и спали на горах до вечерней поры, и потом возвращались в город, и этот город находился в отдаленнейших странах чернокожих.

Вот одна из самых удивительных вещей, что случилась со мной в этом городе. Один человек, из тех, с кем я провел ночь в лодке, сказал мне: «О господин, ты чужой в этих землях, знаешь ли ты ремесло, которым мог бы заняться?» – «Нет, клянусь Аллахом, о брат, мой, у меня нет ремесла, и я не умею ничего делать, – ответил я. – Я только купец, обладатель денег и богатства, и у меня был царственный корабль, нагруженный большими деньгами и товарами, и он разбился в море, и потонуло все, что там было, и я спасся от потопления только по воле Аллаха. Аллах послал мне кусок доски, на которую я сел, и это было причиной того, что я спасся от потопления». И этот человек встал, и принес мне мешок из хлопчатой бумаги, и сказал: «Возьми этот мешок, и наполни его голышами, и выходи с толпой городских жителей, а я сведу тебя с ними и поручу им о тебе заботиться. Делай то же, что они делают, и, может быть, ты заработаешь что-нибудь, что тебе поможет уехать и вернуться в твою страну».

И потом этот человек взял меня и вывел за город, и я набрал маленьких камешков-голышей и наполнил ими мешок; и вдруг я вижу, толпа выходит из города. И этот человек свел меня с ними, и поручил меня им, и сказал: «Он чужестранец, возьмите его с собой и научите его собирать: может быть, он что-нибудь заработает, чтобы прокормиться, а вам будет награда и воздаяние»; и они сказали: «Слушаем и повинуемся!» – и приветствовали меня, и взяли меня с собой, и у каждого из них был мешок, такой же, как у меня, полный голышей. И мы шли до тех пор, пока не достигли широкой долины, где было много высоких деревьев, на которые никто не мог влезть, и в этой долине было много обезьян, и, увидав нас, эти обезьяны убежали и забрались на деревья. И люди стали бросать в обезьян камнями, которые были у них в мешках, а обезьяны рвали с деревьев плоды и бросали ими в этих людей.

И я посмотрел на плоды, которые бросали обезьяны, и вдруг вижу – это индийские орехи. И, увидев, что делают эти люди, я выбрал большое дерево, на котором было много обезьян, и, подойдя к нему, стал бросать в них камнями, а обезьяны начали рвать орехи и бросать в меня ими, и я собирал их, как делали другие люди; и не вышли еще все камни в моем мешке, как я уже набрал много орехов.

А окончив свою работу, люди собрали все то, что у них было, и каждый из них понес, сколько мог, а затем мы вернулись в город в течение оставшегося дня, и я пришел к тому человеку, моему другу, который свел меня с людьми, и отдал ему все, что я собрал, и поблагодарил его за милость. «Возьми это, – сказал он мне, – и продай, и пользуйся ценой этого». И он дал мне ключ от одного помещения в его доме и сказал: «Сложи в этом месте те орехи, которые у тебя остались, и выходи каждый день с людьми, как ты вышел сегодня, и из тех орехов, которые ты будешь приносить, отбирай дурные, и продавай, и пользуйся их ценой, а остальные храни в этом месте: может быть, ты наберешь столько, что это поможет тебе уехать». – «Награда тебе от Аллаха великого!» – сказал я ему.

И я стал делать так, как он мне говорил, и каждый день я наполнял мешок камнями, и выходил с людьми, и делал так, как они делали, и люди стали обо мне заботиться и указывали мне деревья, на которых было много плодов.

И я провел так некоторое время, и у меня скопилось много хороших индийских орехов, и я продал множество их, и выручил за них много денег, и стал покупать все, что я видел и что приходилось мне по сердцу; и время мое было безоблачно, и везде в городе мне была удача, и я продолжал жить таким образом.

И однажды я стоял у берега моря, и вдруг подошел к городу корабль и пристал к берегу, и на корабле были купцы с товарами, и они стали продавать и покупать индийские орехи и другое, и я пошел к моему другу, и осведомил его о прибытии корабля, и сказал ему, что я хочу ехать в мою страну. «Делай как хочешь», – сказал он. И я простился с ним и поблагодарил его за его милость ко мне, а потом я пришел к кораблю и, встретившись с капитаном, нанял у него корабль, сложил в него все бывшие у меня орехи и прочее, и корабль отправился...»

И Шахразаду застигло утро, и она прекратила дозволенные речи.

Когда же настала пятьсот пятьдесят девятая ночь, она сказала: «Дошло до меня, о счастливый царь, что Синдбад-мореход сошел в городе обезьян на корабль, и захватил бывшие у него индийские орехи и прочее, и нанял корабль у капитана. «И корабль отправился в этот же день, – говорил он, – и мы ехали от острова к острову и из моря в море, и на всяком острове, где мы приставали, я продавал орехи и выменивал их, и Аллах дал мне взамен больше, чем то, что у меня было и пропало.

И мы проходили мимо одного острова, где были корица и перец, и люди рассказывали нам, что они видели на каждой грозди перца большой лист, который давал ему тень и защищал его от дождя, когда шел дождь, а когда дождь переставал, лист отгибался от грозди и повисал сбоку. И я взял с собой с этого острова много перца и корицы в обмен на орехи.

И мы проходили мимо острова аль-Аспрат (а это тот остров, на котором растет камарское алоэ), и после него мимо другого острова, по которому нужно идти пять дней, и там растет китайское алоэ, которое лучше камарского. Жители этого острова хуже по, образу жизни и по вере, чем жители острова камарского алоэ; они любят развратничать, и пьют вино, и не знают азана и свершения молитвы.

А после этого мы подъехали к жемчужным ловлям, и я дал ныряльщикам несколько индийских орехов и сказал им: «Нырните мне на счастье и на мою долю!» И они нырнули в заводь, и вытащили много больших и дорогих жемчужин, и сказали мне: «О господин наш, клянемся Аллахом, твоя доля счастливая».

И я взял все, что они вытащили, на корабль, и мы поплыли, с благословения Аллаха великого, и плыли до тех пор, пока не прибыли в Басру. И я вышел в город и оставался там некоторое время, а потом я отправился оттуда в город Багдад, и вошел в свой квартал, и пришел к себе домой, и приветствовал моих родных и друзей, и они поздравляли меня со спасением. И я сложил в кладовые все товары и вещи, которые были со мной, и одел сирот и вдов, и раздавал милостыню, и отдарил моих родных, друзей и любимых. И Аллах дал мне взамен в четыре раза больше, чем у меня пропало.

И я забыл обо всем, что со мной случилось, и о перенесенной мной усталости из-за великой прибыли и дохода и вернулся к тому, что делал раньше, дружа и общаясь с людьми. Вот самое удивительное, что случилось со мной в пятом путешествии, а теперь ужинайте». Когда же кончили ужинать, Синдбад-мореход приказал выдать Синдбаду-носильщику сто мискалей золота, и тот взял их и ушел, дивясь таким делам. И Синдбад-носильщик провел ночь в своем доме, а когда наступило утро, он поднялся, и совершил утреннюю молитву, и пошел, и пришел в дом Синдбада-морехода. Войдя к нему, он пожелал ему доброго утра, и Сндбад-мореход велел ему сесть, и носильщик сидел возле него и все время с ним разговаривал, пока не пришли остальные его друзья. И они поговорили, и расставили столы, и стали есть, пить, и наслаждаться, и веселиться, и Синдбад-мореход начал им рассказывать о шестом путешествии.

Рассказ о шестом путешествии

«Знайте, о братья, любимые и друзья, – сказал он, – что, вернувшись из пятого путешествия, я забыл обо всем, что испытал, радуясь, веселясь, развлекаясь и наслаждаясь, и жил в крайнем счастье и радости.

И я продолжал жить таким образом. И вот в один из дней я сидел очень довольный, радостный и веселый, и вдруг прошла мимо меня толпа купцов, на которых были видны следы путешествии. И вспомнил я тогда день возвращения из путешествия, и мою радость при встрече с родными, друзьями и любимыми, и радость при вступлении в мою страну, и захотелось моей душе попутешествовать и поторговать.

И я решил отправиться в путешествие и купил себе прекрасных

и роскошных товаров, пригодных для моря, и, погрузив свои тюки, выехал из Багдада в город Басру. И я увидел большой корабль, на котором были купцы и вельможи с прекрасными товарами, и сложил свои тюки вместе с ихними на этот корабль, и мы благополучно выехали из города Басры...»

И Шахразаду застигло утро, и она прекратила дозволенные речи.

Когда же настала ночь, дополняющая до пятисот шестидесяти, она сказала: «Дошло до меня, о счастливый царь, что Синдбад-мореход приготовил свои тюки и сложил их на корабль в городе Басре и уехал. «И мы путешествовали из места в место и из города в город, – говорил Синдбад, – и продавали, и покупали, и смотрели на чужие страны, и счастье в путешествии благоприятствовало нам, и мы добывали себе средства к жизни.

И однажды мы ехали, и вдруг капитан корабля стал вопить и кричать, и сбросил с себя тюрбан, и принялся бить себя по лицу, и выщипал себе бороду, и упал в трюм корабля от сильного горя и огорчения. И вокруг него собрались все купцы и путники и спросили его: «О капитан, в чем дело?» И он ответил им: «Знайте, о люди, что наш корабль сбился с пути и мы вышли из моря, в котором были, и вошли в море, где мы не знаем дороги, и если Аллах не пошлет нам чего-нибудь, что нас освободит из этого моря, мы все погибнем. Молитесь же Аллаху великому, чтобы он освободил нас из этих обстоятельств!» Потом капитан поднялся на ноги, и влез на мачту, и хотел распустить паруса, и ветер усилился и повернул корабль кормой вперед, и руль сломался близ высокой горы.

И капитан спустился с мачты и воскликнул: «Нет мощи и силы, кроме как у Аллаха, высокого, великого, и никто не может отразить предопределенное! Клянусь Аллахом, мы впали в великую беду, и не осталось для нас спасения и вызволения!»

И все путники стали себя оплакивать и прощаться друг с другом, так как их жизнь окончилась и надежды их прекратились. И корабль свернул к этой горе и разбился, и доски его разбросало, и все, что было на корабле, потонуло, а купцы упали в море, и некоторые из них утонули, а другие схватились за гору и вышли на нее. И я был в числе тех, кто вышел на гору, и я увидел, что она находится на большом острове, близ которого много разбитых «кораблей, и на острове, у берега моря, много всяких богатств, выброшенных морем с разбившихся кораблей, ехавшие на которых потонули, и было там много вещей и имущества, выброшенного морем на берег острова и ошеломлявшего ум и рассудок.

Сказка о Синдбаде-мореходе

И я вышел на этот остров, и стал ходить по нему, и увидел посреди него ручей с пресной водой, который вытекал из-под ближнего склона горы и исчезал в конце ее, на другой стороне; и все путники вышли на эту гору и на остров и разошлись по нему, и разум их был ошеломлен, и стали они точно одержимые из-за множества вещей, которые они увидали на острове, на берегу моря.

И я увидел посреди этого ручья множество разных драгоценных камней, металлов, яхонтов и больших царственных жемчужин, и они лежали, как камешки в русле ручья, бежавшего посреди рощи, и все дно ручья сверкало из-за множества металлов и других драгоценностей.

И увидели мы на этом острове много наилучшего китайского и камарского алоэ, и бил на острове полноводный ключ из особого вида амбры, которая из-за сильного жара солнца текла, как воск, по берегам ручья и разливалась по берегу моря.

И выходили из моря звери, и глотали ее, и погружались с нею в море, и амбра согревалась у них в брюхе, а потом они извергали ее изо рта в море, и амбра застывала на поверхности воды, и ее цвет и вид изменялись.

И волны выбрасывали ее на берег моря, и путешественники и купцы, которые знали, что такое амбра, собирали ее и продавали. Что же касается чистой, непроглоченной амбры, то она течет по берегам этого ручья и застывает на дне его, а когда восходит солнце, она начинает течь и оставляет после себя по всей долине запах, как от мускуса. Когда же солнце уходит, амбра застывает. И к этому месту, в котором находится сырая амбра, никто не может подойти и не в состоянии туда пробраться, так как горы окружают этот остров, и никто не в состоянии на них взойти.

И мы ходили по этому острову, глядя на то, что создал на нем Аллах великий из богатств, и не знали мы, что думать о нашем деле и о том, что мы видели, и испытывали мы великий страх.

Мы собрали на берегу острова немного пищи и стали копить ее и есть каждый день один раз или два, боясь, что пища у нас кончится и мы помрем в тоске от сильного голода и страха. А всякого из нас, кто умирал, мы обмывали и завертывали в одежды или ткани, которые море выбрасывало на берег острова, и из нас умерло множество людей, и осталась в живых только маленькая горсточка. Мы ослабли от боли в животе из-за морской воды, и когда мы прожили так еще немного времени, все мои товарищи и друзья умерли один за другим, и всякого, кто умирал, мы хоронили. И, наконец, я оказался один на этом острове, и пищи осталось со мной немного, после того как ее было много; и я стал оплакивать себя и воскликнул: «О, если бы я умер раньше моих товарищей и они обмыли бы меня и похоронили! Нет мощи и силы, кроме как у Аллаха, высокого, великого!..»

И Шахразаду застигло утро, и она прекратила дозволенные речи.

Когда же настала пятьсот шестьдесят первая ночь, она сказала: «Дошло до меня, о счастливый царь, что Синдбад-мореход похоронил всех своих товарищей и остался на острове один.

«И я провел так еще недолгое время, – говорил он, – а потом я встал и выкопал себе глубокую яму на берегу острова и подумал про себя: «Когда я ослабну и буду знать, что ко мне пришла смерть, я лягу в эту могилу и умру в ней, и ветер будет наносить на меня песок и закроет меня, и окажусь я погребенным в могиле». И я стал упрекать себя за малый разум и за то, что я вышел из моей страны и моего города и поехал в чужие страны после того, что я перенес в первый, второй, третий, четвертый и пятый раз, и не было путешествия, в котором бы я не испытывал ужасов и бедствий тягостней и тяжелее ужасов, бывших раньше.

И я не верил, что спасусь и останусь цел, и каялся в том, что путешествовал по морю, и снова это делал; я ведь не нуждался в деньгах и имел их много, и то, что было у меня, я не мог бы извести или истратить даже наполовину во всю оставшуюся мне жизнь, – того, что было у меня, мне бы хватило с излишком.

И я подумал про себя и сказал: «Клянусь Аллахом, у этой реки должны быть начало и конец, и на ней обязательно должно быть место, через которое можно выйти в населенную страну. Правильное решение будет, если я сделаю себе маленькую лодку такого размера, чтобы я мог сесть в нее, и я пойду и спущу ее на реку и поплыву, и если я найду себе освобождение, то буду свободен и спасусь, по изволению Аллаха великого, а если я не найду себе освобождения, то лучше мне умереть на этой реке, чем здесь».

И я стал горевать о самом себе; а затем я поднялся на ноги и пошел собирать на острове бревна и сучья китайского и камарского алоэ и связывал их на берегу моря веревками с кораблей, которые разбились. Я принес одинаковые доски из корабельных досок, и наложил их на эти бревна, и сделал лодку шириной в ширину реки, или меньше ее ширины, и хорошо и крепко связал их.

И я захватил с собой благородных металлов, драгоценных камней, богатств и больших жемчужин, лежавших, как камешки, и прочего из того, что было на острове, а также взял сырой амбры, чистой и хорошей, сложил все это в лодку, и сложил туда все, что я собрал на острове, и еще захватил всю оставшуюся пищу, а затем я спустил эту лодку на реку, и положил по обеим сторонам ее две палки вроде весел, и сделал так, как сказал кто-то из поэтов:

> Покинь места, где зло тебя гнетет,
> И дом, куда удача не идет.
> Покинувший – найдет другую землю.
> Но дважды жизнь нигде не обретет.
> Не бойся зла, что ночью нападет,
> А вдруг иной случится поворот.
> Кому же суждено погибнуть где-то –
> В других местах вовек не пропадет.

И я поехал на этой лодке по реке, раздумывая о том, к чему приведет мое дело, и все ехал, не останавливаясь, к тому месту под горой, в которое втекала река. И я ввел лодку в этот проход и оказался под горой в глубоком мраке, и лодка уносила меня по течению в теснину под горой, где бока лодки стали тереться о берега реки, а я ударялся головой о своды ущелья и не мог возвратиться назад. И я стал упрекать себя за то, что я сам с собою сделал, и подумал: «Если это место станет слишком узким для лодки, она едва ли из него выйдет, а вернуться назад нельзя, и я, несомненно, погибну здесь в тоске».

И я лег в лодке лицом вниз – так было мне на реке тесно – и продолжал двигаться, не отличая ночи ото дня из-за темноты, окружавшей меня под горой, и страха и опасения погибнуть. И я продолжал ехать по этой реке, которая то расширялась, то сужалась, и мрак сильно утомил меня, и меня взяла дремота от сильного огорчения.

И я заснул, лежа лицом вниз в лодке, и она продолжала меня везти, пока я спал (не знаю, долго или недолго); а затем я проснулся и увидел вокруг себя свет. И тогда я открыл глаза и увидел обширную местность, и моя лодка была привязана к берегу острова, и вокруг меня стояла толпа индийцев и абиссинцев. И, увидав, что я поднялся, они подошли и заговорили со мной на своем языке, но я не понимал, что они говорят, и думал, что это сновидение и все это во сне, – так велики были моя тоска и огорчение.

И когда они со мной заговорили, я не понял их речи и ничего не ответил им; тогда ко мне подошел один человек и сказал мне на арабском языке: «Мир вам, о брат наш! Кто ты будешь, откуда ты пришел и какова причина твоего прибытия в это место? Где ты вошел в эти воды и что за страна позади этой горы? Мы знаем, что никто не может пройти оттуда к нам». – «А кто вы будете и что это за земля?» – спросил я. И человек сказал мне: «О брат мой, мы владельцы посевов и рощ и пришли поливать наши рощи и посевы, и увидели, что ты спишь в лодке, и поймали ее и привязали у нас, ожидая, пока ты спокойно проснешься. Расскажи нам, какова причина твоего прибытия в это место».

«Заклинаю тебя Аллахом, о господин, – сказал я ему, – принеси мне какой-нибудь еды – я голоден, а потом спрашивай меня, о чем хочешь». И он поспешно принес мне еды, и я ел, пока не насытился, и отдохнул, и мой страх успокоился, и я стал очень сыт, и дух мой вернулся ко мне.

И я произнес: «Хвала Аллаху за все, что он посылает!» – и обрадовался тому, что вышел из реки и прибыл к этим людям, и рассказал им обо всем, что со мной случилось, с начала до конца, и о том, что я испытал на этой узкой реке...»

И Шахразаду застигло утро, и она прекратила дозволенные речи.

Когда же настала пятьсот шестьдесят вторая ночь, она сказала: «Дошло до меня, о счастливый царь, что Синдбад-мореход вышел из лодки на берег острова и увидал там множество индийцев и абиссинцев. И он отдохнул от усталости, и люди попросили его рассказать свою историю, а затем эти люди заговорили друг с другом и сказали: «Непременно возьмем его с собой и покажем его нашему царю, – пусть он расскажет обо всем, что с ним случилось».

«И они взяли меня с собой и повели вместе со мной мою лодку со всеми деньгами, богатствами, драгоценными камнями, благородными металлами и украшениями, которые в ней были, – говорил Синдбад, – и ввели меня к своему царю, и рассказали ему о том, что случилось. И царь приветствовал меня и сказал мне: «Добро пожаловать!» – и спросил меня о моем положении и о случившихся со мной делах. И я рассказал ему обо всех делах, которые со мной произошли, и о том, что мне повстречалось, с начала до конца, и царь до крайности удивился этому рассказу и поздравил меня со спасением. И потом я пошел и вынес из лодки много металлов, драгоценных камней, алоэ и сырой амбры и подарил это царю, и тот принял от меня этот подарок и оказал мне великое уважение. Он поселил меня у себя, и я завел дружбу с лучшими людьми, и они возвеличили меня великим возвеличением, и я не покидал царского дворца. И люди, приходившие на этот остров, спрашивали меня о делах моей страны, и я рассказывал им о них и тоже расспрашивал о делах их страны, и они мне рассказывали. И однажды их царь спросил меня о положении моей страны и о правлении халифа в стране, где город Багдад, и я рассказал ему о его справедливости и законах, и царь удивился делам его и сказал: «Клянусь Аллахом, деяния халифа разумны и поведение его угодно Аллаху! Ты внушил мне любовь к нему, и я хочу приготовить для него подарок и послать его с тобой». – «Слушаю и повинуюсь, о владыка наш! Я доставлю к нему подарок и расскажу ему, что ты искренне его любишь», – ответил я. И я водворился у этого царя, живя в крайнем величии и уважении и ведя прекрасную жизнь в течение некоторого времени. И однажды я сидел в царском дворце и услышал, что некие люди в городе снаряжают корабль и собираются плыть на нем в сторону города Басры.

«Ничто для меня так не подходит, как путешествие с этими людьми», – сказал я себе и поспешно, в тот же час и минуту, поцеловал у царя руку и осведомил его о том, что желаю уехать с этими людьми на корабле, который они снарядили, так как я стосковался по моим родным и моей стране.

«Делай как хочешь, – сказал царь, – а если ты желаешь остаться у нас, пусть будет так; нам досталась из-за тебя радость». – «Клянусь Аллахом, о господин мой, – отвечал я, – ты осыпал меня милостями и благодеяниями, но я стосковался по родным, стране и семье». И царь, услышав мои слова, призвал купцов, которые снарядили корабль, и поручил им обо мне заботиться. Он сделал мне много подарков, и отдал вместо меня плату за корабль, и послал со мной большой подарок халифу Харуну ар-Рашиду в городе Багдаде; и затем я простился с царем и со всеми моими друзьями, которых я посещал, и сел на корабль с купцами, и мы поехали.

И ветер в путешествии был хорош, и мы уповали на Аллаха (слава ему и величие!) и ехали из моря в море и от острова к острову, пока благополучно не прибыли, но изволению Аллаха великого, в город Басру. И я сошел с корабля и оставался на земле Басры в течение дней и ночей, пока не собрался, а потом я погрузил свои тюки и отправился в город Багдад, обитель мира.

И я вошел к халифу Харуну ар-Рашиду, и поднес ему этот подарок, и рассказал ему обо всем, что со мной случилось, а потом я сложил все мои богатства и вещи в кладовые и пошел в свой квартал; и пришли ко мне мои родные и друзья, и я роздал всем родным подарки и начал подавать милостыню и дарить.

А через некоторое время халиф прислал за мной и стал меня спрашивать, что за причина этому подарку и откуда он. И я сказал: «О повелитель правоверных, клянусь Аллахом, я не знаю ни названия того города, откуда этот подарок, ни дороги в него, но когда потонул корабль, на котором я был, я вышел на остров, и сделал себе лодку, и спустился в ней по реке, протекавшей посреди острова».

И я рассказал халифу о том, что со мной случилось в это путешествие и как я вырвался из этой реки и попал в город, и поведал о том, что со мной там было и почему меня прислали с подарком: и халиф удивился этому до крайней степени и приказал летописцам записать мой рассказ и положить его в казну, чтобы извлек из него назидание всякий, кто увидит его.

А затем он оказал мне великое уважение, и я оставался в городе Багдаде, живя там, как раньше, и забыл обо всем, что со мной случилось и что я испытал, с начала и до конца.

И я жил сладостнейшей жизнью, веселясь и развлекаясь. И вот что было со мной в шестом путешествии, о братья. Если захочет Аллах великий, я расскажу вам завтра о седьмом путешествии, оно диковиннее и удивительнее, чем все предыдущие». И затем Синдбад велел расставлять столы, и все поужинали у него, и он приказал выдать Синдбаду-носильщику сто мискалей золота; и тот взял их и ушел своей дорогой, и все собравшиеся тоже ушли, удивляясь до крайней степени».

И Шахразаду застигло утро, и она прекратила дозволенные речи.

Когда же настала пятьсот шестьдесят третья ночь, она сказала: «Дошло до меня, о счастливый царь, что Синдбад-мореход рассказал о шестом путешествии, и все ушли своей дорогой. А Синдбад-носильщик провел ночь в своем жилище и затем совершил утреннюю молитву и пришел в дом Синдбада-морехода, и явились остальные гости; а когда все собрались, Синдбад-мореход начал речь о седьмом путешествии и сказал:

Рассказ о седьмом путешествии

«Знайте, о люди, что, вернувшись после шестого путешествия, я снова стал жить так, как жил в первое время, веселясь, развлекаясь, забавляясь и наслаждаясь, и провел таким образом некоторое время, продолжая радоваться и веселиться непрестанно, ночью и днем: ведь мне досталась большая нажива и великая прибыль. И захотелось моей душе посмотреть на чужие страны, и поездить по морю, и свести дружбу с купцами, и послушать рассказы; и я решился на это дело, и связал тюки из роскошных товаров для поездки по морю, и свез их из города Багдада в город Басру. И я увидел корабль, приготовленный для путешествия, на котором была толпа богатых купцов, и сел с ними на корабль, и подружился с ними, и мы отправились, благополучные и здоровые, стремясь путешествовать. И ветер был для нас хорош, пока мы не прибыли в город, называемый город Китай, и испытывали мы крайнюю радость и веселье и беседовали друг с другом о делах путешествия и торговли.

И в это время вдруг подул с носа корабля порывистый ветер и пошел сильный дождь, так что мы прикрыли вьюки войлоком и парусиной, боясь, что товары погибнут от дождя, и стали взывать к великому Аллаху и умолять его, чтобы он рассеял постигшую нас беду. И капитан корабля поднялся и, затянув пояс, подобрал полы и взобрался на мачту, и посмотрел направо и налево, а затем он посмотрел на бывших на корабле купцов и стал бить себя по лицу и рвать на себе бороду. «О капитан, в чем дело?» – спросили мы его; и он ответил: «Просите у Аллаха великого спасения от того, что нас постигло, и плачьте о себе! Прощайтесь друг с другом и знайте, что ветер одолел нас и забросил в последнее море на свете».

И затем капитан слез с мачты, и, открыв свой сундук, вынул оттуда мешок из хлопчатой бумаги, и развязал его, и высыпал оттуда порошок, похожий на пепел, и смочил порошок водой, и, подождав немного, понюхал его, а затем он вынул из сундука маленькую книжку, и почитал ее, и сказал нам: «Знайте, о путники, что в этой книге удивительные вещи, которые указывают на то, что всякий, кто достигнет этой земли, не спасется, а погибнет. Эта земля называется Климат царей, и в ней находится могила господина нашего Сулеймана, сына Дауда (мир о ними обоими!). И в ней водятся змеи с огромным телом, ужасные видом, и ко всякому кораблю, который достигает этой земли, выходит из моря рыба и глотает его со всем, что на нем есть».

Услышав от капитана эти слова, мы до крайности удивились его рассказу; и не закончил еще капитан своих речей, как корабль начал подниматься на воде и опускаться, и мы услышали страшный крик, подобный грохочущему грому. И мы испугались и стали как мертвые и убедились, что сейчас же погибнем. И вдруг подплыла к кораблю рыба, подобная высокой горе, и мы испугались ее, и стали плакать о самих себе сильным плачем, и приготовились умереть, и смотрели на рыбу, дивясь ее ужасающему облику. И вдруг подплыла к нам еще рыба, а мы не видали рыбы огромней и больше ее, и мы стали друг с другом прощаться, плача о себе.

И вдруг подплыла третья рыба, еще больше двух первых, что подплыли к нам раньше, и тут мы перестали понимать и разуметь, и ум наш был охвачен сильным страхом. И эти три рыбы стали кружить вокруг корабля, и третья рыба разинула пасть, чтобы проглотить корабль со всем, что на нем было, но вдруг подул большой ветер, и корабль подняло, и он опустился на большую гору и разбился, и все доски его разлетелись, и все вьюки и купцы и путники утонули в море. И я снял все бывшие на мне одежды, так что на мне осталась одна лишь рубаха, и проплыл немного, и догнал доску из корабельных досок, и уцепился за нее, а затем я влез на эту доску и сел на нее, и волны и ветры играли со мной на поверхности воды, а я крепко держался за доску, то поднимаемый, то опускаемый волнами, и испытывал сильнейшие мучения, испуг, голод и жажду.

И я стал упрекать себя за то, что я сделал, и душа моя утомилась после покоя, и я говорил себе: «О Синдбад, о мореход, ты еще не закаялся, и всякий раз ты испытываешь бедствия и утомление, но не отказываешься от путешествия по морю, а если ты отказываешься, то твой отказ бывает ложным. Терпи же то, что ты испытываешь, ты заслужил все, что тебе досталось...»

И Шахразаду застигло утро, и она прекратила дозволенные речи.

Когда же настала пятьсот шестьдесят четвертая ночь, она

сказала: «Дошло до меня, о счастливый царь, что, когда Синдбад-мореход стал тонуть в море, он сел верхом на деревянную доску и сказал про себя: «Я заслужил все то, что со мной случается, и это было предопределено мне Аллахом великим, чтобы я отказался от моей жадности. Все то, что я терплю, происходит от жадности, – ведь у меня много денег».

«И я вернулся к разуму, – говорил Синдбад, – и сказал: «В это путешествие я каюсь Аллаху великому преискренним раскаянием и не буду путешествовать и в жизни не стану упоминать о путешествии языком или в уме». И я не переставал умолять Аллаха великого и плакать, вспоминая, в каком я жил спокойствии, радости, наслаждении, восторге и веселье. И я провел таким образом первый день и второй, и наконец я выбрался на большой остров, где было много деревьев и ручьев, и стал я есть плоды с этих деревьев и пил воду из ручьев, пока не оживился и душа не вернулась ко мне, и решимость моя окрепла, и грудь моя расправилась.

И затем я пошел по острову и увидел на противоположном конце его большой поток с пресной водой, но течение этого потока было сильное. И я вспомнил о лодке, на которой я ехал раньше, и сказал про себя: «Я непременно сделаю себе такую же лодку, может быть, я спасусь от этого дела. Если я спасусь – желаемое достигнуто, и я закаюсь перед Аллахом великим и не буду путешествовать, а если я погибну – мое сердце отдохнет от утомления и труда». И затем я поднялся и стал собирать сучья деревьев – дорогого сандала, подобного которому не найти (а я не знал, что это такое); и, набрав этих сучьев, я раздобыл веток и травы, росшей на острове, и, свив их наподобие веревок, связал ими свою лодку и сказал про себя: «Если я спасусь, это будет от Аллаха!»

И я сел в лодку, и поехал на ней по реке, и доехал до другого конца острова, а затем я отдалился от него и, покинув остров, плыл первый день, и второй день, и третий день. И я все лежал и ничего не ел за это время, но когда мне хотелось пить, я пил из потока; и стал я подобен одуревшему цыпленку из-за великого утомления, голода и страха. И лодка приплыла со мной к высокой горе, под которую втекала река; и, увидев это, я испугался, что будет так же, как в прошлый раз, на предыдущей реке, и хотел остановить лодку и выйти из нее на гору, но вода одолела меня и повлекла лодку, и лодка пошла под гору, и, увидев это, я убедился, что погибну, и воскликнул: «Нет мощи и силы, кроме как у Аллаха, высокого, великого!» А лодка прошла небольшое расстояние и вышла на просторное место; и вдруг я вижу; передо мной большая река, и вода шумит, издавая гул, подобный гулу грома, и мчась, как ветер. И я схватился за лодку руками, боясь, что выпаду из нее, и волны играли со мной, бросая меня направо и налево посреди этой реки; и лодка спускалась с течением воды по реке, и я не мог ее задержать и не был в состоянии направить ее в сторону суши, и, наконец, лодка принесла меня к городу, великому видом, с прекрасными постройками, в котором было много народа. И когда люди увидали, как я спускался на лодке посреди реки по течению, они бросили мне в лодку сеть и веревки и вытянули лодку на сушу, и я упал среди них, точно мертвый, от сильного голода, бессонницы и страха.

И навстречу мне вышел из собравшихся человек, старый го-дамп, глубокий старик, и сказал мне: «Добро пожаловать!» – и накинул на меня много прекрасных одежд, которыми я прикрыл срамоту; а затем этот человек взял меня, и пошел со мной, и свел меня в баню; он принес мне оживляющего питья и прекрасные благовония. А когда мы вышли из бани, он взял меня к себе в дом и ввел меня туда, и обитатели его дома обрадовались мне, и он посадил меня на почетное место и приготовил мне роскошных кушаний, и я ел, пока не насытился, и прославил великого Аллаха за свое спасение. А после этого его слуги принесли мне горячей воды, и я вымыл руки, и невольницы принесли шелковые полотенца, и я обсушил руки и вытер рот; и потом старец в тот же час поднялся и отвел мне отдельное, уединенное помещение в своем доме и велел слугам и невольницам прислуживать мне и исполнять все мои желания и дела, и слуги стали обо мне заботиться.

И я прожил таким образом у этого человека, в *доме гостеприимства*[116] , три дня, и хорошо ел, и хорошо пил, и вдыхал прекрасные запахи, и душа вернулась ко мне, и мой страх утих, и сердце мое успокоилось, и я отдохнул душой. А когда наступил четвертый день, шейх пришел ко мне и сказал: «Ты возвеселил нас, о дитя мое! Слава Аллаху за твое спасение! Хочешь пойти со мной на берег реки и спуститься на рынок? Ты продашь свой товар и получишь деньги, и, может быть, ты купишь на них что-нибудь, чем станешь торговать».

И я помолчал немного и подумал про себя: «А откуда у меня товар и какова причина этих слов?» А шейх продолжал: «О дитя мое, не печалься и не задумывайся! Пойдем на рынок; и если мы увидим, что кто-нибудь дает тебе за твои товары цену, на которую ты согласен, я возьму их для тебя, а если товары не принесут ничего, чем бы ты был доволен, я сложу их у себя в моих кладовых до тех пор, пока не придут дни купли и продажи». И я подумал о своем деле и сказал себе: «Послушайся его, чтобы посмотреть, что это будет за товар»; и затем сказал: «Слушаю и повинуюсь, о дядя мой шейх! То, что ты делаешь, благословенно, и невозможно тебе прекословить ни в чем».

И затем я пошел с ним на рынок и увидел, что он разобрал лодку, на которой я приехал (а лодка была из сандалового дерева), и послал зазывателя кричать о ней...

И Шахразаду застигло утро, и она прекратила дозволенные речи.

---

116 *Дом гостеприимства* – В каждом мусульманском доме имеется специальное помещение (или несколько помещений, в зависимости от достатка), предназначенное для приема гостей, в соответствии с древним обычаем гостеприимства.

Когда же настала пятьсот шестьдесят пятая ночь, она сказала: «Дошло до меня, о счастливый царь, что Синдбад-мореход пришел с шейхом на берег реки и увидел, что лодка из сандалового дерева, на которой он приехал, уже развязана, и увидел посредника, который взялся продать дерево.

«И пришли купцы, – рассказывал Синдбад, – и начали торг, и за лодку набавляли цену, пока она не достигла тысячи динаров, а потом купцы перестали набавлять, и шейх обернулся ко мне и сказал: «Слушай, о дитя мое, такова цена твоего товара в дни, подобные этим. Продашь ли ты его за эту цену или станешь ждать, и я сложу его у себя в кладовых, пока не придет время увеличения его цены и мы его продадим?» – «О господин, воля твоя, делай же что хочешь», – ответил я; и старец сказал: «О дитя мое, продашь ли ты мне это дерево с надбавкой в сто динаров золотом сверх того, что дали за него купцы?» – «Да, – отвечал я, – я иродам тебе этот товар», – и получил за него деньги. И тогда старец приказал своим слугам перенести дерево в свои кладовые, и я вернулся с ним в его дом. И мы сели, и старец отсчитал мне всю плату за дерево, и велел принести кошельки, и сложил туда деньги, и запер их на железный замок, ключ от которого он отдал мне.

А через несколько дней и ночей старец сказал мне: «О дитя мое, я предложу тебе кое-что и желаю, чтобы ты меня в этом послушал». – «А что это будет за дело?» – спросил я его. И шейх ответил: «Знай, что я стал стар годами и у меня нет ребенка мужеского пола, но есть у меня молоденькая дочь, прекрасная видом, обладательница больших денег и красоты, и я хочу выдать ее за тебя замуж, чтобы ты остался с ней в нашей стране; а впоследствии я отдам тебе во владение все, что у меня есть, и все, чем владеют мои руки. Я ведь стал стар, и ты встанешь на мое место». И я промолчал и не сказал ничего, а старец молвил: «Послушайся меня, о дитя мое, в том, что я тебе говорю, я ведь желаю тебе блага. Если ты меня послушаешься, я женю тебя на моей дочери, и ты станешь как бы моим сыном, и все, что в моих руках и принадлежит мне, будет твое, а если ты захочешь торговать и отправиться в твою страну, никто тебе не будет препятствовать, и вот твои деньги у тебя под рукой. Делай же так, как захочешь и изберешь». – «Клянусь Аллахом, о дядя мой шейх, ты стал как бы моим отцом, и я испытал многие ужасы, и не осталось у меня ни мнения, ни знания – ответил я. – Делай что хочешь, воля твоя». И тогда шейх приказал своим слугам привести судью и свидетелей, и их привели, и он женил меня на своей дочери и сделал для нас великолепный пир и большое торжество. И он ввел меня к своей дочери, и я увидел, что она до крайности прелестна и красива и стройна станом, и на ней множество разных украшений, одежд, дорогих металлов, уборов, ожерелий и драгоценных камней, стоимость которых – многие тысячи тысяч золота, и никто не может дать их цену. И когда я вошел к этой девушке, она мне понравилась, и возникла между нами любовь, и я прожил некоторое время в величайшей радости и веселье.

И отец девушки преставился к милости великого Аллаха, и мы обрядили его и похоронили, и я получил все, что у него было, и все его слуги стали моими слугами, подвластными моей руке, которые мне служили. И купцы назначили меня на его место, а он был их старшиной, и ни один из них ничего не приобретал без его ведома и разрешения, так как он был их шейхом, – и я оказался на его месте. И когда я стал общаться с жителями этого города, я увидел, что их облик меняется каждый месяц, и у них появляются крылья, на которых они взлетают к облакам небесным, и остаются жить в этом городе только дети и женщины; и я сказал про себя: «Когда придет начало месяца, я попрошу кого-нибудь из них, и, может быть, они отнесут меня туда, куда сами отправляются».

И когда пришло начало месяца, цвет жителей этого города изменился, и облик их стал другим, и я пришел к одному из них и сказал: «Заклинаю тебя Аллахом, унеси меня с собой, и я посмотрю и вернусь вместе с вами». – «Это вещь невозможная», – ответил он. Но я не переставал уговаривать его, пока он не сделал мне этой милости, и я встретился с этим человеком и схватился за него, и он полетел со мной по воздуху, а я не осведомил об этом никого из моих домашних, слуг или друзей.

И этот человек летел со мной, а я сидел у него на плечах, пока он не поднялся со мной высоко в воздух, и я услышал славословие ангелов в куполе небосвода, и подивился этому, и воскликнул: «Хвала Аллаху, да будет слава Аллаху!»

И не закончил я еще славословия, как с неба сошел огонь и едва не сжег этих людей. И все они спустились и бросили меня на высокую гору, будучи в крайнем гневе на меня, и улетели и оставили меня, и я остался один на этой горе и стал себя упрекать за то, что я сделал, и воскликнул: «Нет мощи и силы, кроме как у Аллаха, высокого, великого! Всякий раз как я освобожусь из беды, я попадаю в беду более жестокую».

И я оставался на этой горе, не зная, куда направиться; и вдруг прошли мимо меня двое юношей, подобные лунам, и в руке каждого из них была золотая трость, на которую они опирались. И я подошел к ним и приветствовал их, и они ответили на мое приветствие, и тогда я сказал им: «Заклинаю вас Аллахом, кто вы и каково ваше дело?» И они ответили мне: «Мы из рабов Аллаха великого», – и дали мне трость из червонного золота, которая была с ними, и ушли своей дорогой, оставив меня. И я остался стоять на вершине горы, опираясь на посох, и раздумывал о деле этих юношей.

И вдруг из-под горы выползла змея, державшая в пасти человека, которого она проглотила до пупка, и он кричал: «Кто освободит меня, того освободит Аллах от всякой беды!»

И я подошел к этой змее и ударил ее золотой тростью по голове, и она выбросила этого человека из пасти…»

И Шахразаду застигло утро, и она прекратила дозволенные речи.

Когда же настала пятьсот шестьдесят шестая ночь, она сказала: «Дошло до меня, о счастливый царь, что Синдбад-мореход ударил змею золотой тростью, которая была у него в руках, и змея выбросила этого человека из пасти.

«И человек подошел ко мне, – говорил Синдбад, – и сказал: «Раз мое спасение от этой змеи совершилось твоими руками, я больше не расстанусь с тобой, и ты будешь мне товарищем на этой горе». – «Привет тебе!» – отвечал я ему; и мы пошли по горе. И вдруг подошли к нам какие-то люди, и я посмотрел на них и увидел того человека, который унес меня на плечах и летал со мной.

И я подошел к нему и стал перед ним оправдываться и уговаривать его и сказал: «О друг мой, не так поступают друзья с друзьями!» И этот человек ответил мне: «Это ты погубил нас, прославляя Аллаха у меня на спине!» – «Не взыщи с меня, – сказал я, – это не было мне ведомо, но теперь я никогда не буду говорить».

И этот человек согласился взять меня с собой, но поставил мне условие, что я не буду поминать Аллаха и прославлять его у него на спине. И он понес меня, и полетел со мной, как в первый раз, и доставил меня в мое жилище; и моя жена вышла мне навстречу, и приветствовала меня, и поздравила со спасением, и сказала: «Берегись впредь выходить с этими людьми и не води с ними дружбы: они братья шайтанов и не знают, как поминать Аллаха великого». – «А почему жил с ними твой отец?» – спросил я; и она сказала: «Мои отец не принадлежал к ним и не поступал так, как они; и, по-моему, раз мой отец умер, продай все, что у нас есть, и возьми на вырученные деньги товар и затем отправляйся в твою страну, к родным, и я поеду с тобой: мне нет нужды сидеть в этом городе после смерти матери и отца».

И я стал продавать вещи этого шейха одну за другой, выжидая, пока кто-нибудь выедет из этого города, чтобы мне поехать с ним; и в это время некоторые люди в городе захотели уехать, но не находили для себя корабля.

И они купили бревен и сделали себе большой корабль, и я нанял его вместе с ними и отдал им плату полностью, а затем я посадил на корабль мою жену и сложил туда все, что у нас было, и мы оставили наши владения и поместья и уехали.

И мы ехали по морю, от острова к острову, переезжая из моря в море, и ветер был хорош во все время путешествия, пока мы благополучно не прибыли в город Басру. Но я не остался там, а нанял другой корабль и перенес туда все, что со мной было, и отправился в город Багдад, и пошел в свой квартал, и пришел к себе домой, и встретил моих родных, друзей и любимых. Я сложил в кладовые все бывшие со мной товары; и мои родные высчитали, сколько времени я был в отлучке в седьмое путешествие, и оказалось, что прошло двадцать семь лет, так что они перестали надеяться на мое возвращение. А когда я вернулся и рассказал им обо всех моих делах и о том, что со мной случилось, все очень удивились этому и поздравили меня со спасением, и я закаялся перед Аллахом великим путешествовать по суше и по морю после этого седьмого путешествия, которое положило конец путешествиям, и оно пресекло мою страсть. И я возблагодарил Аллаха (слава ему и величие!), и прославил его, и восхвалил за то, что он возвратил меня к родным в мою страну и на родину. Посмотри же, о Синдбад, о сухопутный, что со мной случилось, и что мне выпало, и каковы были мои дела!»

И сказал Синдбад сухопутный Синдбаду-мореходу: «Заклинаю тебя Аллахом, не взыщи с меня за мои слова, которые я сказал тебе!» И они жили в дружбе, и любви, и великом весилье, радости и наслаждении, пока не пришла к ним Разрушительница наслаждений и Разлучительница собраний, которая разрушает дворцы и населяет могилы, то есть – смерть… Да будет же слава живому, который не умирает!»

Рассказ о Далиле-хитрице и Али-Зейбаке[117] каирском

«Рассказывают также, о счастливый царь, что был во время халифа Харуна ар-Рашида один человек по имени *Ахмед ад-Данаф*[118] и другой – по имени Хасан-Шуман. И были они творцами козней и хитростей и совершали дивные дела, и по этой причине наградил халиф Ахмеда ад-Данафа почетной одеждой и назначил его *начальником правой стороны*[119] , и наградил он Хасана-Шумана почетной одеждой и назначил его начальником левой стороны, и положил каждому из них жалованье – всякий месяц тысячу динаров.

---

[117] *Зейбак* – по-арабски «ртуть».

[118] *Ахмед ад-Данаф* – Данаф (буквально: «болезнь» или «беда») – кличка, дающаяся ловкому мошеннику.

[119] *Начальник* (мукаддим) – очень популярный персонаж арабского фольклора, особенно «народных романов» и городской новеллы. Популярность этого персонажа является отражением широкой популярности «братств» (или цехов), которые назывались «мурувва» или «футувва» («мужество, молодечество»). Эти братства представляли собой вначале цеховые объединения, а затем превратились в своеобразные вооруженные отряды, формально состоявшие на службе у султана, но часто выступающие против власти. Жалованье султана «молодцам футуввы» представляло собой, в сущности, выкуп за «нейтральность» организации. Иногда футувва выступала в роли стражи (ср. «Санта Эрмандад» – «Святое братство» в Испании в эпоху Сервантеса).
Начальник правой стороны – головной отряд султанских гвардейцев, часто возглавляемый «предводителем молодцов» футуввы. Отряд левой стороны – второй отряд султанской гвардии, отсюда начальник левой стороны был подчинен предводителю правой стороны.

И находилось у каждого из них под рукою сорок человек. И было предписано Ахмеду ад-Данафу наблюдение за сушей.

И выехали Ахмед ад-Данаф с Хасаном-Шуманом и теми, кто был под их властью, на конях, и эмир Халид-вали был с ними, и глашатай кричал: «Согласно приказанию халифа, нет в Багдаде начальника правой стороны, кроме начальника Ахмеда ад-Данафа, и нет в Багдаде начальника левой стороны, кроме начальника Хасана-Шумана, и слова их должно слушаться, и уважение к ним обязательно!»

А была в городе старуха по имени Далила-хитрица, и была у нее дочь, по имени Зейнаб-мошенница; и они услышали крик глашатая, и Зейнаб сказала своей матери Далиле: «Посмотри, матушка, этот Ахмед ад-Данаф пришел из Каира, когда его оттуда прогнали, и играл в Багдаде всякие штуки, пока не приблизился к халифу и не стал начальником правой стороны. А тот шелудивый парень, Хасан-Шуман, сделался начальником левой стороны, и у него накрывают стол по утрам и по вечерам, и положено им жалованье – каждому тысяча динаров во всякий месяц. А мы сидим в этом доме без дела, нет нам ни почета, ни уважения, и нет у нас никого, кто бы за нас попросил».

А муж Далилы был прежде начальником в Багдаде, и ему была положена от халифа каждый месяц тысяча динаров; и он умер и оставил двух дочерей: дочь замужнюю, у которой был сын по имени *Ахмед аль-Лакит*[120], и дочь незамужнюю по имени Зейнаб-мошеннница. И Далила умела устраивать хитрости, обманы и плутни и ухитрялась выманивать большую змею из ее норы, и Иблис учился у нее хитростям. Ее отец был у халифа *башенником*[121], и ему полагалось жалованье – каждый месяц тысяча динаров. Он воспитывал почтовых голубей, которые летают с письмами и посланиями, и всякая птица в минуту нужды была халифу дороже, чем какой-нибудь из его сыновей.

И Зейнаб сказала своей матери: «Иди устрой хитрости и плутни, может быть, из-за этого разнесется о нас слава в Багдаде и будет нам жалованье нашего отца…»

И Шахразаду застигло утро, и она прекратила дозволенные речи.

Когда же настала шестьсот девяносто девятая ночь, она сказала: «Дошло до меня, о счастливый царь, что Зейнаб-мошенница сказала своей матери: «Иди устрой нам хитрости и плутни, может быть, распространится о нас из-за этого слава в Багдаде и будет нам

---

[120] *Ахмед аль-Лакит* – «Лакит» – буквально: «подкидыш».

[121] *Башенник* – начальник голубиной почты, важнейшего отдела «барида» – почтового ведомства, в функцию которого входило главным образом наблюдение за наместниками султана и высшими чиновниками.

жалованье нашего отца».

«Клянусь твоей жизнью, о дочка, – сказала Далила, – я сыграю в Багдаде штуки посильнее штук Ахмеда ад-Данафа и Хасана-Шумана!»

И она поднялась, и, закрыв лицо платком, надела одежду *факиров и суфиев*[122], и оделась в платье, спускавшееся ей до пят, и в шерстяной халат, и повязалась широким поясом. Потом она взяла кувшин, наполнила его водой по горлышко и, положив на отверстие его три динара, прикрыла отверстие куском пальмового лыка. А на шею она надела четки величиной с вязанку дров, и взяла в руки палку с красными и желтыми тряпками, и вышла, говоря: «Аллах! Аллах!» – и язык произносил славословие, а сердце скакало по ристалищу мерзости.

И она начала высматривать, какую бы сыграть в городе штуку, и ходила из переулка в переулок, пока не пришла к одному переулку, выметенному, политому и вымощенному.

И она увидела сводчатые ворота с мраморным порогом и магрибинца-привратника, который стоял у ворот; и был это дом начальника *чаушей*[123] халифа, и у хозяина дома были поля и деревни, и он получал большое жалованье. И звали его: эмир Хасан *Шарр ат-Тарик*[124], и назывался он так лишь потому, что удар

---

[122] *Факиры и суфии* – члены религиозных сект или братств, называвшиеся также дервишами. Дервиши, странствовавшие по разным странам Ближнего и Среднего Востока, пользовались большой популярностью среди народа, им приписывалась нередко роль чудотворцев.

[123] *Чауш* – телохранитель султана, главным образом в мамлюкский период (XIII–XV вв.)

[124] *Шарр ат-Тарик* – буквально: «зло дороги». Прозвище эмира говорит о том, что эмир – бывший «молодец *футуввы*[124124] *Начальник (мукаддим)* – очень популярный персонаж арабского фольклора, особенно «народных романов» и городской новеллы. Популярность этого персонажа является отражением широкой популярности «братств» (или цехов), которые назывались «мурувва» или «футувва» («мужество, молодечество»). Эти братства представляли собой вначале цеховые объединения, а затем превратились в своеобразные вооруженные отряды, формально состоявшие на службе у султана, но часто выступающие против власти. Жалованье султана «молодцам футуввы» представляло собой, в сущности, выкуп за «нейтральность» организации. Иногда футувва выступала в роли стражи (ср. «Санта Эрмандад» – «Святое братство» в Испании в эпоху Сервантеса).
Начальник правой стороны – головной отряд султанских гвардейцев, часто возглавляемый «предводителем молодцов» футуввы. Отряд левой стороны – второй отряд султанской гвардии, отсюда начальник левой стороны был подчинен предводителю правой стороны.

опережал у него слово.

И был он женат на красивой женщине и любил ее, и в ночь, когда он вошел к ней, она взяла у него клятву, что он ни на ком, кроме нее, не женится и не будет ночевать вне дома. И в один из дней ее муж пошел в диван и увидел с каждым из эмиров сына или двоих сыновей. А он как-то ходил в баню и посмотрел на свое лицо в зеркало и увидел, что белизна волос его бороды покрыла черноту, и сказал себе: «Разве тот, кто взял твоего отца, не наделит тебя сыном?»

И потом он вошел к жене, сердитый. И она сказала ему: «Добрый вечер!» – и эмир воскликнул: «Уходи от меня! С того дня, как я увидел тебя, я не видел добра». – «А почему?» – спросила его жена. И он сказал: «В ночь, когда я вошел к тебе, ты взяла с меня клятву, что я ни на ком, кроме тебя, не женюсь, а сегодня я видел, что у каждого эмира есть по сыну, а у некоторых – двое; и я вспомнил про смерть и про то, что мне не досталось ни сына, ни дочери, а у кого нет сына, о том не вспоминают. Вот причина моего гнева. Ты бесплодная и не несешь от меня!» – «Имя Аллаха над тобой! – воскликнула его жена. – Я пробила все ступки, толча шерсть и зелья, и нет за мной вины. Задержка от тебя: ты плосконосый мул, и твой белок жидкий – он не делает беременной и не приносит детей». – «Когда вернусь из поездки, женюсь на другой», – сказал эмир. И жена его отвечала: «Моя доля у Аллаха!» И эмир вышел от нее, и оба раскаялись, что поносили друг друга.

Рассказ о Далиле-хитрице и Али-Зейбаке каирском

И когда жена эмира выглядывала из окна, подобная невесте из ».

сокровищницы – столько было на ней украшений, Далила вдруг остановилась, и увидела эту женщину, и заметила на ней украшения и дорогие одежды, и сказала себе: «Нет лучше ловкости, о Далила, чем забрать эту женщину из дома ее мужа и оголить ее от украшений и одежды и взять все это».

И она остановилась и стала поминать Аллаха под окном дворца, говоря: «Аллах! Аллах!» И жена эмира увидела старуху, одетую в белые одежды, похожую на купол из света и имевшую облик суфиев, которая говорила: «Явитесь, о друзья Аллаха!» И женщины с той улицы высунулись из окон и стали говорить: «Вот явная поддержка Аллаха! От лица этой старицы исходит свет!» И Хатун, жена эмира Хасана, заплакала и сказала своей невольнице: «Спустись, поцелуй руку шейху Абу-Али, привратнику, и скажи ему: «Дай ей войти, этой старице, чтобы мы получили через нее благодать».

И невольница спустилась, и поцеловала привратнику руку, и сказала: «Моя госпожа говорит тебе: «Дай этой старице войти к моей госпоже, чтобы она получила через нее благодать…»

И Шахразаду застигло утро, и она прекратила дозволенные речи.

Когда же настала ночь, дополняющая до семисот, она сказала: «Дошло до меня, о счастливый царь, что невольница спустилась к привратнику и сказала ему: «Моя госпожа говорит тебе: «Дай этой старице войти к моей госпоже, чтобы она получила через нее благодать, – может быть, ее благодать осенит нас всех».

И привратник пошел к Далиле и начал было целовать ей руку, но она не дала ему и сказала: «Отдались от меня, чтобы не испортить мне омовения! Ты тоже суфий – влекомый к Аллаху, замеченный его святыми. Пусть Аллах освободит тебя от этой службы, о Абу-Али». А привратнику приходилось с эмира его жалованье за три месяца, и он был стеснен и не знал, как вырвать деньги у этого эмира. «О матушка, напои меня из твоего кувшина, чтобы я получил через тебя благодать», – сказал он Далиле. И та сняла кувшин с плеча, и помахала им в воздухе, и тряхнула рукой так, что лыко слетело с отверстия кувшина, и три динара упали на землю, и привратник увидел их и подобрал. «Вот нечто от Аллаха! – воскликнул он. – Эта старица – одна из святых с сокровищами! Она разведала про меня и узнала, что я нуждаюсь в деньгах на расходы, и сумела раздобыть мне три динара из воздуха». И он взял динары в руку и сказал Далиле: «Возьми, тетушка, три динара, которые упали на землю из твоего кувшина». И старуха воскликнула: «Отдали их от меня, я из тех людей, которые никогда не занимаются делами мира! Возьми их и истрать на себя, взамен того, что приходится тебе с эмира». – «Вот явная поддержка Аллаха, и это относится к откровениям!» – воскликнул привратник. И невольница поцеловала старухе руку и повела ее наверх к своей госпоже.

И Далила вошла и увидела, что госпожа невольницы подобна кладу, с которого сняты талисманы; а Хатун приветствовала ее и поцеловала ей руку. «О дочь моя, – сказала старуха, – я пришла к тебе только с советом». И Хатун подала ей еду, и Далила сказала: «О дочка, я ем только райские кушанья и постоянно пощусь. Я нарушаю пост лишь пять дней в году. Но я вижу, о дочка, что ты огорчена, и хочу, чтобы ты мне сказала о причине твоего огорчения». – «О матушка, – ответила Хатун, – в ночь, когда муж вошел ко мне, я взяла с него клятву, что он не женится на другой; и он увидел детей, и ему захотелось их иметь, и он сказал: «Ты бесплодная!» А я сказала: «Ты мул, от которого не носят!» И он вышел сердитый и сказал: «Когда вернусь из поездки, женюсь на другой!» И я боюсь, о матушка, что он со мной разведется и возьмет другую. У него есть деревни, и поля, и большое жалованье, и если придут к нему дети от другой, они завладеют вместо меня деньгами и деревнями».

«О дочка, – сказала Далила, – разве ты ничего не знаешь о моем шейхе *Абу ль-Хамалате* ?[125] За всякого, кто в долгах и кто посетит его, Аллах отдает его долги, а если посетит его бесплодная, она станет беременной». – «О матушка, – сказала Хатун, – с того дня, как муж вошел ко мне, я не выходила ни с утешением, ни с поздравлением». – «О дочка, – сказала старуха, – я возьму тебя с собой и отведу к Абу ль-Хамалату. Переложи на него твою ношу и дай ему обет, – может быть, твой муж, вернувшись из путешествия, познает тебя и ты понесешь от него дочку или сына. И тот, кого ты родишь, будь то мальчик или девочка, станет дервишем шейха Абу ль-Хамалата».

И женщина поднялась, и надела все свои украшения, и оделась в самое роскошное из бывших у нее платьев, и сказала невольнице: «Присматривай за домом!» И невольница ответила: «Слушаю и повинуюсь, о госпожа!»

И потом Хатун спустилась вниз, и ее встретил шейх Абу-Али, привратник, и спросил ее: «Куда, о госпожа?» И Хатун ответила ему: «Я иду посетить шейха Абу ль-Хамалата». – «Пост на год для меня обязателен! – воскликнул привратник. – Поистине, эта старица из святых, и она полна святости. Она, о госпожа, одна из святых с сокровищем, так как она мне дала три динара червонного золота и все обо мне открыла, без того, чтобы я спросил, и узнала, что я нуждаюсь!»

И старуха вышла, и женщина, жена эмира Хасана Шарр ат-Тарика, вместе с нею; и Далила-хитрица говорила женщине: «Если захочет Аллах, о дочка, когда ты посетишь Абу ль-Хамалата, твое сердце будет залечено, и ты понесешь, по изволению великого Аллаха, и полюбит тебя твой муж, эмир Хасан, по благодати этого шейха, и не заставит тебя после этого слушать слова, обидные для твоего сердца». – «Я посещу его, о матушка», – сказала женщина; а старуха подумала: «Где я ее оголю и возьму ее одежду, когда люди ходят туда и сюда?»

---

[125] *Шейх Абу ль-Хамалат* . – В Египте было широко распространено поклонение различным «святым», живым и умершим. Абу ль-Хамалат – покровитель беременных.

«О дочка, – сказала она женщине, – когда идешь, иди сзади меня на таком расстоянии, чтобы меня видеть, потому что твоя матушка несет на себе многие ноши, и всякий, у кого есть ноша, бросает ее на меня, и все, у кого есть приношение, дают его мне и целуют мне руку».

И женщина пошла сзади Далилы, далеко от нее, а старуха шла впереди, пока они не дошли до рынка купцов, и браслеты звучали, и монеты бренчали.

И Далила прошла мимо лавки сына одного купца по имени Сиди-Хасан (а он был красивый, без растительности на щеках), и он увидел проходившую женщину и стал искоса на нее поглядывать; и когда старуха заметила это, она подмигнула женщине и сказала ей: «Посиди возле этой лавки, пока я не приду к тебе!»

И женщина исполнила ее приказание и села перед лавкой сына купца, и сын купца посмотрел на нее взглядом, оставившим в нем тысячу вздохов; а старуха подошла к нему, приветствовала его и спросила: «Тебя ли зовут Сиди-Хасан, сын купца Мухсина?» И юноша ответил: «Да; кто осведомил тебя о моем имени?» – «Указали мне на тебя люди благие, – ответила старуха. – Знай, что эта девушка – моя дочь. Ее отец был купцом, и он умер и оставил ей большие деньги, и она достигла зрелости; а разумные люди сказали: «Сватай свою дочь, но не сватай за своего сына». И она в жизни не выходила из дому раньше этого дня. И пришло мне указание, и раздался в сердце моем призыв, чтобы я выдала ее за тебя замуж, а если ты бедный, я дам тебе капитал и открою тебе вместо этой лавки две».

И сын купца подумал: «Я просил у Аллаха невесту, и он послал мне три вещи: кошелек, женщину и одежду».

«О матушка, – сказал он, – прекрасно то, что ты мне посоветовала! Моя мать уже давно говорит мне: «Я хочу тебя женить», а я соглашаюсь и говорю: «Я *женюсь не иначе, как увидев глазами!*[126] » – «Поднимайся и следуй за мной, я покажу ее тебе голую», – сказала Далила. И юноша пошел с ней и взял с собою тысячу динаров, говоря в душе: «Может быть, нам понадобится что-нибудь купить...»

И Шахразаду застигло утро, и она прекратила дозволенные речи.

Когда же настала семьсот первая ночь, она сказала: «Дошло до меня, о счастливый царь, что старуха сказала Хасану, сыну купца Мухсина: «Поднимайся, следуй за мной, я покажу ее тебе голую». И юноша поднялся, и пошел с ней, и взял с собой тысячу динаров, говоря в душе: «Может быть, нам что-нибудь понадобится, и это мы купим и выложим установленную плату за заключение условия».

«Иди от нее вдали, на таком расстоянии, чтобы видеть ее

---

[126] *...женюсь не иначе, как увидев глазами!* – По мусульманскому обычаю, жених до брака не имеет права увидеть невесту, даже под покрывалом.

глазами», – сказала ему старуха; а сама она думала: «Куда ты пойдешь с сыном купца, чтобы оголить и его и женщину?» И она пошла (а женщина следовала за ней, а сын купца следовал за женщиной) и подошла к красильне, где был один мастер по имени Хаддж Мухаммед, и был он подобен ножу продавца аронника – срезал и мужское и женское и любил есть фиги и гранаты.

И он услышал звон ножных браслетов, и поднял глаза, и увидел юношу и девушку, и вдруг старуха села подле него, и приветствовала его, и спросила: «Ты Хаддж Мухаммед, красильщик?» – «Да, я Хаддж Мухаммед, чего ты потребуешь?» – ответил красильщик. И Далила сказала: «Указывали мне на тебя люди благие. Посмотри на эту красивую девушку – это моя дочь, а этот безбородый красивый юноша – мой сын, и я воспитала их и истратила на них большие деньги. Знай, что у меня есть большой шаткий дом. Я подперла его деревянными балками, но строитель сказал мне: «Живи в другом месте. Возможно, что дом обрушится. Перестрой его, а потом возвращайся в него и живи в нем». И я вышла поискать себе какого-нибудь жилья, и добрые люди указали мне на тебя, и я хочу поселить у тебя мою дочь и моего сына». – «Пришло к тебе масло на лепешке!» – подумал красильщик и сказал старухе: «Правильно, у меня есть дом, и гостиная, и комната, но я не могу обойтись без какого-нибудь из этих помещений из-за гостей и феллахов с индиго». – «О сынок, – сказала Далила, – самое большее на месяц или два месяца, пока мы перестроим дом. Мы люди иноземные. Сделай помещение для гостей общим для нас с тобой. Клянусь твоей жизнью, о сынок, если ты потребуешь, чтобы твои гости были нашими гостями, добро им пожаловать, мы и есть будем с ними, и спать будем с ними».

И красильщик отдал Далиле ключи: один большой, другой маленький, и еще ключ кривой, и сказал: «Большой ключ – от дома, кривой – от гостиной и маленький – от комнаты». И Далила взяла ключи, и женщина пошла за нею следом, а сзади нее шел сын купца. И Далила пришла к переулку, и увидела ворота, и открыла их, и вошла, и женщина тоже вошла; и Далила сказала ей: «О дочка, это дом шейха Абу ль-Хамалата (и она указала ей на гостиную). Поднимись в комнату и развяжи изар, и я приду к тебе».

И женщина поднялась в комнату и села; и тут пришел сын купца, и старуха встретила его и сказала: «Посиди в гостиной, а я приведу тебе мою дочь, чтобы ты на нее посмотрел». И юноша вошел и сел в гостиной, а старуха вошла к женщине, и та сказала ей: «Я хочу посетить Абу ль-Хамалата, пока не пришли люди». – «О дочка, мы боимся за тебя», – сказала старуха. «Отчего?» – спросила женщина. И старуха сказала: «Тут мой сын, он дурачок – не отличает лета от зимы и постоянно голый. Он подручный шейха, и если входит к нему девушка, как ты, чтобы посетить шейха, он хватает ее серьги, и разрывает ей ухо, и рвет ей шелковую одежду. Сними же твои драгоценности и платье, а я поберегу это для тебя, пока ты не посетишь шейха».

И женщина сняла украшения и одежду и отдала ее старухе; а та сказала: «Я положу их под покровом шейха, и достанется тебе благодать».

И старуха взяла вещи и ушла, оставив женщину в рубахе и штанах, и спрятала вещи в одном месте на лестнице, а затем вошла к сыну купца и нашла его ожидающим женщину. «Где твоя дочь, чтобы я посмотрел на нее?» – спросил он старуху. И та стала бить себя в грудь. «Что с тобой?» – спросил юноша. И старуха воскликнула: «Пусть не живет злой сосед, и пусть не будет соседей, которые завидуют! Они видели, как ты входил со мной, и спросили про тебя, и я сказала: «Я высватала моей дочери этого жениха». И тогда они позавидовали и сказали моей дочери: «Разве твоя мать устала содержать тебя, что она выдает тебя за прокаженного?» И я дала ей клятву, что я позволю ей тебя увидеть не иначе, как голым». – «Прибегаю к Аллаху от завистников!» – воскликнул юноша и обнажил руки. И Далила увидела, что они точно серебро, и сказала: «Не бойся ничего! Я дам тебе увидеть ее голою, как и она увидит тебя голым». – «Пусть приходит и смотрит на меня», – сказал юноша и снял с себя соболью шубу, и кушак, и нож, и всю одежду, так что остался в рубахе и подштанниках, а тысячу динаров он положил в вещи. И старуха сказала ему: «Подай свои вещи, я тебе их поберегу».

Рассказ о Далиле-хитрице и Али-Зейбаке каирском

И она взяла их, и положила их на вещи женщины, и понесла все это, и вышла в двери, и заперла обоих, и ушла своей дорогой...»

И Шахразаду застигло утро, и она прекратила дозволенные речи.

Когда же настала семьсот вторая ночь, она сказала: «Дошло до меня, о счастливый царь, что старуха, взяв вещи сына купца и вещи женщины, заперла обоих за дверями и ушла своей: дорогой. Она оставила то, что с ней было, у одного москательщика, и пошла к красильщику, и увидела, что тот сидит и ждет ее. «Если захотел Аллах, стало так, что дом вам понравился?» – спросил он. И Далила ответила: «В нем – благодать, и я иду за носильщиками, которые принесут наши вещи и ковры. Мои дети захотели хлеба с мясом; возьми же этот динар, приготовь им хлеба с мясом и пойди пообедай с ними». – «А кто будет стеречь красильню, в которой чужие вещи?» – спросил красильщик. «Твой малый!» И, взяв блюдо, он пошел готовить обед.

Вот что было с красильщиком, и речь о нем еще впереди. Что же касается старухи, то она взяла от москательщика вещи женщины и сына купца, вошла в красильню и сказала малому красильщика: «Догоняй твоего хозяина, а я не двинусь, пока вы оба не придете». – «Слушаю и повинуюсь!» – ответил малый. И Далила взяла все, что было в красильне.

И вдруг подошел один ослятник, гашишеед, который уже неделю был без работы, и старуха сказала ему: «Поди сюда, ослятник!» И когда он подошел, спросила: «Знаешь ли ты моего сына, красильщика?» – «Да, я его знаю», – ответил ослятник. И старуха сказала: «Этот бедняга разорился, и на нем остались долги, и всякий раз, как его сажают в тюрьму, я его освобождаю. Мы желаем подтвердить его бедность, и я иду отдать вещи их владельцам и хочу, чтобы ты дал мне осла. Я отвезу на нем людям их вещи, а ты возьми этот динар за наем осла, а после того как я уйду, ты возьмешь пиалу, вычерпаешь все, что есть в горшках, и разобьешь горшки и кувшины, чтобы, когда придет посланный от кади, в красильне ничего не нашлось». – «Милость хозяина лежит на мне, и я сделаю для него что-нибудь ради Аллаха», – ответил ослятник. И старуха взяла вещи и взвалила их на осла, и Аллах-покровитель укрыл ее, и она отправилась домой.

И когда она пришла к своей дочери Зейнаб, та сказала ей: «Мое сердце с тобой, матушка! Какие ты устроила плутни?» И старуха отвечала: «Я устроила четыре плутни с четырьмя: сыном купца, женой чауша, красильщиком и ослятником, и привезла тебе все их вещи на осле ослятника». – «О матушка, – сказала Зейнаб, – ты не сможешь больше пройти по городу из-за чауша, вещи жены которого ты забрала, и сына купца, которого ты оголила, и красильщика, из чьей красильни ты взяла вещи, и ослятника, владельца осла». – «Ах, доченька, – ответила Далила, – я беспокоюсь только из-за ослятника: он меня узнает».

Что же касается мастера-красильщика, то он приготовил хлеб с мясом, и поставил его на голову своего слуги, и прошел мимо красильни, и увидел ослятника, который бил горшки, и не осталось в красильне ни тканей, ни вещей, и увидел он, что красильня разрушена. «Остановись, ослятник», – сказал он ему. И ослятник перестал бить горшки и воскликнул: «Слава Аллаху за благополучие, хозяин! Мое сердце болит о тебе». – «Почему и что со мной случилось?» – спросил красильщик. И ослятник сказал: «Ты разорился, и *тебе написали свидетельство о разорении*»[127]. – «Кто тебе сказал?» – спросил красильщик. И ослятник молвил: «Твоя мать мне сказала, и она велела мне разбить горшки и вычерпать кувшины, боясь, что, когда придет посланный от кади, он, может быть, что-нибудь найдет в красильне». – «Бог наказывает того, кого он оставил! – воскликнул красильщик. – Моя мать давно умерла!» И он принялся бить себя рукою в грудь и воскликнул: «Пропало мое имущество и имущество людей!» И тогда ослятник заплакал и воскликнул: «Пропал мой осел!» и потом он сказал красильщику: «Отдай мне моего осла, которого забрала твоя мать, красильщик!» И красильщик вцепился в ослятника и стал бить его кулаками, говоря: «Приведи мне старуху!» А ослятник говорил: «Приведи мне осла!» И люди собрались вокруг них...»

И Шахразаду застигло утро, и она прекратила дозволенные речи.

Когда же настала семьсот третья ночь, она сказала: «Дошло до меня, о счастливый царь, что красильщик вцепился в ослятника, а ослятник вцепился в красильщика, и они начали драться, и каждый из них обвинял другого. И вокруг них собрались люди, и один из них спросил: «Что у вас за история, о мастер Мухаммед?» И ослятник воскликнул: «Я расскажу вам эту историю!» И он рассказал о том, что с ним случилось, и сказал: «Я думал, что я заслужил благодарность мастера, но, когда он меня увидел, он стал бить себя в грудь и сказал: «Моя мать умерла!» И я тоже требую от него моего осла, так как он устроил со мной эту штуку, чтобы погубить моего осла».

«О мастер Мухаммед, – сказали люди, – ты, значит, знаешь эту старуху, раз ты доверил ей красильню и то, что там было?» – «Я ее не знаю, – отвечал красильщик, – и она только сегодня у меня поселилась с сыном и дочерью». – «По совести, – сказал кто-то, – красильщик отвечает за осла». – «В чем основание этого?» – спросили его. И он сказал: «В том, что ослятник был спокоен и отдал своего осла старухе, только когда увидел, что красильщик доверил свою красильню и то, что в ней было». – «О мастер, – сказал тогда кто-то, – если ты поместил ее у себя, ты обязан привести ослятнику его осла».

И потом они пошли, направляясь к дому красильщика, и речь о них еще будет. Что же касается сына купца, то он ждал прихода старухи, – но та не приводила своей дочери; а женщина ждала, что старуха принесет ей позволенье от своего сына, юродивого, подручного шейха Абу ль-Хамалата, – но старуха не возвращалась к ней. И Хатун поднялась, чтобы посетить шейха. И вдруг сын купца

---

[127] *...тебе написали свидетельство о разорении.* – Свидетельство о разорении, то есть свидетельство о несостоятельности, освобождающее от преследования за долги.

сказал ей, когда она входила: «Поди сюда! Где твоя мать, которая привела меня, чтобы я на тебе женился?» – «Моя мать умерла, – отвечала женщина. – А ты сын той старухи, юродивый, подручный шейха Абу ль-Хамалата?» – «Это не моя мать, – сказал сын купца, – эта старуха – обманщица. Она обманула меня и взяла мою одежду и тысячу динаров». – «Меня она тоже обманула и привела сюда, чтобы я посетила Абу ль-Хамалата, и оголила меня», – сказала женщина. И сын купца стал ей говорить: «Я узнаю, где моя одежда и тысяча динаров, только от тебя!» А женщина говорила: «Я узнаю, где мои вещи и драгоценности, только от тебя! Приведи ко мне твою мать!»

И вдруг вошел к ним красильщик и увидел, что сын купца голый и женщина тоже голая, и сказал: «Говорите, где ваша мать!» И женщина рассказала обо всем, что ей выпало, и сын купца рассказал обо всем, что с ним случилось; и красильщик воскликнул: «Пропало мое имущество и имущество людей!» А ослятник воскликнул: «Пропал мой осел!» – «Эта старуха – обманщица, – сказал красильщик. – Выходите, чтобы я запер дверь». – «Для тебя будет позором, что мы вошли к тебе в дом одетые, а выходим голые», – сказал сын купца. И красильщик одел его и одел женщину и отправил ее домой, и речь о ней еще будет после прибытия ее мужа из путешествия.

Что же касается красильщика, то он запер красильню и сказал сыну купца: «Пойдем с нами искать старуху, чтобы отдать ее вали». И сын купца пошел с ними, и ослятник был с ними тоже. И они вошли в дом вали и пожаловались ему, и вали спросил: «О люди, в чем ваше дело?» И они рассказали ему, что случилось. И вали сказал: «А сколько в городе старух! Идите ищите ее и схватите, а я заставлю ее сознаться». И они стали ходить и искать Далилу, и речь о них еще будет.

Что же касается старухи Далилы-хитрицы, то она сказала своей дочери Зейнаб: «О дочка, я хочу устроить штуку». – «О матушка, я боюсь за тебя», – сказала Зейнаб. И старуха молвила: «Я точно шелуха бобов: не даюсь ни воде, ни огню!» И старуха поднялась и надела платье служанки из служанок вельмож и пошла, высматривая, какую бы устроить плутню. Она прошла мимо переулка, устланного тканями, где висели светильники, и услышала там певиц и удары в бубны, и увидала невольницу, на плече которой сидел мальчик в рубашке, вышитой серебром, и на нем была красивая одежда, а на голове у него был *тарбуш*[128], окаймленный жемчугом, на шее у мальчика висело золотое ожерелье с драгоценными камнями, и на нем был надет бархатный плащ.

А этот дом принадлежал начальнику купцов в Багдаде, и ребенок был его сыном; и была у него еще дочь, девушка, за которую посватались, и они в этот день справляли свадьбу. И у ее матери собралось много женщин и певиц, и всякий раз, как мать мальчика входила или выходила, ребенок цеплялся за нее. И она кликнула

---

128 *Тарбуш* – феска.

невольницу и сказала ей: «Возьми твоего господина, поиграй с ним, пока собрание не разойдется».

А старуха Далила вошла и увидела мальчика на плече невольницы и спросила ее: «Что у твоей госпожи сегодня за торжество?» И невольница ответила: «Она справляет свадьбу своей дочери, и у нее певицы». И тогда старуха сказала себе: «О Далила, нет лучше плутни, как взять этого ребенка у невольницы…»

И Шахразаду застигло утро, и она прекратила дозволенные речи.

Когда же настала семьсот четвертая ночь, она сказала: «Дошло до меня, о счастливый царь, что старуха сказала в душе: «О Далила, нет лучше плутни, как взять этого ребенка у невольницы! И затем воскликнула: «О злосчастный позор!» – и вынула из-за пазухи маленькую медную бляшку, похожую на динар.

А невольница была дурочка, и старуха сказала ей: «Возьми этот динар, пойди к твоей госпоже и скажи ей: «Умм аль-Хайр за тебя радуется, и твои милости ее обязывают; и в день собрания она придет со своими дочерьми, и они наградят невольниц подарками». – «О матушка, – сказала невольница, – а как же этот мой господин? Всякий раз, как он видит свою мать, он цепляется за нее». – «Подай его мне, он побудет со мной, пока ты сходишь и вернешься», – сказала старуха. И невольница взяла медную бляшку и вошла в дом, а старуха взяла ребенка и, выйдя в переулок, сняла с ребенка украшения и одежды, которые на нем были, и сказала себе: «О Далила, ловкость лишь в том, чтобы, так же как ты сыграла штуку с невольницей и взяла у нее ребенка, устроить еще плутню и оставить мальчика в залог за какую-нибудь вещь ценой в тысячу динаров!»

И она пошла на рынок торговцев драгоценностями и увидела еврея-ювелира, перед которым была корзина, полная драгоценностей, и сказала себе: «Ловкость лишь в том, чтобы схитрить с этим евреем, взять у него драгоценностей на тысячу динаров и оставить этого ребенка за них в залог».

И еврей посмотрел и увидел ребенка со старухой и узнал что это сын начальника купцов. А у этого еврея было много денег, и он завидовал своему соседу, если тот продавал что-нибудь, а он не продавал. «Чего ты потребуешь о госпожа?» – спросил он. И Далила сказала: «Ты, мастер Азра, еврей?» (Она раньше спросила, как его зовут.) «Да», – ответил еврей. И Далила сказала: «Сестру этого ребенка, дочь начальника купцов, сосватали, сегодня справляют ее свадьбу, и ей нужны драгоценности. Дай же нам две пары золотых ножных браслетов, пару золотых запястий, жемчужные серьги, кушак, кинжал и перстень».

И она взяла у него вещей на тысячу динаров и сказала: «Я возьму эти драгоценности и посоветуюсь; что им понравится, они заберут, и я принесу тебе за это деньги, а ты подержи этого мальчика у себя». – «Дело будет так, как ты хочешь», – ответил ювелир.

И Далила взяла драгоценности и пошла домой. И ее дочь

спросила: «Какие плутни ты устроила?» И старуха отвечала: «Я сыграла одну штуку: взяла сына начальника купцов и раздела его, а потом пошла и заложила его за вещи в тысячу динаров и забрала их у одного еврея». – «Ты не сможешь больше ходить по городу», – сказала ей ее дочь.

Что же касается невольницы, то она пошла к своей госпоже и сказала ей: «О госпожа, Умм аль-Хайр желает тебе мира и радуется за тебя, а в день собрания она придет со своими дочерьми, и они принесут подарок». – «А где твой господин?» – спросила ее госпожа; и невольница ответила: «Я оставила его у нее, боясь, что он за тебя уцепится, и она дала мне подарок для певиц». И госпожа невольницы сказала начальнице певиц: «Возьми твой подарок». И та взяла его и увидела, что это медная бляшка.

«Спустись, о распутница, посмотри, где твой господин», – сказала хозяйка невольницы. И девушка спустилась и не нашла ни ребенка, ни старухи, – и она закричала и упала лицом вниз, и сменилась радость их печалью.

И вдруг пришел начальник купцов. И жена его рассказала ему обо всем, что случилось, и он вышел искать своего сына, и каждый из купцов начал искать на какой-нибудь дороге.

И начальник купцов искал до тех пор, пока не увидел своего сына голым возле лавки еврея, и тогда он спросил его: «Это мой сын?» – «Да», – отвечал еврей. И отец мальчика взял его и от сильной радости не стал спрашивать про его одежду.

Что же касается еврея, то, увидев, что купец взял своего сына, он уцепился за него и воскликнул: «Аллах да поможет против тебя халифу!» – «Что с тобой, о еврей?» – спросил купец; и еврей сказал: «Старуха взяла у меня драгоценностей для твоей дочери на тысячу динаров и заложила у меня этого ребенка. Я только потому ей и дал их, что она оставила у меня этого ребенка в залог за то, что взяла; и я бы не доверился ей, если бы не знал, что этот ребенок – твой сын». – «Моей дочери не нужно драгоценностей. Принеси мне одежду ребенка», – сказал купец. И еврей закричал: «Ко мне, о мусульмане!» И вдруг подошли ослятник, красильщик и сын купца, которые ходили и искали старуху.

И они спросили купца и еврея о причине их перебранки, и те рассказали им, что случилось, и тогда они сказали: «Эта старуха – обманщица, и она обманула нас раньше, чем вас».

И они рассказали обо всем, что случилось у них со старухой, и начальник купцов сказал: «Раз я нашел своего сына, то одежда – выкуп за него, а если эта старуха мне попадется, я потребую одежду от нее».

И начальник купцов отправился со своим сыном к его матери, и та обрадовалась, что ребенок цел; а что до еврея, то он спросил тех троих: «А вы куда идете?» И они ответили: «Мы хотим искать старуху». – «Возьмите меня с собой, – сказал еврей и потом спросил:- Есть ли среди вас кто-нибудь, кто ее узнает?» – «Я ее узнаю!» – воскликнул ослятник. И еврей сказал: «Если мы пойдем вместе, нам невозможно будет ее найти, и она от нас убежит. Пусть каждый из нас пойдет по какой-нибудь дороге, а встреча наша будет у лавки хаджи Масуда, *цирюльника-магрибинца* »[129].

И каждый из них пошел по одной из дорог, а в это время Далила вышла, чтобы устроить новую плутню.

И ее увидел ослятник и, узнав ее, уцепился за нее и крикнул: «Горе тебе! Ты давно занимаешься таким делом?» – «Что с тобой?» – спросила старуха. И ослятник воскликнул: «Мой осел! Подай его!» – «Скрывай то, что скрыл Аллах, о сын май, – сказала старуха. – Ты требуешь своего осла или вещи людей?» – «Я требую только моего осла», – ответил ослятник. И старуха сказала: «Я увидела, что ты бедный, и поставила твоего осла у цирюльника-магрибинца. Отойди подальше, а я пойду скажу ему, чтобы он его тебе отдал». И она подошла к магрибийцу, и поцеловала ему руку, и заплакала. И цирюльник спросил ее: «Что с тобой?» И она сказала: «О дитя мое, посмотри на моего сына, который там стоит.

Он был болен и простудился, и от болезни его разум повредился. И он раньше покупал ослов, и теперь он говорит, когда встает: «Мой осел», – и когда сидит, говорит: «Мой осел», – и когда ходит, говорит: «Мой осел». И один из врачей сказал мне, что он помрачился в уме и что его вылечишь, только вырвав ему два зуба и дважды прижегши ему виски. Возьми же этот динар, позови его и скажи ему: «Твой осел у меня». – «Поститься год для меня обязательно! – воскликнул цирюльник. – Я, право, отдам ему его осла прямо в руки». А у него было два мастера, и он сказал одному из них: «Пойди накали два гвоздя». И потом он позвал ослятника, а старуха ушла своей дорогой.

И когда ослятник подошел к нему, цирюльник сказал: «Твой осел у меня, о бедняга! Пойди сюда, возьми его: клянусь жизнью, я отдам его тебе прямо в руки». И затем он взял ослятника, и тот вошел с ним в темную комнату, и вдруг магрибинец ударил его кулаком, и он упал, и его потащили и связали ему руки и ноги, и магрибинец вырвал ему два зуба и два раза прижег ему виски, а потом оставил его.

И ослятник поднялся и спросил его: «О магрибинец, почему ты сделал со мной такое дело?» И цирюльник ответил: «Потому что твоя мать рассказала мне, что ты помрачился в уме, так как простудился и заболел, и что, когда ты встаешь, ты говоришь: «Мой осел», – и когда сидишь, говоришь: «Мой осел». И он, твой осел, у тебя в руках!» – «Тебе достанется от Аллаха за то, что ты вырвал мне клыки!» – воскликнул ослятник. И магрибннец сказал: «Твоя мать мне так сказала», – и рассказал ослятнику обо всем, что она ему говорила. «Аллах да сделает ее жизнь тяжелой!» – воскликнул ослятник. И потом они с магрибинцем ушли, препираясь, в лавку, магрибинец не нашел в ней ничего: когда он ушел с ослятником, старуха взяла все,

---

129 *Цирюльник-магрибинец* . – Магрибинцы – жители Северной Африки, в Египте пользовались репутацией колдунов и считались коварными и недостойными людьми.

что было у него в лавке, и пошла к своей дочери и рассказала ей обо всем, что ей выпало и что она сделала.

Что же касается цирюльника, то, увидев, что его лавка пуста, он вцепился в ослятника и сказал ему: «Приведи мне твою мать!» Ослятник воскликнул: «Это не моя мать, это обманщица, которая обманула много людей и взяла моего осла!»

И вдруг подошли красильщик, еврей и сын купца, и они увидели, что магрибинец вцепился в ослятника, а ослятнику прижгли виски, и спросили его: «Что с тобой случилось, ослятник?» И ослятник рассказал им обо всем, что с ним произошло, и магрибинец тоже рассказал свою историю, и они воскликнули: «Эта старуха – обманщица, которая обманула нас!» – и рассказали обо всем ослятнику и цирюльнику, что случилось.

И магрибинец запер свою лавку и прошел с ними к дому вали, и они сказали вали: «Мы узнаем о наших обстоятельствах и о нашем имуществе только от тебя!» – «А сколько в городе старух! – сказал вали. – Есть ли среди вас кто-нибудь, кто ее узнает?» – «Я ее узнаю, – сказал ослятник, но только дай нам десять твоих приближенных». И ослятник вышел с приближенными вали, а остальные шли позади них. И он стал кружить со всеми ими по городу, и вдруг подошла старуха Далила, и ослятник с приближенными вали схватил ее, и они пошли с ней к вали и остановились под окнами дворца, ожидая, пока вали выйдет.

И потом приближенные вали заснули, так как подолгу не спали у вали, и старуха тоже представилась спящей, и ослятник с товарищем тоже заснули; и тогда Далила ускользнула от них и вошла в гарем и, поцеловав руку у госпожи гарема, спросила ее: «Где вали?» – «Спит. Что ты хочешь?» – спросила госпожа гарема. И Далила сказала: «Мой муж продает рабов, и он дал мне пятерых невольников, чтобы я их продала, а сам уехал. И вали встретил меня и приторговал их у меня за тысячу динаров и еще двести динаров мне и сказал: «Приведи их к дому!» И вот я их привела…»

И Шахразаду застигло утро, и она прекратила дозволенные речи.

Когда же настала семьсот пятая ночь, она сказала: «Дошло до меня, о счастливый царь, что старуха вошла в гарем вали и сказала его жене: «Вали сторговал у меня невольников за тысячу динаров и двести динаров мне в придачу и сказал: «Приведи их к дому!» И вот я их привела».

А у вали была тысяча динаров, и он сказал своей жене: «Прибереги их, мы купим на них невольников». И, услышав от старухи такие слова, она поверила, что ее муж так сделал, и спросила: «Где невольники?» И старуха ответила: «О госпожа, они спят под окном дворца, в котором ты находишься!» И госпожа выглянула из окна и увидела магрибинца, одетого в одежду невольников, и сына купца в облике невольника, и красильщика с ослятником и евреем, имевших облик бритых невольников, и сказала: «Каждый из этих невольников лучше, чем тысяча динаров».

И она открыла сундук и дала старухе тысячу динаров и сказала: «Иди, а когда вали встанет после сна, мы возьмем у него для тебя двести динаров». – «О госпожа, – сказала старуха, – сто динаров из них будут для тебя за кувшин с питьем, которое пила, и другую сотню сбереги мне у себя, пока я не приду. О госпожа, выведи меня через потайную дверь», – сказала она потом. И жена вали вывела старуху через дверь, и скрыл ее скрывающий, и она пошла к своей дочери.

«О матушка, что ты еще сделала?» – спросила ее Зейнаб. И она ответила: «О дочка, я сыграла штуку и взяла у жены вали эту тысячу динаров и продала ей тех пятерых: ослятника, еврея, красильщика, цирюльника, и сына купца, и сделала их невольниками. Но только, о дочка, никто для меня не вреднее, чем ослятник; он меня узнает». – «О матушка, – сказала си Зейнаб, – посиди дома. Довольно того, что ты сделала! Не всякий раз остается цел кувшин!»

А что касается вали, то, когда он встал после сна, его жена сказала ему: «Я порадовалась за тебя пяти невольникам, которых ты купил у старухи». – «Каким невольникам?»-спросил вали. И его жена воскликнула: «Зачем ты от меня скрываешь? Если захочет Аллах, они станут, как и ты, обладателями высоких должностей». – «Клянусь жизнью моей головы, я не покупал невольников! Кто это сказал?» – воскликнул вали. И жена его молвила: «Старуха посредница, у которой ты сторговал их и обещал дать за них тысячу динаров и еще двести ей». – «А ты отдала ей деньги?» – спросил вали. И жена его ответила: «Да, я видела невольников собственными глазами, и на каждом из них одежда, которая стоит этой тысячи динаров. И я послала к ним начальников и поручила их им».

И вали спустился вниз и увидел еврея, ослятника, магрибинца, красильщика и сына купца и спросил: «О начальники, где те пять невольников, которых мы купили у старухи за тысячу динаров?» – «Здесь нет невольников, – ответили начальники, – и мы видели только этих пятерых, которые взяли старуху и схватили ее. Мы все заснули, а старуха ускользнула и вошла в гарем, и потом невольница пришла и спросила: «Те пятеро, которых привела старуха, с вами?» И мы сказали: «Да». И вали воскликнул: «Клянусь Аллахом, это самая большая плутня!» А те пятеро говорили: «Мы узнаем о наших вещах только от тебя!» – «Старуха, ваша спутница, продала вас мне за тысячу динаров», – сказал вали. И пятеро воскликнули: «Это не дозволено Аллахом! Мы – свободные, не продажные, и мы пойдем с тобой к халифу». – «Никто не показал ей дорогу к моему дому, кроме вас, – сказал вали. – Но если так, я вас продам на корабли, каждого за двести динаров».

А пока это все происходило, эмир Хасан Шарр ат-Тарик вдруг вернулся из поездки и увидел, что его жена раздета. И она рассказала ему, что случилось, и эмир воскликнул: «Нет у меня ответчика, кроме вали!» И он пришел к вали и сказал: «Как ты позволяешь старухам ходить по городу, и обманывать людей, и отнимать у них имущество? Это на твоей ответственности, и я узнаю о вещах моей жены только от тебя!»

И потом он спросил тех пятерых: «В чем ваше дело?» И они рассказали ему обо всем, что случилось, и эмир воскликнул: «Вы обижены!» И он обратился к вали и спросил его: «За что ты их держишь в заключении?» И вали ответил: «Никто не показал старухе дороги к моему дому, кроме этих пяти, и она взяла мои деньги, тысячу динаров, и продала их в гарем».

И те пятеро сказали: «О эмир Хасан, ты наш поверенный» в этом деле!» А потом вали сказал эмиру Хасану: «Вещи твоей жены за мной, и я отвечаю за старуху, но кто из вас ее узнает?» И всё сказали: «Мы ее узнаем! Пошли с нами десять начальников, и мы схватим ее!» И вали дал им десять начальников, и ослятник сказал им: «Следуйте за мной, я узнаю ее *по голубым глазам!* [130]

И вдруг старуха Далила вышла из переулка, и ее схватили и пошли с ней к дому вали; и когда вали ее увидел, он спросил ее: «Где вещи людей?» – «Я их не брала и не видала», – ответила старуха. И вали сказал тюремщику: «Запри ее у себя до завтра». Но тюремщик воскликнул: «Я не возьму ее и не запру, так как боюсь, что она устроит плутню и мне придется отвечать».

И вали сел на коня, и, взяв с собой старуху и всех тех людей, выехал с ними на берег Тигра, и, призвав факелоносца, велел ему *привязать старуху к кресту*[131] за волосы. И факелоносец подтянул старуху на блоке и поставил десять человек сторожить ее, а вали отправился домой; и наступил мрак, и сон одолел сторожей.

А случилось так, что один бедуин услышал, как кто-то говорил своему товарищу: «Слава Аллаху за благополучие! Куда это ты отлучился?» И тот ответил: «В Багдад, и я ел там на обед пирожки с медом». И бедуин воскликнул: «Непременно пойду в Багдад и поем пирожков с медом» (а он в жизни их не видал и не входил в Багдад). И он сел на коня и поехал, говоря про себя: «Пирожков поесть прекрасно! Клянусь честью арабов, я буду есть только пирожки с медом…»

И Шахразаду застигло утро, и она прекратила дозволенные речи.

Когда же настала семьсот шестая ночь, она сказала: «Дошло до меня, о счастливый царь, что бедуин сел на коня, и захотел поехать в Багдад, и отправился, говоря в душе: «Поесть пирожков прекрасно! Клянусь честью арабов, я буду есть только пирожки с медом».

_____

[130] *Голубым глазам* у арабов приписывались магические свойства, они считались признаком коварства и дурного права. В сказках и народных романах голубые глаза были у колдуний.

[131] *...привязать старуху к кресту...* – Распятие на кресте было позорной казнью у арабов в средние века.

И он приблизился к кресту Далилы, и та услышала, как он говорит себе эти слова, а бедуин обратился к Далиле и спросил ее: «Что такое?» И Далила воскликнула: «Я под твоей защитой, о шейх арабов!» – «Аллах уже защитил тебя, – ответил бедуин. – По какой причине тебя распяли?» – «У меня есть враг – маслянник, который жарит пирожки, – отвечала Далила. – Я остановилась, чтобы что-то купить у него, и плюнула, и плевок попал на пирожки, и масленник пожаловался на меня судье, и судья велел меня распять и сказал: «Я постановлю, чтобы вы взяли десять *ритлей*[132] пирожков с медом и заставили ее съесть их на кресте. Если она их съест, развяжите ее, а если нет, оставьте ее распятой». А душа моя не принимает сладкого». – «Клянусь честью арабов, – воскликнул бедуин, я приехал с кочевья только для того, чтобы поесть пирожков с медом, и я съем их вместо тебя!» – «Эти пирожки съест только тот, кто подвесится на мое место!» – сказала Далила.

И хитрость над бедуином удалась, и он отвязал Далилу, и та привязала его на свое место, после того как сняла с него бывшую на нем одежду, а потом она надела его одежду на себя, повязалась его тюрбаном, села на его коня и поехала к своей дочери. «Что это за наряд?» – спросила Зейнаб. И Далила ответила: «Меня распяли». И она рассказала ей, что случилось у нее с бедуином.

Вот что было с нею. Что же касается сторожей, то когда один из них очнулся, он разбудил своих людей, и они увидели, что день уже взошел. И один из них поднял глаза и сказал: «Эй, Далила!» И бедуин ответил: «Клянусь Аллахом, мы не станем есть балилы! Принесли вы пирожки с медом?» – «Это человек из бедуинов», – сказали другие сторожа. И первый спросил: «О бедуин, где Далила и кто ее отвязал?» – «Я отвязал ее, – ответил бедуин. – Она не будет есть пирожков насильно, потому что ее душа их не принимает».

И сторожа поняли, что бедуин не знает об ее обстоятельствах и что она сыграла с ним штуку, и стали спрашивать друг друга: «Убежим мы или останемся, чтобы получить сполна то, что назначил для нас Аллах?»

И вдруг пришел вали с толпой тех, кого Далила обманула, и вали сказал начальникам: «Поднимайтесь, отвязывайте Далилу!» И бедуин воскликнул: «Мы не станем есть балилы! Принесли вы пирожков с медом?» И вали поднял глаза к крестовине, и увидел на ней бедуина вместо старухи, и спросил начальников: «Что это такое?» – «Пощады, о господин!» – вскричали они. И вали воскликнул: «Расскажите мне, что случилось!» И начальники сказали: «Мы не спали с тобой, когда были на страже, и мы сказали себе: «Далила на кресте!» – и задремали, а когда очнулись, то увидели этого бедуина распятым. И вот мы перед тобой».

«О люди, это обманщица, и пощада Аллаха вам дана!» – сказал вали. И бедуина развязали, а он уцепился за вали и сказал: «Аллах да поможет против тебя халифу! Я узнаю о моем коне и моей одежде

---

132 *Ритль* – мера веса, около пятисот граммов.

только от тебя!»

… И вали расспросил его, и бедуин рассказал ему свою историю, и вали удивился и спросил: «Почему ты ее отвязал?» – «Я не знал, что она обманщица», – отвечал бедуин. И собравшиеся сказали:

«Мы узнаем о наших вещах только от тебя, о вали! Мы передали ее тебе, и ты стал за нее ответственным, и мы пойдем с тобой в диван халифа».

А Хасан Шарр ат-Тарик пришел в диван и вдруг видит: идут вали, бедуин и те пятеро, и они говорят: «Мы обижены!» – «Кто вас обидел?» – спросил халиф. И каждый из пришедших выступил вперед и рассказал, что с ним случилось, вплоть до вали, который сказал: «О повелитель правоверных, она меня обманула и продала мне этих пятерых за тысячу динаров, хотя они свободные». – «Все, что у вас пропало, – за мной, – молвил халиф и приказал вали: – Я обязываю тебя поймать старуху!»

И вали *потряс воротником*[133] и воскликнул: «Я не возьму на себя этой обязанности, после того как я повесил ее на кресте и она сыграла штуку с этим бедуином, так что он ее освободил и она повесила его на свое место и взяла его коня и одежду». – «Что же, мне обязать кого-нибудь, кроме тебя?» – спросил халиф. И вали сказал: «Обяжи Ахмеда ад-Данафа: ему идет каждый месяц тысяча динаров, и у Ахмеда ад-Данафа приближенных сорок один человек, и каждый из них имеет в месяц сто динаров». – «О начальник Ахмед!» – сказал халиф. И Ахмед отвечал: «Я перед тобою, о повелитель правоверных!» И тогда халиф молвил: «Я обязываю тебя привести старуху». И Ахмед ответил: «Я ручаюсь, что приведу ее!» И затем халиф задержал тех пятерых и бедуина у себя…»

И Шахразаду застигло утро, и она прекратила дозволенные речи.

Когда же настала семьсот седьмая ночь, она сказала: «Дошло до меня, о счастливый царь, что, когда халиф обязал Ахмеда ад-Данафа привести старуху, тот воскликнул: «Я отвечаю за нее, о повелитель правоверных!»

И затем он пришел со своими приближенными в казарму, и они стали говорить друг другу: «Как же мы ее схватим и сколько в городе старух?»

И один из них, по имени *Али-Катф аль-Джамаль*[134], сказал Ахмеду ад-Данафу: «О чем это вы советуетесь с Хасаном-Шуманом? Разве Хасан-Шуман – великое дело?» И Хасан воскликнул: «О Али, как это ты унижаешь меня! Клянусь величайшим именем Аллаха, я не

---

[133] *…потряс воротником…* – Жест, выражающий невозможность сделать что-либо.

[134] *Али-Катф аль-Джамаль* (буквально: «кража верблюда») – то есть ловкий вор.

буду на этот раз вам товарищем!»

И он выше сердитый, а Ахмед ад-Данаф сказал: «О молодцы, каждый начальник пусть возьмет десять человек и пойдет в какой-нибудь квартал искать Далилу».

И Али-Катф аль-Джамаль пошел с десятью человеками, и всякий начальник сделал то же, и каждый отряд пошел в какой-нибудь квартал; а прежде чем отправиться и разойтись, они сказали: «Наша встреча будет на такой-то улице, в таком-то переулке».

И в городе разнеслась весть, что Ахмед ад-Данаф обязался схватить Далилу-хитрицу, и Зейнаб сказала: «О матушка, если ты ловкая, сыграй штуку с Ахмедом ад-Данафом и его людьми». – «О дочка, я не боюсь никого, кроме Хасана-Шумана», – сказала Далила. И ее дочь воскликнула: «Клянусь жизнью моих кудрей, я заберу для тебя одежду этих сорока и одного!»

И она поднялась и, надев одежду и покрывало, пришла к одному москательщику, у которого была комната с двумя дверями, поздоровалась с ним, дала ему динар и сказала: «Возьми этот динар в подарок за твою комнату и отдай мне ее до конца дня». И москательщик дал ей ключи, и Зейнаб пошла и привезла ковры на осле ослятника, и устлала комнату, и положила под каждым портиком скатерть с кушаньем и вином, и потом стала у двери с открытым лицом.

И вдруг подошел Али-Катф аль-Джамаль со своими людьми, и Зейнаб поцеловала ему руку, и Али увидел, что это красивая женщина, и полюбил ее, и спросил: «Чего ты хочешь?» – «Ты начальник Ахмед ад-Данаф?» – спросила его Зейнаб. И Али сказал: «Нет, я один из его людей, и меня зовут Али-Катф аль-Джамаль». – «Куда вы идете?» – спросила Зейнаб. И Али ответил: «Мы ходим и ищем одну старуху обманщицу, которая взяла чужие пенит, и мы желаем ее схватить. А ты кто такая и каково твое дело?» – «Мой отец был виноторговцем в Мосуле, – ответила Зейнаб. – Он умер и оставил мне большие деньги, и я приехала в этот город, боясь судей. И я спросила людей, кто меня защитит, и мне сказали: «Не защитит тебя никто, кроме Ахмеда ад-Данафа». – «*Сегодня ты вступишь под его защиту* »[135], - сказали ей люди Али-Катф аль-Джамаля. И Зейнаб сказала им: «Пожелайте залечить мое сердце, съев кусочек и выпив глоток воды».

И когда они согласились, Зейнаб ввела их в дом, и они поели и напились, и она подложила им в пищу банджа и одурманила их и сняла с них их вещи; и то же, что она сделала с ними, она сделала и с остальными.

А Ахмед ад-Данаф ходил и искал Далилу, но не нашел ее и не

---

[135] *Сегодня ты вступишь под его защиту* . – Купцы и вообще состоятельные люди обычно платили «молодцам» своего квартала выкуп за «покровительство», то есть за то, чтобы они не нападали на жителей своего квартала и защищали их от других «молодцов».

увидел ни одного из своих приближенных. И он подошел к той женщине, и Зейнаб поцеловала ему руку, и он увидел ее и полюбил, и она спросила его: «Ты начальник Ахмед ад-Данаф?» – «Да, а ты кто?» – спросил он. И Зейнаб ответила: «Я чужеземка из Мосула, и мой отец был виноторговцем, и умер, и оставил мне много денег, и я приехала с ними сюда, боясь судей. И я открыла эту винную лавку, и вали обложил меня налогом, и я хочу быть у тебя под защитой. А то, что берет вали, достойнее получать тебе».

«Не давай ему ничего, и добро тебе пожаловать!» – воскликнул Ахмед ад-Данаф. И Зейнаб сказала ему: «Пожелай залечить мое сердце и поешь моего кушанья». И Ахмед ад-Данаф вошел, и поел, и выпил вина, и упал навзничь от опьянения, и Зейнаб одурманила его банджем и забрала его одежду; и она нагрузила это все на коня бедуина и на осла ослятника, и разбудила Али-Катф аль-Джамаля, и ушла.

И когда Али очнулся, он увидел себя голым и увидал, что Ахмед ад-Данаф и его люди одурманены. И тогда он разбудил их средством против банджа, и, очнувшись, они увидели себя голыми, и Ахмед ад-Данаф сказал: «Что это за дело, о молодцы? Мы ходим и ищем старуху, чтобы изловить ее, а эта распутница изловила нас. Вот будет радость из-за нас Хасану-Шуману! Но подождем, пока наступит темнота, и пойдем».

А Хасан-Шуман спросил смотрителя казармы: «Где люди?» И когда он его расспрашивал, они вдруг подошли, голые, – и тогда Хасан-Шуман произнес такие стихи:

> Один другому равен по доходам,
> Но не равны они перед народом.
> Есть простофили, есть и ловкачи.
> Ведь звезды тоже разнятся в ночи.

И, увидев подошедших, он спросил их: «Кто сыграл с вами шутку и оголил вас?» И они ответили: «Мы взялись поймать одну старуху и искали ее, а оголил нас не кто иной, как красивая женщина». «Прекрасно она с вами сделала!» – сказал Хасан. И его спросили: «А разве ты ее знаешь, о Хасан?» – «Я знаю ее и знаю старуху», – ответил Хасан. И его спросили: «Что ты скажешь у халифа?» – «О Данаф, – сказал ему Шуман, – отряхни перед халифом твой воротник, и тогда халиф спросит: «Кто возьмется ее поймать?» И если он спросит тебя: «Почему ты ее не схватил?» – скажи ему: «Я ее не знаю, но обяжи Хасана-Шумана поймать ее». И если он обяжет меня, я ее поймаю».

И они проспали ночь, а утром пришли в диван халифа и поцеловали землю, и халиф спросил: «Где старуха, о начальник Ахмед?» И Ахмед ад-Данаф потряс воротником. «Почему?» – спросил халиф. И Ахмед ответил: «Я ее не знаю, но обяжи Шумана ее поймать, – он знает и ее, и ее дочь и говорит, что она устроила эти штуки не из жадности до чужих вещей, но чтобы стала видна ее ловкость и ловкость ее дочери и чтобы ты назначил ей жалованье ее мужа, а ее дочери – такое жалованье, какое было у ее отца».

И Шуман попросил, чтобы Далилу не убивали, когда он ее приведет. И халиф воскликнул: «Клянусь жизнью моих дедов, если она возвратит людям их вещи, ей будет пощада, и она под заступничеством Шумана!» – «Дай мне для нее платок пощады, о повелитель правоверных», – сказал Шуман. И Халиф молвил: «Она под твоим заступничеством», – и дал ему платок пощады.

И Шуман вышел, и пошел к дому Далилы, и кликнул ее: и ему ответила ее дочь Зейнаб, и тогда он спросил: «Где твоя мать?» – «Наверху», – ответила Зейнаб. И Шуман сказал: «Скажи ей, чтобы она принесла вещи людей и пошла со мной к халифу. Я принес ей платок пощады, и если она не пойдет добром, пусть упрекает сама себя».

И Далила спустилась, и повесила платок себе на шею, и отдала Шуману чужие вещи, погрузив их на осла ослятника и на коня бедуина. И Шуман сказал ей: «Остается одежда моего старшего и одежда его людей». – «Клянусь величайшим именем, я их не раздевала!»- ответила Далила. И Шуман сказал: «Твоя правда, но это шутка твоей дочери Зейнаб, и это услуга, которую она тебе оказала».

И он пошел, а старуха с ним, в диван халифа, и Хасан выступил вперед, и показал халифу вещи, и подвел к нему Далилу; и когда халиф увидел ее, он приказал ее кинуть на коврик крови. «Я под твоей защитой, о Шуман!» – крикнула Далила. И Шуман поднялся, и поцеловал халифу руку, и сказал: «Прощение, ты дал ей пощаду!» – «Она под защитой твоего великодушия, – сказал халиф. – Подойди сюда, старуха, как твое имя?» – «Мое имя Далила», – отвечала она. И халиф сказал: «Поистине, ты хитрюга и хитрица!» И ее прозвали Далила-хитрица. «Зачем ты устроила эти плутни и утомила наши сердца?» – спросил потом халиф. И она ответила: «Я сделала эти плутни не от жадности до чужих вещей, но я услышала о плутнях Ахмеда ад-Данафа, которые он устроил в Багдаде, и о плутнях Хасана-Шумана и сказала себе: «Я тоже сделаю так, как они!» И я уже возвратила людям их вещи».

И тут поднялся ослятник и сказал: «Закон Аллаха между мною и ею! Ей недостаточно было взять моего осла, и она напустила на меня цирюльника-магрибинца, который вырвал мне зубы и прижег мне виски два раза…»

И Шахразаду застигло утро, и она прекратила дозволенные речи.

Когда же настала семьсот восьмая ночь, она сказала: «Дошло до меня, о счастливый царь, что ослятник поднялся и сказал: «Закон Аллаха между мною и ею! Ей недостаточно было взять моего осла, и она напустила на меня цирюльника-магрибинца, который вырвал мне зубы и прижег виски два раза».

И халиф приказал дать ослятнику сто динаров и красильщику сто динаров и сказал: «Иди открой свою красильню!» И они пожелали халифу блага и ушли, а бедуин взял свои вещи и своего коня и сказал:

«Запретно мне входить в Багдад и есть пирожки с медом!»

И всякий, кому что-либо принадлежало, получил свое, и все разошлись, и тогда халиф молвил: «Пожелай от меня чего-нибудь», о Далила!» И Далила сказала: «Мой отец *заведовал у тебя письмами*[136], я воспитывала почтовых голубей, а мой муж был начальником в Багдаде, и я хочу получить жалованье моего мужа, а моя дочь хочет иметь жалованье своего отца». И халиф назначил им то, что они пожелали; а потом Далила сказала: «Я хочу от тебя, чтобы я была привратницей хана».

А халиф устроил хан с тремя домами, чтобы там жили купцы, и к хану било приставлено сорок рабов и сорок собак, – халиф привез их от правителя Сулеймании, когда он отставил его, и сделал для собак ошейники. А в хане был раб-повар, который стряпал еду для рабов и кормил собак мясом. «О Далила, – сказал халиф, – я запишу тебя надсмотрщицей хана, и если оттуда что-нибудь пропадет, с тебя будут взыскивать». – «Хорошо, – сказала Далила, – но только посели мою дочь в помещении, которое над воротами хана. В этом помещении есть площадка, а голубей хорошо воспитывать только на просторе».

И халиф приказал так сделать, и дочь ее перенесла все свои вещи в помещение над воротами хана, а Далила приняла сорок птиц, которые носили письма; что же касается Зейнаб, то она повесила у себя в помещении те сорок одежд и одежду Ахмеда ад-Данафа.

А Далилу халиф сделал начальницей над сорока рабами и наказал им ее слушаться. И она устроила себе место, чтобы жить за воротами хана, и стала каждый день ходить в диван, – может быть, халифу понадобится послать письмо в какую-нибудь страну, – и не уходила из дивана до конца дня; и те сорок рабов стояли и охраняли хан, а когда наступала ночь, Далила спускала собак, чтобы они сторожили хан ночью.

Вот что случилось с Далилой-хитрицей в Багдаде.

Что же касается до Али аз-Зейбака каирского, то это был ловкач, который жил в Каире в то время, когда начальником дивана был человек по имени Салах египетский, у которого было сорок приближенных. И приближенные Салаха египетского устраивали ловушку ловкачу Али и думали, что он попадется, и они искали его, и оказывалось, что он убегал, как убегает ртуть, и поэтому его прозвали «Каирская ртуть».

И вот однажды, в один из дней, ловкач Али сидел в казарме среди своих приближенных, и сердце его сжималось, и стеснялась у него грудь. И начальник казармы увидел, что он сидит с нахмуренным лицом, и сказал: «Что с тобой, о старший? Если у тебя стеснилась грудь, пройдись разок по Каиру: твоя забота рассеется, когда ты пройдешься по его рынкам». И Али поднялся и вышел пройтись по

---

136 *...заведовал у тебя письмами...* – То есть, ведал «баридом» и отправлял послания на почтовых голубях.

Каиру, но его грусть и забота еще увеличились.

И он проходил мимо винной лавки и сказал себе: «Войду и напьюсь! И он вошел и увидел семь рядов людей. «О виноторговец, – сказал он, – я буду сидеть только один». И виноторговец посадил его в комнате одного и принес ему вино, и Али пил, пока не исчез из мира.

А потом он вышел из винной лавки и пошел по Каиру, и до тех пор ходил по его площадям, пока не дошел до Красной улицы, и дорога перед ним становилась свободной от людей, так как его боялись. И Али обернулся и увидел водоноса, который поил людей из кувшина и кричал на дороге: «О Аллах-заменяющий! Нет напитка, кроме как из изюма, нет сближения, кроме как с любимым, и не сидит на почетном месте никто, кроме разумного!» – «Подойди напои меня!» – сказал Али. И водонос посмотрел на него и подал ему кувшин; и Али взглянул в кувшин, и встряхнул его, и вылил на землю. «Ты не будешь пить?» – спросил его водонос. И Али ответил: «Напои меня!» И водонос снова наполнил кувшин, и Али взял его, и встряхнул, и вылил на землю, и в третий раз сделал то же самое. И водонос сказал: «Если ты не будешь пить, я пойду». – «Напои меня!» – сказал Али. И водонос наполнил кувшин и подал его Али, и тот взял его и выпил. И потом он дал водоносу динар, и вдруг водонос посмотрел на него, и счел его ничтожным, и сказал: «Награди тебя Аллах, награди тебя Аллах, о юноша! Маленькие люди для иных – большие люди…»

И Шахразаду застигло утро, и она прекратила дозволенные речи.

Когда же настала семьсот девятая ночь, она сказала: «Дошло до меня, о счастливый царь, что, когда ловкач Али дал водоносу динар, водонос посмотрел на него, и счел его ничтожным, и сказал: «Награди тебя Аллах, награди тебя Аллах! Маленькие люди у иных – большие люди!»

И ловкач Али подошел к водоносу, и схватил его за платье, и вытащил драгоценный кинжал, как тот, о котором были сказаны такие стихи:

> Бей кинжалом наотмашь и вниз
> И страшись только воли Аллаха.
> Помни гордость и честь, сторонись
> Всех, исполненных подлого
> страха!

«О старец, – сказал Али, – поговори со мной разумно! Цена за твой бурдюк, если он и дорог, дойдет всего до двух дирхемов, а в три кувшина, которые я вылил на землю, войдет с ритль воды».

«Да», – ответил водонос. И Али сказал: «А я дал тебе золотой динар, почему же ты меня унижаешь? Разве ты видел кого-нибудь доблестнее и благороднее меня?» – «Я видел человека доблестнее и благороднее тебя: пока женщины будут рожать, не найдется на свете другого, столь доблестного и благородного», – ответил водок нос. «Кого ты видел доблестнее и благороднее меня?» – спросил Али. И водонос сказал: «Знай, что со мной был удивительный случай. Мой отец был старостой продавцов воды глотками в Каире, и он умер и оставил мне пять верблюдов, и мула, и лавку, и дом; но бедному ведь никогда не довольно, а когда ему довольно – он умирает. И я сказал себе: «Поеду в *Хиджаз*[137] !» – и набрал караван верблюдов; и я до тех пор занимал деньги, пока не оказалось за мной пятьсот динаров. И все это пропало у меня во время *хаджжа*[138] . И я сказал себе: «Если я вернусь в Каир, люди посадят меня в тюрьму из-за моих денег». И я отправился с сирийским караваном и доехал до Халеба[139] , а из Халеба я отправился в Багдад. И я спросил, где староста багдадских водоносов, и мне указали его; и я вошел к нему и *прочитал ему «Фатиху»*[140] , и он спросил меня о моем положении, и я рассказал ему обо всем, что со мной случилось.

И он отвел мне лавку и дал бурдюк и принадлежности, и я пошел через ворота Аллаха и стал ходить по городу. И я дал одному человеку кувшин, чтобы напиться, и он сказал мне: «Я ничего не ел, и мне нечего запивать; меня сегодня пригласил скупой и принес и поставил передо мной два кувшина, и я сказал ему: «О сын гнусного, разве ты меня чем-нибудь накормил, что даешь мне запивать?» Уходи же, водонос, и подожди, пока я чего-нибудь не поем, и потом напои меня».

И я подошел к другому, и он сказал мне: «Аллах тебя наделит!» И я был в таком положении до времени полудня, и никто ничего мне не дал.

И я сказал про себя: «О, если бы я не приходил в Багдад!» И вдруг я увидел людей, которые быстро бежали, и последовал за ними и увидел великолепное шествие, где люди тянулись по двое, и все они были в ермолках и чалмах, в бурнусах и войлочных куртках и были закованы в сталь.

И я спросил кого-то: «Чья это свита?» И спрошенный сказал мне: «Свита начальника Ахмеда ад-Данафа». – «Какая у него

---

137 *Хиджаз* – область на Аравийском полуострове.

138 *Хаджж* – паломничество в Мекку, которое совершается в определенные месяцы; паломник называется «хаджжа» (см. стр. 437).

139 *Халеб* – Алеппо, город в Сирии, крупный экономический, торговый и культурный центр.

140 *...прочитал... «Фатиху»...* – Фатиха (буквально: «открывающая») – первая глава Корана. Ее читают при составлении брачной записи.

должность?» – спросил я. И мне сказали: «Он начальник дивана и начальник в Багдаде и надзирает за сушей. Ему полагается с халифа каждый месяц тысяча динаров, и каждому из его приближенных – сто динаров. А Хасану-Шуману тоже полагается тысяча динаров, и сейчас они отправляются из дивана в свою казарму». И вдруг Ахмед ад-Данаф увидел меня и сказал: «Подойди напои меня!» И я наполнил кувшин и дал ему, и он встряхнул его и вылил, и второй, и третий раз тоже, и на четвертый он отхлебнул глоток, как ты, и спросил: «О водонос, откуда ты?» И я ответил: «Из Каира». – «Да приветствует Аллах Каир и его жителей! – сказал Ахмед ад-Данаф. – А по какой причине ты пришел в этот город?» И я рассказал ему свою историю и дал ему понять, что я задолжал и бегу от долгов и нужды; и Ахмед ад-Данаф воскликнул: «Добро тебе пожаловать!» И потом он дал мне пять динаров и сказал своим приближенным: «Стремитесь к лику Аллаха и окажите ему милость!» И каждый из них дал мне динар, и Ахмед ад-Данаф сказал мне: «О старец, пока ты останешься в Багдаде, тебе будет с нас столько же, всякий раз как ты дашь нам напиться».

И я начал ходить к ним, и стало добро притекать ко мне от людей, и через несколько дней я подсчитал то, что я от них нажил, и денег оказалось тысяча динаров. И я сказал себе: «Теперь для тебя правильнее уйти в родную страну». И я пошел в казарму и поцеловал Ахмеду руки, и он спросил: «Что ты хочешь?» – «Я намерен уехать, – сказал я и произнес такие стихи:

> Жизнь человека в скитании –
> Дом из ветров. И шатается
> И рассыпается здание.
> Горько тому, кто скитается.

Караван отправляется в Каир, и я хочу пойти к моей семье», – сказал я ему. И он дал мне мула и сто динаров и сказал: «Мы хотим послать с тобой поручение, о шейх. Знаешь ли ты жителей Каира?» – «Да», – сказал я ему…»

И Шахразаду застигло утро, и она прекратила дозволенные речи.

Когда же настала семьсот десятая ночь, она сказала: «Дошло до меня, о счастливый царь, что водонос говорил: «И Ахмед ад-Данаф дал мне мула и сто динаров и сказал: «Мы желаем послать с тобой поручение. Знаешь ли ты жителей Каира?» – «Да», – сказал я ему. И он сказал: «Возьми это письмо и доставь его Али-Зейбаку каирскому и скажи ему: «*Твой старший*[141] желает тебе мира, и он теперь у халифа». И я взял у него письмо и ехал, пока не прибыл в Каир; и меня увидели заимодавцы, и я им отдал то, что было за мной, а потом я сделался водоносом, и я не доставил письмо, так как я не знаю

---

[141] *Твой старший* . – То есть предводитель «молодцов», имеющий неограниченную власть над членами «братства».

казармы Али-Зейбака каирского».

И тогда Али сказал водоносу: «О старец, успокой свою душу и прохлади глаза! Я и есть Али-Зейбак каирский, первый из молодцов начальника Ахмеда ад-Данафа. Давай письмо!»

И водонос подал ему письмо; и когда Али развернул его и прочитал, он увидел там такие стихи:

> Я написал тебе, красавцев
> украшенье,
>   Мое письмо ветрами унесло. –
>   Последовать за ним – какое
> утешенье!
>   Но как лететь тому, кто обломил
> крыло!

А после того: «Привет от начальника Ахмеда ад-Данафа старшему из его детей – Али-Зейбаку каирскому. Мы осведомляем тебя о том, что я донимал Салаха ад-Дина египетского и играл с ним штуки, пока не похоронил его заживо, и повинуются мне его молодцы, среди которых находится Али-Катф аль-Джамаль. Я сделался начальником Багдада в диване халифа, и мне предписано смотреть за сушей; и если ты блюдешь договор, который заключен между нами, приходи ко мне. Может быть, ты сыграешь в Багдаде штуку, которая приблизит тебя к службе халифу, и он назначит тебе жалованье и оклад и выстроит тебе казарму. Вот в чем моя цель. И мир с тобой!»

И когда Али прочитал письмо, он поцеловал его, и положил себе на голову, и дал водоносу десять динаров в подарок за благую весть, а затем он отправился в казарму, и вошел к своим молодцам, и осведомил их, в чем дело, и сказал: «Поручаю вас друг другу!» И потом он снял то, что на нем было, и надел плащ и тарбуш, и взял футляр, в котором был дротик из дерева для копий длиной в двадцать четыре локтя, части которого вдвигались друг в друга. И начальник сказал ему: «Как же ты уезжаешь, когда казна пуста?» – «Когда я приеду в Сирию, я пришлю вам столько, что вам хватит», – сказал Али и ушел своей дорогой.

И он нагнал отъезжавший караван и увидел там начальника купцов и с ним сорок купцов, и купцы погрузили свои тюки, а тюки начальника купцов лежали на земле. И Али увидел, что предводитель каравана – человек из Сирии, и он говорил погонщикам мулов: «Пусть кто-нибудь из вас мне поможет»; но они только бранили его и ругали.

И Али сказал про себя: «Мне будет хорошо путешествовать только с этим предводителем!»

А Али был безбородый, красивый, и он подошел к предводителю и поздоровался с ним, и предводитель приветствовал его и спросил: «Что ты хочешь?» И Али ответил: «О дядюшка, я увидел, что ты один, а груза у тебя на сорок мулов. Почему же ты не привел людей, чтобы помочь тебе?» – «О дитя, – отвечал предводитель, – я нанял двух молодцов, и одел их, и положил каждому за пазуху по двести динаров, и они помогали мне до монастыря, а потом они убежали». – «А куда вы идете?» – спросил Али. И предводитель ответил: «В Халеб». И тогда Али сказал: «Я тебе помогу».

И они погрузили тюки и поехали, и начальник купцов сел на мула и тоже поехал, и сирийский предводитель каравана обрадовался приходу Али и полюбил его.

И подошла ночь, и люди сделали привал, поели и попили, а когда настало время сна, Али лег на землю и представился спящим. И предводитель лег близко от него, и тогда Али встал со своего места и сел у входа в шатер купца; и предводитель повернулся и хотел взять Али в объятия, но не нашел его, и тогда он сказал про себя: «Может быть, он кому-нибудь обещал, и тот взял его; но я – достойнее, и в другую ночь я его запру».

Что же касается Али, то он просидел у входа в шатер купца, пока не приблизилась заря, и тогда он пришел и лег подле предводителя; а когда тот проснулся, он увидел Али и сказал про себя: «Если я его спрошу: «Где ты был?» – он оставит меня и уйдет».

И Али до тех пор обманывал его, пока они не приблизились к одной пещере; а в этой пещере была берлога, где жил сокрушающий лев; и каждый раз, как там проходил караван, путники кидали между собой жребий и всякого, кому он выпадал, бросали льву.

И кинули жребий, и он пал не на кого иного, как на начальника купцов; и вдруг лев преградил им дорогу, высматривая того, кого он возьмет из каравана.

И начальник купцов впал в великую скорбь и сказал предводителю каравана: «Аллах да обманет твое счастье и твое путешествие. Но я завещаю тебе после моей смерти отдать тюки моим детям». – «Какова причина этой истории?» – спросил ловкач Али. И ему рассказали, в чем дело, и он воскликнул: «И чего вы бежите от степной кошки? Я обязуюсь перед нами убить ее».

И предводитель пошел к купцу и рассказал ему об этом, и купец сказал: «Если он его убьет, я дам ему тысячу динаров». И остальные купцы сказали: «Мы тоже дадим ему денег».

И тогда Али снял плащ, под ним оказались стальные доспехи, и он вынул стальной меч, и вышел ко льву один, и закричал на него.

И лев бросился на Али, и Али каирский ударил льва мечом между глаз и разрубил его пополам, а предводитель и купцы смотрели на него. И Али сказал предводителю: «Не бойся, о дядюшка!» И предводитель воскликнул: «О дитя мое, я стал твоим слугой!» А купец поднялся, и обнял Али, и поцеловал его меж глаз, и дал ему тысячу динаров, и каждый из купцов дал ему двадцать динаров, и Али сложил все деньги у купца.

И они проспали ночь, а утром уже направились к Багдаду, и достигли они Берлоги львов и Долины собак, и вдруг оказался в ней один бедуин, непокорный и преграждающий дорогу, с которым был отряд из его племени.

И он напал на путников, и люди разбежались перед ним, и купец воскликнул: «Пропали мои деньги!» И вдруг приблизился Али, одетый в шкуру, увешанный колокольчиками, и он вынул свой дротик и приладил его колена одно к другому, а потом он выкрал одного из коней бедуина, и сел на него верхом, и сказал бедуину: «Выходи против меня с копьем!» И он встряхнул колокольчиками, и конь бедуина шарахнулся от колокольчиков, а Али ударил по дротику бедуина и сломал его и, ударив бедуина по шее, скинул ему голову.

И люди бедуина увидели это и сгрудились против Али. И Али воскликнул: «Аллах велик!» И он напал на них и разбил их, и они обратились в бегство.

А потом Али поднял голову бедуина на копье, и купцы оказали ему милости, и они ехали, пока не достигли Багдада. И ловкач Али потребовал от купца свои деньги, и купец отдал их ему, и Али вручил их предводителю каравана и сказал ему: «Когда ты поедешь в Каир, спроси, где моя казарма, и отдай деньги начальнику казармы».

И Али проспал ночь, а утром вошел в город и прошел по нему, спрашивая, где казарма Ахмеда ад-Данафа, но никто ее не показал.

И Али шел, пока не дошел до площади Потрясения, и увидел играющих детей, среди которых был один мальчик по имени Ахмед аль-Лакит, и сказал себе: «Не получить о них вестей иначе, как от их детей!»

И Али осмотрелся и увидел торговца сладостями и купил у него сладкого, а потом он кликнул детей; и вдруг Ахмед аль-Лакит прогнал от него других детей, а сам подошел и спросил Али: «Чего ты хочешь?» И Али ответил: «У меня был ребенок, и он умер, и я увидел во сне, что он просит сладкого, и вот я купил сладкого и хочу дать каждому мальчику по куску». И он дал кусок Ахмеду аль-Лакиту, и тот посмотрел на сладкое и увидел приставший к нему динар и сказал Али: «Уходи, нет во мне мерзости; спроси про меня людей». И Али сказал ему: «О дитя мое, только ловкач даст плату и только ловкач берет плату. Я кружил по городу и искал казарму Ахмеда ад-Данафа, по никто мне ее не указал. Этот динар – тебе плата, если ты мне укажешь казарму Ахмеда ад-Данафа». – «Я побегу впереди тебя, – сказал тогда Ахмед, – а ты побежишь сзади меня, и когда я подойду к казарме, я подцеплю ногой камешек и брошу его в ворота, и ты узнаешь их».

И мальчик побежал, и Али бежал за ним, пока он не взял ногой камень и не бросил им в ворота казармы, и тогда Али узнал их…»

И Шахразаду застигло утро, и она прекратила дозволенные речи.

Когда же настала семьсот одиннадцатая ночь, она сказала: «Дошло до меня, о счастливый царь, что, когда Ахмед аль-Лакит побежал перед ловкачом Али и показал ему казарму и Али узнал ее, он схватил мальчика и хотел вырвать у него динар, но не смог. И тогда он сказал ему: «Иди, ты заслужил награду, так как ты мальчик острый, с полным разумом и храбрый. Если захочет Аллах, когда я стану начальником у халифа, я сделаю тебя одним из моих молодцов».

И мальчик ушел, а что касается Али-Зейбака каирского, то он подошел к казарме и постучал в ворота, и Ахмед ад-Данаф сказал: «О надсмотрщик, открой ворота, это стук Али-Зейбака каирского». И надсмотрщик открыл ворота, и Али вошел к Ахмеду ад-Данафу, и тот приветствовал его и встретил объятиями, и его сорок человек тоже поздоровались с Али; а потом Ахмед ад-Данаф одел его в роскошную одежду и сказал: «Когда халиф сделал меня у себя начальником, он одел моих молодцов, и я оставил для тебя эту одежду». И затем он посадил Али на почетное место, и принесли еду, и поели, и принесли напитки, и выпили, и пили до утра, и потом Ахмед ад-Данаф сказал Али-Зейбаку каирскому: «Берегись ходить по Багдаду, а, напротив, оставайся сидеть в этой казарме». – «Почему? – спросил Али. – Разве я пришел, чтобы запереться? Я пришел только для того, чтобы гулять». – «О дитя мое, – сказал Ахмед ад-Данаф, – не думай, что Багдад подобен Каиру. Это – Багдад, местопребывание халифа, и в нем много ловкачей, и ловкость растет в нем, как овощи растут на земле».

И Али оставался в казарме три дня, и потом Ахмед ад-Данаф сказал Али каирскому: «Я хочу приблизить тебя к халифу, чтобы он назначил тебе жалованье». – «Когда придет время», – ответил Али. И Ахмед оставил его.

И в один из дней Али сидел в казарме, и сжалось у него сердце, и стеснилась его грудь, и он сказал себе: «Пойди пройдись по Багдаду, чтобы твоя грудь расправилась».

И он вышел и стал ходить из переулка в переулок и увидел посреди рынка лавку, и вошел туда, и пообедал, и вышел, чтобы вымыть руки, – и вдруг он увидел сорок рабов со стальными мечами и в войлочных куртках, и они ехали по двое, и сзади всех была Далила-хитрица, которая ехала на муле, и у нее на голове был покрытый золотом шлем со стальным шаром, и была у нее кольчуга и прочее, что подходит к этому.

А Далила ехала из дивана, возвращаясь в хан, и, заметив Али-Зейбака каирского, она всмотрелась в него и увидела, что он похож на Ахмеда ад-Данафа длиной и шириной, и на нем плащ и бурнус, и у него стальной шлем и прочее в этом роде и храбрость блещет на нем, свидетельствуя за него, а не против него. И Далила поехала в хан и свиделась там со своей дочерью Зейнаб и *принесла доску с песком*[142] , и когда она рассыпала песок, вышло, что имя этому человеку Али каирский и что его счастье превосходит ее счастье и счастье ее дочери Зейнаб.

«О матушка, что тебе явилось, когда ты гадала на этой доске?» – спросила ее Зейнаб. И Далила сказала: «Я видела сегодня юношу,

---

[142] *...принесла доску с песком.* – Так называемый «тахт» – доска для гадания на песке. Гадание на песке – один из самых популярных видов гадания у арабов.

который похож на Ахмеда ад-Данафа, и боюсь, что он услышит, что ты раздела Ахмеда ад-Данафа и его молодцов, и придет в хан и сыграет с нами штуку, чтобы отомстить за своего старшего, и отомстит за его сорок приближенных. И я думаю, что он живет в казарме Ахмеда ад-Данафа». – «Что это такое? – сказала ее дочь Зейнаб. – Мне кажется, что ты все о нем обдумала».

И затем она надела самое роскошное из бывших у нее платьев и вышла пройтись по городу; и когда люди ее увидали, они стали в нее влюбляться, а она обещала, и клялась, и слушала, и повергала людей. И так она ходила с рынка на рынок, пока не увидела Али каирского, который подходил к ней, и тогда она толкнула его плечом, и обернулась, и воскликнула: «Да продлит Аллах жизнь людей разума! Как прекрасен твой образ!» – «Чья ты?» – спросил Али. И Зейнаб ответила: «Такого же щеголя, как ты». – «Ты замужняя или незамужняя?» – спросил Али. «Замужняя», – ответила Зейнаб. И Али спросил: «У меня или у тебя?» – «Я дочь купца, – сказала Зейнаб, – и мой муж тоже купец, и я в жизни никуда не выходила раньше сегодняшнего дня. Дело в том, что я состряпала кушанье и решила поесть, но не нашла в себе к этому охоты. А когда я увидела тебя, любовь к тебе запала мне в сердце. Возможно ли, чтобы ты пожелал залечить мое сердце и съел у меня кусочек?» – «Кто приглашает, тому должно внять», – сказал Али. И Зейнаб пошла, и он следовал за нею из переулка в переулок, а потом он сказал себе, идя за ней: «Что ты делаешь? Ты – чужеземец, а в преданиях сказано: «Кто совершит блуд на чужбине, того сделает Аллах обманувшимся». Но отстрани ее от себя мягко».

«Возьми этот динар, и пусть это будет в другое время», – сказал он. И Зейнаб воскликнула: «Клянусь величайшим именем Аллаха, невозможно, чтобы ты не пошел со мной сейчас домой, и я тебе удружу!» И Али следовал за нею, пока она не пришла к воротам дома с высокими сводами, и засов на воротах был задвинут. «Открой этот засов!» – сказала Зейнаб. И Али спросил: «А где ключ?» – «Пропал», – ответила Зейнаб; и Али сказал: «Всякий, кто открыл засов без ключа, есть преступник, и судье надлежит проучить его, и я не знаю, чем бы открыть его без ключа».

И Зейнаб приподняла с лица изар, и Али посмотрел на нее взглядом, оставившим в нем тысячу вздохов, а затем она накинула изар на засов и произнесла над ним *имена матери Мусы*[143] , и открыла его без ключа, и пошла, и Али последовал за нею и увидел мечи и оружие из стали.

И Зейнаб сняла изар и села рядом с Али, и тот сказал про себя: «Возьми сполна то, что определил тебе Аллах!» И затем он склонился к ней, чтобы взять поцелуй с ее щеки, но она приложила к щеке руку и сказала: «Нет удовольствия иначе, как ночью!»

---

143 *Имена матери Мусы* . – Мать Мусы (Моисея) считалась святой-покровительницей, наряду с другими «святыми» женщинами: Аншей, женой пророка Мухаммеда, Фатимой, дочерью Мухаммеда.

И она принесла скатерть с кушаньем и вином, и оба поели и выпили, а потом Зейнаб вышла и, наполнив кувшин водой из колодца, полила ее Али на руки, и тот вымыл их. И когда это было так, Зейнаб вдруг ударила себя по груди и воскликнула: «У моего мужа был перстень с яхонтом, заложенный за пятьсот динаров, и я надела его, и он оказался широк, и я сузила его воском, и когда я опускала ведро, перстень упал в колодец. Ты обернись к двери, а я разденусь и спущусь в колодец, чтобы достать его». – «Стыдно мне, чтобы ты спускалась, когда есть я, – сказал Али. – Никто не спустится, кроме меня».

И он снял с себя одежду и привязался к веревке, и Зейнаб спустила его в колодец. А там было много воды, и Зейнаб сказала ему: «Веревки не хватает, но ты отвяжись и спускайся». И Али отвязался, и спустился в воду, и погрузился в нее на несколько сажен, но не достал до дна колодца, а что касается Зейнаб, то она надела изар, взяла одежду Али и пошла к своей матери…»

И Шахразаду застигло утро, и она прекратила дозволенные речи.

Когда же настала семьсот двенадцатая ночь, она сказала: «Дошло до меня, о счастливый царь, что, когда Али каирский спустился в колодец, Зейнаб надела изар, взяла его одежду и пошла к своей матери и сказала ей: «Я раздела Али каирского и бросила его в колодец эмира Хасана, хозяина дома, и не бывать, чтобы он освободился».

Что же касается эмира Хасана, хозяина дома, то он в это время отсутствовал и был в диване, и, придя, он увидел, что его дом открыт, и сказал конюху: «Почему ты не задвинул засов?» – «О господин, я задвинул его своей рукой», – ответил конюх. И тогда эмир воскликнул: «Клянусь жизнью моей головы, в мой дом вошел вор!»

И эмир Хасан вошел и осмотрелся в доме и не увидел никого, и тогда он сказал конюху: «Наполни кувшин, я совершу омовение». И конюх взял ведро, и опустил его, и потянул – и почувствовал, что оно тяжелое, и тогда он заглянул в колодец и увидел, что в ведре что-то сидит. И он снова бросил ведро в колодец, говоря: «О господин, ко мне вылез ифрит из колодца!» И эмир Хасан сказал ему: «Пойди приведи четырех *факихов*[144], которые почитают над ним Коран, чтобы он ушел».

И когда конюх привел факихов, эмир Хасан сказал им: «Встаньте вокруг этого колодца и почитайте над ифритом». А потом пришли раб и конюх и опустили ведро, и Али каирский уцепился за него и спрятался в ведре, и, выждав, пока его подтянут к ним близко, он выпрыгнул из ведра и сел между факихами. И те начали бить друг друга по щекам и кричать: «Ифрит, ифрит!» Но эмир Хасан увидал, что это юноша из людей, и спросил его: «Ты вор?» – «Нет», – отвечал

---

144 *Факих* – мусульманский законовед, занимающийся «фикхом»» – обычным мусульманским правом.

Али. И эмир спросил: «Почему ты спустился в колодец?» – «Я спал и осквернился, – отвечал Али, – и я вышел, чтобы помыться в реке Тигре, и нырнул, и вода затянула меня под землю, так что я вышел из этого колодца». – «Говори правду», – сказал эмир Хасан. И Али рассказал ему обо всем, что случилось, и тогда эмир вывел его из дома в старой одежде.

И Али пошел в казарму Ахмеда ад-Данафа и рассказал о том, что ему выпало, и Ахмед сказал: «Разве я не говорил тебе, что в Багдаде есть женщины, которые играют штуки с мужчинами?» – «Ради величайшего имени, – сказал Али-Катф аль-Джамаль, – расскажи, как это ты – глава молодцов в Каире – и тебя раздевает женщина?» И Али стало тяжело, и он начал раскаиваться: и Ахмед аль-Данаф одел его в другую одежду; а потом Хасан-Шуман спросил его: «А ты знаешь эту женщину?» – «Нет», – отвечал Али. И Хасан сказал: «Это Зейнаб, дочь Далилы-хитрицы, привратницы хана халифа. Разве ты попался в ее сети, о Али?» – «Да», – ответил Али. И Хасан сказал: «О Али, она забрала одежду твоего старшего и одежду всех его молодцов». – «Это позор для вас», – сказал Али. И Хасан спросил: «А что ты хочешь?» – «Я хочу на ней жениться», – сказал Али. «Не бывать этому! Утешь без нее свою душу!» – воскликнул Хасан. Но Али спросил: «А как мне схитрить, чтобы на ней жениться?» – «Добро тебе пожаловать! Если ты будешь пить из моей руки и пойдешь под моим знаменем, я приведу тебя к тому, чего ты от нее хочешь», – сказал Шуман. «Хорошо», – ответил Али. И Хасан сказал: «О Али, сними с себя одежду!» И Али снял с себя одежду, и Хасан взял котел и вскипятил в нем что-то вроде смолы и намазал ею Али, и тот стал подобен черному рабу. И он намазал ему губы и щеки, и насурьмил ему глаза красной сурьмой, и одел его в одежду слуги, а потом принес скатерть с кебабом и вином и сказал: «В хане есть черный раб-повар, на которого ты стал похож, и ему нужны на рынке только мясо и зелень. Пойди к нему и осторожно заговори словами рабов, и поздоровайся, и скажи: «Давно я не встречался с тобою за *бузой*[145]!» И он скажет тебе: «Я занят, и у меня на шее сорок рабов, которым я стряпаю на стол к обеду и на стол к ужину, и я кормлю собак, и готовлю скатерть для Далилы и скатерть для ее дочери Зейнаб». А ты скажи ему: «Пойдем поедим кебаба и выпьем бузы», – и приходи с ним в казарму и напои его, а затем спроси его, что он стряпает, из скольких блюд, и спроси про еду для собак, и про ключ от кухни, и про ключ от погреба, и он тебе расскажет, – пьяный ведь расскажет обо всем, что он скрывает в трезвом состоянии: и потом одурмань его банджем, надень его одежду, заткни за пояс ножи, возьми корзину для зелени, пойди на рынок и купи мяса и зелени. Потом войди на кухню и в погреб и состряпай варево, а затем разлей его; возьми кушанье и пойди с ним к Далиле в хан и положи в кушанье банджа, чтобы одурманить собак, и рабов, и Далилу, и ее дочь Зейнаб; а после того войди в дом и принеси оттуда все одежды.

145 *Буза* – напиток.

А если хочешь жениться на Зейнаб, принеси с собой сорок птиц, которые носят письма».

И Али вышел, и увидел раба-повара, и поздоровался с ним, и сказал: «Давно мы не встречались с тобой за бузой». И повар ответил: «Я занят стряпней для рабов и для собак». И Али взял его, и напоил, и спросил про кушанье – из скольких оно блюд. И повар ответил: «Каждый день пять блюд на обед и пять блюд на ужин, а вчера они потребовали от меня шестое блюдо – рис с медом, и седьмое блюдо – варево из гранатных зернышек». – «А что это за трапеза, которую ты готовишь?» – спросил Али. И повар сказал: «Я ношу трапезу Зейнаб, а потом ношу трапезу Далиле и кормлю ужином рабов, а затем я даю вечерний корм собакам, и каждой из них я даю мяса вдоволь, а самое меньшее, что им нужно, – ритль».

И судьба заставила Али забыть спросить про ключи, и он снял с раба одежду, и надел ее сам и, взяв корзину, пошел на рынок, и забрал мяса и зелени…»

И Шахразаду застигло утро, и она прекратила дозволенные речи.

Когда же настала семьсот тридцатая ночь, она сказала: «Дошло до меня, о счастливый царь, что Али-Зейбак каирский, одурманив банджем раба-повара, взял ножи и засунул их за пояс, а потом он захватил корзину для зелени, и пошел на рынок, и купил мяса и зелени; и затем он вернулся, и вошел в ворота хана, и увидел Далилу, которая сидела, всматриваясь во входящего и в выходящего, и увидал, что сорок рабов вооружены. И Али укрепил свое сердце; и когда Далила увидела его, она его узнала и воскликнула: «Ступай обратно, о начальник воров! Или ты будешь устраивать со мной штуки в хане?»

И Али каирский, в образе негра, обернулся к Далиле и сказал ей: «Что ты говоришь, о привратница?» И Далила воскликнула: «Что ты сотворил с рабом-поваром и что ты с ним сделал? Ты его убил или одурманил банджем?» – «Какой раб-повар? Разве здесь есть раб-повар, кроме меня?» – спросил Али. «Ты лжешь, ты – Али-Зейбак каирский!» – воскликнула старуха. И Али сказал ей на языке рабов: «О привратница, каирцы – белые или черные? Я больше не буду служить». «Что с тобой, о сын нашего дяди?» – спросили его рабы. И Далила сказала: «Это не сын нашего дяди, это Али-Зейбак каирский, и похоже, что он одурманил сына вашего дяди и убил его». – «Это сын нашего дяди, Сад-Аллах, повар», – сказали рабы. И Далила воскликнула: «Это не сын вашего дяди, это Али каирский, и он выкрасил себе кожу!» – «Кто такой Али? Я Сад-Аллах», – сказал Али. «У меня есть мазь для испытания!» – воскликнула Далила; и она принесла какую-то мазь, и намазала ею руки Али, и стала тереть, но чернота не сошла. И рабы сказали: «Позволь ему пойти готовить нам обод!» – «Если это сын вашего дяди, он будет знать, чего вы требовали от него вчера вечером и сколько он стряпает блюд каждый день», – сказала Далила. И его спросили про блюда и про то, чего требовали вчера вечером, и Али сказал: «Чечевица, рис, суп, тушеное мясо и питье из розовой воды, и шестое блюдо – рис с медом, и седьмое блюдо – гранатные зернышки, а на ужин то же самое». – «Он сказал правду!» – воскликнули рабы. И Далила молвила: «Войдите с ним, и если он узнает кухню и погреб – он сын вашего дяди, а если нет – убейте его».

А повар воспитал кошку, и всякий раз, как он подходил, кошка становилась у дверей кухни, а потом, когда повар входил, вскакивала ему на плечо. И когда Али вошел и кошка увидела его, она вскочила ему на плечо, и Али сбросил ее, и она побежала перед ним в кухню, и Али заметил, что она остановилась перед дверью кухни. И Али взял ключи и увидел один ключ, на котором были остатки перьев, и узнал, что это ключ от кухни, – и тогда он отпер кухню, и положил зелень, и вышел. И кошка побежала перед ним и направилась к дверям погреба. И Алы догадался, что это погреб, и взял ключи, он увидел один ключ, на котором были следы жира, и понял, что это ключ от погреба, и отпер его.

«О Далила, – сказали рабы, – если бы это был чужой, он бы не знал, где кухня и где погреб, и не знал бы ключей. Это сын нашего дяди Сад-Аллах». – «Он узнал помещение из-за кошки и отличил ключи один от другого по внешности, по это дело со мной не пройдет!» – воскликнула Далила. А Али вошел на кухню, и состряпал кушанья, и отнес трапезу Зейнаб, и увидал свои одежды у нее в комнате.

А потом он поставил трапезу Далиле, и дал пообедать рабам, и накормил собак, и во время ужина он сделал то же.

А ворота отпирались и запирались только по солнцу: утром и вечером. И Али вышел и закричал: «О жильцы, рабы не спят и сторожат, и мы спустили собак, и всякий, кто войдет, пусть бранит одного себя».

И Али задержал вечерний корм собак и положил в него яду и потом дал его им; и когда собаки съели его, они околели. И Али одурманил банджем всех рабов, и Далилу, и ее дочь Зейнаб, а потом он поднялся, забрал одежду и почтовых голубей, и отпер хан, и вышел, и пришел в казарму.

И Хасан-Шуман увидел его и спросил: «Что ты сделал?» И Али рассказал ему обо всем, что было: и Шуман похвалил его. А потом Али снял с себя одежду, и Шуман вскипятил одну траву и вымыл его Али – и он стал белым, как был.

И Али пошел к рабу и одел его в его одежду и разбудил его после банджа, и раб поднялся, и пошел к зеленщику, и забрал зелень, и вернулся в хан.

Вот что было с Али-Зейбаком каирским. Что же касается Далилы-хитрицы, то у нее поселился один купец в числе жильцов, и он вышел из своей комнаты, когда заблистала заря, и увидел, что ворота хана открыты, рабы одурманены, а собаки мертвые. И он вошел к Далиле и увидел, что она тоже одурманена, и на шее у нее бумажка, а возле ее головы он нашел губку с противоядием от банджа. И тогда он приложил губку к ноздрям Далилы, и та очнулась и, очнувшись, сказала: «Где я?» И купец сказал: «Я вышел и увидел, что ворота хана отперты, и увидел, что ты одурманена, и рабы тоже, а что до собак, то я увидел их мертвыми».

И Далила взяла бумажку и увидела на ней надпись: «Сделал это дело не кто иной, как Али каирский», – и дала рабам и Зейнаб, своей дочери, понюхать противоядие от банджа и воскликнула: «Не говорила ли я вам, что это Али каирский?» А потом она сказала рабам: «Скрывайте это дело!» И сказала своей дочери: «Сколько раз я тебе говорила, что Али не оставит мести, и он сделал это дело за то, что ты с ним устроила! Он бы мог сделать с тобой и еще кое-что, кроме этого, но ограничился этим, чтобы сохранить милость халифа и желая любви между вами».

И потом Далила сняла одежду молодцов и надела одежду женщин и, повязав платок себе на шею, отправилась в казарму Ахмеда ад-Данафа. И когда Али пришел в казарму с одеждами и почтовыми голубями, Шуман поднялся и дал надсмотрщику цену сорока голубей, и тот купил их, и сварил, и разделил между людьми.

И вдруг Далила постучала в ворота, и Ахмед ад-Данаф сказал: «Это стук Далилы; открой ей, о надсмотрщик!» И надсмотрщик открыл Далиле, и она вошла…»

И Шахразаду застигло утро, и она прекратила дозволенные речи.

Когда же настала семьсот четырнадцатая ночь, она сказала: «Дошло до меня, о счастливый царь, что, когда надсмотрщик открыл Далиле ворота казармы, она вошла, и Шуман спросил ее: «Что привело тебя сюда, о злосчастная старуха? Ты заодно с твоим братом, Зурейком-рыбником!» – «О начальник, – сказала старуха, – право против меня, и вот моя шея перед тобою. Но тот молодец, который устроил со мной эту штуку, кто он из вас?» – «Это первый из моих молодцов», – сказал Ахмед ад-Данаф. И Далила молвила: «Ты – ходатай Аллаха перед ним, чтобы он принес мне голубей для писем и все другое, и считай это милостью мне». – «Аллах да встретит тебя воздаянием, о Али! Зачем ты сварил этих голубей?» – воскликнул Шуман. И Али ответил: «Я не знал, что это голуби для писем», – «О надсмотрщик, – сказал Ахмед, – подай их нам!» И надсмотрщик подал голубей, и Далила взяла кусочек голубя, и пожевала, и сказала: «Это не мясо птиц для писем. Я кормлю их зернышками мускуса, и их мясо делается как мускус». – «Если ты хочешь получить почтовых голубей, исполни желание Али каирского», – сказал Шуман. «А какое у него желание?»- спросила Далила. И Шуман сказал: «Чтобы ты женила его на твоей дочери Зейнаб». – «Я властна над нею только добром», – сказала Далила. И Хасан сказал Али каирскому: «Отдай ей голубей!» И тот отдал их Далиле.

И Далила взяла их и обрадовалась, и Шуман сказал ей: «Ты непременно должна нам дать ответ удовлетворительный». – «Если он хочет на ней жениться, – сказала Далила, – то та штука, которую он устроил, еще не ловкость. Ловкость лишь в том, чтобы он посватался к ней у ее дяди, начальника Зурейка. Это ее опекун, и он кричит: «Эй, вот ритль рыбы за пару *джедидов*[146] !» Он повесил у себя в лавке кошель и положил в него золота на две тысячи».

И когда люди услышали, что Далила говорит это, они вскочили и сказали: «Что это за слово, о распутница! Ты просто хочешь лишить нас нашего брата Али каирского!»

Далила ушла от них в хан и сказала своей дочери Зейнаб: «Тебя сватает у меня Али каирский». И Зейнаб обрадовалась, так как она полюбила его за то, что он от нее воздержался, и спросила свою мать, что произошло; и та сказала ей: «Я поставила ему условие, чтобы он посватался за тебя у твоего дяди, и ввергла его в погибель».

Что же касается Али каирского, то он обратился к своим товарищам и спросил: «Что это за Зурейк и кто он такой будет?» И ему сказали: «Он начальник молодцов земли иракской и может чуть что просверлить гору, схватить звезду и снять сурьму с глаз, и нет ему в таких делах равного. Но он раскаялся в этом, и открыл лавку рыбника, и скопил рыбной торговлей две тысячи динаров, и положил их в кошель, к которому привязал шелковый шнурок, а на шнурок он навешал мелких колокольчиков и погремушек и привязал шнурок к колышку за дверью лавки, так что соединил его с мешком. И всякий раз, как Зурейк открывает лавку, он вешает кошель и кричит: «Эй, где вы, ловкачи Каира, молодцы Ирака и искусники стран персидских! Зурейк-рыбак повесил кошель на своей лавке, и если тот, кто притязает на хитрость, возьмет кошель, он ему достанется!» И приходят молодцы, люди жадные, и хотят взять кошель, но не могут, так как Зурейк кладет себе под ноги свинцовые лепешки, когда жарит и зажигает огонь, и если приходит жадный, чтобы его отвлечь и взять кошель, он бросает в него свинцовой лепешкой и губит его или убивает. И если ты пойдешь против него, о Али, ты будешь как тот, что бьет себя по щекам на похоронах, а сам не знает, кто умер. Нет у тебя силы бороться с ним, и он тебе страшен. Не нужно тебе жениться на Зейнаб – кто что-нибудь оставит, и без этого проживет».

«Это позор, о люди, – сказал Али, – и мне непременно нужно забрать кошель. Но подайте мне женскую одежду».

И ему принесли женскую одежду, и он надел ее, и выкрасил руки хеннон и опустил покрывало, а потом он зарезал барашка, собрал кровь, вынул кишки, вычистил их, и связал снизу, и наполнил кровью, и привязал себе на бедра, а поверх них надел штаны и башмаки. И он сделал себе груди из птичьих зобов, и наполнил их молоком, и повязал на живот немного материи, а между животом и материей он положил хлопка и повязал сверху салфетку, всю прокрахмаленную, и всякий, кто видел его, говорил: «Как прекрасна эта женщина!»

И вдруг подошел ослятник, и Али дал ему динар, и ослятник

---

[146] *Джедид* – мелкая монета, стоимость которой менялась в разные эпохи.

посадил его и поехал с ним в сторону лавки Зурейка-рыбника, и Али увидел, что кошель повешен и из него виднеется золото.

И Зурейк жарил рыбу, и Али сказал: «О ослятник, что это за запах?» – «Запах рыбы Зурейка», – ответил ослятник. И Али сказал: «Я женщина беременная, и этот запах мне вредит. Принеси мне от него кусочек рыбы». И ослятник сказал Зурейку: «Ты уже стал обдавать своим запахом беременных женщин! Со мной жена эмира Касана Шарр ат-Тарика, и она почувствовала этот запах, а она беременна: дай ей кусок рыбы – плод пошевелился у нее в животе. О покровитель, избавь нас от этого дня!»

Зурейк взял кусок рыбы и хотел его изжарить, но огонь потух, и Зурейк вошел, чтобы зажечь огонь. А Али сидел на осле, и он оперся на кишки и прорвал их, кровь потекла у него между ногами, а Али закричал: «Ах, мой бок, моя спина!»

И ослятник обернулся и увидел, что льется кровь, и спросил: «Что с тобой, о госпожа?» И Али в облике женщины ответил: «Я выкинула плод». И Зурейк выглянул, и увидел кровь, и убежал в лавку, испугавшись. И ослятник сказал ему: «Аллах да смутит твою жизнь, о Зурейк! Эта женщина выкинула плод, и ты ничего не можешь сделать против ее мужа. Зачем ты обдал ее твоим запахом? Я говорю тебе: дай ей кусок рыбы, а ты не хочешь».

И потом ослятник взял осла и ушел своей дорогой, а когда Зурейк убежал в лавку, Али каирский протянул руку к мешку, но, едва он достал до него, золото, бывшее в нем, забренчало, и зазвенели колокольчики, и погремушки, и кольца. И Зурейк воскликнул: «Проявился твой обман, о мерзавец! Ты строишь мне штуки, будучи в образе женщины! На, возьми то, что пришло к тебе!» И он бросил в него свинцовой лепешкой. Но удар пропал напрасно и угодил в другого, и люди напали на Зурейка и стали ему говорить: «Ты торговец или боец? Если ты торговец, сними мешок и избавь людей от твоего зла». – «Во имя Аллаха! Слушаюсь!» – сказал Зурейк.

А что до Али, то он пришел в казарму, и Шуман спросил его: «Что же ты сделал?» И Али рассказал ему обо всем, что с ним произошло, а потом он снял женскую одежду и сказал: «О Шуман, принеси мне одежду конюха». И Шуман принес ему одежду, и Али взял ее и надел, а потом он взял блюдо и пять дирхемов и отправился к Зурейку-рыбнику. «Что ты потребуешь, о господин?» – спросил Зурейк; и Али показал ему дирхемы в руке, и Зурейк хотел дать ему рыбы, которая лежала на стойке, но Али сказал ему: «Я возьму только горячей рыбы».

И Зурейк положил рыбу на сковородку и хотел ее изжарить, но огонь потух, и Зурейк пошел, чтобы зажечь его, и тогда Али каирский протянул руку, желая взять кошель, и коснулся его кончика, и погремушки, кольца и колокольчики забренчали, и Зурейк воскликнул: «Твоя штука со мной не удалась, хоть ты и пришел в образе конюха. Я узнал тебя по тому, как ты держал в руке деньги и блюдо…»

И Шахразаду застигло утро, и она прекратила дозволенные

речи.

Когда же настала семьсот пятнадцатая ночь, она сказала: «Дошло до меня, о счастливый царь, что, когда Али каирский протянул руку, чтобы взять кошель, колокольчики и кольца забренчали, и Зурейк сказал ему: «Твоя штука со мной не удалась, хоть ты и пришел в образе конюха. Я узнал тебя по тому, как ты держал в руке деньги и блюдо».

И он бросил в него свинцовой лепешкой, но Али-каирец увернулся от нее, и она попала прямо в сковороду, полную горячего масла. И сковорода разбилась, и масло полилось с нее на плечо кади, когда он проходил мимо, и все попало ему за пазуху и достигло его срамоты. И кади закричал. «О, моя срамота! Как это скверно, о несчастный! Кто сделал со мной такое дело?» И люди сказали ему: «О господин, это маленький мальчик бросил камень, и он попал в сковороду, и то, что отразил Аллах, было бы ужаснее».

И потом они осмотрели и увидели, что это свинцовая лепешка и что бросил ее не кто иной, как Зурейк-рыбнnк, и напали на него и сказали: «Это не дозволено Аллахом, о Зурейк! Сними мешок! Так будет для тебя лучше!» – «Если захочет Аллах, я сниму его», – сказал Зурейк.

Что же касается Али каирского, то он пошел в казарму и вошел к людям, и те спросили его: «Где мешок?» И Али рассказал им обо всем, что с ним случилось. И они сказали: «Ты погубил уж две трети его ловкости».

И Али снял то, что на нем было, и надел одежду купца, и вышел, и увидел змеелова, у которого был мешок со змеями и сумка, где лежали его принадлежности.

«О змеелов, – сказал ему Али, – я хочу, чтобы ты позабавил моих детей и получил награду», – а потом он привел его в казарму, и накормил, и одурманил банджем, и оделся в его одежду, и пошел к Зурейку-рыбнику.

И он подошел к нему и стал дудеть в дудку, и Зурейк сказал ему: «Аллах тебя наделит!» И вдруг Али вынул змей и бросил их перед ним. А Зурейк боялся змей, и он убежал от них в лавку, и тогда Али взял змей, и положил их в мешок, и протянул руку к кошелю, но когда он достал до его кончика, кольца, звонки и погремушки забренчали, и Зурейк воскликнул: «Ты все еще строишь мне штуки и даже сделался змееловом!» И он бросил в Али свинцовой лепешкой. А тут проходил один военный, за которым шел его конюх, и лепешка попала конюху в голову и повалила его. И военный спросил: «Кто повалил его?» И люди сказали: «Эго камень упал с крыши». И военный ушел, а люди осмотрелись и увидели свинцовую лепешку и напали на Зурейка, говоря ему: «Сними мешок!» И Зурейк сказал им: «Если захочет Аллах, я сниму его сегодня вечером».

И Али до тех пор играл с ним штуки, пока не устроил семь плутней, но так и не взял мешка. И он вернул змеелову его одежду и принадлежности и дал ему награду, а потом возвратился к лавке

Зурейка и услышал, как тот говорил: «Если я оставлю кошель на ночь в лавке, ловкач просверлит стену и возьмет его. Я лучше заберу кошель с собой домой».

Зурейк поднялся, и вышел из лавки, и, сняв мешок, положил его за пазуху, и Али следовал за ним, пока не приблизился к его Дому.

И Зурейк увидел, что у его соседа свадьба, и сказал про себя: «Пойду домой, отдам жене кошель и оденусь, а потом вернусь на свадьбу». И он пошел, а Али последовал за ним.

А Зурейк был женат на черной рабыне из *отпущенниц*[147] *везиря Джафара*[148], и ему достался от нее сын, которого он назвал Абд-Аллах, и он обещал жене, что на деньги из того мешка он справит обрезание мальчика, и женит его, и истратит их на его свадьбу.

И Зурейк вошел к своей жене с нахмуренными лицом, и она спросила его: «В чем причина твоей хмурости?» И Зурейк ответил: «Испытал меня владыка наш ловкачом, который устроил со мной семь плутней, чтобы взять кошель, но не смог его взять». – «Подай сюда, я его припрячу для свадьбы мальчика», – сказала жена Зурейку. И тот дал ей кошель, а что касается Али каирского, то он спрятался в одном месте и мог все это слышать и видеть.

И Зурейк поднялся и снял то, что на нем было, надел другую одежду и сказал своей жене: «Береги кошель, о Умм Абд-Аллах, а я пойду на свадьбу». – «Поспи немножко», – сказала ему жена. И Зурейк лег, и тогда Али поднялся, и прошел на концах пальцев, и взял кошель, и отправился к тому дому, где была свадьба, и остановился, и стал смотреть.

А Зурейк увидел во сне, что кошель схватила птица, и проснулся, испуганный, и сказал Умм Абд-Аллах: «Встань, посмотри, где кошель!» И женщина поднялась посмотреть и не нашла его. И она стала бить себя по лицу и воскликнула: «О, как черно твое счастье, Умм Абд-Аллах! Ловкач взял кошель!»

И Зурейк вскричал: «Клянусь Аллахом, его взял только ловкач Али, и никто другой не взял мешка! Я непременно его принесу!» – «Если ты не принесешь мешка, – сказала ему жена, – я запру перед тобой ворота и оставлю тебя ночевать на улице!»

И Зурейк подошел к дому, где была свадьба, и увидел, что

---

[147] *Отпущенница* – рабыня, отпущенная на волю за выкуп или по обету. Институт вольноотпущенников – «мавали» был широко распространен в халифате. Из «мавали» вышло множество деятелей арабо-мусульманской культуры.

[148] *Везирь Джафар* – везирь из влиятельного рода Бармекидов, пользовавшегося неограниченным влиянием в начале правления халифа Харуна ар-Рашида. Не желая мириться с умалением своей власти, Харун приказал казнить почти всех представителей рода Бармекидов, а оставшиеся в живых лишились своего прежнего влияния.

ловкач Али смотрит, и сказал про себя: «Вот кто взял кошель! Но он живет в казарме Ахмеда ад-Данафа».

И Зурейк пришел раньше Али к казарме, и поднялся на крышу, и спустился вниз в казарму, и увидел, что люди спят. И вдруг подошел Али и постучал в ворота, и Зурейк спросил: «Кто у ворот?» – «Али каирский», – ответил Али. И Зурейк спросил: «Ты принес кошель?» И Али подумал, что это Шуман, и сказал: «Я его принес, отопри ворота!» И Зурейк ответил: «Мне нельзя тебе отпереть, пока я его не увижу, потому что мы с твоим старшим побились об заклад». – «Протяни руку», – сказал Али, и Зурейк протянул руку через боковое отверстие в воротах, а Али дал ему мешок, и Зурейк взял его и вышел через то место, куда вошел, и отправился на свадьбу.

Что же касается Али, то он продолжал стоять у ворот, но никто ему не отпирал. И тогда он стукнул в ворота устрашающим стуком, и люди очнулись и сказали: «Это стук Али каирского». И надсмотрщик отпер ему ворота и спросил: «Ты принес мешок?» И Али воскликнул: «Довольно шуток, Шуман! Разве я не подал тебе мешок через боковое отверстие в воротах? И ты мне еще сказал: «Клянусь, что не отопру тебе ворота, пока ты не покажешь мне мешка!» – «Клянусь Аллахом, я его не брал, и это Зурейк взял его у тебя!» – сказал ему Шуман. И Али воскликнул: «Я непременно его принесу!» И потом Али каирский вышел и пошел на свадьбу и услыхал, как шут говорит: «Подарок, о Абу-Абд-Аллах! Исход будет счастливым для твоего сына!» И тогда Али воскликнул: «Я обладатель счастья!» – и пошел к дому Зурейка, и влез на крышу дома, и спустился внутрь, и увидел, что невольница, жена Зурейка, спит. И он одурманил ее банджем, и оделся в ее одежду, и, взяв ребенка на руки, стал ходить и искать, и увидел корзину с печеньем от праздника, которое осталось по скупости Зурейка.

А Зурейк подошел к дому и постучал в ворота, и ловкач Али откликнулся, притворяясь, будто он невольница, и спросил: «Кто у ворот?» – «Абу-Абд-Аллах», – ответил Зурейк. И Али сказал: «Я поклялась, что не отопру тебе ворот, пока ты не принесешь мешка». – «Я принес его», – сказал Зурейк. А Али крикнул: «Подай его, раньше чем я отопру ворота». – «Спусти корзину и прими в нее мешок», – сказал Зурейк. И Али спустил корзину, и Зурейк положил в нее мешок, а потом ловкач взял его и одурманил ребенка банджем и разбудил невольницу.

И он вышел через то же место, куда вошел, и отправился в казарму, и, войдя к людям, показал им мешок и ребенка, который был с ним, и люди похвалили его, и он отдал им печенье, и они его съели.

«О Шуман, – сказал Али, – этот ребенок – сын Зурейка, спрячь его у себя». И Шуман взял ребенка и спрятал его, а потом он принес барана, и зарезал его, и отдал его надсмотрщику, а тот изжарил барана целиком, и завернул его в саван, и придал ему вид мертвеца. Что же касается Зурейка, то он все стоял у ворот, а потом он стукнул в ворота устрашающим стуком, и невольница спросила его: «Принес ты мешок?» – «А разве ты не взяла его в корзину, которую спустила?» –

спросил Зурейк, и невольница ответила: «Я не спускала корзины, не видала мешка и не брала его!» – «Клянусь Аллахом, ловкач Али опередил меня и взял его!» – воскликнул Зурейк, и он посмотрел в доме и увидел, что печенье пропало и ребенок исчез.

И Зурейк закричал: «Увы, мой ребенок!» А невольница стала бить себя в грудь и воскликнула: «Я пойду с тобой к везирю. Никто не убил моего ребенка, кроме ловкача, который устраивает с тобой штуки, и это случилось из-за тебя!» – «Я ручаюсь, что принесу его!» – воскликнул Зурейк.

И потом Зурейк вышел, и обвязал себе шею платком, и пошел в казарму Ахмеда ад-Данафа, и постучал в ворота; и надсмотрщик отпер ему, и он вошел к людям. «Что привело тебя?» – спросил Шуман. И Зурейк сказал: «Вы ходатай перед Али каирским, чтобы он отдал мне моего ребенка, и тогда я уступлю ему тот мешок с золотом». – «Да воздаст тебе Аллах, о Али! – воскликнул Шуман. – Почему ты не сказал мне, что это его сын?» – «Что с ним случилось?» – спросил Зурейк. «Мы кормили его изюмом, и он подавился и умер. Вот он», – сказал Шуман. И Зурейк воскликнул: «Увы, мой ребенок! Что я скажу его матери?» И он поднялся, и развернул саван, и увидел, что в нем баранья туша, и воскликнул: «Ты взволновал меня, о Али!» Потом ему отдали сына, и Ахмед ад-Данаф сказал: «Ты повесил мешок, чтобы тот, кто истинный ловкач, взял его, и если ловкач его возьмет, он станет его собственностью, – и вот он стал собственностью Али каирского». – «Я дарю ему мешок», – сказал Зурейк. И Али-Зейбак каирский сказал ему: «Прими его ради твоей племянницы Зейнаб». – «Я принял его», – ответил Зурейк. И ему сказали: «Мы сватаем ее за Али каирского». – «Я властен над нею только добром», – сказал Зурейк. И потом он взял своего сына и забрал мешок, и Шуман спросил его: «Принимаешь ли ты от нас сватовство?» – «Я приму его от того, *кто сможет добыть ее приданое*[149]» – сказал Зурейк. «А каково ее приданое?» – спросил Шуман. И Зурейк сказал: «Она поклялась, что никто не станет ее мужем, кроме того, кто принесет ей одежду Камар, дочери Азры-еврея, и венец, и кушак, и золотые башмачки, и остальные ее вещи...»

И Шахразаду застигло утро, и она прекратила дозволенные речи.

Когда же настала семьсот шестнадцатая ночь, она сказала: «Дошло до меня, о счастливый царь, что Зурейк сказал Шуману: «Зейнаб поклялась, что никто не сядет ей на грудь, кроме того, кто принесет ей одежду Камар, дочери Азры-еврея, и венец, и кушак, и

---

[149] *...кто сможет добыть ее приданое .* – Мотив добывания приданого встречается почти во всех народных романах и многих сказках, где он служит обычно завязкой повествования. Добывая приданое, достать которое считалось невозможным, герой сказки демонстрирует свою силу и храбрость.

золотые башмачки». И Али каирский воскликнул: «Если я не принесу ей одежду сегодня вечером, нет у меня права на сватовство!» – «О Али, ты умрешь, если сыграешь с ней штуку», – сказал Шуман. И Али спросил его: «А что этому за причина?» И ему сказали: «Азра-еврей – колдун и злокозненный обманщик, который заставляет служить себе джиннов, и у него есть дворец вне города, в стенах которого один кирпич золотой, а другой серебряный, и этот дворец виден людям, пока Азра там сидит, а когда он из него выходит, дворец скрывается. Азре досталась дочь по имени Камар, и он принес ей ту одежду из сокровищницы, и он кладет одежду на золотое блюдо, и открывает окна дворца, и кричит: «Где ловкачи Египта, молодцы из Ирака и искусники персов? Всякому, кто возьмет эту одежду, она будет принадлежать!» И пытались играть с ним штуки все молодцы, но не могли взять эту одежду, и он заколдовал их и обратил в обезьян и ослов».

«Я непременно возьму ее, и Зейнаб, дочь Далилы-хитрицы, будет в ней показываться!» – воскликнул Али. И затем он отправился к лавке еврея и увидел, что он сердитый и грубый и что перед ним весы и разновески, и золото, и серебро, и ящички, а подле него он увидел мула.

И еврей поднялся, и запер лавку, и сложил золото и серебро в два кошелька, и кошельки он положил в мешок, а мешок взвалил на мула и сел, и поехал, и ехал до тех пор, пока не выехал за город; и Али каирский шел сзади него, а он не знал этого.

И потом еврей вынул землю из мешка, бывшего у него за пазухой, и поколдовал над нею, и развеял ее в воздухе, и ловкач Али увидел дворец, которому нет равного, а затем мул с евреем стали подниматься по лестнице, и вдруг оказалось, что этот мул – дух, которого еврей заставляет себе служить.

И он снял с мула мешок, и мул ушел и скрылся, а еврей остался сидеть во дворце, и Али смотрел, что он делает. И еврей принес золотую трость, и повесил на нее золотое блюдо на золотых цепочках и положил одежду на блюдо, и Али увидел ее из-за дверей.

И еврей закричал: «Где ловкачи Египта, молодцы из Ирака и искусники персов? Кто возьмет эту одежду своей ловкостью, тому она будет принадлежать!» А после того он поколдовал, и легла перед ним скатерть с кушаньями.

И еврей поел, а потом скатерть исчезла сама собой, и Азра поколдовал еще раз, и легла перед ним скатерть с вином, и он стал пить. И Али сказал себе: «Ты сумеешь взять эту одежду только пока он напивается!» И Али подошел к еврею сзади, и вытащил свой стальной меч, и взял его в руку, и еврей обернулся, и поколдовал, и сказал руке Али: «Остановись с мечом!» И его рука остановилась с мечом в воздухе. И Али протянул левую руку, и она тоже остановилась в воздухе, и его правая нога тоже, и он остался стоять на одной ноге; а потом еврей снял с него чары, и Али каирский снова стал таким же, как раньше.

И еврей погадал на доске с песком, и вышло, что имя этого

человека – Али-Зейбак каирский, и Азра обратился к нему и сказал: «Пойди сюда! Кто ты и каково твое дело?» – «Я Али каирский, молодец Ахмеда ад-Данафа, – ответил Али. – Я посватался к Зейнаб, дочери Далилы-хитрицы, и они назначили ей с меня в приданое одежду твоей дочери. Отдай мне ее, если хочешь спастись, и стань мусульманином». – «После твоей смерти! – сказал еврей. – Много людей строили со мной штуки, чтобы взять эту одежду, но не смогли ее у меня взять. Если ты примешь добрый совет, спасайся сам. Они потребовали от тебя эту одежду, только чтобы погубить тебя, и если бы я не увидел, что твое счастье превосходит мое счастье, я бы, наверное, скинул тебе голову».

И Али обрадовался, что еврей увидел, что счастье Али превосходит его счастье, и сказал: «Я непременно должен взять одежду, и ты станешь мусульманином». – «Таково твое желание, и это неизбежно?» – спросил еврей. И Али ответил: «Да!» И тогда еврей взял чашку, и наполнил ее водой, и поколдовал над ней, и сказал: «Выйди из образа человеческого и прими облик осла!»

И он обрызгал Али этой водой, и Али сделался ослом с копытами и длинными ушами и стал реветь, как осел. А потом еврей провел вокруг Али круг, который стал для него стеной, а сам пил до утра, а утром он сказал Али: «Я поеду на тебе и дам мулу отдохнуть».

И еврей положил одежду, блюдо, трость и цепочки в шкафчик, и вышел, и поколдовал над ослом, и Али последовал за ним, и еврей положил на спину Али мешок и сел на него, а дворец скрылся с глаз.

И Али шел, и еврей ехал на нем, пока не слез около своей лавки, и тогда он опорожнил кошелек с золотом и кошелек с серебром и высыпал деньги в ящички, которые стояли перед ним, а Али был привязан в образе осла, и он слышал и понимал, но не мог говорить.

И вдруг подошел сын одного купца, которого обидело время, и он не нашел для себя ремесла легче ремесла водоноса, и тогда он взял браслеты своей жены, и пришел к еврею, и сказал ему: «Дай мне такую цену за эти браслеты, чтобы я мог купить осла». – «Что ты будешь на нем возить?» – спросил еврей. И сын купца сказал: «О мастер, я наполню бурдюк водой из реки и буду кормиться тем, что выручу». – «Возьми у меня этого осла», – сказал еврей. И сын купца продал ему браслеты и на часть их цены купил осла, и еврей вернул ему остальное, и сын купца пошел с Али каирским, который был заколдован в образе осла, к себе домой.

И Али сказал про себя: «Когда ослятник положит на тебя доску и бурдюк и сделает на тебе десять поездок, он лишит тебя здоровья, и ты умрешь».

Жена водоноса подошла, чтобы положить Али корму, и вдруг он ударил ее головой так, что она опрокинулась на спину, и прыгнул на нее и, ударив ее мордой по голове, опустил то, что оставил ему отец. И женщина закричала, и прибежали к ней соседи, и побили Али, и стащили его с ее груди.

И тут ее муж, который хотел сделаться водоносом, пришел домой, и его жена сказала ему: «Либо ты со мной разведешься, либо вернешь осла его владельцу». – «Что случилось?» – спросил водонос. И жена его сказала: «Это сатана в образе осла. Он прыгнул на меня, и если бы соседи не стащили его с моей груди, он бы, наверное, сделал со мной дурное». И ее муж взял Али и пошел к еврею, и когда тот спросил его: «Почему ты привел осла обратно?» – водонос ответил: «Он сделал с моей женой дурное дело».

И еврей отдал водоносу его деньги, и тот ушел. А что касается еврея, то он обратился к Али и сказал ему: «Значит, ты входишь в ворота козней, о злосчастный, так что он даже вернул мне тебя...»

И Шахразаду застигло утро, и она прекратила дозволенные речи.

Когда же настала семьсот семнадцатая ночь, она сказала: «Дошло до меня, о счастливый царь, что еврей, когда водонос вернул ему осла, отдал ему его деньги и, обратившись к Али каирскому, сказал: «Значит, ты входишь в ворота козней, о злосчастный, так что он даже вернул мне тебя? Но раз тебе не угодно быть ослом, я тебя сделаю забавой для больших и малых!

И он взял осла, и сел на него, и выехал за город, и, вынув из-за пазухи пепел, поколдовал над ним и развеял его в воздухе, и вдруг появился дворец.

И еврей вошел во дворец и, сняв мешок со спины осла, вынул оба кошелька с деньгами, и вынул трость, и повесил на нее блюдо с одеждой, а потом закричал, как кричал каждый день: «Где молодцы из всех стран? Кто может взять эту одежду?»

И он поколдовал, как раньше, и встала перед ним трапеза, и он поел и поколдовал, и появилось перед ним вино, и он напился. И потом он вынул чашку с водой, и поколдовал над ней, и брызнул ею на осла, и сказал ему: «Обратись из этого облика в твой прежний облик!» И Али снова стал человеком, как прежде. «О Али, – сказал ему еврей, – прими добрый совет и избавься от моего зла! Нет тебе нужды жениться на Зейнаб и добиваться одежды моей дочери. Она достанется тебе не легко, и оставить жадность для тебя будет лучше. А если нет, я заколдую тебя и превращу в медведя или обезьяну или отдам во власть духу, который закинет тебя за гору Каф». – «О Азра, – сказал Али, – я обязался взять одежду, и взять ее – неизбежно, и ты примешь ислам, а не то я тебя убью» – «О Али, – сказал еврей, – ты как орех; если он не разобьется, его не съесть». И он взял чашку с водой, и поколдовал над ней, и обрызгал водой Али, и сказал: «Будь в образе медведя!» И Али тотчас же превратился в медведя, и еврей надел ему ошейник, и связал ему рот, и вбил для него железный кол, и стал есть и бросал ему кое-какие куски и выливал ему остатки из чашки.

А когда наступило утро, еврей встал и взял блюдо и одежду и поколдовал над медведем, и тот пошел за ним в лавку, и еврей сел в лавке и высыпал золото и серебро в ящик и привязал в лавке цепь, которая была у медведя на шее, и Али слышал и разумел, но не мог говорить.

И вдруг пришел к еврею в лавку один купец и спросил: «О мастер, не продашь ли ты мне этого медведя? У меня есть жена, дочь моего дяди, и ей прописали поесть медвежьего мяса, и намазаться его жиром».

И еврей обрадовался и сказал про себя: «Продам его, чтобы купец его зарезал и мы от него избавились!» А Али про себя воскликнул: «Клянусь Аллахом, этот человек хочет меня зарезать, и освобождение – от Аллаха». – «Он будет тебе от меня подарком», – сказал еврей. И купец взял медведя и прошел с ним мимо мясника и сказал ему: «Возьми свои принадлежности и ступай со мной» И мясник взял ножи и последовал за ним.

И потом мясник подошел к Али, и привязал его, и начал точить ножи, и хотел его зарезать. И когда Али каирский увидел, что мясник к нему направился, он побежал от него и полетел между небом и землей и летел до тех пор, пока не опустился во дворце у еврея.

А причиной этого было то, что еврей отправился во дворец после того, как отдал купцу медведя, и его дочь стала его спрашивать, и он рассказал ей обо всем, что произошло, и тогда она сказала: «Призови духа и спроси его про Али каирского: он ли это или другой человек устраивает штуки?» И еврей поколдовал, и призвал духа, и спросил его: «Это Али каирский или другой человек устраивает штуки?» И дух похитил Али, и принес его, и сказал: «Вот Али каирский, он самый. Мясник связал его, и наточил нож, и хотел начать его резать, но я схватил его, когда он был перед ним, и принес».

И еврей взял чашку с водой, и поколдовал над нею, и обрызгал из чашки Али, и сказал: «Вернись к твоему человеческому образу!» И Али снова стал таким, каким был раньше.

И увидела Камар, дочь еврея, что это красивый юноша, и любовь к нему запала ей в сердце, а любовь к ней запала ему в сердце, и Камар спросила его: «О злосчастный, зачем ты ищешь моей одежды и мой отец делает с тобой такие дела?» – «Я обязался взять ее для Зейнаб-мошенницы, чтобы на ней жениться», – ответил Али. И Камар сказала: «Другие тоже играли с моим отцом штуки, чтобы захватить мою одежду, но не могли овладеть ею. Оставь жадность», – сказала она потом. И Али молвил: «Мне неизбежно взять эту одежду, и твой отец примет ислам, а не то я его убью». – «Посмотри, дочка, на этого злосчастного, как он ищет своей гибели!» – воскликнул отец Камар. И потом он сказал: «Я превращу тебя в собаку!» И он взял чашку с надписями, в которой была вода, и поколдовал над нею, – и обрызгал водой Али, и сказал: «Будь в образе собаки!» И Али стал собакой, а еврей со своей дочерью пили до утра.

А потом он поднялся и, взяв одежду и блюдо, сел на мула и поколдовал над собакой, и та последовала за ним, и другие собаки стали на нее лаять.

И еврей прошел мимо лавки старьевщика, и старьевщик вышел и прогнал от Али собак, и Али лег перед ним, а еврей осмотрелся и не нашел его. И старьевщик поднялся, и вышел из лавки, и пошел домой, и пес последовал за ним; и когда старьевщик вошел в свой дом, дочь старьевщика посмотрела, и увидела собаку, и закрыла себе лицо, говоря: «О батюшка, ты приводишь чужого мужчину и вводишь его к нам». – «О дочка, это собака», – сказал старьевщик. И его дочь молвила: «Это Али каирский, которого заколдовал еврей». И старьевщик обернулся к Али и спросил его: «Ты Али каирский?» И Али сделал ему знак головой: да! Тогда отец девушки спросил ее: «Почему еврей заколдовал его?» И она сказала: «Из-за одежды его дочери Камар, и я могу его освободить». – «Если в этом благо, то теперь время для него!» – воскликнул старьевщик. И его дочь сказала: «Если он на мне женится, я его освобожу». И Али сказал ей головой: да. И тогда она взяла чашку с надписями и поколдовала над нею, и вдруг раздался великий крик, и чашка упала у нее из рук. И девушка обернулась и увидела, что это кричала невольница ее отца, и та сказала ей: «О госпожа моя, разве таков был уговор между мною и тобою? Никто не научил тебя этому искусству, кроме меня, и ты со мной сговорилась, что ничего не будешь делать, не посоветовавшись с мною, и что тот, кто женится на тебе, женится на мне, и будет ночь тебе и ночь – мне». – «Да», – сказала девушка. И когда старьевщик услышал от невольницы такие слова, он спросил свою дочь: «А кто научил эту невольницу?» – «О батюшка, – ответила его дочь, – она научала меня, спроси ее: кто ее научил».

И старьевщик спросил невольницу, и она сказала ему: «Знай, о господин мой, что, когда я была у еврея Азры, я подслушивала, как он произносил заклинания, а когда он уходил в лавку, я открывала книги и читала их, так что узнала науку о духах. И в один из дней еврей напился и позвал меня на ложе, и я отказалась и сказала: «Я не дам тебе этого сделать, пока ты не примешь ислам». И он отказался, и я сказала ему: «На рынок султана!» И он продал меня тебе, и я пришла к тебе в дом и научила мою госпожу, и поставила ей условие, что она не будет ничего такого делать, не посоветовавшись со мной, и что тот, кто женится на ней, женится и на мне, и будет ночь мне и ночь ей».

И невольница взяла чашку с водой, и поколдовала над ней, и обрызгала из нее пса, и сказала ему: «Возвратись к твоему человеческому образу!» И Али снова стал человеком, как был. И старьевщик пожелал ему мира и спросил, почему его заколдовали, и Али рассказал ему обо всем, что ему выпало…»

И Шахразаду застигло утро, и она прекратила дозволенные речи.

Когда же настала семьсот восемнадцатая ночь, она сказала: «Дошло до меня, о счастливый царь, что старьевщик пожелал Али каирскому мира и спросил его, почему его заколдовали и что ему выпало, и Али рассказал ему все, что случилось.

«Достаточно тебе будет моей дочери и невольницы?» – спросил его старьевщик. И Али ответил: «Неизбежно взять Зейнаб». И вдруг кто-то постучал в дверь. «Кто у дверей?» – спросила невольница. И Камар, дочь еврея, спросила: «У вас ли Али каирский?» И дочь старьевщика спросила ее: «О дочь еврея, если Али каирский у нас, что ты с ним сделаешь? Спустись, о невольница, открой ей дверь».

И невольница открыла ей ворота, и Камар вошла и увидела Али, и, когда Али увидел ее, он воскликнул: «Что привело тебя, о дочь пса?» И Камар сказала: *«Я свидетельствую, что нет бога, кроме Аллаха[150]*, и свидетельствую, что Мухаммед – посол Аллаха». И она приняла ислам и спросила Али: «Мужчины ли, по вере ислама, дают приданое женщинам, или женщины дают приданое мужчинам? И Али ответил ей: «Мужчины дают приданое женщинам». И тогда она сказала: «А я пришла, чтобы дать тебе за себя в приданое одежду, трость, и цепочки, и голову моего отца – твоего врага и врага Аллаха».

И она бросила перед ним голову своего отца и воскликнула: «Вот голова моего отца – твоего врага и врага Аллаха!»

А причиною убийства ею своего отца было то, что, когда еврей превратил Али в пса, она увидела во сне говорящего, который говорил ей: «Прими ислам!» И она приняла ислам, а проснувшись, предложила ислам своему отцу, по тот отказался; и когда он отказался принять ислам, Камар одурманила его банджем и убила.

И Али взял вещи и сказал старьевщику: «Завтра мы встретимся у халифа, чтобы я женился на твоей дочери и на невольнице». И он вышел, радуясь, и направился в казарму, неся с собой вещи. И вдруг он увидел продавца сластями, который бил рукой об руку и восклицал: «Нет мощи и силы, кроме как у Аллаха, высокого, великого! Труд людей стал беззаконием и идет только на подделку. Прошу тебя, ради Аллаха, попробуй этих сладостей!» И Али взял у него кусочек и съел его, и вдруг в нем оказался бандж. И торговец одурманил Али, и взял у него одежду, и трость и цепочки, и положил их в сундук со сластями, и пошел. И вдруг один кади закричал ему и сказал: «Подойди, эй, торговец!» И торговец остановился, и поставил подставку, на которой стоял поднос, и спросил: «Что ты потребуешь?» – «Халвы и конфет, – сказал кади, и потом он взял немного халвы в руки и сказал: – Эта халва и конфеты с примесью».

И кади вынул из-за пазухи кусок халвы и сказал торговцу: «Посмотри, как перекрасно она приготовлена! Поешь ее и сделай такую же!» Торговец взял халву и съел ее, и вдруг в ней оказался бандж, и кади одурманил торговца и взял подставку, и сундук, и одежду, и другое.

И он положил торговца внутрь подставки, и понес все это, и отправился в казарму, где жил Ахмед ад-Данаф.

И этот кади был Хасан-Шуман, и причиной всего этого было вот что. Когда Али обязался взять одежду и вышел ее искать, никто не услышал про него вестей, и Ахмед ад-Данаф сказал: «О молодцы, выходите, ищите вашего брата Али каирского!»

---

[150] *Я свидетельствую, что нет бога, кроме Аллаха...* – Так называемая «шахада», то есть мусульманское кредо. Для того чтобы принять ислам, нужно трижды произнести эту формулу.

И они вышли и стали искать его в городе; и Хасан-Шуман тоже вышел в облике кади, и встретил того торговца сладостями, и узнал, что это Ахмед аль-Лакит.

И он одурманил его банджем, и взял его вместе с одеждой, и пошел с ним в казарму, а что касается тех сорока, то они ходили, ища Али, по улицам города.

Али-Катф аль-Джамаль отделился от своих товарищей, и увидел толпу, и направился к столпившимся людям, и заметил среди них Али каирского, который был одурманен банджем. И Али-Катф аль-Джамаль разбудил Али каирского после банджа, и Али, очнувшись, увидел, что около него собрались люди.

«Приди в себя», – сказал Али-Катф аль-Джамаль. И Али спросил: «Где я?» И Али-Катф аль-Джамаль и его люди ответили: «Мы увидели тебя одурманенным и не знаем, кто тебя одурманил?» – «Меня одурманил один торговец сластями и взял вещи. Но куда он ушел?» – спросил Али. И ему ответили: «Мы никого не видали, но пойдем с нами в казарму».

И они отправились в казарму, и вошли, и увидели Ахмеда ад-Данафа, и тот приветствовал их и спросил: «О Али, принес ты одежду?» – «Я нес и ее и другое и нес голову еврея, – ответил Али, – но меня встретил торговец сластями, и одурманил, и взял у меня все это». И он рассказал Ахмеду обо всем, что случилось, и сказал: «Если бы я увидел этого торговца, я бы отплатил ему». И вдруг Хасан-Шуман вышел из одной комнаты и спросил: «Принес ли ты вещи, о Али?» – «Я нес их и нес голову еврея, но меня встретил торговец сладостями, и одурманил меня, и взял одежду и другое, и я не знаю, куда он ушел. Если бы я знал, где он, я бы ему насолил, – ответил Али. – Не знаешь ли ты, куда ушел этот торговец?» – «Я знаю, где он», – ответил Хасан, и затем он поднялся и открыл дверь в комнату, и Али увидел в ней торговца, одурманенного банджем.

И Али разбудил его после банджа, и он открыл глаза, и увидел перед собой Али каирского, Ахмеда ад-Данафа и сорок его приближенных, и обмер, и спросил: «Где я и кто схватил меня?» – «Это я тебя схватил», – сказал Шуман. И Али воскликнул: «О злокозненный, ты делаешь такие дела!» – и хотел зарезать торговца.

И Хасан-Шуман сказал ему: «Не поднимай руку, он стал твоим свойственником». И Али спросил: «Моим свойственником? Откуда?» И Хасан сказал ему: «Это Ахмед аль-Лакит, сын сестры Зейнаб». – «Почему же ты сделал все это, о Лакит?» – спросил его Али. И Лакит сказал: «Мне так приказала моя бабка Далила-хитрица, и случилось это только потому, что Зурейк-рыбник встретился с моей бабкой Далилой-хитрицей и сказал ей: «Али каирский – ловкач редкой ловкости, и он неизбежно убьет еврея и принесет одежду». И тогда она позвала меня и спросила: «О Ахмед, знаешь ли ты Али каирского?» И я ответил: «Я его знаю и привел его к казарме Ахмеда аль-Данафа». И тогда она сказала мне: «Пойди расставь ему твои сети, и если он принес вещи, сыграй с ним штуку и отбери у него вещи». И я пошел ходить по улицам города, и увидел торговца сластями, и дал ему десять динаров, и взял у него его одежду, сласти и принадлежности, и случилось то, что случилось».

И тогда Али каирский сказал Ахмеду аль-Лакиту. «Пойди к твоей бабке и к Зурейку-рыбнику и осведоми их о том, что я принес вещи и голову еврея, и скажи им: «Завтра встречайте его в диване халифа и берите у него приданое Зейнаб!»

И Ахмед ад-Данаф обрадовался этому и воскликнул: «Не обмануло меня твое воспитание, о Али!»

А когда наступило утро, Али каирский взял одежду, блюдо, трость, и золотые цепочки, и голову Азры-еврея на дротике и отправился в диван со своим дядей и его молодцами, и они поцеловали землю перед халифом…»

И Шахразаду застигло утро, и она прекратила дозволенные речи.

Когда же настала семьсот девятнадцатая ночь, она сказала: «Дошло до меня, о счастливый царь, что, когда Али каирский пошел в диван вместе со своим дядей Ахмедом ад-Данафом и его молодцами, они поцеловали землю перед халифом, и халиф посмотрел и увидел красивого юношу, доблестней которого не было среди мужей.

И он спросил про него людей, и Ахмед ад-Данаф сказал ему: О повелитель правоверных, это Али-Зейбак каирский, глава молодцов Египта, и он первый среди моих молодцов». И когда халиф увидел его, он его полюбил, так как увидел, что меж глаз у него блещет доблесть, свидетельствуя за него, а не против него.

И Али поднялся, и бросил голову еврея перед халифом, и сказал: «Твой враг таков, как этот, о повелитель правоверных!» – «Чья это голова?» – спросил халиф. И Али ответил: «Голова Азры-еврея»; и халиф спросил: «А кто убил его?»

И Али каирский рассказал ему обо всем, что с ним случилось, от начала до конца, и халиф сказал: «Я не думаю, чтобы ты убил его, так как он был колдун». – «О повелитель правоверных, дал мне власть мой господь убить его», – сказал Али.

И халиф послал вали во дворец еврея, и тот увидел еврея без головы. И его положили в ящик и принесли к халифу, и тот велел его сжечь; и вдруг Камар, дочь еврея, пришла, и поцеловала халифу руку, и осведомила его, что она дочь Азры-еврея и стала мусульманкой.

И она снова приняла ислам перед халифом и сказала ему: «Ты мой ходатай перед ловкачом Али-Зейбаком каирским, чтобы он женился на мне».

И она уполномочила халифа заключить ее брак с Али, и халиф подарил Али каирскому дворец еврея со всем, что в нем было, и сказал ему: «Пожелай чего-нибудь от меня!» – «Я желаю, – сказал Али, – чтобы я мог стоять на твоем ковре и есть с твоего стола». И халиф спросил его: «О Али, есть у тебя молодцы?» – «У меня сорок молодцов, но они в Каире», – ответил Али. И халиф сказал: «Пошли за ними, чтобы они пришли из Каира. О Али, – спросил потом халиф, – а есть у тебя казарма?» И Али ответил: «Нет». И тогда

Хасан-Шуман сказал: «Я дарю ему мою казарму с тем, что в ней есть, о повелитель правоверных!» – «Твоя казарма будет тебе, о Хасан», – сказал халиф и велел, чтобы казначей дал строителю десять тысяч динаров, и тот построил для Али казарму с четырьмя портиками и сорока комнатами для молодцов. «О Али, – спросил потом халиф, – осталась ли у тебя какая-нибудь просьба, которую мы прикажем для тебя исполнить?» Али ответил: «О царь времени, чтобы ты был ходатаем перед Далилой-хитрицей и она выдала бы за меня свою дочь Зейнаб и взяла одежду дочери еврея и ее вещи за Зейнаб в приданое».

И Далила приняла ходатайство халифа, и взяла блюдо, одежду, и трость, и золотые цепочки, и написала договор Зейнаб с Али, и написала также договор с ним дочь старьевщика, и невольница, и Камар, дочь еврея.

И халиф назначил Али жалованье и велел давать ему трапезу к обеду, и трапезу к ужину, и довольствие, и кормовые, и наградные. И Али каирский начал приготовления к свадьбе, и пришел срок в тридцать дней, а потом Али каирский послал своим молодцам в Каир письмо, в котором упомянул, какое ему досталось у халифа уважение, и он говорил в письме: «Вы неизбежно должны явиться, чтобы застать свадьбу, так как я женюсь на четырех девушках».

И через небольшое время его сорок молодцов явились и застали свадьбу, и Али поселил их в казарме и оказал им величайшее уважение, а затем он представил их халифу, и халиф наградил их. И служанки стали показывать Али каирскому Зейнаб в той прекрасной одежде, и он пошел к ней и нашел ее жемчужиной несверленой и кобылицей, другими не объезженной, а после нее он вошел к трем другим девушкам и увидел, что они совершенны по красоте и прелести.

А потом случилось, что Али каирский бодрствовал у халифа в какую-то ночь, и халиф сказал ему: «Я имею желание, о Али, чтобы ты рассказал мне обо всем, что с тобой случилось, с начала до конца». И Али рассказал ему обо всем, что случилось у него с Далилой-хитрицей, Зейнаб-мошенницей и Зурейком-рыбником. И халиф приказал это записать и положить в казну царства. И записали все, что произошло с Али, и положили запись в числе рассказов о народе лучшего из людей. И затем все они жили в приятнейшей и сладостнейшей жизни, пока не «пришла к ним Разрушительница наслаждений и Разлучительница собраний, а Аллах (велик он и славен!) лучше знает истину».

Сказка о Нур ад-Дине и Мариам-кушачнице

«Рассказывают также, – начала новую сказку Шахразада, – что был в древние времена и минувшие века и годы один человек – купец в земле египетской по имени Тадж ад-Дин, и был он из числа великих купцов и людей верных и благородных, но только он увлекался путешествиями во все страны и любил ездить по степям, пустыням, равнинам, и кручам, и морским островам, ища дирхема и динара. И были у него рабы, невольники, слуги и рабыни, и долго подвергал он себя опасностям, и терпел он в путешествиях то, от чего седыми станут малые дети, и был он среди купцов того времени богаче всех деньгами и прекраснее всех речами. Он обладал копями, и мулами, и верблюдами, двугорбыми и одногорбыми, и были у него кули, мешки, и товары, и деньги, и материи бесподобные – свертки тканей из *Химса*[151], *баальбекские одежды*[152], куски шелкового полотна, одеяния из *Мерва*[153], отрезы индийской материи, багдадские воротники, магрибинские бурнусы, турецкие невольники, абиссинские слуги, румские рабыни и египетские прислужники, и были мешки для его поклажи – шелковые, так как у него было много денег. И был он редкостно красив, с гибкими движениями и, изгибаясь, вызывал желание.

И был у этого купца ребенок мужеского пола по имени Али-Нур ад-Дин, и был он подобен луне, когда она становится полной в четырнадцатую ночь месяца, редкостно красивый и прекрасный, изящный в стройности и соразмерности. И в один из дней этот мальчик сел, по обычаю, в лавке своего отца, чтобы продавать и покупать, брать и отдавать, и окружили его сыновья купцов, и стал он между ними подобен луне средь звезд, с блистающим лбом, румяными щеками, молодым пушком и телом, точно мрамор, как сказал о нем поэт:

> Молвил красавец: «Ты красноречив,
> Изобрази меня кратко и ясно!»
> Все, что я думаю, в строчку вместив,
> Я говорю о нем: «Все в нем прекрасно!»

И сыновья купцов пригласили его и сказали: «О господин наш Нур ад-Дин, мы хотим сегодня погулять с тобой в таком-то саду». И юноша ответил: «Я только спрошусь у отца: я могу пойти лишь с его позволения». И когда они разговаривали, вдруг пришел его отец, Тадж ад-Дин, и его сын посмотрел на него и сказал: «О батюшка, дети купцов приглашают меня погулять с ними в таком-то саду. Позволишь ли ты мне это?» – «Да, о дитя мое», – ответил Тадж ад-Дин. И затем он дал сыну немного денег и сказал: «Отправляйся с

---

[151] *Химс* – крупный город в Сирии.

[152] *Баальбекские одежды* . – Баальбек – город в Ливане.

[153] *Мерв* – город в нынешней Туркмении, крупный экономический и культурный центр средневекового Востока.

ними». И дети купцов сели на ослов и мулов, и Нур ад-Дин тоже сел на мула и отправился с ними в сад, где было все, что желательно душе и услаждает очи. Там были высокие колонны и строения, уходящие ввысь, и были у сада сводчатые ворота, подобные портику во дворце, и лазоревые ворота, подобные вратам райских садов, привратника которых звали *Ридван*[154], а над ними было сто палок с виноградными лозами всевозможных цветов: красных, подобных кораллам, черных, точно носы негров, и белых, как голубиные яйца. И были там сливы, гранаты и груши, абрикосы и яблоки – все это разных родов и разнообразных цветов, купами и отдельно...»

И Шахразаду застигло утро, и она прекратила дозволенные речи.

Когда же настала восемьсот шестьдесят четвертая ночь, она сказала: «Дошло до меня, о счастливый царь, что дети купцов, войдя в сад, увидели в нем полностью все, чего желают уста и язык, и нашли там и виноград всех сортов, купами и отдельно, как сказал о нем поэт:

> Гроздь – вина нежней и слаще,
> Цветом – ворон поднебесный.
> Между листьев в темной чаще
> Светит, как рука невесты.

И потом юноши пришли к беседке в саду и увидели Ридвана, привратника сада, который сидел в этой беседке, точно он, Ридван, – страж райских садов. И они увидели, что на этой беседке написаны такие стихи:

> Да освежит Аллах плоды и гроздья
> В саду где ветви клонятся к ногам!
> Их украшает каплями предгрозье,
> Подобно влажным свежим
> жемчугам.

И были в этом саду плоды разнообразные и птицы всех родов и цветов: вяхири, соловьи, певчие куропатки, горлинки и голуби, что воркуют на ветвях, а в каналах его была вода текучая, и блистали эти потоки цветами и плодами услаждающими, подобно тому как сказал поэт:

> Ветерок пролетел – ветки стали
> похожи
> На девиц, что запутались в складах
> одёжи,
> И, подобно мечам, извлеченным из

---

154 *Ридван* – согласно мусульманской мифологии – ангел, охраняющий врата рая.

ножен,
Ручейком засверкали под небом
погожим.

И были в этом саду яблоки – сахарные, мускусные и даманийские, ошеломляющие взор, как сказал о них поэт:

В яблоке сошлись два цвета –
Два влюбленных на свиданье,
Яркий блеск весны и лета,
Темный блеск похолоданья.
Стала алою подруга,
Он же – зелен от испуга.

И были в этом саду абрикосы, миндальные и камфарные, из *Гиляна*[155] и Айн-Таба, и сказал о них поэт:

Прости мне, абрикос, что ты
уподоблен
Влюбленному близ той, в которую
влюблен.
Все признаки в тебе любовного
страданья:
Лицом ты желтоват, а сердцем
изъязвлен.

И были в этом саду сливы, вишни и виноград, исцеляющий больного от недугов и отводящий от головы желчь и головокружение, а смоквы на ветвях – красные и зеленые – смущали разум и взоры, как сказал о них поэт:

Плоды смоковницы сверкают в
вышине
Бело-зеленые в листве
темно-зеленой,
Они как караул на городской стене,
Что полночью не спит, неся дозор
бессонный.

И были в этом саду *груши – тирские*[156], алеппскне и румские, разнообразных цветов, росшие купами и отдельно…»
И Шахразаду застигло утро, и она прекратила дозволенные

---

[155] *Гилян* – Северный Иран, провинция, расположенная на южном берегу Каспийского моря.

[156] *Тирские груши* – от названия города Тир (в Ливане).

речи.

Когда же настала восемьсот шестьдесят пятая ночь, она сказала: «Дошло до меня, о счастливый царь, что сыновья купцов, когда пришли в сад, увидали там плоды, которые мы упомянули, и нашли груши тирские, алеппские и румские, разнообразных цветов, росшие купами и отдельно, желтые и зеленые, ошеломляющие взор. И поэт сказал о них:

> Отведай эту грушу на здоровье,
> Она, как лик влюбленного, желта,
> Ее скрывают листья, как фата
> Девицу, истомленную любовью.

И были в этом саду султанийские персики разнообразных цветов, желтые и красные, как сказал о них поэт:

> Вот персики – как будто кровь
> драконова
> Покрыла их, растущих близ лужка.
> Они – орехи золота червонного,
> Где темной кровью тронута щека.

И был в этом саду зеленый миндаль, очень сладкий, похожий на сердцевину пальмы, а косточка его – под тремя одеждами творением владыки одаряющего, как сказал поэт:

> Три одеяния на теле свежем,
> Три разные – они нерукотворны.
> И все равно конец их неизбежен
> Прохладным утром или ночью
> черной.

И были в этом саду мандарины и померанцы, подобные калгану, и сказал о них поэт, от любви обезумевший:

> О мандарин! Ладони не хватает,
> Чтоб охватить твой снег и твой
> огонь!
> И что за снег – он от тепла но тает,
> Что за огонь – он не палит ладонь!

А другой сказал и отличился:

> О померанец – с ветки он смеется.
> А ветвь подобна стану девы
> чудной.
> Когда она под легким ветром

гнется,
    Плод – мяч златой под клюшкой
изумрудной.

И были в этом саду сладкие лимоны с прекрасным запахом, подобные куриным яйцам; и желтизна их – украшение плодов, а запах их несется к скрывающему, как сказал кто-то из описывающих:

    Взгляни: лимон нам приоткрыл
лицо.
    Он радует сияньем постоянным,
    Похожий на куриное яйцо,
    Которое раскрашено шафраном.

И были в этом саду всякие плоды, цветы, и зелень, и благовонные растения – жасмин, бирючина, перец, лаванда и роза во всевозможных видах своих, и баранья трава, и мирта, и все цветы полностью, всяких сортов. И это был сад несравненный, и казался он смотрящему уголком райских садов: когда входил в него больной, он выходил оттуда, как ярый лев. И не в силах описать его язык: таковы его чудеса и диковинки, которые найдутся только в райских садах; да и как же нет, если имя его привратника – Ридван! Но все же между этими двумя садами – различие.

Сказка о Нур ад-Дине и Мариам-кушачнице

И когда дети купцов погуляли по саду, они сели, погуляв и походив, под одним из портиков в саду и посадили Нур ад-Дина посредине портика…»

И Шахразаду застигло утро, и она прекратила дозволенные речи.

Когда же настала восемьсот шестьдесят шестая ночь, она сказала: «Дошло до меня, о счастливый царь, что сыновья купцов, когда сели под портиком, посадили Нур ад-Дина посредине портика на ковре из вышитой кожи, и он облокотился на подушку, набитую перьями страусов, верх которой был из беличьего меха, и ему подали веер из перьев страуса, на котором были написаны такие стихи:

> О веер – нет тебя благоуханней,
> Воспоминанием о счастье
> дунувши,
> Ты веешь щедростью благодеяний,
> Как ветерок над благородным
> юношей.

А потом юноши сияли бывшие на них тюрбаны и одежды, и сели, и начали разговаривать, и вели беседу, и каждый из них вглядывался в Нур ад-Дина и смотрел на красоту его облика. И когда они спокойно просидели некоторое время, приблизился к ним черный раб, на голове которого была кожаная скатерть для кушанья, уставленная сосудами из хрусталя, так как один из сыновей купцов наказал перед уходом в сад своим домашним, чтобы они прислали ее. И было на этой скатерти то, что бегает, и летает, и плавает в морях, – *ката*[157], перепелки, птенцы голубей, и ягнята, и наилучшая рыба. И когда эту скатерть положили перед юношами, они подошли к ней и поели вдоволь, и, окончив есть, они поднялись от трапезы и вымыли руки чистой водой и мылом, надушенным мускусом, а потом обсушили руки платками, шитыми шелком и золотыми нитками. И они подали Нур ад-Дину платок, обшитый каймой червонного золота, и он вытер руки, а потом принесли кофе, и юноши выпили сколько кому требовалось и сели за беседу.

А потом садовник принес скатерть для вина и поставил между ними фарфоровую миску, расписанную ярким золотом, и произнес такие стихи:

> Заря провозгласила свет – так
> напои нас чудным
> Вином, что трезвого дарит
> порывом безрассудным.
> Его прозрачность так нежна и так
> прояснена,
> Как будто вне стекла оно, а кубок
> без вина.

---

[157] *Ката* – горная перепелка, символ быстроты полета в древнеарабской поэзии.

Потом садовник этого сада наполнил и выпил, и черед сменялся, пока не дошел до Нур ад-Дина, сына купца Тадж ад-Дина. И садовник наполнил чашу и подал ее Нур ад-Дину, и тот сказал: «Ты знаешь, что это вещь, которой я не знаю, и я никогда не пил этого, так как в нем великое прегрешенье и *запретил его в своей книге*[158] всевластный владыка». – «О господин мой Нур ад-Дин, – сказал садовник сада, – если ты не стал пить вино только из-за прегрешения, то ведь Аллах (слава ему и величие!) великодушен, кроток, всепрощающ и милостив и прощает великий грех. Его милость вмещает все, и да помилует Аллах кого-то из поэтов, который сказал:

> Кем хочешь, тем и будь,
> Аллах простит всегда.
> А если согрешишь – и это не беда.
> И только двух грехов не совершай
> вовеки:
> Язычником не будь и не плоди
> вреда.

А потом один из сыновей купцов сказал: «Заклинаю тебя жизнью, о господин мой Нур ад-Дин, выпей этот кубок!» И подошел другой юноша и стал заклинать его разводом, и другой встал перед ним, и Нур ад-Дин застыдился, и взял у садовника кубок, и отпил из него глоток, но выплюнул его и воскликнул: «Оно горькое!» И садовник сказал ему: «О господин мой Нур ад-Дин, не будь оно горьким, в нем не было бы этих полезных свойств. Разве ты не знаешь, что все сладкое, что едят для лечения, кажется вкушающему горьким, а в этом вине – многие полезные свойства, и в числе их то, что оно переваривает пищу, прогоняет огорчение и заботу, прекращает ветры, просветляет кровь, очищает цвет лица и оживляет тело. Оно делает труса храбрым и усиливает решимость человека к совокуплению, и если бы мы упомянули все его полезные свойства, изложение, право бы, затянулось. А кто-то из поэтов сказал:

> Мы выпили… Ну что ж, простит
> Аллах.
> Я исцелился и отвечу судьям:
> Пусть грешен я, но божьи на губах
> Моих слова: «Сие полезно
> людям!»

Потом садовник, в тот же час и минуту, поднялся и, открыв одну из кладовых под этим портиком, вынул оттуда голову очищенного сахару и, отломив от нее большой кусок, положил его в

---

[158] *…запретил его (вино) в своей книге* . – Коран, так же, как и хадисы (изречения пророка), запрещает пить виноградное вино.

кубок Нур ад-Дина и сказал: «О господин мой, если ты боишься пить вино из-за горечи, выпей его сейчас, – оно стало сладким». И Нур ад-Дин взял кубок и выпил его, а потом чашку наполнил один из детей купцов и сказал: «О господин мой Нур ад-Дин, я твой раб!» И другой тоже сказал: «Ради моего сердца!» И поднялся еще один и сказал: «Ради Аллаха, о господин мой Нур ад-Дин, залечи мое сердце». И все десять сыновей купцов не отставали от Нур ад-Дина, пока не заставили его выпить десять кубков – каждый по кубку.

А нутро у Нур ад-Дина было девственное – он никогда не пил вина раньше этого часа – и вино закружилось у него в мозгу, и опьяненье его усилилось. И он поднялся на ноги (а язык его отяжелел, и речь его стала непонятной) и воскликнул: «О люди, клянусь Аллахом, вы прекрасны, и ваши слова прекрасны, и это место прекрасно, но только здесь недостает хорошей музыки. Ведь сказал об этом поэт такие стихи:

> Вино по кругу! Стар и млад пусть
> пьет!
> Пускай луна нам чашу подает!
> Не пей без музыки – пьют даже
> кони,
> Когда подсвистывает коновод!

И тогда поднялся юноша, хозяин сада, и, сев на мула из мулов детей купцов, скрылся куда-то и вернулся. И с ним была каирская девушка, подобная свежему курдюку, или чистому серебру, или динару в фарфоровой миске, или газели в пустыне, и лицо ее смущало сияющее солнце: с чарующими глазами, бровями, как изогнутый лук, розовыми щеками, жемчужными зубами, сахарными устами и томными очами; с грудью, как слоновая кость, втянутым животом со свитыми складками, ягодицами, как набитые подушки, и бедрами, как сирийские таблицы, а между ними была вещь, подобная кошельку, завернутому в кусок полотна. И поэт сказал о ней такие стихи:

> Язычникам когда бы показалась,
> Превыше всех богов бы им
> казалась,
> За ней отшельник – труженик
> пророка –
> На запад повернулся бы с востока,
> А если б в море горькое упала,
> От уст ее вода бы сладкой стала.
> А другой сказал и отличился:
> О, бедер полнота, о, стана абрис
> юный!
> Глаза ее дарят забвенье и восторг,
> Уста похожи на рубин и лепесток.
> До пят волос поток течет

утяжеленный.

Но берегись! Счастлив не будешь
ты, влюбленный!

Жестокости одной душа ее верна,
Гранитная скала влюбленному она.
Не знает промаха ее бровей излука,
Влюбленного она разит стрелой из
лука.

О, красота ее превыше красоты.
И людям не даны подобные черты.

И эта девушка была подобна луне, когда она становится полной в четырнадцатую ночь, и было на ней синее платье и зеленое покрывало над блистающим лбом, и ошеломляла она умы и смущала обладателей разума…»

И Шахразаду застигло утро, и она прекратила дозволенные речи.

Когда же настала восемьсот шестьдесят седьмая ночь, она сказала: «Дошло до меня, о счастливый царь, что садовник того сада привел юношам девушку, о которой мы говорили, что она до предела красива, прелестна, стройна станом и соразмерна, и как будто о ней хотел сказать поэт:

Она явилась в синем одеянье,
Лазурная, как неба глубина,
Она явилась в синем одеянье,
Как зимней ночью летняя луна.

И юноша-садовник сказал девушке: «Знай, о владычица красавиц и всех блистающих звезд, что мы пожелали твоего прихода только для того, чтобы ты развлекала этого юношу, прекрасного чертами, господина моего Нур ад-Дина. И он не приходил к нам раньше сегодняшнего дня». – «О, если бы ты мне сказал об этом раньше, чтобы я принесла то, что у меня есть!» – воскликнула девушка. «О госпожа, я схожу и принесу тебе это», – сказал садовник. И девушка молвила: «Делай как тебе вздумалось!» – «Дай мне что-нибудь как знак», – сказал садовник. И девушка дала ему платок. И тогда садовник быстро ушел и отсутствовал некоторое время, а потом вернулся, неся зеленый мешок из гладкого шелка с двумя золотыми подвесками. И девушка взяла мешок у садовника, и развязала его, и вытряхнула, и из него выпало тридцать два кусочка дерева, и девушка стала вкладывать кусочки один в другой, мужские в женские и женские в мужские, и, обнажив кисти рук, поставила дерево прямо, и превратилось оно в лютню, полированную, натертую, изделие индийцев. И девушка склонилась над ней, как мать склоняется над ребенком, и пощекотала ее пальцами руки, и лютня застонала, и зазвенела, и затосковала по прежним местам, и вспомнила она воды, что напоили ее, и землю, на которой она выросла и воспиталась. И вспомнила она плотников, которые ее вырубили, и лакировщиков, что покрыли ее лаком, и купцов, которые ее доставили, и корабли, что везли ее, и возвысила голос, и закричала, и стала рыдать, и запричитала, и казалось, что девушка спросила ее об этом, и она ответила тотчас, произнося такие стихи:

> Я деревом была, приютом соловья,
> Его ласкала ветвь зеленая моя.
> Внимала соловьям, стенаньям их учась,
> И потому ною так жалобно сейчас.
> Злой дровосек поверг несчастную меня
> И в лютню превратил в прекрасную меня.
> И вот, когда персты касаются струны,
> Все узнают, что я погибла без вины.
> Поэтому любой, кто говорит со мной,
> Услышав песнь мою, становится хмельной.
> Сочувствие творец вселяет в их сердца
> И голосом моим терзает без конца.
> Красавица газель, свободу дав перстам,
> Прохладною рукой мой обнимает стан.
> Пусть всеблагой Аллах не разлучает нас,
> Пусть не живет любовь, что покидает нас.

И потом девушка немного помолчала, и положила лютню на колени, и склонилась над ней, как мать склоняется над ребенком. И потом она ударила по струнам на много ладов, и вернулась к первому ладу, и произнесла такие стихи:

> О, если бы она к тому, кто еле жив,
> Пришла, его болезнь на время облегчив!
> С ним вместе соловей ноет в ночном дыму,
> Как будто бы гнездо наскучило ему. Вставай же!

Полночь встреч лупой освещена,
Светя, возлюбленным
потворствует она.
Завистникам всю ночь пусть будет
не до нас,
Нам возвестит струна любви
сладчайший час.
Гляди – здесь все найдешь для
радости мирской:
Нарцисс, и нежный мирт, и розу, и
левкой!
И есть для счастья все. Нам ночь
приносит в дар
Тебя, меня, вино и золотой динар.
Спеши же счастье взять – минует
сладкий час,
И сказка лишь одна останется от
нас.

И Нур ад-Дин, услышав от девушки эти стихи, посмотрел на нее оком любви и едва мог овладеть своей душой от великой к ней склонности, и она тоже, так как она посмотрела на всех собравшихся сыновей купцов и на Нур ад-Дина и увидела, что он среди них – как луна среди звезд, ибо он был мягок в словах, и изнежен, и совершенен по стройности, соразмерности, блеску и красоте – нежнее ветерка и мягче Таснима, и о нем сказаны такие стихи:

Клянусь его лицом и нежными
устами,
Улыбкою его, в которой
волшебство,
Одеждою клянусь, пристойными
речами,
И белизною лба, и кудрями его,
Бровями – стражей глаз, чьи
тяжелы препоны,
Когда нахмурятся и станут строги
вдруг, –
И завитком волос – они, как
скорпионы,
Готовы погубить укусами разлук,
Клянусь его ланит душистым
кипарисом,
И жемчугом зубов, и сердоликом
уст,
И торсом молодым, и стана гибким
тисом,
Несущим халцедон груди его, –

клянусь,
            И бедрами, что так колышутся в
движенье,
            Что трепетом полны в
недвижности самой,
            И шелковых одежд пленительным
скольженьем,
            Находчивостью слов, веселостью
живой.
            Клянусь, что и ветрам дыханья не
хватило,
            И вся их мощь его дыханием
полна,
            Что красоте его завидует светило,
            И ноготку его завидует луна».

И Шахразаду застигло утро, и она прекратила дозволенные речи.

Когда же настала восемьсот шестьдесят восьмая ночь, она сказала: «Дошло до меня, о счастливый царь, что когда Нур ад-Дин услышал слова этой девушки и ее стихи, ему понравилась их стройность (а он уже склонился от опьянения), и он начал восхвалять ее, говоря:

            Пьян от любви и от вина,
            Хочу услышать снова,
            Как говорит ее струна:
            «Аллах внушил нам слово!»

И когда Нур ад-Дин проговорил эти слова и сказал свои нанизанные стихи, девушка посмотрела на него оком любви, и увеличилась ее любовь и страсть к нему. Она удивилась его красоте, прелести, тонкости его стана и соразмерности и, не владея собой, еще раз обняла лютню и произнесла такие стихи:

            Меня корит за то, что на него
гляжу,
            Бежит меня, хотя моей владеет
жизнью,
            Стыдит, хоть знает, что душой ему
служу,
            Как будто сам Аллах внушил ему
решенье,
            «Глядите на него, – глазам своим
твержу, –
            Вот на руке моей его
изображенье!»

Но очи не хотят замены никакой.
А сердце лишь ему готово в
услуженье.
Хотела б вырвать я его своей рукой
За то, что зависти во мне не
унимает.
Я сердцу говорю: «Сыщи себе
покой!»
Но сердце одному ему всегда
внимает.

А когда девушка произнесла эти стихи, Нур ад-Дин удивился красоте ее стихотворения, красноречию ее слов, нежности ее выговора и ясности ее языка, и его покинул разум от сильной страсти, тоски и любовного безумия. Он не мог терпеть без нее ни минуты и, наклонившись к ней, прижал ее к груди, и она тоже бросилась к нему и вся оказалась близ него. Она поцеловала его между глаз, а он поцеловал ее в уста, сжав сначала ее стан, и начал играть с нею, целуясь, как клюются голубки. И девушка повернулась к нему и стала делать с ним то же, что он делал с нею, и присутствующие смутились и поднялись на ноги, и Нур ад-Дин застыдился и снял с нее руку. А потом девушка взяла лютню и, ударив по струнам на много ладов, вернулась к первому ладу и произнесла такие стихи:

Этот месяц, склоненьем сводящий
с ума.
Он нисходит во гневе, как вони с
холма.
Красотой покоряет он войско свое,
А в бою его стан – золотое копье,
Если б сердце его стало нежным,
как стан,
Он возлюбленную обижать бы не
стал.
О, жестокость и нежность – его
красота,
Хоть бы эти два свойства сменили
места!
Пусть простит меня тот, кто корит
за любовь.
Ты взирай на него, мне же гроб
уготовь.

И Нур ад-Дин, услышав слова девушки и ее дивно нанизанные стихи, наклонился к ней в восторге, и он не владел умом от сильного удивления. А потом он произнес такие стихи:

Мечтал о ней, равнял ее с

рассветом,
Но жар лучей спалить меня готов.
Хотя бы обратилась к нам с
приветом,
Хоть позвала бы кончиком
перстов.

Пред красотой теряясь поневоле,
Меня спросил хулитель красоты:
«Безумцем стал не из-за нее ли?»
И я ответил: «Правду молвишь
ты».

Безжалостнее, чем стрела прямая,
Она пронзила все, чем был я жив,
И вот лишился сердца и ума я,
Я одинок, и слаб, и несчастлив.

И когда Нур ад-Дин окончил свои стихи, девушка удивилась его красноречию и тонкости и, взяв лютню, ударила по ней самыми лучшими движениями и снова перебрала все напевы, а потом она произнесла такие стихи:

О жизнь души моей, клянусь!
Лицом твоим клянусь!
Пусть я отчаюсь, от своей любви
не откажусь!
Когда покинешь ты меня – со
мною образ твой,
Уйдешь, но память о себе не
унесешь с собой.
Ты, наполняющий мой взгляд
печалью, – знай, что я
Не захочу другой любви, я
навсегда твоя.
Твои ланиты слаще роз, твоя
слюна – вино.
Ужель мне чашу на пиру испить не
суждено?

Нур ад-Дин пришел от декламации девушки в величайший восторг и удивился ей величайшим удивлением, а потом он ответил на ее стихи такими стихами:

Только глянет в темный небосвод,
Полная луна на нем затмится,
Лишь глаза к восходу возведет,
Меркнет ясноглазая денница.
Ты взяла бы слез моих поток
И рассказ о страсти оросила.

Ей твержу: «Не торопись, стрелок!
Ты и так мне сердце поразила!».
Нил мел ее слез моей любви,
И твоя любовь подобна лести.
Молвит: «Золото отдай!» –
«Возьми!» «Сон отдай!» –
«Возьми с очами вместе!»

И когда девушка услышала слова Нур ад-Дина и его прекрасное изъяснение, ее сердце улетело, и ум ее был ошеломлен, и юноша завладел всем ее сердцем. И она прижала его к груди и начала целовать его поцелуями, подобными клеванью голубков, и юноша тоже отвечал ей непрерывными поцелуями, но преимущество принадлежит начавшему прежде. А кончив целовать Нур ад-Дина, девушка взяла лютню и произнесла такие стихи:

Горе мне, горе от брани того, кто хулит.
Я в беспокойстве, я жалуюсь – сердце болит.
Я и не думала, что униженье найду
В той любви, что написана мне на роду.
Страстью к себе ты влюбленную поработил,
Сердце в мишень для хулителя ты превратил:
Я осуждала сошедших от страсти с ума,
Я их прощаю, я стала такою сама.
Если со мной разлучится, кого я люблю,
«Боже, верни поскорее его!» – возоплю.

А окончив свое стихотворение, девушка произнесла еще такие стихи:

Молвит влюбленная: «Ведай, владыка миров,
Влага из уст его сладостью нас не поила!»
И отвечает владыка: «Он мною таков
Создан: и нем все совершенство, и слава, и сила».

И Нур ад-Дин, услышав от этой девушки такие слова и

нанизанные стихи, удивился красноречию ее языка и поблагодарил ее за изящество и разнообразие ее речей, а девушка, когда услышала похвалы Нур ад-Дина, поднялась в тот же час и минуту на ноги, и сняла с себя бывшие на ней одежды и украшения, и, обнажившись, села Нур ад-Дину на колени, и стала целовать его между глаз и целовать родинки на его щеках. Она подарила ему все, что было на ней...»

И Шахразаду застигло утро, и она прекратила дозволенные речи.

Когда же настала восемьсот шестьдесят девятая ночь, она сказала: «Дошло до меня, о счастливый царь, что девушка подарила Нур ад-Дину все, что на ней было, и сказала: «Знай, о возлюбленный моего сердца, что подарок – по сану дарящего». И Нур ад-Дин принял от нее это и затем возвратил ей подарок обратно и стал ее целовать в рот, щеки и в глаза, а когда это окончилось (вечен только живой, самосущий, наделяющий и павлина и сову!), Нур ад-Дин поднялся со своего места и встал на ноги, и девушка спросила его: «Куда, о мой господин?» – «В дом моего отца», – ответил Нур ад-Дин. И сыновья купцов стали заклинать его, чтобы он спал у них, но Нур ад-Дин отказался и, сев на своего мула, поехал, и ехал до тех нор, пока не достиг дома своего отца.

И его мать поднялась для него и сказала: «О дитя мое, какова причина твоего отсутствия до этого времени? Клянусь Аллахом, ты расстроил меня и твоего отца своим отсутствием, и наше сердце было занято тобою!» И затем его мать подошла к нему, чтобы поцеловать его в рот, и почувствовала запах вина, и воскликнула: «О дитя мое, как это, после молитвы и набожности, ты стал пить вино и ослушался того, в чьих руках творение и повеленье!»

И когда они разговаривали, вдруг пришел его отец, и Нур ад-Дин бросился на постель и лег. «Что это такое с Нур ад-Дином?» – спросил его отец. И мать его сказала; «У него как будто заболела голова от воздуха в саду». И тогда отец Нур ад-Дина подошел к нему, чтобы спросить, что у него болит, и поздороваться с ним, и почувствовал от него запах вина. А этот купец, по имени Тадж ад-Дин, не любил тех, кто пьет вино, и он сказал своему сыну: «Горе тебе, о дитя мое, разве твоя глупость дошла до того, что ты пьешь вино?!» И, услышав слова своего отца, Нур ад-Дин поднял руку, будучи пьян, и ударил его, и, по предопределенному велению, удар пришелся в правый глаз его отца, и он вытек ему на щеку, и отец Нур ад-Дина упал на землю, покрытый беспамятством, и пролежал без чувств некоторое время. И на него побрызгали розовой! водой, и он очнулся от обморока и хотел побить Нур ад-Дина, но его мать удержала его. И Тадж ад-Дин поклялся разводом с его матерью, что, когда настанет утро, Нур ад-Дину обязательно отрубят правую руку.

И когда мать Нур ад-Дина услышала слова его отца, ее грудь стеснилась, и она испугалась за сына. Она до тех пор уговаривала его отца и успокаивала его сердце, пока Тадж ад-Дина не одолел сон, и, подождав, пока взошла луна, она подошла к своему сыну (а его опьянение уже прошло) и сказала ему: «О Нур ад-Дин, что это за скверное дело ты сделал с твоим отцом?» – «А что я сделал с моим отцом?» – спросил Нур ад-Дин. И его мать сказала: «Ты ударил его рукой по правому глазу, и он вытек ему на щеку, и твой отец поклялся разводом, что, когда настанет утро, он обязательно отрубит тебе правую руку». И Нур ад-Дин стал раскаиваться в том, что из-за него произошло, когда не было ему от раскаянья пользы, и его мать сказала: «О дитя мое, это раскаянье тебе не поможет, и тебе следует сейчас же встать и бежать, ища спасения твоей души. Скрывайся, когда будешь выходить, пока не дойдешь до кого-нибудь из твоих друзей, а там подожди и посмотри, что сделает Аллах. Он ведь изменяет одни обстоятельства на другие».

И потом мать Нур ад-Дина отперла сундук с деньгами и, вынув оттуда мешок, в котором было сто динаров, сказала сыну: «О дитя мое, возьми эти динары и помогай себе ими в том, что для тебя полезно, а когда они у тебя выйдут, о дитя мое, пришли письмо и уведоми меня, чтобы я прислала тебе другие. И когда будешь присылать мне письма, присылай сведения о себе тайно: может быть, Аллах определит тебе облегчение, и ты вернешься в свой дом». И потом она простилась с Нур ад-Дином и заплакала сильным плачем, больше которого нет, а Нур ад-Дин взял у матери мешок с динарами и хотел уходить. И он увидел большой меток, который его мать забыла возле сундука (а в нем была тысяча динаров), и взял его, и, привязав оба мешка к поясу, вышел из своего переулка. И он направился в сторону *Булака*[159], раньше чем взошла заря. г.

И когда наступило утро и люди поднялись, объявляя единым Аллаха, владыку открывающего, и все вышли туда, куда направлялись, чтобы раздобыть то, что уделил им Аллах, Нур ад-Дин уже достиг Булака. И он стал ходить по берегу реки и увидел корабль, с которого были спущены мостки, и люди спускались и поднимались по ним, а якорей у корабля было четыре, и они были вбиты в землю. И Нур ад-Дин увидел стоявших матросов и спросил их: «Куда вы едете?» – «В город *Искандарию*[160]», – ответили матросы. «Возьмите меня с собой», – сказал Нур ад-Дин. И матросы ответили: «Приют, уют и простор тебе, о юноша, о красавец!» И тогда Нур ад-Дин в тот же час и минуту поднялся, и пошел на рынок, и купил то, что ему было нужно из припасов, ковров и покрывал, и вернулся на корабль, а корабль был уже снаряжен к отплытию.

И когда Нур ад-Дин взошел на корабль, корабль простоял с ним лишь недолго и в тот же час и минуту поплыл, и этот корабль плыл до

---

[159] *Булак* – предместье средневекового Каира.

[160] *Искандария* – Александрия, один из крупнейших центров эллинистической и арабо-мусульманской культуры. Рушейд – небольшой город близ Александрии.

тех пор, пока не достиг города Рушейда. И когда туда прибыли, Нур ад-Дин увидел маленькую лодку, которая шла в Искандарию, и сел в нее, и, пересекши пролив, ехал до тех пор, пока не достиг моста, называемого мост Джами. И Нур ад-Дин вышел из лодки и вошел через ворота, называемые ворота Лотоса, и Аллах оказал ему покровительство, и не увидел его никто из стоявших у ворот. И Нур ад-Дин шел до тех пор, пока не вошел в город Искандарию...»

И Шахразаду застигло утро, и она прекратила дозволенные речи.

Когда же настала ночь, дополняющая до восьмисот семидесяти, она сказала: «Дошло до меня, о счастливый царь, что Нур ад-Дин вошел в город Искандарию и увидел, что это город с крепкими стенами и прекрасными местами для прогулок. И он услаждает обитателей и внушает желание в нем поселиться, и ушло от него время зимы с ее холодом, и пришло время весны с ее розами; цветы в городе расцвели, деревья покрылись листьями, плоды в нем дозрели и каналы стали полноводны. И это город, прекрасно построенный и расположенный, и жители его – солдаты из лучших людей. Когда запираются его ворота, обитатели его – в безопасности, и о нем сказаны такие стихи:

> «Опиши Искандарию», – как-то
> друга я просил.
> «Город светел», – он ответил
> «Можно ль там подзаработать?» –
> дальше друга я спросил.
> «Да, когда попутный ветер».

И Нур ад-Дин пошел по этому городу и шел до тех пор, пока не пришел на рынок столяров, а потом пошел на рынок менял, потом – на рынок торговцев сухими плодами, потом – на рынок фруктовщиков, потом – на рынок москательщиков, и он все дивился этому городу, ибо качества его соответствовали его имени.

И когда он шел по рынку москательщиков, вдруг один человек, старый годами, вышел из своей лавки и, пожелав Нур ад-Дину мира, взял его за руку и пошел с ним в свое жилище. И Нур ад-Дин увидал красивый переулок, подметенный и политый, и веял в нем ветер, и был приятен, и осеняли переулок листья деревьев. В этом переулке было три дома, и в начале его стоял дом, устои которого утвердились в воде, а стены возвысились до облаков небесных, и подмели двор перед этим домом, и полили его, и вдыхали запах цветов те, кто подходил к нему, и встречал их ветерок, точно из садов блаженства, и начало этого переулка было выметено и полито, а конец – выложен мрамором.

И старец вошел с Нур ад-Дином в этот дом и предложил ему кое-чего съестного, и они стали есть, и когда Нур ад-Дин покончил с едой, старец спросил его: «Когда ты прибыл из города Каира в этот город?» – «О батюшка, сегодня ночью», – ответил Нур ад-Дин. «Как твое имя?» – спросил старец. И Нур ад-Дин ответил: «Али-Нур ад-Дин». И тогда старец воскликнул: «О дитя мое, о Нур ад-Дин, если ты не послушаешь меня, я разведусь с женой! Пока ты будешь находиться в этом городе, не расставайся со мной, и я отведу тебе помещение, в котором ты будешь жить». – «О господин мой шейх, расскажи мне о себе как можно больше», – сказал Нур ад-Дин. И старец молвил: «О дитя мое, знай, что я в каком-то году пришел в Каир с товарами, и продал их там, и купил других товаров. И мне понадобилась тысяча динаров, и их отвесил за меня твой отец Тадж ад-Дин, не зная меня, и он не написал о них свидетельства, и ждал этих денег, пока я не вернулся в этот город и не отослал их ему с одним из моих слуг, и с ними подарок. Я видел тебя, когда ты был маленький, и если захочет великий Аллах, я отчасти воздам тебе за то, что твой отец для меня сделал».

И когда Нур ад-Дин услышал эти слова, он проявил радость, и улыбнулся и, вынув мешок, в котором была тысяча динаров, подал его старику, и сказал: «Возьми их к себе на хранение, пока я не куплю на них каких-нибудь товаров, чтобы торговать ими».

И потом Нур ад-Дин провел в городе Искандарии несколько дней, и он каждый день гулял по какой-нибудь улице, ел, пил, наслаждался и веселился, пока не вышла сотня динаров, которую он имел при себе на расходы. И он пошел к старику москательщику, чтобы взять у него сколько-нибудь из тысячи динаров и истратить их, и не нашел его в лавке, и тогда он сел в лавке, ожидая, пока старик вернется. И он начал смотреть на купцов и поглядывал направо и налево.

И когда он так сидел, вдруг приехал на рынок персиянин, который сидел верхом на муле, а сзади него сидела девушка, похожая на чистое серебро, или на палтус в водоеме, или на газель в пустыне. Ее лицо смущало сияющее солнце, и глаза ее чаровали, а грудь походила на слоновую кость; у нее были жемчужные зубы, втянутый живот и йоги, как концы курдюка, и была она совершенна по красоте, прелести, тонкости стана и соразмерности, как сказал о ней кто-то:

> Как будто создана по твоему веленью,
> По нормам красоты, стройна и белолица,
> И роза щек ее алеет от смущенья,
> И стан ее, как ветвь, что фруктами гордится.
> И вся она – луна и воздух благовонный,
> И стан ее как ветвь, и ей подобных нету.
> Из ракушки она, рассвету отворенной,

И тело как луна – по красоте и
свету.

И персиянин сошел с мула и свел на землю девушку, а потом он кликнул посредника и, когда тот предстал перед ним, сказал ему: «Возьми эту девушку и покричи о ней на рынке». И посредник взял девушку и вывел ее на середину рынка. Он скрылся на некоторое время, и вернулся, неся скамеечку из черного дерева, украшенную белой слоновой костью, и поставил скамеечку на землю, и посадил на нее девушку, а потом он поднял покрывало с ее лица, и явилось из-под него *лицо, подобное дейлемскому щиту*[161] или яркой звезде, и была эта девушка подобна луне, когда она становится полной в четырнадцатую ночь, и обладала пределом блестящей красоты, как сказал о ней поэт:

Луна, по серости заспорив, кто
красивей,
Поблекла и со зла распалась
спозаранок.
А если этот стан сравнил бы кто-то
с ивой,
То ива рядом с ним – как хворост
из вязанок.
А как хороши слова поэта: –
Скажи, красавица под тканью
золотой,
Что сделала ты с тем, кто верен
был, как дервиш?
И блеск твоей фаты, и очи под
фатой
Сияют так, что ночь от бегства не
удержишь.
Когда мой глаз спешит украсть ее
огня,
Сторожевые щек кидают блеск в
меня.

И посредник спросил купцов: «Сколько вы дадите за жемчужину водолаза и за газель, ускользнувшую от ловца?» И одни из купцов сказал: «Она моя за сто динаров!» А другой сказал: «За двести динаров». А третий сказал: «За триста динаров». И купцы до тех пор набавляли цену за эту девушку, пока не допели ее до девятисот и пятидесяти, и продажа задерживалась только из-за предложения и согласия…»

_____

[161] *...лицо, подобное дейлемскому щиту* . – Дейлемский (гилянский) щит – круглый щит, которым пользовались гилянские (дейлемские) воины.

И Шахразаду застигло утро, и она прекратила дозволенные речи.

Когда же настала восемьсот семьдесят первая ночь, она сказала: «Дошло до меня, о счастливый царь, что купцы набавляли за девушку, пока ее цена не дошла до девятисот пятидесяти динаров. И тогда посредник подошел к персиянину, ее господину, и сказал ему: «Цена за твою невольницу дошла до девятисот пятидесяти динаров. Продашь ли ты ее, а мы получим для тебя деньги?» – «А девушка согласна на это? – спросил персиянин. – Мне хочется ее уважить, так как я заболел во время этого путешествия, и девушка прислуживала мне наилучшим образом. Я поклялся, что продам ее лишь тому, кому она захочет и пожелает, и оставлю ее продажу в ее руках. Спроси же ее, и если она скажет: «Согласна», – продай ее, кому она пожелает, и если скажет: «Нет», – не продавай.

И посредник подошел к девушке и сказал: «О владычица красавиц, знай, что твой господин оставил дело продажи в твоих руках, а цена за тебя дошла до девятисот пятидесяти динаров; позволишь ли ты мне тебя продать?» – «Покажи мне того, кто хочет меня купить, прежде чем заключать сделку», – сказала девушка посреднику. И тот подвел ее к одному из купцов, и был это старик, престарелый и дряхлый.

И девушка смотрела на него некоторое время, а потом обернулась к посреднику и сказала: «О посредник, что ты – бесноватый или твой разум поражен?» – «Почему, о владычица красавиц, ты говоришь мне такие слова?» – спросил посредник. И девушка воскликнула: «Разве дозволяет тебе Аллах продать меня этому дряхлому старику!»

И когда старшина купцов услышал от девушки эти слова, он разгневался великим гневом, больше которого нет, и сказал посреднику: «О сквернейший из посредников, ты привел к нам на рынок злосчастную невольницу, которая дерзит мне и высмеивает меня среди купцов!» И тогда посредник взял девушку, и ушел от него, и сказал девушке: «О госпожа, не будь невежливой: старше, которого ты высмеяла, – старшина рынка и *надсмотрщик*[162] за ценами, и купцы советуются с ним». И девушка засмеялась и произнесла такие стихи:

> Сегодня властителю надо, –
> Дабы злодеянье пресечь,
> Правителя града – повесить,
> Блюстителя нравов – посечь.

---

[162] *Надсмотрщик* (мухтасиб) – глава средневековой мусульманской «полиции нравов», в обязанности которого входило наблюдение за правильностью весов, качеством товаров на рынках и в лавках, а также наблюдение за выполнением всех религиозных обрядов.

И потом девушка сказала посреднику: «Клянусь Аллахом, я не буду продана этому старику, продавай меня другому! Может быть, ему сделается передо мной стыдно, и он продаст меня еще кому-нибудь, и я стану работницей, а мне не подобает мучить себя работой, раз я узнала, что решать с моей продажей предоставлено мне». И посредник ответил ей: «Слушаю и повинуюсь!» И он пошел с нею к одному человеку из больших купцов и, дойдя до этого человека, сказал ей: «О госпожа, продать мне тебя этому моему господину, Шериф ад-Дину, за девятьсот пятьдесят динаров?»

И девушка посмотрела на него, и увидела, что это старик, но борода у него крашеная, и сказала посреднику: «Бесноватый ты, что ли, или твой разум поврежден, что ты продаешь меня этому умирающему старику? Что я – очесок пакли или обрывок лохмотьев, что ты водишь меня от одного старика к другому, и оба они подобны стене, грозящей свалиться, или ифриту, сраженному падающей звездой. Что касается первого, то истина говорит словами того:

> Хотел ее поцеловать. Она
> Сказала: «Нет! И я не виновата,
> Что мне твоя противна седина,
> Боюсь, что на уста налипнет вата».

А что до другого, то он человек порочный и сомнительный и чернит лик седины. Покрасив седину, он совершил сквернейшее преступление, и к нему как нельзя лучше подходят такие стихи:

> Говорит она: «Покрасил седину ты
> в черный цвет!»
> Отвечаю: «Чтобы спрятать от тебя
> ее, мой свет!»
> Но она расхохоталась и сказала:
> «Это странно,
> Всюду ложь, и даже кудри не без
> тайного обмана».

И когда старик, выкрасивший себе бороду, услышал от девушки такие слова, он разгневался великим гневом, больше которого нет, и сказал посреднику: «О сквернейший из посредников, ты привел сегодня к нам на рынок глупую невольницу, которая объявляет дураками всех, кто есть на рынке, одного за другим, осмеивает их стихами и пустыми словами!» И потом этот купец вышел из своей лавки и ударил посредника по лицу. И посредник взял девушку и пошел с нею обратно, рассерженный, и воскликнул: «Клянусь Аллахом, я в жизни не видел невольницы более бесстыдной, чем ты! Ты сегодня обрезала мой достаток и свой достаток, и возненавидели меня из-за тебя все купцы!»

И их увидел на дороге один купец и прибавил за девушку десять динаров (а звали этого купца Шихаб ад-Дин), и посредник попросил у девушки разрешения продать ее, и она сказала: «Покажи мне его, я на него посмотрю и спрошу его про одну вещь.

Если эта вещь есть у него в доме, – я продамся ему, а если нет, то – нет». И посредник оставил ее и, подойдя к купцу, сказал ему: «О господин мой Шихаб ад-Дин, знай, что эта невольница сказала мне, что она тебя спросит об одной вещи, и если эта вещь у тебя есть, девушка будет тебе продана. Ты слышал, что она говорила купцам, твоим товарищам...»

И Шахразаду застигло утро, и она прекратила дозволенные речи.

Когда же настала восемьсот семьдесят вторая ночь, она сказала: «Дошло до меня, о счастливый царь, что посредник сказал купцу: «Ты слышал, что говорила эта девушка твоим товарищам-купцам. Клянусь Аллахом, я боюсь, что, когда я приведу ее к тебе, она сделает с тобою то же, что она сделала с твоими соседями, и я буду перед тобой опозорен. Если ты мне позволишь подвести к тебе девушку, я ее к тебе подведу». – «Подведи ее ко мне», – сказал купец. И посредник ответил: «Слушаю и повинуюсь!» – и пошел, и подвел девушку к купцу. И девушка взглянула на него и сказала: «О господин мой Шихаб ад-Дин, есть у тебя в доме подушки, набитые кусочками беличьего меха?» – «Да, о владычица красавиц, у меня в доме десять подушек, набитых кусочками беличьего меха, – ответил купец. – Заклинаю тебя Аллахом, что ты будешь делать с этими подушками?» – «Я подожду, пока ты заснешь, и положу их тебе на рот и на нос, чтобы ты умер», – ответила девушка.

А потом она обернулась к посреднику и сказала ему: «О гнуснейший из посредников, похоже, что ты бесноватый! Ты только что предлагал меня двум старикам, у каждого из которых по два порока, а после этого предлагаешь меня моему господину Шихаб ад-Дину, у которого три порока: во-первых, он малорослый, во-вторых, у него большой нос, а в-третьих, у него длинная борода. И кто-то из поэтов сказал о нем:

> Мы не видели такого и не слышали такого,
> Среди всех творений божьих мы с подобным не встречались,
> У творения такого нос размера нелюдского –
> В пядь длиною, а творенье ну не более, чем палец».

И когда купец Шихаб ад-Дин услышал от девушки такие речи, он вышел из своей лавки и, схватив посредника за ворот, воскликнул: «О злосчастнейший из посредников, как это ты приводишь к нам невольницу, которая нас поносит и высмеивает, одного за другим, стихами и вздорными речами!» И посредник взял девушку и ушел от купца, говоря: «Клянусь Аллахом, я всю жизнь занимаюсь этим ремеслом, но не видел невольницы, менее вежливой, чем ты, и звезды, для меня несчастнее, чем твоя звезда. Ты прервала мой надел на сегодняшний день, и я ничего не нажил через тебя, кроме ударов по затылку и хватанья за ворот!»

И потом посредник опять остановился с девушкой около одного купца, обладателя рабов и невольников, и спросил: «Продавать ли тебя этому купцу, Сиди-Ала ад-Дину?» И девушка посмотрела на него и увидела, что он горбатый. «Это горбун! – сказала она. – И поэт сказал о нем:

> У него загривок длинный,
>   добродетель коротка,
> На шайтана он похож,
>   пораженного кометой,
> Словно, от одной из звезд
>   получивши тумака,
> В плечи голова ушла, головы не
> видно этой».

И тут посредник поспешил к девушке, и взял ее, и подвел к другому купцу, и спросил: «Продать ли тебя этому?» И девушка посмотрела на купца и увидела, что у «него гноятся глаза, и воскликнула: «Он с гнойливыми глазами! Как ты продаешь меня ему, когда сказал кто-то из поэтов:

> Он трахомный! Красны веки,
> Руки слабы и костисты.
> Поглядите, человеки,
> Как глаза его нечисты!»

И тогда посредник взял девушку, и подошел с ней к другому купцу, и спросил ее: «Продать ли тебя этому?» И девушка посмотрела на него и увидела, что у него большая борода. «Горе тебе! – сказала она посреднику. – Этот человек – баран, но хвост вырос у него на горле! Как же ты продаешь меня ему, о злосчастнейший из посредников! Разве ты не слышал, что все длиннобородые малоумны, и насколько длинна борода, настолько недостает ума. Это дело известное среди разумных, как сказал один из поэтов:

> Оттого длиннобородым
> Он явился пред народом,
> Чтобы скрыть короткий разум,
> Что короче с каждым годом».

И тогда посредник взял девушку и пошел обратно, и она спросила его: «Куда ты со мной направляешься?» – «К твоему господину – персиянину, – ответил посредник. – Достаточно с нас того, что с нами сегодня из-за тебя случилось. Ты была причиной отсутствия дохода для меня и для него своей невоспитанностью».

И невольница посмотрела на рынок и взглянула направо, налево, и назад, и вперед, и ее взгляд, по предопределенному велению, упал на Нур ад-Дина Али каирского. И увидела она, что это красивый юноша с чистыми щеками и стройным станом, сын четырнадцати лет, редкостно красивый, прекрасный, изящный и изнеженный, подобный луне, когда она становится полной в ночь четырнадцатую, – с блестящим лбом, румяными щеками, шеей, точно мрамор, и зубами, как жемчуга, а слюна его была слаще сахара, как сказал о нем кто-то:

> С его красотой состязаться
> Явились газели и луны,
> Но я говорю: не годятся
> На это газели и луны.

А как хороши слова кого-то из поэтов:

> В оттенках глаз и лба так все
> различено,
> Как тьма и свет, и нет здесь места
> равнодушью.
> А гляньте – на щеке родимое
> пятно,
> Как точечка оно, поставленная
> тушью.

И когда девушка посмотрела на Нур ад-Дина, будто кто-то лишил ее разума, и любовь к юноше поразила ее сердце...»

И Шахразаду застигло утро, и она прекратила дозволенные речи.

Когда же настала восемьсот семьдесят третья ночь, она сказала: «Дошло до меня, о счастливый царь, что, когда девушка увидела Али Нур ад-Дина, любовь к нему привязалась к ее сердцу. И она обернулась к посреднику и спросила его: «Разве этот юноша-купец, что сидит среди купцов и одет в фарджию из полосатого сукна, не прибавил к цене за меня ничего?» И посредник ответил: «О владычица красавиц, этот юноша – чужеземец, каирец. Его отец – один из больших каирских купцов, и у него преимущество перед всеми тамошними купцами и вельможами, а юноша находится в нашем городе малый срок, и он живет у одного из друзей своего отца. Он не говорил насчет тебя ни о прибавке, ни об убавке».

И когда невольница услышала слова посредника, она сняла со своего пальца дорогой перстень с яхонтом и сказала посреднику: «Подведи меня к этому прекрасному юноше – если он меня купит, этот перстень будет тебе за твое утомление в сегодняшний день». И посредник обрадовался и пошел с него к Нур ад-Дину, и когда невольница оказалась подле юноши, она всмотрелась в него и увидела, что он подобен полной луне, так как он был изящен в красоте, строен станом и соразмерен.

И девушка посмотрела на Нур ад-Дина и сказала ему: «О господин мой, заклинаю тебя Аллахом, разве я не красива?» И Нур ад-Дин ответил: «О владычица красавиц, а разве есть в дольнем мире кто-нибудь лучше тебя?» – «Почему же ты видел, что все купцы набавляют за меня цену, а сам молчал и ничего не сказал и не прибавил за меня ни одного динара, как будто я тебе не понравилась, о господин?» – сказала девушка. И Нур ад-Дин молвил: «О госпожа, если бы я был в моем городе, я бы купил тебя за все деньги, которыми владеют мои руки». – «О господин, – сказала девушка, – я не говорила тебе: "Купи меня против твоего желания". Но если бы ты прибавил за меня что-нибудь, ты бы залечил мое сердце, даже если бы и не купил меня, потому что купцы бы сказали: "Не будь эта девушка красивой, этот каирский купец не прибавил бы за нее, так как жители Каира сведущи в невольницах"».

И Нур ад-Дину стало стыдно из-за слов, которые сказала девушка, и его лицо покраснело. «До чего дошла цена за эту девушку?» – спросил он посредника. И тот ответил: «Цена за нее дошла до девятисот пятидесяти динаров, кроме платы за посредничество, а что касается *доли султана*[163] , то она с продающего». – «Пусть невольница будет моя за цену в тысячу динаров, вместе с платой за посредничество», – сказал посреднику Нур ад-Дин. И девушка поспешно отошла от посредника и сказала: «Я продала себя этому красивому юноше за тысячу динаров!» И Нур ад-Дин промолчал, и кто-то сказал: «Мы ему ее продали». И другой сказал: «Он достоин!» И кто-то воскликнул: «Проклятый! Сын проклятого тот, кто набавляет цену и не покупает!» А еще один сказал: «Клянусь Аллахом, они подходят друг другу!»

И не успел Нур ад-Дин опомниться, как посредник привел судей и свидетелей и написали на бумажке условие о купле и продаже, и посредник подал его Нур ад-Дину и сказал: «Получай свою невольницу! Да сделает ее Аллах для тебя благословенной! Она подходит только для тебя, а ты подходишь только для нее». И посредник произнес такие стихи:

> К нему примчалось счастье,
> Влача полы одежд.
> Лишь он один достоин
> Удачи и надежд.

И Нур ад-Дину стало стыдно перед купцами, и он в тот же час и минуту поднялся и отвесил тысячу динаров, которую он положил на хранение у москательщика, друга его отца, а потом он взял

---

[163] *Доля султана* – налог, взимавшийся в пользу султана с купцов.

невольницу и привел ее в дом, куда поселил его старик москательщик. И когда девушка вошла в дом, она увидела там дырявый ковер и старый кожаный коврик и воскликнула: «О господин мой, разве я не имею у тебя сана и не заслуживаю, чтобы ты привел меня в свой главный дом, где стоят твои вещи? Почему ты не отвел меня к твоему отцу?» — «Клянусь Аллахом, о владычица красавиц, — ответил Нур ад-Дин, — это мой дом, в котором я живу, но он принадлежит старику москательщику, из жителей этого города, и москательщик освободил его для меня и поселил меня в нем. Я же сказал тебе, что я чужеземец и что я из сыновей города Каира». — «О господии мой, — отвечала невольница, — самого маленького дома будет достаточно до тех пор, пока ты не вернешься в свой город. Но заклинаю тебя Аллахом, о господин мой, поднимись и принеси нам немного жареного мяса, вина и плодов, сухих и свежих». — «Клянусь Аллахом, о владычица красавиц, — ответил Нур ад-Дии, — у меня не было других денег, кроме той тысячи динаров, которую я отвесил в уплату за тебя, и я не владею ничем, кроме этих динаров. Было у меня еще несколько дирхемов, но я истратил их вчера». — «Нет ли у тебя в этом городе друга, у которого ты бы занял пятьдесят дирхемов? Принеси их мне, а я тебе скажу, что с ними делать», — молвила девушка. «Нет у меня друга, кроме москательщика», — ответил Нур-ад-Дин.

И затем он тотчас же пошел, и отправился к москательщику, и сказал ему: «Мир с тобою, о дядюшка!» И москательщик ответил на его приветствие и спросил: «О дитя мое, что ты сегодня купил на твою тысячу динаров?» — «Я купил на нее невольницу», — ответил Нур ад-Дин. «О дитя мое, — воскликнул москательщик, — разве ты бесноватый, что покупаешь одну невольницу за тысячу динаров? О, если бы мне знать, какой породы эта невольница!» — «О дядюшка, это невольница из дочерей *франков*[164]», — ответил Нур ад-Дин...»

И Шахразаду застигло утро, и она прекратила дозволенные речи.

Когда же настала восемьсот семьдесят четвертая ночь, она сказала: «Дошло до меня, о счастливый царь, что Нур ад-Дин сказал старику москательщику: «Это невольница из дочерей франков». И старец молвил: «Знай, о дитя мое, что лучшей из дочерей франков цена у нас, в нашем городе, сто динаров. Но клянусь Аллахом, о дитя мое, над тобой устроили хитрость с этой невольницей. Если ты ее полюбил, проспи подле нее сегодняшнюю ночь и удовлетвори с него свое желание, а утром отведи ее на рынок и продай, хотя бы тебе пришлось потерять на этом двести динаров. Считай, что ты потерпел кораблекрушение в море или что на тебя напали воры в дороге». — «Твои слова правильны, — ответил Нур ад-Дин. — Но ты знаешь, о дядюшка, что со мной ничего не было, кроме тысячи динаров, на которые я купил эту невольницу, и у меня ничего не осталось на расходы, ни одного дирхема. Я хочу от тебя милости и благодеяния, —

---

164 *Франки* – общее название европейцев.

одолжи мне пятьдесят дирхемов. Я буду расходовать их до завтра, а завтра я продам невольницу и верну их тебе из платы за нее». – «Я дам их тебе, о дитя мое, с любовью!» – ответил старик.

И потом он отвесил Нур ад-Дину пятьдесят дирхемов и сказал: «О дитя мое, ты юноша, молодой годами, а эта невольница – красивая, и, может быть, твое сердце привязалось к ней и тебе нелегко ее продать. У тебя ничего нет на расходы, и эти пятьдесят дирхемов кончатся, и ты придешь ко мне, и я дам тебе взаймы в первый раз, и во второй раз, и в третий раз, до десяти раз, а если ты придешь ко мне после этого, я не отвечу тебе на законное приветствие, и пропадет наша дружба с твоим отцом». И затем старик дал ему пятьдесят дирхемов, и Нур ад-Дин взял их и принес невольнице, и та сказала: «О господин мой, пойди сейчас же на рынок и принеси нам на двадцать дирхемов цветного шелку пяти цветов, и на остальные тридцать дирхемов принеси нам мяса, плодов, вина и цветов».

И Нур ад-Дин отправился на рынок, и купил все, что потребовала невольница, и принес это к ней, и девушка в тот же час и минуту поднялась, и, засучив рукава, состряпала кушанье, и приготовила его самым лучшим образом, а потом она подала кушанье Нур ад-Дину, и он стал есть, и она ела с ним, пока оба не насытились. Потом она подала вино и начала пить с ним, и она до тех пор поила и развлекала Нур ад-Дина, пока тот не опьянел и не заснул. И тогда девушка в тот ж час и минуту поднялась и, вынув из своего узла мешок из таифской кожи, развязала его, и вынула из него два гвоздя, и потом она села, и принялась за работу, и работала, пока не кончила, и шелк превратился в красивый *зуннар*[165]. И девушка завернула зуннар в тряпицу, сначала почистив его и придав ему блеск, и положила его под подушку.

А потом она поднялась, оголилась и легла рядом с Нур ад-Дином. Она начала его растирать, и он пробудился от сна и увидел подле себя девушку, подобную чистому серебру, мягче шелка и свежее курдюка. Она была заметнее, чем знамя, и лучше красных верблюдов – в пять пядей ростом, с высокой грудью, бровями, точно луки для стрел, и глазами, как глаза газелей. Щеки ее были точно анемоны, живот у нее был втянутый и со складками, пупок ее вмещал унцию орехового масла, и бедра походили на подушки, набитые перьями страусов, а между ними была вещь, которую бессилен описать язык, и при упоминании ее изливаются слезы.

И Нур ад-Дин в тот же час и минуту повернулся к девушке, и прижал ее к своей груди, и стал сосать ее верхнюю губу, пососав сначала нижнюю, а затем он метнул язык между ее губ, и поднялся к ней, и нашел он, что эта девушка – жемчужина несверленая и верблюдица, другим не объезженная. И он уничтожил ее девственность и достиг единения с нею, и завязалась меж ними любовь неразрывная и бесконечная. И осыпал он щеки ее поцелуями,

---

[165] *Зуннар* – пояс, обязательная отличительная особенность одежды христиан, в дальнейшем – просто пояс.

точно камешками, что падают в воду, и пронзал ее, словно разя копьем при набеге врассыпную, ибо Нур ад-Дин любил обнимать черноглазых, сосать уста, распускать волосы, сжимать в объятиях стан, кусать щеки и ложиться на грудь, с движениями каирскими, заигрываниями йеменскими, вскрикиваниями абиссинскими, истомой индийской и похотью нубийской, жалобами деревенскими, стонами дамиеттскими, жаром сандийским и томностью александрийской. А девушка соединяла в себе все эти качества вместе с избыточной красотой и изнеженностью.

И Нур ад-Дин с девушкой провели ночь до утра в наслаждении и радости...»

И Шахразаду застигло утро, и она прекратила дозволенные речи.

Когда же настала восемьсот семьдесят пятая ночь, она сказала: «Дошло до меня, о счастливый царь, что Нур ад-Дин с девушкой провели ночь до утра в наслаждении и радости, одетые в одежды объятий с крепкими застежками, в безопасности от бедствий ночи и дня, и спали они в наилучшем состоянии, не боясь при сближении долгих толков и разговоров.

А когда наступило утро, и засияло светом, и заблистало, Нур ад-Дин пробудился от сна и увидел, что девушка уже принесла воду. И они с девушкой умылись, и Нур ад-Дин совершил надлежащие молитвы своему господу, а затем девушка принесла ему то, что было под рукой из съестного и напитков, и Нур ад-Дин поел и попил. А после этого невольница сунула руку под подушку и вытащила зуннар, который она сделала ночью, и подала его Нур ад-Дину, и сказала: «О господин, возьми этот зуннар». – «Откуда этот зуннар?» – спросил Нур ад-Дин. И девушка сказала: «О господин, это тот шелк, который ты купил вчера за двадцать дирхемов. Поднимайся, иди на рынок персиян и отдай его посреднику, чтоб он покричал о нем, и не продавай его меньше, чем за двадцать динаров чистыми деньгами на руки». – «О владычица красавиц, – сказал Нур ад-Дин, – разве вещь в двадцать дирхемов, которая продается за двадцать динаров, делают в одну ночь?» – «О господин, – ответила девушка, – ты не знаешь цены этого зуннара. Но пойди на рынок и отдай его посреднику, и когда посредник покричит о нем, его цена станет тебе ясной».

И тогда Нур ад-Дин взял у невольницы зуннар и пошел с ним на рынок персиян. Он отдал зуннар посреднику и велел ему кричать о нем, а сам присел на скамью перед одной из лавок, и посредник скрылся на некоторое время, а потом пришел к нему и сказал: «О господин, вставай, получи цену твоего зуннара. Она достигла двадцати динаров чистыми деньгами на руки». И Нур ад-Дин, услышав слова посредника, до крайности удивился, и затрясся от восторга, и поднялся, чтобы получить свои двадцать динаров, а сам и верил и не верил. Получив их, он тотчас же пошел и купил на все деньги разноцветного шелку, чтобы невольница сделала из него всего зуннары.

И затем он вернулся домой, и отдал девушке шелк, и сказал ей: «Сделай из него всего зуннары и научи меня также, чтобы я работал вместе с тобой. Я никогда в жизни не видел ни одного ремесла лучше и больше по заработку, чем это ремесло. Клянусь Аллахом, оно лучше торговли в тысячу раз!» И девушка засмеялась его словам и сказала: «О господин мой Нур ад-Дни, пойди к твоему приятелю москательщику и займи у него тридцать дирхемов, а завтра отдай их из платы за зуннар вместе с пятьюдесятью дирхемами, которые ты занял у него раньше».

И Нур ад-Дин поднялся, и пришел к своему приятелю москательщику, и сказал ему: «О дядюшка, одолжи мне тридцать дирхемов, а завтра, если захочет Аллах, я принесу тебе все восемьдесят дирхемов разом». И старик москательщик отвесил ему тридцать дирхемов, и Нур ад-Дин взял их, и пошел на рынок, и купил на них мяса, хлеба, сухих и свежих плодов и цветов, как сделал накануне, и принес все это девушке; а имя ее было Мариам-кушачница. И он взял мясо, а она в тот же час и минуту поднялась, и приготовила роскошное кушанье, и поставила его перед своим господином Нур ад-Дином, и потом она приготовила скатерть с вином и начала пить вместе с юношей. И она стала наливать и поить его, и Нур ад-Дин наливал и поил ее. И когда вино заиграло в их уме, девушке понравилась прекрасная тонкость Нур ад-Дина и нежность его свойств, и она произнесла такие стихи:

> Дыханья сладкий мускус испив из круглой чаши,
> Влюбленная, красавцу я задаю вопрос:
> «Не ваши ли ланиты – напиток сой сладчайший?»
> «Вино, – он отвечает, – не делают из роз».

И девушка беседовала с Нур ад-Дином, и он беседовал с нею, и Мариам подавала ему кубок и чашу и требовала, чтобы он ей налил и напоил ее тем, от чего приятно дыхание, а когда он касался ее рукой, она не давалась из кокетства. И опьянение увеличило ее красоту и прелесть, и Нур ад-Дин произнес такие стихи:

> Влюбленная в напиток, приказывает другу
> Красавица средь пира, где тамадою он:
> «Коль чашу не наполнишь и не пошлешь по кругу,
> Тебя покину ночью!» – и друг ее смущен.

И они продолжали пить, пока Нур ад-Дина не одолело опьянение и он не заснул, и тогда Мариам в тот же час и минуту поднялась и начала работать над зуннаром, следуя своему обычаю, а окончив, она почистила зуннар и завернула его в бумагу и, сняв с себя одежду, проспала подле Нур ад-Дина до утра…»

И Шахразаду застигло утро, и она прекратила дозволенные речи.

Когда же настала восемьсот семьдесят шестая ночь, она сказала: «Дошло до меня, о счастливый царь, что Мариам-кушачница, окончив делать зуннар, почистила его и завернула в бумагу и, сняв с себя одежду, проспала подле Нур ад-Дина до утра, и было между ними из близости то, что было. А потом Нур ад-Дин поднялся и исполнил свои дела, и Мариам подала ему зуннар и сказала: «Снеси его на рынок и продай за двадцать динаров, как ты продал такой же вчера». И Нур ад-Дин взял зуннар, и отнес его на рынок, и продал за двадцать динаров, а потом он пошел к москательщику и отдал ему восемьдесят дирхемов, и поблагодарил его за милость, и пожелал ему блага. «О дитя мое, продал ты невольницу?» – спросил москательщик. И Нур ад-Дин воскликнул: «Ты призываешь на меня зло! Как могу я продать дух из моего тела?»

И он рассказал ему всю историю, с начала до конца, и сообщил ему обо всем, что с ним случилось, и старик москательщик обрадовался сильной радостью, больше которой нет, и воскликнул: «Клянусь Аллахом, о дитя мое, ты меня обрадовал, и если захочет Аллах, тебе всегда будет благо! Я хотел бы для тебя блага из любви к твоему отцу, и чтобы наша дружба с ним сохранилась!» И затем Нур ад-Дин расстался со старым москательщиком, и в тот же час и минуту пошел на рынок и, купив, как обычно, мясо, плоды – и все необходимое, принес это девушке.

И Нур ад-Дин с девушкой ели, пили, играли, веселились, и дружили, и развлекались за трапезой целый год. И каждую ночь девушка делала зуннар, а утром Нур ад-Дин продавал его за двадцать динаров и расходовал часть их на то, что ему было нужно, а остальное отдавал девушке, и та прятала деньги у себя до времени нужды.

А через год девушка сказала: «О господин мой Нур ад-Дин, когда ты завтра продашь зуннар, возьми мне на часть денег цветного шелку шести цветов; мне пришло на ум сделать тебе платок, который ты положишь себе на плечо. Не радовались еще такому платку ни сыновья купцов, ни сыновья царей». И тогда Нур ад-Дин пошел на рынок, и продал зуннар, и купил цветного шелку, как говорила ему невольница, и принес его ей, и Мариам-кушачница сидела и работала, вышивая платок, целую неделю (а каждую ночь, окончив зуннар, она работала немного над платком), и наконец окончила его. И она подала платок Нур ад-Дину, и тот положил его на плечо и стал ходить по рынку, и купцы, люди и вельможи города останавливались возле него рядами и смотрели на его красоту и на этот платок, так хорошо сделанный.

И случилось, что Нур ад-Дин спал в одну ночь из ночей, и пробудился от сна, и увидел, что его невольница плачет сильным плачем и произносит такие стихи:

> И вот с любимым настает разлука!
> О, горе мне! Пришел прощальный
> час!
> Терзает жалость, как стрела из
> лука!
> Уходят ночи, тешившие нас!
> Завистники небось глядели зорче,
> Чем мы с тобой, – и страшен
> черный глаз.
> Не убежать от зависти и порчи,
> И злоречивцы разлучают нас.

И Нур ад-Дин спросил ее: «О госпожа моя Мариам, что это ты плачешь?» И девушка сказала: «Я плачу от страданий разлуки – мое сердце почуяло ее». – «О владычица красавиц, а кто разлучит нас, когда я теперь тебе милей всех людей и сильнее всех в тебя влюблен?» – спросил Нур ад-Дин. И девушка ответила: «У меня любви во много раз больше, чем у тебя, но доверие к судьбе ввергает людей в печаль».

«О господин мой Нур ад-Дин, – сказала она потом, – если ты желаешь, чтобы не было разлуки, остерегайся человека из франков, кривого на правый глаз и хромого на левую ногу (это старик с пепельным лицом и густой бородой). Он-то и будет причиной нашей разлуки. Я видела, что он пришел в наш город, и думаю, он явился, только ища меня». – «О владычица красавиц, – сказал Нур ад-Дин, – если мой взгляд упадет на него, я его убью и изувечу!» И Мариам воскликнула: «О господин мой, не убивай его, не говори с ним, не продавай ему и не покупай у него. Не вступай с ним в сделку, не сиди с ним, не ходи с ним, не беседуй с ним и не давай ему никогда ответа на привет. Молю Аллаха, чтобы он избавил нас от его зла и коварства!»

И когда наступило утро, Нур ад-Дин взял зуннар и пошел с ним на рынок. Он присел на скамью перед одной; из лавок и начал разговаривать с сыновьями купцов, и взяла его сонная дремота, и он заснул на скамье перед лавкой. И когда он спал, вдруг прошел по рынку в это самое время тот франк, и с ним еще семь франков, и увидел Нур ад-Дина, который спал на скамье перед лавкой, закутав лицо платком и держа его конец в руке. И франк сел подле Нур ад-Дина и, взяв конец платка, стал его вертеть в руке, и вертел его некоторое время. И Нур ад-Дин почувствовал это, и пробудился от сна, и увидел, что тот самый франк, которого описала ему девушка, сидит подле него. И Нур ад-Дин закричал на франка громким криком, который испугал его, и франк спросил: «Почему ты на нас кричишь? Разве мы у тебя что-нибудь взяли?» – «Клянусь Аллахом, о проклятый, – ответил Нур ад-Дин, – если бы ты у меня что-нибудь взял, я бы, наверное, отвел тебя к вали!» И тогда франк сказал ему: «О мусульманин, заклинаю тебя твоей верой и тем, что ты исповедуешь, расскажи мне, откуда у тебя этот платок». – «Это работа моей матушки», – ответил Нур ад-Дин…»

И Шахразаду застигло утро, и она прекратила дозволенные речи.

Когда же настала восемьсот семьдесят седьмая ночь, она сказала: «Дошло до меня, о счастливый царь, что, когда франк спросил Нур ад-Дина о том, кто сделал платок, Нур ад-Дин ответил: «Этот платок – работа моей матушки, она сделала его для меня своей рукой». – «Продашь ли ты мне его и возьмешь ли от меня его цену?» – спросил франк. И Нур ад-Дин воскликнул: «Клянусь Аллахом, о проклятый, я не продам его ни тебе, ни кому-нибудь другому! Моя мать сделала его только на мое имя и не станет делать другого». – «Продай его мне, и я дам тебе его цену сейчас же – пятьсот динаров, и пусть та, кто его сделала, сделает тебе другой, еще лучше этого», – сказал франк. «Я никогда не продам его, потому что ему нет подобного в этом городе», – ответил Нур ад-Дин, а франк молвил: «О господин мой, а ты не продашь его за шестьсот динаров чистым золотом?» И он до тех пор прибавлял сотню за сотней, пока не довел цену до девятисот динаров, но Нур ад-Дин сказал ему: «Аллах поможет мне и без продажи платка! Я никогда не продам его ни за две тысячи динаров, ни за больше!»

И франк продолжал соблазнять Нур ад-Дина деньгами за платок, пока не довел его цену до тысячи динаров, и тогда некоторые из присутствующих купцов сказали ему: «Мы продали тебе этот платок, давай за него деньги!» И Нур ад-Дин воскликнул: «Я не продам его, клянусь Аллахом!» И один из купцов сказал: «Знай, о дитя мое, что красная цена этому платку, даже если найдется на него охотник, сто динаров, а этот франк дал за него тысячу динаров сразу, так что твоя прибыль – девятьсот динаров. Какой же ты хочешь прибыли больше, чем эта? Мое мнение, что тебе следует продать платок и взять тысячу динаров. Скажи той, кто тебе его сделала, чтобы сделала тебе другой или еще лучше, а сам наживи тысячу динаров с этого проклятого франка, врага веры». И Нур ад-Дину стало стыдно купцов, и он продал франку платок за тысячу динаров, и франк тут же отдал ему деньги. И Нур ад-Дин хотел уйти, чтобы пойти к своей невольнице Мариам и обрадовать ее вестью о том, какое было у него дело с франком, но франк сказал: «О купцы, задержите Нур ад-Дина, – вы с ним мои гости сегодня вечером. У меня есть бочонок румынского вина, из выдержанных вин, и жирный барашек, и плоды, свежие и сухие, и цветы, и вы возвеселите нас в сегодняшний вечер. Пусть же ни одни из вас не остается сзади». – «О Сиди-Нур ад-Дин, – сказали купцы, – мы желаем, чтобы ты был с нами в вечер, подобный сегодняшнему, и мы могли бы с тобой побеседовать. Окажи милость и благодеяние и побудь с нами; мы с тобой – гости этого франка, так как он человек благородный».

И потом они стали заклинать Нур ад-Дина разводом, и силой не дали ему уйти домой, и в тот же час и минуту поднялись, и заперли свои лавки, и, взяв Нур ад-Дина, пошли с франком, и пришли в надушенную просторную комнату с двумя портиками. И франк посадил их в ней, и положил перед ними скатерть, диковинно сработанную и дивно сделанную, на которой было изображение сокрушающего и сокрушенного, любящего и любимого, спрашивающего и спрошенного, и затем поставил на эту скатерть дорогие сосуды из фарфора и хрусталя, и все они были наполнены прекрасными плодами, сухими и свежими, и цветами. А потом франк подал купцам бочонок, полный выдержанного румийского вина, и приказал зарезать жирного барашка, и, разведя огонь, начал жарить мясо и кормить купцов и поить их вином, и он подмигивал им, чтобы они приставали к Нур ад-Дину с питьем. И купцы до тех пор поили Нур ад-Дина, пока тот не опьянел и не исчез из мира.

И когда франк увидел, что Нур ад-Дин погружен в опьянение, он сказал: «Ты возвеселил нас, о Сиди-Нур ад-Дин, в сегодняшний вечер – простор тебе и еще раз простор!» И франк принялся развлекать Нур ад-Дина словами, и затем приблизился к нему, и сел с ним рядом, и некоторое время украдкой смотрел на него, разговаривая, а потом он спросил: «О Сиди-Нур ад-Дин, не продашь ли ты мне твою невольницу? Год назад ты купил ее в присутствии этих купцов за тысячу динаров, а я теперь дам тебе в уплату за нее пять тысяч динаров, больше на четыре тысячи». И Нур ад-Дни отказался, а франк продолжал его угощать и поить и соблазнял его деньгами, пока не довел цены за девушку до десяти тысяч динаров, и Нур ад-Дин в своем опьянении сказал перед купцами: «Я продал ее тебе, давай десять тысяч динаров!» И франк сильно обрадовался этим словам и призвал купцов в свидетели.

И они провели за едой, питьем и весельем всю ночь до утра, а затем франк крикнул своим слугам: «Принесите деньги!» И ему принесли деньги, и он отсчитал Нур ад-Дину десять тысяч динаров наличными и сказал ему: «О Сиди-Нур ад-Дин, получи деньги в уплату за твою невольницу, которую ты продал мне вчера вечером в присутствии этих купцов мусульман». – «О проклятый, – воскликнул Нур ад-Дин, – я ничего тебе не продавал, и ты лжешь на меня, и у меня нет невольниц!» И франк сказал: «Ты продал мне твою невольницу, и эти купцы свидетельствуют о продаже».

И все купцы тогда сказали: «Да, Нур ад-Дин, ты продал ему свою невольницу перед нами, и мы свидетельствуем, что ты ее продал за десять тысяч динаров. Поднимайся, получи деньги и отдай ему твою невольницу. Аллах даст тебе взамен лучшую. Разве не приятно тебе, Нур ад-Дин, что ты купил невольницу за тысячу динаров, и вот уже полтора года наслаждаешься ее красотой и прелестью и всякий день и ночь услаждаешь себя беседой с нею и ее близостью, и после этого ты нажил на этой девушке девять тысяч динаров сверх ее первоначальной цены? А она ведь каждый день делала тебе зуннар, который ты продавал за двадцать динаров. И после всего этого ты отрицаешь продажу и считаешь прибыль малой. Какая прибыль больше этой прибыли и какая нажива больше этой наживы? А если ты любишь девушку, то ведь ты насытился ею за этот срок. Получи же деньги и купи другую невольницу, лучше ее, или мы женим тебя на одной из наших девушек за приданое меньше половины этих денег, и девушка будет красивей ее, и остальные деньги окажутся у тебя в руках капиталом». И купцы до тех пор говорили с Нур ад-Дином, уговаривая и обнимая его, пока он не взял эти десять тысяч динаров в уплату за невольницу. И тогда франк в тот же час и минуту привел судей и свидетелей, и они написали ему свидетельство о покупке у Нур ад-Дина девушки, которую зовут Мариам-кушачница.

Вот что было с Нур ад-Дином. Что же касается Мариам-кушачницы, то она просидела, ожидая своего господина, весь день до заката и от заката до полуночи, но ее господин к ней не вернулся, и она опечалилась и стала горько плакать. И старик москательщик услышал, что она плачет, и послал к ней свою жену, и та вошла к ней, и увидела ее плачущей, и спросила: «О госпожа, почему ты плачешь?» И девушка ответила: «О матушка, я сижу и жду прихода моего господина, Нур ад-Дина, а он до сих пор не пришел, и я боюсь, что кто-нибудь сделал с ним из-за меня хитрость, чтобы он продал меня, и он поддался ей, и продал меня...»

И Шахразаду застигло утро, и она прекратила дозволенные речи.

Когда же настала восемьсот семьдесят восьмая ночь, она сказала: «Дошло до меня, о счастливый царь, что Мариам-кушачница сказала жене москательщика: «Боюсь, что кто-нибудь сделал с моим господином из-за меня хитрость, чтобы он продал меня, и он поддался ей, и продал меня». И жена москательщика сказала:

«О госпожа моя Мариам, если бы твоему господину дали за тебя всю эту комнату, полную золота, он бы тебя не продал! Я ведь знаю его любовь к тебе. Но, может быть, о госпожа моя Мариам, пришли люди из города Каира от его родителей, и он устроил им пир в том помещении, где они стоят, и постыдился привести их в эту комнату, так как она не вместит их, или потому, что их степень мала для того, чтобы приводить их в дом. Или же он захотел скрыть от них тебя и остался у них на ночь до утра, а завтра, если захочет великий Аллах, он придет к тебе в благополучии. Не обременяй же свою душу ни заботой, ни горем, о госпожа. Вот в чем причина его отсутствия сегодня ночью. Я останусь у тебя на сегодняшнюю ночь и буду тебя развлекать, пока не придет к тебе твой господин».

И жена москательщика забавляла и развлекала Мариам разговором, пока не прошла вся ночь, а когда наступило утро, Мариам увидела, что ее господин Нур ад-Дин входит с переулка, и тот франк идет сзади него, окруженный толпой купцов. И когда Мариам увидела их, у нее затряслись поджилки, и пожелтел цвет ее лица, и она начала дрожать, точно корабль посреди моря при сильном ветре. И, увидав это, жена москательщика спросила: «О госпожа моя Мариам, почему это, я вижу, ты изменилась и пожелтело твое лицо, так что кажется, что ты похудела?» И девушка ответила: «О госпожа, клянусь Аллахом, мое сердце почуяло разлуку и отдаленность встречи». И затем она начала охать, испуская глубокие вздохи, и произнесла такие стихи:

> О, если б к нам не шли виденья по
> ночам!
> И не рождались бы любовные
> признанья!
> И если бы не жгли меня
> воспоминанья,
> То слезы б не лились, стекая по
> щекам.
> Терпение душе стараюсь я
> внушить,
> Но свой телесный жар не в силах
> потушить.

И потом Мариам-кушачница заплакала сильным плачем, больше которого нет, и уверилась в разлуке, и сказала жене москательщика: «О госпожа моя, не говорила ли я тебе, что с моим господином Нур ад-Дином устроили хитрость, чтобы меня продать! Я не сомневаюсь, что он продал меня сегодня ночью этому франку, хотя я его от него предостерегала. Но не поможет осторожность против судьбы, и ясна тебе стала правдивость моих слов».

И когда они с женой москательщика разговаривали, вдруг вошел к ней в ту самую минуту ее господин Нур ад-Дин, и девушка посмотрела на него и увидела, что цвет его лица изменился, и у него дрожат поджилки, и видны на его лице следы печали и раскаяния. И она сказала ему: «О господин мой Нур ад-Дин, ты, кажется, продал меня?» И Нур ад-Дин заплакал сильным плачем, заохал, и, глубоко вздохнув, произнес такие стихи:

> С предначертаньем судеб –
> возможно ли бороться?
> Ты можешь промахнуться – судьба
> не промахнется.
> И ежели всевышний предначертал
> созданью,
> Имеющему уши, и зренье, и
> сознанье,
> Ослепнуть – то ослепнет и разум
> потеряет
> Легко, как волосочек из кудрей
> выдирают.
> И если будет мягким веление
> Аллаха,

С очей он снимет бельма легко, как
горстку праха.
Не место рассужденьям и
удивленьям лишним.
Назначено все в мире судьбою и
всевышним.

И потом Нур ад-Дин стал просить у девушки прощения и сказал ей: «Клянусь Аллахом, о госпожа моя Мариам, свершилось то, что судил Аллах, и люди сделали со мной хитрость, чтобы я тебя продал, и я поддался ей, и я продал тебя, и пренебрег тобой с величайшим небрежением. Но, может быть, тот, кто сулил разлуку, пошлет нам встречу». – «Я предостерегала тебя от этого, и было у меня такое предчувствие», – сказала девушка. И потом она прижала его к груди, и поцеловала между глаз, и произнесла такие стихи:

Любви моей ничем не превозмочь,
Меня убьет печальная разлука,
Стенаю я и плачу день и ночь,
На гибкой иве горькая голубка.
Жизнь омрачилась, ибо ты далече,
И нет надежд на то, чтоб сбыться
встрече.

И когда они были в таком состоянии, вдруг вошел к ним тот франк и подошел, чтобы поцеловать руки Ситт-Мариам, и она ударила его рукою по щеке и воскликнула: «Удались, о проклятый! Ты неотступно ходил за мной, пока не обманул моего господина! Но только, о проклятый, если захочет великий Аллах, будет одно лишь благо!» И франк засмеялся словам невольницы, и удивился ее поступку, и попросил у нее прощения, и сказал: «О госпожа моя Мариам, а мой-то в чем грех? Это твой господин Нур ад-Дин продал тебя с своего согласия и со спокойным сердцем, и, клянусь Мессией, если бы он тебя любил, он бы не пренебрег бы тобою. Когда бы его желание обладать тобой не истощилось, Нур ад-Дин тебя не продал бы, ведь сказал один из поэтов:

И дом не дом, когда покинут вдруг,
Былой сосед уж больше не сосед,
И друг, с которым я дружил, не
друг,
И свет, который там светил, не
свет».

А эта невольница была дочерью царя [166] (это город обширный,

---

166 *Афранджа* . – Идентифицировать название этого города трудно. Один из принадлежащих христианам городов на побережье

где много ремесел и диковин, и он похож на город *аль-Кустантынийю*[167]), и причиною ее ухода из города ее отца была дивная история и удивительное дело, рассказ о котором мы поведем по порядку, чтобы возрадовался слышащий и возвеселился…»

И Шахразаду застигло утро, и она прекратила дозволенные речи.

Когда же настала восемьсот семьдесят девятая ночь, она сказала: «Дошло до меня, о счастливый царь, что причиной ухода Мариам-кушачницы от ее отца и матери было удивительное обстоятельство и диковинное дело. Вот оно.

Воспитывалась Мариам у отца и матери в великой изнеженности и научилась красноречию, письму и счету, наездничеству и доблести и изучила все ремесла, как, например, вышиванье, шитье, тканье, выделывание зуннаров, обшивание галуном, золочение серебра и серебрение золота. И она изучила все ремесла мужчин и женщин, так что стала единственной в свое время и бесподобной в свой век и столетие. И Аллах (велик он и славен!) даровал ей такую красоту и прелесть, изящество и совершенство, что она превзошла всех людей своего века. И к ней сватались у ее отца *властители островов*[168] , и за всякого, кто к ней сватался, он отказывался выдать ее замуж, так как он любил свою дочь великой любовью и не мог с ней расстаться ни на один час. И не было у него дочери, кроме нее, а детей мужеского пола у него было множество, но он был охвачен к ней большей любовью, чем к ним.

И случилось, что царевна заболела в каком-то году сильной болезнью, так что приблизилась к гибели, и тогда она дала обет, если выздоровеет от этой болезни, посетить такой-то монастырь, находящийся на таком-то острове. А этот монастырь считался у них великим, и они приносили ему, по обету, дары и получали в нем благодать. И когда Мариам выздоровела от болезни, она захотела исполнить обет, который дала, и ее отец, царь Афранджи, послал ее в этот монастырь на маленьком корабле и послал вместе с ней нескольких дочерей вельмож города, а также патрициев, чтобы прислуживать ей.

И когда Мариам приблизилась к монастырю, вышел корабль из кораблей мусульман, сражающихся на пути Аллаха, и они захватили всех, кто был на корабле из патрициев и девушек, и деньги, и редкости и продали свою добычу в городе Кайраване. И Мариам попала в руки одного человека – персиянина, купца среди купцов, а

Средиземного моря.

[167] *Кустантыния* – Константинополь.

[168] *Властители островов* – обычное для арабского фольклора наименование сказочных королей. Идентифицировать невозможно.

этот персиянин был бессильный и не сходился с женщинами, и не обнажалась над женщиною его срамота, и он назначил Мариам для услуг. И заболел этот персиянин сильной болезнью, так что приблизился к гибели, и продлилась над ним болезнь несколько месяцев, и Мариам прислуживала ежу, и старалась, прислуживая, пока Аллах не исцелил персиянина от его болезни. И персиянин вспомнил ласку Мариам и ее участие, заботы и услуги и захотел вознаградить ее за добро, которое она ему сделала, и сказал ей: «Попроси у меня чего-нибудь, о Мариам!» И Мариам сказала: «О господин, я прошу тебя, чтобы ты продал меня лишь тому, кому я захочу и пожелаю». – «Хорошо, это тебе от меня будет, – ответил персиянин. – Клянусь Аллахом, о Мариам, я продам тебя только тому, кому ты захочешь, и я вложил продажу в твои руки».

И Мариам обрадовалась сильной радостью. А персиянин предложил ей ислам, и она стала мусульманкой, и он стал учить ее правилам благочестия, и Мариам научилась у персиянина за этот срок делам веры и тому, что для нее обязательно, и он заставил ее выучить Коран и то, что легко дается из наук законоведения и *преданий о пророке*[169] . И когда персиянин вступил с ней в город Искандарию, он продал ее, кому она пожелала, и оставил дело продажи в ее руках, как мы упоминали. И ее взял Нур ад-Дин, как мы рассказали, и вот то, что было причиной ухода Мариам из ее страны.

Что же касается ее отца, царя Афранджи, то, когда до него дошло известие о захвате его дочери и тех, кто был с нею, поднялся перед ним день воскресения, и царь послал за дочерью корабли с патрициями, витязями, мужами и богатырями, но они не напали на весть о ней после розысков на островах мусульман и возвратились к ее отцу, крича о горе, и гибели, и делах великих. И отец Мариам опечалился сильной печалью и послал за ней того кривого на правый глаз и хромого на левую ногу, так как он был величайшим из его везирей, и был это непокорный притеснитель, обладатель хитростей и обмана. И царь велел ему искать Мариам во всех землях мусульман и купить ее хотя бы за полный корабль золота, и этот проклятый искал девушку на морских островах и во всех городах, но не напал на весть о ней, пока не достиг города Искандарии. И он спросил про нее и напал на весть о том, что она у Нур ад-Дина Али каирского. И случилось у него с Нур ад-Дином то, что случилось, и он устроил с ним хитрость и купил у него девушку, как мы упоминали, после того как ему указал на нее платок, которого не умел делать никто, кроме нее. А этот франк научил купцов и сговорился с ними, что добудет девушку хитростью.

И Мариам, оказавшись у франка, проводила все время в плаче и

---

[169] *Предания о пророке* – так называемая «сунна», сборник изречений Мухаммеда и его сподвижников. Сунна составляет основу обычного права мусульман (шариата). Имеются два наиболее известных сборника хадисов под общим названием «Сахих» («Истинный») законоведов аль-Бухари и Муслима.

стенаниях, и франк сказал ей: «О госпожа моя Мариам, оставь эту печаль и плач и поедем со мной в город твоего отца и место твоего царства, где обитель твоей славы и родина, чтобы была ты среди твоих слуг и прислужников. Оставь это унижение и пребывание на чужбине, довольно того, что пришлось мне из-за тебя утомляться, путешествовать и тратить деньги, а я ведь путешествую, утомляюсь и трачу деньги почти полтора года. А твои отец велел мне тебя купить хотя бы за полный корабль золота». И потом везирь царя Афранджи начал целовать девушке ноги и унижаться перед нею и все время возвращался к целованию ее рук и ног, и гнев Мариам все увеличивался, когда он делал это с нею из вежества, и она говорила: «О проклятый, да не приведет тебя великий Аллах к тому, в чем твое желанье!»

А затем слуги тотчас подвели мула с расшитым седлом, и посадили на него Мариам, и подняли над ее головой шелковый намет на золотых и серебряных столбах, и франки пошли, окружая девушку, и вышли с нею из Морских ворот. И они посадили ее в маленькую лодку, и начали грести, и подплыли к большому кораблю, и поместили на нем девушку, и тогда кривой везирь встал и крикнул матросам корабля: «Поднимите мачту!» И в тот же час и минуту мачту подняли, и распустили паруса и флаги, и растянули ткани из хлопка и льна, и заработали веслами, и корабль поплыл. А Мариам, при всем этом, смотрела в сторону Искандарии, пока город не скрылся из глаз, и горько плакала потихоньку…»

И Шахразаду застигло утро, и она прекратила дозволенные речи.

Когда же настала ночь, дополняющая до восьмисот восьмидесяти, она сказала: «Дошло до меня, о счастливый царь, что, когда поплыл корабль везиря царя Афранджи, на котором была Мариам-кушачница, девушка смотрела в сторону Искандарии, пока город не скрылся из глаз, и тогда Мариам заплакала, и зарыдала, и пролила слезы, и произнесла такие стихи:

> О дом любимого, дождусь ли возвращенья!
> Но ведаю, что нам судил Аллах!
> Корабль разлуки мчит на парусах,
> Глаза изъязвлены, и щеки стали тенью.
> Все это потому, что я стремлюсь, любя,
> Чтоб страсти утолить и исцелить недуги.
> О боже, стань ему заменою подруги,
> Ведь ни один залог не сгинет у тебя!

И Мариам всякий раз, как вспоминала Нур ад-Дина, все время рыдала и плакала, и подошли к ней патриции и стали ее уговаривать, но она не принимала их слов, и отвлекал ее призыв любви и страсти. И она заплакала, застонала и стала жаловаться:

> Язык любви в душе о страсти
> говорит,
> Он говорит, что я полна тобою,
> И печень мне палит, и кровь моя
> горит,
> А сердце ранено разлукой
> ножевою.
> Доколе мне скрывать мучения
> любви?
> Глаза изъязвлены, и льются слез
> ручьи.

И Мариам все время была в таком состоянии и не могла успокоиться и утешиться в течение всего путешествия, и вот то, что было у нее с кривым и хромым везирем.

Что же касается Али-Нур ад-Дина каирского, сына купца Тадж ад-Дина, то, после того как Мариам села на корабль и уехала, земля стала для него тесна, и он не мог успокоиться и утешиться. И он пошел в комнату, в которой жил с Мариам, и помещение показалось ему черным и мрачным, и увидел он станок, на котором Мариам ткала зуннары, и одежды, что были у нее на теле, и прижал их к груди, и заплакал, и полились из-под его век слезы, и он произнес такие стихи:

> Ждать мне встречи или нет
> После горестей и бед?
> Страшен рок неумолимый!
> Свижусь, свижусь ли с любимой?
> Сможет бог соединить
> Перетершуюся нить?
> Как узнаю, что ты, где ты,
> Не утеряны ль обеты?
> Ты ушла, и я мертвец,
> Ты ль судила мне конец?
> Жалобы не помогают!
> И душа изнемогает.
> Нет надежды, в сердце мгла,
> Хоть бы смерть скорей пришла.
> О душа! Сильней страдай,
> Горю выплакаться дай.
> О, потеря, о разлука!
> Нет заступника и друга!

И Нур ад-Дин заплакал сильным плачем, больше которого нет, и посмотрел он на уголки комнаты.

И потом Нур ад-Дин в тот же час и минуту поднялся, запер ворота дома, и бегом побежал к морю, и стал смотреть, где находится корабль, который увез Мариам. И он начал плакать и испускать вздохи и произнес такие стихи:

> О, мир тебе! Прощай! И кто с тобой сравнится!
> И словно ты близка, но как ты далека.
> Я всякий час к тебе не устаю стремиться.
> И жажду я тебя, как жаждущий глотка.
> Ты унесла мой слух, похитила зеницы,
> Лишь память о тебе сладка, как свежий мед.
> О, горе! Паруса уносят несчастливца!
> Кого несешь, корабль, по воле бурных вод?

И Нур ад-Дин зарыдал, заплакал, застонал, взволновался, и засетовал, и вскрикнул: «О Мариам, о Мариам, довелось ли тебе увидеть меня во сне или в сплетениях грез?» А когда усилилась его печаль, он произнес такие стихи:

> Неужели в этих далях есть надежда стать блаженней?
> Неужели возвратится совершенство наслаждении?
> В сердце пламя роковое, роковые страсти жгут.
> Всюду злые наговоры мне покоя не дают.
> День злосчастный провожу я в беспамятстве и бденье.
> Ночь мечтаю, чтоб пришло бесподобное виденье.
> Ни на миг, клянусь Аллахом, не забуду я о ней!
> Не могу забыть! Наветы душу ранят всё больней!
> Бедра полны, стан как ветка, вся – воздушные крыла,
> А зрачки ее – колчаны, где

отравлена стрела.

Ее стан стройнее ивы, гибко
вставшей на свету,

Красота ее светила побеждает
красоту.

Если б бога не боялся я обидеть – я
бы молвил,

Красоты такой в Аллахе не увидеть
– я бы молвил.

И когда Нур ад-Дин был в таком состоянии, и плакал, и говорил: «О Мариам, о Мариам!» – вдруг какой-то старик вышел из лодки, и подошел к нему, и увидел, что он плачет, и сказал ему: «О дитя мое, ты, кажется, плачешь о невольнице, которая уехала вчера с франком?» И когда Нур ад-Дин услышал старика, он упал без сознания и пролежал некоторое время, а потом он очнулся и заплакал сильным плачем, больше которого нет.

И когда старик посмотрел на Нур ад-Дина и увидал его красоту, и стройность, и соразмерность, и ясность его языка, и тонкость его, и все совершенства, его сердце опечалилось о юноше, и он сжалился, увидя его состояние. А этот старик был капитаном корабля, шедшего в город той невольницы, и было на его корабле сто купцов из придворных мусульман. И он сказал Нур ад-Дину: «Терпи, и будет одно лишь благо, и если захочет Аллах, – величие ему и слава! – я доставлю тебя к ней…»

И Шахразаду застигло утро, и она прекратила дозволенные речи.

Когда же настала восемьсот восемьдесят первая ночь, она сказала: «Дошло до меня, о счастливый царь, что старик капитан сказал Нур ад-Дину: «Я доставлю тебя к ней, если захочет Аллах великий». – «Когда отъезд?» – спросил Нур ад-Дин. И капитан ответил: «Нам осталось еще три дня, и мы поедем во благе и безопасности». И Нур ад-Дин, услышав слова капитана, обрадовался сильной радостью и поблагодарил его за его милость и благодеяние, а потом он вспомнил дни близости и единения со своей невольницей, не имеющей подобия, и заплакал сильным плачем.

И потом Нур ад-Дин в тот же час и минуту вышел, и пошел на рынок, и взял там все, что ему было нужно из пищи и припасов для путешествия, и пришел к тому капитану, и, увидев его, капитан спросил: «О дитя мое, что это у тебя такое?» – «Мои припасы и то, что мне нужно в пути», – ответил Нур ад-Дин. И капитан засмеялся его словам и сказал: «О дитя мое, разве ты идешь полюбоваться на *Колонну Мачт*[170] ? Между тобой и твоей целью – два месяца пути, если ветер хорош и время безоблачно». И потом старик взял у Нур

---

[170] *Колонна Мачт* – колонна, воздвигнутая в Александрии римским префектом Помиеем (322 г.) в честь императора Диоклетиана.

ад-Дппа немного денег, и пошел на рынок, и купил ему все, что ему было нужно для путешествия, в достаточном количестве, и наполнил ему бочонок пресной водой. И Нур ад-Дин оставался на корабле три дня, пока купцы собрались и закончили свои дела, и затем они поднялись на корабль, и капитан распустил паруса, и путники ехали пятьдесят один день.

А случилось потом, что напали на них корсары, преграждающие дорогу, и ограбили корабль, и взяли в плен всех, кто был на нем, и привели их в город Афранджу, и показали своему царю (а Нур ад-Дин был в числе их), и царь велел заключить их в тюрьму. И когда они шли от царя в тюрьму, прибыло то судно, на котором была царевна Мариам-кушачница и кривой везирь. И когда судно приплыло к городу, везирь поднялся к царю и обрадовал его вестью о благополучном прибытии его дочери, Мариам-кушачницы, и стали бить в литавры и украсили город наилучшими украшениями. И царь выехал со всем своим войском и вельможами правления, и они отправились к морю, навстречу царевне.

И когда корабль подошел, дочь царя, Мариам, вышла, и царь обнял ее и поздоровался с нею, и она поздоровалась с ним, и царь подвел ей коня, и она села. А когда она достигла дворца, ее мать встретила ее, и обняла, и поздоровалась с нею, и спросила, как она поживает и девушка ли она, какою была у них раньше, или стала женщиной, познавшей мужчину. И Мариам сказала: «О матушка, когда человека продают в странах мусульман от купца к купцу и он становится подвластным другому, как можно остаться невинной девушкой? Купец, который купил меня, грозил мне побоями, и принудил меня, и уничтожил мою девственность, и продал меня другому, а тот продал меня третьему». И когда мать Мариам услышала от нее эти слова, свет стал перед лицом ее мраком, а потом девушка повторила эти слова отцу, и ему стало тяжело, и дело показалось ему великим. И он изложил эти обстоятельства вельможам правления и патрициям, и они сказали ему: «О царь, она стала нечистой у мусульман, и очистит ее только отсечение ста мусульманских голов».

И тогда царь велел привести пленных мусульман, которые были в тюрьме, и их всех привели к царю, и в числе их Нур ад-Дина, и царь велел отрубить им головы. И первый, кому отрубили голову, был капитан корабля, а потом отрубили головы купцам, одному за другим, и остался только Нур ад-Дин. И оторвали кусок от его полы, и завязали ему глаза, и поставили его на коврик крови, и хотели отрубить ему голову. И вдруг, в эту минуту, подошла к царю старая женщина и сказала: «О владыка, ты дал обет отдать каждой церкви пять пленных мусульман, если бог возвратит твою дочь Мариам, чтобы они помогли прислуживать в ней. Теперь твоя дочь, Ситт-Мариам, к тебе прибыла, исполни же обет, который ты дал». – «О матушка, – ответил царь, – клянусь Мессией и истинной верой, не осталось у меня из пленных никого, кроме этого пленника, которого собираются убить. Возьми его – он будет помогать тебе прислуживать в церкви, пока не доставят нам еще пленных мусульман, и тогда я пришлю тебе остальных четырех. А если бы ты пришла раньше, прежде чем отрубили головы этим пленным, мы бы дали тебе все, что ты хочешь».

И старуха поблагодарила царя за его милость и пожелала ему вечной славы, и долгого века, и счастья, а затем она в тот же час и минуту подошла к Нур ад-Дину и свела его с коврика крови, и посмотрела на него, и увидела, что это нежный, изящный юноша, с тонкой кожей, и лицо его словно луна, когда она становится полной в четырнадцатую ночь месяца. И старуха взяла его, и пошла с ним в церковь, и сказала: «О дитя мое, сними одежду, которая на тебе: она годится только для службы султану». И она принесла Нур ад-Дину черный шерстяной кафтан, черный шерстяной платок и широкий ремень и одела его в этот кафтан, а платок повязала ему, как тюрбан, и подпоясала его ремнем, и затем она велела ему прислуживать в церкви. И Нур ад-Дин прислуживал там семь дней.

И когда это было так, старуха вдруг пришла к нему и сказала: «О мусульманин, возьми твою шелковую одежду, надень ее, возьми эти десять дирхемов и сейчас же уходи. Гуляй сегодня и не оставайся здесь ни одной минуты, чтобы не пропала твоя душа». – «О матушка, что случилось?» – спросил ее Нур ад-Дин. И старуха сказала: «Знай, о дитя мое, что царская дочь, Ситт-Мариам – кушачница, хочет сейчас прийти в церковь, чтобы посетить ее, и получить благодать, и принять причастие ради сладости благополучия, так как она вырвалась из мусульманских стран, и исполнить обеты, которые она дала на случай, если спасет ее Мессия. И с нею четыреста девушек, каждая из которых совершенна по прелести и красоте, и в числе их – дочь везира и дочери эмиров и вельмож правления. Сейчас они явятся, и, может быть, их взгляд упадет на тебя в этой церкви, и тогда они изрубят тебя мечами». И Нур ад-Дин взял у старухи десять дирхемов, надев сначала свою одежду, и вышел на рынок, и стал гулять по городу, и узнал все его стороны и ворота…»

И Шахразаду застигло утро, и она прекратила дозволенные речи.

Когда же настала восемьсот восемьдесят вторая ночь, она сказала: «Дошло до меня, о счастливый царь, что Нур ад-Дин, надев свою одежду, взял у старухи десять дирхемов, и вышел на рынок, и отсутствовал некоторое время, пока не узнал все стороны города, а потом он увидел, что Мариам-кушачница, дочь царя Афранджи, подошла к церкви и с нею четыреста девушек – высокогрудых дев, подобных лунам, и в числе их была дочь кривого везира и дочери эмиров и вельмож правления.

Мариам шла среди них точно луна среди звезд, и, когда упал на нее взор Нур ад-Дина, он не мог совладать со своей душой и закричал из глубины сердца: «Мариам, о Мариам!» И когда девушки услышали вопль Нур ад-Дина, который кричал: «О Мариам!» – они бросились на него и, обнажив белые мечи, подобные громовым стрелам, хотели тотчас же убить его. И Мариам обернулась, и всмотрелась в Нур ад-Дина, и узнала его самым лучшим образом. И тогда она сказала девушкам: «Оставьте этого юношу: он, несомненно, бесноватый, так как признаки бесноватости видны на его лице». И Нур ад-Дин, услышав от Ситт-Мариам эти слова, обнажил голову, выпучил глаза, замахал руками, скривил ноги и начал пускать пену из уголков рта. И Ситт-Мариам сказала девушкам: «Не говорила ли я вам, что это бесноватый? Подведите его ко мне и отойдите от него, а я послушаю, что он скажет. Я знаю речь арабов и посмотрю, в каком он состоянии и принимает ли болезнь его бесноватости лечение или нет».

И тогда девушки подняли Нур ад-Дина и принесли его к царевне, а потом отошли от него, и Мариам спросила: «Ты приехал сюда из-за меня и подверг свою душу опасности и притворился бесноватым?» – «О госпожа, – ответил Нур ад-Дин, – разве не слышала ты слов поэта: Сказали: «Ты сошел с ума из-за любви!» А я в ответ:

> «Лишь тот, кто спятил от любви,
> живет в блаженстве тихом.
> Безумье подарите мне и ту,
> которой рядом нет,
> И если спятит и она – не
> поминайте лихом!»

«Клянусь Аллахом, о Нур ад-Дин, – сказала Мариам, – поистине, ты сам навлекаешь на себя беду! Я предостерегала тебя от этого, прежде чем оно случилось, но ты не принимал моих слов и последовал своей страсти, а я говорила тебе об этом не по откровению, чтению по лицам или сновидению, – это относится к явной очевидности. Я увидала кривого везиря и поняла, что он пришел в тот город, только ища меня». – «О госпожа моя Мариам, – воскликнул Нур ад-Дин, – у Аллаха прошу защиты от ошибки разумного!» И потом состояние Нур ад-Дина ухудшилось, и он произнес такие стихи:

> Подари проступок, что я не
> совершил,
> Милосердье господина да скует
> раба
> И довольно покаянья, если
> согрешил.
> Ведь раскаянье бессильно – такова
> судьба.
> Наказания достоин – это признаю,
> Но вокруг великодушья я не
> узнаю.

И Нур ад-Дин с госпожой Мариам-кушачницей все время

обменивались упреками, излагать которые долго, и каждый из них рассказывал другому, что с ним случилось, и они говорили стихи, и слезы лились у них по щекам, как моря. И они сетовали друг другу на силу любви и муки страсти и волнения, пока ни у одного из них не осталось силы говорить, а день повернул на закат и приблизился мрак. И на Ситт-Мариам было зеленое платье, вышитое червонным золотом и украшенное жемчугом и драгоценными камнями, и увеличилась ее красота, и прелесть, и изящество ее свойств, и отличился тот, кто сказал о ней:

> Она явилась в сад в зеленом
> одеянье.
> О, кушачок тугой, о, водопад
> волос!
> Я вопросил ее: «О, как твое
> прозванье?»
> «Я уголь подношу, чтоб сердце
> обожглось!»
> Роптал я на любовь и на ее
> сверканье.
> Сказала: «Камень я, не слышащий
> хвалы».
> И я ответил ей: «Я знаю, ты из
> камня,
> Но повелел Аллах ключу бить из
> скалы!»

И когда наступила ночь, Ситт-Мариам обратилась к девушкам и спросила их: «Заперли ли вы ворота?» – «Мы их заперли», – ответили они. И тогда Ситт-Мариам взяла девушек и привела их в одно место, которое называлось место госпожи Мариам, девы, матери света, так как христиане утверждают, что ее дух и ее тайна пребывают в этом месте. И девушки стали искать там благодати и ходить вокруг всей церкви. И когда они закончили посещение, Ситт-Мариам обратилась к ним и сказала: «Я хочу войти в эту церковь одна и получить там благодать, – меня охватила тоска по ней из-за долгого пребывания в мусульманских странах. А вы, раз вы окончили посещение, ложитесь спать, где хотите». – «С любовью и уважением, а ты делай, что желаешь», – сказали девушки.

И затем они разошлись по церкви в разные стороны и легли. И Мариам обманула их бдительность, и, поднявшись, стала искать Нур ад-Дина, и увидела, что он в сторонке и сидит точно на сковородках с углем, ожидая ее. И когда Мариам подошла к нему, Нур ад-Дин поднялся к ней и поцеловал ей руки, и она села и посадила его подле себя, а потом она сняла бывшие на ней драгоценности, платья и дорогие материи, и прижала Нур ад-Дина к груди, и посадила его к себе на колени. И они не переставая целовались, обнимались и издавали звуки: «хак», «бак», восклицая: «Как коротка ночь встречи и как длинен день разлуки!» И говорили такие слова поэта:

> О, ночь свиданья! О, судьбы
> цветенье!
> Как перед страстью вдруг
> распалась мгла тюрьмы!
> Она пришла в ночи предутреннею
> тенью
> И как в глазах зари цвет утренней
> сурьмы.
>
> Не сновиденье ль пораженных
> глаз,
> Ты – ночь разлуки? Нет тебе
> конца!
> Конец, начало – ты в одно слилась,
> Подобьем бесконечного кольца!
>
> Для всех воскресенье из мертвых –
> начало пути бесконечного,
> Оно для влюбленных начало
> разлуки и холода вечного.

И когда они испытали это великое наслаждение и полную радость, вдруг один слуга из слуг пресвятой ударил в било на крыше церкви, поднимая всех, кто почитает обряды...»

И Шахразаду застигло утро, и она прекратила дозволенные речи.

Когда же настала восемьсот восемьдесят третья ночь, она сказала: «Дошло до меня, о счастливый царь, что Мариам-кушачница с Нур ад-Дином пребывали в наслаждении и радости, пока не поднялся на крышу церкви слуга, приставленный к билу, и не ударил в било. Как сказал поэт:

> Я увидал, как бьет он в колокол.
> Кто научил трезвонить лань?
> Сказал: «Пусть лучше бьет он в
> колокол,
> Чем на меня подъемлет длань».

И Мариам в тот же час и минуту встала и надела свои одежды и драгоценности, и это показалось тяжким Нур ад-Дину, и время для него замутилось. И он заплакал, и пролил слезы, и произнес такие стихи:

> Я розу щек безумно целовал,
> Кусал ее, уста насытить силясь.

Пока мы наслаждались, наповал
Сон стражника сразил, и мы
забылись.
Вдруг, всех будя, ударили в набат,
Как будто муэззин воззвал в
народе.
Она вскочила, чтоб надеть наряд,
Смущенная, как месяц на восходе.
Она твердила: «Милый, ты бы шел,
Гляди уж утро кроется туманом!»
Поклялся я: «Когда приму престол
И сделаюсь, на страх врагам,
султаном,
Все церкви я разрушу и спалю,
А всех священников убить велю».

И потом Ситт-Мариам прижала Нур ад-Дина к груди, и поцеловала его в щеку, и спросила: «О Нур ад-Дин, сколько дней ты в этом городе?» – «Семь дней», – ответил Нур ад-Дин. И девушка спросила: «Ходил ли ты по городу и узнал ли ты его дороги, и выходы, и ворота со стороны суши и моря?» – «Да», – ответил Нур ад-Дин. «А знаешь ли ты дорогу к сундуку с обетными приношениями, который стоит в церкви?» – спросила Мариам. И Нур ад-Дин ответил: «Да». И тогда она сказала: «Раз ты все это знаешь, когда наступит следующая ночь и пройдет первая треть ее, сейчас же пойди к сундуку с приношениями и возьми оттуда что захочешь и пожелаешь, а потом открой ворота церкви – те, что в проходе, который ведет к морю, – увидишь маленький корабль и на нем десять человек матросов. И когда капитан увидит тебя, он протянет тебе руку, и ты подай ему свою, и он втащит тебя на корабль. Сиди у него, пока я не приду к тебе, и берегись и еще раз берегись, чтобы не охватил тебя в ту ночь сон, – ты будешь раскаиваться, когда раскаянье тебе не поможет». И затем Ситт-Мариам простилась с Нур ад-Дином и сейчас же вышла от него. Она разбудила своих невольниц и других девушек, и увела их, и, подойдя к воротам церкви, постучалась, и старуха открыла ей ворота, и, когда Мариам вошла, она увидела стоящих слуг и патрициев. Они подвели ей пегого мула, и Мариам села на него, и под нею раскинули шелковый намет, и патриции повели мула за узду, а девушки шли сзади. И Мариам окружили стражники с обнаженными мечами в руках, и они шли с нею, пока не довели ее до дворца ее отца.

Вот что было с Мариам-кушачницей. Что же касается Нур ад-Дина каирского, то он скрывался за занавеской, за которой они прятались с Мариам, пока не взошел день, и открылись ворота церкви, и стало в ней много людей, и Нур ад-Дин вмешался в толпу и пришел к той старухе, надсмотрщице над церковью. «Где ты спал сегодня ночью?» – спросила старуха. И Нур ад-Дин ответил: «В одном месте в городе, как ты мне велела». – «О дитя мое, ты поступил правильно, –

сказала старуха. – Если бы ты провел эту ночь в церкви, царевна убила бы тебя наихудшим убиением». – «Хвала Аллаху, который спас меня от зла этой ночи!» – сказал Нур ад-Дин.

И Нур ад-Дин до тех пор исполнял свою работу в церкви, пока не прошел день и не подошла ночь с мрачной тьмой, и тогда Нур ад-Дин поднялся, и отпер сундук с приношениями, и взял оттуда то, что легко уносилось и дорого ценилось из драгоценностей, а потом он выждал, пока прошла первая треть ночи, и поднялся, и пошел к воротам у прохода, который вел к морю, и он просил у Аллаха покровительства. И Нур ад-Дин шел до тех пор, пока не дошел до ворот и не открыл их, и прошел через проход, и пошел к морю, и увидел, что корабль стоит на якоре у берега моря, недалеко от ворот. И оказалось, что капитан этого корабля – красивый старец с длинной бородой, и он стоял посреди корабля, и его десять человек стояли перед ним. И Нур ад-Дин подал ему руку, как велела Мариам, и капитан взял его руку и потянул с берега, и Нур ад-Дин оказался посреди корабля.

И тогда старый капитан закричал матросам: «Вырвите якорь корабля из земли, и поплывем, пока не взошел день!» И один из десяти матросов сказал: «О господин мой капитан, как же мы поплывем, когда царь говорил нам, что он завтра поедет на корабле по этому морю, чтобы посмотреть, что там делается, так как он боится за свою дочь Мариам из-за мусульманских воров?» И капитан закричал на матросов и сказал им: «Горе вам, о проклятые, разве дело дошло до того, что вы мне перечите и не принимаете моих слов?» И потом старый капитан вытащил меч из ножен и ударил говорившего по шее, и меч вышел, блистая, из его затылка, и кто-то сказал: «А какой сделал наш товарищ проступок, что ты рубишь ему голову?» И капитан протянул руку к мечу и отрубил говорившему голову, и этот капитан до тех пор рубил матросам головы, одному за одним, пока не убил всех десятерых.

И тогда капитан выбросил их на берег, и, обернувшись к Нур ад-Дину, закричал на него великим криком, который испугал его, и сказал: «Выйди, вырви причальный кол!» И Нур ад-Дин побоялся удара меча, и, поднявшись, прыгнул на берег, и вырвал кол, а потом он вбежал на корабль быстрее разящей молнии. И капитан начал говорить ему: «Сделай то-то и то-то, поверни так-то и так-то и смотри на звезды!» И Нур ад-Дин делал все, что приказывал ему капитан, и сердце его боялось и страшилось. И потом капитан поднял паруса корабля, и корабль поплыл по полноводному морю, где бьются волны…»

И Шахразаду застигло утро, и она прекратила дозволенные речи.

Когда же настала восемьсот восемьдесят четвертая ночь, она сказала: «Дошло до меня, о счастливый царь, что старик капитан поднял паруса корабля, и они с Нур ад-Дином поплыли на корабле по полноводному морю, и ветер был хорош. И при всем этом Нур ад-Дин крепко держал в руках тали, а сам утопал в море размышлений, и он все время был погружен в думы и не знал, что скрыто для него в неведомом, и каждый раз, как он взглядывал на капитана, его сердце пугалось, и не знал он, в какую сторону капитан направляется. И он был занят мыслями и тревогами, пока не наступил рассвет дня.

И тогда Нур ад-Дин посмотрел на капитана и увидел, что тот взялся рукой за свою длинную бороду и потянул ее, и борода сошла с места и осталась у него в руке. И Нур ад-Дин всмотрелся в нее и увидел, что это была борода приклеенная, поддельная. И тогда он вгляделся в лицо капитана, и как следует посмотрел на него, и увидел, что это Ситт-Мариам – его любимая и возлюбленная его сердца. А она устроила эту хитрость, и убила капитана, и содрала кожу с его лица, вместе с бородой, и взяла его кожу, и наложила ее себе на лицо. И Нур ад-Дин удивился ее поступку и смелости и твердости ее сердца, и ум его улетел от радости, и грудь его расширилась и расправилась. «Простор тебе, о мое желание и мечта, о предел того, к чему я стремлюсь!» – воскликнул он. И Нур ад-Дина потрясла страсть и восторг, и он убедился в осуществлении желания и надежды. И он повторил голосом приятнейшие напевы и произнес такие стихи:

> Такая радость выпала сейчас,
> Что льются слезы солоней, чем
море.
> Глаза! Потоки слез текут из вас,
> Вы плачете и в радости и в горе.

Тогда Ситт-Мариам сказала: «Тому, кто в таком состоянии, надлежит идти путем мужей и не совершать поступков людей низких, презренных». А Ситт-Мариам была сильна сердцем и сведуща в том, как ходят корабли по соленому морю, и знала все ветры и их перемены, и знала все пути по морю. И Нур ад-Дин сказал ей: «О госпожа, если бы ты продлила мои мучения я бы, право, умер от сильного страха и испуга, в особенности при пыланье огня тоски и страсти и мучительных пытках разлуки». И Мариам засмеялась его словам, и поднялась в тот же час и минуту, и вынула кое-какую еду и питье, и они стали есть, пить, наслаждаться и веселиться.

А потом девушка вынула яхонты, дорогие камни, разные металлы и драгоценные сокровища и всякого рода золото и серебро, из того, что было легко на вес и дорого ценилось и принадлежало к сокровищам, взятым и принесенным ею из дворца и казны ее отца, и показала их Нур ад-Дину, и юноша обрадовался крайней радостью. И при всем этом ветер был ровный, и корабль плыл, и они до тех пор плыли, пока не приблизились к городу Искандарии. И они увидели ее вехи, старые и новые, и увидели Колонну Мачт. И когда они вошли в гавань, Нур ад-Дин в тот же час и минуту сошел с корабля и привязал его к камню из Камней Сукновалов. И он взял немного сокровищ из тех, которые принесла с собою девушка, и сказал Ситт-Мариам: «Посиди, о госпожа, на корабле, пока я не войду с тобой в

Искандарию так, как люблю и желаю». И девушка молвила: «Следует, чтобы это было скорее, так как медлительность в делах оставляет после себя раскаяние». – «Нет у меня медлительности», – ответил Нур ад-Дин. И Мариам осталась сидеть на корабле, а Нур ад-Дин отправился в дом москательщика, друга его отца, чтобы взять на время у его жены для Мариам покрывала, одежду, башмаки и изар, какие обычны для женщин Искандарии. И не знал он о том, чего не предусмотрел из превратностей рока, отца дивного дива.

Вот что было с Нур ад-Дином и Мариам-кушачницей. Что же касается ее отца, царя Афранджи, то, когда наступило утро, он хватился своей дочери Мариам, но не нашел ее. Он спросил про нее невольниц и евнухов, и те сказали: «О владыка наш, она вышла ночью и пошла в церковь, и после этого мы не знаем о ней вестей». И когда царь разговаривал с невольницами и евнухами, вдруг раздались под дворцом два великих крика, от которых вся местность загудела. И царь спросил: «Что случилось?» И ему ответили: «О царь, нашли десять человек убитых на берегу моря, а корабль царя пропал. И мы увидели, что ворота у прохода, которые около церкви, со стороны моря открыты, и пленник, который был в церкви и присутствовал в ней, пропал». – «Если мой корабль, что был в море, пропал, то моя дочь Мариам – на нем, без сомнения и наверное!» – воскликнул царь...»

И Шахразаду застигло утро, и она прекратила дозволенные речи.

Когда же настала восемьсот восемьдесят пятая ночь, она сказала: «Дошло до меня, о счастливый царь, что Афранджи, когда пропала его дочь Мариам, воскликнул: «Если мой корабль пропал, то моя дочь Мариам – на нем, без сомнения и наверное!» И потом царь в тот же час и минуту позвал начальника гавани и сказал ему: «Клянусь Мессией и истинной верой, если ты сейчас же не настигнешь с войсками мой корабль и не приведешь его и тех, кто на нем есть, я убью тебя самым ужасным убийством и изувечу тебя!» И царь закричал на начальника гавани, и тот вышел от него, дрожа, и призвал ту старуху из церкви и спросил ее: «Что ты слышала от пленника, который был у тебя, о его стране и из какой он страны?» – «Он говорил: «Я из города Искандарии», – ответила старуха. И когда начальник услышал ее слова, он в тот же час и минуту вернулся в гавань и закричал матросам: «Собирайтесь и распускайте паруса!»

И они сделали так, как приказал им начальник, и поехали, и ехали непрестанно ночью и днем, пока не приблизились к городу Искандарии в ту минуту, когда Нур ад-Дин сошел с корабля и оставил там Ситт-Мариам. А среди франков был тот везирь, кривой и хромой, который купил Мариам у Нур ад-Дина. И когда франки увидели привязанный корабль, они узнали его и, привязав свои корабль вдали от него, подъехали к нему на маленькой лодке из своих лодок, которая плавала по воде глубиной в два локтя. И в этой лодке была сотня бойцов, и в числе их хромой и кривой везирь (а это был непокорный притеснитель и непослушный сатана, хитрый вор, против хитрости которого никто не мог устоять), и он был похож на Абу-Мухаммеда аль-Батталя. И франки гребли и плыли до тех пор, пока не подъехали к кораблю Мариам, и они бросились на корабль и напали на него единым нападением, но не нашли на нем никого, кроме Ситт-Мариам, и тогда они захватили девушку и корабль, на котором она находилась, после того как вышли на берег и провели там долгое время. А потом они в тот же час и минуту вернулись на свой корабль, захватив то, что они хотели, без боя и не обнажая оружия, и повернули назад, направляясь в страны румов. И они поехали, и ветер был хорош, и они спокойно ехали до тех пор, пока не достигли города Афранджи.

И они привели Ситт-Мариам к ее отцу, который сидел на престоле своей власти, и когда ее отец увидел ее, он воскликнул: «Горе тебе, о обманщица! Как ты оставила веру отцов и дедов и крепость Мессии, на которую следует опираться, и последовала вере бродяг (он разумел веру ислама), что поднялась с мечом наперекор кресту и идолам?» – «Нет за мной вины, – ответила Мариам. – Я вышла ночью в церковь, чтобы посетить госпожу Мариам и сподобиться от нее благодати, и когда я чем-то отвлеклась, мусульманские воры вдруг напали на меня, и заткнули мне рот, и крепко меня связали, и они положили меня на корабль и поехали со мной в свою сторону. И я обманула их и говорила с ними об их вере, пока они не развязали моих уз, и мне не верилось, что твои люди догнали меня и освободили. Клянусь Мессией и истинной верой, клянусь крестом и тем, кто был на нем распят, я радовалась тому, что вырвалась из их рук, до крайней степени, и моя грудь расширилась и расправилась, когда я освободилась из мусульманского плена». – «Ты лжешь, о распутница, о развратница! – воскликнул ее отец. – Клянусь тем, что стоит в ясном Евангелии из ниспосланных запрещений и разрешений, я неизбежно убью тебя наихудшим убийством и изувечу тебя ужаснейшим образом. Разве не довольно тебе того, что ты сделала сначала, когда вошли к нам твои козни, и теперь ты возвращаешься к нам с твоими обманами!»

И царь приказал убить Мариам и распять ее на воротах дворца, но в это время вошел к нему кривой везирь (он давно был охвачен любовью к Мариам) и сказал ему: «О царь, не убивай ее и жени меня на ней. Я желаю ее сильнейшим желанием, но не войду к ней раньше, чем построю ей дворец из крепкого камня, самый высокий, какой только строят, так что никакой вор не сможет взобраться на его крышу. А когда я кончу его строить, я зарежу у ворот его тридцать мусульман и сделаю их жертвою Мессии от меня и от нее». И царь пожаловал ему разрешение на брак с Мариам и позволил священникам, монахам и патрициям выдать ее за него замуж, и девушку выдали за кривого везиря, и царь позволил начать постройку высокого дворца, подходящего для нее, и рабочие принялись работать.

Вот что было с царевной Мариам, ее отцом и кривым везирем. Что же касается Нур ад-Дина и старика москательщика, то Нур ад-Дин отправился к москательщику, другу своего отца, и взял у его жены на время изар, покрывало, башмаки и одежду – такую, как одежда женщин Искандарии, и вернулся к морю, и направился к кораблю, где была Ситт-Мариам, но увидел, что место пустынно и цель посещения далека…»

И Шахразаду застигло утро, и она прекратила дозволенные речи.

Когда же настала восемьсот восемьдесят шестая ночь, она сказала: «Дошло до меня, о счастливый царь, что когда Нур ад-Дни увидел, что место пустынно и цель посещения далека, его сердце стало печальным, и он заплакал слезами, друг за другом бегущими, и произнес слова поэта:

> Вдруг за полночь ко мне пришло
> виденье Суды,
> Дремали все в шатрах, и брезжил
> свет слегка,
> И обернулись мы, и я увидел чудо,
> Что воздух снова пуст, и Суда
> далека.

И Нур ад-Дин пошел по берегу моря, оборачиваясь направо и. налево, и увидал людей, собравшихся на берегу, и они говорили: «О мусульмане, нет больше у города Искандарии чести, раз франки вступают в него и похищают тех, кто в нем есть, и они мирно возвращаются в свою страну, и не выходит за ними никто из мусульман или из воинов нападающих!» – «В чем дело?» – спросил их Нур ад-Дин. И они сказали: «О сынок, пришел корабль из кораблей франков, и в нем были войска, и они сейчас напали на нашу гавань и захватили корабль, стоявший там на якоре, вместе с теми, кто был на нем, и спокойно уехали в свою страну». И Нур ад-Дин, услышав их слова, упал, покрытый беспамятством, а когда он очнулся, его спросили о его деле, и он рассказал им свою историю, от начала до конца. И когда люди поняли, в чем с ним дело, всякий начал его бранить, и ругать, и говорить ему: «Почему ты хотел увести ее с корабля только в изаре и покрывале?» И все люди говорили ему слова мучительные, а некоторые говорили: «Оставьте его, достаточно с него того, что с ним случилось». И каждый огорчал Нур ад-Дина словами и метал в него стрелами упреков, так что он упал, покрытый беспамятством.

И когда люди и Нур ад-Дин были в таком положении, вдруг подошел старик москательщик, и он увидел собравшихся людей, и направился к ним, чтобы узнать в чем дело, и увидел Нур ад-Дина, который лежал между ними, покрытый беспамятством. И москательщик сел подле него, и привел его в чувство, и, когда Нур ад-Дин очнулся, спросил его: «О дитя мое, что означает состояние, в котором ты находишься?» – «О дядюшка, – ответил Нур ад-Дин, –

невольницу, которая у меня пропала, я привез из города ее отца на корабле и вытерпел то, что вытерпел, везя ее, а когда я достиг этого города, я привязал корабль к берегу и оставил невольницу на корабле, а сам пошел в твое жилище и взял у твоей жены вещи для невольницы, чтобы привести ее в них в город. И пришли франки, и захватили корабль и на нем невольницу, и спокойно уехали, и достигли своего корабля».

И когда старик москательщик услышал от Нур ад-Дина эти слова, свет сделался перед лицом его мраком, и он опечалился о Нур ад-Дине великой печалью. «О дитя мое, – воскликнул он, – отчего ты не увез ее с корабля в город без изара? Но теперь не помогут уже слова! Вставай, о дитя мое, и пойдем со мной в город, – может быть, Аллах наделит тебя невольницей более прекрасной, чем та, и ты забудешь с нею о первой девушке. Слава Аллаху, который не причинил тебе в ней никакого убытка, а наоборот, тебе досталась через нее прибыль! И знай, о дитя мое, что соединение и разъединение – в руках владыки возвышающегося». – «Клянусь Аллахом, о дядюшка, – воскликнул Нур ад-Дин, – я никак не могу забыть о ней и не перестану ее искать, хотя бы мне пришлось выпить из-за нее чашу смерти». – «О дитя мое, что ты задумал в душе и хочешь сделать?» – спросил москательщик. И Нур ад-Дин сказал: «Я имею намерение вернуться в страну румов и вступить в город Афранджу и подвергнуть свою душу опасностям, и дело либо удастся, либо не удастся». – «О дитя мое, – молвил москательщик, – в ходячих поговорках сказано: «Не всякий раз останется цел кувшин». И если они в первый раз с тобой ничего не сделали, то, может быть, они убьют тебя в этот раз, особенно потому, что они тебя хорошо узнали». – «О дядюшка, – сказал Нур ад-Дин, – позволь мне поехать и быть убитым быстро из-за любви к ней. Разве могу я жить, оставив ее в мучениях и растерянности?»

А по соответствию судьбы, в гавани стоял один корабль, снаряжаемый для путешествия, и те, кто ехал на нем, исполнили все свои дела, и в эту минуту они выдергивали причальные колья.

И Нур ад-Дин поднялся на корабль, и корабль плыл несколько дней, и время и ветер были для путников хороши. И когда они ехали, вдруг появились корабли из кораблей франков, кружившие по полноводному морю. А увидев корабль, они всегда брали его в плен, боясь за царевну из-за воров мусульман, и когда они захватывали корабль, то доставляли всех, кто был на нем, к царю Афранджи, и тот убивал их, исполняя обет, который он дал из-за своей дочери Мариам. И они увидели корабль, в котором был Нур ад-Дин, и захватили его, и взяли всех, кто там был, и привели к царю, отцу Мариам, и, когда пленников поставили перед царем, он увидел, что их сто человек мусульман, и велел их зарезать в тот же час и минуту, и в числе их был Нур ад-Дин, а палач оставил его напоследок, пожалев его из-за его малых лет и стройности его стана.

И когда царь увидел его, он его узнал как нельзя лучше и спросил его: «Нур ад-Дин ли ты, который был у нас в первый раз, прежде этого раза?» И Нур ад-Дин ответил: «Я не был у вас, и мое имя не Нур ад-Дин, мое имя – Ибрахим». – «Ты лжешь! – воскликнул царь. – Нет, ты Нур ад-Дин, которого я подарил старухе, надсмотрщице за церковью, чтобы ты помогал ей прислуживать в церкви». – «О владыка, – сказал Нур ад-Дин, – мое имя Ибрахим». И царь молвил: «Когда старуха, надсмотрщица за церковью, придет и посмотрит на тебя, она узнает, Нур ад-Дин ли ты или кто другой».

И когда они говорили, вдруг кривой везирь, который женился на царской дочери, вошел в ту самую минуту, и поцеловал перед царем землю, и сказал: «О царь, знай, что постройка дворца окончена, а тебе известно, что я дал обет, когда кончу постройку, зарезать у дворца тридцать мусульман, и вот я пришел к тебе, чтобы взять у тебя тридцать мусульман, и зарезать их, и исполнить обет Мессии. Я возьму их под мою ответственность, в виде займа, а когда прибудут ко мне пленные, я дам тебе других, им взамен». – «Клянусь Мессией и истинной верой, – сказал царь, – у меня не осталось никого, кроме этого пленника». И он показал на Нур ад-Дина и сказал везирю: «Возьми его и зарежь сейчас же, а я пришлю тебе остальных, когда прибудут ко мне пленные мусульмане». И кривой везирь встал, и взял Нур ад-Дина, и привел его ко дворцу, чтобы зарезать его на пороге его дверей. И маляры сказали ему: «О владыка, нам осталось работать и красить два дня. Потерпи и подожди убивать этого пленника, пока мы не кончим красить. Может быть, к тебе придут недостающие до тридцати, и ты зарежешь их всех разом и исполнишь свой обет в один день». И тогда везирь приказал заточить Нур ад-Дина...»

И Шахразаду застигло утро, и она прекратила дозволенные речи.

Когда же настала восемьсот восемьдесят седьмая ночь, она сказала: «Дошло до меня, о счастливый царь, что, когда везирь приказала заточить Нур ад-Дина, его отвели, закованного, в конюшню, и он был голоден, и хотел пить, и печалился о себе, и увидел он смерть своими глазами. А по определенной судьбе и твердо установленному предопределению было у царя два коня, единоутробные братья, одного из которых звали *Сабик, а другого – Ляхик*[171], и о том, чтобы заполучить одного из них, вздыхали *цари Хосрои*[172]. И один из его коней был серый, без пятнышка, а другой – вороной, словно темная ночь, и все цари островов говорили: «Всякому, кто украдет одного из этих коней, мы дадим все, что он потребует из красного золота, жемчугов и драгоценностей», – но никто не мог украсть никоторого из этих коней.

---

[171] *Кони Сабик и Ляхик* – то есть «Опережающий» и «Догоняющий».

[172] *Цари Хосрои* – общее название царей из иранской династии Сасанидов, которые прочно вошли в арабский фольклорный репертуар как «сказочные» цари

И случилась с одним из них болезнь – пожелтенье белка в глазах, и царь призвал всех коновалов, чтобы вылечить коня, и они все не смогли этого. И вошел к царю кривой везирь, который женился на его дочери, и увидел, что царь озабочен из-за этого коня, и захотел прогнать его заботу. «О царь, – сказал он, – отдай мне этого коня, я его вылечу». И царь отдал ему коня, и везирь перевел его в конюшню, в которой был заперт Нур ад-Дин. И когда этот конь покинул своего брата, он закричал великим криком и заржал, и люди встревожились из-за его крика, и понял везирь, что конь испустил этот крик только из-за разлуки со своим братом. И он пошел и осведомил об этом царя, и когда царь как следует понял его слова, он сказал: «Если он – животное и не стерпел разлуки со своим братом, то каково же обладателям разума?» И потом он приказал слугам перевести второго коня к его брату, в дом везиря, мужа Мариам, и сказал им: «Скажите везирю: «Царь говорит тебе: «Оба коня пожалованы тебе от него, в угожденье его дочери Мариам».

И когда Нур ад-Дин лежал в конюшне, скованный и в путах, он вдруг увидел обоих коней и заметил на глазах одного из них бельмо. А у него были некоторые знания о делах с конями и применении к ним лечения, и он сказал про себя: «Вот, клянусь Аллахом, время воспользоваться случаем! Я встану, и солгу везирю, и скажу ему: «Я вылечу этого коня!» И я сделаю что-нибудь, от чего его глаза погибнут, и тогда везирь убьет меня, и я избавлюсь от этой гнусной жизни». И потом Нур ад-Дин дождался, пока везирь пришел в конюшню, чтобы взглянуть на коней, и когда он вошел, Нур ад-Дин сказал ему: «О владыка, что мне с тебя будет, если я вылечу этого коня и сделаю ему что-то, от чего его глаза станут хорошими?» – «Клянусь жизнью моей головы, – ответил везирь, – если ты его вылечишь, я освобожу тебя от убиения и позволю тебе пожелать от меня». – «О владыка, – сказал Нур ад-Дин, – прикажи расковать мне руки». И везирь приказал его освободить, и тогда Нур ад-Дин поднялся, взял свежевыдутого стекла, истолок его в порошок, взял негашеной извести и смешал с луковой водой, и затем он приложил все это к глазам коня и завязал их, думая: «Теперь его глаза провалятся, и меня убьют, и я избавлюсь от этой гнусной жизни». И Нур ад-Дин проспал эту ночь с сердцем, свободным от нашептываний заботы, и взмолился великому Аллаху, говоря: «О господин, мудрость твоя такова, что избавляет от просьб».

А когда наступило утро и засияло солнце над холмами и долинами, везирь пришел в конюшню, и снял повязку с глаз коня, и посмотрел на них, и увидел, что это прекраснейшие из красивых, глаз по могуществу владыки открывающего. И тогда везирь сказал Нур ад-Дину: «О мусульманин, я не видел в мире подобного тебе по прекрасному умению! Клянусь Мессией и истинной верой, ты удовлетворил меня крайним удовлетворением, – ведь бессильны были излечить этого коня все коновалы в нашей стране». И потом он подошел к Нур ад-Дину и освободил его от цепей своей рукой, а затем одел его в роскошную одежду, и назначил его надзирателем над своими конями, и установил ему довольствие и жалованье, и поселил его в комнате над конюшней.

А в новом дворце, который везирь выстроил для Ситт-Мариам, было окно, выходившее на дом везиря и на комнату, в которой поселился Нур ад-Дин. И Нур ад-Дин просидел несколько дней за едой и питьем, и он наслаждался, и веселился, и приказывал, и запрещал слугам, ходившим за конями, и всякого из них, кто пропадал и не задавал корму коням, привязанным в том стойле, где он прислуживал, Нур ад-Дин валил и бил сильным боем и накладывал ему на ноги железные цепи. И везирь радовался на Нур ад-Дина до крайности, и грудь его расширилась и расправилась, и не знал он, к чему приведет его дело, а Нур ад-Дин каждый день спускался к коням и вытирал их своей рукой, ибо знал, как они дороги везирю и как тот их любит.

А у кривого везиря была дочь, невинная, до крайности прекрасная, подобная убежавшей газели или гибкой ветке. И случилось, что она в какой-то день сидела у окна, выходившего на дом везиря и на помещение, где был Нур ад-Дин, и вдруг она услышала, что Нур ад-Дин поет и сам себя утешает в беде, произнося такие стихи:

> О мой хулитель, одаренный благом
> Спокойствия, вкушающий покой.
> И ты б сказал, когда бы горьким
> ядом
> Испил судьбу, беду, позор
> мирской:
> Ах, от любви и от ее мученья
> Горит душа, как будто в заточенье!
> Тебя судьбы коварство пощадило,
> Тебя ее удары обошли,
> Так не брани того, кому судила
> Судьба рыдать и говорить в пыли:
> Ах, от любви и от ее мученья
> Горит душа, как будто в заточенье!
> Будь друг влюбленного, а не
> обидчик,
> Его от злых упреков излечи,
> Гляди и, страсть его не увеличив,
> Ему страданий бремя облегчи.
> Ах, от любви и от ее мучений
> Горит душа, как будто в заточенье!
> Я был среди других на всех
> похожим,
> Из бессердечных был, из их числа,
> И жил я под благословеньем
> божьим,
> Пока любовь меня не позвала.

Ах, от любви и от ее мученья
Горит душа, как будто в заточенье!
Тот только знает, что есть униженье,
Любовь безумство, горе и тоска,
Чей ум уже в полууничтоженье
И чье питье – два горькие глотка.
Ах, от любви и от ее мученья и
Душа горит, как будто в заточенье!
О, сколько глаз не знают сна во мраке?!
О, сколько век покоя лишены.
А на щеках извилистые знаки
Неутомимых слез проведены.
Ах, от любви и от ее мученья
Горит душа, как будто в заточенье!
Их, безутешных, жаждущих друг друга,
Минует сон, пугаясь их страстей.
Любовь одела их в плащи недуга,
Сон прогнала, исполнила скорбей.
Ах, от любви и от ее мученья
Горит душа, как будто в заточенье!
Терпенья нету, – кости истончились,
Здоровье со слезами утекло.
Мне кажется – на свете замутилось
Все то, что было ясно и светло.
Ах, от любви и от ее мученья
Горит душа, как будто в заточенье!
Беда тому, кто под крылами ночи
Томится и тоскует так, как я.
Упал он в море, волны все жесточе,
Должна погибнуть утлая ладья.
Ах, от любви и от ее мученья
Горит душа, как будто в заточенье!
Блажен, кто обойден любовной мукой,
Блажен, кто спасся от ее оков,
Кто не истерзан страстью и разлукой.
Спокойный и влюбленный – где таков?
Ах, от любви и от ее мученья
Душа горит, как будто в заточенье!
О боже, помоги мне стать счастливым,

Меня в моей печали не забудь
И сделай твердым, сделай
терпеливым,
И пособи, и милосердным будь.
Ах, от любви и от ее мученья
Горит душа, как будто в заточенье!

И когда Нур ад-Дин завершил свои последние слова и окончил свои нанизанные стихи, дочь везиря сказала про себя: «Клянусь Мессией и истинной верой, этот мусульманин – красивый юноша, но только он, без сомнения, покинутый влюбленный. Посмотреть бы возлюбленную этого юноши, красива ли, как он, и испытывает ли она то же, что этот юноша, или нет? Если его возлюбленная красива, как и он, то этот юноша имеет право лить слезы и сетовать на любовь, а если его возлюбленная не красавица, то погубил он свою жизнь в печалях и лишен вкуса наслаждения…»

И Шахразаду застигло утро, и она прекратила дозволенные речи.

Когда же настала восемьсот восемьдесят восьмая ночь, она сказала: «Дошло до меня, о счастливый царь, что дочь везиря говорила про себя: «Если его возлюбленная красива, этот юноша имеет право лить слезы, а если его возлюбленная не красива, он загубил свою жизнь в печалях». А Мариам-кушачницу, жену везиря, перевели во дворец накануне этого дня, и дочь везиря увидела по ней, что у нее стеснилась грудь, и решила пойти к ней и рассказать о деле этого юноши и о том, какие она слышала от него стихи, и не успела она до конца подумать об этих словах, как Ситт-Мариам, жена ее отца, прислала за ней, чтобы она развлекла ее разговором. И девушка пошла к ней и увидела, что грудь Мариам стеснилась, и слезы текут у нее по щекам, и она плачет сильным плачем, больше которого нет.

«О царевна, – сказала ей дочь везиря, – не печалься, и пойдем сейчас к окну дворца, – у нас в конюшне есть красивый юноша со стройным станом и сладкою речью, и, кажется, он покинутый влюбленный». – «По какому признаку ты узнала, что он покинутый влюбленный?» – спросила Ситт-Мариам. И дочь везиря сказала: «О царевна, я узнала это потому, что он говорит *касыды*[173] и стихи в часы ночи и часы дня». И Ситт-Мариам подумала про себя: «Если слова дочери везиря истинны, то это примета огорченного, несчастного Али-Нур ад-Дина. Узнать бы, он ли тот юноша, про которого говорит дочь везиря!» И тут усилилась любовь Ситт-Мариам, ее безумие, волнение и страсть, и она поднялась в тот же час и минуту, и, подойдя с дочерью везиря к окну, посмотрела в него и увидела, что тот юноша – ее возлюбленный и господин Нур ад-Дин. И она пристально всмотрелась в него и узнала его как

---

173 *Касыда* – длинное стихотворение, наиболее распространенный жанр арабской древней и средневековой поэзии.

следует, но только он был больной от великой любви к ней и влюбленности в нее и от огня страсти, мук разлуки и безумия любви и тоски и сильно исхудал. И он начал говорить и сказал:

Сердце пленено, глаза в неволе,
И у них заступников нет боле.
В плаче и в тоске неумолимой,
В страсти и в печали о любимой,
В слове: «Как мне быть в моей заботе!» –
Восемь свойств любимой вы найдете.
Назову к ним шесть и пять в придачу.
Слушайте, как говорю и плачу:
Мысли, вздохи, боль, воспоминанья,
Страсти, безнадежность и страданье.
Брошенность, безумство, беспокойство,
Горе, беды, – вот все эти свойства.
Уж мое терпенье истощилось.
Гибель для меня – господня милость.
Страсть моя растет, мне нет покоя.
Ты, кто спрашиваешь – что такое
Огнь в груди, который полыхает? –
Знай, что он в слезах не затухает.
Утопаю я в морях рыданий
И горю от неземных страданий.

И, увидев своего господина Нур ад-Дина и услышав его разбивающие сердце стихи и дивные слова, Ситт-Мариам убедилась, что это он, но скрыла это от дочери везиря, сказав ей: «Клянусь Мессией и истинной верой, я не думала, что тебе ведомо о стеснение моей груди!»

А затем она в тот же час и минуту поднялась, и отошла от окна, и вернулась на свое место, и дочь везиря ушла к себе. И Ситт-Мариам выждала некоторое время, и вернулась к окну, и, сев у окна, стала смотреть на своего господина Нур ад-Дина и вглядываться в его тонкость и нежность его свойств, и увидела она, что он подобен луне, когда она становится полной в четырнадцатую ночь, но только он вечно печален и струит слезы, так как вспоминает о том, что минуло. И он произносит такие стихи:

Я ждал свиданья, думал, что оно:
Бессрочно. Нет! Страдать мне

суждено.
И слез потоки с морем в
состязанье.
Лишь от хулителей таю рыданья.
Разлуки вестник! Если бы я мог,
Ему язык без жалости отсек.
Виню я дни за их насмешку злую,
На их нерасторопность негодую.
К кому идти – лишь ты мне
дорога?
Я сердце шлю – оно тебе слуга.
Кто оскорбительницу обуздает
За то, что своевольно унижает?
Я дал ей душу, чтобы берегла,
Но вся судьба разорена дотла.
Я жизнь свою истратил на
страданья,
Хотя б в награду получить
свиданье!
Газель моя, властительница сил,
Довольно расставаний я вкусил.
Лицо твое – всей красоты слиянье,
Грех на тебе – что я на расстоянье.
Зачем я отдал сердце на постой,
Сам виноват, что разлучен с тобой.
Струятся слезы бурною рекою,
Пойду за ними, ибо нет покоя,
И умереть лишь потому боюсь.
Что навсегда с надеждой
расстаюсь.

И когда Мариам услышала от Нур ад-Дина, влюбленного, покинутого, это стихотворение, пришло к ней из-за его слов сострадание, и она пролила из глаз слезы и произнесла такие стихи:

Свиданья я просила: вот оно,
Но я нема, я смущена жестоко.
И потому не произнесено
Ни одного готового упрека.

И Нур ад-Дин, услышав слова Ситт-Мариам, узнал ее, и заплакал сильным плачем, и воскликнул: «Клянусь Аллахом, это звук голоса Ситт-Мариам – кушачницы – без сомнения и колебания и метания камней в неведомое...»

И Шахразаду застигло утро, и она прекратила дозволенные речи.

Когда же настала восемьсот восемьдесят девятая ночь, она

сказала: «Дошло до меня, о счастливый царь, что Нур ад-Дин, услышав, что Мариам произносит стихи, воскликнул про себя: «Поистине, это звук голоса Ситт-Мариам, без сомнения и колебания и метания камней в неизвестное! Посмотреть бы, правильно ли мое предположение, действительно ли это она или кто-нибудь другой!» И потом усилилась печаль Нур ад-Дина, и он заохал, и произнес такие стихи:

> Когда я увидал хулителя любви,
> Любовь нашла простор и
> растеклась в крови.
> Но я не попрекнул любимую ни
> словом.
> Несчастный, не умел казаться я
> суровым.
> Хулитель произнес: «Так что же ты
> молчишь!
> Как подобает, с ней зачем не
> говоришь?»
> И я ему в ответ: «Не понимая нас,
> Влюбленных, для кого советы ты
> припас?
> Ведь первый знак любви, когда,
> лишаясь речи,
> Возлюбленный молчит при
> долгожданной встрече».

А когда он окончил свои стихи, Ситт-Мариам принесла чернильницу и бумаги и написала в ней после священных слов: «А затем – привет на тебе Аллаха и милость его и благословенье! Сообщаю тебе, что невольница Мариам тебя приветствует и что велика по тебе ее тоска, и вот ее послание к тебе. В минуту, когда эта записка попадет к тебе в руки, тотчас же и немедленно поднимайся и займись тем, чего Мариам от тебя хочет, с крайней заботой и берегись ослушаться ее или заснуть. Когда пройдет первая треть ночи (а этот час – самое счастливое время), у тебя не будет иного дела, кроме как оседлать обоих коней и выйти с ними за город, и всякому, кто спросит: «Куда ты идешь?» – отвечай: «Я иду их поводить». Если ты так скажешь, тебя не задержит никто: жители этого города уверены, что ворота заперты».

И потом Ситт-Мариам завернула записку в шелковый платок и бросила ее Нур ад-Дину из окна, и Нур ад-Дин взял ее, и прочитал, и понял, что в ней содержится, и узнал почерк Ситт-Мариам. И он поцеловал записку, и приложил ее ко лбу между глаз, и вспомнил былую приятную близость, и пролил слезы из глаз.

А потом Нур ад-Дин, когда опустилась над ним ночь, занялся уборкой коней и выждал, пока прошла первая треть ночи, и тогда в тот же час и минуту подошел к коням и положил на них два седла из лучших седел, а затем вывел их из ворот конюшни и запер ворота и, дойдя с конями до городских ворот, сел, ожидая Ситт-Мариам.

Вот то, что было с Нур ад-Дином. Что же касается царевны Мариам, то она в тот же час и минуту направилась в помещение, приготовленное для нее во дворце, и увидела, что кривой везирь сидит в этом помещении, опершись на подушку, набитую перьями страуса (а он совестился протянуть к Ситт-Мариам руку или заговорить с нею). И, увидав его, Ситт-Мариам обратилась в сердце к своему господу и сказала: «О боже, не дай ему достигнуть со мною желаемого и не суди мне стать нечистой: после чистоты!» А потом она подошла к везирю, и выказала к нему дружбу, и села подле него, и приласкала его, и сказала: «О господин мой, что это ты от нас отворачиваешься? Высокомерие ли это с твоей стороны и надменность ли к нам? Но говорит сказавший ходячую поговорку: «Когда приветствие не имеет сбыта, приветствуют сидящие стоящих». И если ты, о господин мой, не подходишь ко мне и не заговариваешь со мною, тогда я подойду к тебе и заговорю с тобой». – «Милость и благодеяние – от тебя, о владеющая землею и вдоль и поперек, и разве я не один из твоих слуг и ничтожнейших твоих прислужников? – ответил везирь. – Мне только совестно посягнуть на возвышенную беседу с тобой, о жемчужина бесподобная, и лицо мое перед тобой глядит в землю». – «Оставь эти слова и принеси нам еду и напитки», – сказала царевна.

И тогда везирь кликнул своих невольниц и евнухов и велел им принести скатерть, на которой было то, что ходит, и летает, и плавает в морях: ката, перепелки, птенцы голубей, молочные ягнята и жирные гуси, и были там подрумяненные куры и кушанья всех форм и видов. И Ситт-Мариам протянула руку к скатерти, и стала есть, и начала класть везирю в рот куски пальцами и целовать его в губы, и они ели до тех пор, пока не насытились едою, а потом они вымыли руки, и евнухи убрали скатерть с кушаньем и принесли скатерть с вином. И Мариам стала наливать, и пить, и поить везиря, и она служила ему как подобает, и сердце везиря едва не улетело от радости, и его грудь расширилась и расправилась. И когда разум везиря исчез для истины и вино овладело им, царевна положила руку за пазуху и вынула кусок крепкого магрибинского банджа – такого, что, если бы почуял малейший его запах слон, он бы проспал от года до года (Мариам приготовила его для подобного часа), и затем она отвлекла внимание везиря, и растерла бандж в кубке, и, наполнив кубок, подала его везирю. И ум везиря улетел от радости, и не верилось ему, что царевна предлагает ему кубок, и он взял кубок и выпил его, и едва утвердилось вино у него в желудке, как он тотчас же упал на землю, поверженный.

И тогда Ситт-Мариам поднялась на ноги и, направившись к двум большим мешкам, наполнила их тем, что легко весом и дорого стоит из драгоценных камней, яхонтов и всевозможных дорогих металлов, а потом она взяла с собой немного съестного и напитков и надела доспехи войны и сечи, снарядившись и вооружившись. И она взяла с собой для Нур ад-Дина, чтобы порадовать его, роскошные царственные одежды и набор покоряющего оружия, а затем подняла мешки на плечи и вышла из дворца (а она обладала силой и отвагой) и отправилась к Нур ад-Дину.

Вот то, что было с Мариам. Что же касается Нур ад-Дина...»

И Шахразаду застигло утро, и она прекратила дозволенные речи.

Когда же настала ночь, дополняющая до восьмисот девяноста, она сказала: «Дошло до меня, о счастливый царь, что Мариам, выйдя из дворца, отправилась к Нур ад-Дину (а она обладала силой и отвагой).

Вот то, что было с Мариам. Что же касается Нур ад-Дина...» влюбленного, несчастного, то он сидел у ворот города, ожидая Мариам, и поводья коней были у него в руке, и Аллах (велик он и славен!) наслал на него сон, и он заснул – слава тому, кто не спит! И цари островов в то время не жалели денег на подкуп за кражу тех двух коней или одного из них, и в те дни существовал один черный раб, воспитавшийся на островах, который умел красть коней, и цари франков подкупили его большими деньгами, чтобы он украл одного коня, и обещали, если он украдет обоих, подарить ему целый остров и наградить его роскошной одеждой. И этот раб долгое время кружил по городу Афрандже, прячась, но не мог взять коней, пока они были у царя, а когда царь подарил копей кривому везирю и тот перевел их к себе в конюшню, раб обрадовался сильной радостью и стал надеяться их взять. И он воскликнул: «Клянусь Мессией и истинной верой, я их украду!»

И он вышел, в ту самую ночь, и направился к конюшие, чтобы украсть коней, и когда он шел по дороге, он вдруг бросил взгляд и увидел Нур ад-Дина, который спал, держа поводья коней в руке. И раб снял поводья с головы коней и хотел сесть на одного из них и погнать перед собой другого, и вдруг подошла Ситт-Мариам, неся мешки на плече. И она подумала, что раб – это Нур ад-Дип, и подала ему один мешок, и раб положил его на коня, а потом Мариам подала ему второй мешок, и он положил его на другого коня, а сам молчал, и Мариам думала, что это Нур ад-Дин. И они выехали за ворота города, а раб все молчал, и Мариам сказала ему: «О господин мой Нур ад-Дин, отчего ты молчишь?» И раб обернулся, сердитый, и сказал: «Что ты говоришь, девушка?» И Мариам, услышав бормотанье раба, узнала, что это не речь Нур ад-Дина, и тогда она подняла голову, и посмотрела на раба, и увидела, что у него ноздри как кувшины. И когда Мариам посмотрела на раба, свет стал перед лицом ее мраком, и она спросила его: «Кто ты будешь, о *шейх сыновей Хама*[174] , и как твое имя среди людей?» – «О дочь скверных, – сказал раб, – мое имя – Масуд, что крадет коней, когда люди спят». И Мариам не ответила

---

[174] *Шейх сыновей Хама* . – Хам – один из сыновей Ноя, по преданию, родоначальник темнокожих жителей Африки. Сыны Хама – африканцы.

ему ни одним словом, но тотчас же обнажила меч и ударила его по плечу, и меч вышел, сверкая, через его связки. И раб упал на землю, поверженный, и стал биться в крови, и поспешил Аллах послать его душу в огонь (а скверное это обиталище!).

И тогда Ситт-Мариам взяла коней и села на одного из них, а другого схватила рукой и повернула вспять, чтобы найти Нур ад-Дина. И она нашла его лежащим в том месте, где она условилась с ним встретиться, и поводья были у него в руке, и он спал, и храпел во сне, и не отличал у себя рук от ног. И Мариам сошла со спины коня и толкнула Нур ад-Дина рукой, и тот пробудился от сна, испуганный, и воскликнул: «О госпожа, слава Аллаху, что ты пришла благополучно!» – «Вставай, садись на этого коня и молчи!» – сказал ему Мариам. И Нур ад-Дин поднялся и сел на коня, а Ситт-Мариам села на другого коня, и они выехали из города и проехали некоторое время, и потом Мариам обернулась к Нур ад-Дину и сказала: «Разве не говорила я тебе: "Не спи!" Ведь не преуспевает тот, кто спит». – «О госпожа, – воскликнул Нур ад-Дин, – я заснул только потому, что прохладилась моя душа, ожидая свиданья с тобой! А что случилось, о госпожа?» И Мариам рассказала ему историю с рабом от начала до конца, и Нур ад-Дин воскликнул: «Слава Аллаху за благополучие!»

И затем они старались ускорить ход, вручив свое дело милостивому, всеведущему, и ехали, беседуя, пока не доехали до раба, которого убила Ситт-Мариам. И Нур ад-Дин увидел его, валявшегося в пыли, подобного ифриту, и Мариам сказала Нур ад-Дину: «Сойди на землю, обнажи его от одежд и возьми его оружие». – «О госпожа, – сказал Нур ад-Дин, – клянусь Аллахом, я не могу сойти со спины коня, встать около этого раба и приблизиться к нему!» И он подивился обличию раба и поблагодарил Ситт-Мариам за ее поступок, изумляясь ее смелости и силе ее сердца. И они поехали и ехали жестоким ходом остаток ночи, а когда наступило утро, и засияло светом, и заблистало, и распространилось солнце над холмами, они достигли обширного луга, где паслись газели, и края его зеленели, и плоды на нем всюду поспели. И цветы там были как брюхо змеи, и укрывались на лугу птицы, и ручьи текли на нем, разнообразные видом.

И Ситт-Мариам с Нур ад-Дином остановились, чтобы отдохнуть в этой долине…»

И Шахразаду застигло утро, и она прекратила дозволенные речи.

Когда же настала восемьсот девяносто первая ночь, она сказала: «Дошло до меня, о счастливый царь, что когда Ситт-Мариам с Нур ад-Дином остановились в этой долине, они поели ее плодов и напились из ее ручьев, и пустили коней поесть на пастбище, и кони поели и попили в этой долине. И Нур ад-Дин с Мариам сели и начали беседовать и вспоминать обо всем и о том, что с ними случилось, и всякий из них сетовал другому на то, какие он испытал мучения в разлуке и что он перенес в тоске и отдалении. И когда они так сидели, вдруг поднялась пыль, застилая края неба, и они услышали ржание коней и бряцание оружия.

А причиною этого было вот что. Когда царь выдал свою дочь замуж за везиря, и тот вошел к ней в ту же ночь, и настало утро, царь захотел пожелать им доброго утра, как бывает обычно у царей с их дочерьми. И он поднялся, и взял шелковые материи, и стал разбрасывать золото и серебро, чтобы его подхватывали евнухи и прислужницы, и царь до тех пор шел с несколькими слугами, пока не достиг нового дворца, и он увидел, что везирь брошен на постель и не отличает головы от ног. И царь огляделся во дворце направо и налево и не увидел своей дочери, и едва не потерял рассудок от горя. И он велел принести горячей воды, крепкого уксуса и ладана, и когда ему принесли их, смешал все это вместе и впустил везирю в нос. И затем он потряс его, и бандж выпал у него из нутра, точно кусок сыру, и тогда царь впустил смесь везирю в нос второй раз, и тот проснулся. И царь спросил его, что с ним и что с его дочерью Мариям, и везирь сказал ему: «О царь величайший, я ничего о ней не знаю, кроме того, что она своей рукой дала мне выпить кубок вина, и после того я пришел в сознание только сейчас и не знаю, какое с ней было дело».

И когда царь услышал слова везиря, свет стал мраком перед лицом его, и он вытащил меч и ударил им везиря по голове, и меч показался, блистая, между его зубов. А потом царь в тот же час и минуту послал за слугами и конюхами, и когда они явились, потребовал тех двух коней, и слуги сказали: «О царь, кони пропали сегодня ночью, и нага старший тоже пропал вместе с ними. Утром мы нашли все двери отпертыми». – «Клянусь моей религией и тем, что исповедует моя вера, – воскликнул царь, – это дело рук моей дочери и того пленника, что прислуживал в церкви! Он похитил мою дочь в первый раз, и я узнал его истинным образом, и освободил его из моих рук только этот кривой везирь, и ему уже воздано за его поступок!»

И потом царь тотчас же позвал своих трех сыновей – а это были доблестные богатыри, каждый из которых стоил тысячи всадников в пылу битвы и на месте боя и сражения, – и закричал на них, и велел им садиться на коней. И они сели, и царь сел на коня в числе их вместе с избранными своими патрициями, вельможами правления и знатными людьми, и они поехали по следам беглецов и настигли их в той долине.

Когда Мариям увидела их, она поднялась, села на своего коня, подвязала меч и надела доспехи и оружие, а потом она спросила Нур ад-Дина: «В каком ты состоянии и каково твое сердце в бою, сражении и стычке?» – «Я устойчив в стычке, как устойчив кол в отрубях», – ответил Нур ад-Дин, а затем он начал говорить и сказал:

> О Марьям, оставь свои упреки
> И меня не мучай непреклонно,
> Я не воин, и бледнеют щеки,
> Если мышь шуршит, кричит
> ворона.

Если мышь скользнет, я мертв от
страха,
Если ворон закричит, взлетая,
От мочи мокра моя рубаха.
Это, право, истина святая.

И когда Мариям услышала от Нур ад-Дина эти слова и нанизанные стихи, она явила ему смех и улыбку и сказала: «О господин мой Нур ад-Дин, оставайся на месте, и я избавлю тебя от их зла, хотя бы их было числом столько, сколько песчинок». И она в тот же час и минуту приготовилась, и, сев на спину коня, выпустила из рук конец поводьев, и повернула копье острием вперед, и копь понесся под нею, точно дующий ветер или вода, когда она изливается из узкой трубы. А Мариам была из храбрейших людей своего времени, бесподобная в ее век и столетие, ибо отец научил ее, еще малолеткой, ездить на спине копей и погружаться в море боя темной ночью. И она сказала Нур ад-Дину: «Садись на коня и будь за моей спиной, а если мы побежим, старайся не упасть, ибо твоего коня не настигнет настигающий».

И когда царь увидел свою дочь Мариам, он узнал ее как нельзя лучше и, обернувшись к своему старшему сыну, сказал ему: «О Бартут, о прозванный Рас аль-Каллут! Это твоя сестра Мариам наверное и без сомнения. Она понеслась на нас и хочет биться с нами и сражаться; выйди же к ней и понесись на нее. Во имя Мессии и истинной веры, если ты ее одолеешь, не убивай ее, не предложив ей христианскую веру, и если она вернется к своей древней вере, приведи ее пленницей, а если она не вернется к ней, убей ее самым скверным убиением и изувечь ее наихудшим способом, а также и того проклятого, который с нею, изувечь самым скверным способом». И Бартут ответил: «Внимание и повиновение!»

И затем он в тот же час и минуту выехал к своей сестре Мариам и понесся на нее, и она встретила его, и поднялась против него, и приблизилась к нему, и подъехала близко. И тогда Бартут сказал ей: «О Мариам, разве недостаточно того, что из-за тебя случилось, когда ты оставила веру отцов и дедов и последовала вере бродящих по землям? (Он подразумевал веру ислама.) Клянусь Мессией и истинной верой, – воскликнул он потом, – если ты не вернешься к вере царей, твоих отцов и дедов, и не пойдешь к ней наилучшим путем, я убью тебя злейшим убийством и изувечу тебя наихудшим образом!» И Мариам засмеялась словам своего брата и воскликнула: «Не бывать, не бывать, чтобы вернулось минувшее или ожил бы умерший! Нет, я заставлю тебя проглотить сильнейшую печаль! Клянусь Аллахом, я не отступлю от веры Мухаммеда, сына Абд-Аллаха, чье наставление всеобъемлюще, ибо это есть истинная вера, и не оставлю правого пути, хотя бы пришлось мне испить чашу смерти...»

И Шахразаду застигло утро, и она прекратила дозволенные речи.

Когда же настала восемьсот девяносто вторая ночь, она сказала: «Дошло до меня, о счастливый царь, что Мариам сказала своему брату: «Не бывать, чтоб я отступилась от веры Мухаммеда, сына Абд-Аллаха, чье наставление всеобъемлюще, ибо это вера правого пути, хотя бы пришлось мне испить чашу смерти!» И когда услыхал проклятый Бартут от своей сестры эти слова, свет сделался пред лицом его мраком, и показалось ему это дело значительным и великим. И запылал между ними бой, и жестокой стала борьба и схватка, и погрузились они оба в долины, широкие и длинные, и терпели страдания, и устремились на них взоры, и поразила их оторопь. И они гарцевали продолжительное время и долго сражались. И всякий раз как открывал Бартут против своей сестры Мариам какой-нибудь способ боя, она уничтожала его и отражала своим прекрасным искусством, силой своего превосходства, уменьем и доблестью. И они сражались таким образом, пока не сомкнулась над их головами пыль и витязи не скрылись от взоров, и Мариам до тех пор обманывала Бартута и преграждала ему дорогу, пока он не утомился, и пропала тогда его решимость, и разрушилась его твердость, и ослабела его сила. И Мариам ударила его мечом по плечу, и меч вышел, сверкая, через его связки, и поспешил Аллах послать его душу в огонь (а скверное это обиталище!).

И затем Мариам проскакала по полю, на месте боя и сражения, и стала требовать поединка и просить единоборства, и крикнула: «Есть ли боец, есть ли противник? Пусть же не выходит ко мне в сей день ленивый или слабый! Пусть выходят ко мне только богатыри врагов веры, чтобы напоила я их из чаши позорной пытки! О поклонники идолов, обладатели нечестия и непокорства, сегодня день, когда побелеют лица людей веры и почернеют лица тех, кто не верит во всемилостивого». И когда царь увидел, что его старший сын убит, он стал бить себя по лицу, и разорвал на себе одежду, и, кликнув своего среднего сына, сказал ему: «О Бартус, о прозванный Хар ас-Сус, выезжай, о дитя мое, скорее на бой с твоей сестрой Мариам! Отомсти ей за твоего брата Бартута и приведи ее ко мне пленницей, посрамленной, униженной». И Бартус отвечал: «О батюшка, слушаю и повинуюсь!»

И он выступил против своей сестры Мариам и понесся на нее, и Мариам встретила его и понеслась на него, и они начали сражаться сильным боем, сильнее, чем первый бой. И ее второй брат увидел, что он слаб для боя с нею, и захотел убежать и удрать, но не мог из-за ее сильной ярости, ибо всякий раз, как он хотел обратиться в бегство, Мариам приближалась к нему, и подъезжала вплотную, и теснила его. И потом она ударила Бартуса мечом по шее, и меч вышел, сверкая, у него из лопатки, и послала его вслед его брату, и проскакала по боевому полю, на месте боя и сражения, и крикнула: «Где витязи и храбрецы, где кривой и хромой витязь, обладатель искривленной веры?» И тогда царь, отец ее, закричал, с израненным сердцем и оком, слезами разъеденным: «Она убила моего среднего сына, клянусь

Мессией и истинной верой!» И потом он кликнул своего меньшого сына и сказал ему: «О Фасьян, о прозванный Сельхас-Сыбьян, выходи, о дитя мое, на бой с твоей сестрой и отомсти за твоих братьев! Сшибись с нею, и счастье либо тебе, либо против тебя. И если ты ее одолеешь, убей ее наихудшим убиением».

И тут выступил против Мариам ее меньшой брат и понесся на нее, и Мариам пошла на него с превосходным искусством, и понеслась на него с прекрасным уменьем, смелостью, знанием боя и доблестью, и крикнула: «О проклятый, о враг Аллаха и враг мусульман, я отправлю тебя вслед твоим братьям, а плох приют нечестивых!» И затем она вытащила меч из ножен и ударила своего брата, перерубив ему шею и руки, и отправила его вслед братьям, и поспешил Аллах послать его душу в огонь (а скверное это обиталище!).

И когда патриции и витязи, которые поехали с отцом царевны, увидели, что три его сына убиты (а они были самые храбрые люди своего времени), в их сердце запал страх перед Ситт-Мариам, и ошеломила их боязнь, и они свесили головы к земле и убедились в своей смерти, уничтожении, унижении и гибели. И сгорели их сердца от гнева в пламени огня, и они повернули спину и положились на бегство. И когда увидел царь, что его сыновья убиты и войска побежали, взяло его недоумение и оторопь, и сгорело его сердце в пламени огня, и он сказал себе: «Поистине, Ситт-Мариам нас уничтожила, и если я подвергну себя опасности и выступлю к ней один, она, может быть, меня одолеет и покорит, и убьет меня гнуснейшим убийством, и изувечит самым скверным образом, как она убила своих братьев, ибо не осталось у нее на нас надежды, и нечего нам желать ее возвращения. И, по-моему, надлежит мне сберечь мою честь и вернуться в мой город».

И потом царь отпустил поводья коня и вернулся в свой город, и когда он оказался у себя во дворце, в его сердце вспыхнул огонь из-за убиения его трех сыновей, бегства его войска и позора его чести. И, не просидев получаса, он потребовал к себе вельмож правления и больших людей царства, и пожаловался им на то, что сделала с ним его дочь Мариам, которая убила своих братьев, и на горе и печаль, им перенесенную, и спросил у вельмож совета. И они все посоветовали ему написать письмо преемнику Аллаха на земле его, повелителю правоверных Харуну ар-Рашиду, и осведомить его об этом деле. И царь написал ар-Рашиду письмо такого содержания: «После привета повелителю правоверных: у нас есть дочь по имени Мариам-кушачница, и испортил ее против нас пленник из пленных мусульман по имени Нур ад-Дин Али, сын купца Тадж ад-Дина, каирца, и похитил ее ночью, и вышел с нею в сторону своей земли. И я прошу милости владыки нашего, повелителя правоверных, чтобы он написал во все мусульманские земли приказ отыскать ее и прислать к нам с верным посланцем...»

И Шахразаду застигло утро, и она прекратила дозволенные речи.

Когда же настала восемьсот девяносто третья ночь, она сказала: «Дошло до меня, о счастливый царь, что царь Афранджи написал халифу, повелителю правоверных Харуну ар-Рашиду, письмо, в котором умолял его, прося о своей дочери Мариам, и ходатайствовал о милости написать во все мусульманские страны приказ, чтобы Мариам разыскали и отослали с верным посланцем из слуг его величества, повелителя правоверных. И между прочим в письме заключалось: «А за помощь нам в этом деле мы назначим вам половину *города Румы великой*[175], чтобы вы строили там мечети для мусульман, и будет вам доставляться его подать».

И после того как царь написал это письмо, по совету знатных людей своего царства и вельмож правления, он свернул его и позвал везиря, который был назначен везирем вместо кривого везиря, и приказал ему запечатать письмо царской печатью, и вельможи правления тоже припечатали его, поставив на нем сначала подпись своей руки. А потом царь сказал своему везирю: «Если ты приведешь ее, тебе будет от меня надел двух эмиров, и я награжу тебя одеждой с двумя нашивками». И он отдал везирю письмо и приказал ему отправиться в город *Багдад, Обитель Мира*[176], и вручить письмо повелителю правоверных из рук в руки.

И везирь выехал с посланием и ехал, пересекая долины и степи, пока не достиг города Багдада. И, вступив в город, везирь провел там три дня, устраиваясь и отдыхая, а потом он спросил, где дворец повелителя правоверных Харуна ар-Рашида, и ему указали его. И, достигнув дворца, везирь попросил у повелителя правоверных разрешения войти, и халиф разрешил ему. И везирь вошел к ар-Рашиду и, поцеловав перед ним землю, подал ему письмо от царя Афранджи и с ним диковинные подарки и редкости, подходящие для повелителя правоверных. И когда халиф развернул письмо и прочитал его и понял его содержание, он тотчас же велел своим везирям написать письмо во все мусульманские страны, и они это сделали, и изъяснили в письмах облик Мариам и облик Нур ад-Дина, и обозначили его имя и ее имя, и упомянули, что они беглецы, так что всякий, кто их обнаружит, пусть схватит их и отошлет к повелителю правоверных. И они предостерегли наместников, чтобы им не оказали в этом промедления, беспечности или небрежения. И затем письма запечатали и разослали с гонцами к наместникам, и те поспешили с исполнением приказа и принялись искать во всех городах тех, у кого был указанный облик.

Вот что было с этими правителями и их подчиненными. Что же

---

[175] *Город Рума великая* — собирательный образ большого христианского города, не идентичный ни Риму, ни Константинополю.

[176] *Багдад, Обитель Мира*. – Официальное наименование Багдада – «Город мира».

касается Нур ад-Дина каирского и Мариам-кушачницы, дочери царя Афранджи, то после бегства царя и его войска они в тот же час и минуту сели на коней и направились в страны Сирии, и охранил их Аллах, и они достигли города Дамаска. А объявления о розыске, которые разослал халиф, опередили их в Дамаске на один день, и эмир Дамаска узнал, что ему приказано схватить обоих беглецов, когда он их найдет, и доставить их к халифу.

И когда был день их прибытия в Дамаск, подошли к ним соглядатаи и спросили их, как их имена, и беглецы сказали правду и рассказали свою историю и все, что с ними случилось, и их узнали, и схватили, и взяли, и привели их к эмиру Дамаска, и тот отправил их к халифу в город Багдад, Обитель Мира.

И по прибытии туда попросили разрешения войти к повелителю правоверных Харуну ар-Рашиду, и тот позволил, и прибывшие вошли, и поцеловали землю меж его руками, и сказали: «О повелитель правоверных, эта девушка – Мариам-кушачница, дочь царя Афранджи, а это – Нур ад-Дин, сын купца Тадж ад-Дина каирского, пленник, который испортил ее против воли ее отца, и украл ее из его страны и царства, и уехал с нею в Дамаск, Мы нашли их, когда они вступили в Дамаск, и спросили их, как их зовут, и они ответили нам правду, и тогда мы привели и доставили их к тебе».

И повелитель правоверных взглянул на Мариам и увидел, что она стройна ростом и станом, говорит ясной речью, красавица среди людей своего времени, единственная в свой век и столетие, и обладает сладостным языком, твердым духом и сильным сердцем. И когда Мариам подошла к халифу, она поцеловала землю перед ним и пожелала ему вечной славы и счастья и прекращения бед и напастей, И халифу понравилась красота ее стана, нежность ее речи и быстрота ее ответов, и он спросил ее: «Ты ли – Мариам-кушачница. дочь царя Афранджи?» И Мариам ответила: «Да, о повелитель правоверных и имам единобожников, охранитель в боях веры и сын дяди господина посланных». И тогда халиф обернулся и увидел, что Али Нур ад-Дин – красивый юноша, прекрасно сложенный, подобный светящейся луне в ночь ее полноты, и спросил его: «Ты – Нур ад-Дин, пленник, сын купца Тадж ад-Дина каирского?» И Нур ад-Дин ответил: «Да, о повелитель правоверных и опора всех к нему направляющихся». – «Как ты похитил эту женщину из царства ее отца и убежал с онею?» – спросил халиф, И Нур ад-Дин принялся рассказывать ему обо всем, что с ним случилось, с начала до конца, и, когда он кончил свой рассказ, халиф удивился всему этому до крайней степени, и его охватил от удивления великий восторг, и он воскликнул: «Сколь много приходится терпеть мужам!..»

И Шахразаду застигло утро, и она прекратила дозволенные речи.

Когда же настала восемьсот девяносто четвертая ночь, она сказала: «Дошло до меня, о счастливый царь, что когда халиф Харун ар-Рашид спросил Нур ад-Дина о его истории и тот рассказал ему все, что с ним случилось, от начала до конца, халиф до крайности удивился этому и воскликнул: «Сколь много приходится терпеть мужам! – а потом обратился к Ситт-Мариам и сказал ей: – О Мариам, знай, что твой отец, царь Афранджи, написал нам о тебе. Что ты скажешь?» – «О преемник Аллаха на земле его, поддерживающий установления его пророка и предписания его! – ответила Мариам. – Да увековечит Аллах над тобою счастье и да защитит тебя от бед и напастей! Ты – преемник Аллаха на земле его! Я вступила в вашу веру, ибо она есть вера твердо стоящая, истинная, и оставила религию нечестивых, которые говорят ложь о Мессии, и стала верующей в Аллаха великодушного, и считаю правдой то, с чем пришел его милосердый посланник. Я поклоняюсь Аллаху (слава и величие ему!), объявляю его единым богом, падаю перед ним ниц, в смирении, и прославляю его, и я говорю, стоя перед халифом: «Свидетельствую, что нет бога, кроме Аллаха, и свидетельствую, что Мухаммед – посол Аллаха; послал он его с наставлением на правый путь и верою истинной, чтобы поставил он ее превыше всякой веры, хотя бы было это отвратительно многобожникам. И разве дозволено тебе, о повелитель правоверных, внять письму царя еретиков и отослать меня в страну нечестивых, которые предают товарищей владыке всезнающему, и возвеличивают крест, и поклоняются идолам, и веруют в божественность Исы, хотя он сотворен? И если ты сделаешь со мной это, о преемник Аллаха, я уцеплюсь за твою полу в день смотра перед Аллахом и пожалуюсь на тебя *сыну твоего дяди, посланнику Аллаха*[177] (да благословит его Аллах и да приветствует!), в тот день, когда не поможет ни имущество, ни сыновья никому, кроме тех, кто пришел к Аллаху с сердцем здравым».

И повелитель правоверных воскликнул: «О Мариам, сохрани Аллах, чтобы я когда-нибудь это сделал! Как возвращу я женщину-мусульманку, объявляющую единым Аллаха и посланника его, к тому, что запретил Аллах и его посланник?» И Мариам воскликнула: «Свидетельствую, что нет бога, кроме Аллаха, и свидетельствую, что Мухаммед – посол Аллаха!» И повелитель правоверных молвил: «О Мариам, да благословит тебя Аллах и да умножит руководство тобой на пути к исламу! Раз ты стала мусульманкой, объявляющей Аллаха единым, – у нас появился перед тобой обязательный долг, и заключается он в том, что я не допущу с тобою никогда крайности, хотя бы мне дали за тебя полную землю драгоценностей и золота. Успокойся же душою и прохлади глаза, и пусть твоя грудь расправится и твое сердце будет спокойно. Согласна ли ты, чтобы этот юноша, Али-каирец, был тебе мужем, а ты ему женой?» – «О повелитель правоверных, – сказала Мариам, – как мне не согласиться, чтобы он был милостив ко мне крайней милостью? И, в довершение милости ко мне, он из-за меня подвергал свою душу

---

[177] *...сыну твоего дяди, посланнику Аллаха...* – Аббасидские халифы, как потомки Аббаса, дяди Мухаммеда, считаются близкими родичами пророка.

опасности много раз».

И выдал тогда Мариам замуж за Нур ад-Дина владыка наш, повелитель правоверных, и сделал ей приданое, и призвал кади, и свидетелей, и вельмож правления к присутствию в день замужества и при писании записи, и был это день многолюдный.

А затем после этого повелитель правоверных в тот же час и минуту обратился к везирю царя румов, который в это время был тут, и спросил его: «Слышал ли ты ее слова? Как я отошлю ее к ее нечестивому отцу, когда она мусульманка, единобожница? Ведь, может быть, он причинит ей зло и будет груб с нею, тем более что она убила его сыновей, и я понесу ее грех в день воскресения. А сказал ведь Аллах великий: «И не установил Аллах нечестивым против мусульман пути». Возвращайся же к твоему царю и скажи ему: «Отступись от этого дела».

А этот везирь был глупый, и он сказала халифу: «О повелитель правоверных, клянусь Мессией и истинной верой, мне невозможно возвратиться без Мариам, хотя бы и была она мусульманкой, так как, если я вернусь к ее отцу без нее, он убьет меня». И халиф воскликнул: «Возьмите этого проклятого и убейте его!»

И потом он велел отрубить проклятому везирю голову и сжечь его, и Ситт-Мариам сказала: «О повелитель правоверных, не марай твоего меча кровью этого проклятого!» И она обнажила меч и, ударив им везиря, отмахнула ему голову от тела, и пошел он в обитель гибели, и приют ему – геенна (а скверное это обиталище!). И халиф удивился твердости руки Мариам и силе ее духа, и он наградил Нур ад-Дина роскошной одеждой, и отвел Мариам с Нур ад-Дином помещение во дворце, и назначил им выдачи, и жалованье, и кормовые, и велел отнести к ним все, что было нужно из одежд, ковров и дорогой посуды.

И они провели в Багдаде некоторое время, живя сладостной и приятнейшей жизнью, а потом Нур ад-Дин затосковал по отцу и матери, и рассказал об этом халифу, и попросил у него позволения отправиться в свою страну и посетить близких. И он позвал Мариам и привел ее пред лицо халифа, и тот разрешил ему поехать и наделил его дарами и дорогими редкостями. И он поручил

Мариам и Нур ад-Дина друг другу и велел написать эмирам Каира Охраняемого и тамошним ученым и вельможам, чтобы они заботились о Нур ад-Дине, его родителях и невольнице и оказывали им крайнее уважение.

И когда дошли вести об этом до Каира, купец Тадж ад-Дин обрадовался возвращению своего сына Нур ад-Дина, и его мать тоже обрадовалась этому до крайности. И вышли ему навстречу знатные люди, эмиры и вельможи правления, вследствие наказа халифа, и они встретили Нур ад-Дина. И был это день многолюдный, прекрасный и дивный, когда встретился любящий с любимым и соединился ищущий с искомым, и начались пиршества – каждый день у одного из эмиров. И все обрадовались их прибытию великой радостью и оказывали им уважение, все возвышающееся, и когда встретился Нур ад-Дин со своим отцом и матерью, они обрадовались друг другу до крайней степени, и прошли их заботы и огорчения.

И так же обрадовались они Ситт-Мариам и оказали ей крайнее уважение, и стали прибывать к ним подарки и редкости от всех эмиров и больших купцов, и испытывали они каждый день новое наслаждение и радость большую, чем радость в праздник.

И они прожили в постоянной радости, наслаждении и обильном и веселящем благоденствии за едой, питьем, развлечениями и увеселениями некоторое время, пока не пришла к ним Разрушительница наслаждений и Разлучительница собраний, опустошающая дома и дворцы и населяющая утробы могил. И были они перенесены из дольней жизни к смерти и оказались в числе умерших. Да будет же слава живому, который не умирает и в чьей руке ключи видимого и невидимого царства!»

Рассказ о царе Шахрияре и Шахразаде [Заключение]

Шахразада за это время родила от царя трех детей мужеского пола, и когда она кончила этот рассказ, она поднялась на ноги и, поцеловав землю, сказала: «О царь времени, единый в веках и столетиях, я – твоя рабыня, и вот уже тысяча ночей и одна ночь, как я передаю тебе рассказы о прежде бывших людях и назидания древних. Есть ли у меня право перед твоим величеством, чтобы я могла пожелать от тебя желание?»

И царь сказал ей: «Пожелай, получишь, о Шахразада».

И тогда она кликнула нянек и евнухов и сказала им: «Принесите моих детей».

И они поспешно принесли их, и было их трое сыновей, один из которые ходил, другой ползал, а третий сосал грудь. И когда их принесли. Шахразада взяла их, и поставила перед царем, и, поцеловав землю, сказала: «О царь времени, это твои сыновья, и я желаю от тебя, чтобы ты освободил меня от убиения ради этих детей. Если ты меня убьешь, эти дети останутся без матери и не найдут женщины, которая хорошо их воспитает!»

И тут царь заплакал, и прижал детей к груди, и сказал: «О Шахразада, клянусь Аллахом, я помиловал тебя прежде, чем появились эти дети, так как я увидел, что ты целомудренна, чиста, благородна и богобоязненна. Да благословит Аллах тебя, твоего отца, твою мать, твой корень и твою ветвь. Призываю Аллаха в свидетели, что я освободил тебя от всего, что может тебе повредить».

И Шахразада поцеловала царю руки и ноги, и обрадовалась великой радостью, и воскликнула: «Да продлит Аллах твою жизнь и да увеличит твое достоинство и величие».

И распространилась во дворце царя радость, и неслась она по городу, и была это ночь, которую не считают в числе ночей жизни, и цвет ее был белее лица дня. А наутро царь был радостен и преисполнен добра, и он послал за всеми воинами, и когда они явились, наградил своего везиря, отца Шахразады, драгоценной и великолепной одеждой и сказал ему: «Да защитит тебя Аллах за то, что ты женил меня на твоей благородной дочери, которая была причиной того, что я раскаялся в убиении чужих дочерей. Я увидел, что она благородна, чиста, целомудренна и непорочна, и Аллах наделил меня от нее тремя сыновьями. Да будет же хвала Аллаху за это великое благодеяние».

И затем он наградил почетными одеждами всех везирей, эмиров и вельмож правления и приказал украшать город в течение тридцати дней, не заставляя никого из жителей расходовать что-нибудь из денег, напротив, все расходы и траты делались из казны царя.

И город украсили великолепным украшением, подобного которому раньше не было, и забили барабаны, и засвистели флейты, и заиграли все игрецы, и царь наделил их дарами и подарками, и роздал милостыню нищим и беднякам, и объял своей щедростью всех подданных и жителей царства. И он жил вместе со своими придворными в счастии, радости, и наслаждении, и благоденствии, пока не пришла к ним Разрушительница наслаждений и Разлучительница собраний. Хвала же тому, кого не уничтожают превратности времени и не поражают никакие перемены, кого не отвлекает одно дело от другого и кто одинок по совершенству своих качеств. Молитва и мир над имамом его величия, избранным среди творений его, господином нашим Мухаммедом, господином всех людей, через которого мы молим Аллаха о счастливом окончании наших дел.

Рассказ про Ала ад-Дина и волшебный светильник

Говорят, о счастливый царь, будто был в одном городе из городов Китая портной, живший в бедности, и был у него сын по имени Ала ад-Дин. И был этот сын шалый, непутевый с самого малолетства, и когда исполнилось ему десять лет, отец захотел научить его ремеслу. Но так как жил он в бедности, то не мог отдать сына какому-нибудь мастеру, чтобы тот научил его ремеслу, ибо это потребовало бы расходов на учителя, и он взял мальчика в свою лавку с целью обучить его портняжному делу. А Ала ад-Дин был непутевый мальчишка, он привык целый день шляться с уличными ребятами, такими же беспутными, как он сам, и не мог ни часа, ни минутки высидеть в лавке; он только и ждал, когда отец уйдет к какому-нибудь заказчику, и сейчас же бросал лавку и уходил играть с другими озорниками.

Вот каковы были его привычки, и нельзя было его заставить слушаться отца, и сидеть в лавке, и учиться ремеслу. Отец выбился из сил, наставляя его, но ничего не мог с ним поделать, и от великой печали и огорчения он заболел тяжелой болезнью и умер. А Ала ад-Дин продолжал вести себя как шалопай, и когда мать Ала ад-Дина увидела, что ее муж преставился к милости великого Аллаха, а сын повесничает и не знает ни ремесла, ни другого какого дела, которым можно было бы добыть пропитание, она продала все, что было у мужа в лавке, и стала прясть хлопок, и кормилась трудами рук своих, и кормила своего сына, непутевого Ала ад-Дина.

А Ала ад-Дин, увидев, что он избавился от сурового своего отца, стал еще больше озорничать и повесничать и приходил домой только в час еды, тогда как его бедная мать пряла и трудилась сверх сил, чтобы добыть пропитание для себя и для сына, и жила она так, пока не стало ее сыну Ала ад-Дину пятнадцать лет.

И вот однажды когда Ала ад-Дин играл на улице с другими непутевыми мальчишками, вдруг остановился неподалеку от них какой-то человек, чужеземец, и стал смотреть на Ала ад-Дина и наблюдать за ним, не обращая внимания ни на кого из его товарищей. А этот человек был магрибинской породы, колдун, который учинял своим колдовством одну хитрость за другой, и знал он всякие философии и все науки, и хорошо разбирался в науке о положении звезд. И когда он бросил взгляд на Ала ад-Дина и хорошо всмотрелся в него, он сказал про себя: «Поистине, этот мальчишка – тот, кто мне нужен, и ради того я ушел из своей страны, чтобы его сыскать!»

Он отвел одного из мальчишек подальше и начал его спрашивать про Ала ад-Дина – чей он сын, как зовут его отца, и выспросил обо всех его обстоятельствах, а потом подошел к Ала ад-Дину, отвел его в сторону и спросил: «Мальчик, ты такой-то, сын такого-то портного?» – «Да, господин паломник, – отвечал Ала ад-Дин, – но мой отец уже давно мертвый».

И когда магрибинец услышал это, он тотчас же бросился Ала ад-Дину на шею, обнял его и стал целовать, а сам плакал, а Ала ад-Дин, увидав, что магрибинец в таком состоянии, очень удивился.

«По какой причине ты плачешь и откуда ты знаешь про моего отца?» – спросил он.

И магрибинец ответил слабым, печальным голосом:

«О дитя мое, как ты можешь мне задавать такой вопрос? Я плачу потому, что ты сказал о смерти твоего отца, а ведь он мне брат по матери и отцу. Я утомился, идя из далеких стран, но радовался, надеясь его увидеть и повеселить мои взоры лицезрением его, а ты, племянник, говоришь, что он умер! Потому я о нем и плачу, и еще я плачу о своей злой судьбе, – ведь он умер раньше, чем я его повидал. И едва я увидел тебя, дитя мое, от меня не укрылось, клянусь Аллахом, что ты сын моего брата, и я узнал тебя среди мальчиков, с которыми ты играл, а ведь мой брат, твой отец, когда мы расстались, еще не женился. И клянусь Аллахом, дитя мое, мне лучше бы повидать брата и умереть вместо него, ибо я надеялся после долгих скитаний еще раз взглянуть на него, но поразила меня разлука. От того, что будет, не убежишь, и нет ухищрения против власти Аллаха над его тварями, но ты, сынок, заменишь мне его, поскольку ты его сын, и я буду утешаться тобою: кто оставил подобного тебе, тот не умер».

Потом магрибинец сунул руку в карман, вынул десять динаров, протянул их Ала ад-Дину и сказал:

«О дитя мое, где вы живете и где твоя мать, жена моего брата?»

И Ала ад-Дин взял магрибинца за руку и провел его к их дому, и магрибинец сказал ему:

«Возьми, сынок, эти деньги, отнеси их матери, передай ей от меня привет и скажи: «Мой дядя, брат моего отца, вернулся с чужбины». А я, если позволит Аллах, завтрашний день приду к вам, чтобы поздороваться с твоей матерью, и посмотрю на тот дом, где жил мой брат, и погляжу на его могилу».

И потом магрибинец поцеловал Ала ад-Дина, и оставил его, и пошел своей дорогой, а Ала ад-Дин, радуясь деньгам, побежал поскорей домой. Он пришел в необычное время, так как обыкновенно заходил домой только в час обеда и ужина, и, полный радости, вбежал в комнату и закричал:

«Матушка, я тебя порадую: мой дядя, брат отца, вернулся с чужбины и передает тебе множество приветов!»

«Ты как будто смеешься надо мной, сынок! Где у тебя дядя и откуда ему взяться? Нет у тебя никакого дяди!» – сказала ему мать.

И Ала ад-Дин воскликнул:

«Как это ты, матушка, говоришь, что у меня нет дяди и нет в живых никаких родственников, когда я только что видел своего дядю и он меня обнимал и целовал, а сам плакал! Он узнал меня, и он знает всю нашу семью, а если ты не веришь, посмотри: вот десять динаров. Он мне их дал и сказал: «Отнеси их матери», – и, если позволит Аллах, он завтрашний день придет к нам, чтобы с тобой поздороваться. И он велел тебе передать эти слова».

«Да, сынок, – сказала мать Ала ад-Дина, – я знаю, что у тебя был дядя, но он умер задолго до твоего отца, а другого твоего дяди я не знаю».

И она всю ночь раздумывала об этом событии, а колдун-магрибинец, когда настало утро, поднялся, надел свою одежду и отправился на ту улицу искать Ала ад-Дина, потому что его душа не терпела разлуки с мальчиком. Он до тех пор искал его, пока не нашел, а Ала ад-Дин, как всегда, играл с детьми. Магрибинец подошел к Ала ад-Дину, обнял его и поцеловал, потом вынул из кошелька два динара и сказал:

«Возьми их, сынок, отдай твоей матери и скажи: «Мой дядя хочет прийти к нам сегодня вечером и поужинать у нас; возьми эти деньги и сделай на них хороший ужин». Но прежде чем мы расстанемся, проведи меня еще раз к твоему дому, чтобы я не ошибся и нашел его».

«Слушаюсь!» – сказал Ала ад-Дин, и пошел впереди магрибинца, и привел его к своему дому, и тогда магрибинец оставил его и ушел, куда хотел, а Ала ад-Дин вбежал к матери, передал ей слова своего дяди, и отдал те два динара, и сказал:

«Мой дядя хочет сегодня вечером у нас поужинать».

И мать Ала ад-Дина пошла на рынок, купила всего, что ей было нужно, и вернулась домой, и стала готовить ужин, а блюда и другую посуду она заняла у соседей. Когда же пришло время ужина, она сказала своему сыну:

«Сыночек, ужин готов. Может быть, твой дядя не знает дорогу к нашему дому, пойди, встреть его!»

«Слушаю и повинуюсь!» – ответил Ала ад-Дин, и когда он выходил из дома, в ворота вдруг постучали. Он тотчас же вышел и открыл ворота, и оказалось, что это магрибинский колдун и с ним раб, который несет кувшин с набизом, плоды, сласти и прочее.

И Ала ад-Дин взял все это у раба, и раб ушел своей дорогой, а Ала ад-Дин пошел впереди магрнбинца, и когда они оказались, посреди комнаты, магрибинец выступил вперед и поздоровался, плача, с матерью мальчика и спросил ее, где обычно сидел его брат. Она показала магрибинцу место ее мужа, и магрибинец подошел и начал целовать там землю, восклицая: «Увы, как печальна моя судьба! Как это я лишился тебя, о брат мой, о слезинка моего глаза, о мой любимый!»

И он до тех пор говорил такие слова, плакал и причитал, хлопая себя по щекам, пока мать Ала ад-Дина не испугалась, что ему станет дурно от столь большого усердия. Она подошла к магрибинцу, взяла его за руку, подняла его и сказала:

«Что толку, о деверь, от всего этого! Ты только сам себя убиваешь!»

Она усадила магрибинца и принялась его утешать, и когда магрибинец пришел в себя, он начал с ней разговаривать и сказал:

«О жена моего брата, не удивляйся, что ты меня не знаешь и что при жизни моего брата ты меня ни разу не видела. Это потому, что я покинул наш город и расстался с братом сорок лет назад, и я обошел *Хинд, Синд*[178] и все города Магриба, и вступил в Каир, и жил я в *светозарной Медине*[179] – да пребудут над ее господином наилучшие благословения и приветы Аллаха! Оттуда я отправился в страны нечестивых и пробыл там четырнадцать лет, а потом, после этого, о жена моего брата, я стал думать в один из дней о моем брате, моем городе и родной земле, и поднялись во мне тоска и желание увидеть брата. И начал я плакать, и непрестанно побуждала меня тоска направиться сюда, в этот город, чтобы взглянуть на брата, и наконец, я сказал себе: «О человек, сколько времени ты на чужбине, вдали от родной страны! Есть у тебя один-единственный брат и никого больше, пойди же, посмотри на него. Кто знает, каковы удары судьбы и превратности времени? Великая печаль будет, если ты умрешь, не повидав брата. Ведь ты, слава Аллаху, обладаешь богатствами и обильными благами и у тебя много денег, а твой брат, может быть, живет стесненною жизнью. Пойди же и взгляни на него, и если увидишь, что он пребывает в бедности, – помоги ему». И я подумал, обо всем этом и, когда наступило утро, собрался в

---

[178] *Хинд, Синд* . – Хинд – Индия, Синд – нынешний Пакистан.

[179] *Светозарная Медина* – один из священных городов мусульман, находящийся на Аравийском полуострове.

путешествие. Я пошел на пятничную молитву, а потом сел на своего чистокровного коня, и пустился в дорогу, и претерпел много трудностей и страшных опасностей, но Аллах судил мне благополучие, и я прибыл в ваш город. И когда я ходил по его улицам, я увидел твоего сына Ала ад-Дина, который играл с уличными мальчишками, и клянусь великим Аллахом, о жена моего брата, с той минуты, как я его увидел, мое сердце раскрылось для него, – кровь ведь стремится к родной крови, – и я узнал его по наружности. И забыл я, когда увидел его, все тяготы и заботы, которые перенес и испытал, и велика стала моя радость. Но Ала ад-Дин рассказал мне, что мой покойный брат умер, и, увы, о жена моего брата, когда я услышал это, я опечалился, и, может быть, Ала ад-Дин тебе говорил, какая великая скорбь и горесть охватили меня. Но я утешаюсь Ала ад-Дином и надеюсь, что по воле Аллаха он мне заменит покойного, а кто оставил себе замену, тот не умер».

Потом он посмотрел и увидел, что мать Ала ад-Дина стала плакать от таких слов, и обратился к Ала ад-Дину, чтобы тот подтвердил, что он действительно брат ее мужа, и утешил ее, и чтобы удались его хитрость и обман.

«О дитя мое, – спросил он, – каким ремеслам ты научился? Скажи мне, научился ли ты ремеслу, на которое ты бы мог жить вместе с матерью?»

Ала ад-Дин застыдился, смутился, повесил голову и уставился в землю, а мать его сказала:

«Откуда у него ремесло! Нет у него ремесла! Он только и знает, что озорничает целый день и шляется с уличными мальчишками. Ведь отец его – отчего умер, бедняга?.. Оттого он умер, что из-за него заболел, а я, горе мне, день и ночь тружусь и пряду хлопок, чтобы заработать на две лепешки хлеба, которыми мы живем целый день. Вот он какой, деверь, а у меня не осталось силы, чтобы содержать такого взрослого парня, и я едва могу добыть пропитание. Мне самой нужен кто-нибудь, чтобы меня содержать»

И тут магрибиыец обратился к Ала ад-Дину и сказал ему:

«Почему это ты, племянник, все беспутничаешь? Стыдись, так не годится! Ты стал мужчиной и умным человеком, и к тому же ты сын добрых людей. Стыдно тебе, что твоя мать, женщина, вдова, бьется, чтобы тебя прокормить, а ты, мужчина, бездельничаешь. Нужно тебе научиться ремеслу, чтобы добывать пропитание себе и матери. Погляди, сынок, у вас в городе много всяких мастеров. Посмотри, какое ремесло тебе нравится, и я определю тебя к мастеру, чтобы ты у него учился и чтобы у тебя, когда вырастешь, было ремесло, на которое можно прожить. Может быть, тебе не любо ремесло твоего отца? Ты выбери ремесло, которое тебе нравится, и скажи мне, а я помогу тебе всем, чем могу».

Но магрибинец увидел, что Ала ад-Дин молчит и не отвечает, и понял, что мальчику это неприятно и что он не желает учиться никакому ремеслу, ибо он так воспитан, что привык бездельничать.

«О сын моего брата, – сказал магрибинец, – не печалься из-за меня. Если ты не согласен учиться ремеслу, я открою для тебя купеческую лавку и наполню ее самыми дорогими тканями. Ты узнаешь людей и будешь торговать с ними и станешь купцом, известным в городе».

Услышав слова магрибинца и обещание, что он станет купцом, Ала ад-Дин обрадовался, так как был уверен, что купцы всегда ходят в чистой и нарядной одежде и что все они – большие люди. Он посмотрел на магрибинца, и засмеялся, и закивал головой, показывая, что он согласен, и магрибинец понял, что мальчику хочется стать купцом.

«О сын моего брата, – сказал он, – будь только мужчиной, и я завтра утром возьму тебя с собой на рынок и скрою тебе нарядную одежду, а потом я присмотрю для тебя у купцов лавку и положу туда всяких дорогих тканей, и ты будешь там сидеть, продавать и покупать».

И когда мать Ала ад-Дина услыхала эти слова, – она все еще была в сомнении насчет магрибинца, – она твердо решила про себя, что магрибинец и вправду брат ее мужа, – ведь невозможно, чтобы чужой человек все это сделал для ее сына! – и принялась наставлять и учить мальчика, чтобы он выбросил глупости из головы и всегда слушался дядю, никогда не прекословил ему, – ведь дядя ему все равно что отец. Пора ему наверстать то время, которое прошло в шалостях!

Потом мать Ала ад-Дина, дав сыну такие наставления, поднялась и подала ужин, и все сели за трапезу и ели, пока не насытились, а затем вымыли руки и сидели, беседуя о торговых делах, о купле, продаже и прочем.

И Ала ад-Дин всю ночь не спал и словно летал от радости, а магрибинец, увидев, что ночь дошла до половины, встал и ушел к себе домой, обещая, что к утру придет и возьмет Ала ад-Дина с собой на рынок. Когда наступило утро, магрибинец постучался в ворота, и мать Ала ад-Дина встала и открыла ему, но он не захотел войти и потребовал Ала ад-Дина, чтобы взять его с собой, и Ала ад-Дин тотчас же, быстрее молнии, оделся и вышел. Он пожелал магрибинцу доброго утра и поцеловал ему руку, а магрибинец взял его за руку и пошел с ним на рынок. Там он вошел в лавку одного из больших торговцев и потребовал перемену платья – разноцветного, нарядного, дорогого, и торговец принес ему то, что он хотел: роскошные, полные перемены платья, уже все сшитые.

«О сын моего брата, – сказал магрибинец, – выбирай то, что тебе нравится». Мальчик обрадовался и развеселился, видя, что магрибинец дает ему выбрать самому. Он выбрал нарядную перемену платья себе по душе, и магрибинец отдал торговцу за нее плату и вышел из лавки. Потом они отправились в баню, вместе вымылись и надушились, а выйдя из воды, попили сладкого питья, и Ала ад-Дин оделся в свое новое платье, и ум его улетел от радости. Он подошел к магрибинцу, поцеловал ему руку и сказал:

«Да сохранит мне тебя Аллах, о дядюшка!» И потом они вышли

из бани, и магрибинец повел его на рынок торговцев, и погулял с ним по рынку, и показал ему, как производится купля и продажа.

«О племянник, – сказал он, – тебе следует глядеть на купцов – как они продают и покупают, чтобы научиться разбираться в вещах и товарах, – это ведь будет твое ремесло».

Потом он повел Ала ад-Дина по городу и показал ему городские мечети, постоялые дворы и странноприимные дома, а затем они зашли к великолепному повару, и тот подал им роскошный обед на серебряной посуде, и они пообедали, и насладились, и выпили. Затем магрибинец стал показывать Ала ад-Дину местности для прогулок и для развлечений и игр и показал ему дворец султана, а потом пошел с ним на постоялый двор для чужеземцев, в то Помещение, в котором он жил. А магрибинец пригласил к себе некоторых купцов, своих соседей, и когда те пришли, он поставил перед ними столик с кушаньями и рассказал им, что этот мальчик сын его брата.

Потом, когда все поели, попили и насытились, магрибинец поднялся, взял Ала ад-Дина за руку и доставил его домой. Он привел мальчика к матери, и когда мать увидела его в такой одежде, в роскошном наряде, – а он был похож на какого-нибудь царевича, – она чуть не улетела от радости и принялась благодарить магрибинца.

«О деверь, – воскликнула она, – клянусь Аллахом, мои мысли все спутались, и я не знаю, каким языком мне благодарить тебя за твои милости и как тебя восхвалять за добро и благодеяние, которое ты сделал моему сыну!»

«О жена моего брата, – отвечал магрибинец, – никакого я не сделал благодеяния! Ведь Ала ад-Дин – сын моего брата, а значит, и мой сын, и я обязан заменить ему отца. Будь же спокойна».

«Прошу Аллаха именем его святых и пророков, пусть сохранит и оставит тебя в живых и продлит тебе жизнь, чтобы был ты этому мальчику покровителем! – воскликнула мать Ала ад-Дина. – А он всегда будет тебе повиноваться и никогда не ослушается тебя».

«О жена моего брата, не думай об этом, – сказал магрибинец, – Ала ад-Дин – умный мужчина, и я надеюсь, что, с соизволения великого Аллаха, он заменит тебе своего отца, и порадуются на него твои глаза, и, если захочет Аллах, он станет величайшим купцом в этом городе. Мне тяжело, что завтра день пятницы и я не могу открыть для него лавку, так как все купцы после молитвы уйдут в сады и на прогулки, но в субботу, если пожелает Аллах, я сделаю так, как хочется Ала ад-Дину, и открою для него лавку, а завтра я приду к вам, и возьму его с собой, и покажу ему сады и места для прогулок за городом, – может быть, он их еще не видал. Завтра там будут все купцы, и я хочу, чтобы он познакомился с ними, а они познакомились с ним».

Потом магрибинец попрощался и ушел в свое жилище, а утром он пришел и постучался в ворота. А Ала ад-Дин всю ночь не спал от радости, и, лишь только зачирикали воробьи и наступил день, он поднялся, надел свою одежду и сидел, ожидая дядю. И когда постучали в ворота, он, словно искра огня, быстро поднялся, и отпер ворота, и увидел магрибинца. Он подошел и поцеловал ему руку, и магрибинец взял его и пошел с ним.

«Сегодня, о сын моего брата, – сказал магрибинец, – я покажу тебе кое-что такое, чего ты никогда в жизни не видал».

Он ласково разговаривал и беседовал с мальчиком, пока они не вышли из города, и они шли по загородным садам, и магрибинец показывал Ала ад-Дину находившиеся там дворцы и замки, и всякий раз, когда они подходили к какому-нибудь саду, замку или дворцу, магрибинец останавливался и показывал его Ала ад-Дину и спрашивал: «Нравится тебе этот сад – я куплю его для тебя? Нравится ли тебе этот дворец?» А Ала ад-Дин был ведь маленький мальчик и, слыша ласковые слова магрибинца, верил ему, и ум его улетал от радости. И так они шли, пока не устали, и тогда зашли они в великолепный сад, от вида которого расширялось сердце и светлело в глазах, и фонтаны поливали там цветы водой, извергавшейся из пасти медных львов. Они сели отдохнуть у пруда с водой, и сердце Ала ад-Дина расширилось, и магрибинец начал с ним шутить и беседовать, словно он и вправду был ему дядей. Потом он поднялся и вынул из-за пояса кулек с разной снедью и плодами и сказал:

«Ты, наверно, проголодался, о сын моего брата, садись, поешь!
"

И магрибинец с Ала ад-Дином ели, пока не насытились, и потом магрибинец сказал:

«Если ты отдохнул, вставай, походим и посмотрим еще немного».

И Ала ад-Дин встал, и они ходили из сада в сад, пока не обошли все сады и не пришли к одной высокой горе. А Ала ад-Дин в жизни не выходил из города и не ходил столько, и он прямо умирал от усталости.

«О дядя, а куда мы идем? – спросил он магрибинца. – Мы оставили сады позади и пришли к этой горе, и если путь еще долгий, то я не могу идти, так как я умираю от усталости. Дальше уже нет больше садов, вернемся же в город!»

«Нет, племянник, – ответил магрибинец, – эта дорога ведет в роскошные сады. Идем, я покажу тебе такой сад, какого не видывал ни один царь. Соберись же с силами, и пойдем! Ты ведь мужчина!»

И магрибинец принялся улещать Ала ад-Дина и развлекать его и шел с ним рядом, рассказывая всякие истории, лживые и правдивые, пока они не дошли до того места, к которому стремился магрибинский колдун и ради которого он пришел из земель внутреннего Китая.

И когда они пришли, магрибинец сказал Ала ад-Дину:

«Садись, отдохни, о сын моего брата, вот то место, куда мы направляемся. Если захочет Аллах, племянник, я покажу тебе такие чудеса, каких никто не видел, и никто не любовался тем, на что ты полюбуешься. Но после того как ты отдохнешь, встань и поищи нам немного хвороста, кусков дерева, высохших древесных корней и прочего: я хочу развести огонь и показать тебе эту диковинную вещь».

Когда Ала ад-Дин услышал это, ему так захотелось посмотреть, что хочет сделать дядя, что он забыл усталость и утомление и принялся искать и собирать мелкий хворост. Он собирал его до тех пор, пока магрибинец не сказал «Хватит!» – и тогда колдун тотчас же встал, вынул из-за пазухи кремень и огниво и запалил бывшую при нем серную лучинку. Потом он вынул из-за пазухи свечу и зажег ее, а Ала ад-Дин пододвинул к нему собранную им кучку хвороста, и магрибинец разжег в ней огонь. Он подождал, пока хворост перестал пылать, сунул руку за пазуху, вынул коробочку, открыл ее, взял оттуда немного порошку и бросил его в огонь, и из огня пошел дым, а магрибинец начал колдовать, произносить заклинания и говорить непонятные слова.

И вдруг мир потемнел, и загремел гром, и земля затряслась и разверзлась; и Ала ад-Дин испугался и устрашился и хотел убежать. И когда магрибинец увидел, что мальчик хочет бежать, он пришел в великую ярость, так как он видел в своем гороскопе, что из его дела без Ала ад-Дина не будет проку, – ведь он хотел добыть сокровище, которое не откроется иначе как при помощи Ала ад-Дина. И вот, увидав, что тот намерен бежать, он поднял руку и так ударил Ала ад-Дина по щеке, что едва не вышиб у него изо рта все зубы, и Ала ад-Дин упал без сознания и немного пролежал на земле вниз лицом, а потом очнулся и спросил:

«Дядя, что я тебе сделал и чем заслужил от тебя это?»

И магрибинец принялся его уговаривать и сказал:

«О дитя мое, я хочу, чтобы ты стал мужчиной! Не прекословь мне, я ведь тебе дядя, взамен отца, и, если захочет Аллах, ты скоро забудешь все эти тяготы, так как увидишь диковинную вещь.

А когда земля разверзлась, из-под нее показался мраморный камень, в котором было кольцо из меди, и магрибинец сказал Ала ад-Дину:

«О сын моего брата, если ты сделаешь так, как я тебе скажу, ты станешь богаче всех царей в мире, и по этой причине я и ударил тебя. В этом месте лежит огромное сокровище, и оно положено на твое имя, а ты хотел бежать и упустить его. Но теперь одумайся и посмотри, как я заставил землю раздвинуться своими заклинаниями и заклятьями, и послушай слова, которые я скажу. Взгляни на этот камень с кольцом – под ним то сокровище, о котором я тебе говорил. Возьмись рукой за кольцо и приподними его, и мраморная плита поднимется. Никто, кроме тебя, дитя мое, не может ее поднять, и никто, кроме тебя, не может ступить ногой в эту сокровищницу, так как клад охраняется твоим именем. Но ты должен слушаться того, что я говорю, и не отступать от этого ни на одну букву: это все для твоего блага, так как здесь лежит великое сокровище; все цари мира не добыли даже части его, и оно твое и мое».

Услышав эти слова, Ала ад-Дин забыл про боль, усталость и тяготы, и охватило его удивление от слов магрибинца: как это он станет богатым до такой степени, что даже цари мира будут не богаче его!

«О дядя, – сказал он магрибинцу, – скажи мне, чего ты хочешь. Я покорен твоему приказанию и никогда не стану прекословить тебе», – и магрибннец промолвил: «О дитя мое, Ала ад-Дин, я хочу для тебя всякого блага, и нет у меня наследников, кроме тебя одного. Ты – мои наследник и преемник».

И он подошел к Ала ад-Дину поцеловал его между глаз и сказал:

«Ведь все мои труды – для кого они? Все эти труды – для тебя, чтобы сделать тебя богатым до такой степени. Не перечь же мне в том, что я тебе говорю: подойди к этому кольцу и подними его, как я уже говорил».

«О дядя, – сказал Ала ад-Дин, – эта плита тяжелая, и я один не смогу ее поднять. Нужно, чтобы ты подошел и помог мне поднять ее, – я ведь маленький».

«О дитя мое, – молвил магрибинец, – я не могу к ней прикасаться, но положи руку на кольцо, и плита сейчас же поднимется. Я же тебе говорил, что никто не может ее коснуться, кроме тебя. А когда будешь ее поднимать, назови свое имя, имя твоего отца и отца твоего отца, а также имя твоей матери и отца твоей матери».

И тогда Ала ад-Дин выступил вперед и сделал так, как научил его магрибинец. Он потянул плиту – и плита поднялась с полной легкостью, когда он назвал свое имя, имя своего отца и матери и другие имена, о которых говорил магрибинец, и он сдвинул плиту с места и отбросил в сторону, и когда он поднял плиту, под ней оказалось подземелье с лестницей в двенадцать ступенек.

«О Ала ад-Дин, – сказал магрибинец, – соберись с мыслями, сын моего брата, прислушайся к моим словам и сделай все, что я тебе скажу, ничего не упуская. Спустись со всей осторожностью в это подземелье, и когда ты достигнешь его дна, то найдешь там помещение, разделенное на четыре четверти. В каждой четверти ты найдешь четыре кувшина с червонным золотом, серебром, золотыми слитками и другими драгоценностями, но берегись, о дитя мое, дотронуться до которого-нибудь из них и не приближайся к ним и не бери ничего. Иди вперед, пока не дойдешь до четвертой, последней четверти помещения, и, проходя мимо каждой четверти, ты увидишь, что она подобна целому дому, и найдешь в ней, как и в первой четверти, кувшины с золотом, серебром, золотыми слитками и другими драгоценностями. Но иди мимо всего этого и не давай твоей одежде или подолу коснуться какого-нибудь кувшина или даже стен – иначе ты погибнешь. Берегись и еще раз берегись, дитя мое, и не давай твоей одежде коснуться чего-нибудь в этом помещении. Входи туда побыстрей и остерегайся останавливаться, чтобы посмотреть; берегись и еще раз берегись задержаться хоть на одной ступеньке! Если ты сделаешь не так, как я говорю, то будешь сейчас же заколдован и превратишься в кусок черного камня.

А когда ты достигнешь четвертого помещения, то увидишь там

дверь. Положи руку на дверь и назови твое имя и имя твоего отца, как ты только что назвал их над плитой, – и дверь тотчас же откроется. Из этой двери ты пройдешь в сад и увидишь, что он весь украшен деревьями и плодами; выйди через сад на дорогу, которую ты увидишь перед собой, и пройди по ней расстояние в пятьдесят локтей; ты увидишь там портик с лестницей – около тридцати ступенек – и увидишь, что вверху портика висит зажженный светильник. Поднимись по лестнице, возьми светильник, погаси его и вылей масло, которое в нем есть, а потом положи светильник за пазуху и не бойся и не опасайся, что масло запачкает тебе платье. А когда будешь возвращаться, не страшись сорвать с дерева что-нибудь, что тебе понравится, ибо все, что есть в саду и в сокровищнице, станет твое, раз светильник в твоих руках».

Потом колдун-магрибинец, окончив говорить, снял с пальца перстень, надел его на палец Ала ад-Дину и сказал:

«О дитя мое, этот перстень избавит тебя от всякого вреда или бедствия, которое сможет тебя поразить, при условии, если ты запомнишь все то, что я тебе сказал. Вставай же теперь и спускайся вниз. Наберись храбрости, и не бойся ничего, и будь человеком с сильным, смелым сердцем, ты ведь не малый ребенок, ты мужчина. И если ты сделаешь все, что я тебе сказал, то через короткое время добудешь огромное богатство, так что не будет в мире никого богаче тебя».

И тогда Ала ад-Дин встал, и спустился по лестнице в подземелье, и увидел там помещение, разделенное на четыре четверти, и в каждой четверти стояло четыре кувшина, полных золота, серебра и других драгоценностей, как и говорил ему магрибинец.

И он подобрал полы одежды и прошел по этому помещению со всей осторожностью, чтобы его одежда не коснулась стен или чего-нибудь другого, что было там, и миновал все прочие комнаты, и оказался посреди сада, а из сада он прошел к портику и увидел подвешенный светильник. Тогда он поднялся по ступенькам, взял светильник и вылил из него масло, а потом положил светильник за пазуху, спустился в сад и начал рассматривать находившиеся там деревья и птиц, прославлявших единого, всепокоряющего, на которых и не взглянул, когда входил в сад. Он принялся ходить среди деревьев, а они все были обременены плодами из драгоценных камней, и на каждом дереве камни были иной окраски, чем на другом, и были они всех цветов – белые, зеленые, желтые, красные, лиловые и всякого другого цвета, и блеск их побеждал лучи солнца, и по величине каждый камень превосходил всякое описание. Не найдется ни одного такого у величайшего царя в мире, и нет у него даже камня величиной в половину малейшего из них!

И Ала ад-Дин стоял среди деревьев, уставившись на них, и любовался этими диковинками, исполнившись удивления, ибо он видел, что деревья вместо съедобных плодов несут на себе драгоценные камни, отнимающие у человека рассудок, – жемчуга, изумруды, алмазы, яхонты, топазы и другие ценные самоцветы, повергающие умы в смятение. И он стоял и смотрел на эти вещи, которых в жизни никогда не видал, и не знал он, что такое драгоценные камни, как их продают и какая им цена, ибо он, во-первых, был маленький и, во-вторых, сын бедных людей. И он принялся их рассматривать, и дивился на них, и думал, как бы ему нарвать всего этого – винограда, винных ягод и прочих плодов, которые он принимал за настоящие и съедобные, – так ведь обычно думают дети, которые не знают драгоценных камней и не ведают, какая им цена и что это такое.

Но когда Ала ад-Дин сорвал немного этих плодов и увидел, что они сухие и несъедобные, твердые, как камень, он решил, что это стекляшки. Она нарвал камней каждого сорта и положил их за пазуху, набив ими все свои карманы, потом снял с себя пояс, наполнил его камнями и снова затянул, и в общем набрал уйму этих плодов, сколько мог снести, думая про себя: «Я украшу этими стекляшками наш дом и буду играть в них с мальчишками».

Потом он вышел из сада и пошел, поспешая, так как боялся своего дяди-магрибинца. Он миновал все четыре отделения и, проходя по ним, даже и не взглянул на кувшины с золотом, которые увидел, когда входил, и достиг лестницы, и поднимался по ней, пока не дошел доверху, и ему оставалось только взойти на последнюю ступеньку, но она была высокая, выше остальных, и Ала ад-Дин не мог на нее подняться из-за тяжести ноши, которую нес.

И он сказал магрибинцу:

«О дядя, дай мне руку и помоги взойти на эту ступеньку», – и магрибинец ответил: «Дай мне сначала светильник, сынок, чтобы я мог облегчить тебя, – может быть, это он тебя обременяет».

«Светильник ничуть меня не обременяет! – сказал Ала ад-Дин. – Дай мне только руку, чтобы я мог подняться на ступеньку, а когда я поднимусь, я отдам тебе светильник».

А у магрибинца не было другой цели и нужды, кроме светильника, и он начал приставать и настаивать, чтобы Ала ад-Дин отдал ему светильник раньше, чем выйдет из подземелья, но так как Ала ад-Дин положил светильник в карман, а потом набил все свои карманы драгоценностями, он не мог до него добраться. К тому же всемилостивый вразумил его, и он не соглашался отдать магрибинцу светильник и хотел посмотреть, какие у того намерения и почему тот не дает руку раньше, чем Ала ад-Дин отдаст ему светильник.

«О дядя, – сказал он магрибинцу, – дай мне руку и вытащи меня, а потом бери светильник».

И магрибинец рассердился и начал приставать, чтобы Ала ад-Дин сначала отдал ему светильник, но Ала ад-Дин не мог передать ему светильник, так как он находился в глубине кармана. И когда магрибинец увидел, что у Ала ад-Дина нет желания отдать ему светильник и он обещает это сделать только после того, как выйдет из подземелья, его гнев усилился. А Ала ад-Дин обещал ему это без дурного намерения – он и вправду не мог достать светильник, как мы уже говорили.

Что же касается магрибинца, то, когда он увидел, что Ала ад-Дин его не слушается и отказывается дать ему светильник, ум улетел у него из головы от досады, и усилилась его ярость. Он тотчас же начал колдовать и произносить заклинанья, и зашептал какие-то слова, и бросил в огонь много порошку, и тогда земля затряслась и подземелье закрылось, как было, и плита легла на него, а Ала ад-Дин остался под землей, внутри подземелья, и не мог выйти, и не было для него прохода, чтобы оттуда выбраться.

А этот магрибинец, колдун, увидал, читая по звездам, что именем Ала ад-Дина заколдовано сокровище, и прикинулся его дядей, чтобы добыть желаемое. Он учился наукам в своей стране, в стране Ифрикии[180], и среди прочих указаний увидел, что в некоей земле, а именно в городе Калкасе, хранится огромный клад и в нем — светильник, и кто добудет этот светильник, тот станет страшно богат, богаче всех царей земли. И он обнаружил, гадая на песке, что эта сокровищница откроется только через мальчика, имя которому Ала ад-Дин, происходящего из дома бедных людей, и тогда он еще раз рассыпал песок и вывел гороскоп мальчика и проверял и уточнял, пока не узнал, каков образ Ала ад-Дина и какова его внешность.

И тогда магрибинец снарядился и направился в китайские земли, как мы уже говорили. Он хитростью сошелся с Ала ад-Дином и надеялся получить желаемое, но когда Ала ад-Дин отказался отдать ему светильник, чаяния его пошли прахом, и надежды пресеклись, и пропали все труды его даром. И тут он захотел убить Ала ад-Дина и закрыл над ним землю, чтобы ни он, ни светильник не могли выйти, и пустился в дорогу, удрученный, и вернулся в свою страну. Вот что было с магрибинцем.

Что же касается Ала ад-Дина, то, когда он увидел, что подземелье над ним закрылось, он принялся кричать: «Дядя, дядя!» — но никто не дал ему ответа, и он понял, какое коварство учинил с ним магрибинец, и догадался, что это вовсе не его дядя.

И Ала ад-Дин потерял надежду жить и убедился, что нет ему выхода из-под земли, и начал рыдать и плакать из-за того, что с ним случилось, а потом он поднялся, чтобы посмотреть, не найдется ли прохода из подземелья, через который он мог бы выйти. Он повернулся направо и налево, но ничего не увидел, кроме глубокой тьмы и четырех стен, ибо магрибинец замкнул своим колдовством все двери, которые были в подземелье, и даже дверь в сад, чтобы Ала ад-Дин поскорее умер.

И когда Ала ад-Дин увидел это, рассудок его исчез от сильного горя. Он вернулся к лестнице, ведущей в подземелье, и сел там, плача о своем положении, но великий Аллах, – да возвысится величие его! – когда он чего-нибудь захочет, говорит: «Будь!» – и это бывает, и по сокрытой своей благости судил он Ала ад-Дину спасение.

И Ала ад-Дин сидел на лестнице, плача, рыдая и ударяя себя по

---

180 *Ифрикия* – провинция халифата, территория которой примерно совпадала с нынешней территорией Ливии.

щекам, и усилилась его печаль, и просил он Аллаха о милости и спасении. А раньше мы говорили, что магрибинец, спуская Ала ад-Дина в подземелье, дал ему перстень, и надел его мальчику на палец, и сказал: «Этот перстень вызволит тебя из всякой беды, в которую ты попадешь», – и вот, когда Ала ад-Дин плакал и бил себя по щекам от горя, он начал потирать себе руки и, потирая их, задел за тот перстень. И тотчас же вырос перед ним марид, один из рабов господина нашего Сулеймана, – да почиют над ним благословения Аллаха! – и воскликнул:

«К твоим услугам, к твоим услугам! Твой раб перед тобой! Требуй от меня, чего хочешь, ибо я покорный раб того, в чьих руках находится этот перстень».

Тут Ала ад-Дин задрожал и испугался образа этого мари да, но когда он увидел, что марид обращается с ним дружелюбно и говорит: «Требуй от меня, чего хочешь, ибо я твой раб», – он успокоился и вспомнил, что сказал магрибинец, когда давал ему перстень, а он сказал: «Этот перстень вызволит тебя из всякой беды, которая тебя поразит».

И Ала ад-Дин страшно обрадовался, и укрепил свое сердце, и сказал мариду:

«О раб владыки перстня, я хочу от тебя, чтобы ты меня вывел на лицо земли». И не окончил еще Ала ад-Дин говорить, как земля задрожала и разверзлась, и он увидел себя на поверхности земли, у входа в подземелье.

Рассказ про Ала ад-Дина и волшебный светильник

И когда Ала ад-Дин нашел себя на лице земли после того, как провел два дня под землей, в темноте, внутри сокровищницы, он открыл глаза, но не мог ими смотреть из-за света дня и лучей солнца. Он принялся закрывать глаза и мало-помалу открывать их, и, когда глаза его окрепли, он открыл их совсем и посмотрел на мир, и оказалось, что он у входа в сокровищницу, в которую он спускался, и земля ровная, и нет в этом месте и признака того, что земля раздвигалась или сдвигалась.

И подивился Ала ад-Дин на колдовство магрибинца и прославил великого Аллаха, который избавил его от зла, а потом он обернулся направо и налево, и увидел сады, и узнал дорогу, по которой он пришел с магрибинцем.

И Ала ад-Дин обрадовался, что жив, так как был уверен в своей гибели, и пошел по дороге, и шел до тех пор, пока не достиг города. Он вошел в свой дом, улетая от радости, что остался жив, и, войдя, упал на землю и лишился чувств от сильного голода, страха и огорчения, которые ему пришлось испытать, а также от охватившей его в это время великой радости.

И мать Ала ад-Дина поспешила к нему и, принеся от соседей немножко розовой воды, побрызгала ему на лицо. А она с тех пор, как рассталась с сыном, ни на минуту не расставалась со слезами о нем, так как он был у нее единственный, и когда он вошел и мать его увидала, она обрадовалась, но когда он упал на землю без чувств, горе ее усилилось, и она непрерывно брызгала ему в лицо розовой воды и давала ему нюхать благовония, пока он не очнулся и не попросил поесть.

«Дай мне, матушка, чего-нибудь поесть, я уже два дня без еды», – сказал он.

И мать подала ему то, что у нее было, и молвила:

«Иди, сынок, поешь в свое удовольствие, а когда ты отдохнешь, я хочу, чтобы ты мне рассказал, где ты был и что с тобой случилось, и какое несчастье поразило тебя. Я не спрашиваю тебя сейчас, о дитя мое, так как ты устал».

И Ала ад-Дин сел за еду и ел и пил, пока не насытился, а отдохнув и оправившись, он обернулся к своей матери и сказал:

«О матушка, на тебе великий грех! Ты отдала меня этому проклятому, который хотел убить меня и погубить! Клянусь Аллахом, матушка, я из-за него своими глазами видел смерть, а мы-то с тобой думали, что он и вправду мой дядя! Но слава Аллаху, который спас меня от его зла! Мы дали ему себя обмануть, так как он обещал сделать нам столько добра. Ах, матушка, если бы ты знала, какой это скверный, проклятый магрибинский колдун! Проклятие Аллаха да почнет на нем во всяком ниспосланном писании! Посмотри, о матушка, что он со мной сделал!»

И Ала ад-Дин рассказал матери, что с ним случилось, а сам плакал от великой радости, что избавился от зла магрибинца. Он рассказал, что с ним было с тех пор как он с ней расстался и пока они не дошли до входа в подземелье, и как магрибинец колдовал и дымил, как он расколол гору и разверзлась земля, и продолжал:

«И я испугался сотрясения, начавшегося в эту минуту, и хотел бежать, но он выругал меня и побил, и хотя сокровище открылось, он не мог спуститься вниз, ибо этот клад положен на мое имя, и тот проклятый узнал по своему песку, что он откроется только моей рукой. И после того как он меня ударил и выбранил, он решил со мной помириться, чтобы получить желаемое».

И Ала ад-Дин продолжал рассказывать матери эту историю и говорил:

«Когда магрибинец спустил меня в сокровищницу, он дал мне перстень и надел его мне на палец, и когда я оказался посреди подземелья, я увидел четыре комнаты, все полные золота, серебра и прочего, но магрибинец не велел мне ничего брать. И после того я вошел в огромный сад, весь поросший деревьями, а плоды на них – это вещь, отнимающая взор своими лучами, – я думаю, они, наверно, из хрусталя всякого вида и цвета. И я подошел к огромному портику, и поднялся туда по лестнице, чтобы взять тот светильник, который проклятый магрибинец велел мне принести, и взял светильник, и погасил его, и вылил то, что в нем было, и положил за пазуху, и вышел, и потом я сорвал с деревьев немного тех плодов и положил их за пазуху и в карманы. Я подошел к двери в сокровищницу и закричал: «Дядя, протяни мне руку, я несу тяжелые вещи и не могу взойти на последнюю ступеньку, так как она высокая», – но магрибинец не захотел дать мне руку и вывести меня и сказал: «Дай мне сначала светильник, который ты несешь, а потом я дам тебе руку и выведу тебя». А я, матушка, положил светильник в карман и набил себе карманы плодами с деревьев из сада и потому не мог достать светильник и дать его магрибинцу. Я сказал: «Дядя, когда я поднимусь, я дам тебе светильник, а ты дай мне руку, чтобы я взобрался на эту высокую ступеньку», – но тот проклятый не хотел дать мне руку и вывести меня из подземелья: наоборот, у него был умысел, цель и желание получить и забрать у меня светильник и потом закрыть надо мною землю своим колдовством, чтобы я погиб и умер, как он и сделал со мной в конце концов. Вот, матушка, что у меня было с этим грязным, проклятым магрибинским колдуном».

И Ала ад-Дин рассказал своей матери обо всем, что случилось у него с магрибинцем с начала до конца, а кончив рассказывать, принялся, от сильного гнева и горячего сердца, ругать и проклинать магрибинца и говорил: «Кто же он, этот проклятый, грязный, скверный колдун и обманщик?»

И когда мать Ала ад-Дина услыхала слова своего сына и узнала, как поступил с ним магрибинец, она сказала:

«Правда, сынок, клянусь великим Аллахом, едва я его увидела, мое сердце почуяло дурное, и я испугалась за тебя, сынок, ибо у него на лице написано, что он скверный обманщик и колдун, который губит людей своим колдовством. Но слава Аллаху, сыночек, за то, что он тебя вызволил из сетей зла этого магрибинца! Я в нем обманулась и думала, что это и вправду твой дядя».

А Ала ад-Дин вот уже два дня совершенно не вкушал сна и почувствовал себя сонным и вялым, и захотелось ему спать, он заснул крепким сном, от которого пробудился только на следующий день к полудню. А проснувшись, он попросил у матери чего-нибудь поесть, так как чувствовал себя очень голодным, и мать сказала ему:

«О сынок, мне нечего тебе дать, все, что у меня было, ты уже съел вчера. Но потерпи, у меня есть немного пряжи, я пойду на рынок, продам ее и куплю тебе на эти деньги чего-нибудь поесть». – «Оставь твою пряжу при себе, матушка, – сказал Ала ад-Дин, – подай мне светильник, который я принес. Я пойду и продам его и куплю на эти деньги чего-нибудь поесть. Я думаю, он нам принесет больше денег, чем пряжа».

И мать Ала ад-Дина пошла и принесла светильник, но увидела, что он грязный, и сказала:

«О сынок, вот он, твой светильник, но только, сынок, разве ты продашь его таким грязным? Может быть, если я его тебе ототру и начищу, ты продашь его за более дорогую цену».

И мать Ала ад-Дина взяла в руки немного песку, но не успела она разок потереть кувшин, как вдруг появился перед ней джинн огромного роста, грозный и страшный видом, с перевернутым лицом, точно один из фараоновых великанов, и сказал:

«К твоим услугам! Я твой раб! Чего ты от меня хочешь? Я покорен и послушен тому, в чьих руках этот светильник, и не я один, но и все рабы светильника послушны и покорны ему».

И когда мать Ала ад-Дина увидела это страшное зрелище, ее охватил испуг, и язык у нее отнялся при виде такого образа, ибо она не привыкла видеть таких ужасных чудовищ. Она упала на землю без чувств от ужаса, а что до Ала ад-Дина, который уже видел джинна, когда был в сокровищнице, то, увидав, что случилось с его матерью, он быстро встал, взял из рук матери светильник и сказал рабу-джинну:

«Я голодный! Хочу, чтобы ты принес мне чего-нибудь поесть, и пусть эта еда будет выше всех желании!»

И джинн в одно мгновение исчез, и скрылся ненадолго, и принес роскошный, драгоценный, весь серебряный столик, а на столике стояло двенадцать блюд с разными кушаньями, две серебряные чаши, две фляги со светлым, старым вином и хлеб белее снега.

Джинн поставил все это перед Ала ад-Дином и скрылся, а Ала ад-Дин встал, поднял свою мать, и побрызгал ей в лицо розовой водой и, когда она очнулась, сказал ей:

«О матушка, пойди поешь этих кушаний, которые послал нам Аллах великий».

И мать его посмотрела и увидела перед собой столик, весь серебряный, и удивилась этому происшествию, и спросила:

«Сынок, кто тот щедрый, который прислал нам эти обильные дары? Не иначе, султан проведал о нашем положении и прислал нам свою трапезу, – ведь это трапеза царская».

«Матушка, – ответил Ала ад-Дин, – теперь не время разговаривать и спрашивать. Пойди сюда, и давай поедим, мы ведь очень голодны».

И мать его подошла и села за столик, и они ели, пока не насытились, и его мать удивлялась и дивилась на эти роскошные кушанья. От них осталось столько, что даже хватило на ужин на другой день; и когда мать с сыном вымыли руки и уселись, она сказала.

«О сынок, расскажи мне, что было с этим рабом-джинном, после того как я лишилась чувств и упала вниз лицом. Слава Аллаху, что мы поели и насытились, и ты теперь не можешь говорить: «Я голодный!»

И Ала ад-Дин рассказал ей обо всем, что произошло у него с рабом-джинном с тех пор, как она обеспамятела, и пока не очнулась, и его мать страшно удивилась этим словам и сказала:

«О сынок, значит, джинны и вправду являются к потомкам Адама! Я в жизни их до сих пор не видывала! Я думаю, сынок, это тот самый джинн, что вывел тебя из-под земли, когда проклятый магрибинец закрыл над тобой сокровищницу».

«Нет – ответил Ала ад-Дин, – это не тот джинн, который явился мне в сокровищнице и вывел меня на поверхность мира. Это джинн другой породы, чем тот, ибо тот связан с перстнем, а этот, которого ты видела, связан со светильником, который был у тебя в руке». Услышав слова Ала ад-Дина, его мать сказала:

«Так значит, джинн, которого я видала, – проклятый раб светильника? Разрази его господь, какой он безобразный! Я так его испугалась, что чуть не умерла! Но только, сынок, заклинаю тебя молоком, которым я тебя вспоила, выброси светильник и перстень, причинившие нам такой ужас и страх. Нет у меня, сынок, силы смотреть на джиннов, и пророк – да благословит его Аллах и да приветствует! – предостерегал нас от них».

«О матушка, – отвечал Ала ад-Дин, – то, что ты говоришь, – для меня приказ, но что касается твоих слов «выброси светильник и перстень», то это невозможно, и я их не продам и не выброшу. Смотри, какое добро сделал нам раб светильника: мы умирали с голоду, – и он пошел и принес нам трапезу, которую ты видела. Знай, матушка, что когда проклятый магрибинец спускал меня и сокровищницу, он не велел мне принести ни золота, ни серебра, а приказал принести один лишь светильник, ничего больше, ибо он знал, какая великая от него польза. Если бы он не знал великой ценности этого светильника, то не стал бы так мучиться и трудиться. Он не пришел бы ради светильника из своей страны и не закрыл бы надо мной двери в сокровищницу, потеряв надежду его добыть. Нам следует, матушка, его беречь, ибо от него наше пропитание и в нем наше богатство, и мы никому его не покажем. Что же касается перстня, то я не могу снять его с пальца, ибо если бы не этот перстень, о матушка, ты не видела бы меня в живых и я погиб бы в глубине сокровищницы. Как же я сниму его с руки? Кто знает, какие еще произойдут со мной обстоятельства, беды, превратности и нехорошие случайности, и я не могу снять его с пальца. А светильник я скрою от твоих глаз, чтобы ты его не видела и не боялась».

Услышав слова Ала ад-Дина и сочтя их верными и правильными, мать его сказала:

«Делай как хочешь, сынок, а что до меня, то я не дотронусь ни до перстня, ни до светильника, и я не хочу еще раз видеть то страшное, устрашающее зрелище, которое видела».

На следующий день они встали и поели того, что осталось от трапезы, которую принес джинн, и тогда у них не оказалось никакой пищи. И Ала ад-Дин поднялся, и взял одно из блюд, которые принес джинн, и пошел на рынок, и попался ему навстречу один еврей, сквернейший из всех обитателей земли. И Ала ад-Дин дал ему это блюдо, и еврей отвел его в сторону, чтобы никто их не видел, и посмотрел на блюдо, и распознал, что серебро блюда – чистое, несмешанное, но он не знал, сведущий человек Ала ад-Дин или он в подобных делах несведущ.

«Эй, мальчик, сколько ты просишь в уплату за это блюдо?» – спросил он.

И Ала ад-Дин отвечал:

«Тебе лучше знать, сколько оно стоит».

И еврей растерялся, не зная, сколько дать, ибо, хотя Ала ад-Дин и был малосведущ, но ответ его был ответом людей понимающих. Он было решил дать ему мало, но побоялся, что Ала ад-Дин знает цену и стоимость блюда, а если дать много, то, может, Ала ад-Дин человек неопытный и не знает, сколько стоит блюдо.

В конце концов, еврей вынул из кармана динар и подал его Ала ад-Дину, и когда Ала ад-Дин увидел динар, он зажал его в руке и пустился бежать, и тогда еврей понял, что Ала ад-Дин простачок и что он не знает цены и стоимости блюда, и пожалел, что дал ему динар, хотя этот проклятый не дал ему и одного кирата из сотни.

А Ала ад-Дин не стал раздумывать, и поскорее пошел к хлебнику, и разменял у него динар, и купил хлеба, а потом он пошел домой к матери, отдал ей сдачу с динара и сказал:

«Матушка, пойди и купи всего, что нам нужно».

И мать его пошла на рынок, купила того, что нужно, и вернулась, и они поели и насладились. И каждый раз как кончались деньги за одно блюдо, Ала ад-Дин нес к еврею другое, и так как еврей в первый раз дал ему за блюдо динар, то уже не мог дать меньше, чтобы Ала ад-Дин не пошел к кому-нибудь другому.

И Ала ад-Дин делал так до тех пор, пока не продал еврею все блюда, и остался у них только столик, на котором стояли блюда, и был он большой и очень тяжелый. И когда Ала ад-Дин принес столик к еврею и тот увидел, что это за столик и какой он большой, он дал за него Ала ад-Дину десять динаров, и Ала ад-Дин с матерью тратили его стоимость, пока все деньги не вышли. И тогда Ала ад-Дин сказал:

«У нас ничего нет, я потру светильник», – и его мать испугалась, и затряслась, и убежала. Что же касается Ала ад-Дина, то он потер светильник, и перед ним появился раб и воскликнул:

«К твоим услугам! Я твой раб и раб того, у кого этот светильник! Требуй, чего ты хочешь».

«Я желаю, – сказал Ала ад-Дин, – чтобы ты принес мне столик с роскошными кушаньями, и пусть он будет такой, какой ты мне принес в тот день. Я голодный!»

И не прошло мгновения ока, как раб исчез и вернулся с таким же столиком, какой он приносил раньше, и на столике стояло, двенадцать серебряных блюд, полных роскошных кушаний, и бутылки со старым, светлым вином, и чистый белый хлеб.

А мать Ала ад-Дина, когда узнала, что Ала ад-Дин хочет потереть светильник, вышла, боясь, что ей придется опять смотреть на джиннов, и, вернувшись, она увидела столик, полный кушаний, на котором стояло двенадцать серебряных блюд, и благоухание роскошных яств разносилось и наполняло дом. Она обрадовалась и удивилась, и Ала ад-Дин сказал:

«Видишь, матушка, как полезен этот светильник! А ты еще говорила: «Выброси его!»

«Да умножит Аллах благо этого раба, но я все-таки не хочу его видеть, – ответила мать Ала ад-Дина, а потом они сели за столик, и ели, и пили, пока не насытились, а то, что осталось, убрали до следующего дня».

Когда же еда у них кончилась, Ала ад-Дин спрятал под полой платья одно из блюд, стоявших на столике, и пошел искать того проклятого еврея, чтобы продать ему блюдо. И судьба привела его к лавке одного ювелира, мусульманина, престарелого старца, боявшегося Аллаха, и этот старец, увидев Али ад-Дина, спросил его:

«Что тебе нужно, сынок? Я много раз видел, как ты проходил мимо моей лавки и имел дело с одним евреем. Я видел, что ты давал ему какие-то вещи, и думаю, что и теперь у тебя есть вещь и ты ходишь и ищешь еврея, чтобы продать ему эту вещь. Но разве не знаешь ты, сынок, что эти проклятые евреи считают дозволенным присваивать деньги мусульман, верующих в единого Аллаха, и не могут не обманывать народ Мухаммеда – да благословит его Аллах и да приветствует! – особенно тот проклятый еврей Мордухан, с которым ты имел дело. О сынок, если у тебя есть вещь, которую ты хочешь продать, покажи ее мне и ничего не бойся – я отвешу тебе ее стоимость по закону великого Аллаха».

Услышав эти слова, Ала ад-Дин вынул серебряное блюдо и подал его старцу, и старец взял блюдо, взвесил его и спросил:

«Сколько давал тебе еврей и такое ли это блюдо, как те что ты ему продавал?»

«Да, – ответил Ала ад-Дин, – это точно такое же блюдо, и за каждое блюдо он давал мне динар», – и, услышав, что проклятый еврей в уплату за каждое блюдо давал ему динар, старец вышел из себя и воскликнул:

«Видишь, сынок, мои слова оправдались! Какой разбойник этот проклятый еврей, обманывающий рабов Аллаха! Он тебя обманул и посмеялся над тобой, так как твое блюдо сделано из чистого серебра и весит оно столько-то, а цена ему семьдесят динаров. Если хочешь, я отсчитаю тебе его стоимость».

И старец считал до тех пор, пока не отсчитал Ала ад-Дину семьдесят динаров, и Ала ад-Дин взял их и поблагодарил старца за милость и наставление, позволившее ему узнать про обман еврея.

И всякий раз, когда кончались деньги за одно блюдо, Ала ад-Дин приносил и продавал старцу другое, и стали Ала ад-Дин с матерью богатыми, но они не изменили той жизни, к которой привыкли, и жили средне, без большой пышности и значительных расходов. Ала ад-Дин изменил свою природу, и перестал водиться с беспутными мальчишками, и общался только с людьми совершенными, и каждый день он ходил на рынок купцов, чтобы познакомиться с ними, и водил дружбу с большими и с малыми, расспрашивая о разных вещах, товарах, торговле и прочем. Ходил он также на базар ювелиров и торговцев драгоценностями и смотрел там, как продают и покупают камни, и когда он стал хорошо осведомлен в этом, то узнал, что плоды, которые он принес из сокровищницы, это не стекляшки и не хрусталь, как он думал, а драгоценные камни, стоимости которых не сочтешь. И понял он тогда, что добыл большое богатство, которого не добыл никто из царей, и не видел он на рынке драгоценностей ни одного самого большого камня, который был бы похож на мельчайший из его камешков.

И каждый день он ходил на рынок, знакомился с людьми и водил с ними дружбу. И расспрашивал, как купцы продают и покупают, берут и отдают, и осведомлялся, что дорого, а что дешево. И в один из дней после завтрака он вышел из дома, и, по обычаю, отправился на рынок, и, проходя по рынку, услышал, что глашатай кричит:

«Согласно приказу царя времени и владыки веков и столетий, пусть все люди закроют свои лавки и склады, ибо госпожа Бадр аль-Будур, дочь султана, направляется в баню, и пусть никто не выходит из своего дома, не открывает лавку и не глядит из окна! Опасайтесь ослушаться повеления султана».

Услышав это провозглашение, Ала ад-Дин стал думать, как бы ему ухитриться и посмотреть на дочь султана, и говорил про себя: «Все люди толкуют о ее красоте и прелести, и предел моих желаний – посмотреть на нее».

И он стал придумывать хитрость, чтобы увидеть дочь султана, госпожу Бадр аль-Будур, и ему понравилась мысль пойти и спрятаться за дверями бани и поглядеть на царевну, когда она будет входить. И он пошел и встал за дверями бани, в таком месте, где его не мог увидеть никто; а тем временем дочь султана спустилась в город, проехала по рынкам и площадям и подъехала к бане. И когда царевна входила в баню, она подняла покрывало с лица, и оно засняло и заблистало ярче света солнца, и была царская дочь такова, как сказал один из описывающих ее в таких словах:

Что за очи! Их чье колдовство
насурьмило?
Розы этих ланит! – чья рука их

взрастила?

    Это кудри, как мрака густые чернила,

    Где чело это светит, там ночь отступила.

(Здесь и далее стихи в переводах Ал. Ревича).

И рассказывают, что, когда Ала ад-Дин увидал этот благородный образ, он сказал про себя: «Поистине, это творение всемилостивого! Слава тому, кто ее создал, и украсил такой красотой, и наделил столь совершенною прелестью!»

Его ум был пленен этой девушкой, и любовь к ней ошеломила его; страсть к ней захватила все его сердце, и он вернулся домой и вошел к своей матери, ошеломленный, потеряв рассудок. Мать стала с ним разговаривать, и он сидел точно истукан, не отвечал и не откликался. И она поставила перед ним обед, а он все еще был в таком состоянии, и тогда мать спросила его:

«О сынок, что с тобой случилось? Болит у тебя что-нибудь? Что с тобой делается, расскажи мне? Я вижу, что ты сегодня не такой, как всегда: я с тобой: разговариваю, а ты мне не отвечаешь».

А Ала ад-Дин думал, что все женщины такие, как его мать, – некрасивые старухи. Правда, он слышал, как люди говорили о красоте и прелести дочери султана, но не знал, что это такое – прелесть и красота.

И мать стала к нему приставать, чтобы он подошел и съел кусочек, и Али ад-Дин подошел и поел немного, а потом он лег на постель и всю ночь проворочался с боку на бок, повторяя: «О живой, вечносущий!» – и не смыкал глаз от любви к дочери султана. А утром, когда он встал, положение его стало и того хуже из-за любви и страсти. Мать его, увидев, что он в таком состоянии, растерялась и не могла понять, что же с ним случилось.

Она подумала, что Ала ад-Дин болен, и сказала:

«О дитя мое, если ты нездоров и чувствуешь боль или еще что-нибудь, я схожу и приведу лекаря – пускай он тебя посмотрит. В нашем городе живет лекарь, чужестранец, за которым послал султан, и ходят слухи, что это большой искусник. Если ты болен, сынок, я пойду и приведу его – пусть он посмотрит, что за болезнь у тебя, и пропишет тебе что-нибудь».

Но Ала ад-Дин, услыхав, что мать хочет привести лекаря, сказал:

«О матушка, я не болен, но я думал, что все женщины такие, как ты, а вчера я увидел дочь султана, когда она шла в баню. Дело в том, что я услыхал, как глашатай кричал, чтобы никто не открывал лавку и не стоял на дороге, пока госпожа Бадр аль-Будур не проследует в баню, и пошел и спрятался за дверями бани, и, когда царевна подошла к дверям, она подняла с лица покрывало, и я рассмотрел ее и увидел ее благородный образ, – слава тому, кто ее украсил такой красотой и прелестью! И ах, матушка, я почувствовал такую любовь и страсть к этой девушке, что не могу ее описать, и великой стала моя любовь, и я всю прошлую ночь не сомкнул глаз. Любовь к ней вошла в глубь моего сердца, и мне невозможно не получить ее в жены, и я решил попросить ее у отца ее, султана, согласно закону великого Аллаха».

Услышав слова своего сына, мать Ала ад-Дина сочла его ум скудным и сказала:

«Имя Аллаха да будет над тобой, дитя мое! Ясно, что ты потерял рассудок! Сын мой, Ала ад-Дин, ты сошел с ума! Ты посватаешь дочь султана?!»

«О матушка, – ответил Ала ад-Дин, – я не лишился рассудка и не сошел с ума. Не думай, что эти твои слова изменят мое намерение. Я непременно добуду Бадр аль-Будур, кровь моего сердца, и я намерен послать сватов к султану, ее отцу, и посвататься к ней».

«Заклинаю тебя жизнью, сын мой, – воскликнула мать Ала ад-Дина, – не говори таких слов, чтобы кто-нибудь тебя не услышал и не сказал, что ты сошел с ума! Брось такие речи, сынок! Кто может сделать такое дело и попросить у султана его дочь? Ты не вельможа и не эмир, и кто пойдет просить ее для тебя у султана?»

«О матушка, – ответил Ала ад-Дин, – для такой просьбы годишься только ты! Раз ты здесь, то кто же пойдет просить у султана царевну, кроме тебя? Я хочу, матушка, чтобы ты пошла сама и обратилась к султану с такой просьбой».

«Да отвратит меня от этого Аллах! – воскликнула мать Ала ад-Дина. – С ума я, что ли, сошла, как ты? Выброси эту мысль из головы, дитя мое, и подумай про себя: кто ты и чей ты сын, чтобы просить за себя дочь султана? Ты сын портного, и больше ничего, и вдобавок – ничтожнейшего портного. Ведь твой отец был самым бедным из тех, кто занимается его ремеслом в этом городе, да и я, твоя мать, кто я такая? Мои родные беднее всех в городе. Так как же ты посмеешь просить за себя дочь султана, отец которого согласится выдать ее только за сына царя или султана, да и то лишь за равного ему по сану, благородству и знатности. А если он будет чуть-чуть ниже, то это вещь невозможная».

И Ала ад-Дин выслушал свою мать, и когда та кончила говорить, ответил:

«О матушка, я сам думал обо всем, что ты говоришь, и я хорошо знаю, что я сын бедняка. Но все это, о матушка, меня не удержит и не изменит намерения сделать то, что я задумал. Надеюсь, о матушка, что раз я твой сын, ты окажешь мне это благодеяние, а иначе я умру и ты лишишься меня. Избавь же меня от смерти, – ведь, как бы то ни было, я твой сын».

Услышав слова Ала ад-Дина, его мать совсем растерялась и молвила:

«Да, дитя мое, я тебе мать, а ты мне сын, и ты кровь моего сердца, и нет у меня никого, кроме тебя. Я больше всего хотела бы на тебя порадоваться и тебя женить, но когда я пожелаю найти тебе невесту, это будет дочь людей, равных нам и схожих с нами. Ведь когда я стану искать ее, меня тоже спросят, есть ли у тебя ремесло, или земля, или сад, а если я потеряюсь, отвечая бедным людям, таким, как я, то как осмелюсь я и попрошу тебе в жены дочь султана у ее отца, владыки Китая, выше которого нет и не будет? Я отдаю это дело на твой суд, – подумай же хорошенько и вернись к разуму. Да если бы я, допустим, и пошла к султану с твоей просьбой, чтобы угодить тебе, это принесло бы нам лишь беду и несчастье, ибо это дело очень опасное, и, может быть, в нем таится для нас страшная смерть. Ведь в таком деле скрыта великая опасность! Как хватит у меня духа осмелиться на столь великую дерзость и просить у султана его дочь, и каким путем это сделать, и как я смогу войти к нему? А если даже это удастся и меня поставят перед ним, что я скажу, и, когда меня спросят, что отвечу? Допустим, я укреплю свое сердце и скажу им о твоей просьбе, – ведь они, наверное, подумают, что я сумасшедшая. Но, положим, я и пройду, к султану – какой же подарок я возьму для него с собой? Ведь это, сынок, такой султан, что к нему не пойдешь без подношения. Правда, султан кроток и ласков, и он не прогонит человека, который пойдет и встанет перед ним, требуя справедливости при обиде или тяжбе, и если кто-нибудь придет, ища у него защиты и прося милости, он дарует ему просимое, ибо он великодушен и щедр, и тот, кому он окажет милость, заслуживает награды. Ведь никто не станет чего-нибудь просить, если, во-первых, не заслужил награды и, во-вторых, не имеет причины просить милости, например, заслуг перед султаном или перед страной или какого-нибудь другого повода. А ты – скажи, что ты сделал для султана и для страны, чтобы заслужить от него милости, да еще такой милости, какой ты от него ждешь? Не под стать тебе такая милость, сынок, и не жалует султан никому таких наград! И кроме того, сынок, я тебе уже говорила, что никто не пойдет к султану с просьбой, не взяв с собой драгоценного подарка, соответствующего его сану. Как же я подвергну себя опасности, о дитя мое, и потребую у султана его дочь?

Услышав от своей родительницы эти слова, Ала ад-Дин понял, что она говорит разумные речи, и ответил:

«О матушка, все, что ты сказала, правильно, и мысли твои – верные и справедливые, и мне самому следовало обо всем этом подумать, по любовь к госпоже Бадр аль-Будур вошла в глубь моего сердца, и не будет мне покоя, если я ее не добуду. Ты напомнила мне, о матушка, одну вещь, о которой я не подумал и которую я забыл, и теперь, когда я о ней вспомнил, это придало мне смелости и укрепило мое намерение послать тебя к султану и посвататься от меня к его дочери. А что касается до того, какой подарок и подношение мы, по обычаю, предложим его величеству султану, отцу царевны, то у меня есть, о матушка, такой дар и приношение, лучше которого, я думаю, нет ни у кого из царей, и ни у кого, я тебе скажу, нет ему подобного. Это плоды с деревьев, которые я принес из сокровищницы. Я думал, что это простые стеклышки, но теперь я проверил и увидел, что это самоцветы, и цари всей земли не владеют даже одним из них. Я имел дело с торговцами драгоценными камнями, и часто ходил к ним, и узнал, что эти плоды – ценнейшие камни, стоимости которых не счесть. Послушай же, матушка, что я тебе скажу: у нас есть фарфоровое блюдо, принеси же его, я тебе насыплю на него с верхом этих драгоценных камней, а ты отнесешь их и предложишь в подарок султану. Я уверен, что этот подарок будет хорошим предлогом и султан примет тебя приветливо и выслушает все, что ты ему скажешь. О матушка, если ты постараешься в деле с этой госпожой, дочерью султана, то спасешь мне жизнь, и я буду жить для тебя, а если нет – я непременно умру от великой моей страсти. Не сомневайся, матушка, насчет этого подарка – поверь, я много раз носил камни на рынок ювелиров, но не хотел никому их показывать: я видел, что торговцы продают камни за тысячи динаров, но то, что они продавали, не стоит и *кирата*[181] в сравнении с моими камнями. Пойди же, о матушка, принеси мне фарфоровое блюдо, про которое я тебе говорил, – я наполню его камнями, и ты увидишь, как это будет красиво и как их блеск ошеломит разум».

И мать Ала ад-Дина пошла и принесла блюдо, чтобы проверить, правду ли говорит ее сын об этих камнях, и Ала ад-Дин взял блюдо, и отобрал самые большие, красивые камни, и клал их на блюдо, пока не наполнил его доверху.

И мать его взглянула на блюдо, полное камней, и зажмурила глаза от сильного блеска, который от них распространялся. она дивилась их красоте и сиянию и всматривалась в них, но все же не была уверена, такова ли их стоимость, как говорит ее сын, или нет.

И Ала ад-Дин сказал ей:

«О матушка, видишь, какой это красивый и роскошный подарок! Клянусь Аллахом, никакой царь не может добыть ни одного такого камня. Я уверен, что ты удостоишься у султана великого почета, и когда он увидит такой подарок, то примет тебя с полным уважением. Возьми же на себя этот труд – забери блюдо и пойди во дворец».

«О сынок, – ответила ему мать, – этот подарок и вправду дорогой и ценный, и подобного ему, как ты говоришь, ни у кого нет, но все же как я осмелюсь попросить для тебя у султана его дочь? Знай, о сынок, что когда он меня спросит: «Что тебе надо?» – у меня, клянусь Аллахом, отнимется язык. Но, допустим, я укреплю свое сердце, наберусь смелости и скажу ему: «О владыка султан, я хочу с тобой породниться и желаю, чтобы ты отдал свою дочь за моего сына Ала ад-Дина». Ведь он тогда убедится, что я сумасшедшая, и меня выведут с позором и в унижении. Я не скажу тебе еще раз, что в этом смерть для меня и для тебя, но, чтобы тебе угодить, укреплю свое сердце и пойду. И предположим, мой сын, что султан примет меня из-за подарка с полным уважением, и я осведомлю его о твоем

---

181 *Кират* – мера веса для драгоценных камней, примерно 0,2 грамма, или мера сыпучих тел, равная примерно 0,06 литра.

желании, и он спросит меня, кто ты такой и каковы твои владения и доходы. Что я ему тогда скажу? А ведь он обязательно задаст такие вопросы, когда я попрошу для тебя его дочь».

«О матушка, – ответил Ала ад-Дин, – не сможет он ни о чем тебя спросить. Когда он увидит эти камни, то сразу поймет, кто я такой. А если он тебя спросит, обещай дать ему ответ попозже, а я уж сумею ему ответить. Не считай же этого дела слишком трудным – ты и так проткнула мне желчный пузырь! Ты только и говоришь: «Предположим, сын мой», «Допустим, дитя мое!» – а ты ведь знаешь, матушка, что у меня есть светильник и что благодаря светильнику султан даст тебе хороший ответ. Будь же спокойна!»

«Слушаю и повинуюсь, дитя мое! – ответила его мать. – Но сегодня время уже прошло, а завтра, если захочет Аллах, я утром пойду, чтобы угодить тебе».

И она всю ночь раздумывала об этом деле, а когда наступило утро, набралась смелости – особенно потому, что сын ей напомнил о светильнике, который сделает все, что он потребует. Что же касается Ала ад-Дина, то, увидав, как осмелела его мать, когда он напомнил ей о светильнике, он испугался, что она расскажет о нем кому-нибудь, и сказал:

«О матушка, берегись рассказать кому-нибудь про этот светильник, ибо в нем наше благоденствие. Смотри не говори о нем никому – тогда мы его лишимся и лишимся благополучия, в котором мы живем, ибо оно исходит от светильника».

«Не бойся, сынок», – сказала ему мать, и потом она поднялась, закуталась в покрывало, взяла блюдо и пошла во дворец заблаговременно, чтобы прийти в диван султана раньше, чем там начнется давка. А блюдо она завернула в тонкую материю.

И она шла до тех пор, пока не достигла дворца, а как раз в эту пору к султану входил везирь с некоторыми вельможами государства. И через малое время диван наполнился везирями, могущественными вельможами царства, эмирами, знатными и великими людьми, а потом явился султан, и люди выстроились перед ним рядами. И султан сел на свой престол, а все люди, находившиеся в диване, стояли, скрестив на груди руки, с полным почтением и уважением, ожидая приказания садиться. И султан велел им сесть, и каждый сел на свое место, и началось представление жалоб, и султан вершил суд, приказывал, запрещал и наставлял, творя справедливость и решая всякое дело так, как следовало, пока диван не окончился, и тогда султан удалился к себе во дворец, и всяк живой человек ушел своей дорогой.

А мать Ала ад-Дина, придя, дожидалась случая подойти к султану и с ним поговорить, но так и не подошла, ибо она не привыкла встречаться с царями и не нашла человека, который бы поговорил за нее и позвал ее к султану. И, увидев, что диван разошелся и султан встал и ушел в гарем, она пустилась в обратный путь и вернулась домой. Она вошла к своему сыну Ала ад-Дину с блюдом в руках, и Ала ад-Дин, увидев ее, испугался, что с ней что-нибудь случилось. Он спросил ее, что произошло, и мать рассказала ему обо всем и сказала:

«О дитя мое, слава Аллаху, я сегодня видела диван султана и узнала, каков он, и у меня появилась смелость. Но диван разошелся, и султан ушел в гарем, и я не успела с ним поговорить. Еще многим людям, как и мне, надо было поговорить с ним, и они тоже не успели. Но завтра я пойду и поговорю; будь же спокоен – завтра я обязательно исполню твое желание и сделаю все так, как ты хочешь».

Услышав слова матери, Ала ад-Дин страшно обрадовался, хотя он вообразил, что мать сделает для него это дело в тот же день, так как из-за своей сильной любви и страсти к госпоже Бадр аль-Будур он ожидал исполнения его каждую минуту. Но все же набрался терпения, и они проспали эту ночь, а утром его мать поднялась, взяла блюдо и отправилась во дворец, чтобы встретиться с султаном и поговорить с ним, но оказалось, что диван будет только через три дня, так как диван собирался каждую неделю два раза.

И она вернулась домой, и ходила в диван, и возвращалась, пока не сходила к султану шесть раз, и каждый раз она останавливалась у дверей в диван, не осмеливаясь войти, и стояла, пока диван не окончится и султан не уйдет во дворец. И всякий раз, как она становилась у дверей, султан ее видел.

И вот когда наступил седьмой день, она понесла свое блюдо и, как обычно, пошла и стояла у дверей, пока диван не разошелся и не окончился. И султан поднялся вместе с везирем, чтобы отправиться во дворец, и обернулся, и увидел ее, и сказал:

«О везирь, вот уже пять или шесть дней я вижу старую женщину, которая приходит к дверям дивана и стоит там, и я вижу, что она несет что-то под покрывалом. Знаешь ли ты, кто эта женщина и чего она хочет?»

«О владыка султан, – сказал везирь, – ты же знаешь, что у женщин мало ума. Может быть, она пришла с жалобой на мужа или еще с чем-нибудь вроде этого».

Но султан не удовольствовался таким ответом и сказал везирю:

«Когда эта женщина придет еще раз, приведи ее ко мне в диван».

И везирь ответил:

«Слушаю и повинуюсь, о царь времени».

А мать Ала ад-Дина взяла в привычку ходить ко дворцу султана. Проспав ночь, она поднялась под утро, забрала свое блюдо, и пошла во дворец и, как обычно, встала у дверей дивана, и, когда султан увидел ее, он ее вспомнил, и обратился к везирю, и сказал:

«О везирь, вот та женщина, про которую я тебе вчера говорил. Приведи ко мне эту бедную, несчастную, и мы посмотрим, какова ее просьба».

И везирь пошел и послал за ней одного из присутствующих эмиров, и тот привел мать Ала ад-Дина к султану, а она, подойдя к нему, отвесила поклон и пожелала ему величия и долгой жизни, поцеловав сначала перед ним землю.

И султан обратился к ней и сказал:

«О женщина, вот уже сколько дней ты, я вижу, приходишь в диван и становишься у дверей. Если есть у тебя нужда или просьба, скажи, какова она, и я ее исполню».

И мать Ала ад-Дина поцеловала землю, и пожелала султану блага, и поблагодарила его, и молвила:

«О царь времени, да, есть у меня нужда, по я хочу от твоего величества, чтобы ты даровал мне пощаду, и тогда я изложу тебе свою просьбу. Быть может, услышав мою просьбу, ты сочтешь ее удивительной».

Когда царь услышал эти слова, ему еще больше захотелось узнать, в чем ее просьба. По своей большой доброте он обещал ей пощаду, и велел всем сидящим выйти, и остался в диване один со своим везирем, и обратился к матери Ала ад-Дина, и сказал:

«О паломница, расскажи мне, в чем твоя просьба и каково твое желание, и будет тебе пощада».

И мать Ала ад-Дина молвила:

«О царь времени, прощенье твое – прежде всего!»

И царь ответил:

«Прости тебя Аллах!»

И тогда она сказала:

«О царь времени, у меня есть сын но имени Ала ад-Дин. Когда твоя дочь, госпожа Бадр аль-Будур, спустилась в город и отправилась в баню, мой сын спрятался за дверями бани, чтобы на нее взглянуть, и увидел, что красота ее выше всего, чего можно желать и хотеть. И когда он ее увидел, о царь времени, жизнь без нее перестала быть ему приятной, и он потребовал от меня, чтобы я попросила твое величество выдать ее за него замуж. Он, бедный, попал в сети любви, и я не могла выкинуть у него из головы это дело, и он даже сказал мне: «Если я ее не добуду, то умру». И вот я надеюсь, о царь времени, что ты извинишь мне мою дерзость».

И когда царь услыхал ее слова – а он был человек кроткий, – то засмеялся и спросил:

«А кто он такой, твой сын, и что это у тебя за узел?»

И мать Ала ад-Дина, увидев, что султан на нее не сердится и даже смеется, тотчас же развязала платок и поставила перед султаном блюдо с камнями, и весь диван засиял и засверкал в их лучах. И султан растерялся и остолбенел, восхищаясь красотой и величиной камней, и говорил про себя: «Не думаю, чтобы в моих сокровищницах или в сокровищницах других царей нашелся хоть один такой камень».

Потом он обратился к везирю и спросил:

«Что скажешь, о везирь? Видел ли ты в жизни хоть один такой камень?»

«Никогда не видел, о царь времени, и не думаю, чтобы в казне нашего владыки султана нашелся им подобный», – ответил везирь.

И султан молвил:

«Разве не достоин тот, кто поднес мне такой подарок, быть женихом моей дочери, госпожи Бадр аль-Будур? Я думаю, никто ее не достоин, кроме него».

И когда везирь услышал слова султана, язык его закоснел от сильного горя, так как султан обещал выдать свою дочь замуж за его сына, и, помолчав немного, он сказал:

«О царь времени, будь ко мне милостив! Твое величество обещало мне, что твоя дочь, госпожа Бадр аль-Будур, через три месяца станет женой моего сына. Я обещаю тебе: если захочет Аллах, подарок моего сына будет больше этого подарка».

И хотя султан полагал, что это вещь невозможная и что везирь не добудет подобного этому подарка, он дал ему три месяца сроку, как тот просил, и затем обратился к матери Ала ад-Дина и сказал ей:

«О женщина, пойди к твоему сыну и скажи ему, что я даю слово и моя дочь, госпожа Бадр аль-Будур, будет его женой. Но чтобы устроить ее дела и обстоятельства, понадобится три месяца сроку, так что ему придется подождать».

И мать Ала ад-Дина поцеловала султану руку, и пожелала ему блага, и вернулась домой, охваченная великой радостью, и, когда она пришла и вошла к своему сыну, тот увидел, что лицо ее улыбается, и счел это за добрый знак, особенно когда увидал, что она, против обыкновения, воротилась без блюда.

«О матушка, если хочет того Аллах, ты несешь добрую весть и добилась благодаря самоцветам благоволения султана?» – воскликнул он, и мать рассказала ему, как султан встретил ее с лаской и при виде драгоценных камней потерял разум и как он ей обещал, что его дочь станет женой Ала ад-Дина.

«Но только, дитя мое, – продолжала она, – прежде чем он мне обещал, везирь тайком сказал ему что-то, и после того как везирь с ним поговорил, он обещал мне все сделать через три месяца. И я боюсь, о дитя мое, как бы везирь не оказался воплощением зла и не изменил мнения султана».

И когда Ала ад-Дин услыхал об обещании султана, он обрадовался великой радостью и воскликнул:

«Раз султан обещал мне свою дочь через три месяца, мне нет дела, будет ли везирь воплощением зла или воплощением добра! – И поблагодарил мать за ее труды и милости и воскликнул: – Клянусь Аллахом, матушка, ты сегодня вынула меня из могилы! Хвала Аллаху! Я уверен, что нет теперь в мире никого счастливее меня!»

И Ала ад-Дин протерпел два месяца времени, и однажды его мать вышла на закате солнца, чтобы купить масла, и увидела, что рынок заперт, и весь город украшен, и люди убирают свои лавки цветами и освещают их свечами и светильниками, и увидела она, что воины и вельможи едут верхом на конях и перед ними, пылают факелы и свечи. И мать Ала ад-Дина удивилась, и вошла в лавку масленника, которая оказалась открытой, и купила у него масла, и потом она спросила хозяина:

«Заклинаю тебя жизнью, что случилось в городе? Почему он сегодня так украшен и рынок торговцев заперт?»

«О женщина, – сказал масленник, – ты, очевидно, чужая в этом городе».

«Нет, – отвечала мать Ала ад-Дина, – но я не знаю, по какой причине его так украсили».

«Сегодня вечером, – сказал мае ленник, – сын везиря войдет к дочери султана, госпоже Бадр аль-Будур. Сейчас он в бане, и все эти воины и вельможи ждут, когда он выйдет, чтобы пойти впереди него и привести его во дворец султана».

И когда мать Ала ад-Дина услыхала его слова, она огорчилась и растерялась, не зная, как ей сказать своему сыну об этом недобром деле, – ведь Ала ад-Дин ожидал окончания этих трех месяцев, отсчитывая каждую минуту.

И она вернулась домой, и вошла к своему сыну, и сказала ему:

«О сынок, я хочу сообщить тебе недобрую весть, но только ты не огорчайся».

«Говори, что это за весть», – воскликнул Ала ад-Дни, и она сказала:

«Султан нарушил обещание относительно своей дочери, госпожи Бадр аль-Будур, и выдал ее замуж за сына везиря, и сегодня вечером он войдет к ней. О дитя мое, чуяло мое сердце, когда я говорила с султаном, что этот везирь – воплощение зла и что он обязательно изменит решение султана».

«А ты проверила, верная это весть или нет?» – спросил Ала ад-Дин.

И его мать молвила,

«О дитя мое, я увидела, что город украшен и что все воины и эмиры сидят на конях и ожидают, когда сын везиря выйдет из бани. Масленник рассказал мне об этом, и он удивился, когда я его спросила, и сказал: «О старуха, ты, видно, чужая в этом городе».

Когда Ала ад-Дин услыхал такие слова и убедился, что известие верное, он сильно огорчился и его даже схватила лихорадка, но потом он подумал и обратился к своему рассудку: «Как быть?» – и вспомнил про светильник, и сказал своей матери:

«Клянусь твоей жизнью, о матушка, сын везиря никогда не порадуется с нею! Но поставь столик и накрой его, чтобы нам поужинать, а потом я пойду в свою комнату и сосну, и утро принесет радость».

И мать его поставила столик, и они поужинали, а потом Ала ад-Дин пошел в свою комнату, взял светильник и потер его, и раб тотчас же появился перед ним и сказал:

«К твоим услугам! Твой раб перед тобой, требуй, чего хочешь!»

«Слушай, – сказал Ала ад-Дин, – я попросил у султана разрешения жениться на его дочери, и он обещал отдать ее за меня через три месяца, но не сдержал обещания и отдал ее за сына везиря, и сегодня вечером тот войдет к ней. Вот чего я желаю от тебя: когда ты увидишь, что молодые, муж и жена, легли вместе, возьми их и принеси ко мне».

«Слушаю и повинуюсь!» – ответил раб и скрылся.

А Ала ад-Дин вертелся на постели, думая о вероломстве султана; и когда наступило время спать, раб вдруг появился и принес постель, на которой лежали новобрачные, и, увидев это, Ала ад-Дин обрадовался и сказал рабу:

«Отнеси этого поганца в нужник и положи его там».

И раб тотчас же унес сына везира, и положил его в нужник, и так дунул на него, что тот весь иссох, а раб вернулся к Ала ад-Дину и спросил его:

«О владыка, нужно ли тебе еще что-нибудь?»

«Возвратись ко мне завтра утром, чтобы отнести их на место», – сказал Ала ад-Дин, и раб ответил:

«Слушаю и повинуюсь!» – и скрылся.

А Ала ад-Дин, увидев, что госпожа Бадр аль-Будур находится перед ним, сказал ей:

«О моя возлюбленная, я велел принести тебя сюда не для того, чтобы унизить твою честь, но чтобы не позволить другому насладиться тобой!»

А что касается госпожи Бадр аль-Будур, то, увидев себя в этой темной комнате, она испугалась и задрожала.

Потом Ала ад-Дин положил между собой и царевной меч и проспал ночь с ней рядом, не обманув ее, что же касается сына везира, то он провел в нужнике самую черную ночь в своей жизни. А когда взошел день, раб явился с раннего утра, не дожидаясь, чтобы Ала ад-Дин потер светильник, и унес сына везира с дочерью султана, и положил их на место, так что никто этого не видел, но те умирали от страху, чувствуя, что их переносят с места на место.

И не успел этот раб из джиннов положить их во дворце, как султан явился проведать свою дочь, госпожу Бадр аль-Будур; и едва сын везира услышал, что султан входит, он быстро поднялся с постели, очень недовольный, так как ему хотелось немного согреть свои кости, – он ведь провел всю ночь в нужнике, трясясь от холода и страха.

И он тотчас же встал и надел свою одежду, а султан вошел и приблизился к своей дочери, госпоже Бадр аль-Будур. Он поцеловал ее между глаз, и пожелал ей доброго утра, и спросил ее насчет ее мужа – довольна она им или нет, но царевна не дала ему ответа, и он увидел, что лицо у нее сердитое.

И султан несколько раз заговаривал с дочерью, но та не отвечала ему, и тогда он вышел, и пошел к царице, своей жене, и рассказал ей обо всем, что случилось с его дочерью, и царица, услышав это, сказала:

«О царь времени, таков уже обычай новобрачных! В день после свадьбы они всегда стесняются и дуются на своих родителей. Не взыщи же с нее – через несколько дней она опомнится и начнет разговаривать с людьми. А я сейчас пойду посмотрю, что с ней такое».

И султанша встала, надела свою одежду и пошла к дочери. Она подошла к царевне, поцеловала ее и пожелала ей доброго утра, но царевна не дала ей ответа, и султанша подумала, что с ее дочерью, наверно, случилось какое-нибудь диковинное событие, которое ее встревожило.

«Доченька, – сказала она, – почему ты такая и что с тобой делается? С тобой, наверно, случилось что-нибудь, что тебя встревожило. Я пришла к тебе, чтобы на тебя поглядеть и пожелать тебе доброго утра, а ты не дала мне ответа, и так же, дочь моя, ты поступила с твоим отцом».

И тут госпожа Бадр аль-Будур подняла голову и сказала:

«О матушка, не взыщи! Да, мне, правда, следовало встретить тебя с почетом и уважением, но я надеюсь, что ты меня извинишь и простишь и выслушаешь, какова причина, побудившая меня так вести себя. Эта причина – темная ночь, которую я только что провела. Не успел мой муж лечь ко мне в постель, как какое-то существо – я не знаю ни вида его, ни образа – подняло нас вместе с постелью и поставило ее в одном темном, грязном и скверном месте…»

И госпожа Будур рассказала своей матери обо всем, что она увидела в эту ночь: как ее мужа унесли от нее и она осталась одна, а потом пришел другой юноша и положил между ними меч и лег с нею рядом, а утром тот, кто унес их, воротил их на место.

«И когда мы оказались здесь, – продолжала царевна, – он оставил нас, и спустя немного вошел мой отец, и от того, что со мной произошло, я ему не ответила, когда он заговорил. Может быть, ему стало из-за меня тяжело, но если бы он знал, что со мной случилось сегодня ночью, он бы, наверно, меня простил и не взыскивал бы с меня».

«О дочка, – сказала ее мать, – берегись, не говори таких слов, чтобы не подумали, что ты сошла с ума и потеряла рассудок. Слава Аллаху, что ты не рассказала об этом твоему отцу! Ни за что не говори ему таких слов».

«О матушка, – молвила госпожа Будур, – я не сошла с ума и не лишилась рассудка! Если ты не веришь моим словам, то спроси моего мужа».

«Вставай и выбрось из головы эти пустые бредни, – сказала султанша. – Надень платье и посмотри, как радуются во всем городе твоей свадьбе, и послушай, как играют ради тебя музыкальные инструменты и барабаны».

Потом султанша позвала служанку, и та нарядила госпожу Будур и привела ее в порядок, а султанша вышла к султану и сказала ему, что госпоже Будур привиделся этой ночью дурной сон, который ее встревожил. Она попросила у султана прощения за свою дочь, а потом послала за сыном везиря и спросила, правду ли говорит ее дочь или нет, и сын везиря, от страха, что лишится своей жены, принялся все отрицать и сказал:

«Я ничего об этом не знаю».

И царица убедилась, что ее дочери приснились сны и видения.

И в городе весь день продолжались торжества, до самого вечера, а когда пришло время спать, Ала ад-Дин взял светильник и потер его, и раб вдруг явился и сказал:

«К твоим услугам. Твой раб перед тобой, требуй, чего хочешь!»

И Ала ад-Дин велел ему принести царевну с мужем и сделать так, как в прошлую ночь, раньше чем сын везиря возьмет ее девственность, и раб в мгновение ока исчез и ненадолго скрылся. И потом он вернулся, неся постель и на ней новобрачных, жену и мужа, и отнес сына везиря в «домик отдохновения», а Ала ад-Дин положил между собой и госпожой Будур меч и лег с ней рядом, и под утро раб из джиннов вернулся и отнес их обратно на их место.

Что же касается султана, то он утром встал, надел свою одежду и пошел посмотреть на дочь. Он вошел в ее дворец, и когда сын везиря услышал, что султан входит, он быстро оделся и вышел, и ребра стучали у него от холода.

А султан подошел к своей дочери, пожелал ей доброго утра и спросил, как она поживает, и увидел он, что царевна хмурится так же, как и вчерашний день. И когда султан увидел, что дочь не отвечает ему, он рассердился и понял, что с ней, несомненно, что-то произошло, и обнажил меч, и закричал:

«Или ты мне расскажешь, что с тобой делается, или я убью тебя!»

Увидев, что ее отец сердится, госпожа Будур испугалась и сказала:

«Будь со мной кроток, о отец! Когда я тебе расскажу, что со мной было, ты меня простишь!»

И она рассказала султану обо всем, что с ней случилось, и сказала:

«А если ты мне веришь, спроси моего мужа, он тебе обо всем расскажет. Я не знаю, куда его уносили, и я его не спрашивала».

Услышав эти слова, отец царевны сказал ей:

«О дочка, почему ты не рассказала этого мне вчера? Я бы заставил тебя выкинуть из головы этот страх и эту печаль. Вставай, веселись и развлекайся – сегодня вечером я приставлю к тебе стражей, чтобы они тебя охраняли».

И потом царь поднялся, и ушел к себе во дворец, и послал за везирем, и спросил его:

«Рассказывал ли тебе твой сын что-нибудь, о везирь?»

И везирь ответил:

«О царь времени, я не видел моего сына ни вчера, ни сегодня. А что?»

И султан сообщил ему обо всем, что рассказывала ему дочь, и сказал:

«Я хочу, чтобы ты расспросил своего сына и мы бы выяснили это дело. Возможно, что моей дочери привиделся сон».

И везирь вышел, позвал своего сына и спросил его об этом, и тот сказал:

«Отец, слова госпожи Будур – истина. Мы многое испытали в эти две ночи, и они были для нас хуже всех ночей. Со мной случилось больше бед, чем с моей женой, так как моя жена спала в своей постели, а что до меня, то меня уложили спать в нужнике – в тесном, темном месте, где скверно пахло, и ребра у меня стучали от холода. О отец, я хочу, чтобы ты поговорил с султаном и он освободил бы меня от этого брака: у меня но осталось сил перенести еще такую ночь, как прошедшая».

Услышав эти слова, везирь огорчился, так как ему хотелось возвысить и возвеличить сына женитьбой на дочери султана, и он не знал, как поступить. Ему тяжело было расторгнуть брак, ведь он молил всех святых, чтобы добиться этого брака, и он сказал сыну:

«Потерпи, сынок! Сегодня ночью мы приставим к вам стражей!»

Потом он возвратился к султану и рассказал, что говорил ему сын, и добавил:

«Если хочешь, о царь времени, мы сегодня ночью приставим к ним стражей».

Но султан возразил:

«А зачем? Не нужен мне этот брак!»

И он тотчас же приказал кричать в городе о прекращении празднеств, и подданные его очень удивились, особенно когда увидели, что везирь и его сын выходят из дворца, и узнали, что их оттуда выгнали и брак расторгнут, и никто не знал – почему, И султан бросил думать об этом деле.

И затем истекли три месяца, после которых он обещал матери Ала ад-Дина отдать свою дочь за ее сына, – а Ала ад-Дин отсчитывал каждый час, и, когда прошли эти месяцы, он послал свою мать к султану, чтобы потребовать исполнения обещания, а султан совсем забыл, что он обещал ей.

И мать Ала ад-Дина поднялась, и пошла во дворец, и встала у дверей дивана; и когда диван наполнился и явился султан, он посмотрел и увидел мать Ала ад-Дина, которая стояла у дверей. И он вспомнил о том, что обещал ей, и сказал везирю:

«О везирь, вон стоит та женщина, что поднесла мне драгоценные камни. Приведи ее ко мне».

И везирь пошел, и привел мать Ала ад-Дина, и поставил ее перед султаном, и старушка поцеловала землю, и помолилась за султана, и сказала ему:

«О царь времени, кончились три месяца, после которых ты обещал выдать свою дочь, госпожу Будур, за моего сына Ала ад-Дина».

И султан растерялся, не зная, что ей ответить, так как он видел, что эта женщина бедная. И он обратился к везирю и спросил его:

«Каково твое мнение, о везирь? Я… Да, я, конечно, обещал, но я вижу, что она женщина бедная, и они не из знатных людей. Как же следует, по-твоему, поступить?»

А везиря охватила зависть, и он вспомнил, что произошло с его сыном, брак которого был расторгнут, и сказал:

«О царь времени, как ты выдашь свою дочь замуж за бедного человека – чужеземца, которого ты не знаешь?»

«А что же придумать, чтобы отвадить его от нас? Я ведь обещал», – сказал царь.

И везирь молвил:

«О владыка султан, избавиться от них просто: пошли к нему и потребуй сорок золотых блюд, наполненных такими же ценными камнями, как те, что он прислал, и еще сорок рабов и невольниц, которые принесут эти блюда».

«Вот оно, правильное мнение! – воскликнул султан, и обратился к матери Ала ад-Дина, и сказал ей: – Скажи твоему сыну, что я стою на том, что я обещал, но хочу от него в приданое за дочь сорок блюд, полных таких же камней, как те, что ты привнесла мне раньше, и сорок рабов и сорок невольниц, которые принесут эти блюда. Когда он мне их пришлет, я выдам за него дочь».

И мать Ала ад-Дина вышла, покачивая головой и бормоча про себя: «Откуда достанет мой горемычный сын то, чего требует султан? Допустим: он пойдет в сокровищницу и принесет блюда и драгоценные камни, но откуда ему взять рабов и рабынь?»

И она шла до тех пор, пока не пришла домой, и вошла к своему сыну Ала ад-Дину, и рассказала ему все, и сказала:

«О дитя мое, не думай больше о госпоже Будур и выкинь ее из головы. Это все, сынок, из-за везиря».

Но Ала ад-Дин засмеялся и сказал:

«Пойди и принеси нам чего-нибудь пообедать, а потом Аллах облегчит для нас это дело, и я доставлю султану то, что он требует. Не думай, что мне трудно что-либо сделать из уважения к глазам моей возлюбленной, госпожи Будур».

И мать его поднялась и вышла на рынок, чтобы купить того, что ей было нужно, а Ала ад-Дин пошел к себе в комнату и потер светильник, и раб-джинн предстал перед ним и сказал:

«Требуй, о владыка!»

«Я хочу от тебя, – сказал Ала ад-Дин, – чтобы ты принес мне сорок золотых блюд, наполненных лучшими драгоценными камнями, находящимися в сокровищнице, и еще приведи сорок рабов и сорок рабынь, одетых в роскошнейшие платья, и пусть это будут красивейшие рабыни, какие только есть»,

И раб исчез на минутку и принес требуемое, и оставил все у Ала ад-Дина, и скрылся; и вдруг мать Ала ад-Дина вернулась с рынка и вошла в дом. Она увидела рабов и рабынь и золотые блюда и камни, и остолбенела, и воскликнула:

«Аллах да оставит нам навек твой светильник!»

А Ала ад-Дин молвил:

«О матушка, не снимай покрывала! Пойди захвати султана, пока он не ушел в гарем, и отнеси ему то, что он потребовал».

И мать Ала ад-Дина поднялась и пошла вместе с рабами и невольницами, и каждая из невольниц несла одно блюдо. Достигнув дворца, она вошла с ними к султану, отвесила ему поклон и пожелала величия и долгой жизни, и рабыни поставили перед ним блюда, и, когда султан увидел это, он удивился и остолбенел – в особенности от красоты и прелести невольниц. Сияние драгоценных камней отняло у него зрение, и он стоял, ошеломленный, вытаращив глаза, словно немой. Потом он приказал отвести рабынь с блюдами во дворец своей дочери, госпожи Бадр аль-Будур, а сам обратился к везирю и спросил его:

«Ну, везирь, что ты скажешь о человеке, который оказался способен на то, что бессильны сделать цари всего мира? Клянусь Аллахом, этого, пожалуй, даже много за мою дочь!»

И везирь, хотя его, как мы говорили раньше, убивала зависть, мог только пролепетать:

«О владыка султан, сокровищ всего мира мало за твою дочь, а ты счел это приношение слишком большим и значительным!»

И султан из этих слов понял, что везирь охвачен завистью, и оставил его, и сказал матери Ала ад-Дина:

«Передай твоему сыну, что я принял от него приданое и деньги за мою дочь, и она стала ему женой, а он мне зятем. Скажи ему, пусть он придет ко мне, чтобы я с ним познакомился, и ему достанется от меня только полное уважение и внимание. И если он хочет, то я сегодня же вечером введу его к моей дочери».

И мать Ала ад-Дина поцеловала землю и вышла, улетая от радости при мысли, что она – бедная женщина, а ее сын станет зятем султана. А султан распустил диван и пошел к своей дочери, госпоже Будур, и спросил ее:

«О дочь моя, как ты находишь подарок своего нового жениха?»

«Клянусь Аллахом, о батюшка, эти камни ошеломляют разум», – ответила царевна.

И султан молвил:

«Я думаю, дочь моя, что этот твой жених в тысячу раз лучше сына везиря, и, если пожелает Аллах, ты насладишься с ним».

Что же касается матери Ала ад-Дина, то она пришла домой, и пошла к своему сыну Ала ад-Дину, и сказала ему:

«Радуйся, дитя мое, то, чего ты хотел, исполнилось! Султан принял приданое за свою дочь и сказал мне, что ваша свадьба и твой переезд к невесте будет сегодня вечером. И еще он велел сказать: «Пусть твой сын ко мне придет, чтобы я с ним познакомился».

И Ала ад-Дин обрадовался и поблагодарил мать за ее благодеяния и труды, а потом он тотчас же вошел в свою комнату и потер светильник, и в ту же минуту джинн предстал перед ним и спросил:

«Чего ты хочешь, о мой владыка?»

«Отведи меня в царскую баню и принеси мне перемену платья, которого в жизни не надевали султаны, и пусть оно будет драгоценное», – приказал Ала ад-Дин.

И джинн тотчас же понес его и доставил в роскошную баню, и Ала ад-Дин выкупался и надушился благовониями и ароматами. А выйдя, он увидел перед собой полную перемену царского платья, и выпил напитков, и надел это платье, и джинн понес и поставил в его доме, и, оказавшись дома, Ала ад-Дин сказал:

«Я хочу, чтобы ты доставил ко мне сорок невольников – двадцать пусть идут впереди меня, двадцать сзади, – и все они должны быть в нарядных одеждах, на конях и с оружием. И пусть будут на них роскошные украшения, равных которым не найти, а сбруя каждого коня должна быть из чистого золота. И еще принеси мне восемьдесят тысяч динаров и приведи коня, которому равного не найдется у султанов, и сбруя у моего коня вся должна быть из самоцветов и благородных камней, так как я направляюсь к султану. И еще я хочу от тебя двенадцать невольниц – самых красивых, какие только есть, – они пойдут во дворец с моей матерью, – и на каждой пусть будет дорогая, красивая одежда и множество драгоценных камней и украшений. И еще принеси моей матери одежду, подходящую для царских жен».

И джинн сказал: «Слушаю и повинуюсь!» – и на мгновение исчез и принес все это; и сказал матери Ала ад-Дина, чтобы она взяла невольниц и шла во дворец, и Ала ад-Дин сел на коня, выстроил своих невольников впереди себя и сзади и проехал через весь город с этой пышной свитой, – да будет же слава одаряющему, вечносущему!

И Ала ад-Дин ехал по городу, смущая своей красотой полную луну, ибо он и так был красивый, а счастье еще увеличило его красоту. И жители города, увидав его в таком благородном образе и прекрасном обличий, прославляли творца; а достигнув дворца и приблизившись к нему, он отдал приказ своим невольникам, и те принялись бросать людям золото.

Султан между тем сидел в диване вместе со своими везирями и вельможами своего царства и ожидал прибытия Ала ад-Дина, а у ворот дворца он поставил несколько эмиров и вельмож, чтобы те его встретили.

И когда Ала ад-Дин подъехал к воротам, он хотел слезть с коня, но один из знатных эмиров выступил вперед, и удержал его, и сказал: «О господин, султан приказал, чтобы ты *сошел с коня у дверей дивана*[182]».

И везири с эмирами пошли впереди Ала ад-Дина и шествовали, пока не пришли к дверям дивана, и тогда они подошли, взялись за стремя коня и свели Ала ад-Дина на землю, поддерживая его. И эмиры, и знатные люди царства шли впереди Ала ад-Дина, пока не приблизились к султану, и султан тотчас же встал с престола, и обнял Ала ад-Дина, и посадил его справа от себя, а Ала ад-Дин приветствовал султана так, как приветствуют царей, и сказал ему:

«О царь времени, твое великодушие побудило тебя оказать мне столь великую милость и женить меня на твоей дочери, хотя я ничтожнейший из твоих рабов. Я хотел бы, чтобы твое величество пожаловало мне кусок земли, на котором я построю дворец, достойный госпожи Бадр аль-Будур».

Увидев, что Ала ад-Дин наделен такой выдающейся красотой и

182 *...сошел с коня у дверей дивана* . – Согласно феодальному придворному этикету, полагалось спешиваться у ворот дворца. Ала ад-Дину разрешают въехать в ворота дворца и проехать по двору на коне в знак высшего уважения.

облачен в дивную одежду, а его невольники шествуют в столь замечательном строю и так роскошно одеты, султан удивился и был ошеломлен так же, как и его эмиры и вельможи царства, а везирь – тот едва не умер от зависти.

Потом султан велел бить в литавры и барабаны и повел Ала ад-Дина за собой во дворец. Они поужинали с Ала ад-Дином, и султан стал с ним разговаривать, и Ала ад-Дин отвечал так красноречиво, вежливо и почтительно, что пленил разум султана.

И затем султан послал за судьей и свидетелями, и они написали брачную запись и заключили условие, и Ала ад-Дин встал, чтобы идти домой, но султан схватил его за полу и сказал:

«О дитя мое, бракосочетание окончено и все завершилось, и сегодня вечером ты войдешь к своей жене. Куда же ты уходишь?»

«О царь времени, – отвечал Ала ад-Дин, – я желаю построить для госпожи Будур достойный ее дворец, и я могу войти к ней только в этом дворце. Если захочет Аллах, он сейчас же будет окончен».

«О дитя мое, – сказал султан, – перед моим дворцом большой участок земли, и если он тебе нравится, построй дворец там».

«Это как раз то, что мне нужно», – сказал Ала ад-Дин, и потом он попрощался с султаном и вернулся домой со своими невольниками. Он вошел, взял светильник, и потер его, и, когда раб светильника явился, сказал ему:

«Я хочу, чтобы ты построил дворец со всей возможной скоростью, и пусть он будет очень большой, со всякими коврами и полным устройством, и ковры пусть будут в нем царские, а устройство – султанское».

И раб из джиннов ответил: «Внимаю и повинуюсь!» А утром он пришел, взял Ала ад-Дина и показал ему дворец, ковры и прочее убранство, и Ала ад-Дин обрадовался, и тотчас же вернулся домой, и сел на коня, и поехал с невольниками и свитой в диван к султану. А султан, встав утром, открыл окно, и посмотрел, и увидел перед своим дворцом другой огромный дворец, ошеломляющий разум, весь из мрамора и порфира, и Ала ад-Дин потребовал от джинна еще большой ковер, весь затканный золотом, который тянулся от его дворца до дворца султана.

И когда султан увидел этот дворец, привлекающий взоры, и великолепный ковер, тянувшийся до его дворца, он удивился столь дивному делу, и как раз в это время вошел к нему везирь, и султан сказал ему:

«Пойди-ка сюда и посмотри, о везирь, что сделал Ала ад-Дин за сегодняшнюю ночь, и тогда ты поймешь, что он достоин и заслуживает быть мужем моей дочери Бадр аль-Будур. Взгляни на это строение – какое оно высокое! Можешь ты построить ему подобное в течение двадцати лет? А он все это сделал за одну ночь».

И везирь посмотрел и подивился этому делу, и зависть его усилилась.

«О царь времени, – сказал он султану, – все эти проделки – чистое колдовство, ибо люди не могут сделать ничего такого за одну ночь».

«Клянусь Аллахом, – сказал султан, – я дивлюсь на тебя! Как это ты думаешь про людей только дурное? Но это следствие твоей зависти. Вчера вечером ты был здесь, когда я подарил ему землю, чтобы он построил на ней великолепный дворец. О сумасшедший, тот, кто мог принести мне такие драгоценные камни, как те, которые он мне подарил, способен построить такой дворец за одну ночь».

И везирь онемел и не дал ему ответа, а потом султан вышел в диван, и сел, и вдруг видит: едет Ала ад-Дин со своей свитой, и он и его невольники бросают людям золото, и все охвачены любовью к нему.

И когда султан увидел Ала ад-Дина, он поднялся, встретил его, обнял и поцеловал и пошел с ним, держа его за руку; и когда они вошли в самый большой и великолепный зал, там поставили столики, и султан сел, и Ала ад-Дин сел от него справа, вместе с эмирами, везирями и вельможами царства. И они ели, пили и веселились, и султан посматривал на мать Ала ад-Дина и удивлялся: ведь она раньше приходила к нему в бедной одежде, а сейчас он видит ее в роскошном царском платье.

И в городе, и во дворце, и во всем царстве султана началось великое торжество, и люди приходили смотреть на похищающий разум дворец Ала ад-Дина и говорили:

«Клянемся Аллахом, он достоин! Да благословит его Аллах!»

А когда кончили есть, Ала ад-Дин встал, попрощался с султаном, сел на коня и отправился к себе во дворец, чтобы приготовиться к встрече невесты, и, войдя во дворец, он увидел там рабынь, невольниц и невольников, которых не счесть, и сказал им, чтобы они были готовы встретить невесту.

Когда же раздался призыв к предзакатной молитве, султан отдал приказ, и везири, эмиры, вельможи государства, знатные люди царства, воины и рабы сели на коней, и сам султан тоже сел на коня и спустился с ними на площадь. А Ала ад-Дин со своими невольниками выехал верхом на площадь вместе с султаном и начал там играть и показывать свое рыцарское искусство, и никто не мог устоять против него, а невеста его смотрела из окна своего дворца, и, когда она его увидела, он понравился ей, и она полюбила его великой любовью.

Затем, после этого, гулянье окончилось, и султан с Ала ад-Дином вернулись каждый в свой дворец, а когда наступил вечер, везири и знатные люди царства пошли и взяли Ала ад-Дина и во главе огромного шествия повели его в баню, и он выкупался, и вышел, и сел на коня, и вернулся к себе во дворец с пышной свитой, и четыре везиря предшествовали ему с обнаженными мечами, пока они не достигли дворца. А затем, после этого, они возвратились, взяли госпожу Будур и вышли с нею, с невольницами и с рабынями, и они шли с факелами, свечами и светильниками, пока не достигли дворца Ала ад-Дина, и царевну отвели в ее покои, а мать Ала ад-Дина была возле нее. И царевну показывали Ала ад-Дину семь раз, каждый раз в другом облачении, и госпожа Будур смотрела на дворец, в котором была, и дивилась на золотые светильники, украшенные изумрудами и яхонтами; а стены во дворце были все из мрамора, яшмы и других драгоценностей.

Потом поставили столик для брачной трапезы, и все сели и стали есть, пить и веселиться, и перед ними стояли восемьдесят невольниц, каждая из которых держала в руках какой-нибудь музыкальный инструмент и играла на нем, и чаши и кубки ходили вкруговую, и была это такая ночь, которой не знал в свое время и *Зу ль-Карнейн*[183].

И затем люди ушли, каждый в свое место, и Ала ад-Дин вошел к своей жене Бадр аль-Будур и уничтожил ее девственность, и они провели ночь, наслаждаясь любовью. А когда наступило утро, Ала ад-Дин поднялся, надел роскошное, великолепное платье, позавтракал и выпил вина, а потом он встал, сел на коня и поехал, и невольники его поехали вместе с ним.

Он направился во дворец султана, и султан, когда Ала ад-Дин прибыл, поднялся на ноги, встретил его, обнял и посадил от себя по правую руку, и эмиры и вельможи царства подошли и поздравили его. После этого султан отдал приказ, – и поставили столики, и все ели и пили, и веселились, пока не насытились; а когда столики убрали, Ала ад-Дин обратился к султану и сказал ему:

«О царь времени, не угодно ли тебе пожаловать ко мне и пообедать с твоей дочерью, госпожой Будур? И возьми с собой всех своих везирей, эмиров и вельмож царства».

«Ты достоин этого, сын мой», – отвечал султан.

И потом он поднялся вместе с вельможами царства, и они сели на коней и поехали с Ала ад-Дином в его дворец. И когда султан вошел во дворец, то его ум был ошеломлен такой роскошью и великолепием, и он обратился к везирю и сказал ему:

«О везирь, видел ты в жизни или слышал на своем веку что-нибудь подобное этому?»

«О царь времени, – ответил везирь, – я не могу поверить, что это работа людей, сынов Адама. Нет, это дело колдунов и чародеев».

«Твоя завистливость мне известна, – сказал царь, – и я знаю, почему ты постоянно наговариваешь на Ала ад-Дина».

Потом Ала ад-Дин повел султана наверх, в покои госпожи Будур, и султан увидел там комнату с окнами, все решетки которых были из изумруда, и ум его был ошеломлен. И он заметил, что одна из решеток не закончена – а Ала ад-Дин оставил ее незаконченной нарочно, – и, увидав, что в решетке чего-то не хватает, воскликнул:

«Какая жалость! Эта решетка не совершенна! – И он обратился к везирю и сказал ему: – Ты знаешь, по какой причине эта решетка не закончена?»

---

[183] *Зу ль-Карнейн* (буквально: «двурогий»). – Так называли арабы Александра Македонского за его головной убор, напоминающий рога, или, согласно иной легенде, за форму его владений, расположенных в виде полумесяца.

«Не знаю, о царь времени», – сказал везирь.

И царь молвил:

«Это потому, что Ала ад-Дин торопился построить дворец и не успел доделать решетку».

А Ала ад-Дин в это время вошел к своей жене, чтобы сообщить ей о прибытии ее отца, султана, и когда он вернулся, султан спросил его:

«Ала ад-Дин, дитя мое, но какой причине ты не закончил эту решетку?»

«О царь времени, – отвечал Ала ад-Дин, – я оставил ее такой, чтобы твое величество оказало мне почет и велело ее закончить и чтобы у нас осталось воспоминание о тебе».

«Это дело не трудное», – сказал царь и тотчас же велел привести торговцев драгоценными камнями и ювелиров. Он приказал выдать из казны все, что им понадобится из драгоценностей и металлов, и повелел им доделать решетку.

А госпожа Бадр аль-Будур вышла из своих покоев, подошла к отцу, радуясь и смеясь, и поцеловала ему руку, и отец обнял ее, поцеловал и поздравил. Между тем наступил час обеда, и перед султаном, госпожой Бадр аль-Будур и Ала ад-Дином поставили столики, а для главного везиря и прочих эмиров, везирей, вельмож царства и знатных людей государства накрыли другие столики. И султан с Ала ад-Дином и госпожой Бадр аль-Будур сели за столик и стали есть, и пить, и веселиться; и султан дивился на чудесные яства, великолепные кушанья и убранство столиков, уставленных столь роскошной посудой. Перед ним стояли восемьдесят невольниц, каждая из которых держала в руках какой-либо музыкальный инструмент, и все они играли на своих инструментах трогательные напевы, от которых утешались сердца тоскующих.

И султан возвеселился и возрадовался, и стала ему приятна жизнь, и он говорил про себя: «Поистине, таковы должны быть цари и таков должен быть у них порядок!»

И они ели, пока не насытились, и чаши ходили меж ними вкруговую; а потом столики с едой убрали и поставили столики ей сластями и плодами в другой большой комнате, и все перешли туда и опять поели досыта.

А мастера, торговцы драгоценностями и ювелиры начали работать, чтобы закончить решетку, и султан поднялся, и посмотрел на их работу, и увидел, что она очень отличается от первоначальной, так как мастера не могут выполнить подобной работы. А потом торговцы драгоценностями осведомили султана, что всех камней, находящихся в его казне, никак не хватит, и султан приказал открыть другую казну, большую, и взять из нее все, что им нужно, а если тоже не хватит, тогда пусть возьмут камни, которые преподнес ему Ала ад-Дин.

И мастера брали эти камни, пока большая казна не опустела, и они взяли также все камни, которые преподнес Ала ад-Дин, но их тоже не хватило даже на часть незаконченной решетки. И султан приказал своим везирям, чтобы каждый, у кого есть камни, отдал их мастерам, а стоимость их взял у султана, и везири приносили камни, которые имели, пока у них не осталось ничего, но из этого всего не сделали даже и половины работы.

И слух об этом распространился, и Ала ад-Дин пошел посмотреть на работу мастеров и увидел, что те не закончили даже и половины недостающей решетки. Тогда он приказал им разобрать то, что они сделали, и вернуть владельцам камни, которые они взяли у везирей, а также возвратить то, что они получили из сокровищниц султана, и рабочие разобрали решетку и вернули камни их владельцам.

И когда султану принесли его камни, тот удивился этому, и сел на коня, и отправился к Ала ад-Дину, а Ала ад-Дин до прибытия султана потер светильник, и раб появился перед ним и воскликнул:

«Требуй, о мой владыка!»

«Я хочу, – сказал Ала ад-Дип, – чтобы ты сейчас же пополнил недостачу в решетке, которую я велел оставить незаконченной», – и джинн отвечал: «Слушаю и повинуюсь!» И в мгновение ока все стало так, как хотел Ала ад-Дин, и раб скрылся, а Ала ад-Дин пошел и увидел, что решетка закончена.

И когда он ее рассматривал, вдруг вошел султан, и Ала ад-Дин встретил его с почетом и уважением, и султан спросил его:

«Почему, о сынок, ты позволил ювелирам разобрать то, что они сделали, и не дал им закончить эту решетку?»

«О царь времени, – ответил Ала ад-Дин, – я оставил ее незаконченной, так как увидел, что у мастеров нет больше драгоценных камней. Они взяли все, что было в твоих сокровищницах и сокровищницах вельмож твоего царства, и не выполнили даже половины работы, и тогда я велел им разобрать то, что они сделали, и возвратить камни их владельцам, а сейчас я своей рукой восполнил недостаток в решетке. Подойди, о царь времени, и посмотри».

И султан подошел и посмотрел, и увидел, что решетка закончена с замечательным искусством, и в ней нет недостатка, и удивился Ала ад-Дину и обнял его, и поцеловал, и воскликнул:

«Кто подобен тебе, о дитя мое! Ведь ты сделал нечто такое, чего не в силах свершить великие цари».

И потом султан вошел к своей дочери, госпоже Будур, и немного посидел у нее, а затем он ушел и вернулся к себе во дворец.

А Ала ад-Дин каждый день выезжал со своей свитой и пересекал весь город, осыпая людей золотом, а потом заходил в султанскую мечеть и совершал там полуденную молитву. И все подданные полюбили его, и во всех странах распространилась о нем великая слава, и он выезжал на охоту, и спускался с всадниками на площадь, и превзошел он людей своего времени в рыцарском искусстве, а жена его, госпожа Бадр аль-Будур, видя, что он таков, каждый день любила его больше, чем в предыдущий. И слова и совет во всем царстве принадлежали Ала ад-Дину, и он вершил справедливый суд, жаловал и награждал, так что пленил разум всех людей.

И он постоянно поступал так, и вдруг в один из дней выступил против султана какой-то царь и пришел с большими войсками, которым нет числа, чтобы воевать с ним. И султан снарядил воинов, которые при нем были, и назначил предводителем их Ала ад-Дина; и Ала ад-Дин шел с войсками, пока не приблизился к врагам, и тогда он обнажил меч, и началось сражение, и разгорелась битва, и Ала ад-Дин ринулся на врагов и большинство перебил, и многих взял в плен, и рассеял остальных. Он захватил большую добычу и вернулся с победой, и ни одно из его знамен не поникло, и вступил в город с пышной свитой, и украсили из-за этого все города царства. И султан вышел, и встретил Ала ад-Дина, и обнял его, и привел к себе во дворец; и началось великое торжество, и люди стали молиться за Ала ад-Дина, желая ему долгой жизни. И Ала ад-Дин пребывал в таком положении, и вот то, что было с ним.

Что же касается магрибинца, колдуна, то, возвращаясь в свою страну, он раздумывал о своем деле и бранил Ала ад-Дина с великой яростью, говоря про себя: «Раз этот негодяй умер под землей, а светильник все еще хранится там, я не стану думать о тяготах, которые испытал, и у меня есть надежда добыть этот светильник».

А достигнув родного города, он захотел погадать на своем песке и посмотреть, остался ли светильник в сокровищнице и жив ли Ала ад-Дин или нет? *Он определил его гороскоп*[184] и три раза погадал на песке, и не увидел он, что Ала ад-Дин умер, и не обнаружил светильника в сокровищнице, и усилилась тогда его печаль и увеличилась ярость, и убедился он, что Ала ад-Дин спасся вместе со светильником и вышел на поверхность земли. И тогда он еще раз рассыпал песок и погадал про Ала ад-Дина и увидел, что тот получил светильник, и стал величайшим из людей в своем городе, и женился на дочери султана.

И колдун еще больше огорчился, так что едва не умер, и сказал про себя: «Я претерпел много трудностей и мучений, чтобы раздобыть светильник, и не добыл его, а этот поганец, сын ничтожных, получил его без труда и утомления! Я обязательно что-нибудь сделаю, чтобы его убить!»

И он тотчас же поднялся, и снарядился, и отправился в страну Китая, и достиг столицы царства, то есть того города, где находился Ала ад-Дин. Он поселился на постоялом дворе и день или два оставался в своем жилище, пока не отдохнул от усталости, а потом вышел и стал ходить по улицам города и услышал, что все говорят об Ала ад-Дине, его великодушии и щедрости и великолепии его дворца, настоящего чуда света.

И тогда магрибинец обратился к одному из тех, кто так говорил, и спросил его:

«Кто тот человек, которого вы так восхваляете?»

---

[184] *Он определил его гороскоп* . – Определение гороскопа было обязательно перед принятием важного решения.

И спрошенный отвечал:

«Ты, видно, из далекой страны, раз ты не слыхал про Ала ад-Дина и его дворец, это чудо света, Аллах да сделает его в нем счастливым!»

И магрибинец отвечал ему:

«Я не слышал, и я здесь человек чужой, из далеких стран. Я хочу, чтобы ты провел меня к его дворцу и я посмотрел бы на него».

И тот человек пошел с магрибинцем и привел его ко дворцу, и магрибинец всмотрелся в него и понял, что все это работа светильника. Он едва не умер от зависти и сказал про себя: «Ах, я непременно выкопаю для этого поганца яму и убью его там! Сын нищего портного, у которого не было даже ужина на один вечер, добыл все это! Если захочет Аллах, я обязательно заставлю его мать снова прясть хлопок!»

И магрибинец вернулся на постоялый двор, будучи словно на том свете от горя, и, достигнув своего жилища, погадал на песке, чтобы посмотреть, где светильник, и он увидел, что светильник во дворце, а не у Ала ад-Дина, и воскликнул:

«Дело-то, выходит, нетрудное! Я таки лишу этого поганца здоровья!».

И он поднялся, и пошел к меднику, и попросил его сделать несколько новых светильников, и сказал.

«Возьми с меня их цену с избытком», – и медник отвечал: «Слушаю и повинуюсь!» – и тотчас же исполнил его требование. А магрибинец взял светильники, отдал меднику за них деньги, а потом он пошел домой, уложил светильники в корзину и принялся ходить по площадям города, крича:

«Эй, кто меняет старые светильники на новые!» И всякий, кто слышал его крики, говорил, что это сумасшедший.

И магрибинец кричал эти слова, пока не оказался под окнами дворца Ала ад-Дина, и тогда он опять издал такой крик, а малыши и уличные мальчишки шли за ним и кричали: «Сумасшедший, сумасшедший!»

И Аллах предопределил, что госпожа Будур как раз в это время смотрела из окна, и она услышала крик магрибинца и стала смеяться над ним вместе со своими невольницами.

«Да погубит его Аллах! – сказала она. – Какая ему от этого прибыль?»

А Ала ад-Дин забыл о светильнике во дворце и не запер его, по обычаю, в своей комнате, и одна из невольниц увидела его и сказала госпоже Будур:

«О госпожа, во дворце моего господина есть старый светильник. Если хочешь, давай позовем этого человека и выменяем наш светильник на новый, чтобы посмотреть, правду он говорит или нет».

«Пойди приведи его, – сказала госпожа Будур, – и выменяй у этого сумасшедшего наш светильник на новый».

А госпожа Будур совершенно ничего не знала об этом

светильнике.

И невольница поднялась в покои Ала ад-Дппа, принесла светильник и дала его евнуху, и тот спустился и отдал его магрибин-цу, взяв вместо него новый светильник, и потом он поднялся к госпоже Будур, а та все еще смеялась над глупостью этого магрибинца.

Что же касается магрибинца, то, увидя светильник и, узнав его, он не поверил своим глазам и, кинув все свои светильники, понесся прочь, словно туча. Он бежал, пока не достиг уединенного места, – а уже наступила ночь, – и вынул светильник, и потер его, а раб появился перед ним и сказал:

«Требуй, чего хочешь!»

«Я хочу от тебя, – сказал магрибинец, – чтобы ты перенес дворец Ала ад-Дина со всем, что в нем есть, и со мною вместе и поставил его в городе колдуна».

Вот что было с проклятым магрибинцем.

А султан на другой день, пробудившись от сна, открыл окно, и выглянул из него, и увидел он перед своим дворцом пустой участок земли и не увидал там дворца Ала ад-Дина.

Он удивился, и нашел это странным, и стал протирать себе глаза, и смотреть, но, в конце концов, убедился, что дворца нет, и не мог он понять, что случилось, и растерялся, и ум его был ошеломлен. Он ударил рукой об руку, и стал плакать о своей дочери, и сейчас же послал за своим везирем, и закричал:

«Говори, где дворец Ала ад-Дина?»

Услышав эти слова, везирь остолбенел, а султан воскликнул:

«Чего ты дивишься моим словам! Подойди, посмотри в окно».

И везирь поднялся, и посмотрел в окно, и не увидел ни дворца, ни чего-либо другого, и он тоже растерялся и опешил и стоял перед султаном, словно немой.

«Вот причина моей печали и плача», – молвил султан, а везирь сказал: «Я же говорил тебе раньше, о царь времени, что все это – проделка колдунов, а ты мне не верил».

И ярость султана усилилась, и он спросил везиря.

«Где Ала ад-Дин?»

И везирь ответил:

«Он на охоте».

И тогда султан приказал одному из эмиров отправиться со всем своим войском за Ала ад-Дином и привести его, закованного и связанного.

И эмир отправился с войском, и прибыл к Ала ад-Дину, и сказал ему:

«О господин, не взыщи, таков приказ султана. Я должен взять тебя и привести к нему, закованного и связанного. Извини же меня, ибо я нахожусь под властью султана».

Когда Ала ад-Дин услышал эти слова, его охватило удивление. Он не понимал, в чем причина этого, и спросил эмира:

«Не знаешь ли ты, в чем здесь причина?» – и эмир молвил: «О владыка, я ничего не знаю», – и Ала ад-Дин сошел с коня и сказал: «Делай так, как тебе велел султан».

И Ала ад-Дина заковали, и связали ему руки, и привели в город, и, когда подданные увидели его в таком положении, они поняли, что султан хочет отрубить ему голову, и усилилась их печаль. И они тотчас же поднялись все как один, надели оружие и пошли за Ала ад-Дином, чтобы посмотреть, что султан хочет с ним сделать.

И когда они достигли дворца, султана осведомили об этом, и султан приказал своему палачу отрубить Ала ад-Дину голову; и жители города, увидев это, взволновались и заперли ворота дворца, и некоторые полезли на дворцовые стены, а другие начали ломать двери и бить окна, чтобы войти туда и убить султана. И везирь вошел, и осведомил об этом султана, и сказал ему:

«О царь времени, дело твое, видно, идет к концу! Прости его лучше, чтобы подданные не набросились на нас и не убили нас из-за Ала ад-Дина».

И султан послал сказать подданным, чтобы они успокоились и что он простил Ала ад-Дина, и тотчас же велел палачу убрать от него руку и приказал привести Ала ад-Дина. И когда Ала ад-Дин явился к султану, он поцеловал перед ним землю и молвил: «О царь времени, я надеюсь, что ты окажешь своему рабу милость и сообщишь мне, за какой грех я заслужил убиение?»

«Обманщик! – воскликнул султан. – Как будто ты не знаешь, в чем твой грех!»

И он обратился к везирю и сказал ему: «Возьми его, пусть он посмотрит в окно: где его дворец!» И везирь взял Ала ад-Дина, и тот посмотрел, и не увидел своего дворца, и увидел лишь обширный пустырь, такой, как был раньше, прежде чем построили дворец.

И он растерялся, и остолбенел, и не мог понять, что случилось с его дворцом, и султан спросил его:

«Ну что? Видел? Где твой дворец? И где моя дочь, кровь моего сердца и мое единственное дитя?!»

«Клянусь жизнью твоей головы, о царь времени, – сказал Ала ад-Дин, – я совсем ничего не знаю».

«Знай, – сказал султан, – что я простил тебя, чтобы ты пошел и отыскал мою дочь, и если ты ее ко мне не приведешь, я отрублю тебе голову».

«О царь времени, – сказал Ала ад-Дин, – дай мне отсрочку на некоторое время, на сорок дней, и, если я не приведу к тебе твоей дочери, отруби мне голову».

«Я даю тебе то, что ты желаешь, – сказал султан, – по не думай, что тебе удастся от меня убежать! Клянусь жизнью моей, я доберусь до тебя, где бы ты ни был».

И Ала ад-Дин вышел от султана, грустный и печальный, а что касается жителей города, то они обрадовались его спасению. И Ала ад-Дин ушел, понурив голову от стыда и позора, и он оставался в городе два дня, не зная, что делать, и горюя о том, что с ним случилось, и особенно о госпоже Будур, своей жене. А потом он вышел из города, потеряв надежду и повторяя про себя: «Не знаю я, что случилось. Где я найду дворец?»

И он шел по пустыне, не зная, куда направиться, и наконец оказался возле реки. Он хотел было броситься в реку и убить себя, но потом вернулся к разуму и вручил свое дело Аллаху. И он сел на берегу реки, и задумался, и от великой печали стал ломать руки, и, ломая руки, задел за перстень, находившийся у него на пальце, и вдруг предстал перед ним раб и воскликнул: «К твоим услугам, требуй чего хочешь!»

И Ала ад-Дин обрадовался и сказал:

«О раб перстня, я хочу, чтобы ты принес мне мой дворец и мою жену госпожу Бадр аль-Будур», – но раб отвечал: «О господин, ты потребовал от меня вещи, которой я не могу сделать, ибо это относится только к рабу светильника».

«Раз это для тебя невозможно, – сказал Ала ад-Дин, – то возьми меня и доставь к тому дворцу».

«Слушаю и повинуюсь!» – воскликнул раб и тотчас же, в мгновение ока, принес Ала ад-Дина к дворцу во внутреннем Магрибе. А уже наступила ночь.

И Ала ад-Дни обрадовался, увидев свой дворец, и стал думать, как бы снова достигнуть цели и добыть свою жену Будур. Он положил голову на землю и заснул, так как уже пять-шесть дней не спал, а когда наступило светлое утро, он поднялся, подошел к протекавшему там ручью, вымыл лицо, совершил омовение и сотворил утреннюю молитву, а потом сел под окнами дворца госпожи Бадр аль-Будур, и вот то, что с ним было.

Что же касается госпожи Будур, то от сильного горя из-за разлуки со своим мужем и со своим отцом, султаном, и от дурного обращения с нею грязного магрибинца она постоянно плакала и не спала по ночам. А как раз в это время к ней вошла невольница, желая одеть ее в одежды, и Аллах предопределил, чтобы эта невольница выглянула из окна и увидела Ала ад-Дина под окнами дворца.

«Госпожа, госпожа! Подойди, погляди, мой господин под окнами дворца», – воскликнула она.

И госпожа Будур поднялась и открыла окно, и Ала ад-Дин поднял голову и увидел ее. Она приветствовала Ала ад-Дина, и Ала ад-Дин приветствовал ее, и оба они улетали от радости – и потом царевна сказала:

«Встань и войди к нам через потайную дверь, ибо этого проклятого сейчас здесь нет».

И она приказала невольнице, и та спустилась и открыла Ала ад-Дину дверь, а госпожа Будур встала и вышла ему навстречу, и они обнялись, плача, и Ала ад-Дин молвил:

«О моя любимая, я хочу у тебя кое-что спросить. Я оставил в своей комнате старый медный светильник. Ты его видела?»

И госпожа Будур вздохнула и молвила:

«О любимый, он и был причиной того, что с нами случилось».

И Ала ад-Дин сказал:

«Расскажи мне, что произошло».

И царевна рассказала ему, как она выменяла светильник у магрибинца на новый светильник, и продолжала:

«А на следующий день мы увидели себя в этом месте, и магрибинец рассказал мне, что он перенес сюда дворец благодаря силе этого светильника, и теперь, мой любимый, мы находимся в землях внутреннего Магриба».

«Расскажи мне про этого проклятого: что он тебе говорил и чего он хочет», – сказал Ала ад-Дин, и царевна молвила: «Каждый день он приходит один раз, не больше, и соблазняет меня, чтобы я с ним спала и взяла его вместо тебя. Он говорит, что мой отец, султан, отрубил тебе голову, и еще он сказал, что ты был бедняком, сыном бедняка, и что он, магрибинец, был причиной твоего богатства. Он проявляет ко мне полную любовь, а я к нему – полную ненависть».

«А ты не знаешь, куда он прячет светильник?» – спросил ее Ала ад-Дин.

И она сказала:

«Он постоянно носит его с собой и не расстается с ним. Он вынимал его из-за пазухи и показывал его мне».

И Ала ад-Дин обрадовался и воскликнул:

«Я сейчас от тебя уйду, а ты вели одной из невольниц все время стоять у потайной двери, чтобы, когда я потребую, она открыла мне дверь. А я придумаю хитрость против этого проклятого».

И затем Ала ад-Дин вышел и пошел по степи. Он увидел одного феллаха и сказал ему: «О дядюшка, возьми мою одежду и дай мне твою», – и феллах скинул свою одежду, и Ала ад-Дин взял ее и надел. Потом он отправился в город, на рынок москательщиков, и купил на два дирхема банджа и вернулся во дворец, и когда невольница, стоявшая у потайной двери, увидела его, она открыла ему.

И он вошел к своей жене, госпоже Будур, и сказал ей:

«Я хочу, чтобы ты бросила печаль и проявила к этому проклятому дружелюбие и приязнь. Скажи ему со смеющимся лицом: «Приходи сегодня вечером, и мы поужинаем. До каких пор я буду грустить?» И прояви к нему великую любовь и скажи, что ты хочешь с ним выпить. Поднеси ему одну чашу за другой, пока он не выпьет несколько чаш, и потом положи ему в чашу этот бандж и напои его, а когда он опрокинется на затылок, покричи меня».

«Вот оно правильное решение! – воскликнула госпожа Будур. – Это мне не трудно».

Потом Ала ад-Дин поел и насытился и затем встал и вышел, а госпожа Будур поднялась, позвала служанку, приоделась, разукрасилась и надушилась благовониями, и вдруг вошел магрибинец и увидел ее в таком убранстве.

Он обрадовался и развеселился, и грудь у него расширилась, особенно когда госпожа Будур встретила его с приветливым и смеющимся лицом, а она взяла его за руку, и посадила с собою рядом, и сказала:

«О мой любимый, если желаешь, приходи и поужинай со мной сегодня вечером. До каких пор я буду грустить? Хватит! Я потеряла надежду вновь увидеть Ала ад-Дина и моего отца и хочу, чтобы ты мне их заменил. У меня ведь никого не осталось, кроме тебя. Надеюсь, что ты придешь сегодня вечером, и мы вместе поужинаем, но я хочу, чтобы ты принес мне немножко вина, и пусть это будет вино хорошее, превосходное, из вин твоей родины. У меня тоже есть вино, но я хочу попробовать вина этой страны».

И когда магрибинец услышал слова госпожи Будур и увидел с ее стороны знаки любви, он обрадовался великой радостью и вскричал:

«Слушаю и повинуюсь, о моя возлюбленная! Я пойду и куплю все, что ты хочешь!»

А госпожа Будур для того, чтобы еще больше обмануть его, сказала:

«Зачем тебе самому идти? Пошли кого-нибудь из твоих рабов!»

Но магрибинец воскликнул:

«Клянусь твоими глазами, никто не пойдет покупать вино, кроме меня».

И он пошел и купил превосходного вина, которое свалит с ног медведя, и вернулся к царевне, и невольницы поставили перед ними столик и подали ужин. И они стали есть и пить, а невольницы наполняли их чаши вином, и они пили, и так продолжалось до тех пор, пока у магрибинца от опьянения не закружилась голова, и тогда госпожа Будур сказала ему:

«О мой любимый, у нас в стране есть такой обычай: в конце трапезы любимая наливает возлюбленному чашу вина, и эта чаша бывает последней».

И она тотчас же наполнила чашу, бросила в нее бандж и подала ему, а магрибинец от великой радости выпил чашу и не оставил там ни одной капли. И спустя недолгое время он перевернулся й упал вниз лицом, словно убитый, не владея ни рукой, ни ногой, и тогда невольница поспешно позвала своего господина Ала ад-Дина и открыла ему двери. И Ала ад-Дин вошел и увидел, что магрибинец лежит, точно убитый, и обнажил меч, и отсек магрибинцу голову, а затем обернулся к госпоже Будур и сказал ей:

«Выйди отсюда со своими невольницами и оставь меня одного».

И госпожа Будур вышла и невольницы с нею, и они заперли дверь, и тогда Ала ад-Дин протянул руку и вынул светильник из кармана магрибинца и потер его. И раб-джинн появился перед ним и «сказал: «Требуй, чего хочешь!» – и Ала ад-Дин молвил:

«Я хочу, чтобы ты поставил этот дворец на место, туда, где он был», – и раб отвечал: «Слушаю и повинуюсь!» И тогда Ала ад-Дин вышел и обнял свою жену, и поцеловал ее, а она поцеловала его, а марид в мгновение ока перенес дворец и поставил его на место.

И Ала ад-Дин с женой сели за столик, и ели, и пили, и веселились до тех пор, пока не пришло время спать, и тогда они поднялись, легли в постель и заснули, и оба улетали от радости, особенно госпожа Будур, так как она была уверена, что завтрашний день, наутро, увидит своего отца, султана. Вот что было с Ала ад-Дином.

Что же касается султана, то он всякий день неизменно плакал и бил себя по лицу, горюя о своей дочери, так как она была у него единственная, и каждое утро он выглядывал из окон дворца, и смотрел, и говорил: «А вдруг!.. Может быть?» – и плакал о своей дочери.

И в тот день утром султан тоже встал, и, как обычно, выглянул из окна, и увидел перед собой строение. Он подумал, что его глаза затуманились, и стал их тереть, и все смотрел, пока не убедился, что это дворец Ала ад-Дина, и тогда он тотчас же кликнул рабов и сказал им:

- Приведите коня!

И он сел и поехал ко дворцу Ала ад-Дина, и Ала ад-Дин вышел, и встретил султана, и ввел его к его дочери, госпоже Будур, а госпожа Бадр аль-Будур поднялась и встретила своего отца. И султан обнял ее и начал плакать, и она также плакала, и потом они сели, и царевна стала рассказывать своему отцу обо всем, что с ней случилось, и в заключение сказала:

«Клянусь твоей жизнью, отец, душа вернулась ко мне только вчера, когда я увидела моего мужа и возлюбленного Ала ад-Дина. А до того из-за проклятого колдуна мной владели печаль и горе, которых не описать».

И она рассказала султану, как выменяла у магрибинца старый светильник на новый, и добавила:

«Я ведь ничего не знала о достоинствах этого светильника. А на следующий день, когда он взял его, мы увидели себя в другой стране, во внутреннем Магрибе, но потом пришел Ала ад-Дин, мой муж, и придумал хитрость, и убил его. Хвала Аллаху, который избавил нас от зла этого проклятого! А когда мой муж убил его, он сказал мне: «Выйди вместе со своими невольницами», – и я вышла и не знаю, что он сделал, чтобы перенести нас сюда».

И Ала ад-Дин сказал:

«О царь времени, я ничего не сделал, а только сунул руку к магрибинцу в карман, так как госпожа Будур рассказала мне, что он кладет светильник в карман, и вынул светильник, и приказал рабу светильника перенести нас и доставить в эту страну. Встань же, о счастливый царь, и посмотри на этого проклятого магрибинца, который лежит убитый в другой комнате».

И царь поднялся, и вошел туда, и увидел проклятого магрибинца, который был убит, и тогда он велел разрубить его тело и сжечь в огне.

А потом султан обнял Ала ад-Дина, поцеловал его, и поблагодарил за все его труды, и сказал:

«Извини меня, дитя мое, за то, что я с тобой сделал! Мне простительно, так как это моя единственная дочь».

«О царь времени, ты не сделал со мной ничего против справедливости», – ответил Ала ад-Дин; и потом султан велел начать торжества по случаю находки его дочери, а магрибинца сожгли и развеяли его прах по воздуху.

И рассказывают, что у того проклятого магрибинца был брат, тоже проклятый, еще хуже его колдовством и чародейством, и случилось так, что этот брат стал гадать на песке, и составил гороскоп, и пожелал узнать, что сталось с его братом. Он увидел, что брат его умер, и опечалился, и огорчился, и погадал на песке второй раз, чтобы посмотреть, какова причина его смерти и в каком городе он умер, и узнал, что брата его убили в странах Китая, и сожгли его тело, и развеяли прах по воздуху, и что тот, кто его убил, – это юноша, имя которому Ала ад-Дин. Он узнал всю его историю, и происшествие со светильником, и прочее; и когда он увидел все это на своем песке, он тотчас же встал, и снарядился, и ехал до тех пор, пока не достиг стран Китая. Он вошел в столицу царства, то есть в город, где находился Ала ад-Дин, и поселился на постоялом дворе, и отдохнул два или три дня, а потом стал придумывать хитрость, чтобы убить Ала ад-Дина.

И он спустился в город, и пришел в одно место, где люди играли в шахматы, и услышал, что они говорят про одну старуху, которую зовут Фатима. Это была благочестивая старуха, которая обитала в пустыне и приходила в город только два раза в неделю, и люди восхваляли ее и воздавали ей великий почет.

И брат магрибинца обратился к одному из говоривших и спросил его.

«О дядюшка, что это я слышу, вы говорите о чудесах одной женщины, которую зовут Фатимой? Расскажи мне, где она и где ее местожительство. Я чужеземец, и я попал в беду и хочу пойти к ней и попросить, чтобы она за меня помолилась. Быть может, Аллах великий тогда устранит от меня беду».

И тот человек вывел его за город и показал ему издали жилище Фатимы – а эта богомольная Фатима жила в пещере, на вершине горы, – и магрибинец поблагодарил его за его милость, и вернулся к себе домой, и провел там ночь, а утром спустился в город, и Аллах предопределил, чтобы это было в тот день, когда Фатима приходила в город.

И когда магрибинец ходил по городу, он увидел, что люди собираются толпами, и спросил, в чем дело, и ему сказали:

«Вот она там, благочестивая Фатима».

И магрибинец следовал за нею из одного места в другое, пока не наступил вечер, и тогда Фатима вернулась в свое жилище за городом, и магрибинец шел за ней издали, пока она не достигла своей пещеры. И он подождал, пока миновала треть ночи, и, когда Фатима легла спать, вошел к ней и увидел, что она лежит на спине, на куске циновки. И тогда он схватил Фатиму за голову, вынул кинжал и закричал на нее, и Фатима пробудилась и увидела, что магрибинец держит ее за голову и в руке у него обнаженный кинжал, и чуть не умерла от горя и страха.

«Если ты заговоришь или закричишь, – сказал магрибинец, – я убью тебя! А теперь встань и сделай то, что я потребую».

И он дал ей великие клятвы, что не убьет ее, если она его послушается, и Фатима поднялась, и магрибинец сказал ей:

«Дай мне твою одежду и возьми мою».

И она отдала ему свои лохмотья, головную повязку, платок и покрывало, и магрибинец сказал:

«Этого недостаточно, нужно, чтобы ты меня чем-нибудь помазала и мое лицо стало бы таким, как твое лицо».

И Фатима поднялась и вынула из глубины пещеры кувшин, в котором было немножко масла, взяла его одну каплю и намазала им лицо магрибинца, и оно стало такого же цвета, как ее лицо. Потом она одела магрибинца в свою одежду, повязала ему повязку и дала ему свой посох, а на шею ему повесила четки и научила его, что ему делать, когда он будет ходить по улицам города, и затем она дала ему зеркало и сказала:

«Посмотри-ка теперь на свое лицо! Тебе ни за что не отличить его от моего».

И магрибинец посмотрел на себя в зеркало и увидел, что он ничем но отличается от Фатимы, и тогда он вытащил кинжал, и убил ее, и закопал на склоне горы. Он подождал, пока засияло солнце, и спустился в город, и люди собрались возле него и стали брать у него благословение, и не сомневались они, что это Фатима, и народ толпился вокруг него.

А все это происходило под окнами дворца госпожи Бадр аль-Будур, и она услышала шум толпы и спросила невольниц, что случилось, и те сказали:

«О госпожа, это Фатима благочестивая спустилась сегодня в город, и люди толпятся вокруг нее, чтобы получить от нее благословение».

И тогда царевна обратилась к евнуху и сказала ему:

«Пойди и приведи к нам Фатиму, чтобы нам взять от нее благословение. Я много слыхала об ее чудесах и желаю ее увидеть».

И евнух пошел и привел к ней магрибинца, одетого в одежду Фатимы, и когда магрибинец предстал перед госпожой Будур, он пустил в ход свои обманы, а госпожа Будур встретила его с полным уважением и сказала:

«О госпожа Фатима, я хочу, чтобы ты побыла у меня. Я получу от тебя благословение, и ты научишь меня своим достоинствам».

А это и было пределом желания магрибинца, и он сказал госпоже Будур:

«О госпожа, я женщина бедная и обитаю в пустыне, и не годится мне жить во дворцах царей».

«О госпожа моя Фатима, – ответила госпожа Будур, – не отказывай мне в моей просьбе. Я отведу тебе комнату, и ты будешь молиться там великому Аллаху».

«Раз таково твое желание, о госпожа, я не хочу тебе перечить, – ответил магрибинец, – но я не буду с вами ни есть, ни пить, а стану есть, пить и молиться Аллаху в моей комнатке».

А этот проклятый сказал такие слова из опасения, что, если он будет есть с ними, ему придется откинуть ото рта покрывало и его узнают.

«О госпожа моя Фатима, – молвила госпожа Будур, – мы сделаем так, как ты хочешь. Пойдем, госпожа Фатима, я покажу тебе мой дворец».

И она взяла магрибинца, и поднялась с ним в свои покои, и показала ему уже известную комнату с решетками, сплошь украшенными драгоценными камнями.

«Как ты находишь мой дворец, о госпожа Фатима?» – спросила царевна.

И магрибинец ответил:

«Клянусь Аллахом, он красив до предела! Аллах да сделает тебя в нем счастливой! Но увы, в нем не хватает одной вещи».

«Чего же в нем не хватает, госпожа Фатима?» – спросила госпожа Будур, и магрибинец молвил:

«В нем не хватает большого яйца птицы рухх, чтобы повесить его посреди комнаты. А рухх, госпожа моя, – большая птица, которая унесет в когтях целого верблюда, и ее можно найти только на горе Каф. Мастер, который построил и возвел этот дворец, может принести яйцо рухха».

И затем они оставили этот разговор, и госпожа Бадр аль-Будур отвела магрибинцу комнату, чтобы он молился в ней Аллаху, и проклятый магрибинец сидел там.

А когда наступил вечер, пришел Ала ад-Дин и вошел к своей жене госпоже Будур. Он приветствовал ее, и поцеловал, и увидел, что она озабочена и не такова, как обычно, и спросил:

«Все ли хорошо, если хочет того Аллах? Какова причина твоей заботы?»

И госпожа Будур ответила:

«Я думала, что мой дворец совершенный, а оказывается, в нем недостает яйца рухха, которое висело бы в нем».

«И это все, что тебя огорчает?! – воскликнул Ала ад-Дин. – О любимая, я принесу тебе яйцо рухха как можно скорей! Будь же довольна!»

И Ала ад-Дин тотчас же поднялся, вошел в свою комнату, взял светильник и потер его, и джинн появился перед ним и сказал:

«Требуй, чего хочешь!»

«Я хочу от тебя, – сказал Ала ад-Дин, – чтобы ты принес мне яйцо рухха, и я повешу его посреди покоев моей жены».

И когда джинн услышал эти слова, он разгневался, и закричал на Ала ад-Дина, и сказал ему:

«О неблагодарный, тебе мало того, что я и все джинны, рабы светильника, служили тебе превыше возможностей, и ты еще требуешь, чтобы мы принесли к тебе нашу госпожу для твоего развлечения и развлечения твоей жены. Если бы я знал, что у вас будет такая просьба, я бы дунул на тебя и на твою жену, и вы бы взлетели и оказались между небом и землей, и постарался бы вас погубить. Но причина этого не в тебе, а в этом проклятом брате магрибинца, который находится в твоем дворце и прикидывается Фатимой-богомолицей. Он ведь убил Фатиму и оделся в ее одежду, чтобы погубить тебя и отомстить за своего брата».

И раб-джинн произнес эти слова и исчез, и, когда Ала ад-Дин услышал такие речи, он растерялся, и тотчас же встал, и вошел к своей жене. Он сделал вид, что у него болит голова, и госпожа Будур сказала ему:

«У нас находится благочестивая Фатима. Я ее приведу, и она положит руку тебе на голову, и боль пройдет».

И она пошла и привела магрибинца, и тот подошел и приветствовал Ала ад-Дина, а Ала ад-Дин сказал ему: «Добро пожаловать», – и молвил:

«О госпожа моя Фатима, у меня болит голова, а твои благословенные качества излечивают больного».

И магрибинец подошел к нему – а он спрятал под одеждой нож, которым можно резать булат – и, приблизившись к Ала ад-Дину, сделал вид, что хочет положить руку ему на голову, чтобы прошла боль, а на самом деле он хотел захватить его врасплох, ударить ножом и убить. А Ала ад-Дин следил за магрибинцем, и когда магрибинец подошел к нему, он тотчас же вытащил кинжал и воткнул его в магрибинца, и тот упал убитый.

И госпожа Будур вскрикнула: «Как это ты убил благочестивую Фатиму, творящую чудеса!»

И Ала ад-Дин сказал: «Я убил не Фатиму, а того, кто убил ее. Это брат магрибинца-колдуна, и он пришел из своей страны, чтобы отомстить за своего брата. Это он научил тебя попросить у меня яйцо рухха, чтобы произошла от того моя гибель и твоя гибель, а если ты не веришь моим словам, отбрось от его рта покрывало и посмотри: Фатима ли это благочестивая или магрибинец?»

И госпожа Бадр аль-Будур подошла, и откинула покрывало, и увидела, что это мужчина, у которого все лицо закрыто бородой, и тогда она поняла, что ее муж Ала ад-Дин сказал правду, и воскликнула: «О мой любимый, два раза я подвергла тебя опасности гибели!»

И она обняла Ала ад-Дина и поцеловала его, и Ала ад-Дин молвил:

«Не беда, о любимая! Слава Аллаху, который избавил нас от зла этих двух проклятых магрибинцев!»

А в это время пришел к ним султан, и они рассказали ему обо всем, что случилось из-за брата магрибинца, и показали ему его труп, и тогда султан велел его сжечь так же, как его брата, и его сожгли и развеяли прах его по воздуху.

И Ала ад-Дин со своей женой, госпожой Будур, проводили время в веселье и радости, пока не пришла к ним Разрушительница наслаждений и Разлучительница собраний – смерть.

Рассказ про Али-Баба и сорок разбойников и невольницу

Повествуют в древних, старинных преданиях живших в прошлом народов и минувших поколений, – а Аллах более всех сведущ в неведомом и премудр, – что в былые времена и прошедшие века и столетия жили в одном из городов Хорасана персидского два человека, родные братья, одного из которых звали Касим, а другого – Али-Баба. Отец их скончался и оставил им лишь ничтожное наследство и незначительное имущество, и братья поделили то, что оставил отец, хоть и было этого немного, по закону и по справедливости, без споров и пререканий. Потом, после раздела наследства родителя, Касим женился на богатой женщине, владелице земель, садов, виноградников и лавок, полных роскошными товарами и бесчисленными ценными вещами, и принялся продавать и покупать, получать и отдавать, и состояние его умножилось, и судьба помогла ему, и приобрел он славу среди купцов и значение в глазах людей почтенных и состоятельных.

Что же касается Али-Баба, то он женился на бедной женщине, не имевшей ни дирхема, ни динара, ни домов, ни поместий. Он истратил в короткое время то, что унаследовал от отца, и овладела им после этого нужда с ее горестями и бедность с ее тяготами и заботами, и растерялся он, не зная, что ему делать, и не мог придумать никакой хитрости, чтобы добыть пропитание и средства к жизни. А Али-Баба был человек знающий, разумный, понятливый и образованный, и тут он произнес такие стихи:

> «Твои познанья, как луна, светлы.
> Ученый ты», – твердят мне все подряд.
> Но от похвал я рад бы убежать.
> Что значит мудрость? Власть сильней стократ.
> Вы говорите: клад – премудрость книг.
> Хотел бы я отдать ее в заклад.
> Ведь не дадут гроша, и лишь в лицо
> Проклятия и книги полетят.
> В моей судьбе – злосчастья что ни день.
> Жизнь бедняка – не жизнь, а сущий ад:
> В жаровнях наших стынут угольки,
> Глад мучит летом, а зимою хлад,
> Рычат на нищих уличные псы,
> Встречаешь всюду брань и злобный взгляд.
> Не сетуй – не простят нам нищеты,
> Все жалобы на бедность невпопад.

И если в жизни нет отрады нам,
Уж лучше – в гроб, там люди
мирно спят.

А кончив говорить, он сел и стал думать о своем положении, размышляя, на что ему опереться в своих делах, чтобы прожить, и как добыть пропитание, и сказал про себя: «Если я куплю на оставшиеся у меня дирхемы топор и несколько ослов, поднимусь с ними на гору, нарублю там дров и, спустившись, продам их на городском рынке, то наверное добуду достаточно, чтобы рассеять мою заботу и покрыть расходы на семью».

Эта мысль показалась ему хорошей, и он поспешил купить ослов и топор, а наутро отправился на гору с тремя ослами, и каждый осел был ростом с мула.

И Али-Баба провел день за рубкой дров, которые он вязал в вязанки, а когда время подошло к вечеру, нагрузил своих ослов спустился с ними с горы и шел, направляясь в город, пока не достиг рынка. Он продал дрова и потратил вырученные деньги на улучшение своего положения и на расходы для семьи, и рассеялась его грусть, и исчезло расстройство духа, и он прославил и восхвалил Аллаха. Он провел ночь довольный, с радостным сердцем и спокойной душой, а когда наступило утро, встал и вернулся на гору, и стал делать то же, что делал накануне, и он взял это себе в привычку и каждое утро отправлялся на гору, а вечером возвращался на городской рынок, и продавал там свои дрова, и расходовал деньги на семью.

И обрел Али-Баба от этого благо и продолжал жить таким образом, и вот однажды, когда он рубил на горе дрова, он увидел, что поднялось облако пыли, которое заволокло края неба, а когда пыль рассеялась, показалось несколько всадников, подобных ярым львам, и были они увешаны оружием, одеты в кольчуги и опоясаны мечами, и у колена каждого было копье и на плече – лук.

И Али-Баба испугался их, устрашился и встревожился. Он направился к высокому дереву, взобрался на него и укрылся между ветвями, полагая, что это разбойники, и, притаившись за покрытыми листвой сучьями, направил взоры на всадников.

Продолжает передающий эти дивные слова и повествующий об этом диковинном, увеселяющем деле: когда Али-Баба влез на дерево и вгляделся во всадников взором проницательного, он твердо уверился, что это воры и разбойники. Он пересчитал всадников, и оказалось, что их сорок человек, и каждый из них ехал на скакуне из числа лучших коней.

И усилился страх Али-Баба, и он очень испугался; у него высохла слюна, и не знал он, как ему быть. А всадники между тем остановились, и сошли с коней, и повесили им на шею торбы с ячменем, а потом каждый из них взял мешок, привязанный на спине его коня, и положил себе на плечо. А Али-Баба поглядывал на разбойников и смотрел на них с дерева.

И их предводитель пошел впереди своих людей, и направился к

склону горы, и остановился перед небольшой дверью из стали; эта дверь находилась в месте, поросшем густой травой, так что ее не было видно из-за множества колючих кустарников, и Али-Баба раньше не замечал ее – совершенно ее не видел и ни разу на нее не наткнулся.

И когда разбойники остановились у стальной двери, предводитель их крикнул громким голосом: «Сезам[185], открой твою дверь!» – и когда он произнес эти слова, дверь открылась, и предводитель вошел, а за ним разбойники, несшие на плечах мешки.

Али-Баба удивился и твердо решил, что каждый мешок полон белого серебра и желтого, чеканного золота. А дело действительно гак и было, ибо эти воры грабили на дорогах и делали набеги на селения и города, обижая рабов Аллаха, и, совершив ограбление каравана или набег на какую-нибудь деревню, они всякий раз приносили добычу в это уединенное, скрытое, удаленное от глаз место.

И Али-Баба сидел на дереве, спрятавшись, безмолвный и недвижимый и не отводил взгляда от разбойников, наблюдая за их действиями, и наконец он увидел, что те выходят с пустыми мешками, предшествуемые предводителем. Они снова привязали мешки на спины коней, как раньше, взнуздали коней, сели и поехали, направляясь в ту сторону, откуда пришли, и ехали, ускоряя ход, пока не удалились и не скрылись с глаз, а Али-Баба от страха молчал, не шевелился и не дышал, и он лишь тогда спустился с дерева, когда они удалились и скрылись с глаз.

Говорит рассказчик: и когда Али-Баба почувствовал себя в безопасности от их зла и успокоился и утих его страх, он спустился с дерева, подошел к той маленькой двери и остановился, рассматривая ее, а потом промолвил про себя: «А что, если я скажу: «Сезам, открой твою дверь!» – как сделал предводитель разбойников? Откроется она или нет?»

И он подошел к двери и произнес эти слова, и дверь открылась, а причиной этого было то, что это место создали непокорные джинны, и оно было заколдовано и охранялось великими талисманами, и слова: «Сезам, открой твою дверь!» – были тайным средством разрешить талисман и открыть дверь.

И Али-Баба, увидев, что дверь открыта, вошел, и не успел он переступить порог, как дверь за ним замкнулась. Али-Баба испугался и устрашился и произнес слова, которых не устыдится говорящий: «Нет мощи и силы, кроме как у Аллаха, высокого, великого!»- а потом он вспомнил слова: «Сезам, открой твою дверь!» – и его страх и ужас рассеялся.

«Мне нечего беспокоиться о том, что дверь закрылась, раз я знаю тайный способ ее открыть», – сказал он себе и прошел немного вперед. Он думал, что в этом помещении темно, и до крайности удивился, увидев, что это просторная, освещенная комната, возведенная из мрамора, хорошо построенная, с высокими сводами, и что в ней сложено все, чего может желать душа из кушаний и

---

[185] *Сезам* (Симсим) – индийская конопля.

напитков. Оттуда он перешел в другую комнату, более обширную и просторную, нежели первая, и нашел там богатства, диковинки, редкости и чудные вещи, вид которых ошеломляет смотрящего и бессильны описать их описывающие. Там были собраны слитки чистого золота и другие слитки – из серебра, а также отборные динары и полновесные дирхемы, и все это лежало кучами, словно песок или галька, и нельзя было этого исчислить и сосчитать.

И когда Али-Баба походил по этой удивительной комнате, он увидел еще одну дверь и прошел через нее в третью комнату, красивей и прекрасней второй, и были там сложены наилучшие одежды для рабов Аллаха из всех стран и земель. Там лежали во множестве дорогие отрезы хлопчатобумажной ткани и роскошные шелковые и парчовые одеяния, и нет такого сорта материй, которого не нашлось бы в этом помещении, будь они из земель сирийских, или из самых дальних стран Африки, или даже из Китая, Синда, Нубии и Индии. Потом Али-Баба перешел в комнату драгоценных камней и самоцветов, и была она больше и чудесней всех, ибо вмещала столько жемчуга и дорогих камней, что количества их не определить и не счесть, будь то яхонты, изумруды, бирюза и топазы. Что же касается жемчуга, то его были там кучи, а сердолик виднелся рядом с кораллом.

Оттуда Али-Баба перешел в комнату благовоний, духов и курений – а это была последняя комната – и нашел в ней все лучшие сорта и прекрасные разновидности вещей этого рода. Там веяло алоэ и мускусом и пахло запахом амбры и цибета, по комнате разносилось благовоние недда и всяких духов, и она благоухала шафраном и прочими ароматами. Сандал валялся там, как дрова для топки, и *мандал*[186] лежал, словно брошенные сучья.

Увидев эти богатства и сокровища, Али-Баба оторопел, и ум его был ошеломлен, и разум у него помутился. Он постоял некоторое время в недоумении и растерянности, а затем сделал несколько шагов и стал внимательно рассматривать драгоценности; подходил к жемчугу и вертел в руках бесподобную жемчужину, или бродил среди рубинов, отбирая благородные камни, или выискивал кусок-другой парчи, шитой ярким золотом, который ему особенно нравился, или прохаживался среди отрезов мягкого, нежного шелка, или вдыхал аромат алоэ и благовоний.

Потом он подумал: пусть разбойники даже долгие годы и многие дни собирали эти богатства и диковинки, они не могли бы накопить и части их и что сокровищница, несомненно, существовала раньше, чем они в нее проникли, и, во всяком случае, они ею завладели незаконным образом и несправедливым путем. Если он,

---

186 *Мандал* – так называемое «парное» или «теневое» слово (сандал-мандал), то есть слово, не имеющее значения, но перекликающееся по звучанию со значимым словом, от которого обычно отличается одним звуком (чаще всего «м»). Это явление особенно распространено в тюркских языках.

Али-Баба, воспользуется случаем и возьмет малую толику этого большого богатства, он не совершит греха и не заслужит упрека, а потом, раз богатства столь обильны и они не могут их исчилить и сосчитать, то они не заметят и не узнают, что часть их взята.

И тогда Али-Баба решил взять сколько-нибудь этого брошенного золота и принялся переносить мешки с динарами из сокровищницы наружу, причем всякий раз, как он хотел войти или выйти, он говорил: «Сезам, открой твою дверь!» – и дверь распахивалась.

А окончив выносить деньги, он нагрузил ими ослов и прикрыл мешки с золотом небольшим количеством дров. Он погонял животных, пока не дошел до города, и тогда он направился в свое жилище, радостный, со спокойным сердцем.

Говорит рассказчик: и когда Али-Баба вошел в свое жилище, он запер за собою ворота, остерегаясь, как бы не ворвались к нему соседи. Он привязал ослов в стойле и задал им корму, а потом взял один мешок, поднялся к своей жене и положил мешок перед нею, а после этого снова спустился вниз и принес другой мешок, и так носил мешок за мешком, пока не перенес все мешки, а жена его смотрела, ошеломленная, удивляясь его поступкам. Она пощупала один из мешков и ощутила твердость динаров, и тут лицо ее пожелтело и состояние ее расстроилось, так как она решила, что ее муж украл эти обильные деньги.

«Что ты сделал, о злополучный! – воскликнула она. – Нет нам нужды в том, что недозволено, и не надобны нам чужие деньги! Что до меня, то я довольствуюсь тем, что уделил мне Аллах, и согласна жить в бедности. Я благодарна за то, что Аллах мне посылает, не думаю о чужом богатстве и не хочу ничего запретного».

«О женщина, – сказал ей Али-Баба, – да будет спокойна твоя душа и да прохладится твое око! Не бывать никогда тому, чтобы рука моя коснулась запретного, а что касается этих денег, то я нашел их в одной сокровищнице и воспользовался случаем и взял их и принес сюда».

Потом Али-Баба рассказал жене о том, что случилось у него с разбойниками, от начала до конца, – а в повторении нет пользы, – а окончив рассказывать, велел ей держать язык за зубами и хранить тайну, и когда его жена услыхала это, она до крайности удивилась, и страх ее исчез, и расправилась ее грудь, и охватила ее великая радость.

А Али-Баба опорожнил мешки посреди комнаты, и золота оказались целые кучи. Его жена была ошеломлена и поразилась обилию золота и принялась было считать динары, но Али-Баба сказал ей:

«Горе тебе, ты и за два дня не сумеешь пересчитать их, и от этого не будет никакой пользы! Не стоит сейчас заниматься таким делом, и, по-моему, лучше всего нам будет выкопать для этих денег яму и зарыть их туда, чтобы наше дело не стало явным и не разгласилась наша тайна».

«Если тебе неохота считать деньги, то необходимо их перемерить, чтобы мы хоть приблизительно знали, сколько их», – возразила его жена.

И Али-Баба сказал:

«Делай как тебе угодно, но я боюсь, как бы люди не узнала о наших обстоятельствах. Тогда раскроется наша тайна и мы станем каяться, хотя и не будет от раскаяния пользы».

Но жена Али-Баба не обратила внимания на его слова и не посчиталась с ними, а, наоборот, вышла, чтобы запять у кого-нибудь меру, так как вследствие ее бедности у нее не было сосуда для отмеривания. Она пошла к своей невестке, жене Касима, и попросила у той меру, и невестка сказала: «С любовью и удовольствием!»- и вышла, чтобы принести меру, говоря про себя: «Жена Али-Баба бедная, и нет у нее привычки что-нибудь отмерять. Посмотреть бы, какое у нее сегодня зерно, что ей вдруг потребовалась мера».

И жене Касима захотелось разнюхать, в чем дело, и узнать истину. Она положила на дно меры немного воску, чтобы отмеряемое зерно к нему прилипло, и потом отдала меру жене Али-Баба, а та взяла меру, поблагодарила невестку за милость и поспешно возвратилась в свое жилище. Придя домой, она села и принялась мерить золото, и оказалось, что его десять мер, и жена Али-Баба обрадовалась и рассказала об этом своему мужу.

А Али-Баба между тем выкопал большую яму, сложил туда золото и снова засыпал яму землей, а его жена поспешила вернуть меру невестке. Вот что было с этими двумя.

Что же касается жены Касима, то, когда жена Али-Баба ушла, ее невестка перевернула меру и увидела динар, который прилип к воску. Жена Касима сочла это удивительным, так как знала, что Али-Баба беден, и просидела некоторое время в недоумении, а потом она убедилась, что вещь, которую отмеривали, – чистое золото, и сказала про себя: «Али-Баба прикидывается бедняком, а сам меряет золото мерами! Откуда пришло к нему такое счастье и где он добыл это обильное богатство?»

И вступила ей в сердце зависть, и загорелась ее душа, и она сидела, дожидаясь прихода мужа, и была в наихудшем состоянии. Что же касается Касима, ее супруга, то он обычно каждый день спешил уйти в свою лавку и оставался там до вечера, занятый куплей и продажей, получая и отдавая деньги, и жена в тот день не могла его дождаться из-за своего великого огорчения, и зависть убивала ее.

А когда пришел вечер и спустилась ночь, Касим запер свою – лавку и направился домой, и, войдя, он увидел, что жена его сидит унылая, грустная, с плачущими глазами и опечаленным сердцем. А Касим любил ее великой любовью и спросил:

«Что с тобой случилось, о прохлада моего глаза и плод моего Сердца, и какова причина твоей печали и плача?» – и жена его воскликнула: «Поистине, мала твоя сметливость и невелика твоя щедрость! О, если бы я вышла замуж за твоего брата! Хоть он с виду и беден, и говорит, что нуждается, и живет, как неимущий, а денег у него столько, что количество их знает лишь один Аллах и исчислить их можно только мерами. А ты притязаешь на счастье и благоденствие и гордишься своим богатством, а на самом деле ты всего лишь бедняк в сравнении с твоим братом, так как считаешь свои динары по одному. Ты удовольствовался малым, а ему оставил многое».

И она рассказала мужу, что произошло у нее с женой Али-Баба, – как та одолжила у нее меру, а она положила на дно меры воску и к воску прилип динар. И когда Касим услышал слова своей жены и воочию увидел динар, прилипший снизу к мере, он убедился, что к его брату пришло счастье, но не обрадовался этому, а наоборот, его сердцем овладела зависть, и он замыслил против брата дурное, ибо он был человек завистливый, подлый, презренный и скупой.

И провели они с женой эту ночь в наихудшем состоянии от великой горести и мучительной тоски, не смежая век, и не шел к ним сон и дремота, а наоборот, они всю ночь не спали и волновались, пока не засветил Аллах утро и не засияло оно, озаряя мир своим светом.

И Касим совершил утреннюю молитву, и пошел к своему брату, и вошел к нему в дом внезапно, а Али-Баба, увидев Касима, встретил его наилучшим образом, проявляя радость и приветливость, и посадил его на почетное место; и когда Касим уселся как следует, он сказал Али-Баба.

«Почему это, о брат мой, ты живешь в бедности, в нужде, хотя у тебя в руках богатства, которых не пожрать огням? Какова причина твоей скаредности и нищенского существования при значительном состоянии и возможности много тратить? Что толку от денег, если человек ими не пользуется? Разве не знаешь ты, что скупость причисляют к порокам и недостаткам и считают дурным, порицаемым качеством?»

И брат Касима ответил ему:

«О, если бы был я таким, как ты говоришь! На самом деле я так же беден, как раньше, и нет у меня богатства, кроме ослоп и топора; что же касается этих твоих слов, то я дивлюсь им, не знаю их причины и совершенно не разумею их».

«Ложь и хитрость теперь уже не помогут, и ты не можешь меня обмануть, ибо дело твое стало явным и положение твое, которое ты скрывал, сделалось известно, – возразил Касим. Он показал Али-Баба динар, прилипший к воску, и воскликнул: – Вот что мы нашли в мере, которую вы у нас одолжили, и не будь твое богатство обильным, она бы вам не понадобилась и вы бы не мерили золото на меры!»

Тут Али-Баба понял, что причина раскрытия его тайны и обнаружения его богатства – скудоумие жены, которая пожелала перемерить золото, и что он сделал ошибку, послушавшись ее, но какой конь не спотыкается и какой клинок когда-нибудь не отскочит? Он сообразил, что исправить оплошность можно, только сделав тайное явным, и что правильно будет ничего не скрывать и осведомить брата о случившемся. Во всяком случае, раз денег так много, больше, чем может исчислить мысль и воображение, то его доля не уменьшится, если он поделится с братом и они станут владеть ими сообща; ведь они не изведут этих денег, даже если проживут сто лет и будут брать из них на расходы ежедневно.

И затем, побуждаемый таким мнением, он рассказал брату историю с разбойниками и сообщил, что у него с ними было: как он вошел в сокровищницу и вынес оттуда много денег и какие пожелал драгоценные металлы и ткани, и потом сказал:

«О брат мой, все, что я принес, будет у нас общее, и мы поделим это поровну, а если ты захочешь больше, я тебе принесу. Ведь ключ от сокровищницы у меня, и я спущусь туда и вынесу, что хочу, без препятствий и помех».

«На такой дележ я не согласен, – возразил Касим. – Я желаю, чтобы ты провел меня к месту клада и осведомил о тайне входа в него. Ты возбудил во мне желание туда проникнуть, и я хочу его видеть; как ты вошел в него и забрал все, что хотел, так и я желаю туда войти. Я посмотрю на то, что там есть, и возьму, что мне понравится, а если ты не согласишься на то, что я хочу, я пожалуюсь на тебя правителю города и осведомлю его о твоем деле, и тебе достанется от него то, что будет неприятно».

Услышав слова Касима, Али-Баба сказал:

«Чего ты грозишь мне правителем? Я ни в чем тебе не прекословлю и осведомлю тебя обо всем, что ты хочешь знать, и я колебался только из-за разбойников, боясь, что они тебя обидят. А если ты хочешь войти в сокровищницу, то мне не будет от этого ни вреда, ни пользы. Бери сколько тебе поправится: если ты начнешь таскать эти драгоценности, то не сможешь перенести все, что лежит в сокровищнице, и то, что ты там оставишь, всегда будет во много раз больше того, что ты возьмешь».

Потом Али-Баба показал Касиму дорогу к горе и место клада, научил его словам: «Сезам, открой твою дверь!» – и сказал:

«Запомни хорошенько эти слова и берегись их забыть; я боюсь козней разбойников и последствий этого дела».

Говорит рассказчик: когда Касим узнал местонахождение клада, постиг, каким способом до него добраться, и запомнил необходимые слова, он ушел от своего брата, радостный, не внимая его предостережениям и не задумываясь о сказанных им словах, г Он вернулся в свое жилище с веселым лицом, явно обрадованный, т и рассказал жене, что произошло у него с Али-Баба, и молвил:

«Завтра утром, если захочет Аллах, я отправлюсь на гору и вернусь к тебе с еще большими богатствами, чем те, что принес; мой брат; твои упреки огорчили и взволновали меня, и я хочу сделать нечто такое, что вернет мне твое благоволение».

Потом Касим снарядил десять мулов, взвалил на каждого мула но два пустых сундука, положил необходимые инструменты и веревки и лег спать с намерением отправиться в сокровищницу и завладеть содержащимися в ней богатствами и драгоценностями, не делясь ими с братом. А когда засияла заря и заблистало утро, он поднялся, наладил снаряжение на своих мулах и до тех пор гнал их перед собой, пока не дошел до горы. Достигнув ее, он стал искать дверь, руководствуясь признаками, которые описал брат, и непрестанно разыскивал ее, пока она не появилась перед ним на склоне горы среди травы и растений.

И, увидев дверь, Касим поспешно произнес: «Сезам, открой твою дверь!» – и дверь перед ним вдруг распахнулась. И Касим удивился до крайней степени и, торопясь и спеша, вошел в сокровищницу, жаждая поскорей забрать ее богатства, и едва он перешагнул порог, дверь замкнулась за ним, как обычно.

И Касим прошел через первую комнату и дошел до второй и третьей, и он переходил из комнаты в комнату, пока не миновал их все. Он опешил, увидя находившиеся там диковинки, и растерялся, найдя столько редкостей; ум чуть не улетел у него от радости, и ему захотелось забрать все эти богатства сразу.

И Касим походил направо и налево и поворошил некоторое время кучи дирхемов и драгоценных вещей, а потом решил уходить он взял мешок с золотом, взвалил его на плечи и подошел к двери, намереваясь произнести нужные слова, чтобы дверь открылась, то есть сказать: «Сезам, открой твою дверь!» – но эти слова у не пришли ему на язык, и он совершенно их запамятовал. Он сел и начал их вспоминать, но они не появлялись у него на уме и не прояснялись у него в мыслях: напротив, он их совсем позабыл. Он сказал: «Ячмень, открой дверь!» – но дверь не открылась, потом сказал: «Пшеница, открой дверь!» – но дверь не шевельнулась, потом крикнул: «Горох, открой дверь!»-но дверь осталась закрытой, как была, и Касим называл один злак за другим, пока не перечислил названия всех, но слова: «Сезам, открой твою дверь!» – так и исчезли у него из памяти.

Когда Касим убедился в этом и увидел, что нет проку называть все сорта зерна, он сбросил золото с плеч, сел и снова стал вспоминать, какой же это злак назвал ему его брат, но он так и не пришел ему в голову. Он просидел некоторое время, охваченный крайней заботой и беспокойством, и никак не мог заставить это название появиться у него в мыслях, и тогда он стал горевать и мучиться, раскаиваясь в том, что сделал, когда от раскаяния не было пользы, и говорил: «О, если бы я удовольствовался тем, что предложил мне брат, и оставил жадность, которая стала теперь причиной моей гибели!»

И он бил себя по лицу, вырывал волосы, рвал на себе одежду и посыпал голову пылью, проливая обильные слезы, и то кричал и причитал во весь голос, то плакал молча, охваченный печалью. И тянулись над ним долгие часы, и сменилось время, а он был все в таком положении, и каждая проходящая минута казалась ему целым веком. И пребывание его в сокровищнице все длилось, и страх и ужас его все увеличивался, и наконец он отчаялся спастись и воскликнул:

«Я погиб несомненно, и нет способа освободиться из этой тесной темницы!»

Вот что было с Касимом.

Что же касается разбойников, то они встретили караван, с которым шли купцы со своими товарами, и ограбили его, и захватили большие богатства, а после того, как было у них в обычае, направились в сокровищницу, чтобы сложить туда добычу. И когда они приблизились к ней, то заметили мулов, которые стояли там с сундуками, и встревожились, и показалось им это подозрительным. Они бросились на мулов как один человек, и мулы разбежались и рассеялись на горе, но воры не обратили на них внимания. Они остановили коней, и спешились, и обнажили мечи, остерегаясь хозяев мулов и полагая, что их много, но не увидели перед сокровищницей ни одного человека и подошли к двери.

А Касим, услышав топот коней и людские голоса, прислушался и убедился, что это те самые разбойники, про которых ему рассказывал его брат. Он стал надеяться, что спасется, и решил убежать и притаился за дверью, готовясь к бегству, а предводитель разбойников подошел и произнес: «Сезам, открой твою дверь!» – и дверь вдруг распахнулась, и Касим ринулся вперед, спасаясь от гибели и ища избавления, и когда он бросился к двери, то наткнулся на предводителя и повалил его. И Касим заметался среди разбойников и увернулся от первого, второго и третьего, но их как-никак было сорок человек, и он не смог ускользнуть от всех, и один из них настиг его и так ударил копьем в грудь, что зубцы вышли, сверкая, из его спины, и кончился срок жизни Касима. Таково воздаяние тому, кем овладела жадность и кто замыслил обмануть и предать своего брата!

Потом разбойники вошли в сокровищницу и увидели, что из нее что-то взято, и обуял их великий гнев. И завладела ими мысль, что их соперник – это убитый Касим, и что именно он взял недостающие драгоценности, но они не могли понять, как Касим попал в это неведомое, отдаленное и скрытое от глаз место и как разгадал тайный способ открыть дверь, который знал, кроме них, один Аллах, да будет он возвеличен и прославлен!

И, увидев, что он лежит убитый, недвижимый, они обрадовались и успокоились, так как думали, что никто, кроме него, больше не войдет в сокровищницу, и говорили:

«Хвала Аллаху, который избавил нас от этого проклятого!» А затем, в назидание и на страх другим, они разрубили тело Касима на четыре куска и повесили их за дверью, чтобы послужило это предостережением для всякого, кто отважится войти в это место.

И после этого они вышли, и дверь замкнулась, как раньше, и они сели на коней и уехали своей дорогой, и вот то, что было с этими людьми.

Что же касается жены Касима, то она целый день просидела, ожидая мужа и надеясь на исполнение своих желаний; она рассчитывала, что Касим принесет ей богатства, которых она так жаждала, и готовилась своими руками пощупать динары и фельсы. Но когда пришел вечер, а Касим все мешкал и не возвращался, она встревожилась, и пошла к Али-Баба, и рассказала ему, что ее муж с утра отправился на гору и до сих пор не вернулся и что она боится, не случилось ли с ним что-нибудь и не поразила ли его беда.

И Али-Баба стал ее успокаивать и говорил:

«Не тревожься! Его отсутствию до сего времени наверное есть какая-нибудь причина, и я думаю, что он решил не возвращаться в город днем из опасения, как бы его обстоятельства не стали известны. Он, несомненно, хочет вернуться лишь ночью, чтобы исполнить свое дело тайком; не пройдет и немногих часов, как ты увидишь, что он возвращается к тебе с деньгами. А что до меня, то, когда я узнал, что Касим намерен отправиться на гору, я воздержался и не поднялся туда, как обычно, чтобы мое присутствие ею не стесняло и он бы не думал, что я намерен за ним подсматривать. Господь облегчит ему затруднения и завершит его дело благом! А ты – возвращайся к себе домой и ничего не опасайся. Если захочет Аллах, случится одно добро и ты скоро увидишь, что он возвращается невредимый и с богатой добычей».

Но жена Касима вернулась домой совсем не спокойная и сидела, огорченная, и было у нее на душе из-за отсутствия мужа тысяча печалей. Она строила всевозможные мрачные предположения, и ей приходили на ум дурные мысли, пока солнце не зашло и в воздухе не стемнело, и наконец наступила ночь, а жена Касима так и не увидела мужа возвратившимся. Она не стала ложиться, отказавшись от сна и ожидая своего мужа, а когда прошли две трети ночи и она увидела, что Касим не возвращается, то отчаялась и принялась плакать и рыдать, но не стала кричать и вопить, как делают женщины, опасаясь, что соседи услышат и спросят, почему она плачет.

И жена Касима провела ночь без сна, в наихудшем состоянии, плача, тревожась, беспокоясь, волнуясь, горюя и страшась, а когда наконец дождалась утра, то поспешила пойти к Али-Баба и сообщила ему, что его брат не вернулся. Она говорила с ним печальная, плача и проливая обильные слезы и будучи в состоянии неописуемом, и когда Али-Баба услышал слова, с которыми она к нему обратилась, он воскликнул:

«Нет мощи и силы, кроме как у Аллаха, высокого, великого! Не знаю, что и думать о причине его отсутствия до сей поры. Я сам пойду и выясню, что с ним сталось, и осведомлю тебя об истине в этом деле. Может быть, с помощью Аллаха, задержка окажется на благо и то, что случилось, не принесет вреда или зла».

И Али-Баба тотчас же снарядил своих ослов, взял топор и отправился на гору, как делал каждый день, но и приблизившись к двери сокровищницы, он не нашел там мулов и заметил следы крови, и пресеклась его надежда увидеть брата, и он убедился, что тот погиб.

И Али-Баба подошел к двери, охваченный страхом, уже чувствуя, что случилось, и произнес: «Сезам, открой твою дверь!» – и когда он это говорил, дверь открылась, и он нашел тело Касима, разрубленное на части и повешенное за дверью.

И волосы вздыбились у него на теле от подобного зрелища, и застучали зубы, и сморщились губы, и он едва не лишился чувств от страха и ужаса, и охватило его сильное горе. Он опечалился великой печалью из-за участи брата и воскликнул:

«Нет мощи и силы, кроме как у Аллаха, высокого, великого! Поистине, мы принадлежим Аллаху и к нему возвращаемся! От того, что написано, никуда не убежишь, и что суждено человеку в сокровенном, то обязательно испытает он сполна!»

Но потом Али-Баба подумал, что от плача и скорби в такое время нет ни пользы, ни проку и что самое лучшее и необходимое – призвать на помощь все свое хитроумие и руководиться правильным мнением и разумным суждением. Он вспомнил, что завернуть брата в саван и похоронить – это его обязанность и одна из заповедей ислама, и взял куски разрубленного трупа Касима, и положил их на ослов, и прикрыл тканями, добавив сверх того драгоценностей из клада, которые ему понравились, тех, что весят немного, а ценятся высоко. Он дополнил ношу ослов дровами, а потом подождал порядочно времени, пока не наступила ночь, и, когда мир покрылся мраком, направился в город.

И Али-Баба вступил в город, будучи в худшем состоянии, нежели мать, потерявшая ребенка, и не знал он, что ему предпринять и как поступить с убитым. Он гнал своих ослов, утопал в море мыслей, пока не остановился у дома брата, и тогда он постучался в ворота, и ему открыла черная абиссинская невольница, находившаяся у Касима для услуг, и была это одна из прекраснейших невольниц, с красивым лицом и изящным станом, юная годами, ясноликая и черноглазая, совершенная по качествам, и, что еще лучше, она обладала здравым рассудком, острым умом, возвышенными помыслами и великим благородством в минуту нужды. Хитростью и изобретательностью она превосходила опытного, проницательного мужа, и домашние дела лежали на ней одной, и ей поручалось исполнение всех нужд.

И Али-Баба вошел во двор и сказал:

«Пришло твое время, о Марджана, и нам нужна твоя хитрость в важном деле! Я открою его тебе в присутствии твоей госпожи; пойдем же со мной, послушай, что я скажу ей».

И он оставил ослов во дворе и поднялся к жене своего брата, и Марджана поднялась вслед за ним, удивленная и встревоженная тем, что она от него услышала. И когда жена Касима увидела Али-Баба, она спросила:

«Что идет за тобой, Али-Баба, – добро или зло? Открылись ли следы Касима и узнал ли ты весть о нем? Поспеши меня успокоить и остуди жар моего сердца».

Но Али-Баба медлил с ответом, и она почуяла истину и принялась голосить и плакать, и Али-Баба молвил:

«Перестань кричать и не возвышай голоса! Берегись, чтобы люди не прослышали о нашем деле и не стала бы ты причиной того, что мы все погибнем».

Потом Али-Баба рассказал ей, что случилось и что произошло, – как он нашел своего брата убитым и тело его разрезанным на четыре куска и повешенным в сокровищнице, за дверью, и затем продолжал:

«Знай и будь уверена в том, что наше достояние, наши души и наши семьи – это прекрасные дары Аллаха и имущество, вверенное нам на хранение. Он заповедал нам благодарность за милости и терпение при испытаниях, и скорбь не вернет умершего и не защитит от печалей. Будь же терпелива, ибо последствие стойкости – благо и благополучие. Смириться перед приговором Аллаха лучше, чем скорбеть и роптать. Правильно и разумно будет, если ты теперь станешь мне женой, а я стану тебе мужем и *женюсь на тебе*[187] . Моей первой жене это не будет в тягость, ибо она как женщина умная, чистая душой и целомудренная, благочестивая и набожная, и мы все заживем одной семьей. Слава Аллаху, у нас довольно денег и всяких благ, чтобы избавить нас от работы и труда ради пропитания, и это обязывает нас благодарить подателя за то, что он дал, и хвалить его за его милости».

И когда жена Касима услыхала слова Али-Баба, прошла ее великая скорбь и горесть, прекратился плач и высохли слезы, и она молвила:

«Я твоя покорная раба и послушная служанка и повинуюсь тебе во всем, что ты считаешь за благо, но как ухитриться в деле с этим убитым?»

«Что касается убитого, – ответил Али-Баба, – то поручи это дело твоей рабыне Марджане – ты ведь знаешь, как много у нее ума и как велика ее сметливость, рассудительность и способность придумывать хитрости».

Потом Али-Баба оставил жену Касима и ушел своей дорогой, а что касается рабыни Марджаны, то, услышав его слова и увидев, что ее господни убит и разрублен на четыре части, она поняла причину этого, и стала успокаивать свою госпожу, и сказала ей:

«Не тревожься и положись в этом деле на меня. Я придумаю какой-нибудь способ, который принесет нам покой, и наша тайна не откроется».

И она вышла и отправилась в лавку москательщика, находившуюся на той же улице, а этот москательщик был старый человек, далеко зашедший в годах, славившийся познаниями в разных областях врачевания и лечения и восхваляемый за искусство в деле варки снадобий, хорошее знание всяких зелий и простых врачебных лекарств. Она попросила у него лекарственного теста, которое прописывают только при тяжелых болезнях, и москательщик спросил ее:

«А кому у вас в доме понадобилось такое тесто?»

«Моему господину, Касиму, – ответила Марджана. – С ним приключилась сильная болезнь, которая свалила его, и он теперь в состоянии небытия».

---

187 *Женюсь на тебе* . – Женитьба на вдове брата считалась «богоугодным» делом.

И москательщик встал и вручил ей тесто, говоря:

«Быть может, Аллах вложит в него исцеление». И Марджана взяла у него тесто из рук, дала ему сколько пришлось дирхемов и воротилась домой.

А на следующий день рано утром она вернулась к москательщику и потребовала лекарства, которым поят только тогда, когда уже нет надежды, и москательщик спросил ее:

«А разве тесто вчера не помогло?».

«Нет, клянусь Аллахом, – ответила Марджана, – мой господин при последнем вздохе и борется за свою душу, а госпожа моя уже начала плакать и вопить».

И москательщик вручил Марджане лекарство, и та взяла его, отдала за него деньги и ушла, и потом она отправилась к Али-Баба и рассказала ему, какую она придумала хитрость. Она посоветовала Али-Баба почаще заходить в дом своего брата и проявлять грусть и печаль, и он делал так, как она велела, и когда люди в квартале увидели, что он то и дело входит и выходит из дома брата и на лице у него следы печали, они спросили, в чем причина этого. И Али-Баба рассказал им, что его брат болен и что его поразил тяжелый недуг, и весть об этом разнеслась по городу, и люди только о том и говорили.

Когда же настал следующий день, Марджана до восхода зари спустилась в город и шла по городским улицам, пока не подошла к одному башмачнику, которого звали шейх Мустафа. А это был человек, далеко зашедший в годах, небольшого роста, толстоголовый, с длинной бородой и усами; он всегда открывал свою лавку спозаранку и был в этом отношении первым на рынке, и люди знали за ним эту привычку.

И Марджана подошла к этому башмачнику и вежливо и чинно приветствовала его и положила ему в руку динар, и когда шейх Мустафа увидел, какого цвета монета, он долго вертел ее в руках и потом сказал:

«Вот благословенный почин!»

А он понял, что Марджана хочет обделать через него какое-то дело, и сказал ей:

«Изъяви мне, о госпожа невольниц, каковы твои желания, и я их исполню для тебя».

«О шейх, – молвила Марджапа, – возьми иголку и ниток, вымой руки, надень твои сандалии и позволь мне завязать тебе глаза, а потом ты пойдешь со мной, чтобы исполнить одно тонкое дело; ты получишь за него награду на земле и на небесах, и тебе не будет от этого ни малейшего вреда».

«Если я тебе нужен ради вещи, угодной Аллаху и его пророку, – молвил башмачник, – то я сделаю это охотно и с удовольствием и не стану тебе перечить; если же это грех и прегрешение, проступок и преступление, то я не повинуюсь тебе; ищи другого, чтобы это исполнить».

«Нет, клянусь Аллахом, шейх Мустафа, это вещь дозволенная и допустимая; не бойся же ничего», – молвила Марджана и, говоря это, вложила башмачнику в руку еще динар, и когда шейх Мустафа увидел это, он уже не мог перечить и отказываться, вскочил на ноги и сказал:

«К твоим услугам! Все, что ты ни прикажешь, я исполню!»

И он запер лавку, взяв необходимые ему нитки, иголки и прочие принадлежности для шитья, а Марджана уже заготовила повязку и быстро вытащила ее и согласно условию завязала башмачнику глаза, чтобы он не мог узнать того места, куда она была намерена с ним пойти.

И Марджана взяла башмачника за руку и пошла, а он шел за нею по улицам и переулкам, словно слепой, не зная, куда он идет и какова цель этого. И они оба все шли, и Марджана то забирала вправо, то сворачивала налево, удлиняя дорогу, чтобы запутать башмачника и не дать ему понять, куда она направляется, и до тех пор вела его таким образом, пока не остановилась у дома покойного Касима. Она тихонько постучала в ворота, и ей тотчас же открыли, и она вошла с шейхом Мустафой и до тех пор поднималась с ним по лестнице, пока не привела его в комнату, где находилось тело ее господина.

И когда башмачник оказался там, она сняла с его глаз повязку, и шейх Мустафа, когда глаза у него открылись, увидел себя в помещении, которого не знал, и обнаружил перед собой тело убитого. И он испугался, и у него затряслись поджилки, и Марджана сказала ему:

«Не бойся, шейх, с тобой не будет беды! От тебя требуется только получше сшить части этого убитого человека и собрать его члены, чтобы его тело стало одним куском».

И затем она дала башмачнику третий динар, и шейх Мустафа положил его за пазуху, говоря про себя: «Теперь время действовать рассудительно и руководствоваться правильным мнением. Я в помещении, которого я не знаю, среди людей, намерения коих мне неведомы. Если я стану им прекословить, они обязательно причинят мне вред, и мне остается только подчиниться тому, чего они хотят. Во всяком случае, я не ответствен за кровь этого убитого человека, и взыскать должное с его убийцы – дело Аллаха, великого и славного. В сшивании его тела нет ничего запретного, так что я не совершу этим греха и меня не постигнет кара».

Потом шейх Мустафа сел и принялся сшивать и соединять части трупа убитого, и они превратились в цельное тело, а когда он закончил свою работу и цель оказалась достигнутой, Марджана встала, опять завязала ему глаза, взяла его за руку, опустилась с ним в переулок и ходила из улицы в улицу, от одного поворота до другого, водя башмачника за собой, пока не привела его к его лавке раньше, чем люди вышли из своих домов, так что никто ничего о них не проведал.

Дойдя до лавки, Марджана сняла с глаз башмачника повязку и сказала ему:

«Скрывай это дело и остерегайся о нем говорить и рассказывать, что ты видел, не болтай много о том, что тебя не касается, – тебе может достаться то, что тебе не понравится».

Потом она дала ему четвертый динар и оставила его на улице, а вернувшись домой, принесла горячей воды и мыла и обмывала тело своего господина до тех пор, пока не очистила его от крови. Затем она одела убитого в одежды и положила на его ложе, а покончив с этим, послала за Али-Баба и его женой, и когда те явились, рассказала им, что она сделала, и сказала:

«Объявите теперь о смерти моего господина Касима и расскажите о ней людям».

И тут женщины подняли плач и крик и стали выть, голося и причитая, и вопили и били себя по лицу, так что соседи это услышали и друзья пришли и стали их утешать. И тогда плач усилился, и поднялись вопли, и раздались крики и громкие причитания, и разнеслась по городу весть о смерти Касима, и те, кто его любил, призывали на него милость Аллаха, а враги его злорадствовали.

А через некоторое время явились обмывальщики, чтобы обмыть умершего согласно обычаю, и Марджана сошла вниз и сказала им, что он уже обмыт, умащен маслами и завернут в саван, и дала им плату больше обычного, и обмывальщики ушли со спокойной душой, не допытываясь о причине этого и не спрашивая о том, что их не касается. Потом принесли носилки, и тело снесли вниз и положили на них, и пошли на кладбище, и люди шли за носилками, а Марджана, женщины-плакальщицы шли сзади, плача и причитая, пока не дошли до кладбища.

И Касиму вырыли могилу и похоронили его, – милость Аллаха над ним! – и потом люди вернулись, и разбрелись, и ушли своей дорогой, и убийство Касима осталось таким образом скрытым. Никто не понял истинной сути дела, и люди думали, что Касим умер своей смертью.

Когда миновал законный срок, Али-Баба женился на жене своего брата, написал ее брачный договор и вступил с ней в сожительство, и люди одобряли его поступок и приписывали его крайней любви Али-Баба к брату. Потом Али-Баба перенес к ней в дом свои пожитки и зажил там вместе со своей первой женой, и туда же он перенес богатства, которые взял из сокровищницы.

И Али-Баба стал думать, что ему делать с лавкой брата. А Аллах послал Али-Баба сына, которому к тому времени исполнилось двенадцать лет жизни, и мальчик раньше прислуживал одному купцу и учился у него торговому делу и стал искусен в этом занятии, и когда Али-Баба понадобился человек, который смотрел бы за лавкой брата, он взял сына у купца и поместил его в лавке, чтобы он там продавал и покупал. Он передал ему все вещи и товары, которые остались от дяди, и обещал женить его если он пойдет стезею добра и преуспеяния и будет следовать в пути справедливости и праведности.

Вот что было с этими людьми.

Что же касается разбойников, то они через некоторое время снова пришли в сокровищницу и, войдя туда, не нашли трупа Касима, и тогда они поняли, что об их деле проведал не один соперник, и что у убитого есть сообщники, и что дело их стало известно среди людей.

Это очень встревожило разбойников и сильно опечалило их. Они проверили, сколько богатств взято из сокровищницы, и оказалось, что взято очень много. Тут они пришли в великую ярость, и предводитель их обратился к ним и сказал:

«О богатыри и рыцари, доблестные в бою и в сражении, пришло для вас время возмездия и мщения. Мы думали, что сокровищницу открыл кто-нибудь один, а их, оказывается, много, и мы не знаем, сколько их человек, и нам неизвестно их местожительство. Мы не жалеем своей души и подвергаем себя опасности гибели, собирая эти богатства, а кто-то другой пользуется ими, не трудясь и не утомляясь. Это зло великое, и мы не можем его терпеть! Нам непременно нужно придумать хитрость, чтобы добраться до нашего врага, и если уж он нам попадется, я отомщу ему самой страшной местью и убью вот этим мечом, хотя бы моя душа погибла. Теперь пришло время действовать и проявить смелость, мужество и отвагу. Разойдитесь по деревням и селениям, и кружите по городам и землям, и распытывайте и спрашивайте, не разбогател ли какой-нибудь бедняк и не похоронили ли недавно убитого; быть может, вы так выследите нашего врага, и Аллах сведет вас с ним. А особенно нам необходим теперь человек хитроумный и ловкий на обман, отважный, как подобает мужу; пусть отделится от нас и ищет здесь, в городе, ибо наш враг обитает в нем, наверное и без сомнения. Пусть перерядится он в одежду купцов и украдкой проникнет в город; он должен разведывать новости и расспрашивать о случившихся там делах и событиях: кто умер или убит в недавнее время, где дом и семья умершего и как пришла к нему смерть, и, быть может, он найдет того, кого ищет, – ведь дело убитого не остается сокрытым, и рассказ о нем распространяется в городе, и знает эту историю старый и малый. И если захватит он нашего врага или расскажет, где он находится, мы будем ему обязаны великою милостью, и я повышу его сан и чин и назначу его своим преемником. Если же он не выполнит требуемого, не исполнит того, что обещал, и обманет наши надежды, мы будем знать, что это жалкий дурак со слабым умом, неспособный на хитрость и лишенный сноровки; мы накажем его тогда за плохую работу и недостаток усердия и убьем его постыднейшим образом, ибо не нужен нам человек с малым мужеством и нет пользы оставлять жить лишенного прозорливости; ведь искусным вором будет только человек ловкий, знающий всякого рода хитрости. Что вы скажете на это, о смельчаки, и кто из вас возьмется за столь трудное и губительное дело?»

И когда они услышали слова предводителя и обращенные к ним речи, они одобрили его мнение и приняли изложенные условия, и все дали обет и клятву их выполнить, а потом один из разбойников, рослый человек, мощный телом, поднялся и обязался вступить на эту трудную, крутую дорогу, взяв на себя условия, изложенные раньше, относительно которых все согласились.

И воры принялись целовать ему ноги, оказывая ему особое уважение, восхваляя его за смелость и отвагу и восхищаясь его твердостью и решимостью, и благодарили его за храбрость и мужество, восторгаясь его силой и неустрашимостью, и предводитель наказал ему поступать осмотрительно и действовать рассудительно, пуская в ход козни, обманы и скрытые ухищрения, и научил его, как войти в город в обличие купца, который по внешности хочет заняться торговлей, а в душе имеет намерение разведывать и выслеживать.

А окончив свои наставления, он оставил его и ушел, и другие разбойники тоже разошлись кто куда. А тот, что предложил выкупить собою товарищей, надел одежду купцов и принял их обличье и провел ночь, собираясь отправиться в город, и, когда прошла ночь и пришел рассвет, он пустился в путь, с благословения великого Аллаха, направляясь к воротам города, и вышел через ворота на его улицы и площади. Он прошел по рынкам и кварталам, когда большинство людей еще спало сладким сном, и шел до тех пор, пока не свернул на рынок хаджа Мустафы-башмачника, и увидел он, что тот уже открыл лавку и сидит и зашивает чьи-то сандалии, ибо шейх Мустафа, как мы уже говорили, спозаранку выходил на рынок и имел привычку открывать лавку раньше других обитателей квартала.

И вор-соглядатай подошел к шейху и поздоровался с ним самым вежливым образом, усердствуя в приветах и выражениях почтения, и сказал:

«Да благословит Аллах твои помыслы и да умножит уважение к тебе! Ты открыл свою лавку первый, раньше других обитателей квартала».

«О сын мой, – ответил шейх Мустафа, – усердствовать, добывая свой надел, лучше, чем спать, и таков мой обычай всякий день».

«Однако, о шейх, меня берет удивление, как ты, при твоих слабых глазах и пожилом возрасте, можешь шить в такой час, да восхода солнца, когда так мало света», – молвил разбойник.

И шейх, услышав эти слова, сердито повернулся к нему, поглядел на него искоса и воскликнул:

«Я думаю, ты чужой в этом городе! Будь ты одним из его обитателей, ты не говорил бы таких слов, ибо я знаменит среди богатых и бедных остротой зрения, и старому и малому известно, как хорошо я знаю портняжное искусство! Вчера какие-то люди даже взяли меня, чтобы зашить для лих мертвеца в комнате, где было мало света, и я отлично его зашил. Не будь у меня таких острых глаз, я бы не мог этого сделать».

И едва разбойник услышал эти слова, он возвеселился и обрадовался достижению своей цели, и понял он, что божественная воля привела его к тому, что он ищет, и сказал, проявляя изумление:

«Ты ошибаешься, шейх, и я думаю, что ты зашил только саван, ибо я никогда не слыхал, чтобы зашивали мертвеца».

«Я сказал одну правду и говорю то, что есть, – ответил шейх, – но мне ясно, что твоя цель – разведать чужие тайны, и если ты хочешь именно этого, то уходи от меня и расставляй свои сети кому-нибудь другому. Может быть, ты найдешь говоруна, который много болтает, а что до меня, то меня называют молчальником, и я не открою то, что хочу скрыть. Я не стану больше с тобой говорить об этом».

И вор еще более уверился и убедился, что этот мертвец и есть тот человек, которого они убили в сокровищнице, и сказал шейху Мустафе: «О шейх, мне нет нужды в твоих тайнах, и молчать о них будет лучше, ибо сказано: «Умение хранить тайну – качество праведных. Я только желаю от тебя, чтобы ты меня провел к дому этого умершего: может быть, это кто-нибудь из моих близких или знакомых и мне надлежит утешить его родных. Я ведь уже долгое время не живу в этом городе и не знаю, что здесь случилось в дни моего отсутствия».

Потом он опустил руку в карман, вынул динар и вложил его в руку шейха Мустафы, но тот отказался взять деньги и сказал:

«Ты спрашиваешь меня о том, на что я не могу тебе ответить. Меня привели в дом умершего лишь после того, как наложили мне на глаза повязку, и я не знаю дороги, которая ведет к нему».

«Что касается динара, – молвил разбойник, – то я дарю его тебе, исполнишь ты мою просьбу или нет. Возьми же его, да благословит тебя Аллах, и я не заставлю тебя его возвращать. Но, возможно, если ты сядешь и немного подумаешь, то вспомнишь дорогу, по которой ты шел с закрытыми глазами».

«Это возможно только в том случае, если ты завяжешь мне глаза повязкой, как они тогда сделали, – ответил шейх Мустафа. – Я помню, как они взяли меня за руку, как повели, и как сворачивали, и как меня, наконец, остановили, и, может быть, я сумею найти дорогу к тому дому и проведу тебя к нему».

И разбойник услышав это, обрадовался и возвеселился. Он вручил шейху Мустафе еще один динар и сказал:

«Сделаем так, как ты говоришь». И потом оба встали, и шейх Мустафа запер свою лавку, а разбойник взял повязку и завязал ему глаза, а затем схватил его за руку, и они пошли.

И шейх Мустафа то брал направо, то сворачивал налево или некоторое время шел прямо и делал так, как делала рабыня Марджана, пока не дошел до одной улицы. И он прошел по ней несколько шагов, и остановился, и сказал разбойнику:

«Мне кажется, что меня остановили на этом месте».

И тогда вор снял повязку у него с глаз, и по предопределению судьбы оказалось, что башмачник остановился как раз напротив дома покойного Касима.

И вор спросил шейха Мустафу, знает ли он хозяина этого жилища, и тот ответил:

- Нет, клянусь Аллахом, ибо эта улица далеко от моей лавки, и я не знаю жителей этого квартала.

И вор поблагодарил шейха, и дал ему динар, и сказал:

«Иди с миром, под охраной великого Аллаха!»

И шейх Мустафа вернулся в свою лавку, радуясь, что нажил три динара, а вор остался стоять, смотря на дом и вглядываясь в него, и увидел, что ворота его похожи на ворота всех прочих домов в квартале.

И он испугался, что не отличит их, и взял белил и поставил на воротах маленький белый значок, чтобы по нему найти дом, а потом он вернулся на гору к своим товарищам, радуясь, со спокойной душой, уверенный, что дело, ради которого его послали, исполнено и что осталось только отомстить их врагу.

Вот то, что было с этим разбойником.

Что же касается рабыни Марджаны, то, когда она встала после сна и совершила утреннюю молитву, как имела привычку делать каждый день, она справила все свои дела и вышла, чтобы принести необходимые кушанья и напитки, и вдруг, возвращаясь с рынка, она заметила на воротах своего дома белый значок.

Она всмотрелась в значок и удивилась, и это показалось ей подозрительным, и она подумала: «Возможно, что это играли дети или что этот рисунок нарисовали уличные мальчишки, но вернее всего значок поставил какой-нибудь враг или подлый завистник, который преследует дурные цели или замышляет нехорошее дело. Разумно будет сбить его с толку и расстроить его скверные планы».

И Марджана взяла белил и нарисовала на воротах соседей значки, похожие на значок, что вывел разбойник. Она пометила этим знаком около десяти ворот в квартале, а потом вошла к себе и дом и скрыла это дело от всех. Вот что было с Марджаной.

Что же касается разбойника, то, вернувшись к своим товарищам, на гору, он проявил радость и сообщил, что их цель достигнута, и желание исполнено, и отмщение их врагу близко. Потом он рассказал, как ему случилось пройти мимо того самого башмачника, который зашивал убитого, и как он нашел с помощью башмачника дом и поставил на воротах значок, опасаясь его не найти и не заметить, и предводитель поблагодарил его, и воздал ему хвалу за мужество, и обрадовался великой радостью, и сказал разбойникам:

«Разойдитесь, наденьте одежду простых людей, спрячьте под ней оружие и идите в город. Войдите в него разными путями, и пусть будет для вас местом встречи большая мечеть, а мы с этим человеком, то есть с лазутчиком, пойдем к дому нашего врага. Когда мы найдем его и удостоверимся в этом, мы придем к вам в мечеть и условимся, как нам быть дальше, и посоветуемся, что будет вернее – ворваться в дом ночью или поступить иначе».

И воры, услышав речь предводителя, одобрили ее, и сочли его слова правильными, и согласились с его намерениями, а потом они разошлись, оделись в одежду простых людей и спрятали под одеждой мечи, как велел им предводитель. Они вошли в город разными путями, боясь, как бы люди не заметили их, и место сбора было у них, согласно условию, в большой мечети.

Что же касается предводителя и лазутчика, то они пошли искать переулок своего врага, и когда они пришли туда, предводитель увидел дом с белым значком. Он спросил своего товарища, это ли нужный им дом, и тот ответил «да», а затем предводитель бросил взгляд на другой дом и увидел, что на его воротах тоже стоит белый значок. Он спросил, который же дом им нужен, первый или второй, и тот растерялся и был бессилен ответить, а потом предводитель прошел несколько шагов и увидел больше десяти домов со значками.

«Ты все эти дома отметил или один?» – спросил он своего товарища, и тот отвечал:

«Нет, только один».

И предводитель воскликнул:

«Так как же их теперь стало десять или больше?»

«Я не знаю причины этого», – ответил товарищ, и предводитель спросил его:

«Можешь ли ты узнать среди этих домов тот, который ты выделил и отметил своей рукой?» – и разбойник молвил:

«Не могу, так как эти дома похожи друг на друга; они построены по одному образцу, и вид знаков одинаковый».

Услышав его слова, предводитель понял, что не будет проку стоять на этом месте и что на сей раз нет возможности отомстить, так как его надежда оказалась обманутой. Он вернулся с тем человеком в мечеть и велел своим молодцам возвращаться на гору, наказав им разойтись разными дорогами, как они сделали, входя в город, и когда все собрались в обычном месте, рассказал им, что случилось у него с вором, который не смог отличить дом их врага, и сказал:

«Теперь нам должно исполнить над ним приговор по условию и соглашению, существующему между нами».

И все ответили повиновением, а что касается вора-соглядатая, то это был смелый человек с твердым сердцем, и он не отступил, услышав эти слова, и не проявил трусости, а наоборот, выступил вперед, спокойный духом, свободный от страха, и воскликнул:

«Поистине, я заслужил убиения, наказания за дурной план и малую хитрость, ибо я не сумел выполнить дело, которого от меня потребовали. Нет мне теперь охоты жить, и умереть лучше, нежели жить в позоре!»

И тут предводитель вытащил меч и так ударил его по шее, что отмахнул ему голову от тела, а потом сказал:

«О бойцы, искусные в сечах и в сражениях, кто из вас отважен и смел, чье сердце храбро и голова крепка? Кто возьмется исполнить этот трудный, тяжелый подвиг и страшное, опасное дело? Пусть не подходит ко мне немощный и не приближается слабый: я возьму только мужа, сильного яростью, чье мнение разумно, мысль правильна и хитрости всегда наготове».

И поднялся тут один из воров, которого звали Ахмед аль-*Гадбан*[188], - а был это муж высокий ростом, толстоголовый, страшный видом, со смуглым лицом, гнусной внешностью и недоброй славой, и усы у него торчали, как у кошки, охотящейся за мышью, а борода тряслась, точно у козла, прыгающего среди коз и козлят, – и молвил: «О собрание примерных, не годится для этого дела никто, кроме меня, и если захочет Аллах, я вернусь к вам с верными вестями

---

[188] *Гадбан* (буквально: «гневный») – кличка или прозвище, обычное для «молодцов» футуввы.

и укажу вам дом нашего врага самым ясным образом». И предводитель сказал ему:

«Взяться за это можно только на тех условиях, о которых мы говорили прежде. Если ты вернешься ни с чем, тебя ждет отсечение головы, а если воротишься с победой – мы возвысим твой чин и положение и окажем тебе еще больший почет и уважение, и достанутся тебе всяческие блага».

И затем Ахмед аль-Гадбан оделся в одежду купцов, м вошел в город до восхода зари, и немедля направился в квартал шейха Мустафы, башмачника, куда узнал дорогу из рассказа своего товарища. Он нашел шейха сидящим в его лавке, и поздоровался с ним, и сел возле него, и заговорил ласково, и пустился с ним в беседу, и вскоре уже башмачник открыл ему тайну мертвого и рассказал, как он его зашивал.

И Ахмед аль-Гадбан попросил шейха Мустафу провести его к дому Касима, и шейх отказался и не захотел даже говорить об этом, но когда Ахмед стал его соблазнять деньгами, он не мог устоять, так как деньги – стрела, бьющая в цель, и ходатай, которому не откажешь.

И Ахмед завязал шейху глаза повязкой и сделал то же, что сделал его товарищ, упомянутый раньше. Он шел с шейхом Мустафой, пока не дошел до улицы покойного Касима, и остановился пред его домом, а достигнув этого дома, он снял повязку с глаз шейха, дал ему плату, которую обещал, и отпустил его идти своей дорогой.

И когда Ахмед нашел то, что искал, он испугался, как бы не спутаться, и, опасаясь, что это случится, поставил на доме маленький значок красным; он изобразил значок в скрытом месте и думал, что его никто не увидит.

Потом он вернулся к своим товарищам и рассказал им о том, что сделал, и он радовался, не сомневаясь в успехе, и был уверен, что никто не увидит значка, так как он был маленький и незаметный.

Вот что было с этими людьми.

Что же касается рабыни Марджаны, то она проснулась спозаранку и вышла, по своему обычаю, чтобы принести мяса, овощей, плодов, закусок и прочих необходимых припасов, и когда она возвращалась с рынка, красный значок не укрылся от нее, а наоборот, ее взгляд упал на этот значок, и она хорошо его увидела. Это показалось ей странным и подозрительным, и она поняла по своей прозорливости и великой сметливости, что значок – дело рук постороннего врага или близкого завистника, который желает зла обитателям жилища.

И чтобы сбить его с толку, Марджана вывела красным на воротах соседей значки такой же формы, как этот, поставив его на том же месте, которое избрал Ахмед аль-Гадбан, и она скрыла это и промолчала, боясь причинить своему господину волнение и беспокойство.

Вот что было с Марджаной.

А вор, пробравшись к своим товарищам, рассказал, что произошло у него с башмачником и как он нашел дорогу к дому врага и отметил его красным, чтобы узнать его, когда это будет нужно.

И предводитель приказал ворам одеться в одежду простолюдинов, спрятать под ней оружие и входить в город разными дорогами и сказал:

«И пусть место встречи будет для вас в такой-то мечети. Сидите там до тех пор, пока мы к вам не вернемся», – а потом он взял Ахмеда аль-Гадбана и пошел искать нужный дом, чтобы узнать его в точности.

Но когда они дошли до уже известной улицы, Ахмед аль-Гадбан не сумел отличить дом вследствие множества знаков, поставленных на воротах, и, увидев это, смутился и замолчал, ничего не говоря. А предводитель, поняв, что Ахмед не может распознать дом, омрачился, и нахмурился, и сильно разгневался, но необходимость заставила его пока скрыть свою ярость, и он поспешил в мечеть к остальным ворам и, встретившись со своими сообщниками, приказал им вернуться на гору.

И они разошлись, и воротились поодиночке к своему убежищу, и сели, чтобы посоветоваться, и тогда предводитель рассказал им о случившемся и о том, что судьба не сподобила их в этот день отомстить и сиять с себя позор вследствие дурного образа действия Ахмеда аль-Гадбана и его неспособности узнать дом врага. Потом он обнажил меч и так ударил Ахмеда по шее, что голова слетела у него с плеч и рассталась с телом, и поспешил Аллах отправить его душу в огонь – в скверное это обиталище!

И затем предводитель стал думать об этом деле и сказал про себя: «Мои люди годятся для битв, стычек и грабежа, для пролития крови и для набегов, но не хватает у них ума на разные хитрости и всевозможные проделки. Если я стану их посылать, одного за другим, чтобы выполнить это поручение, я таким образом только погублю их, не получив пользы и не добившись проку. Лучше всего будет мне самому взяться за это трудное дело».

И затем он осведомил воров о своем решении и сказал, что никто не пойдет в город, кроме него самого, и они ответили:

«Приказ – твой приказ, и запрет – твой запрет; делай же, как тебе вздумается».

И предводитель переменил обличье, а утром отправился в город искать шейха Мустафу-башмачника, как делали оба его посланные, о которых было говорено раньше. Найдя шейха, он подошел к нему, поздоровался, и ласково заговорил с ним, и пустился в беседу, и болтал с башмачником, пока тот не открыл тайну убитого мертвеца; он до тех пор обхаживал шейха и сулил ему чеканные динары, пока не ублажил его, и шейх Мустафа согласился на просьбу предводителя, и предводитель добился того, чего хотел, то есть узнал, где дом его врага, таким способом, как мы давеча говорили. А оказавшись перед домом, он отдал шейху Мустафе его плату – больше того, что обещал, и отпустил его, потом начал всматриваться в дом и разглядывать его. Он не счел обязательным ставить на доме отметку, а просто сосчитал, сколько ворот в квартале вплоть до ворот нужного ему дома, и запомнил их число и, кроме того, осмотрел своды дома и его окна и хорошо отличил в памяти этот дом, так что прекрасно мог бы его узнать. И при этом предводитель все время ходил по улице, боясь как бы люди не сочли подозрительным, что он долго стоит перед домом.

Потом он вернулся к своим сообщникам и рассказал им о том, что сделал, и молвил:

«Теперь я знаю дом нашего врага, и наступило время ему отомстить и воздать должное. Я придумал способ достигнуть этого и средство проникнуть и ворваться к нему и изложу его вам; если вы сочтете мой план подходящим, мы примемся за его осуществление; если же вы его не одобрите, то пусть тот, кто имеет в запасе хитрость лучше моей, объявит о ней и расскажет, что он придумал».

И затем предводитель осведомил воров о том, что он задумал и на что вознамерился, и те одобрили его план, и согласились его выполнить, и дали верные клятвы, что ни один из них не отстанет от других, ища мести, и предводитель послал нескольких воров в ближайшие селения и приказал им купить сорок больших бурдюков, а остальных своих людей он отправил в соседние деревни с наказом раздобыть двадцать мулов.

И воры, приобретя то, что было приказано, явились со всем этим к предводителю, а потом устья бурдюков распороли до того, чтобы в них мог влезть человек.

И каждый из воров забрался в один из распоротых бурдюков, имея в руках кинжал, и когда все они залезли и оказались в этой тесной темнице, предводитель зашил устья бурдюков, так что они стали такими, как были, и выпачкал бурдюки в масле, чтобы прохожие думали, что они полны масла.

Он погрузил каждую пару бурдюков на мулов, а два лишних бурдюка и вправду наполнил маслом и положил на одного из мулов, так что все двадцать мулов оказались нагружены: девятнадцать – людьми, и один – маслом, ибо число воров, после гибели тех двоих, которых убил предводитель, составляло тридцать восемь человек.

И едва приготовления были закончены, предводитель погнал мулов перед собой и вошел в город после заката солнца, когда наступил вечер и в воздухе потемнело. Предводитель направился к жилищу Али-Баба, которое он заметил и превосходно мог узнать, и, подойдя к нему, увидал самого хозяина. Али-Баба сидел у ворот на скамеечке, и под ним был подостлан коврик, и он опирался на красивую подушку.

Предводитель посмотрел на Али-Баба и увидел, что тот радостен, весел и спокоен душой и пребывает в довольстве и благоденствии. Он подошел и чинно и вежливо приветствовал его, проявляя скромность, смирение и уважение, и затем молвил:

«Я здесь чужестранец, и родина моя далеко, и местожительство отдаленно. Я купил немного оливкового масла, рассчитывая его продать в этом городе с выгодой и прибылью, но мне удалось войти в город только к вечеру, так как дорога была трудна и путь далек, и я нашел все рынки запертыми. И я блуждал, ища места и приюта, чтобы провести там ночь с моими животными, но не нашел его и до тех пор ходил по городу, пока не оказался сейчас возле тебя. И когда я тебя увидел, я тотчас же восхвалил и возблагодарил Аллаха, радуясь, что моя нужда исполнится и желание мое осуществится, ибо щедрость видна на твоем благородном лице и великодушие сияет в твоих добрых глазах, и нет сомнения, что ты из людей, творящих благо, набожных, праведных и преуспевающих. Не позволишь ли ты мне провести у тебя ночь и не приютишь ли моих мулов? Я буду тебе обязан за великую милость и большое благодеяние, и ты получишь за это награду от милостивого и великодушного, воздающего за благо благом и отвечающего на зло прощением, а завтра утром я спущусь на рынок, продам свое масло и уйду благодарный, восхваляя тебя за доброе дело».

И Али-Баба ответил согласием и принял его предложение, говоря: «Приют и уют брату, посетившему нас! Ты наш гость в сей благословенный день и будешь нам собеседником в этот счастливый вечер», – ибо он отличался добротой, прекрасными свойствами и хорошими качествами и был щедр, великодушен и чист помыслами. Он думал о людях только хорошее и поверил вымыслам мнимого купца, ему и в голову не пришло, что это предводитель горных разбойников, и он не узнал его, так как видел лишь один раз, в другом облачении.

И он кликнул своего раба Абдаллаха и велел ему ввести мулов во двор, и Абдаллах исполнил его приказ, а предводитель вошел следом за животными, чтобы снять с них ношу. И они с Абдаллахом сняли бурдюки с мулов и положили их в ряд у стены во дворе, а потом раб взял мулов, отвел их в стойло и подвязал им торбы с ячменем. Что же касается предводителя, то он решил ночевать на дворе возле своих бурдюков и не хотел войти в комнаты, будто бы опасаясь стеснить обитателей дома, а на самом деле – ради того, чтобы легче достигнуть своей цели и получить возможность осуществить задуманный им обман. Но Али-Баба не соглашался на это и заклинал предводителя войти в дом, и настаивал до тех пор, пока не затащил его силой, вопреки его воле. И пред» водитель вошел с ним и увидел себя в просторной, красивой комнате, пол которой был выложен разноцветным мрамором, и везде вокруг были повешены занавески, одна против другой, и расстилались роскошные ковры и циновки, а посреди помещения было возвышение, выше всех других, покрытое царским шелком, с посеребренными ступеньками и окаймленными жемчугом занавесками.

И Али-Баба посадил предводителя на это место и велел зажечь свечи, а потом он послал к Марджане и сообщил ей о прибытии гостя и велел приготовить к ужину достойные его вкусные яства. После этого он сел возле гостя и развлекал его рассказами и беседой, пока не пришло время ужина, и тогда расставили трапезу и принесли кушанья в серебряных и золотых сосудах, столик поставили перед предводителем, и они с Али-Баба отведывали всех блюд, пока не насытились, а затем кушанья убрали и принесли старое вино, и чаша заходила между ними, а когда они кончили и вдоволь поели и попили, то снова пустились в разговоры и беседовали, пока не миновала часть ночи.

Когда же пришло время ложиться спать, предводитель поднялся и вышел во двор, говоря, что хочет перед сном взглянуть на мулов, но на самом деле – для того, чтобы договориться со своими приспешниками, что делать дальше. Он подошел к первому из них, который, как мы говорили, сидел в первом бурдюке, и сказал ему понизив голос:

«Когда я брошу из окна камешек, прорвите бурдюки кинжалами и присоединяйтесь ко мне», – и то же самое он говорил второму разбойнику и третьему, пока не дошел до последнего из них.

Что же касается Али-Баба, то он намеревался на рассвете того дня пойти в баню и поэтому наказал Марджане приготовить необходимые полотенца и передать их Абдаллаху, а потом приготовить мясной отвар, который он выпьет, когда выйдет из бани. И он также велел ей оказывать почет гостю, и постлать ему мягкую постель, и самой ему прислуживать, выполняя долг и обязанности гостеприимства, и Марджана ответила вниманием и повиновением, и Али-Баба отправился на свое ложе, лег и заснул.

Вернемся же, однако, теперь к рассказу о предводителе.

Когда он договорился со своими товарищами и приспешниками и наметил, что следует делать, то поднялся к Марджане и спросил, в каком месте ему спать, и девушка взяла свечку и привела его в горницу, устланную роскошными коврами, где было все необходимое для спанья – тюфяк, одеяла и прочие принадлежности, – потом пожелала гостю доброй ночи и вернулась на кухню, чтобы исполнить приказ хозяина. Она приготовила полотенца и все, что было нужно для бани, и отдала это евнуху Абдаллаху, потом разделала мясо и зажгла под котлом огонь.

А между тем свет светильника мало-помалу все меркнул от недостатка масла и наконец, погас совсем. И Марджана заглянула в кувшин с маслом и увидела, что он пустой, а так как свечи у нее тоже все вышли, она растерялась и не знала, что делать, ибо ей нужен был свет, чтобы закончить приготовление супа.

И Абдаллах увидел, что Марджана в смущении, и сказал: «Не беспокойся и не расстраивайся, – масло в доме есть, и притом в изобилии. Ты, видно, забыла про бурдюки чужого купца, полные масла, которые лежат на дворе. Спустись вниз и возьми сколько хочешь масла, а когда придет утро, мы отдадим купцу за него деньги».

И Марджана, услышав речи Абдаллаха, одобрила то, что в них заключалось хорошего, поблагодарила его за достохвальный совет и спустилась во двор с кувшином и подошла к бурдюкам. Разбойники меж тем совсем извелись от долгого пребывания в этих тесных темницах и устали сидеть согнувшись. У них спирало дыхание, и ломило все тело, и крошились кости, и не могли они больше выносить такое положение и терпеть столь долгое заточение, и когда услышали они голос Марджаны, то подумали, по своему неразумию, что это голос предводителя, ибо стрела судьбы должна была поразить их и веление господа – восторжествовать.

И один из воров спросил: «Не пришло ли время нам выходить?» – продолжает передающий эти дивные слова и увеселяющий диковинный рассказ, – и когда Марджана услышала из бурдюка голос мужчины, она сильно испугалась, и поджилки затряслись у нее от страха, и ее охватил великий ужас. Другая на ее месте упала бы или закричала, но у Марджаны было храброе сердце и быстрая смекалка, и она мигом поняла, что случилось, и быстрее мгновения ока сообразила, что это воры, вознамерившиеся на преступление. Она тут же придумала соответствующий план, ибо знала, что если она вскрикнет или шевельнется, то, несомненно, погибнет и погубит своего господина и всех его домочадцев.

И она удержалась от воплей и не побежала, а тотчас же приступила к осуществлению задуманной ею хитрости и сказала первому вору понизив голос:

«Потерпи немного, ждать осталось недолго». Потом она подошла ко второму бурдюку, и второй вор спросил ее то же, что и первый, и она ответила ему упомянутым выше образом и, не останавливаясь, переходила от бурдюка к бурдюку, и воры, один за другим, заговаривали с ней, а она отвечала им и наказывала подождать.

Наконец она дошла до бурдюков с маслом, стоявших в конце ряда, и, когда безмолвие не нарушилось, поняла, что в них нет людей. И Марджана пошевелила бурдюки и, убедившись, что они полны масла, развязала один из них и отлила в кувшин немного масла, а потом вернулась на кухню и заправила светильник. Затем она взяла большой котел из красной меди, спустилась во двор, наполнила его маслом, вернулась на кухню, и поставила котел на огонь, и разожгла под котлом побольше дров, чтобы масло поскорее закипело. А когда масло закипело вовсю, Марджана спустилась с котлом во двор и стала лить масло кувшином в устье каждого бурдюка, так что горячее масло попало ворам на головы, и Марджана уничтожила их, и они погибли все до последнего.

Убедившись, что из воров не осталось никого и они все умерли, Марджана воротилась на кухню и доварила мясной суп, как наказывал ей ее господин, а справившись со своими делами, она погасила огонь в очаге и светильник и сидела, смотря и выжидая, что станет делать предводитель.

Что же касается этого последнего, то, войдя в приготовленную для него горницу, он запер дверь, потушил свечку и лег, и лежал на постели, словно спящий, но на самом деле он все время бодрствовал, выжидая удобного случая и времени, когда можно будет сделать с домочадцами задуманное им злое дело.

И когда прекратилось в доме движение и все глаза, по его мнению, закрылись, он бесшумно поднялся, и осторожно выглянул из-за двери, и нигде не увидел света и не услышал ни звука, и решил, что все в доме спят. Тогда он взял несколько камешков и бросил во двор, как было условлено с его товарищами, и немного постоял, ожидая, что его люди выйдут, а когда оказалось, что те молчат и не слышно от них ни звука, ни движения, предводителя охватило удивление, и он бросил из окна еще камешков, рассчитав так, чтобы они упали на бурдюки. Но его приспешники все молчали и ни один из них не пошевелился, и предводитель обеспокоился и третий раз бросил камни и без пользы ждал выхода воров. Наконец он потерял на это надежду, и его разобрал страх, и он спустился, чтобы выяснить, что с ними стряслось и по какой причине они не выходят, и когда он подходил к бурдюкам, ему ударило в нос отвратительным запахом, зловонием горячего масла, и он счел это за дурной знак и еще больше испугался и устрашился.

И предводитель прошел вдоль ряда бурдюков, окликая своих товарищей, одного за одним, но те молчали и безмолвствовали, и тогда он пошевелил бурдюки, перевернул их и заглянул внутрь, и оказалось, что его люди погибли и умерли. И увидел он, сколько взято масла из бурдюка, и понял, каким образом они погибли и какова причина их смерти, и охватила его великая скорбь, и он заплакал об утрате своих товарищей, проливая обильные слезы.

Он испугался, что его самого тоже схватят, и вознамерился ускользнуть и убежать, прежде чем перед ним закроют дороги, и с этой целью открыл калитку в сад, взобрался на стену, спрыгнул на улицу и пустился в бегство, ища спасения и стремясь укрыться в своем логовище, и был он печален и удручен заботой, и поразила его сердце тысяча горестей.

А Марджана между тем следила за предводителем и, увидев, что тот покинул их дом и бежал, спустилась, заперла калитку в сад, которую открыл вор, и вернулась на свое место.

Вот что было с Марджаной.

Что же касается Али-Баба, то когда Аллах засветил утро, и оно озарило землю своим светом, и заблистало, и солнце приветствовало красу всех прекрасных, он пробудился от сна и сладостных грез, облачился в свои одежды и вышел, собираясь направиться в баню, а Абдаллах, его раб, следовал за ним, неся принадлежности для омовения и необходимые полотенца.

И Али-Баба вошел в баню, и вымылся, и отдохнул, будучи крайне весел и радостен, и не знал он, что случилось той ночью в его жилище и от какой опасности спас его Аллах. А кончив мыться, он снова надел свою одежду и возвратился в дом, и когда он вошел во двор, то увидел, что бурдюки все еще лежат на месте. И его охватило из-за этого удивление, и он спросил Марджану: «Чего этот купец-чужестранец медлит и не спускается на рынок?»

И Марджана ответила:

«О господин, Аллах, видно, назначил тебе долгую жизнь и судил тебе великое счастье, ибо ты избежал сегодня большой опасности и Аллах спас тебя ради твоих благих помыслов от гибели и позорного убиения – тебя и всех твоих домочадцев. Тех, кто копал тебе яму, Аллах ввергнул в нее за дурные их помыслы, ведь следствие обмана – неудача и гибель. Я оставила все, как было, чтобы ты своими глазами увидел, что готовил тебе этот мнимый купец-лгун и какова смелость твоей рабыни Марджаны. Подойди же и посмотри, что находится в этих бурдюках».

И тут Али-Баба подошел, и, когда он увидел в ближайшем бурдюке человека с кинжалом в руке, у него пожелтело лицо, и он расстроился и попятился в ужасе.

«Не бойся, этот человек умер», – сказала Марджана и показала Али-Баба остальные бурдюки, и в каждом он обнаружил мертвого человека, в руке которого был кинжал.

И Али-Баба простоял некоторое время, охваченный страхом, поглядывая то на Марджану, то на бурдюки, и был он испуган и ошеломлен и не понимал, что произошло, и наконец вскричал:

«Растолкуй мне поскорей, что случилось, но будь краткой в речах, ибо то, что я вижу, крайне меня пугает».

«Подожди минутку и не возвышай голос, чтобы не узнали соседи того, что не подобает распространять, – ответила Марджана. – Успокой свою душу, пойди к себе в комнату, сядь и отдохни, а я принесу тебе мясного отвара, который я приготовила, и ты попьешь его, и пройдет охвативший тебя страх».

И она пошла на кухню, и принесла суп, и подала его Али-Бабе, а когда Али-Баба выпил суп, обратилась к нему с такими словами:

«Вчера ты мне приказал приготовить все нужное для бани и сварить мясной суп, и когда я была этим занята, у меня вдруг потух светильник из-за отсутствия масла. Я взяла кувшин для масла и увидела, что он пустой, и растерялась, не зная, как мне быть, и тогда Абдаллах сказал мне: «Не обременяй себя заботой об этом: ведь масло есть у нас в изобилии. Спустись вниз и возьми, сколько тебе нужно, из бурдюков купца, который у нас ночует, а завтра мы отдадим ему за это деньги».

Я сочла его совет достохвальным и спустилась с кувшином вниз, и когда я подошла к одному из бурдюков, то услышала из него голос мужчины, который спрашивал: «Не пришло ли нам время выходить?» И я поняла, что они задумали преступление, и ответила ему без страха и не пугаясь: «Нет, но ждать осталось немного», – а потом я подошла к другим бурдюкам и обнаружила в каждом бурдюке человека, который задал мне тот же вопрос или обратился ко мне со сходными словами. И я давала им такой же ответ, пока не дошла до двух бурдюков с маслом, и тогда я наполнила свой кувшин и заправила светильник, а потом я взяла большой котел, налила его маслом дополна и поставила на огонь, а когда масло закипело, я стала его лить в устья бурдюков, и все воры, как ты видел, погибли от горячего масла.

Потом я потушила светильник, села в кухне и принялась следить за тем купцом-обманщиком, вруном и лжецом, и увидела, что он кидает из окна камешки, чтобы предупредить своих людей. И он повторил это много раз, и когда воры не вышли, потерял надежду их увидеть и спустился, чтобы посмотреть, какова причина их промедления, и обнаружил, что его люди погибли все до последнего, и испугался, что его схватят или убьют, и вскарабкался на стену сада, и спрыгнул оттуда на улицу, и бросился бежать. А я не хотела тебя будить, опасаясь, что обитатели дома поднимут шум, и решила подождать, пока ты вернешься из бани, и рассказать тебе эту историю.

Вот что произошло у меня с этими обманщиками, а Аллах лучше знает истину. А теперь я должна тебе рассказать об одной вещи, которая случилась недавно, но я ее скрыла от тебя. Дело и том, что короткое время тому назад я возвращалась с рынка и увидела на воротах нашего дома белый значок, и вид его возбудил во мне тревогу и подозрение. Я поняла, что это дело рук врага, который замыслил против нас зло, и, чтобы сбить его с толку, нарисовала на воротах домов соседей точно такие же значки, а через несколько дней я увидела, что ворота нашего дома отмечены красным значком, и поставила на воротах соседей похожие значки такого же цвета, но скрыла это от вас, боясь, что вы встревожитесь. Нет сомнения, что значки поставили эти самые умершие люди и что это разбойники, которых ты встретил на горе. Раз они узнали дорогу к нашему дому, то не будет нам покоя и безопасности, пока хоть один из них находится на лице земли, и нам следует остерегаться козней того разбойника, что убежал, ибо он, несомненно, постарается нас погубить. Мы должны беречь свою жизнь, и я буду первой по осторожности и бдительности».

Говорит рассказчик: когда Али-Баба услышал речи невольницы Марджаны, он до крайности удивился диковинным происшествиям, случившимся с ней и с ним самим, и воскликнул:

«Я спасся из этой западни и избавился от этой опасности лишь по могуществу всеблагого творца, осыпающего нас милостями и благодеяниями, и благодаря твоему здравому суждению и отличной сметливости».

Потом Али-Баба поблагодарил Марджану и восхвалил ее за ее хорошие поступки, храброе сердце, здравое суждение и превосходный образ действий и сказал:

«С этого времени ты свободна и отпущена на волю ради лика Аллаха, но мы все же еще обязаны тебе за милость, и я скоро воздам тебе за это всяческим благом. Как ты и говоришь, нет сомнения, что эти люди – разбойники из лесной чащи, и слава Аллаху, что мы от них избавились, а теперь нам следует их похоронить и скрывать то, что у нас с ними случилось».

И Али-Баба кликнул своего раба Абдаллаха и велел ему принести два заступа. Один заступ он взял сам, а другой дал Абдаллаху, и они вырыли в саду длинный ров, и подтащили один за другим трупы убитых, и бросили их в ров, и снова засыпали его землей, так что следы воров исчезли. Что же касается мулов, то их в несколько раз продали на рынке и с бурдюками сделали то же самое.

Вот что было с этими людьми. Что же до предводителя

разбойников, то он опрометью убежал из дома Али-Баба, и вернулся в чащу, и вошел в сокровищницу, будучи в наихудшем состоянии. Он плакал, горюя о своем одиночестве и сиротстве, и сидел, скорбя и печалясь, ибо надежды его пошли прахом, и козни его обратились против него самого, и он лишился своих людей. Жизнь показалась ему отвратительной, и он пожелал умереть и воскликнул:

«Увы мне без вас, о богатыри нашего времени, о мастера грабежа и боя, о рыцари в поединке на поле брани! О, если бы пришла к вам кончина среди битв и сражений и вы бы приняли смерть или погибли от меча в стычке! Ведь умереть своей смертью для вас позор, и это я, злополучный, повинен в гибели тех, кого я выкупил бы собственной душой. Лучше бы мне испить чашу гибели, прежде чем увидеть такое бедствие! Но владыка, велик он и славен, лишь для того сохранил меня в живых, чтобы я отомстил и снял с себя позор. Я воздам своему врагу злейшей местью и заставлю его вкусить мучительные страдания и пытки. Меня хватит на то, чтобы это сделать, даже если я остался один, и то, что я не исполнил, имея много людей, я, если захочет Аллах, сделаю теперь в одиночку».

Потом он лег спать, и мысли его блуждали по морю размышлений, а сердце было занято поисками способа достичь цели, и он отказался от сладости сна, а утром пренебрег дорогими яствами. Но затем разум его измыслил хитрость, которая, как он думал, приведет к осуществлению надежд, и он решил сделать одно дело, рассчитывая добиться этим желаемого и излечить свои недуги.

И когда пришел день, он изменил обличье и надел одежду купца, а затем направился в город и нанял комнату на одном из больших постоялых дворов. Он снял себе лавку на рынке и в несколько раз перенес туда из сокровищницы драгоценные, красивые вещи и дорогие материи, шитые золотом, отрезы индийских тканей, штуки сирийского полотна, парчовые одежды, роскошные халаты, шелковые платья и разные ценные камни, – а все это было частью добычи от грабежа городов и кражи денег рабов Аллаха, сложенных в сокровищнице, – и потом стал сидеть в своей лавке, продавая и покупая, отдавая и получая, он уступал при оценке и сбавлял стоимость, шел людям навстречу в том, чего они желали, и говорил то, что они хотели, так что пошла про него добрая слава, и разнеслась достохвальная молва, и вести о нем распространились повсюду, и везде слышались рассказы о нам. И посещали его великие, и теснились вокруг него малые, а он встречал людей милостиво и радушно, и обходился с ними мягко и приветливо, являя ласковое лицо и добрый прав, и был тонок в речах и остроумен в ответах, так что все люди полюбили его. Все это было противоположно его природе, ибо он был сотворен грубым, жестоким, черствым и суровым и привык убивать, грабить, разорять и проливать кровь, но у необходимости свои законы, и она вынуждала его так поступать.

И все ходили к нему и покупали его товары и ткани: и мудрецы, восхваляемые за их знания и суждения; и свидетели, дающие подписи под условием и соглашением; и *имамы*[189] в мечетях, и проповедники, и муфтии, отвечающие на вопросы: и богословы, судящие о мнениях верно или неверно; и спорщики, обсуждающие предания или толкующие о древнем и новом; праведники, известные набожностью и благочестием. Не чуждались его и витязи, доблестные в бою и сече; лучники, копьеносцы и бойцы на мечах; и кочевники, и горожане, и оседлые жители, и странники. И бывали у него первые и последние, и те, что шепчут тайком или возглашают явно, и арабы и не арабы, и овцепасы и верблюжатники, и имеющие приют, и бездомные, и жители городов и степей, и владельцы домов и строений, и мореходы, и путешественники, бродящие по пустыням и степям.

Заглядывали к нему и румынские невольницы пяти пядей ростом, с гладкими щеками, высокой грудью, длинной шеей, крутыми бедрами, у которых глаза как у газели, брови как луки, уши как мешочки, груди точно гранаты, рот – Соломонова печать: губы словно кораллы и сердолик и стан подобен ветви ивы, и они стройны, как тростник, а дыхание их – бальзам; и разгоняют они заботы нежностью своего кроткого сердца, исцеляют больного звучными, сладкими речами; и спешила встретиться с ним всякая луноликая девушка, совершенная своей красотой и бесподобная качествами, с черными глазами, грузными бедрами, прямым носом, полными губами, румяными щеками и стройными ногами, отличающаяся такой красотой, прелестью, совершенством и тонкостью стана, что ее бессилен описать красноречивый оратор, а мудрец, ее восхваляющий, не может назвать и половины ее достоинств.

Торопилась повидать его любая старуха со сморщенным лицом, вылезшими бровями, шелудивым телом, седыми волосами, унылым видом, гноящимися глазами, синими голенями, зловонным ртом, шаткими ногами, страшным видом, мокрым носом и бледными щеками, слюнявая, сопливая, неспособная ни молчать, ни веселиться, болтунья и крикунья, чей образ вызывает тошноту и чей вид обращает в бегство; часто сиживали возле него и юноши с подведенными бровями, легким пушком и румяными щеками и пробивающейся бородкой, цветущие, сияющие, чьи луны явны, а тяжести сокрыты; от чванства и гордости они покачивались, проявляя жеманство и кокетство, и уста их по каплям источали мед.

Являлись к нему в лавку также мальчики изящные, безбородые, с томным взглядом и легким пушком, в нарядной одежде, луноликие, краснощекие, с блистающим челом, глаза у них были черные, щеки гладкие, стан тонкий, бедра грузные, а голени словно полированные; вид их излечивал больного, и лицезрение их исцеляло раненого.

Перебирали его товары и взрослые мужи, зрелые годами, с крепкими клыками и резцами, высокие ростом, большеголовые, с густой бородой и бровями, с курчавыми волосами на щеках,

---

189 *Имам* – духовное лицо, руководящее молитвой в мечети. Муфтий – служитель мусульманского культа высшего ранга, имеющий право принятия самостоятельных решений.

превосходящие храбростью и доблестью рыцарей и смельчаков и соперничающие с ярым львом, и покупали у него всякое добро дряхлые старцы, далеко зашедшие в годах, с лысой головой и слабым зрением, опирающиеся на посох. А были это люди, сведущие во всех делах и наученные опытом годов и столетий, чья голова поседела от превратностей времени, и согнулась у них спина от смены ночей и дней, и о них можно сказать:

Трясло нас время, как оно трясло!
Оно могуче! Сколько лет
иронию….
Легко ходил я. Нынче ж, как назло,
Сидеть – и то мне стало тяжело.

И предводитель встречал всех словами привета, одинаково обходясь с сильным и слабым, знатным и худородным, и не делал различия между повелителем и подневольным, свободным и пленным, высоким и низким, бедным и богатым, и возвеличивал ученых и образованных, не гнушаясь, однако, и пришельцем-чужестранцем, и возвышал достоинство друзей, и оказывал почет близкому соседу, и охватила любовь к нему все сердца, и приязнь к нему укрепилась в душах у всех людей.

А всемогущий господь – да возвысится величие его! – ради исполнения того, что пожелал он, и чтобы осуществить свой приговор над рабами, судил, чтобы лавка этого обманщика оказалась напротив лавки сына Али-Баба, имя которого было Мухаммед. И поскольку они стали соседями, законы соседства были для них обязательны, и потому они познакомились и подружились, и ни один из них не знал, кто его приятель и каково его происхождение, и усилилась между ними любовь и приязнь, и они постоянно сидели друг у друга, и ни один из них не мог обходиться без своего соседа.

И в один из дней случилось так, что Али-Баба зашел к своему сыну Мухаммеду, желая его посетить и прогуляться по торговому рынку. И оказалось, что у него сидит тот чужеземный купец; и предводитель, едва увидел Али-Баба, отлично узнал его и убедился, что это и есть его враг, ища которого он пришел сюда.

И он обрадовался до крайних пределов и возвеселился, думая, что его желание исполнилось и он достиг цели и скоро отомстит, но скрыл это и ни в чем не изменил поведения. Когда же Али-Баба ушел, он стал расспрашивать о нем его сына, делая вид, что не знает его, и Мухаммед сказал ему:

«Да это же мой отец!»

И когда предводитель понял и убедился, что это так, он стал еще чаще бывать у Мухаммеда и оказывал ему еще большее почтение, усердствуя в изъявлениях уважения и проявляя любовь, дружбу, верность и приязнь. Он звал Мухаммеда к себе на трапезу, устраивал для него пиршества и угощения, приглашал его на ночные беседы, не обходился без него на пирушках и вечерних собраниях и задаривал его драгоценными подарками и прекраснейшими дарами, – и все для того, чтобы достигнуть задуманной им цели и осуществить обман и предательство, которое он замыслил.

Что же касается Мухаммеда, то, увидев со стороны соседа такие милости и убедившись в его верной дружбе и великой преданности, он полюбил его, и эта любовь дошла до крайности, и приязнь достигла предела. И думал Мухаммед, что намерения его соседа чисты и чувства искренни, и не мог обходиться без него ни одного часа, и не разлучался с ним ни ночью, ни днем. Он рассказывал своему отцу, сколь великие милости оказывает ему этот чужеземный купец и какую любовь и приязнь тот проявляет к нему, и говорил, что этот человек богатый, великодушный и щедрый – один из образцовых людей, и усердствовал, расхваливая его. Он упомянул, что сосед то и дело приглашает его отведать вкусных кушаний и задаривает его редкостными подарками, и отец его молвил:

«Тебе надлежит, сын мой, отплатить ему за то, что он тебе делает, и устроить пир, и позвать его. И пусть будет это в день пятницы, и когда в полдень вы выйдете вместе, после соборной молитвы, и будете проходить мимо нашего дома, пригласи его зайти, а я уже приготовлю все, что годится и подобает сану такого знатного гостя».

И вот когда наступил день пятницы, предводитель отправился в полдень в мечеть, и Мухаммед сопутствовал ему, и после того как оба совершили соборную молитву, они вышли вместе, намереваясь прогуляться по городу, и бродили до тех пор, пока не дошли до улицы Али-Баба. И когда они подошли к его дому, Мухаммед пригласил соседа зайти и отведать их пищи, говоря: «Вот наш дом», – а тот уклонялся и отказывался, приводя различные отговорки. Но Мухаммед настаивал, и заклинал его, и приставал, и наконец, предводитель согласился и молвил:

«Я удовлетворю твое желание, чтобы исполнить долг дружбы и залечить рану твоей души, но с условием, чтобы вы не клали в кушанье соли, ибо она мне до крайности противна и я не могу ее есть и нюхать ее запах».

«Это дело пустячное, – ответил Мухаммед, – и раз твои желудок не принимает соли, тебе будут подавать только несоленые кушанья».

И предводитель, услышав это, сильно обрадовался в душе, ибо пределом его желаний было войти в этот дом, и все хитрости, которые он проделал, устраивались ради достижения этой цели и осуществления этой мечты. И тут он убедился, что отомстит, и уверился в возможности отплатить своему врагу, и сказал про себя: «Теперь уже наверное и без сомнения Аллах отдал их всех в мои руки!»

И когда он переступил порог и вошел в дом, Али-Баба приветствовал его, и поздоровался с ним как нельзя более вежливо и чинно, и посадил его на почетное место, полагая, что перед ним почтенный купец, и не знал он, что это не кто иной, как владелец масла, ибо вор изменил свое обличье и образ, и хозяину не пришло в голову, что он привел волка к овцам и пустил льва в стадо коров.

И Али-Баба сидел со своим гостем и развлекал его беседой, а что до его сына Мухаммеда, то он пошел к Марджане и наказал ей не класть в кушанье соли, ибо их гость не может ее есть.

Это раздосадовало Марджану, так как она уже состряпала кушанье и ей пришлось готовить другое, без соли, а с другой стороны, она удивилась, и это показалось ей подозрительным. И ей захотелось посмотреть, что это за человек, которому не хочется соли и он не ест ее, в отличие от всех людей, ибо поистине это вещь неслыханная и небывалая.

И когда кушанье поспело и пришло время ужина, Марджана с Абдаллахом принесли столик и поставили его перед сотрапезниками, и тут Марджана бросила взгляд на чужеземного купца и но своей проницательности и отменной сообразительности тотчас же узнала его и убедилась, что это несомненно и наверняка предводитель разбойников.

И Марджана всмотрелась в него попристальней и увидела у него под плащом ручку от кинжала, и тогда она сказала себе: «Теперь я понимаю, почему этот проклятый *отказывается вкусить соли*[190] с моим хозяином! Дело в том, что он хочет его убить и считает, что сделать это, отведав его соли, было бы слишком гадко и гнусно. Но если пожелает Аллах великий, ему не удастся достигнуть своей цели и я не дам ему это совершить».

И потом она ушла и занялась своими делами, и Абдаллах остался прислуживать. И сотрапезники отведали всех блюд, и Али-Баба оказывал гостю всяческое уважение и уговаривал его кушать, а когда они насытились, еду убрали и принесли вино, сухие и свежие плоды, сласти и всякие опьяняющие напитки.

И все поели сластей и плодов и потом заходила между ними чаша, и этот проклятый подносил обоим вино, но сам воздерживался от питья. Ведь он хотел напоить их и остаться бдительным и трезвым, в полном рассудке, чтобы достигнуть своей цели, то есть воспользоваться удобной минутой и пролить их кровь, убить их своим кинжалом, когда одолеет их хмель и они заснут, а потом убежать через калитку сада, как он это сделал раньше. И когда они были в таком состоянии, вдруг вошли к ним Марджана с Абдаллахом, и на Марджане была сетчатая александрийская рубашечка, безрукавка из царской парчи и прочие роскошные одеяния, и она подпоясалась золотым поясом, унизанным разными самоцветами, который стягивал ее стан и выделил ее бедра. На голове у нее была жемчужная сетка, а вокруг шеи вилось ожерелье из изумрудов, яхонтов и кораллов,

---

[190] *...отказывается вкусить соли...* – Вкусить хлеба и соли вместо с кем-либо значит: побрататься с ними, быть связанными узами гостеприимства. Поев соли (присоленной еды) вместо с Али-Баба, разбойник уже но смог бы убить его, так как нарушил бы законы «родства».

из-под которого поднимались ее груди, подобные двум спелым гранатам, и украшали ее всякие уборы и драгоценности, и была она прекрасна, как первая улыбка весеннего цветка или луна в ночь полнолуния. Что же касается Абдаллаха, то он тоже был одет в роскошные одеяния и бил в бубен, который держал в руках, а Марджана плясала, как пляшут искусные танцовщицы.

И Али-Баба, увидев Марджану, обрадовался и заулыбался и воскликнул:

«Добро пожаловать любезной нашей невольнице и драгоценной служанке! Клянусь Аллахом, ты отлично сделала, ибо нам хотелось сейчас полюбоваться пляской, чтобы полным стало наше счастье и радость и совершенным веселье и блаженство, – И затем он сказал предводителю разбойников: – Этой невольнице нет равной, ибо она искусна во всех вещах и совершенна в деле услужения. Не тайна для нее никакое искусство, и объединяет она прелесть и красоту со здравым умом и быстрой сметкой, и подобной ей не найдется в наше время. Я обязан ей за благодеяние, и она мне дороже дочери. Посмотри, о господин, как прекрасно ее лицо и как строен стан, как она хорошо пляшет, как красиво изгибается и изящно движется».

Но предводитель не слушал его слов и не внимал его разговору, и он словно обеспамятел от великого гнева и сильной ярости: ведь приход этих двух людей, расстроил весь его злой умысел против обитателей дома и задуманное им преступление и обман.

Рассказ про Али-Баба и сорок разбойников и невольницу Марджану, полностью и до конца

А Марджана исполняла прекрасную пляску, превосходя искусство плясуний, и дошла до того, что выхватила кинжал, торчащий у нее за поясом, и стала плясать держа кинжал в руке, как это принято у арабских танцовщиц, и приставляя кончик кинжала то к своей груди, то к груди Али-Баба, или приближала лезвие к груди его сына Мухаммеда, или упирала его в грудь предводителя. Потом она взяла из рук Абдаллаха бубен, поднесла его к Али-Баба и знаком попросила дать ей монетку, и Али-Баба бросил в бубен динар, и она подошла с бубном к его сыну, и тот кинул ей еще динар. Потом Марджана приблизилась к предводителю с кинжалом в одной руке и бубном в другой, и тот хотел дать ей что-нибудь и для этого сунул руку за пазуху, и когда он был в таком положении и отвлекся, собираясь вынуть какую-нибудь монету, Марджана вдруг вонзила кинжал ему в грудь.

И предводитель издал ужасный вопль и умер, и Аллах поспешил отправить его душу в огонь, – в скверное это обиталище! – и когда Али-Баба с сыном увидели, что сделала Марджана, они оба быстро вскочили на ноги и стояли, охваченные страхом. И потом они закричали на Марджану, говоря:

«О обманщица, дочь прелюбодейки! О блудница, о худородная, какова причина этого страшного предательства и что заставило тебя совершить столь гнусный поступок? Ты ввергла нас в беду, от которой нам не спастись вовеки, и станешь причиной нашей смерти и гибели наших душ. Но первый, кто понесет наказание, это ты, о проклятая, и если ты уйдешь от руки судьи, то не избежишь наших рук!»

И Марджана ответила бестрепетно:

«Сдержите свои сердца и успокойте свой страх! Если таково воздаяние той, что готова вас выкупить своей жизнью, но никто не станет делать добро. Не спешите подозревать меня в дурном умысле, чтобы не покарало вас за это раскаяние, и выслушайте мой рассказ, а потом судите меня как хотите.

Этот человек вовсе не купец, как он утверждал и как вы думаете, а предводитель разбойников. Сначала он говорил, что продает масло, и ввез в бурдюках в ваше жилище много людей, чтобы вас убить и уничтожить всех до последнего, а когда я расстроила его козни и обманула его мечты и надежды, он бросился в бегство и оставил наш дом. Но это не послужило ему уроком, и он не отступился, а напротив, еще более возненавидел и невзлюбил меня и вас и упорствовал в своих гнусных намерениях. И чтобы исполнить свой план и осуществить надежды, он открыл на рынке торговцев лавку и набил ее роскошными, драгоценными товарами, а затем стал устраивать тайные козни и сокровенные хитрости и пустился на скрытые проделки. Он схитрил над моим господином Мухаммедом, проявляя мнимую любовь и ложную привязанность, и до тех пор устраивал всякие обманы, пока ему не стало возможно войти в ваше жилище и сесть с вами за трапезу. И тогда он стал выжидать удобной минуты, чтобы обмануть вас и убить наихудшим образом и стереть ваши следы, и рассчитывал он при этом на остроту своего оружия и силу и мощь своей руки. Но нет мощи и силы, кроме как у Аллаха, высокого, великого! Слава Аллаху, который ускорил моей рукой его смерть и гибель! Посмотрите ему в лицо и вглядитесь в него, и вам станет ясна правдивость моих слов».

И Марджана откинула плащ предводителя и показала кинжал, скрытый у него под одеждой. И когда Али-Баба и Мухаммед выслушали ее ответ и то, что она изложила в своих словах, и пристально вгляделись в лицо мнимого купца, лжеца и обманщика, то прекрасно узнали его и удостоверились, что это и есть продавец масла, он самый, а при виде кинжала оба ясно поняли, что Аллах спас их от грозной опасности и страшной гибели при помощи их невольницы Марджаиы, и убедились в правдивости ее слов, и великой показалась им отвага ее души и смелость ее поступков.

И оба они поблагодарили Марджану за ее достойный хвалы поступок и восхваляли ее за отличные, здравые суждения, и йотом Али-Баба молвил:

«Когда я раньше освободил тебя, то обещал сделать еще нечто большее, и сейчас надлежит мне выполнить обет и сдержать свое обещание. Я открою тебе, как я задумал тебя вознаградить за оказанное нам благодеяние и отблагодарить тебя за твое хорошее дело. Я намерен выдать тебя замуж за моего сына Мухаммеда: что же вы оба на это скажете?»

И Мухаммед молвил в ответ:

«Внимание тебе и повиновение в том, что ты замышляешь и предписываешь, и я не возразил бы на запрет твой или на поведение даже в том, что причиняет мне докуку и встревожит, а что до женитьбы на Марджане, то это предел моих желаний и вершина моих стремлений».

А Мухаммед ответил так, ибо он давно любил Марджану, и страсть его к ней дошла до крайности и достигла предела из-за ее красоты, прелести, достоинств и совершенств, так как она обладала великим умом и добрым правом и объединяла это с благородством происхождения и знатностью рода.

Потом они приступили к погребению предводителя, и вырыли для него большую яму, и закопали его, и присоединился он к своим обездоленным, проклятым, нечестивым приспешникам, и ни одна тварь Аллаха не узнала об этих диковинных делах и удивительных происшествиях.

Что же касается лавки предводителя, то, когда он исчез на долгое время и не появлялось о нем вестей и не осталось следа, казна забрала бывшие там товары и другие драгоценные вещи и оставшееся имущество. Потом, когда все успокоились и мирно и безмятежно зажили в своих жилищах и дела прояснились и явна стала радость и прекратилось зло, Мухаммед женился на невольнице Марджане. Он написал с нею брачный договор у кади мусульман и дал за нее предварительное приданое, обязавшись позднее выплатить остальное, и они сзывали людей и устраивали торжества и проводили без сна прекрасные ночи, задавая пиры и угощения, и до тех пор собирали музыкантов, певиц и забавников, пока не открыли невесту перед женихом, и тогда он остался с нею наедине и уничтожил ее девственность.

И увеселения продолжались еще три дня, а потом, когда после всего этого прошел целый год, Али-Баба решил пойти в сокровищницу. Он воздерживался от этого после смерти своего брата, так как боялся козней разбойников, а когда Аллах уничтожил руками Марджаны тридцать восемь из них и после того погиб сам их предводитель, Али-Баба решил, что разбойников осталось еще двое, так как он сосчитал их на горе и их было сорок человек.

Поэтому он все это время воздерживался и не ходил в сокровищницу, опасаясь козней разбойников, но когда не стало о них вестей и не обнаружилось нигде их следа, он убедился, что они погибли, и отважился пойти в сокровищницу, и взял с собою своего сына, чтобы показать ему клад и научить его тайному способу проникать и входить туда.

И когда они оба подошли к сокровищнице, то оказалось, что заросли травы, терновника и колючек сгустились и забили дорогу, и Али-Баба с Мухаммедом поняли, что в сокровищницу уже долгое время не входила ни одна живая душа и там не раздавалось ни звука. Тут они уверились в гибели двух оставшихся разбойников, и страх их прошел, и они осмелели и двинулись вперед, и Али-Баба взял топор и стал рубить кусты и колючки, так что проход расширился и он смог подойти к двери. И тогда он сказал: «Сезам, открой твою дверь», – и дверь распахнулась; и Али-Баба с сыном вошли в сокровищницу, и он показал своему сыну сложенные там богатства, диковинные чудеса и редкости, и Мухаммед остолбенел, увидя все это, и изумился до крайней степени.

Потом они побродили и погуляли по сокровищнице, и зашли и заглянули во все ее комнаты, и досыта порылись в самоцветах и камнях, а затем решили возвратиться домой. Они набрали из клада драгоценностей, которые им понравились, из тех, что весят немного, а ценятся высоко, – и вернулись в свое жилище веселые, радуясь приобретенным богатствам, и непрестанно переносили они из сокровищницы все, что хотели, и жили в полном довольстве, приятнейшею жизнью, пока не пришла к ним Разрушительница наслаждений и Разлучительница собраний, ниспровергающая дворцы и воздвигающая могилы.

Примечание

История переводов «Тысячи и одной ночи» на западноевропейские языки началась двенадцатитомным переводом с арабского на французский язык, сделанным Галланом в течение тринадцати лет (1704–1717). Переводчик пользовался рукописью, к сожалению, неполной, и ему так и не удалое и найти недостающие части рукописи.

Изданий «Тысячи и одной ночи» в то время еще не было, сказки передавались рассказчиками – «мухаддиеами», имеющими более или менее полные рукописи.

Первое полное издание арабского текста «Тысячи и одной ночи» было предпринято в Булаке, пригороде Каира, в 1835 году.

Затем «Тысяча и одна ночь» издается в Калькутте (1839–1842), причем использован тот же извод, что и в булакском издании, так называемая «египетская редакция», отличающаяся от рукописи, переведенной Галланом. «Египетская редакция» послужила основой для последующих изданий, осуществленных также в Каире и Калькутте в двадцатые – тридцатые годы нашего века и подготовленного в то же время европейского издания Хабихта (Бреславль).

Все переводы «Тысячи и одной ночи» после перевода Галла на были осуществлены по одному из упомянутых выше изданий.

Важнейшими из переводов на западноевропейские языки являются переводы на английский язык, которые были изданы в конце прошлого века Пэйном и Бертоном, и лучший из английских переводов, сделанный известным востоковедом Вильямом Лэном. На французский язык «Тысяча и одна ночь» была вторично переведена Мардрюсом по изданию, отражающему «египетский» извод, в начале XX века (шестнадцать томов), однако этот перевод менее удачен, чем перевод Галлана. Немецкий ученый Литтман с 1921 по 1928 год осуществил полный перевод «Тысячи и одной ночи» в шести томах, затем в Копенгагене вышло прекрасное издание шеститомного перевода «Тысячи и одной ночи» на датский язык, автором которого был крупнейший знаток книги датский арабист Эструп.

В России первые переводы «Тысячи и одной ночи» производились с французского перевода Галлана (конец XIX в., переводы избранных сказок, сделанные Доппельмайер и Шелгуновой), затем – с перевода Мардрюса – анонимный перевод на русский язык, более полный но сравнению с предыдущими. Впервые с арабского языка на русский «Тысяча и одна ночь» была переведена М. Л. Салье в 1929–1938 годах по калькуттскому изданию 1839–1842 годов (под редакцией И. Ю. Крачковского с предисловием А. М. Горького, восемь томов), затем этот же перевод, несколько переработанный, был переиздан с послесловием и примечаниями переводчика в 1958–1959 годах.

В 1961 году М. А. Салье перевел несколько сказок по рукописи «Тысячи и одной ночи», хранящейся в Государственной публичной библиотеке им. Салтыкова-Щедрина в Ленинграде, представляющей собой тот же извод, что и рукопись, которой пользовался Галлан, и по изданию сказки об Али-Баба, сделанному американским ученым Макдональдом в 1910 году. Перевод носит название «Халиф на час» и содержит сказки, которых нет в первых двух изданиях: «Али-Баба и сорок разбойников», «Ала ад-Дин и волшебный светильник», «Халиф на час» и ряд других. Книга снабжена предисловием переводчика. В 1972 году было предпринято переиздание избранных сказок по изданию 1958–1959 годов и книге «Халиф на час» с предисловием И.

М. Фильштинского.

Сказки, собранные в настоящем томе, взяты также из издания переводов «Тысячи и одной ночи» 1958–1959 годов и «Халифа на час» 1961 года. В тексте произведены незначительные изменения: в первую очередь сняты некоторые буквализмы, препятствующие правильному пониманию текста, и архаизмы, не соответствующие стилю оригинала. Сверка перевода с арабским текстом осуществлялась по каирскому изданию «Тысячи и одной ночи» (Каир, 1960, 1–4 т.).

Выбор сказок диктовался прежде всего их местом в своде «Тысячи и одной ночи», популярностью в читательских кругах, сюжетным и стилевым своеобразием. Представлены все жанры повествования «Тысячи и одной ночи»: волшебная сказка (например, «Сказка о купце и духе»), «плутовская повесть» («Далила-хитрица»), повесть о влюбленных («Мариам-кушачница»), дидактическая притча «животного эпоса» («Лиса и волк»), «народная повесть» («Хасиб и царица змей»), древнеарабские легенды («Хатим ат-Таи»), исторические анекдоты («Абу Новас и Харун ар-Рашид»), жанр «путешествий» («Синдбад-мореход»). Все помещенные здесь части «Тысячи и одной ночи» даются без сокращенихт, сохранены имеющиеся в каирском издании поэтические вставки, являющиеся неотъемлемой частью повествования и играющие важную стилистическую роль. Лишь в повести о Хасибе и царице змей произведено сокращение – исключен рассказ юноши, встреченного Булукией, представляющий собой самостоятельное повествование, совершенно не связанное с сюжетом повести о Хасибе (явление, допускаемое «рамочной» композицией сказок).

Едва ли не самые популярные сказки «Тысячи и одной ночи» – «Али-Баба и сорок разбойников» и «Ала ад-Дин и волшебный светильник» были включены как в силу их широкой известности, так и из-за своеобразного сочетания в них жанров бытовой и волшебной сказки, характерного для «Тысячи и одной ночи».

В. Шидфар

Made in the USA
Las Vegas, NV
13 September 2021